花
笙
STORY

让好故事发生

滤镜
Filter

上册

罗小葇 著

中信出版集团 | 北京

目录

楔　子　　　　　　　　001

第一篇　不可思议的变身

第 一 章　蛤蟆的油　006
第 二 章　错位记忆　013
第 三 章　天降礼物　020

第二篇　苏橙橙的万花筒

第 四 章　阴差阳错　030
第 五 章　百变橙橙　037
第 六 章　鸡同鸭讲　045
第 七 章　彻底黑化　051
第 八 章　非你莫属　058
第 九 章　心软的她　064
第 十 章　蛤蟆先生　071
第十一章　分饰两角　077
第十二章　酒醉误会　085

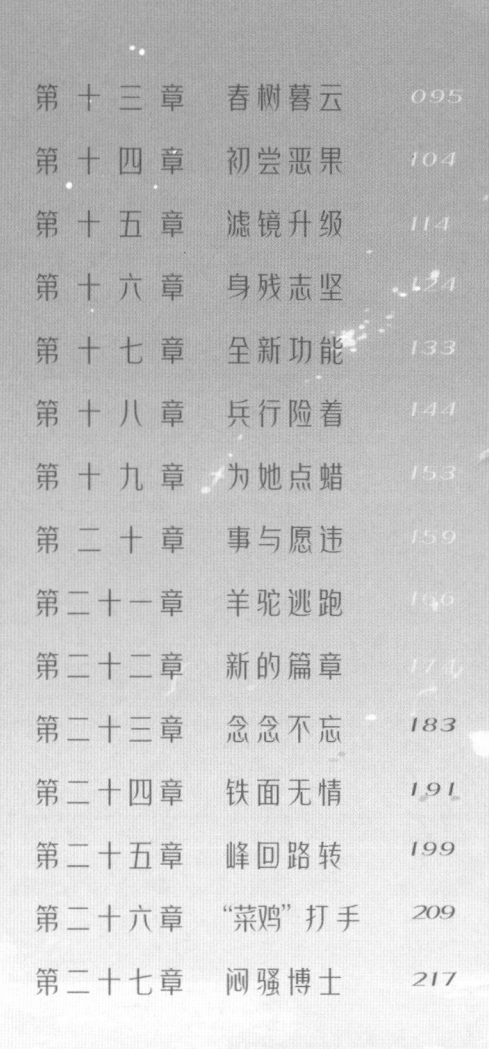

第十三章	春树暮云	095
第十四章	初尝恶果	104
第十五章	滤镜升级	114
第十六章	身残志坚	124
第十七章	全新功能	133
第十八章	兵行险着	144
第十九章	为她点蜡	153
第二十章	事与愿违	159
第二十一章	羊驼逃跑	166
第二十二章	新的篇章	174
第二十三章	念念不忘	183
第二十四章	铁面无情	191
第二十五章	峰回路转	199
第二十六章	"菜鸡"打手	209
第二十七章	闷骚博士	217

第三篇　拥抱真实的自己

第二十八章	虚假的甜	226
第二十九章	告别渣男	233
第 三 十 章	两个方谨	240
第三十一章	我喜欢你	249
第三十二章	漫画男友	258
第三十三章	杀死"方谨"	266
第三十四章	灰色世界	273
第三十五章	不婚主义	282
第三十六章	眼盲心明	290
第三十七章	似曾相识	299
第三十八章	忽隐忽现	306
第三十九章	原形毕露	313
第 四 十 章	欲盖弥彰	321
第四十一章	图穷匕见	330

第四篇　穿越人海拥抱你

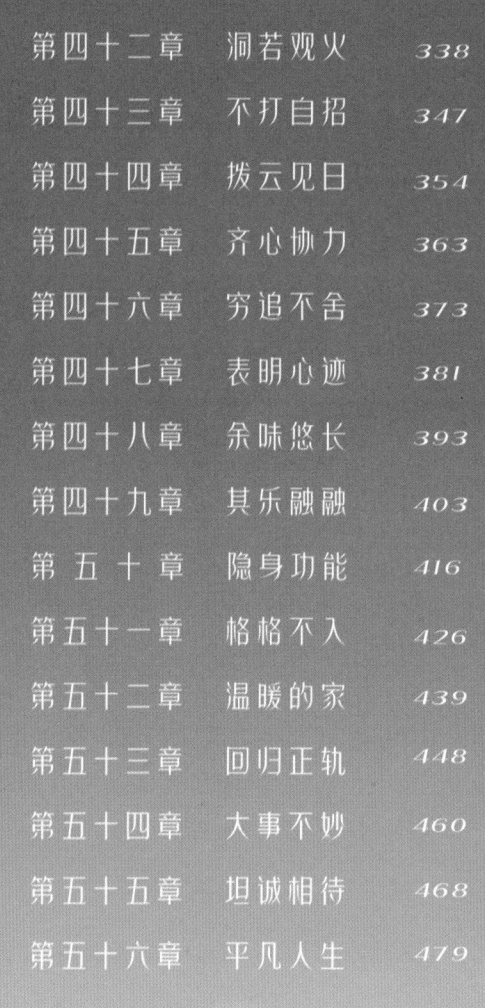

第四十二章	洞若观火	338
第四十三章	不打自招	347
第四十四章	拨云见日	354
第四十五章	齐心协力	363
第四十六章	穷追不舍	373
第四十七章	表明心迹	381
第四十八章	余味悠长	393
第四十九章	其乐融融	403
第五十章	隐身功能	416
第五十一章	格格不入	426
第五十二章	温暖的家	439
第五十三章	回归正轨	448
第五十四章	大事不妙	460
第五十五章	坦诚相待	468
第五十六章	平凡人生	479

遇见你，这世界才有了色彩

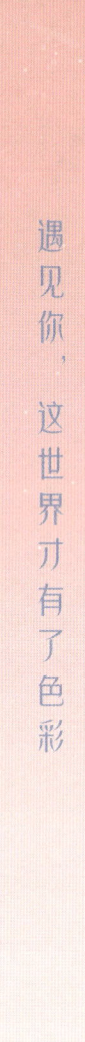

楔
子

天色渐明，清晨的阳光洒满了陈旧的屋子。

小卧室被收拾得井井有条，储物柜里陈列着琳琅满目的芭比娃娃，化妆台上也摆满了化妆品，从底妆到眼影、口红、腮红，应有尽有。麻雀虽小，五脏俱全，色彩饱满的房间被阳光一照，处处洋溢着温馨。

苏橙橙坐在镜子面前精心地化妆打扮。她娴熟地用手指蘸取眼影粉，慢慢地在眼皮上晕染开来，每一个动作都小心翼翼，细致入微。化妆结束，镜子里却露出了一张平凡的脸。

即便如此，她也在起身时，对着镜子露出了自信的微笑。

上班高峰期，公交车站人来人往，络绎不绝。苏橙橙戴着口罩，随着人流上车。车内乘客不算少也不算多，大家都沉浸在各自的世界里，有人在刷手机，有人在听音乐，还有人在打瞌睡。苏橙橙也跟大多数年轻人一样，找了个靠后的位置，坐下后就拿出手机刷起小视频。

行驶途中，车厢尾部忽然传来微弱的啜泣声。

苏橙橙不耐烦地回头，却见隐秘的角落，一个长发男人正在猥亵一个长相可爱的女生。女生无助地向四周张望，却无人注意到她的困境。她只能眼泪汪汪地离开原来的座位，畏惧地躲向车厢前部，而猥琐男竟企图尾随。

苏橙橙观察着两人，厌恶地皱起眉头，直接抬脚挡住了猥琐男的前路。

猥琐男没想到居然有人阻拦自己，直接龇牙咧嘴地冲苏橙橙叫嚣："让开！"

苏橙橙却丝毫不畏惧，懒懒地站了起来，正对着猥琐男，露出一个嘲讽的笑容，不仅没有让路，反而嚣张地伸开了手，搭在椅子背上，将路挡得更严实了。

猥琐男被激怒了，恶狠狠地企图动手："你找死……"

话音未落，苏橙橙利落地使出反擒拿，抓住了猥琐男的手臂。但这动静吸引了车内众人的目光，苏橙橙立刻松开手推开男人，赔着笑摆手表示没事。众人见是个小姑娘在和男人闹着玩，便没太在意。

猥琐男被苏橙橙推得一个趔趄，气急败坏地抡起拳头就要朝苏橙橙砸来，可下一瞬，苏橙橙忽然摘下了口罩。

顿时，猥琐男拳头僵在半空中，表情惊惧："你……你的脸……"

苏橙橙不以为意，步步逼近："我的脸怎么了？"

猥琐男胆丧魂惊，吓得一屁股坐在了地上。苏橙橙趁机抓住对方，进一步凑上去。此时，她的脸正处于瞬息万变之中，时而美，时而丑，时而男，时而女。

猥琐男恍然回神，惊恐大叫起来："啊啊……妖怪……你不是人……"

剧烈的反应再次引来了其他乘客注目，苏橙橙担心引起过多关注，立刻变成了风情万种的脸，再次笑嘻嘻地回头看向其他乘客："没事，我们闹着玩呢。"

旁观的乘客们见状，便没说什么。

苏橙橙再次回头，这次，她的脸瞬间变成了一头咆哮的狮子的脸，张开血盆大口，扑向猥琐男。猥琐男直接吓得小便失禁，晕了过去。围观的众人也纷纷露出嫌弃的表情，下意识地往车厢前部避让。

苏橙橙见状立刻露出无辜表情："不关我事啊。"

话音刚落，公交车到站，苏橙橙拍拍手，在众人好奇的目光下，假装什么都没有发生，神清气爽地走下公交车。可爱女生追出来想道谢，却只看到她洒脱的背影。

苏橙橙穿梭在市中心的街道上，目光扫过四周路过的女生们。

相较苏橙橙的普通，她们精致美丽，风情万种，姿容各异。但苏橙橙丝毫没有自卑，从容地穿梭其中，甚至在路过商场玻璃窗时，还特意停下来，细致地调整了自己的发型，随即骄傲地没入人群。

楔子

不可思议的变身

第一篇

第一章
蛤蟆的油

苏橙橙从小到大都是一个普通得不能再普通的女孩：普通的外貌，普通的学历，考上大学还是因为沾了体育特长生的光。她很早就发现了人生的其他功课可以通过努力学习，实现由不会到会、从不懂到懂的结果，唯独外貌这场考试，却更像抽奖，有人抽中了特等奖，而她的，顶多算重在参与奖。

不过，基因天使对她还算不薄，至少给了她一个比其他女孩更健康的身体。这个长处也一直在她的学生时代发光发热。

小时候在幼儿园，小朋友们排排坐吃饭，她永远是第一个吃完，高高举起小碗的小超人。小学的时候，女生和男生比赛拔河，女生那边永远只有苏橙橙一个人，另一边则是一群小男生，即便他们使出吃奶的力气，仍旧不是苏橙橙的对手。初中的时候，她凭借自己的大力气砸烂了卫生间门，解救出了被霸凌的小女生。

那个时期的苏橙橙一直是少男少女们崇拜的对象。而她也沾沾自喜，每每走在学校走廊，都会迈着"六亲不认"的步伐，与迷弟迷妹们打招呼。

但这一切，都在她成年和步入社会后，发生了变化。学生时代的崇拜和荣光，早已经烟消云散，不再是她人生中的重点。成年后的社会，不会因为她身体健康和拥有过人的力气就对她另眼相看。她在这个看重外貌和学历的现实社会中举步维艰，尽管她努力适应，但屡屡碰壁的人生，还是让她感觉自己与周围格格不入。

进入美妆公司，应该是苏橙橙最后的倔强了。

今天，苏橙橙要参加面试，天光还未亮，她就早早起床，准备给自己化妆。但提起化妆刷的同时，看到镜子中的自己，她还是放弃了化妆的打算。这是一张即便用厚粉底也无法遮掩不足的脸,她没有勇气给自己涂脂抹粉。

最终,苏橙橙还是没有化妆,只是身穿白衬衣、黑裤子,素面朝天地站在车水马龙的摩天大楼外。这是美妆城,这座城市的时尚中心,来往的都是精致自信的女生,多看一眼都会让她自卑。

苏橙橙看着镜面电梯里的倒影,屡次调整着自己的状态,抬头挺胸,小声地给自己打气,这才蓄积了足够勇气按下了电梯楼层。而电梯门又打开了,一个漂亮的女生抢先走进电梯,看了眼亮着的楼层键,没有再按,另一个同龄男生也走了进来,同样没有再按。

苏橙橙看着两人,心里猜测,他们应该跟自己一样是去美妆公司面试的。只是,相较自己满身的朴素,女生的妆容无懈可击,同龄男生也是身材挺拔、西装革履,头发明显精心吹护过。精致的电梯、精致的"竞争者",都让苏橙橙下意识地往后站了站,将自己隐没在了角落里。

两位帅哥美女也并未注意到苏橙橙,而是彼此暗暗打量着对方。男生率先开口询问:"你是去梵黛面试吗?"

女生不输气势地回答:"是啊!你也是吧?"

男生没说话,但从两人的目光中,苏橙橙看出了那种物以类聚的兴奋。苏橙橙站在角落,迟疑着加入了对话:"我也是。"

声音很小,但电梯里的人还是沉默了一瞬,安静的空间里落针可闻。聊天的两人都愣了愣,一致回头看向苏橙橙,表情疑惑。苏橙橙深吸了口气,友善地笑着补充:"我也是去梵黛面试,市场部。你们好啊。"

男生和女生尴尬而不失礼貌地笑了笑,彼此对了个眼神,立即转回了头,显然都没有跟苏橙橙搭话的兴趣。苏橙橙一顿,也闭上了嘴,绷紧了身子站在两人身后,像背景板一样默默看着他们,同样尴尬而不失礼貌地继续保持着微笑。

这样的待遇,她已经习以为常,但每每遇到类似场合,她还是会鼓足勇气主动加入。好在电梯门很快打开了。男生立刻手疾眼快地挡住电梯门,略显调皮地做了一个绅士躬身的动作,微笑示意:"女士先行。"

女生嘴角含笑,优雅地走出电梯:"谢谢。"

女生走后,男生也正打算离开,显然,外表朴素的苏橙橙不在他"女

第一篇 不可思议的变身

士先行"的名单里。苏橙橙正欲踏出电梯,不料和男生相撞,两人僵住。苏橙橙不恼,反而大方地也伸手替男生挡住了门,微笑道:"男士优先。"

男生显然没料到她会来这一出,顿时脸热,快步踏出电梯。目送两人走后,苏橙橙缓缓吐出一口气,自我安慰地笑了笑。

苏橙橙面试的这家美妆公司,是外资企业,旗下的美妆产品销量在全世界都能排得上号。朝会议室走去的路上,走廊两侧陈列着世界三大时尚杂志的扉页广告,模特红唇电眼,一脸冷淡,睥睨众生。

其实苏橙橙这身打扮,放在大街上虽然普通乏味,但并不算失礼,可是出现在这个会议室里,却显得平庸渺小。她注意到,不仅同时面试的两位外形出众,连面前的女助理也妆容精致,尽管看上去有些年纪,却依旧清瘦美丽,穿着小香风的套裙、小猫跟的鞋子,戴着珍珠耳钉、珍珠项链,连皱纹都透着优雅。

女助理见三人到齐,礼貌地微笑:"请你们在这里稍等,面试官马上就到。"说完便转身离开。

苏橙橙立即紧张地检查衣服,整理头发,发现鞋子上有污渍,忙弯腰去擦。

会议室门无声地滑动打开,打扮精致、穿着不俗的两个面试官一边说话,一边走了进来。

"和其他两个相比,苏橙橙的笔试成绩……差了点。"

"苏橙橙电话面试表现最好,言谈很有亲和力,是适合做市场的人。"

说话的间隙,两位面试官看到眼前只有两人,纳闷地询问:"不是三个人吗?"

听见声音,苏橙橙急忙从桌下钻了出来,狼狈地赔笑道:"您好,我是苏橙橙。"

两位面试官看到她时,纷纷露出了意外的表情。灰色西装的那位难以置信地看看简历上被美颜过的照片,再看看苏橙橙,再看看旁边的两个美女帅哥。而黑色西装的面试官则直接蹙眉:"你就是苏橙橙?你这照片修过头了,完全是两个人!"

闻言,苏橙橙这才注意到自己的简历上的照片被换过,应该是闺密林媛做的，但这都是为了她能顺利找到工作，她不好辩解，只能尴尬地连连道歉："对不起，下次不会了。"

"没有下次，你可以回家等消息了。"面试官并不买账，直接下了逐客令。

苏橙橙难以置信地看了眼自己，又看了眼其他人："就我回去吗？"

其他人目不斜视，默默地站在一旁。

面试官神色肯定："对，就你，苏橙橙！"

苏橙橙一顿，也顾不得丢人了，好脾气地为自己争取道："这不是面试吗？你们一个问题都还没有问我。"

话音刚落，黑西装面试官冷不丁地嗤笑一声，直言不讳地讥讽道："从头到脚都是问题，还需要再问？不要耽误我们下面的面试。"

苏橙橙还想说什么，另一个面试官立刻打圆场，岔开话题："你的情况我们都已经清楚，你还是回家等消息吧！"

苏橙橙到嘴边的话只好咽了回去，又见会议室里的几人都露出了不耐烦的神色，她抿了抿唇，强压着难受，默默地点了点头："好，谢谢。"

她明白，自己在两个同龄人的对比之下，形象相形见绌，不符合公司的要求，只是以往的面试，至少还保留了问询的流程。

苏橙橙心中不忿，但也只能转身离开。人还没踏出会议室，就又听到面试官们背后对她容貌身材的议论。

"我们美妆市场要销售美丽、塑造时尚，就她这样子，邯郸学步，贻笑大方……"

话音未落，苏橙橙忽然停下脚步，回头看那说话刻薄的面试官。对方似乎也没料到她会听见，一愣，刚想解释两句，便见方才还唯唯诺诺的苏橙橙瞬间变了气势，大姐大似的转身走回来，一把拿起桌上的苹果，恶狠狠地盯着几人，咔嚓一声，把苹果掰成了两半。

黑西装面试官又惊又恐："你想干什么？"

苏橙橙笑了笑，把一半苹果递给他："多吃点水果，治疗口臭。"

"你……"

苏橙橙咬了口另一半苹果，打量着对方。这位面试官穿着精致，但面容却十分刻薄。苏橙橙冷笑了一声："以为能说四个字的成语就高人一等吗？狗眼看人低！"

面试官拿着一半苹果，又羞又恼。苏橙橙却不等他回应，重重地关上了会议室大门，潇洒离去。

虽然教训了出言不逊的面试官，苏橙橙内心是爽快了，但刚走出大楼，她那雄赳赳的气势立马消失，整个人跟霜打了的茄子一样。她知道，自己这次的面试又泡汤了。

苏橙橙一手反拎着包，将包随意搭在肩头，一手拎着啤酒，然后找了个人少的广场，随意挑了把长椅坐下。眼下她还不想回家，更不想让家人担心，只能在外喝闷酒。

刚打开啤酒要喝，手机响起。苏橙橙拿起手机，看到是来自好友林媛的微信消息，她立刻点开，听见林媛关心道："面试结束了吗？结束了，联系我。"

苏橙橙不想让林媛担心，强打起精神，给林媛回电话。很快，电话就被接通了，林媛担忧的声音传来："怎么样？面试顺利吗？"

苏橙橙放下啤酒，平复了一会儿心情："面试官觉得我的外在形象不符合要求，一个问题都没问，就打发我走了。"

林媛小心询问："那……面试官有没有批评我给你修的照片？"

苏橙橙知道她是为自己好，若无其事地微笑："当然没有了。这不是你说的嘛，所有人的简历都会美化自己。和我一起进电梯的一个面试的，修得他爸妈迎面走过都认不出来。放心吧，面试官早习以为常了。"

林媛松了口气，这才愤愤不平地吐槽起来："这些面试官到底是选美还是选员工？怎么这么在意外在呢？你在哪儿？我过去找你，中午请你吃大餐。"

苏橙橙想也没想就答道："我还有点事，改天吧！"

闻言，林媛也就没有再强求，两人匆匆说了几句就挂了电话。电话刚挂，苏橙橙脸上的笑容就消失了，整个人松懈了下来。

苏橙橙几不可闻地叹了口气，正欲放下手机，忽然听到身后有一道细小的声音。她这才注意到身后还坐着一个身形挺拔的男子，他坐在椅子另一面，与她背向而坐，喝着咖啡，看着书，旁边放着包，里面有一小沓文件。

刚才的电话，他显然听得一清二楚。

苏橙橙面色尴尬，赶紧侧身把手机塞进包里，无意间扫到背后的人包里的那沓文件，最上面有"简历"两字。苏橙橙恍然大悟，原来同是天涯沦落人。

想也没想，苏橙橙拿起一罐啤酒，一口气喝完，随意地扬手一投，精准地把罐子扔进了远处的垃圾桶。之后，她又拿起一罐啤酒，拉开了拉环，伴着一阵气泡声，豪爽地往后递了递："哥们儿，来一罐吗？一罐抵万千烦恼。"

男子像是完全没听到，压根没回头，冷淡地伸手拿起了一旁的黑咖啡。苏橙橙见对方不想搭理自己，尴尬地吐了吐舌头，只好识趣地回头自己喝。两人就这么一个喝酒，一个喝咖啡地安静了片刻。

苏橙橙又喝完一罐酒，鼓起勇气自来熟道："看你包里和我一样，一沓子简历，同是天涯沦落人啊！"

男子依旧沉默着没搭理她。

苏橙橙等了一会儿，也不恼，继续自说自话："刚才我和闺密说的话你都听到了吧！其实，我中午什么事都没有，就是吃不下。我不想让她来绞尽脑汁地安慰我，长得不够好看的确不是我的问题，可为什么不是我的问题，大家还要安慰我呢？越安慰，就越像是我的问题了。"

男子还是没有出声，依旧在看书。午后的阳光下，偶尔传来窸窸窣窣的书本翻页声。莫名地，苏橙橙的心情也平静了许多。

奇怪的安静中，两个人的手机不约而同地响了两声。

男子低头打开手机，屏幕上写着"校友会邀请函"几个字，是群发消息。他并未在意，关闭了手机屏幕。而另一头的苏橙橙竟然也收到了相同的消息，她慢悠悠地打开，盯着邀请函上煽情的文字：昔同学年少，今归去来兮，多年未见的你，还好吗？

苏橙橙心中一动，下意识地抬头看向绿荫后的阳光，午后的宁静，沙沙的翻书声，让她想起了诸多往事。

夕阳西下，橘光笼罩在充满青春气息的操场上，干净挺拔的少年从昏黄光晕中跑来，面容俊朗，身姿矫健，清新如晨露，蓬勃如朝阳。而那个沐浴在阳光中的少年，慢慢与身后男子的身影重叠，同样衣冠楚楚，风采出众。

苏橙橙摇晃着啤酒罐，并没有注意到身后的动静，只是怔怔地盯着那透过枝丫洒下的阳光，怅然地又喝了一口酒，自嘲一笑。这份邀请函让她想起了很久之前的学生时代。她忧悒地凝望着，声音似呢喃："以前，我也暗恋过一个男生，不知道他现在怎么样了。"

她没注意到，那男子淡然地将书合拢放下，起身离开了。而长椅上，只留下了方才他翻阅的那本书，还有一个精美的礼盒，礼盒上写着"千鸟集化妆品试用装"几个字。

第二章
错位记忆

苏橙橙心情复杂地回到家,刚准备开门,就听见门内传来爸妈聊天的声音。

"橙橙那么好的体育苗子,却没有继续练下去,真是可惜。"

"再继续练下去,练得像你一样虎背熊腰,更找不到男朋友了。"

"虎背熊腰怎么了?你当年不就是觉得和我在一起有安全感嘛!橙橙那力气,比我都大,谁要是跟了她,走夜路都不用怕!"

"橙橙是你闺女,不是你儿子!"苏妈妈听上去明显生气了。

"如今这社会,男人也很脆弱,需要保护!"苏爸爸也不甘示弱。

不用多想,苏橙橙也知道此时的爸爸正在惋惜地擦拭他那些年获得的奖牌和证书,而妈妈一边做家务,一边担忧着自己既找不到工作又找不到男朋友的事。这些话,苏橙橙听得耳朵都起茧子了,但她也深知,父母不愿意当面跟她提及,也是怕她听见后难过。

无奈地叹了口气,苏橙橙从包里拿出小镜子,调整着表情。直到镜子里出现一个明媚的笑脸,她才推门而入,高声插话道:"谁需要保护呀?"

身材高大壮硕的苏爸爸吓了一跳,立刻放下手中代表着体育荣誉的各类奖牌,假笑着故作小鸟依人模样地靠在苏橙橙肩上:"我!你爸爸我需要保护。"

苏橙橙配合地一手搂住爸爸,一手搂住妈妈,大大咧咧地说:"放心吧,女儿永远护着你们。"

苏爸爸满脸得意:"还是我女儿厉害,找什么男朋友都不抵用。"

苏妈妈见状,也一唱一和地配合演出:"就是。橙橙还小,现在要是找了男朋友,我可舍不得。"

第一篇 不可思议的变身

果然。苏橙橙勉强笑了笑，不想参与这个话题，用最快的速度脱下外套，换好鞋，匆匆回了房间，溜之大吉。

可刚进门，就见苏青梨敷着面膜，悠闲地躺在自己床上看书。苏橙橙心中犯嘀咕，今天怎么了？她在外面受了气，回到家怎么还跟升级打怪一般，"对手"一个接一个地送上门来。不过，她也没生气，走到梳妆台旁拿起摆在桌面上的娃娃，顺便梳理了一下娃娃的头发。

苏青梨忍不住瞅了眼她手上的娃娃，没好气地说："我说你别只给你的娃娃打扮，平时也给自己化化妆，打扮一下！"

苏橙橙把整理好的娃娃放回梳妆台上，回避了她的话题："你怎么在我的房间？"

苏青梨连忙心虚地低头，貌似专注地看着书："看厌了我房间的装修，想换个房间住住。"

苏橙橙没注意到苏青梨的异样，与她闲聊："那你收到高中的校友会邀请函了吗？"

"收到了。不去。"

"为什么？"苏橙橙不解，苏青梨不是最喜欢出风头了吗？这种场合简直是为她量身打造的舞台。

苏青梨撇撇嘴："我又没有暗恋的人想要'鸳梦重温'，有什么可去的……不过，作为一个离婚律师，好像可以去发展一下客户。"

苏橙橙无语地翻了个白眼："那是你的同学，你要不要这么没良心？"

苏青梨摘下眼镜，撕下面膜，露出一张与苏橙橙完全相反的精致脸："我都长这样了，还需要良心吗？"

苏橙橙认真盯着苏青梨看了一会儿，瞬间没有辩驳的勇气了："你美你有理，行了吧？"

虽然两人是亲姐妹，但很多时候，苏橙橙还是不得不服基因玄学。苏青梨就是那中了基因奖券的幸运儿，不仅综合了爸妈的所有优点，还因为学法律，使那张漂亮的脸蛋增加了一丝清冷美艳感。她不仅美在男性追求者心坎上，偶尔还能俘获不少小姐姐的崇拜之心。

苏橙橙感觉自己的眼睛被刺痛了，嫉妒让她压根不想再搭理苏青梨，只能气呼呼地从衣柜里拿睡衣去洗澡。

可是她刚走,苏青梨立刻偷溜到门边,反锁了房门。等苏橙橙洗完澡回来时,房门已经打不开了。苏橙橙扭动了几下门把手,见没动静,只当苏青梨已经睡了,加上现在自己没心情跟她计较,也只好妥协地跟她交换房间。

苏青梨的房间跟她光鲜的脸蛋迥然不同,满地狼藉,杂乱不堪,脚下、枕头上、地毯上,到处都是书和购物袋,衣服也扔得到处都是。苏橙橙习以为常,满脸嫌弃地用脚精准地将挡路的玩意都踢开,躺倒在床上准备看书,谁知抄起空调遥控器用力一按,空调却嘎嘎作响。她这才明白过来,居然上了苏青梨的当。

不管三七二十一,苏橙橙直接走到自己的房门外,猛拍着门:"苏青梨,你给我开门!"

房间里的苏青梨不仅不羞愧,还大言不惭地大声告起状来:"妈,妈,苏橙橙要拆房子了。"

两人吵得不可开交,客厅里却毫无反应。

苏橙橙冷笑:"哼,爸妈吃了饭早就去遛弯了,这会儿家里可只有我俩。苏青梨,我数三声,你要是再不开门,我可说不准会发生什么。"说着,苏橙橙抬起脚就要踹门。

苏青梨一听门外的动静就知道苏橙橙要干吗,立刻嚷嚷着阻止:"这是你的房间,修门要钱。你工作找到了吗?"

苏橙橙抬起的脚又默默地收了回来。

苏青梨整个脑袋贴在门上,听见门外没了动静,再接再厉地忽悠:"我明天让人修好了空调就搬出去。"

苏橙橙气得咬牙,不蒸馒头争口气,她就该真的踹门才对,但贫穷确实让她胆怯了,她只好再用力砸了一下门,威胁道:"明天不管空调修没修好,你都滚回自己房间!"

苏青梨小声说了一句"知道了",苏橙橙这才余怒未消地回到对面的次卧。

回到房间,苏橙橙心情越发不爽,拿遥控器撒了会儿气,才躺倒在床上,随手拿起带回来的那本《蛤蟆的油》,翻页读道:"在深山里,有一种特别的蛤蟆,它和同类相比,不仅外表更丑,还多长了几条腿。人们抓到它后,将它放在镜子前或玻璃箱内。蛤蟆一看到自己丑陋不堪的外表,不

第一篇 不可思议的变身 015

禁吓出一身油……"

"叮叮",手机提示音又一次响起来。看书入迷的苏橙橙猛然惊醒,拿起手机查看,发现是高中同学群里有人发消息:去校友会的同学提前吱一声。同学们纷纷在群里回复"吱"。

苏橙橙看到消息,满心犹豫。毕业后,她跟老同学的联系不多,一直要好的只有林媛。

当然,除了林媛,还有藏在心底几乎不敢想起的那个少年……只是,也不知道唐奇现在怎么样了。

心念一动,鬼使神差地,苏橙橙拿出手机点开了一段珍藏多年的视频。

视频中,少年时期的唐奇在操场上跑步,她不敢靠近,只能偷偷摸摸地跟在他后面,远远地看着他。每当唐奇回头,她都心如鹿撞,又要努力装作若无其事。

运动结束,唐奇却没有直接离开,而是朝着她走来了,那一刻,她感觉自己的心脏快要从胸腔跳出来了。为了掩盖心虚,她想也没想,凶巴巴地走到两个路过的女生面前,一声不吭地夺走了她们的饮料,假装给拍视频的好朋友林媛送水。唐奇见状,径直离开,而胆小的她,永远都只敢用眼角余光追随。

苏橙橙怔怔地看着视频里面没用的自己,自嘲地笑了笑,目光下意识地落向方才的那本书。从前和现在没什么不同,她觉得自己就像那只外表不够美丽的蛤蟆。

苏橙橙收起手机,不再纠结,裹进被子准备睡觉。此时此刻,只有把自己藏起来,她才能获取一点安全感。

房门却不合时宜地在此时被打开了。苏妈妈拿着冰镇饮料走进来,误以为被窝里的人是苏青梨,一边叹气,一边说:"青梨,你认识的男生多,帮橙橙介绍一个男朋友吧!唉啊,男朋友一个接一个地换,你妹呢,从小到大别说追求者,连个暧昧对象都没有。你妹妹啥都好,可就是这长相太普通了,又从小练体育,练得一身蛮力……"

苏橙橙越听心里却越难受,他们不知道,其实她不在意这些的,也不想找个男朋友,只是父母的爱越是这般小心翼翼,她越觉得自己没用。

卧室里静悄悄的,落针可闻。苏妈妈得不到回应,以为是"苏青梨"

睡着了，没再说什么，叹着气离开了。苏橙橙这才悄悄从被子里冒出一个脑袋，盯着漆黑的天花板暗暗委屈。

夜深人静，千鸟集的大楼还灯火通明，写字楼里静悄悄的，只有实验室里传来叮叮当当的器皿碰撞的声响。装修朴素的实验室四周摆满了装着提取物的玻璃罐，唐奇一人站在实验台前，忙碌地做着最后的产品实验。

时间一分一秒过去，实验终于过半。唐奇疲惫地摘下眼镜，眼前瞬间出现了炫目的颜色。实验用具在强烈的色彩下显得有些模糊，他用力地捏了捏鼻梁，稍作休息，又戴上眼镜继续工作。

顾屿信步走进来，唐奇听见动静，严厉地抬头看了他一眼。

这间实验室是唐奇在千鸟集公司最重视的地方，平时就连大老板周锦礼想要进入也要打报告。顾屿早就习惯了他的刻板，立即举起双手，示意自己戴了手套，穿了鞋套。唐奇这才收回目光，低头继续工作，默许他踏入专属于自己的领地。

顾屿见唐奇还没有要下班的架势，将一沓简历直接放在了桌上："你们研发部的简历我也帮你筛选过了，没看到几个合适的。"

唐奇头也不回地说："研发部暂时不太缺人。"

顾屿早已习惯了唐奇的不识好人心，不在意地耸了耸肩，悠闲地找了个位置坐下，继续低头翻看简历，每看一份简历，就摇头一次。

翻页的沙沙声影响了唐奇，他不耐烦地蹙了蹙眉："你是找员工，不是选美。"

顾屿被他戳穿心事，也不尴尬："美妆市场，销售的是'美'，我希望市场部的员工不但要能干活，而且要外形靓丽，这样见客户时才有说服力。"

唐奇不以为然，脱下手套，指了指案几上成沓的策划方案。这些方案都是市场部根据新产品做的营销方案，虽然唐奇只是研发者，但作为最了解产品的人，市场部还是很尊重他的，挑选了一些方案给他过目。只是唐奇并未看到合适的，而这批产品的营销迫在眉睫。

唐奇直言不讳道："先找个能干活的。"

顾屿撇嘴嘀咕："你怎么跟周老板一个德行，朋友推荐了一个能干活的实习生，明儿联系联系。"

唐奇显然无心搭理他，开始收拾实验台上的器具。

顾屿见他不搭腔，咂了下嘴巴，找了个机会转移话题："听说你周末有校友会？"

"不去。"唐奇没有多余的回应。

顾屿不解地瞪眼道："为什么？在美好的青春年华里，就没有一个能让你印象深刻的人吗？"

闻言，正在忙碌的唐奇忽然停住了手中的动作。顾屿的话让他想起了某些不好的回忆，确实有印象深刻的人，但……并不美好。

高中时期的唐奇跟现在一样，做什么都力求完美，成绩、体育，他都会做得很好。只是每次去跑步，他总会遇到一个奇怪的女生。也不知道他是为何得罪了那个女生，她每次都会单方面地跟他"宣战"，永远跟在他身后跑步，不管他跑多快，她都能轻松地跟上来。等到他实在跑不动了，气喘吁吁地停下，一抬头，就能看到她不屑的嘲笑。

有一次，唐奇想找她理论理论，却看到她凶狠地抢走了两个女生的饮料，他还没来得及上前帮忙，她便恶狠狠地用眼神警告他"别多管闲事"。武力值一般的唐奇，见那两个女生也没什么大事，只好灰溜溜地走了。后来，也不知道她跟其他人说了什么，其他人也一直用奇怪的目光看他。

唐奇虽然热衷于学习，但并不擅长处理人际关系，更不想得罪人，每次也只能刻意避开她。但这个女生始终阴魂不散，几乎成了他高中时期的噩梦。唐奇越想越觉得烦躁，没好气地冲顾屿道："就是因为印象太深刻了，所以完全不想再见到。"

居然还有让唐奇这根木头这么难忘的人，顾屿的八卦之心熊熊燃起："是什么人啊，居然让你这么难忘？"

唐奇面无表情，眼神却变得冷漠："是学校里最能惹是生非的人。"

这咬牙切齿的话，听上去确实不是少年时期美好的记忆。顾屿后知后觉地意识到问题的严重性，立刻改变方针："每个学校都会有像你这样的学霸，也会有长得不错但学习成绩糟糕，还很会惹是生非的人。男人嘛……"

唐奇看了顾屿一眼，淡淡地说："她是个女生。"

顾屿蒙了："女生？她欺负你了？"

唐奇没有回答，默认了。

这态度，俨然是被自己猜中了。顾屿第一次见到唐奇这副吃了苍蝇的样子，惊讶地微张了张嘴，似乎猜到了什么，憋着笑露出同情的表情，但看着唐奇的神色愈发难看，最终没忍住，扑哧一声笑了出来。

第三章
天降礼物

　　翌日清晨，林媛迫不及待地拉着苏橙橙，风风火火地闯进了一家服装店，说是要给她买一套能惊艳所有人的衣服，让她穿着去参加校友会。

　　林媛是四川人，父母很早就离异了，她是跟着姥姥姥爷来的樊城。刚转学到实验中学时，因为不合群，林媛老是一个人闷头画画，总是被班上的小男生欺负，每次都是苏橙橙出面保护她，教训那些调皮的同学。

　　从那以后，林媛就成了她众多迷妹中的一个。周末，林媛去她家蹭饭；上学，林媛像小尾巴一样跟在她身后。久而久之，林媛几乎可以算得上是老苏家的编外女儿。

　　得知苏橙橙最近找工作不顺利，林媛便想着趁这次校友会带她去散散心。

　　苏橙橙脸上却写满了不情愿，仿佛被拖着前行的一只木偶："我还要忙着找工作呢，真的没时间去参加什么校友会，而且也没必要买这么贵的新衣服啦！"

　　林媛看了眼四周，神秘兮兮地凑到她耳边："我收到了确切的消息，唐奇这次会去呢！"

　　以前在学校，林媛这个臭皮匠就一直积极地助攻苏橙橙和唐奇，虽然没得到什么好结果，但时隔多年，唐奇终于又在众人面前露面，林媛说什么都要再帮苏橙橙一次。

　　苏橙橙瞪大了眼睛，难以置信："不可能吧！"

　　林媛一本正经："真的！听说老校长亲自打电话联系他，他才答应出席最后的聚餐呢。"

　　苏橙橙还是很犹豫。

林媛担心她又钻牛角尖，故意高声说："时光是把无情的猪饲料！我们就去校友会看看呗，看看曾经的学霸被时光喂成了啥模样。"

苏橙橙听了，心中不禁有些动摇。林媛见状，赶紧拿起一条短裙，继续煽动："好看，别犹豫了，快去试试吧。"

苏橙橙看着短裙，满脸别扭——从小到大，她几乎都没怎么穿过裙子，因为知道自己皮肤黑、小腿粗，所以总是穿裤子来掩饰自己的缺点。

"就算要去校友会，也没必要买新衣服吧？"

"你以后工作了也是要应酬的呀，老话说得好，'先敬罗衣后敬人'，你就别给我这个中国著名漫画家省钱啦！"

苏橙橙拿着裙子扭捏着，不愿意尝试。林媛瞬间明白过来，又拿了一条裙裤递给苏橙橙，善解人意道："这条裙裤也很漂亮。"

苏橙橙果然接过裙裤在身上比画了下，但是望着镜子还是迟疑："这么穿会不会太引人注意了呀？"

"你以为其他人不会好好打扮吗？为了面子，大家可都会不惜血本地精心装扮自己呢。再说了，校友会那么多人呢，我们就只是个背景板而已，没人会特别注意我们的啦。"

不给苏橙橙踌躇的时间，林媛又拉着她的胳膊，撒娇央求："你就陪我去凑个热闹嘛！"

苏橙橙终于被说动了："好吧。"

林媛当即高兴地扬声喊人给苏橙橙拿相应尺码的衣服。一上午，两人战果惊人，林媛一掷千金，结结实实做了一把霸道女总裁，为苏橙橙买下了几套颜色鲜艳、款式前卫的衣服。

校友会当天，苏橙橙忐忑地换上了那条裙裤去赴约。

林媛早已经等在了校友会门口，今天她穿了一身廓形连衣裙，跟平时的风格很是不同，这样的装扮直接掩盖了身材，显得她普通了几分。

"苏家三姐妹"里，苏青梨是清丽美人型，林媛是娇俏可人型，只有苏橙橙是健硕灵活型，跟"好看"是毫不沾边。苏橙橙看着林媛那宽大的衣服，知道她是故意配合自己才穿成这样的，心里酸酸的——林媛和爸妈一样，总是小心翼翼地照顾着自己的情绪。

林媛见苏橙橙盯着自己的衣服，扯了扯衣摆："怎么了？"

苏橙橙回神，扯了扯自己的超短裙裤，摇摇头："没事。"

林媛知道她忐忑，亲热地挽起了她的手，两人一同走进活动场地。此时，现场已经来了不少同学，正三三两两各自说话。这些人果然如林媛所说，每个都打扮得光鲜亮丽。在各路帅哥美女的加持下，校友会显得流光溢彩、五光十色。

苏橙橙越加不自在了，看到几个负责组织活动的男同学在忙忙碌碌地搬运啤酒，她立即走过去帮忙。林媛拿苏橙橙的热心肠没辙，也走过去帮忙。

苏橙橙力气大，两只手轻轻松松地搬起一箱啤酒，健步如飞地穿过会场走向角落。一个同行的瘦男生见状，目瞪口呆地冲她竖起了大拇指："兄弟，在下敬你是条汉子！"

苏橙橙早习以为常，只是笑笑。

林媛却不悦地瞪着瘦男生："是姐妹！女生就不能力气大吗？"

瘦男生不好意思地讪笑，也学苏橙橙的样子，想一人搬动那箱啤酒，却差点摔倒，幸好林媛上前帮忙，啤酒才没遭殃。

会场热闹非凡，其他女孩衣着光鲜、姿态矜持地坐着聊天，苏橙橙和林媛则气喘吁吁地奔波着。不一会儿，两人额头上都沁出了汗珠。

苏橙橙正使尽全力，毫不讲究形象地搬运着啤酒，突然，她看到周围的人都望向入口处。她也顺着目光看去，只见唐奇穿过鲜花搭建的甬道徐徐走进来，整个人仿佛在散发着光芒，宛如天使下凡。

多年未见，骤然重逢，苏橙橙的神思有些恍惚。唐奇没有什么变化，还是一如少年时期那样清冷帅气。她感觉唐奇的每一步都好像踏在她的心尖上，搞得她心脏怦怦直跳。

苏橙橙失神，差点把整箱啤酒都摔在地上，急忙狼狈地稳住。唐奇闻声看过来。苏橙橙一紧张，几乎是下意识地立刻蹲下，躲在了堆积的啤酒箱子后，反而引来了众人的目光。

苏橙橙满脸尴尬，装作检查啤酒来掩饰："我看看啤酒的生产日期，有没有过期。"

林媛见状，无声地叹了口气，也连忙陪着她蹲下，配合着认真查看箱子上的编码："嗯，必须要看，上次我的编辑就喝了过期的饮料，跑了一晚上厕所。"

其他人笑笑,没有说什么。唐奇也收回了目光,被人众星拱月般围在中间。一个穿着西服套装的校友边喝酒边跟众人炫耀:"我毕业后去了大厂,这些年一直没找到更好的发展机会,不知不觉就待到了现在。唐奇,你呢?听说你刚回国不久,现在在哪家大公司高就啊?"

唐奇语气淡淡的:"一个小公司。"

他并不习惯这样的场合,目光扫视四周。他原计划打个招呼就离开,但看样子,校长还没来。而显然,他的回答让场面变得有些冷。

西装校友尴尬地笑了笑,不知道再如何套近乎。另一个校友打圆场,接话道:"我也在小公司。听着没有在大厂有面子,但只要团队靠谱,挣得不比大厂少。听说你加入了一个初创公司,一年大概能分红多少啊?"

"如果两年后没有倒闭,才有分红。"唐奇直截了当。

场面再次冷下来,周围几人尴尬地笑了笑。其他人见话题聊不下去了,便张罗着合影。唐奇作为当年实验中学的风云人物,自然也被大家挤到了正中间。一个活泼俏丽的女校友主动上前为几人拍照。

苏橙橙站在一旁,一副斯文的淑女样子,悄悄地打量着心中的白月光。旁边的林媛窃笑着,用胳膊肘轻轻碰了碰她,努努嘴示意:"唐奇倒是没长残。上去打个招呼,聊聊呗。"

苏橙橙想也没想,答道:"他和咱们又不是一级,压根不知道我是谁,有什么可聊的。"

有贼心没贼胆。林媛无可奈何地轻叹一声,知道苏橙橙是不好意思,也就不再怂恿她,自己先去了卫生间。

另一边,女校友拍完照后,留意到苏橙橙,惊喜地看着她说:"你是苏橙橙吧?美女苏青梨的妹妹?"

女校友的话,瞬间吸引了正在拍照的众人,大家又一次将目光投了过来,唐奇的视线也随之停驻在苏橙橙身上。

苏橙橙想想尿遁,但已经来不及,只能硬着头皮礼貌微笑:"是我。"

那个穿西装的校友一脸和苏青梨很熟的样子:"我是苏青梨的同班同学,她怎么没来?"

苏橙橙说:"我姐她工作忙,走不开。"

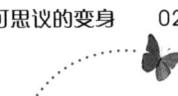

女校友一面回忆，一面笑着说："我记得你体育一直很好，力气很大。有一次，一个女生不小心困在了女厕所，你徒手就把厕所门给拆了。"

众人被勾起了死去的记忆，有人激动地帮腔道："对对，当年我也听说过这事。听说你是凭体育特长进的大学，现在做的是体育相关的工作吗？"

苏橙橙一听这话，就知道逃不过校友会最尴尬的环节了，她不想成为众人的焦点，摇头道："不是。"

但显然，大家没打算放过她，热络地追问："那在做什么？"

苏橙橙看了眼唐奇，在暗恋的人面前涌起了几分莫名其妙的虚荣心，含糊地回答："我在美妆公司做市场营销。"

女校友来了兴趣："哪个美妆公司啊？我男朋友也是做美妆的。"

苏橙橙骑虎难下，又悄悄地看了眼唐奇，唐奇也看着她，不知道在想什么。

苏橙橙不想丢脸，一咬牙，心一横，回答："梵黛。"

众人纷纷露出了羡慕的眼神，梵黛这家外资美妆公司，一直在业内大名鼎鼎，能进这家公司的人要么能力出众，要么长相出众。

女校友神情兴奋："我男朋友也在梵黛上班，太巧了！"说着，她便回身去招呼正在另一桌聊天的男友。

那人一回头，苏橙橙登时认出他来，正是她参加梵黛面试时另一个热衷打圆场的面试官。

女校友拉着苏橙橙介绍："这是我学妹，和你一个公司的，肯定认识吧？"

女校友的男友看到苏橙橙，也错愕了一瞬，显然认出她来了。苏橙橙满脸尴尬，恨不得挖个地洞钻进去，但此时逃走已经来不及了。

对方淡淡一笑，含糊地说："见过一次。"

他没有为难苏橙橙，但心虚的苏橙橙再也装不下去了，咬了咬牙，硬着头皮又羞又窘地解释道："我前几天刚去梵黛面试，还在等消息。"说着说着，声音越来越小。

众人顿时都明白了，她是在吹牛，场面变得十分尴尬。唐奇的目光似乎更加灼人了。

女校友也明白了过来，强行扭转话题："那个……刘校长，你们还记得刘校长吧？就那个老戴着鸭舌帽，总躲在暗处抓迟到同学的校长，他今天也会来……"

苏橙橙却一句都没听进去，只恨自己不能原地消失，匆忙说："那什么，我去忙了。"说完就逃也似的走开了。

众人见当事人离开了，也都互相尴尬礼貌地笑笑，没有继续这个话题。只是唐奇的目光一直追随着苏橙橙。

苏橙橙步履艰难地走到酒水区，林媛还未归来。心中的烦闷无处宣泄，她只能沮丧地拿起一瓶啤酒，打算借酒消愁。

谁知，她刚刚啷的一下打开啤酒瓶盖，这一幕就被不远处的一个男同学瞧见了。那人顿时兴高采烈起来，一边鼓掌喝彩，一边凑上前来："哇，苏橙橙，你的功力不减当年啊！来，给大家露一手，徒手开啤酒！"

苏橙橙认出这是自己的同班同学，郁闷地摇了摇手拒绝。这位同学却误以为她是在谦虚，反而更加起劲地拍手吆喝起来："来嘛，苏橙橙，别害羞啊，来一个！苏橙橙！来一个……"

宴会厅中央，有人听到酒水区的动静，不明所以地凑过来瞧热闹，一时间，整个场面热闹非凡。有人茫然围观，有人起哄，热情高涨地跟着一起鼓掌吆喝。

苏橙橙被围在中间，面前堆放着一堆啤酒，周围还围着一圈同学。唐奇神色淡然地站在其中，既没有凑热闹的心思，也没有立刻离去的意思。苏橙橙不敢抬头看他，只是盯着众人。今日已经接连两次"社死"，她感觉自己已经麻木了。

算了，同学们没有恶意，她更不能当场甩脸子。这么想着，苏橙橙只好勉强答应大家，拿起一个啤酒瓶利落地打开，果然引起了一阵阵喝彩。

林媛刚从卫生间补完妆回来，就看到这热闹的场景。她满头疑惑地挤进人群："这是怎么回事啊？"

有人解释道："苏橙橙给大家徒手开啤酒呢！"

苏橙橙面上尴尬地笑着，心中却十分窘迫，可此时已骑虎难下，她只能化身蛮力女，硬着头皮一个接一个地开啤酒瓶。校友们一个接一个地排着队，像开火车一样依次上前拿走打开的啤酒。

现场气氛热烈非凡，唐奇被人挤到了排队的人流中。轮到他上前拿啤酒时，苏橙橙看到是他，立刻避开了视线。她生无可恋地拿起啤酒，默不作声地正要打开，可嘭的一下，冒着泡的啤酒猛然冲出了瓶口，喷洒得到处都是。

苏橙橙被喷得满头满脸都是啤酒，妆容也全部花掉了，狼狈不堪。原本热烈的鼓掌声和喝彩声戛然而止，四周只留死一般的寂静。

苏橙橙大脑一片空白，羞窘不已，急忙要躲，却忽然听到唐奇喊住自己："我可以拍照吗？"

苏橙橙脑袋里轰的一声，攒足勇气抬头看向唐奇，却见他正目不转睛地盯着自己。苏橙橙没想到他会主动跟自己搭话，愣愣地点了下头。

唐奇动作迅速地拿出手机，随着咔嚓一声响起，苏橙橙才猛然惊醒，反应过来："为什么要拍我？"

唐奇盯着手机里的相片，不知道思绪飘去了哪里，淡然回答："很丑！"

轰隆一声，高高的香槟塔在苏橙橙心中轰然倒塌，她茫然无措地抬起眼看唐奇，唐奇却始终未再看她。苏橙橙清晰地听到了自己胸腔里的一颗少女心裂成了无数片，并且正被他踩碎。

眼泪夺眶而出，苏橙橙猛地转身就跑。

林媛急急忙忙找到纸巾，挤出人群要追，然而狼狈的苏橙橙脚步越跑越快，她怎么也没追上。

苏橙橙想静一静。她甩开了林媛，避开了人群，一个人茫然地走在街上，神情复杂。路过的人频频看向她，生怕她是哪里来的神经病，纷纷绕着她走。

苏橙橙嘴里一遍遍重复着"没有关系"来安慰自己，可一想到自己的难堪出丑，想到唐奇说的"很丑"，她就怎么都无法做到心如止水，眼泪还是不争气地往下掉。

苏橙橙不知道走了多久，不知道穿过了多少人群，直到走到了地铁口附近。一个聋哑老奶奶在摆地摊卖花，因为花的品相不太好，即便招牌上写着十元一束，也依旧无人问津。

她真可怜，跟自己一样可怜。

苏橙橙已经走过一段路，又折返回来，抹了抹眼泪，把聋哑老奶奶剩下的花全部抱了起来:"这些花我都要了。付您五十块。"

苏橙橙拿出手机扫了二维码,转身想走,老奶奶却比画着示意她停下。苏橙橙不知道她要做什么,只得赶紧抹掉眼泪看她比画。

聋哑老奶奶从包里掏出一个看起来很廉价的镯子,塞给了苏橙橙。

苏橙橙以为她是要自己买,没有拒绝,戴在了手腕上,问:"多少钱?"

聋哑老奶奶摇摇手,表示是送给苏橙橙的。

苏橙橙鼻子一酸,这一刻,她压抑的情绪愈加无法控制,眼泪又要涌出来了:"很好看,谢谢您。"

聋哑老奶奶满含微笑,冲她比画"没事"。

苏橙橙知道自己现在模样吓人,没多停留,捧着花将脑袋埋在鲜花后,缓步继续朝地铁走去。她却没注意到,身后的聋哑老奶奶正注视着她离开的背影。

地铁上,人稀稀拉拉的。苏橙橙抱着花坐在角落里,像只鸵鸟一样缩着脖子,沉浸在自己的悲伤和痛苦之中。

突然,地铁灯光闪了一下,车厢瞬间变暗了,苏橙橙手上的手镯却闪烁着微光。然而当灯光恢复正常,苏橙橙徐徐地抬起头时,她已经变成了大美女的模样,自己却浑然不觉。路人再度频频看向她,只不过这次目光中充满了惊艳和羡慕。

苏橙橙的万花筒

第二篇

第四章
阴差阳错

苏橙橙慢慢地走进小区，突然看到前方爸爸妈妈正在散步。她兴奋地喊道："爸爸！妈妈！"

然而，两人好像没有听到她的呼唤，直接从她身旁走过。苏妈妈还小声地说："这姑娘长得比我们家青梨还好看……"

苏橙橙惊讶地望向一旁的车窗——自己的身影朦朦胧胧，但能看得出是一位绝美佳人。她难以置信地走近端详，发现车窗上确实是一个身材高挑、风情万种、留着大波浪发型的美女。

苏橙橙又惊又惧，难以置信地颤抖着从包里掏出一面小镜子，然而镜子里的自己还是原本的模样。苏橙橙再看向车窗上的面孔，依旧满脸痘痘。

原来是自己眼花了。奇迹怎么可能会发生在自己身上呢？

苏橙橙松了口气，但同时心中又涌起一阵更深的失落与难过。她垂头丧气地收起小镜子，往家走去。

唐奇刚参加完校友会就赶忙回到实验室，一脸严肃地盯着电脑屏幕上苏橙橙的丑照。

唐奇的下属实验员小林听到动静，也走了过来，见唐奇盯着屏幕出神，伸长脖子看过去，却满脸失望——既不是大美女，也不是什么有趣的东西嘛。

小林面露嫌弃："这是谁呀，唐总？是您的同学吗？"

唐奇语气淡淡的："一个不熟的校友。"

小林看着屏幕上的丑照，咂咂嘴说："好好的一个姑娘，怎么把自己弄成这样啊？瞧瞧这腮红……还有这眼影……怎么会有上妆效果这么差劲的眼影？"

唐奇没好气地把一沓资料递给小林，打断他的评头论足："消费大数据显示，自 2017 年起，女性运动市场不断扩张，有健身习惯的女性占比达到了 72%，而且其中 80% 的女性会保持每周两次以上的运动频率。在健身达人群体中，19 岁到 24 岁的女性用户占比为 32.5%，并且这个数据还呈现出继续上升的趋势。"

小林有些不解地问："这和我们做的化妆品研究有什么关系？"

"这意味着女性对妆容稳定性的需求比以前更高了。这张照片就是例子。当运动成为生活习惯后，谁也不希望自己的妆容会轻易变得如此糟糕。"

小林恍然大悟，看向屏幕上的丑照，若有所思："确实是这样啊。那我们得在产品上市前，再对涉及妆容稳定性的数据进行一次测试，市场部也得重点关注一下。"

唐奇认可地点头。

小林后知后觉道："所以唐总，您拍这位同学的照片是为了做调研？"

唐奇不置可否，径直关掉屏幕，走向工作台。

小林的话音戛然而止，面对自说自话和"没有礼貌"的顶头上司，他也只能暗暗握紧拳头，给自己心理安慰："没事……我爱工作，我要加班……"

昏暗的城市逐渐从沉睡中苏醒。苏青梨一大早就穿戴整齐，精神抖擞地站在洗手台前，细致地涂抹着口红。而一脸疲惫的苏橙橙则慢悠悠地走过来，顶着一头乱发开始刷牙。

苏青梨扭过头来，一脸霸道地说："你起这么早干吗呀？不上班的人就自觉点，别占用这繁忙时段的公共资源。"

苏橙橙无奈回应："我也在努力找工作好不好！"

苏青梨瞥了一眼苏橙橙，十分嫌弃地说："你瞧瞧你，也不好好收拾收拾自己，脸油得都能炒菜了。"

苏橙橙看向镜子，穿着睡衣、不修边幅、没精打采的自己，和一身职业装、容光焕发的苏青梨，形成了鲜明的对比。

"既然待业在家，就好好研究下穿衣打扮，把自己拾掇拾掇，你这样子找不到男人倒没什么，找不到工作那可就完蛋了！"说着，苏青梨毫不

第二篇 苏橙橙的万花筒　031

客气地把苏橙橙赶到马桶边去刷牙,自己则继续化妆。

苏橙橙听到姐姐的话,一下子想起了唐奇说她很丑的场景,不禁怒气冲冲地反驳道:"长得没你好看是我的错吗?就像你,长得帅是你厉害吗?那是你爸妈厉害,是遗传基因厉害!"

正在画口红的苏青梨被吓了一跳,纠正道:"你干吗呀?你姐姐我是美,不是帅!"说着,苏青梨画完口红,又对着镜子捣鼓了两下头发,露出满意一笑,这才摇曳生姿地离开了。

苏橙橙目送她离开,黯然嘀咕着:"谁不想长得好看,我也想变美啊!"

她却没发现,就在她嘀咕的同时,神奇的事情发生了,她的脸竟然开始一点点变化,逐渐变得比苏青梨还要美。

与此同时,在千鸟集公司里,众人都在各自的岗位上忙碌着,为新产品的拍摄做准备。唐奇坐在一旁,看着摄影师和灯光师调试器材,姿态悠闲,目光却在检视着每个细节。周锦礼作为千鸟集三大合伙人之一,身上毫无大老板的气质,穿着休闲,打扮随性,看似镇静,实则内心有点紧张,不时走来走去。

顾屿安慰地拍了拍周锦礼的肩膀,一脸的"我办事你放心":"别担心,我昨晚核对过流程了,一切都没问题。"

话音刚落,电话乍然响起。顾屿接起电话,脸色骤变,语气也不似方才那么自信:"什么?更改拍摄时间?绝对不可能……什么?取消……喂,喂?"话还没说完,电话就被对方挂断了。

其他二人闻言,也投来关注的目光。周锦礼忙问:"怎么了?"

顾屿无奈地解释:"今天要来拍摄海报的明星去做了个鼻子手术,出了点问题,还没完全恢复,临时通知取消海报拍摄,他们愿意赔偿违约金。"

周锦礼着急道:"这是违约金的事情吗?这是我们公司今年的第一个新品,推广海报如果不能如期上线,所有后续工作都要泡汤。"

员工们听到这话,都开始交头接耳,陷入了慌乱。

唐奇却依旧稳如泰山,微皱着眉头,思考着应对之策:"可以用素人替代流量明星。"

众人纷纷抬头看向唐奇。

这也太胆大了。没人敢回应，周锦礼也不知道应该说什么，只能看向顾屿。

顾屿捏着电话，当即一脸严肃地拒绝："不行，我们本来就是新公司，用素人会降低产品关注度。"

"公司在创业初期，还没有品牌信誉，很难谈到好的明星，而且拍摄产品海报不同于选用品牌代言人，更应该注重产品特色。"

"你根本不懂市场。"

"我是不懂市场，但我懂产品。市场的基础是产品，我们的产品定位是'亲民'的优质彩妆，鼓励平凡女性发现美、创造美，用素人模特会更有说服力。"唐奇神情自若。

顾屿却直接抓住他话中要害："平凡女性？你不会是想随便抓一个人吧？"

两人剑拔弩张，众人噤声之际，唐奇环视了一圈周围的同事。女同事们见唐奇在看自己，有的好奇，有的期待，有的畏缩。

没有看到满意的，唐奇收回目光道："必须要有特点，能够充分展现产品，吸引关注，激发购买欲的素人模特。"

闻言，市场部员工纷纷发出不赞同的抱怨声。

顾屿无奈道："说白了就是又要普通人，又要足够美，你这比找流量明星更难！"

唐奇没回应——按照他以往的性格，难从来不是他退缩的理由。

双方僵持不下，混迹在人群中的周锦礼知道，这个时候是要自己出马了。他自然地扮作和事佬，打着圆场："反正今天也拍不了了，不如大家分头努力。市场部不用放弃流量明星，继续找合适的人选，剩下的同事去寻找符合唐总要求的素人。"

从创业以来，三人中唐奇和顾屿确实经常因为工作发生争论，但大家都是为了公司好，自然没有什么对错，而周锦礼在其中，向来发挥着自己和稀泥的本事。果不其然，听到周锦礼的话，顾屿和唐奇对视一眼，均沉默地接受了这个安排。

同事们各自开始行动起来，现场又陷入了一片忙碌之中。

苏橙橙身着衬衣和黑西裤,整个人就像被抽走了精气神一般,蔫头耷脑地从一栋高耸的写字楼中缓缓走出。这模样,显然是又遭遇了一场面试的滑铁卢。

还未来得及平复心情,林媛就急匆匆地在电话里告诉她,唐奇正和她一起,说什么都要跟她当面道歉。挂了电话,苏橙橙还是难以置信,但抱着试试的态度,还是决定去咖啡厅看看。

然而此时的咖啡厅里,林媛正笑盈盈地将一枚系着漂亮蝴蝶结的钥匙轻轻推到唐奇面前,脸上满是讨好之色:"听说你在创业,这是一个仓库,可以三年……不对不对,五年,五年免租金给你使用呀,就当是我对学长事业的小小支持。"说完,还不忘小声解释一句:"我姥爷赶上拆迁了,给我留了好几套房子呢,你可别和我客气……"

唐奇却是一脸冷淡,直接将钥匙推了回去:"我也是本地人,不缺仓库。"

林媛僵了僵,赶忙赔着笑脸,又把钥匙推回去:"做实业多不容易呀,谁会嫌仓库多。"

唐奇已经消耗完了耐心,直言道:"你到底有什么事?"

林媛心里有一万个不满,但面上还是堆着笑:"等会儿橙橙来了,学长你能不能说是你主动约她来道歉的?毕竟你在校友会上的行为……在一个女生那么难堪的时候拍照,真的是有点太过分了。"

唐奇还是那副面无表情的样子,再一次把钥匙推了回去:"拍照前,我征询过苏橙橙的同意。"面对林媛的指责,唐奇没有半点愧疚。

林媛见他这副样子,笑脸已经快要维持不下去了,只能皮笑肉不笑地说:"你还说她丑了。"

"我只是按照客观情况实话实说。"

林媛又尴尬又恼怒,不死心地请求着:"既然学长不愿意当面道歉,要不,你加一下苏橙橙的微信,给她留言说句对不起,就三个字,对不起,这样总可以了吧?"说着,林媛也不管他答不答应,从自己的记事本里撕下一页纸,写下苏橙橙的电话号码,递给唐奇。

"你与其说这些虚伪的假话去哄骗她,不如让她好好反思一下,为什么会把自己弄得那么难看。"唐奇看着林媛递过来的纸条,压根就没有接的打算。

林嫒再也压抑不住内心的怒火，正欲发作。然而谁也没注意到，苏橙橙已经悄然到场，一字不落地听到了他们的对话。苏橙橙的心像被狠狠扎了一下，她又羞愤又伤心，却只是快步离去。

　　两人都没有注意到苏橙橙，林嫒的耐心也消耗殆尽，她干脆气急败坏地冲唐奇吼道："唐学长！苏橙橙是我见过的最漂亮的女孩！你的眼睛就只知道盯着外表看，根本就不懂什么才是真正的美！算了，我和你这种眼睛的人说这些有啥用，反正你必须道歉，否则……你今天休想离开这个咖啡厅！"

　　说完，林嫒凶巴巴地把写着联系方式的纸直接拍到唐奇面前，俨然一副大姐头耍流氓的架势。唐奇神色如常，对她的跳脚丝毫不在意。

　　两人僵持间，苏橙橙宛如失去了灵魂的木偶，脚步虚浮地独自缓缓前行着，内心满是苦楚与迷茫。

　　她不知道自己应该如何反思。相貌是天生的，难道她要反思，作为一颗受精卵，自己居然这么不争气，姐姐选择了父母的所有优点继承，自己却是随机生成……苏橙橙苦笑着，只有唐奇这种天生就得到了外貌优势的人才会站着说话不腰疼。

　　心情糟糕到了极点，她无暇顾及周遭，没注意到一位母亲推着婴儿车慢慢走着，旁边跟着一个四五岁的手里拿着玩具气球的孩子。

　　突然，婴儿车里的婴儿哇哇大哭起来，母亲赶忙俯身查看，而身旁孩子手中的气球脱离了掌控，悠悠地朝着马路中间飘去。

　　孩子焦急地喊着："妈妈！妈妈！"然而母亲正忙于安抚婴儿，没有抬头。

　　此时，刚从咖啡厅走出的唐奇正在路边停车场寻车，他一眼看到，远处的那个孩子追着气球跑到了马路中间，一辆出租车正疾驰而来，眼看就要撞上。唐奇大惊失色，尽管明知来不及，但他的身体还是不由自主地朝着孩子冲了过去。

　　就在这千钧一发之际，一道如闪电般敏捷的身影如展开羽翼的天使般猛地冲过来，紧紧抱住小孩。伴随着一阵刺耳的刹车声，苏橙橙护着小孩重重地摔倒在地。

　　唐奇高度紧张，而耀眼的日光又刺激着他原本就已经病变的眼睛，整

第二篇　苏橙橙的万花筒

个世界登时变成了高饱和的光晕。唐奇揉了揉发酸的眼睛,眼中那身影只有若隐若现的轮廓,看不清面容。

当苏橙橙抱着孩子站起身时,她已然变成了身材曼妙、明艳动人的美女。而她却浑然不知,只是轻声哄着孩子:"不怕不怕……没事了,没事了……下次要小心哦,不可以走到马路中间……"

唐奇站在围观的人群中,看着那背对着他的女子温柔地将孩子交还给尚在惊恐之中的母亲。母亲紧紧抱住孩子,又哭又笑,一旁车里的婴儿也露出了可爱的笑容。而狼狈的苏橙橙还穿着标准的面试服装,白衬衣和黑色西裤上沾满了脏污,还丢了一只鞋。对方感激不已,苏橙橙只是淡淡微笑着摇头表示没事。

出租车司机急匆匆下车,既庆幸又后怕地看着她:"姑娘,你要不要去医院?"

苏橙橙摸摸脸上的伤痕,满不在乎地说:"没关系,只是一点小擦伤而已,过几天就好了。"她对自己的外貌丝毫不在意,坦荡又随和。

唐奇只隐约看到她侧身时的微笑,这一幕如此美好,绮丽明艳。那笑容也不禁敲响了他始终尘封的心,心脏不受控制地剧烈跳动起来。

一个面容不清的女生,此刻在他心中深深扎根,如璀璨星辰,熠熠生辉。

第五章
百变橙橙

唐奇恍然回神，见女生单脚跳着找鞋子，他四下搜寻，将地上的鞋捡起，走到身形摇晃的美貌女生面前。

这时，出租车司机和孩子母亲正礼貌地跟她道谢，待她回头，唐奇已经蹲在地上，将鞋放在了她脚边。苏橙橙没有看清他的脸，只匆匆道了声："谢谢。"

苏橙橙抬脚穿鞋，唐奇却始终没有起身，细致地帮她穿好鞋。苏橙橙微诧，但这一切发生得太快，她来不及反应，唐奇已经缓缓站起身来。在目光与苏橙橙交汇的一刹那，他不禁失神。"天使"竟然长得如此好看，而她脸上那道因为救人产生的伤疤非但没有拉低她的颜值，反而让他觉得她的美更有意义了。

苏橙橙看清来人是唐奇，语气骤然变冷："怎么是你？"

唐奇刚想发问，苏橙橙没给他任何好脸色，转身径直离去。她一边愤愤地走路，一边不自觉地用手抚摸着脸上的伤，正准备从包里拿出小镜子端详。

唐奇愣了一瞬，立刻拔腿追上去："小姐，您愿意做模特，拍摄海报吗？"

苏橙橙闻言站定，以为唐奇是故意讽刺自己，心中的火气再次飙高："你是不是有……""病"字还没说出口，她扭头看到了镜子里的自己，手和张大的嘴巴顿时僵住了。

唐奇未觉察到苏橙橙的异样，自顾自地解释着来意："我们公司正在寻找一些素人模特拍摄产品海报，我觉得您的形象气质非常符合我们的要求。我真的不是骗子，您可以先来我们公司参观一下，深入了解之后再做

第二篇　苏橙橙的万花筒　037

决定……"语速也比以往快了不少,他竭力想证明自己的真心。

苏橙橙却充耳不闻,对着自己的脸又扯又掐。

居然会痛!居然是真的!

唐奇手忙脚乱地找名片,却没找到,只好摸出了之前林嫒从记事本里撕下的纸,匆匆写下自己的姓名和手机号,递过去:"我叫唐奇,这是我的手机号码,请您务必联系我。"

苏橙橙没接,紧紧地盯着唐奇的眼睛,急切求证:"你觉得我现在这张脸……长什么样子?"

她热切的目光令唐奇慌了神,他脸上露出了一丝可疑的羞涩。唐奇掩饰地避开目光,语气却很诚恳:"您……很美。"

苏橙橙又看看镜子,如梦初醒,一把推开唐奇,头也不回地离开。

唐奇急忙将纸条塞到苏橙橙的包里:"请您务必联系我。"

苏橙橙却无暇顾及,只是刚走了两步,又朝着方才咖啡店的方向去,脚步越走越快。她要找到林嫒,再确认一下。

另一边,林嫒在唐奇离开后,一直试图给苏橙橙打电话,却一直无人接听。她便走出咖啡厅,一边走一边锲而不舍地继续拨号。走着走着,她听到熟悉的手机铃声就在附近响起。林嫒惊讶地四处寻找,越走越觉得铃声不对劲,怎么好像离自己越来越近了?她循声望去,只见一个略显狼狈的大美女正拿着不停响的手机,着急地朝她走来。

林嫒一脸不解,还没反应过来,美女已经站到了她的面前,并当着她的面按下了手机上的接通键。

这时,双重铃声戛然而止,只听见大美女说:"嫒子,我是苏橙橙。"

林嫒只觉得眼前的美女莫名其妙。

苏橙橙了解林嫒,一眼就识别出她那仿佛在看神经病的眼神,着急道:"真的,我是苏橙橙,你相信我啊。"

林嫒不想理她,指着她的手机问:"说,你把橙橙怎么样了?不然她的手机怎么在你这里?"

苏橙橙不知道该如何用语言解释了,只能拉着自己的衣服,举着手上的镯子解释:"我真的是苏橙橙啊,你看我的衣服、包,还有镯子都没变……啊,镯子,是镯子!一定是镯子让我变身了。"

林媛顺着她的目光看她身上的衣服,确实是橙橙平时的风格,还有包,这个包她记得,是苏青梨健身房发的包,连序号都一样。即便眼前的一切都那么熟悉,林媛也还是不会轻易相信这种大变活人的事,她的大脑飞速运转:"谁知道你是不是故意穿得和苏橙橙一样,你是不是想诈骗?"

苏橙橙无奈道:"我可以证明给你看,我带你去找那个送我镯子的老奶奶。"

林媛原本不想搭理,但看着她浑身上下熟悉的装扮,又见她满脸着急、楚楚可怜的样子,没好气地说:"好吧。要是无法证明,我就送你去警察局。"

苏橙橙将林媛带到了地铁站入口,然而四周只有一间报刊亭,并没有什么摆摊的老奶奶。

林媛没好气地说:"你不是说要找老奶奶吗?人呢?"

苏橙橙四处张望,可目光所及之处,人来人往,就是没有那个老人的身影。她只好跑到路口的报刊亭打听。

报刊亭大叔努力回忆后,还是摆手:"老奶奶?我从来没见过啊。"

"昨晚我从这里经过的时候还买过花呢。"

"真没见过。你肯定是记错了,这个路段是不允许摆地摊的。"大叔有点不耐烦了。

苏橙橙神情沮丧,但还不肯死心,还想再找人问,林媛却没耐心陪她玩下去了:"你觉得我很好骗是吧?随便说一些不知道从哪里打听出来的我和橙橙的私事,我就会相信你是苏橙橙?长了这么张脸,做什么不好,居然跑来做骗子!"

林媛怒气冲冲,转身就想离开。情急之下,苏橙橙一把抓住了她。林媛吃痛地叫了一声"哎哟"。

苏橙橙意识到自己弄疼了她,赶忙松开了手:"对不起,我太着急了……你相信我,我真的是苏橙橙!"

林媛揉着发红的手,不但没有生气,反而目光疑惑:"你力气好大啊。橙橙她从小就力气很大,如果不是苏阿姨反对,她就去练举重了。"

苏橙橙当即充满期待地看着林媛。林媛看看自己的手,再看看美女可怜的眼神，一咬牙说："我还有办法让你证明。"

林嫒将苏橙橙带到了自己家门口，指了指自家的密码锁，还没说话，苏橙橙就熟练地按下指纹锁。咔嗒一声，房门果然打开了。

苏橙橙惊喜道："指纹居然没变。"

林嫒则震惊地瞪大眼，虽然心里早就有了答案，但亲眼确认自己的闺密真的大变活人了……即便有着漫画家的脑洞，她也蒙了一瞬。

苏橙橙收起手，问："还需要证明吗？密码是我们的生日。"

林嫒后知后觉地摆手摇头，表示不用再证明了，失魂落魄地看向她手腕上的手镯，喃喃自语："你真的是苏橙橙……"

苏橙橙跟着点头。

林嫒深吸了两口气，无法平复这激动的心情，干脆直接冲进家门，从冰箱里拿出一瓶冰水狂喝了两口，才回过神："你是说，你能变脸是因为这个镯子？"

苏橙橙熟练地拿出拖鞋换上，跟着她来到厨房，神情困惑："除了这个原因，我实在想不到其他的了。"

说着，她想起什么来，从包里拿出了护手油，不停地给手涂抹。待充分润滑后，她再次努力想摘下镯子，可折腾一番，镯子依然牢牢地戴在她手上。林嫒也上手帮忙，可两个人合力也没办法取下来。

苏橙橙郁闷地低吼："怎么还是摘不下来啊?！"

林嫒已经累得直接瘫倒在沙发上了，只能绝望地看着她发红的手，表情心疼："你再这样折腾下去，镯子没拿掉，手就要烂掉了。你别急，我们再想想别的办法。"

苏橙橙也累了，泄气地放弃了挣扎。她无奈地擦干手，看到一旁的体重秤，站了上去，上面显示体重为58千克，显然比林嫒眼睛看到的外形要重不少。

林嫒也凑上来："指纹没有变，体重没有变……只有声音和你的脸变了。"

苏橙橙和林嫒神情沮丧地回到客厅。

林嫒不死心："你确定是因为手镯？"

苏橙橙郁闷地叹了口气："我确定。我最近没有任何变化，除了戴上了这个手镯。可现在找不到卖花的老奶奶，我也不知道这到底是怎么回事。"

林媛边听边在脑海里畅想，惊喜道："老奶奶会不会是仙女啊？"说着，她双手合十，对着镯子祈求，"天灵灵地灵灵，可爱的镯子小仙女显显灵……"

一阵寂静，镯子依旧没有反应。

林媛又思考着漫画中的剧情，建议道："要不你试一下滴血认主，仙侠灵异文里都是这么设定的，一旦认主就能开启空间……"

苏橙橙有点无语。她没有理会一贯脑洞大的林媛，郁闷地对着镯子又摁又拍，无意中压到了某个地方。唰的一下，苏橙橙竟然看见了一个小小的控制面板。她试探着又摁了一下，控制面板立刻消失了。

苏橙橙瞬间激动了起来，用手给林媛比画着："这里有一个控制面板，你能看见吗？就这里、这里……"

林媛也兴奋起来，盯着她手指的方向看来看去，可最后还是摇了摇头："什么都看不到。控制面板上有什么？"

苏橙橙喃喃自语："像是个操作界面。关闭……"按照控制面板的提示，苏橙橙按下"关闭"键，脸瞬间恢复了原样。

林媛亲眼看见美女的脸像变魔法一样瞬间变回了苏橙橙，激动得差点从沙发上掉下去："你变回来了！你变回来了！"

苏橙橙也激动地拿起一旁的镜子，仔细确认自己变回了原样后，终于放下心来。她刚想跟林媛说点什么，就见林媛满含热泪，失而复得似的抱住了自己，脸上是又惊又后怕的表情："你终于回来了。虽然刚才那个样子很好看，但现在这个样子才是和我一起长大的苏橙橙。"

苏橙橙也后怕起来。林媛说得没错，方才变美的瞬间，她确实很惊喜，也很喜欢，可是这些感受之外，她也忍不住担忧自己再也变不回来了。苏橙橙眼眶泛泪："之前我一直想着要变美，今天突然真的变美了，我却像是好龙的叶公，被吓得魂飞魄散。"

小姐妹两人抱在一起庆幸着。

苏橙橙还没来得及高兴一番，林媛当即又脑洞大开地让她再试试手镯："这个手镯竟然有开关，说明你可以随意切换美丑，要不你再试试？"

苏橙橙将信将疑，在林媛鼓励的眼神中，尝试着按下"开启"键，果然又一瞬间变美了，再按"关闭"键，就又变回了原来的样子。如此反复几次，都没有问题。

林媛高兴得好像自己获得至宝："能自如变换，哇！苏橙橙，你这是中彩票了啊！"

苏橙橙也很开心，确认了能变回来，她便开始放心地探索其他功能。她按下"修饰瑕疵"键，下一秒，她脸上的伤口和青春痘竟然都消失不见了，皮肤变得更加细腻白皙，唇色也变得更红了。两人都被这神奇的一幕吓了一跳，林媛用手戳了一下她脸上有伤口的位置。

苏橙橙吃痛地叫了一声："疼！"

林媛托着腮帮子，认真推理："看来伤口还在，只是看不见了，好神奇啊！只是利用光影来欺骗人的眼睛，并没有改变真实存在。"

苏橙橙看到屏幕上有个带声音标志的板块，她打开下拉列表，一边滑动着，一边好奇地念叨："甜美、飒爽、低沉……这里有一个按钮，可以调整声音……"苏橙橙好奇地按了下去，下一秒，她的声音也跟着变得甜美了。

怪异的音调引起了林媛的注意，林媛更是激动地尖叫："这不就是一个自带变声器的超级美颜滤镜嘛！"

苏橙橙继续按键，身上的衣服也在随之变化，各种时尚大片里的衣服瞬间穿在了苏橙橙的身上。林媛看了一出出的变戏法，还觉得不过瘾，又让苏橙橙试试变换妆容。

于是，按一次键，化着甜美妆容、穿着少女衣服的苏橙橙出现；再按一次，化着成熟妆容、穿着干练衣服的苏橙橙出现；又按一次，苏橙橙化着精灵妆，穿着仙气飘飘的衣服；又一次，苏橙橙化着森系妆，穿着素雅的衣服……

林媛看得目眩神迷，频频欢呼。

好一会儿，苏橙橙和林媛才疲惫不堪地瘫倒在沙发上。林媛忍不住感慨："看来，这是老奶奶送给你的超级礼物啊，肯定是老天知道你受委屈了，想让你扬眉吐气。"

闻言，苏橙橙受到启发一般，突然惊坐而起，模仿着回宫复仇的甄嬛说话:"从今天开始,过去的苏橙橙已经死了,我现在是美女钮祜禄·橙橙!"

林嫒被她的样子逗得前仰后合,也学四大爷说:"嬛嬛,往事暗沉不可追,来日之路光明灿烂……"

苏橙橙哈哈大笑,两姐妹登时闹成了一团,扬言要让唐奇这个只会看脸的渣男好看。

两人不知,在千鸟集公司的大楼里,灯火彻夜通明,人们仍在加班加点忙碌着,为筛选新产品的海报模特而努力。

会议室内的投影大屏幕上,依次展示着已经取得联系的素人模特们的照片,每一张都充满了青春活力。周锦礼的助理程书站在一旁,详细介绍着每一位候选人的优势。当说到最后一位时,他的语气中多了几分期待:"这是一位二十二岁的外国语学院在读大学生,她不仅擅长歌舞,还热爱户外运动。更让人惊叹的是,她已经出版过两本翻译作品,并且参加过马拉松长跑。她的形象健康阳光,气质清新脱俗,精神独立坚强,完全符合现代女性的完美形象。"

唐奇坐在下方,专注地听着程书的介绍,手指不时在平板上轻轻滑动。随着程书汇报完毕,所有候选人的照片都出现在了屏幕上。唐奇的目光在屏幕上停留片刻,陷入了沉思之中。

周锦礼看着屏幕上的最后一位候选人,也露出了赞赏的神情,转头与唐奇商量道:"我也觉得最后这位很不错,很符合我们产品的定位。"

唐奇却出人意料地摇了摇头,坚定地说:"不行。"

顾屿坐在一旁,不解地问:"明星不行,素人也不行,那你到底想要什么样的?"

唐奇没有说话,而是将平板上自己利用软件捏出来的人脸画面投影到大屏幕上。那张脸正是带着伤痕的"苏橙橙"。

唐奇望着屏幕上的人,眼中闪烁着温柔的光芒。他微笑着说:"这就是我心目中最适合的海报模特。"

顾屿看着屏幕中人脸上显眼的伤痕,不禁纳闷:"她脸上那道伤痕是怎么回事?"

唐奇动容道:"那是她美丽灵魂的勋章。"

然而,顾屿还是微微皱起了眉头,显然不太赞同唐奇的选择。

周锦礼见状,连忙出来打圆场:"要不让她来试试吧!"

程书赶紧问道:"唐总,这位女士什么时候能来试镜呢?"

唐奇脸上露出一丝无奈的笑容,说:"我正在等她的电话。"

程书有些惊讶:"唐总的意思是您不知道对方的名字,也不知道联系方式?"

唐奇坦然点头承认:"是。"

顾屿更加诧异了,他看着唐奇,火气已经压不住了,毫不客气地问:"那你知道什么?"

唐奇陷入了回忆,他想起那个女生的背包上有一个公司的标志和编号。他迅速拿起笔,将这个标志和编号重现出来,递给了程书:"从这个线索开始,找到她。"

说完,他的目光再次落在了大屏幕上"苏橙橙"的照片上。他期待着与她再次相遇。

第六章
鸡同鸭讲

当天晚上,唐奇就和程书展开了调查。根据标志,两人很快发现那个背包来自一家名叫"高戈"的健身房。

程书迫不及待地跟对方打电话咨询:"我想找一位女会员,二十来岁,一米七左右,身材匀称,长得很漂亮,动作敏捷,充满力量,应该经常来健身,是健身房的 VIP 客户,背着有健身房标志的包,编号是 0062。"

对方回应了什么,程书连连点头地挂了电话,转头向唐奇解释道:"健身房那边已经确认我们要找的人是他们的 VIP 客户,但不肯透露客户信息。我直接过去一趟,想办法拿到联系方式。"

唐奇点头答应。

程书刚走,西装革履的顾屿就走了进来:"小唐,你还是别大海捞针,浪费时间精力了。我的一位前女友最近鸿运当头,带的一个小艺人竟然靠着一部低成本网剧蹿红成了新晋流量。我现在就去和她吃个饭,只要她肯帮忙,咱们这事就稳了。"

唐奇抬手关闭电脑屏幕,神色略带质疑:"前女友?"

顾屿交过不少女朋友,也几乎没跟任何一任闹掰过,对唐奇的质疑也没反驳,只是自信一笑:"是和平分手、友谊长存的那种前女友。"

唐奇还想说什么,而顾屿的手机这时响起,他瞥了眼来电显示,志得意满地拍了拍唐奇的肩膀:"放心,等我好消息。"说完,他便笑着走出去接电话了。

唐奇目送他走远,也下意识拿起手机,想起他曾叮嘱"苏橙橙"务必联系自己,可手机一直没有丝毫动静。唐奇不免失落,但也只是放下手机,继续收拾被弄乱的工作台。

此时，还不知道唐奇正满世界找自己的苏橙橙心情愉悦地哼着歌回到家，刚走到小区门口，就看到一个穿得人模狗样的男人正在找苏青梨的麻烦。

来人名叫关胜宇，是苏青梨闺密兼客户方谨的准前夫。

前些日子，苏青梨发现方谨一直在忍受关胜宇的家暴，她想了很多办法，才终于说服方谨答应跟关胜宇离婚。这事不知怎么的，被关胜宇知道了，他也顾不得什么精英形象了，直接打上了门，要警告苏青梨少管闲事。

要是别人的事，苏青梨当然不想管，可方谨是她的闺密，她不得不出手。再加上她做了这么多年离婚律师，什么地痞流氓没见过，根本也没在怕这种人。她当即毫不客气地回怼："关胜宇，像你这种有打人癖好的男人，我建议你和沙袋结婚。"

关胜宇威胁不成反被羞辱，恼羞成怒，直接要对苏青梨动手。

苏橙橙在低头研究手镯，她刚把自己变成了美女来体验不同的人生，还给这张漂亮的面孔取名为"苏渺"，意为渺若烟云的美女。听到动静，苏渺抬头见到苏青梨和一个男人在拉扯，想也没想，立即扔下拎着的包冲过去，利落地给了关胜宇一个过肩摔。

关胜宇还没来得及反应就被摔了个七荤八素，捂着屁股回头："谁……"

看到苏渺，他惊讶了一瞬，但很快便面目狰狞地挣扎起身，还想对苏渺动粗，却被苏渺使了一个巧劲，直接钳制住。

关胜宇痛得吱哇乱叫："啊啊啊，痛！"

"你以后再敢来骚扰，就把你扭成麻花。滚！"说完，苏渺松开手，还踹了关胜宇一脚。

好汉不吃眼前亏，关胜宇捂着屁股掉头就跑。苏渺冷笑着拍了拍手，转身把苏青梨拉起来。

"谢谢。"苏青梨站起身，这才看清她的脸，眼中闪过惊艳，忍不住赞叹，"想不到现在的小妹妹不仅长得漂亮，还乐于助人。"

从小到大，苏橙橙从没听苏青梨夸过自己，一时竟忘记了自己变成"苏渺"的事，下意识地脱口而出："我漂亮？"

苏青梨觉得这个女孩还怪天真可爱的，肯定道："漂亮！"

苏橙橙心中得意：想不到你苏青梨也有夸我漂亮的一天。

苏青梨不知道她心中所想，礼貌询问："你也住这附近吗？"

苏橙橙当即从得意中回神，呵呵笑着，支支吾吾地说："我朋友住这里……我还有事，先走了。"说着，她心虚地掉头想走。

苏青梨却忽然喊道："等一等！"

苏橙橙脚步僵住，不安地干笑着回头："怎么了，小姐姐？"

还好苏青梨只是把一张名片递给她，冲她明媚地眨眨眼说："这是我的名片，希望你永远没有事找我，如果有事，收费七折。"

苏橙橙绷紧的神经放松下来，连连点着头接过名片："好，要是真有事，我一定找你。"说完，她便匆匆忙忙提起地上的包往反方向走，苏青梨看到她背的包，觉得有点眼熟，但也并未多想，转身进了小区。

变回原本模样的苏橙橙忐忑地打开家门，看到苏青梨敷着面膜，倒在沙发上工作。她越发心虚，一个箭步冲过去，也倒在了沙发上。

苏青梨抬头瞥了一眼苏橙橙，一眼瞧见了她刚放下的背包，终于想起来自己为何觉得方才那个美女的包那么眼熟。苏橙橙见她一直盯着包看，脸色不太好看，也顺着视线看到了背包上面的序号，脸色骤变，后知后觉地意识到自己刚刚漏了这个包。

苏橙橙满脸紧张，正想着如何解释："你听我解释……"

话音未落，却见苏青梨面露不满地瞪她："苏橙橙，你怎么把我的健身包拿去用了？"

苏橙橙"啊"了一声，提起的心又一次放下，厚脸皮地嘻嘻笑道："借用一下，保证清洗干净归还。"说着，她变戏法一般，从包中拿出一瓶防狼喷雾，递给苏青梨。

苏青梨不明所以，苏橙橙撇嘴："随身携带保平安。"

苏青梨接过防狼喷雾，越想越不对，疑惑地看着她："怎么突然送我这个？"

苏橙橙原本就心虚，被这么一问，只好虚张声势地提高了音量："哪里突然了？老妈不是一直念叨你这工作拆人婚姻不太平嘛，我才想着给你买个防身器。"

苏青梨见她气势汹汹，话也说得有点道理，便没多想，转而把一页打

第二篇　苏橙橙的万花筒　047

印纸递给了她:"喏,看看。"

苏橙橙一看,上面写着"千鸟集化妆品有限公司"等字样,神色惊讶。

苏青梨用鼻孔看着她:"我穷尽洪荒之力,发动了无数个客户,才为你争取到一个实习机会。你可好好表现,别丢你姐姐的脸。"

苏橙橙这才明白过来:苏青梨帮自己走了个后门,找到了工作。她感动得热泪盈眶:"老姐,你真好……"

苏青梨不在意地摆手,苏橙橙来了个强制拥抱,苏青梨则嫌弃地躲闪着。两姐妹正在嬉闹时,苏青梨的手机突然响了起来。苏橙橙立刻狗腿地帮她拿起手机,恭敬地双手献给苏青梨。苏青梨给了她一个"上道"的眼神,接起电话。

与此同时,千鸟集公司的会议室里,程书终于拿到了健身房里"苏小姐"的联系方式,正要代表公司联系那位天使苏小姐。因为这次的产品模特尤其重要,所以其他人都紧张地盯着程书,等待着他的消息。

电话一接通,程书立刻礼貌发问:"您好,我是千鸟集总经理助理程书,请问是苏小姐吗?有些工作上的事情想和您沟通一下……"

苏青梨一听见千鸟集三个字,想也没想,直接把手机递给了苏橙橙:"找你的。"

苏橙橙觉得意外,没想到千鸟集公司这么快就联系了自己,立刻打起精神接过电话,毕恭毕敬道:"您好。"

会议室里,程书眉梢露出欣喜,但仍压低声音公事公办地询问着:"苏小姐,请问明天有没有空来公司一趟?"

苏橙橙错愕片刻,还没来得及说话,对面又传来声音,语气明显急迫了一些:"我们想当面和您交流一下工作的事。因为工作进度很紧,公司迫切希望苏小姐能尽快来。"

这家公司这么缺人?苏橙橙在心里暗暗嘀咕了两句。但找到工作的喜悦还是冲昏了她的脑袋,她想也没想,立刻说:"有空,有空,我可以明早就开始工作。"

电话那头的程书显然没想到会这么顺利,大喜道:"早上九点半,可以吗?"

苏橙橙点头道:"可以,我一定准时到。"

两人就这样鸡同鸭讲地约定了时间。

挂了电话后,苏橙橙满脸感慨:"千鸟集好重视我啊!"然后双手把手机奉上,还给苏青梨,带着十二分感激,"谢谢姐姐。"

苏青梨接过手机,假意做了个作呕的动作,苏橙橙也不在意,开心地回房间去准备明天的上班装备。

她却不知道,另一头的千鸟集公司里,此时的程书正被市场部众人众星捧月般地围在中间。他缓缓收起电话,感慨道:"苏小姐答应明天来公司,愿意立即开始工作,听上去真是对工作充满了热情啊。"

围观的众人都松了口气。负责这次海报拍摄的专员许月看了一下工作日程,说:"太好了,明天安排试镜。如果可以,试镜结束后就能把合同签了。"

原来她姓苏!唐奇想起之前那位苏小姐对自己的态度,忍不住拿起手机看了一眼,依旧没有任何信息——她没有主动联系自己,刚刚电话里的配合度却如此高?

唐奇忍不住再次确认:"苏小姐真的很愿意?"

程书回忆着电话里的语气,坚定地回答:"她听上去非常高兴,很愿意来我们公司。"

唐奇又忍不住拿起手机看了看,依旧没有任何消息。他摸着手机,垂下了眼。

程书瞥见唐奇的表情,颇见情商地笑了笑,宽慰道:"苏小姐没有主动联系您,也许是有什么意外,不小心丢掉了联系方式。"

唐奇赞同地点了点头:"把她的联系方式给我。"

程书将从健身房了解到的信息发给唐奇,边发边解释:"健身房那边只知道她姓苏,不知道名字。"程书观察着唐奇的表情,有点不好意思,声音也越来越小,"我刚才太急切,也忘记问了。"

唐奇叹气摇头:"没关系,明天见到人就知道了。"

结束了疲惫的一天,苏橙橙的心情却格外愉悦,她轻哼着歌打开衣柜。衣柜里,黑白灰的衣服整齐排列着,只有角落里放着一些颜色鲜艳的裙子——有点像她的人生,平淡中偶尔渴望一丝色彩。

第二篇 苏橙橙的万花筒 049

苏橙橙将明天要穿的职业装仔细挂好,那是她为了实习精心准备的,如今终于派上用场了。然后,她把健身包里的东西倒在床上,拿起一个更好一点的包准备把东西放进去。这时,一张纸片从杂物中滑落,正是唐奇给的那张写了联系方式的字条。

回忆如潮水般涌来。高中的时候,她不敢真的跟唐奇告白,只能偷偷喜欢,甚至他的QQ号,也是她偷偷在垃圾桶里翻找出来的。现在,看着唐奇亲手写的联系方式,她的内心却再也不会像以前那样雀跃了。这串数字只会让她想起唐奇拒绝加她微信时的冷漠,想起自己因为容貌而遭受的嘲笑。

苏橙橙将那张纸条撕碎,扔进了垃圾桶:"唐奇,从今天开始,我再也不喜欢你了!"

借此机会,苏橙橙将过去的少女心全扔进了垃圾桶。她狠狠地抹掉眼泪,盖上被子躺下。她需要好好睡一觉,迎接明天的新开始。

苏橙橙正式和少年时期的自己说了再见,这一晚既给她带来了新生,也给唐奇带来了新体验。

月光透过窗帘洒在地上,宛如一层银纱。

唐奇坐在灯下,手机屏幕的光照在他的脸上,他的眼神中充满了期待和甜蜜。

他将程书发给他的手机号码输进了通讯录,联系人头像是他用软件捏出来的脸,到备注名字的时候他却犯了难。程书说过知道她姓苏,不知道她具体叫什么名字。

唐奇想起那天在路边看到她环抱着小孩的样子,宛如天使……他勾起唇角,将通讯录的备注写成"苏天使"。

第七章
彻底黑化

清晨的阳光倾洒在苏橙橙的面庞上,她悠悠转醒,新的一日徐徐明晰。

苏橙橙拿起昨夜精心准备的简约职业装换上,背起包,伫立在镜子前审视着自己。衣衫、发型、淡雅妆容,皆无差错,是一副干练实习生的模样。只是脸上那道因救孩童而留下的疤痕依旧惹眼。

苏橙橙仔细端详着镜子中的自己,下意识地抬起手腕,摩挲着那只手镯。她迟疑地按下了手镯上的特殊区域,控制面板仿若被唤醒的精灵翅膀般铺展开来。

在外人看来,她的手指在虚空中舞动着,然而,仅她可见的控制面板中排布着琳琅满目的功能选项,令她内心蠢蠢欲动,迫不及待地想将自己变美。可她刚伸出手要一键美颜时,却又蓦地缩回了手,同时也收回了那颗妄图作弊的心。

苏橙橙盯着控制面板深吸了口气,自我安抚地给自己找着借口:"我就改变一点点,这应该不算容貌作弊吧?"

言毕,她似乎真的接受了自己的安抚,毅然决然地按下了"开启"键。奇迹出现了,白光一闪,那道疤痕如同被施加了魔法般缓缓消失。不过,她仅选择消除了疤痕,那些青春痘依旧留在脸上。

苏橙橙望着镜子中的自己,绽出一个惬意的微笑,这才踌躇满志地去上班。

与声名显赫的国际大品牌梵黛不同,作为初创公司的千鸟集,并未将办公地点设立在繁华的CBD,而是选择了一个稍稍偏离市中心的写字楼群。千鸟集公司的装修风格巧妙地融合了中国风与现代美学元素,让整个公司呈现出既独具特色，又韵味十足的时尚潮流之态。

苏橙橙刚踏出电梯，望着走廊上穿梭着的形形色色、衣着摩登的工作人员，心底那股自卑感又悄然涌起，开始暗暗作祟。她在经过广告镜面时，在心底暗暗给自己鼓劲，而后才迈着坚定的步伐来到公司前台。

"你好，我叫苏橙橙，程书先生昨晚联系我，让我今天来上班。"苏橙橙面带微笑道。

正在忙碌的金丽萍一抬头望见她，脸上顿时露出惊愕的神色，手中的文件也哗啦一声洒落。苏橙橙要上前帮忙，可金丽萍已经慌忙捡起文件，苏橙橙还想继续介绍自己，对方却了然地示意她无须再说，直接拿起电话打给了程书。

金丽萍背过身说了些什么，苏橙橙一个字都没听清，只是满心欢喜地打量着这家公司的装修。

不一会儿，金丽萍放下电话，挤出了一个略显勉强的微笑："苏小姐，你跟我来。"

苏橙橙点点头，跟着金丽萍来到化妆间，一群人呼啦一下围了上来。她还没来得及看清发生了什么，人就已经被按在了镜子前，几个化妆师急匆匆、一言不发地在她脸上涂抹着化妆品。苏橙橙宛如一个提线木偶般，被化上了浓妆。

过了好一阵子，化妆师终于散去，苏橙橙看着镜子中浓妆艳抹的自己，这才猛然回过神来——难道在这家公司上班的第一天是必须化妆的？

苏橙橙看着镜子中浓重的妆容，只觉得那些厚厚的脂粉遮蔽了她真实的模样，让她心里直打鼓。但她还没来得及张口询问，人又被急急忙忙地推到了试衣间，换上了一件颜色艳丽的礼裙。她从未穿过这样款式的衣服，一直别扭地扯着领口。

此时的摄影棚内，所有工作人员严阵以待。唐奇身着工作服，和周锦礼坐在一旁，顾屿正在指挥市场部众人干活，看到他俩在这边，便走过来跟他们说着什么。

程书匆匆跑来告诉大家：苏小姐到了。所有人都不由自主地屏住了呼吸，满心期待着唐总口中那个不可或缺的素人模特的模样。周锦礼还特意整了整衣服，挺了挺胸。就连平日里总是不苟言笑的唐奇本人，也深吸一口气，静静地等待着苏小姐的到来。

众人为苏橙橙让开了道，然而只见她化着浓烈的海报妆，扯着那与她完全不搭的衣裙走入了众人的视野。

所有人都傻了眼。

程书看到苏橙橙，既惊讶又尴尬地看了看其他人。苏橙橙身后的工作人员耸耸肩，表示自己确实没带错人。

顾屿震惊得好半天才回过神来说话，难以置信地看着唐奇："这就是你找的素人模特？"

周锦礼也好奇地看向唐奇，这回明显站在了顾屿那边。

就在苏橙橙刚想解释自己不是模特时，唐奇也黑着脸站了起来，冷声质问："你为什么冒充苏小姐？"

苏橙橙瞅瞅唐奇，又瞅瞅其他人，似乎明白了是怎么回事。她压下心中对唐奇的不满，不卑不亢地解释道："我就是苏橙橙，来千鸟集市场部实习的，是你们的员工硬拉着我给我化妆，说我是什么素人模特。"

唐奇一脸茫然。

顾屿忽然反应过来，连忙问道："你是苏青梨的妹妹？"

"是。"苏橙橙拉扯着自己的衣服回答道。

顾屿无语地扶了扶额头，也总算明白过来，叹着气看向程书："程书，你们弄错人了。"

程书满脸愧疚，连连道歉。

误会解释清楚后，唐奇已经认出了苏橙橙，不好发作，转而不满地看向工作人员："王怡，你看到人时，就没意识到不对劲吗？"

王怡正是领着苏橙橙从更衣室出来的那位工作人员，三十来岁，年纪虽说比其他人稍大些，但精致的妆容、前卫的穿着让她看起来和其他人也没太大差别。

王怡也自知工作失误，红着脸解释："我以为唐总就喜欢这个样子……"

闻言，唐奇匪夷所思地指指苏橙橙，又指指自己，不敢相信有人会把他的品味和苏橙橙画上等号："我喜欢她……这个样子？"每次看到苏橙橙，他总能想起学生时代被她"霸凌"的过往，他怎么可能会喜欢她？

可他的话传到苏橙橙耳朵里，却变了一层意思，好像在说她那平庸的模样根本配不上和他牵扯上任何关系。苏橙橙气得双眼泛红，愤怒地质问唐奇："我这样子怎么了？"

唐奇没注意到她的神态，实事求是地冷声回答："我绝不可能喜欢你这样！"

闻言，苏橙橙再也难以抑制自己的感情，泪珠在眼眶中打转。她强迫自己来到这个自己格格不入的世界，始终保持着礼貌配合所有人，哪怕是被人按在化妆间化妆，被当成猴子戏耍，她也没生气；现在，她不能让唐奇小瞧自己，即便咬破了下唇，她也没让眼泪真的掉下来，只是恶狠狠地瞪了唐奇一眼，愤然离去。

顾屿与周锦礼望着眼前这一片混乱之局，亦是满脸的茫然无措。他们三人在大学就已是好友，唐奇这人虽说不通人情世故，但也不会这般中伤一个女孩子。周锦礼看看顾屿，顾屿摇头叹气，表示自己也不知道原因。

周锦礼只好打起圆场："人家也不是故意的。。"

顾屿也随声附和："是啊，唐奇，你今天究竟是怎么了？"

唐奇瞥着苏橙橙离去的方向，脑海中不断闪现着学生时代苏橙橙对他实施的"霸凌"行径，忍不住轻叹："那是你们没见过她一边死盯着你一边捏核桃。"

两人面面相觑，不明所以。

唐奇清楚地记得，那是一个阳光格外明媚的下午，自己正全心全意学习，苏橙橙偏偏在这时追到了图书馆。

彼时的苏橙橙化着与今日相差无几的妆容。唐奇在图书馆向来坐在靠窗的位置，而苏橙橙不知从何处得知了他这一喜好，如鬼魅般出现在他的面前，面无表情且一声不吭地坐在了他的对面。周围零星的几个同学见到她那气势汹汹的模样，也受到了惊吓，纷纷匆忙起身离去——大姐大又要开始整人了。

唐奇实在不明白自己究竟哪里得罪了她，尽管害怕，也只能伴装若无其事，心不在焉地翻着书。在沉默里，一条长桌宛如楚河汉界般将两人分隔开，他们仿佛两支即将开战的军队，彼此对峙着。

在唐奇看来，苏橙橙的目光恰似锐利的尖刀，正狠狠地刺向他。

唐奇再也无法佯装无事，他抬起头，果然迎上了苏橙橙的目光。苏橙橙手中拿着两颗核桃，缓缓地向前伸去，而后，只听得咔嚓一声，核桃被捏得粉碎。

　　唐奇觉得被捏碎的仿佛是他的脑袋，不由自主地暗暗打了个寒战。在他眼中，苏橙橙此时的笑容变得扭曲狰狞，目光中透着诡异的气息，那化了妆的眉眼更显得阴森可怖——恰如方才在海报拍摄现场，他猛然见到她时的模样。

　　唐奇恍惚地从回忆中回过神来，发现众人正齐齐注视着他。摄影棚内的气氛变得异常尴尬，大家都不知该说些什么才好，周锦礼张了张口，不知应不应该去安慰他。

　　蓦地，一阵电闪雷鸣，窗外骤然下起倾盆大雨。顾屿笑着打了个响指，场面略微缓和了些。顾屿努了努嘴示意："既然无法拍摄了，那就先收拾吧。"

　　众人于是重新忙碌起来，收拾起摄影棚里的仪器设备。顾屿走到外面，打电话求助新的外援。周锦礼叹了口气，拍了拍唐奇的肩以示安慰。

　　窗外雨水如注，水流随着狂风拍打在玻璃上，发出阵阵沉闷的声响。苏橙橙躲在卫生间，耳畔是急促如鼓点般的水声，那声音仿佛在歇斯底里地诉说着她内心深处的委屈与无奈。

　　苏橙橙愈加悲愤，她用双手掬起水狠狠地洗了一把脸，抬眼望着镜子中的自己——妆容愈发凌乱不堪，使她此刻的模样看上去狰狞可怖。

　　再也抑制不住了，她的眼泪如决堤的洪水般汹涌而出，而过往的回忆也如潮水般涌上心头。她想起了那些曾经的日子，她因为容貌而备受歧视，也因此错过了许多机会。

　　但今时不同往日，她一定要改变这一切。

　　怀着怨愤，苏橙橙打开了手镯的控制面板，坚定而决绝地按下了"开启"键。在那一瞬间，仿佛有一股神奇的力量在她体内涌动，她要让自己彻底脱胎换骨，重新开始。

　　下一秒，白光闪过整个卫生间，再次出现的，正是变身"苏渺"之后的苏橙橙。

　　与此同时，在摄影棚里忙碌的众人也感受到了窗外的暴风雨，不约而

同地加快了手上的动作。

顾屿接完电话回来,看到唐奇和周锦礼正愁眉苦脸地商量着接下来的对策。他上前说道:"我已经和前女友谈妥了,虽然价格有点贵,但毕竟一分价钱一分货……"

话音未落,唐奇倏地站起身来,脱下那件白色工作服:"我去一趟高戈健身房。"

可顾屿与周锦礼根本没理会他,二人忽然齐刷刷地将目光投向同一处,现场陷入一片沉寂。唐奇察觉到异样的气氛,顺着众人目光望去,只见一个身着修身衣裙、脚踩高跟鞋的大美女,姿态袅娜地走了过来。她的美丽恰似绚烂绽放的花朵,令人眼前一亮。

所有人皆被苏渺的美丽所吸引,唐奇亦不禁看得有些发呆。但美女似乎不习惯穿高跟鞋,险些跌倒。唐奇下意识想上前,却被旁边的王怡和许月抢了先,只得尴尬地收回手。

苏橙橙强撑着笑脸,摆出一副趾高气扬的模样朝着唐奇走来。然而,待她行至他们面前时,她却径直无视了唐奇,单单对顾屿开口:"你好,我是苏渺。"

顾屿和周锦礼对看一眼,两人皆礼貌且热情地与苏渺握起手来。唐奇则惊讶又好奇地打量着她,不明白她怎么会突然现身于此。

他还没来得及问,周锦礼已经让程安备好下午茶与水果,郑重其事地将苏渺邀请至会议室。众人坐下来,准备好好商讨海报拍摄的事。

唐奇、周锦礼、顾屿坐在一侧,苏渺独自坐在对面,而桌上摆满了产品与各类资料。

苏渺垂首翻着资料册。唐奇紧张兮兮地盯着她,直至她将最后一页纸翻完,便即刻开门见山道:"苏小姐,我们想邀请您做星光眼影的推广海报模特。"

顾屿亦殷勤地帮腔:"我们的产品适配各种肤质,细腻服帖且不易脱妆,色彩丰富多样且支持自主拼选,可为每一位女性打造出理想妆容。"

周锦礼见二人如此积极,身为老板,也不好当甩手掌柜,同样热情地介绍起新产品:"星光眼影是我们公司自主研发的新产品,价格亲民,品质却毫不输国外大牌。让每一个普通女性都变得美丽自信是我们的理念。"

苏渺听着三人的介绍，兴致缺缺地放下文件，又拿起桌上的产品，随意地在自己手背上试用了一下，肯定道："效果不错。"

三人惊喜地紧盯着她，都以为她肯定会因为产品质量而应允，然而，苏渺将眼影放下，一脸讥讽地看向唐奇，声音前所未有地掷地有声："一盘眼影便能让普通女性也变得美丽自信？你们对女性存有何种误解？有的女性因勇敢而引人瞩目，有的女性因善良而光芒四射，有的女性因智慧而璀璨耀眼，这世间有千姿百态的美，你们却妄图仅用外貌来定义美丽，认为女性唯有通过修饰外貌才能拥有自信！你们如此狭隘，产品又能好到哪里去！"言罢，苏渺啪的一声将产品搁回桌上，而后潇洒地转身离去。

周锦礼和顾屿相顾失色，表情既尴尬又不满，唯有唐奇眼中反而闪烁着欣赏的光芒。

顾屿一改先前的殷勤，黑着脸道："傲慢无礼，自说自话。算了，咱们就用流量明星吧！"

周锦礼也赞同地点头。

唐奇却紧紧盯着苏渺离去的方向，斩钉截铁地说："不，她就是最好的模特！"

第八章
非你莫属

苏渺一离开千鸟集,立刻找了个隐蔽角落变回了苏橙橙。即便方才她以苏渺的身份狠狠教训了唐奇等人,郁闷心绪着实得到了宣泄,然而当变回苏橙橙的那一刹那,她望着镜中的自己,心头还是涌起了遭受不公对待的委屈。

苏渺能够对唐奇肆意发脾气,毫无顾忌地对不公说"不"。可苏橙橙呢?依旧只能继续夹着尾巴做人。

苏橙橙心情欠佳,又无处发泄,只能拨通林媛的电话。林媛在电话中听闻了苏橙橙今日在千鸟集遭遇的不公,二话不说,决定请她吃一顿火锅以舒缓心情。

二人到了一家常去的火锅脏摊。

林媛深知苏橙橙的不快,特意点了满满一桌菜,还点了一打苏橙橙喜欢的啤酒。苏橙橙喝着闷酒,林媛则在一旁殷勤地烫着菜,不一会儿她的碗里就被食物填满了:"吃点菜吧。"

然而苏橙橙看着碗中堆积如山的食物,却毫无食欲,闷闷地打了个酒嗝,恨恨地说:"我真是眼瞎,当年怎么会喜欢上唐奇这个卑劣之徒……"苏橙橙咬着牙,一下将手中的啤酒罐捏扁。

林媛吓得脖子一缩,看到热气腾腾的火锅中,圆溜溜的牛肉丸子争先恐后地翻滚着,灵机一动,赶忙用筷子插起一个丸子,谄媚地递到苏橙橙面前:"消消气。你看,这就是唐奇那可恶的脑袋,你一口吞掉它!"

苏橙橙喝得迷迷糊糊,见那圆圆的丸子上好似真的长了唐奇的五官,毫不犹豫地一口咬进嘴里嚼了嚼,鼓着嘴说:"美味!"

林媛见此法有效,又赶忙夹起一块虾滑,继续说:"这是唐奇那可憎的身子。"

苏橙橙又是一口咬进嘴里，赞道："香！"

刚吃完，林媛又夹着毛肚送到她嘴边："来，尝尝唐奇那黑心的肚肠。"

苏橙橙真的将食物幻想成了唐奇的各个身体部位，吃得津津有味，感觉心头舒畅了许多，也给林媛拉开了一罐啤酒。

林媛接过啤酒喝了一大口，学着苏橙橙的样子畅快地"哈"了一声，说："不管怎样，你今日当众拒绝了他，也算出了一口恶气。以后就把他当作路障，见面绕开就行。"

苏橙橙嘴巴里还嚼着东西，想着林媛说得没错，受用地点点头："有道理！"

林媛了解苏橙橙，知道自己这个好姐妹好哄得不得了，见状，欣慰地拿起啤酒罐示意。苏橙橙果然不再生气了，也默契地拿起啤酒罐。

"干杯！"两个罐子重重地碰了一下。

就在这时，桌上苏橙橙的手机响起，屏幕上显示"陌生号码"。苏橙橙只当是广告电话，毫不在意地摁掉了。可刚放下手机，对面林媛的手机也响了起来。林媛一看，竟是唐奇打来的，立刻神情慌张地按断了电话。

苏橙橙见她脸色不对，问道："怎么了，谁的电话？"

林媛立刻摆手："保险推销，不重要，快吃快吃。"

林媛立刻收起手机，佯装无事地继续吃喝，只在心里犯起嘀咕：唐奇还真是渣男，竟然还好意思给自己打电话！这样想着，她气不过，又拿起手机，干脆把唐奇拉黑了。

而电话接连被挂断的那一头，唐奇听到忙音，并不死心，转而又去拨打苏橙橙的电话号码，而回复依旧是："您好，您所拨打的电话已关机。Sorry……"

周锦礼和顾屿坐在他的对面，眼睁睁看着他被所有人拒接了电话。他们第一次见唐奇吃瘪，都有点不适应，但两人对视一眼，都憋回了笑意。唐奇无奈，只得放弃，收起了手机。

周锦礼悄悄瞪了顾屿一眼，赶紧调整好表情问唐奇："你还执意要用苏渺做海报模特？"

唐奇毫不犹豫地回答："是。苏渺的话虽然刺耳，但不无道理，我们的确狭隘了。"

周锦礼听后,知道他这是牛脾气又上来了,只能默默地瞥着顾屿,用眼神求救。

顾屿伸了伸懒腰,直截了当地说:"我刚和朱欣欣的经纪团队沟通完毕,确认了最终的拍摄时间与流程,应该很快就能签约。"

唐奇一听,立刻着了急:"我们应该重新设计海报方案,务必争取让苏渺做海报模特。"

顾屿既郁闷又无奈,音量也不知不觉提高了:"你竟然还不肯罢休?如果因为海报拍摄延误产品上线,导致公司亏损,这责任由谁来担?"

唐奇分毫不让:"我来担。"

顾屿紧盯着唐奇,追问:"你怎么担?"

唐奇咬了咬牙,一字一句地说:"可以取消我的奖金、分红……还有股权。我可以放弃股权。"

顾屿难以置信。

紧张的氛围中,整个会议室陷入了安静。

周锦礼也一时无语,他想不通,唐奇为什么会为了一个模特如此执着,甚至不惜放弃自己的切身利益。见求救顾屿不成,居然将场面搞得更麻烦了,周锦礼支支吾吾地打起圆场:"要不……小顾,你在合同上再拖延些时间,让小唐再试试。"

顾屿的脸色更阴沉了。周锦礼只能使劲眨眼,示意他让一让唐奇,不然一直僵持着,对双方都没有好处。

顾屿叹了口气,只好退让一步,但语气依旧生硬:"再给你一天时间,如果还无结果,明天早上我就和朱欣欣签约。"

在唐奇的世界里,"放弃"二字根本不存在。

当苏橙橙带着几分醉意哼着歌回家时,西装革履的唐奇突然出现,苏橙橙的心瞬间提到了嗓子眼儿,她意识到自己小瞧了这件事,扭头就想跑。

唐奇板着脸喊道:"苏渺!"

苏橙橙吓得一个激灵,难道唐奇已经发现自己就是苏渺了?苏橙橙的醉意瞬间消散得无影无踪,她犹犹豫豫地停下脚步:"你认错人了,我……"

话音未落，唐奇已经一步步走到她面前。苏橙橙心惊胆战，到嘴边的话也压在了舌头下。她下意识地一步步后退，直到后背抵在了旁边停着的车上，再无退路。

苏橙橙破罐子破摔，求饶道："唐总，你到底……"

"你和苏渺认识吧？"唐奇却问。

苏橙橙的话戛然而止，她紧紧地盯着唐奇，不明白他什么意思。

唐奇瞥了一眼她的手镯，解释道："你们的镯子一模一样，款式很不常见。"

苏橙橙这才想起，无论是苏橙橙还是苏渺，手上都一直戴着那个拥有神奇能力的镯子。

所以，唐奇凭借手镯判断自己认识苏渺，而不是发现自己就是苏渺？

苏橙橙当即松了口气，强装镇定地反驳道："淘宝同款，少见多怪，我不认识什么苏渺，你让开。"

苏渺是苏橙橙虚构出来的人物，苏橙橙只想借这个身份短暂地体验美女的人生，可她没想到她虚构出的人物苏渺却让唐奇念念不忘。

唐奇却又把一张绘制有高戈健身房标志和编码的包包图片递到了苏橙橙面前："这是苏渺背的包，如果你不认识苏渺，我们怎么会根据这个包，辗转找到了你？苏渺又怎么知道我们在找她，还突然出现在公司？"

苏橙橙一时无法反驳，只能编借口："我……我是和苏渺认识，是我……我打电话让她来公司的。"说完，苏橙橙小心偷觑唐奇的表情，生怕他不相信。

幸而唐奇并未继续怀疑下去，沉吟片刻后道："请你联系苏渺，我想约她面对面沟通一下。"

苏橙橙原本想直接拒绝，但一碰见唐奇的眼神，她就心虚得不得了，最终只能颤抖着手拿出手机，一面装模作样地拨通林媛的电话，一面在心里祈祷着林媛能配合好她。

电话很快接通，苏橙橙故作镇定地说："喂，苏渺？"

此时，代驾正开着林媛的车。林媛坐在车后座，听到苏橙橙的话，又疑惑地看了一眼手机，好一会儿才会意，压低声音问："唐奇在你身边？"

苏橙橙瞥着唐奇，见他没听出端倪，连忙回应："是啊，是啊……我

第二篇　苏橙橙的万花筒　061

已经到家了。"

林嫒惊讶地说："唐奇不会这么鸡贼吧，怀疑你和苏渺是……"

苏橙橙心里着急地想着对策，立刻说："千鸟集的唐总知道我和你是闺密，特意找我问你什么时候有空，想跟你见一面。"

林嫒立刻回应："那就见呗，当面把话说清楚了，让他死心。"

苏橙橙一边偷瞄唐奇一边继续讲着电话："行，那就说好了，晚上见面。"说完就立刻挂断了电话，生怕再拖延一秒，就被唐奇这颗聪明的大脑发现问题。

唐奇没觉察出问题，只是期待着回应。

苏橙橙干咳一声，没好气道："苏渺说她会把见面地址发给你，行了吗？"

唐奇诚挚一笑："谢谢你。"

苏橙橙不耐烦地点头，摆摆手示意他可以走了。唐奇满意地转身离开。苏橙橙盯着他的背影，心情却越加沮丧。她不明白，曾经自己那么喜欢都无法近身的他，如今为何缠上了自己，就因为苏渺那张脸吗？苏橙橙想不明白，最终也只是郁闷地咒骂了一句："狗男人！"

回到家，苏橙橙趁着家里现在没人，对着镜子再次点开了控制面板。

很快，在滤镜的加持下，苏橙橙再度变成了大美女苏渺，镜子里面小星星一闪一闪的，蝴蝶飞舞着落在她身上，衬托得她也闪闪发光。苏橙橙看着这张美丽的脸入了神。直到林嫒来访，她才放下手镯，回归成苏橙橙。

林嫒接到她的电话后，第一时间去买了一台新手机，办理了新的电话卡。苏橙橙十分不解。

"这几天你先用这个手机，双卡双待，另一个新号码就作为苏渺的手机号。"林嫒介绍着。按照她画漫画的逻辑，这种情况下，做戏自然要做全套。

苏橙橙被拉回现实，这才恍惚地冲她竖起大拇指——不愧是著名漫画家，做事就是缜密。但她一想到苏渺和唐奇这两个名字挂在一起，仍然有一些郁闷："苏渺压根不存在！需要什么手机号……"

林嫒看穿她的心思，笑着安慰道："既然唐奇看上的是苏渺，那你就好好利用苏渺让他知难而退呗。"

"知难而退？"苏橙橙蒙了。

"你暗恋唐奇那么多年，对他的喜好应该很了解……"

"喂喂喂！怎么说话呢！"她现在才不想承认自己喜欢过这种只会看脸的花心大萝卜！

"实话实说！请勇于面对自己，知耻而后勇。"林媛一脸严肃认真。

苏橙橙气结，嘴里嘟囔着："真想穿越时空回去，捏死自己。"

林媛笑了笑，指了指新手机，继续说："你想啊，你现在是谁？你可是苏渺！苏渺是谁？唐奇的女神！昔日高不可攀的男神，一跃成为自己的裙下之臣，真正的女频大爽文！"

苏橙橙仔细一想，林媛说得好像是有那么一点道理，她满意地点头："怎么个爽法？"

林媛眉飞色舞道："你先给唐奇发消息，约他晚上见面。"

苏橙橙照做，拿起新手机看着一片空白的短信界面，思索片刻后迅速编辑好短信，一闭眼，给唐奇了发过去。

林媛接着说："接下来，是要让他知难而退，还是难堪，就看你的心情了。"

苏橙橙明白过来，林媛是想让她借机复仇，整治一下唐奇的傲慢。但她想了想，自己确实没有和唐奇继续纠缠下去的想法，无奈地叹口气，最终还是选择了让唐奇知难而退。

什么"复仇"，只存在于大爽文里！如今，她拿着一个滤镜，也不知道是好事还是坏事，压根不敢尝试。于是，苏橙橙发完消息，就收起了手机。

林媛见她这般，自然猜到她是什么想法，无声叹了口气。虽然她画漫画总画大女主复仇，但她了解这位好姐妹，不是个睚眦必报的小人。

算了，爽一下也够了。

另一边，唐奇很快就收到了一条来自陌生联系人的短信。看到后面注明了苏渺的名字，他的眉眼也不自觉地荡开了。他小心地存下了苏渺的手机号，满心期待着见面。

第九章
心软的她

穿着斯文整洁的唐奇跟随着导航穿过不太干净的巷子,人群的嘈杂声和油腻的气味瞬间包裹住他,让他不禁微微蹙眉。映入眼帘的是一家大排档,从外面看上去装修比较简陋。

苏渺怎么会约我到这种地方?难道走错了?

唐奇拿起手机仔细比对着苏渺发来的地址和大排档门上的地址:云山路178号。

可惜,唐奇发现自己没有走错,只能硬着头皮进去。

此时苏渺早已坐在座位上,一脸霸气地喝着啤酒,身上穿着俗气至极的荧光色衣服。可就算如此,苏渺的那一张脸还是格外出众,引得大排档里的其他客人不断观望。

唐奇一看到那泛着绿光的衣服,就感觉胃里一阵翻涌,酸水堵在了嗓子眼。但他还是强压下了难受,僵着脸,脚步缓慢地走向苏渺,但每走一步,他的脚下就更像是灌了铅,脑海里的回忆也翻腾着接踵而至。

记得是高二那年,唐奇和苏橙橙就读的实验中学曾举办过一次由学生会组织的中秋灯会。

那天傍晚,教学楼附近的走道、长廊悬挂着各班级学生制作的灯笼,三三两两走过的同学们自由地穿着各种服装,享受着难得的节日欢乐。

而苏橙橙穿着闪瞎众人的荧光色仙女裙,头上戴着亮晶晶的仙女头饰,手上提着荧光棒做成的灯笼。她摇晃着裙摆,"仙气飘飘"地穿过人群,好像一路追寻着什么。

唐奇想避开那道可怖的荧光色,却避无可避,最终跟她在走廊一头狭路相逢。奇装异服的苏橙橙,对上长身玉立、风度翩翩的唐奇,就像是两个不同维度的人类相遇。但从远处看过去，在灯笼的映照下，这场景居然给人一种才子佳人的感觉。

不过从苏橙橙的视角看过去，唐奇此时的表情可不怎么好看。

唐奇连连后退，不可置信地看着苏橙橙——这是什么情况？难道他们之间有什么恩怨情仇？

一旁围观的同学望着这一幕，也不禁好奇。

唐奇脸色苍白，皱着眉毛。下一秒，他捂着嘴冲到一旁的垃圾桶，在众人的目光下大吐特吐了起来。苏橙橙目瞪口呆地望向唐奇，不明白他是怎么了。

唐奇吐完之后，迅速从包里掏出一沓纸巾，不敢回头看注视着自己的苏橙橙，逃也似的离开了。一旁围观的同学纷纷避让，只留下还呆立在原处的苏橙橙和一旁的老师。

苏橙橙和老师都满脸尴尬，老师不知情，甚至严厉地批评了苏橙橙。

也是那次，苏橙橙第一次知道，唐奇的眼睛似乎生了一种怪病，无法看到颜色特别绚丽的东西，受到颜色的过度刺激，他会产生生理反应——呕吐。

当时的苏橙橙稀里糊涂，现在的苏渺却是什么都知道，所以她为了让唐奇知难而退，才故意穿成这样，约在他最不可能接受的路边摊，又扮作他讨厌的那种类型。

呵呵，看他怎么跟我吃这顿鸿门宴！

唐奇也从思绪中回到现实，扶了扶鼻梁上的眼镜，似乎是这样给了自己一点安全感。他微笑着走到了苏渺面前。

苏渺一脸假笑地看向唐奇，指着座位："请坐。"

唐奇拉开椅子入座，礼貌道："苏小姐，你好。"

苏渺意外了一瞬：他居然没有抽出纸巾来擦椅子？

唐奇不知道她的心理活动，见她盯着自己，也奇怪地低头看了看自己的打扮——难道是自己穿得过于正式让她不适应了？

唐奇不自然地拉了拉衣服，刚想解释，苏渺从一旁拿过一个杯子，给他倒了满满一杯酒。随着哗啦啦的酒水顺着瓶口流出，唐奇到嘴边的解释

也被咽了回去，他惊讶地看了看酒瓶，又看向苏渺。苏渺握着酒瓶的手腕上戴着一排亮晶晶的镯子，五根手指上全是闪闪发亮的戒指，反射着室内灯光，晃得唐奇的眼睛愈发干涩。唐奇强忍着难受，收回目光。

苏渺举起酒杯，递到唐奇面前："来，喝酒！"不知道是故意的还是怎么的，她还刻意晃动着自己戴满首饰的手指。

唐奇脸色极其不自然。他相信苏渺肯定不是故意的，这世上没几个人知道他的眼睛有问题，如果苏渺这样善良的女孩知道真相，肯定不会穿成这样的。唐奇只能微微扭过头，眼神回避。

苏渺看着唐奇好像开始有不舒服的反应了，心里暗喜：今晚就让你吐到"肝肠寸断"。

不过，唐奇扶了扶鼻梁上的眼镜，居然很快恢复了正常。他面色自然地接过苏渺手中的酒杯，浅抿了一口："今晚约苏小姐出来面谈，是希望苏小姐能答应做我们产品的海报模特。"

很好，他居然还有胆量跟自己谈工作。苏渺冷笑着，示意唐奇别停，继续喝。唐奇无奈，只能一闭眼，直接将一杯酒一口闷了，红着脸放下了酒杯。

硬扛？他不是一杯倒吗？

苏渺心里有些失望，决定先不接唐奇的话茬，给自己又满上了酒："我先干为敬！"

于是，苏渺举起手中的酒杯，一口喝完杯里的酒。眼下，唐奇骑虎难下，也只得继续喝酒。

还没用？苏渺急了，干脆一边喝酒，一边越发卖力地晃动着身上的首饰，还有她那丑得吓人的荧光色衣服。

但唐奇依旧目不转睛地盯着她，即便胃里已经翻江倒海。

苏渺越看越不对劲，于是扭动着身躯搔首弄姿地吸引着唐奇的目光，直接指引他："看这里……看到了吗？"

"苏小姐，你很好看……"唐奇脸微红，明显是会错了意。

苏渺见唐奇毫无想吐的迹象，心里大为遗憾。看来，现在唐奇已经不再讨厌荧光色和闪闪发亮的东西了。既然这招不奏效，她也不再纠结，而是重新打起精神："我已经点好菜了，先吃饭，先吃饭！"

此时服务员送上了菜。唐奇定睛一看，只见桌子上满是干烧大肠、爆炒腰花、酸辣肝尖、清炖猪肺……

唐奇瞳孔地震，那震惊之色终于让苏渺满意地勾了勾嘴角：这下，你小子装不下去了吧！

果不其然，唐奇看着满桌的内脏，嗓子眼都变得干涩。

苏橙橙知道他讨厌内脏，也是在高中时期。那个时候，她老追着他跑，总装作偶遇地跟他去同一个餐厅吃饭。有一次，她为了套近乎，端着羊杂粉坐在了他对面，却看到他又一次呕吐着跑开，搞得她再度成了众人的笑柄。

什么都不知道的林媛见唐奇跌跌撞撞地离开餐厅，还一脸失望地吐槽唐奇是个病秧子，跟她心目中英明神武的苏橙橙一点也不般配。

后来是林媛偷听到，唐奇跟同学说自己最讨厌内脏。虽然苏橙橙觉得唐奇确实很弱，但是……没关系，谁让她喜欢他呢，她可以保护他！只是没想到，过了这么多年，她不仅没有机会保护他，还厌恶极了他。

想到这里，苏渺十分享受地吃着面前的大肠。果然，唐奇表情非常不自然，但见她吃得欢快，只能机械地咀嚼着食物。

苏渺眼见这一招有效，决定再加一把火，于是手指悄悄在桌下拨弄着手镯，开启滤镜。

伴随着"嗡嗡"的声音，一群苍蝇不知道从哪里飞来，泛着绿光，围绕着苏渺上下飞舞，有几只还停留在苏渺的肩膀和头发上，肆意地搓着脚，搭配上苏渺那姣好的面容和怪诞的装扮，显得极为怪异。

唐奇目瞪口呆，忍不住出手挥打，结果却发现不管怎么打都是扑空。苏渺饶有兴趣地看着唐奇打苍蝇这幅"世界名画"，只恨不能拿起手机拍下来。

唐奇果然提议："好多苍蝇，我们换个地方吧！"

苏渺笑了笑，淡定地摆手："嗯，是好多。我从小就是这样，人家招蜂引蝶，我是招苍蝇蚊子，走到哪里招到哪里！"

正说着话，一只苍蝇起起落落，时不时停在她的脸上，一会儿又落在她的额头中间，好像花钿，一会儿又落到眼角，充当一颗泪痣。苏渺故意操控着滤镜，想要挑战唐奇的忍耐极限。

但唐奇听她说完后，不但没有露出厌恶的表情，反而一脸同情，看她

第二篇　苏橙橙的万花筒

的眼神更加心疼和怜惜。

苏渺蒙了。唐奇这是怎么了？

她不知道，唐奇在听到她说起自己从小的毛病时，感同身受地想到了自己——他小时候也因为眼睛的问题深受困扰——心中不免触动。

唐奇语气中满是欣赏："真没想到苏小姐在成长中有这么多的困难需要克服……难怪你会如此勇敢、自信、美丽！"

苏渺难以置信地看着唐奇，一时不知道应该说什么好。自己准备的一切，怎么就跟一拳头打在棉花上一样，毫无用处？

苏渺尴尬地笑了笑，气急败坏地直接操控滤镜，把自己变得满脸全是红包。要不是还有一点理智，她恨不得把自己变成霸王龙，直接吓死唐奇！

这下，唐奇果然受到惊吓，一下子站了起来。只不过，他说的却是："你过敏了，我这就去药店给你买药。"说着转身就要走。

苏渺急了，一把拽住他，让他仔细看自己的脸："你看看我，看清楚一点！我到底哪里勇敢、自信、美丽了？你到底是没长眼睛还是没长脑子啊？"

在漫天飞舞的苍蝇中，唐奇和苏渺四目相对，唐奇凝视着苏渺的眼睛。

苏渺以为他终于要逃跑了，然而下一秒，唐奇的神情变得更加正经："大部分女生如果脸过敏成你这样，会生怕别人看到。你这样敢于坦然做自己，毫不在意他人的目光，就是很勇敢、很自信、很美丽！"

要不是早就知道唐奇喜欢以貌取人，自己恐怕还真要被他唬住了！苏渺终于忍受不住崩溃了，这次不是他逃，而是自己要逃了！苏渺不想继续下去了，拍案而起，什么都没说，转身就走。

唐奇也不知道发生了什么，想追，但她脚步实在太快，他压根追不上，只能远远地看着她……难道自己又惹到她了？

另一边的林媛刚健完身，正准备开车回家，给苏橙橙打了几个电话却无人接听。难道苏渺出师不利？

林媛收起电话，刚准备开车离开。谁知刚拉开车门，就看到一只小小的乌龟慢吞吞地爬到了她脚下，正用溜圆的大眼睛看着她。林媛急忙收脚："哎呀！小家伙，你是离家出走了吗？你的主人呢？"

林媛捡起小乌龟,四处张望,发现不远处就是一个卖乌龟的小摊,摊子前站着一个看上去仙风道骨的唐装中年男子。林媛忙拿着乌龟过去:"这是您的乌龟吧?"

唐装男上下打量着林媛,惊奇地说:"哎呀,百年难遇啊!我这也是平生第一回遇到这种情况,它竟然会主动找你认主!看来这只乌龟跟你有缘分啊!"

林媛用手指指着自己,语气带着惊喜:"找我认主?它这么有灵性的吗?"

唐装男捋了捋不存在的胡须,向林媛解释道:"这种乌龟名叫幸运龟,生于长白山,长于长白山,由韬光法师亲手养大,身具灵性,能招好运。既然它主动找你认主,那你就带它回去吧,全了你们的缘分。"

听到这话,林媛顿时来了兴趣:"多少钱?"

对方听林媛主动提到钱的事,眼睛里冒起金光,表面却维持着淡定:"原价六百,不过呢……乌龟既然主动认主,我也不好阻了你们的缘分,就算你二百吧。你和它有不解之缘,只要你好好养,我保证你从此一帆风顺、财源滚滚、桃花不断、逢凶化吉、遇难成祥……"

"我要了!"林媛激动无比,连话都没听完。她越看小乌龟越心动,关键是小乌龟也仰头看着自己,就好像真有灵性一般,在央求自己带它回家。

唐装男感觉自己还没怎么发挥,噎了一下,随即殷勤地递上收款码:"有了这只幸运龟,您一定会事业成功、婚姻美满!"

林媛想着也算给苏橙橙带一个好兆头,直接付了钱,开车离开了。

她的车刚走,唐装男看到了另一辆长得一模一样的车也停在一边,车主人正朝着这边走过来。抱着开同一款车的人智商都不太高的想法,唐装男扇子一打,觉得生意又来了。

这个二号被坑对象正是顾屿,他边打电话边走近车旁,看到车门下有一只眼睛睁得溜圆的小乌龟。顾屿拿起小乌龟,看到了不远处的乌龟摊位。唐装男故作镇静地转过头,似乎完全不知道这边发生了什么。顾屿顿时明白过来,冷笑着拉开车门,转身就想走。那唐装男果然按捺不住,几步就冲了过来,一脸焦急。

"先生,先生,那是我的乌龟。"

第二篇　苏橙橙的万花筒　069

顾屿瞥了对方一眼,二话不说就把乌龟还了回去,又想上车。

唐装男眼见顾屿要走,急忙挡了一下:"先生,先生……您听我说完。"

顾屿表情冷淡:"你的乌龟不是还你了吗?"

唐装中年男赔笑道:"乌龟主动找到先生您认主,这就是和您有缘分哪,这可是百年难遇的缘分哟……"

顾屿抬手打断唐装男:"在车门下撒上乌龟喜欢吃的虾粉,乌龟就会主动爬到车门下,然后你动动上下嘴皮,我和它之间就有了百年难遇的缘分。"

唐装男脸皮很厚,还想继续忽悠:"先生,您可能认错了。我这种乌龟名叫幸运龟,生于长白山,长于长白山,由韬光法师亲手养大,身具灵性,能招好运,原价六百,但先生您不信这些,那我就算您个成本价,两百块……"

"巴西龟幼苗,市场行情最好时也就五块钱,这龟都被你折腾得半死不活了,拿去花鸟市场,两三块都不见得有人要。"

唐装男见顾屿直接道出了乌龟的底细,瞬间傻了眼:"原来先生养过乌龟啊!"

"没养过,但今天正好带着脑子出门了。"

男子见实在忽悠不了,也很识趣地让到一边:"得,哥,那我就不在您面前丢人现眼了。"说着,他就要接回乌龟。

顾屿瞅着可怜的小乌龟,并没有还给他,只是从钱包里抽了一张十元纸币给唐装男,对方一脸不解。

"给个盒子,让乌龟待得舒服一点。"

唐装男子意会,也猜到这人心善,笑了笑,没有再说什么,给了他盒子:"今日我也算遇到对手,这小乌龟遇到您也算有福气。"

顾屿打量了一下他的摊位,劝说道:"大头鱼背鞍子,跑江湖各凭本事,但过桥抽板,得鱼丢钩就不对了。既然靠着它们做生意,那就对它们好点,别往死里折腾。"

唐装男心服口服,点头哈腰道:"是是是,这次是小弟大意了。"

顾屿不再搭理,发动车子离去。唐装男跟在车屁股后面挥手,大声喊道:"祝哥事业成功,婚姻美满!"

顾屿不屑一顾,却不知这只乌龟确实让他未来一切美满。

第十章
蛤蟆先生

苏橙橙一脸疲惫地瘫倒在床上，这时林媛的电话打了过来，苏橙橙想也没想，直接对着电话一通输出："唐奇那个浑蛋，三观跟着五官走，只是因为苏渺长得好看，就不管人家做什么都觉得可爱，甜言蜜语一套接着一套……"

林媛刚到家，一边照顾她刚买的幸运龟一边问："你答应拍摄海报了？"

苏橙橙猛地摇摇头，满脸嫌弃："当然没有！不过唐奇说他不会放弃的，要用诚意让我改变主意。呸！我会因为他改变？太自以为是了！"

林媛露出欣慰的表情，在电话另一边竖起大拇指："干得漂亮！"

苏橙橙一通嘴炮怒骂过唐奇之后，还是陷入了犹豫。作为苏橙橙，她现在还是千鸟集的实习生，而且这是苏青梨好不容易给她找来的机会；但作为苏渺，她现在是看到唐奇就厌烦。

"你说我明天还去千鸟集上班吗？"

"为什么不去？这可是你姐帮你找的工作，因为一个渣男就放弃？到底是男人重要，还是工作重要？"

"工作！"苏橙橙斩钉截铁，不带丝毫犹豫。

林媛了然一笑，鼓励苏橙橙："所以啊，你现在最应该的就是好好休息，明天又是崭新的一天！"

得到林媛的鸡汤，苏橙橙又变得斗志满满，开始准备明天上班的装扮，衬衣、裤子、外套、包……最后看到放在柜子里的裙子和化妆品试用装，苏橙橙盯着思索片刻后，最终还是没有打算用，默默关上了柜门。

做完这一切，苏橙橙一头重新扎回床上，从枕头下抽出那本《蛤蟆的油》，翻到某一页继续看起来，显然这是她最近的睡前读物。沉沉睡去时，

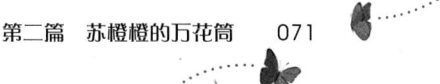

她手上还攥着那本书。

　　第二日清晨，苏橙橙神清气爽地起床，看到镜子里面自己朴素的面容，给自己打了个气，之后穿上简单朴素的职业装，忐忑地来千鸟集公司市场部报到。

　　苏橙橙一迈入市场部，就发现这里气氛很是忙碌紧张。

　　市场部的王怡领着她走到一个没人的工位："这里没人，你就先坐这儿吧！"

　　王怡刚说完话，就听见自己工位的座机电话响了起来，于是不等苏橙橙反应，就匆忙回去接起了电话："喂，您好……"

　　周围有几个同事一边忙着手上的工作，一边闲聊起来。

　　许月说："你们听说了吗？唐总还是没有谈下那个素人模特，苏渺。"

　　李宇昊追问："那公司是不是要采用顾总的拍摄方案了？"

　　许月回答："没有！据说唐总坚持要等对方同意。"

　　赵运杰郁闷地说："产品赶着上市，再等下去的话，后续的营销方案很可能全部流产，不会到时候年终奖都拿不到吧……我还想存钱买车呢……"

　　许月听到这话，四下观望确认老板们不在附近后，压低声音说："拿不到年终奖算什么？别到时候工作都没了。"

　　李宇昊被许月吓住，表情有点惊恐地说："我刚结婚，每个月还要还房贷，公司不会真有事吧……"

　　"行了，别自己吓自己，没事都被你们说出事了。"王怡忙完工作，挂断电话安抚几人。同事们都立马闭嘴停止了闲聊。

　　"这是公司之前的产品和资料，请尽快熟悉，市场部所有工作都是以产品为基础的。"王怡走过来，把一个箱子放到苏橙橙的桌子上。

　　苏橙橙点点头，试探性地提问："好，海报拍摄……很重要吗？"

　　"当然了！公司目前线下销售渠道非常有限，这次的新产品又是以线上销售为主，所以推广海报尤为重要。"王怡的语气十分肯定。

　　苏橙橙立刻开始工作，准备把资料梳理清楚。翻看间，她被一个包装吸引，拿出来一看，居然是那天自己面试失败后遇见的那个陌生人留给自己的小礼物。

原来"蛤蟆的油"在千鸟集工作啊。

想到这里，苏橙橙忍不住抬头用目光掠过每个男同事，却怎么都看不到那个人，只见同事们都愁眉苦脸的。苏橙橙顿时犹豫起来，她知道同事们都怕失业，而且"蛤蟆的油"跟自己一样好不容易找到了工作，肯定不想失业。要不答应拍海报？

就在苏橙橙有所动摇的时候，顾屿面无表情地走了进来，让大家准备开会。十分钟后，所有人都出现在了会议室。唐奇站在前面，看到苏橙橙已经来实习，眸中闪过一丝愧疚。而后他压下情绪，打开了大屏幕，PPT上正在展示六种色调的人体模型。

顾屿、周锦礼坐在前面，市场部和其他部门的同事依次在会议桌后落座，而刚来报到的苏橙橙只好坐在不起眼的角落里。

唐奇侃侃而谈道："……肤色有冷暖色调之分，可分为浅色型、深色型、冷色型、暖色型、净色型和柔色型六大类。肤色的色调不同，妆容的色调也不同，为了给消费者充分展示产品，我们也应该找不同色调的素人模特来拍摄海报。不需要身材、容貌完美，因为我们需要展示的就是普通女性的美丽。"

市场部同事则是一片崩溃，开始窃窃私语。

许月一脸不敢相信："这怎么可能……"

赵运杰对着屏幕数手指，最后伸出五根手指："那就是……至少还要再找五个素人模特？"

如今，找一个模特都那么困难，更别说找这么多个。市场部众人苦不堪言，但没人敢顶撞唐奇，只能向顾屿投去求救的目光。

果然，顾屿直截了当地提出了异议："我不同意。一个苏渺都没搞定，还要再找其他素人模特？这完全不现实。我和朱欣欣的经纪团队已经敲定所有细节，可以立即签约。"

听到顾屿这么说，同事们又开始交头接耳，不少人都开始点头，明显都更赞同顾屿。

苏橙橙没有加入他们的讨论，盯着大屏幕沉思起来。唐奇的方案的确十分大胆，但是也的确体现了普通女性的需求。没想到，唐奇竟然对苏渺

第二篇　苏橙橙的万花筒　073

的意见这么看重，还真听进去了。苏橙橙心里竟有点酸溜溜的，哪怕苏渺和苏橙橙其实是一个人。

唐奇和顾屿各执己见，大家都希望顾屿能成功说服唐奇，但是等会议结束后大家纷纷走出会议室，一个个都唉声叹气的。

苏橙橙若有所思地看着众人，心中的决定也再次动摇。怎么说，"蛤蟆的油"先生也算安慰了她，她不能做那个毁掉大家事业的"幕后黑手"。

就在这时，苏橙橙的手机铃声响了，她拿出手机一看，发现是苏渺的电话卡来电。好巧不巧，来电显示正是"二官"。苏橙橙不安起来，害怕被唐奇察觉到什么，一边忙把手机铃声摁掉，一边一脸紧张地快步离去。

唐奇正等着苏渺接电话，忽然感觉身后有人像风一样跑了，他下意识看过去，只看到了苏橙橙疾步远去的背影，他觉得这背影很眼熟。

唐奇正要追上去，没想到电话被接通了。他收住脚步，欣喜地问道："苏渺吗？"

苏橙橙一口气跑到公司露台，躲起来，强压下急促的喘息，连连点头，冷声问："是我，有什么事？"

"您好，苏小姐，根据之前您对我们的批评，公司出了新的海报拍摄计划。您在哪里？方便吗？我现在想过来找您，和您当面交流一下。"

唐奇的声音柔和，遏制住了苏橙橙想要破口大骂的想法。苏橙橙有点犹豫，想起今天刚认识的同事们担忧的神情，又想起"蛤蟆的油"找到一个工作是多么不容易，一时间竟沉默不语。

"喂？喂？苏小姐……"电话接通，苏渺却没说话，唐奇一时有些着急。

苏橙橙回过神来，切换了苏渺的声音："只要苏橙橙同意，我就同意。"

唐奇有些惊讶，还以为自己听错了："什么？"

苏橙橙气结，忍不住再次开口："唐先生，你这人很有问题，但你的公司没有问题，苏橙橙肯定不想同事遭受无妄之灾。所以，只要苏橙橙同意，我就同意。"斩钉截铁地说完这句话后，苏橙橙立即挂断电话，生怕自己会反悔。

得到苏渺的回复，唐奇虽有点不解，但总归还是看到了一点希望。他立马赶到市场部，却没看见苏橙橙。他语气有些急切地问王怡："苏橙橙在哪里？"

王怡看苏橙橙的工位没人,摇摇头:"不知道,大概去卫生间了吧。"

许月冷不丁地插话:"苏橙橙没有在卫生间,我看到她鬼鬼祟祟地躲在露台玩手机呢!"

唐奇面色瞬间变得阴沉,不满地转身离开。

唐奇刚走,王怡就对许月露出不赞同的表情,显然不认可她如此挑拨。

许月看出王怡的意思,语气刻薄地反驳:"我怎么了?我又没有造谣!第一天上班就偷懒,这种人就该让老板知道!"

还不知道自己第一天上班就被人背地里参了一本的苏橙橙无精打采地从露台走出来,迎面在走廊上碰到了正寻找自己的唐奇。

"你去哪里了?"唐奇问。

苏橙橙有点心虚,支支吾吾地说:"我……我去卫生间了。"

唐奇不满苏橙橙说谎,但没有戳破她的谎言,只说:"苏渺说……"

苏橙橙听见苏渺两个字,顿时打起精神,挺起胸脯对着唐奇说:"我知道了,苏渺刚和我说了。只要我不反对,她就答应做海报模特。"

唐奇意味深长地看了苏橙橙一眼,语气有些严肃:"这件事对公司至关重要,只要是合理范围内的要求,我可以代表公司全部答应。"

苏橙橙露出不怀好意的笑容,盯着唐奇:"我对公司没有任何要求,但是对你有要求。"

还不知大难临头的唐奇,做梦也没想到,自己的一世英名居然会毁于一旦。

林嫒正在家惬意地画着连载,忽然手机振动,她没有理会,可振动似乎没有停下的意思。她有些纳闷地拿起手机,结果发现微信一瞬间就有了上百条未读提示,并且红色的消息数量还在不断地飙升。点开一看,原来是实验中学校友群,里面如同热油炸锅一般,信息一条接着一条:"苏橙橙 V5""我姐还是我姐""给姐姐献上膝盖""果然是哪里跌倒哪里站起来"……

林嫒滑动着聊天页面到了最上面,点开一个视频。唐奇西装革履,还化了妆,站在镜头前,突然一杯水泼到他脸上,他的妆晕了。狼狈的唐奇正对着苏橙橙道歉:"尊敬的苏橙橙女士,校友会那个晚上,我说你很丑,是我出言不逊。我在此诚挚道歉，请你原谅！"说完这段话，唐奇恭敬地对着镜头鞠躬，姿势相当标准。

林嫒又是好笑又是惊讶。

与此同时，校友群里依旧在刷屏，全都是夸苏橙橙的。

林嫒乐不可支，直接打电话给苏橙橙询问是怎么回事。苏橙橙这才告诉林嫒，她替"苏渺"答应了拍摄海报的事。

林嫒惊讶地张大了嘴巴："什么？你疯了吗？知不知道苏渺压根儿不存在？你还要不要上班，要不要转正？"苏橙橙猜到了林嫒的反应，但没想到她的声音这么大。她立刻环顾了一眼四周，发现众人都在忙碌，没人管她，这才松了口气，压低声音说："我会请假的，一天应该没有关系，只要平时认真工作……"

正说着话，顾屿走了进来，对众人宣布："明天拍摄海报，因为临时增加模特，拍摄任务繁重，人手紧缺，任何人不许请假。"

苏橙橙拿着电话，惊讶不已，刚准备举手问时，已经有人提出了疑问。

赵运杰问："如果一定要请假呢？"

顾屿扫视着每个人，面带微笑地说："请直接递交辞呈。"

苏橙橙手中的电话啪嗒一声直接落下了，而电话那头的林嫒跟她一样"生无可恋"。

果然，事情永远不会如自己想象的那么简单。"要倒大霉"四个大字，从她开始用滤镜打开金手指大门的那一刻起，就刻在了她的脑门上。

第十一章
分饰两角

第二日，苏橙橙变成苏渺，如约来到千鸟集公司。

在众人的环绕下，苏渺初次站在镜头前，又面对着这么多人的注视，所以格外紧张，表现得并不自然。

摄影师试图用语言让苏渺放松下来："放松，放松。眼睛看这里，笑一笑，表情自然一点，姿势一定要自信，自信……"可是无论摄影师怎么提醒，苏渺都很别扭，无论是姿势还是眼神，都流露着不自信的感觉，时间一长，摄影师有点崩溃。

苏渺见自己始终不能进入状态，看见神情焦虑的众人，还有急得像热锅上的蚂蚁一般的摄影师，不禁泄了气，反而越发不能放松。

顾屿皱着眉头："她这个状态不行，太紧张了，根本就出不了片。"

周锦礼也很焦急，但作为老板，他最不能先崩掉，只能强压焦躁安抚着其他人："给她点时间，再试试吧！"

就在此时，唐奇戴着眼镜，穿着白大褂，走了过来。工作人员见状，纷纷给他让开了路。唐奇脱下白大褂，里面竟然是一件闪亮的荧光色衣服，和苏渺在大排档那晚的衣服完全是同款，他手上还拿着闪闪发亮的道具，摇晃着给苏渺打气。

这一幕实在冲击力太大，众人完全没预料到平常严肃认真的唐奇会来这么一出，但人家毕竟是老板，他们又不得不克制想笑的冲动。

苏渺也完全看呆了，下一秒，忍不住扑哧一声笑了出来。

摄影师非常专业，明白唐奇这是为了帮助苏渺找感觉，立刻抓拍到了苏渺这一瞬间："很好！就是这样！继续，继续……"

唐奇见状，一鼓作气地继续逗弄苏渺。苏渺也算争气，姿势、笑容乃

第二篇 苏橙橙的万花筒　　077

至眼神都非常灵动,旁观的众人见状非常满意,摄影师也拍得十分顺手。

周锦礼终于松了一口气,惊诧还留在眼神里:"还是小唐有办法,就是他俩这口味……还挺独特。"

顾屿摸摸下巴,若有所思地说:"苏渺可能就喜欢这样的吧!"

周锦礼看到顾屿的眼神,立刻也意识到了什么,眼神暧昧地上下打量着正在拍摄的苏渺,询问顾屿:"你觉得小唐的眼光怎么样?"

"还行吧。"顾屿说。

唐奇仔细观察着已经进入状态的苏渺,虽然她的表现很好,但是他总觉得缺了点什么。思忖片刻,唐奇还是叫停了大家,所有人都好奇他又要搞什么。

"现在的形式过于普通,没法凸显产品特点。"

苏渺和摄影师都是一愣,他们可刚提起劲呢。

苏渺倒是没有不悦,只是盯着唐奇问道:"你想展示什么特点?"

唐奇朝着众人解释:"星光眼影除了细腻闪耀的珠光效果,最大的特点就是持久、遇水不脱妆,保证使用者不管在什么情况下都不会因为妆容花掉而尴尬窘迫。"

众人交头接耳,一时之间都没个主意。

苏渺仔细思考着唐奇的话,轻笑道:"我有办法。"

唐奇正好奇,就见苏渺从旁边桌子上拿起一罐啤酒,用力摇晃,然后突然拉开拉环,啤酒立刻滋了她一脸。众人顿时被苏渺的举动惊到了,有些人身上还被溅到了啤酒泡沫。

喷溅的啤酒泡沫中,苏渺突然有点似曾相识的感觉。她想起来,那天晚上校友会上自己被啤酒喷脸,而唐奇目光冷淡地看着自己,眼神里没有半点波澜。苏渺不禁下意识地又去看唐奇,这一次的唐奇脸上却是惊艳、欣赏的表情。

与那天晚上的唐奇简直判若两人!

苏渺一面觉得讽刺,一面在心中悄然生出莫名的自信。她轻轻摇动着头发,脸上露出迷离中带着点哀伤,又有点嘲讽的笑容。酒水从她精致的脸庞上滑落,在灯光的映照下闪烁着光芒,她整个人看起来魅力四射,闪耀的眼影也变得更加夺目。

摄影师一脸满意地惊叹，声音中带着惊颤，手上"咔嚓咔嚓"不停拍摄："好！太好了……"

众人也都目眩神迷，毫不吝惜自己的夸赞。顾屿和周锦礼站在台下，目睹了这一切。

顾屿再次瞥见周锦礼投来的目光，终于心服口服，说："眼光不错。"

周锦礼微笑，他就喜欢逗这哥俩玩。

唐奇也目不转睛地盯着苏渺，眼中星光闪耀，脑海中又想起初见时苏渺飞扑在马路上救下小孩的身影，心脏居然又怦怦跳起来。他低头掩住心口。

一组海报拍摄完毕，负责道具的王怡手忙脚乱地准备着下一套拍摄的道具，其他人也在忙，但众人始终没看到苏橙橙。

唐奇主动过去帮王怡扶起了道具："怎么就你一个人？"

王怡整理道具的手顿了一下，欲言又止，但还是决定实话实说："根据工作安排，本来是我和苏橙橙一起负责道具。但早上苏橙橙匆匆忙忙地拜托我多担待一下后，就再也找不到人了，打她电话她也不接。"王怡略带些不满地控诉。现在，她几乎完全认同了之前许月说的那些话，苏橙橙只会偷奸耍滑。

闻言，唐奇的脸也瞬间黑了下来，立即掏出手机给苏橙橙打电话。

苏渺刚和摄影师沟通完，走到休息区的椅子旁，正好听到手机响了起来。她紧张地四下看看，确认无人注意，这才悄悄接起电话。

"你人在哪里？为什么不和同事一起准备道具？"电话刚接通，唐奇就劈头盖脸地一顿质问，语气冰冷严厉。

苏渺听到唐奇的声音，心里一慌，咽咽口水，压着嗓子，变成苏橙橙的声音："苏渺让我帮她去拿衣服。"

唐奇催促着："拿完你赶紧回来，王怡一个人忙不过来。"

苏渺看了一眼不远处忙碌的现场，心里也很愧疚，赶忙答应下来："知道了，我尽快！"

挂了电话，苏渺看了一眼四周——这里人多眼杂。时间紧迫，她只能提着包匆匆朝着卫生间跑去。刚一跑到卫生间门口，就发现一个打扫卫生

第二篇　苏橙橙的万花筒　　079

的中年阿姨正瞅着自己，苏渺立刻意识到自己现在的样子有点着急，于是挺直身子冲着阿姨婉转一笑，然后优雅地推门进入。

打扫卫生的阿姨还没走远，转头又见苏橙橙飞快地从卫生间里跑出来，然后直奔拍摄现场。她实在困惑，只能盯着苏橙橙的背影看。

苏橙橙也顾不得此时别人是什么看法了，急急忙忙去帮王怡弄了两个道具，可没弄两下，苏渺的铃声又响了，是负责拍摄的同事在到处找她。苏橙橙眼一闭，心一横，只能放下手中的工作，飞速跑到卫生间，再次变回苏渺，急匆匆地回到现场。

可刚跟同事对完下一步的拍摄计划，苏橙橙的铃声又一次响起。

如此往复，背负着双重身份的苏橙橙，来回跑着卫生间，一会儿变成苏渺，一会儿变成苏橙橙，最终汗流浃背。苏橙橙只好打电话给林嫒，请她给自己送换洗的衣服。

还好林嫒家离这里不远，很快，林嫒提着衣服和苏橙橙要求的咖啡走了进来。苏橙橙来不及寒暄，冲过来拿了东西，转身又进了电梯，只匆匆留下一句："谢了！"

林嫒看她跑得满头大汗，无奈地摇了摇头离开，却没发现，唐奇此时正站在办公室的窗户边，恰好看到楼下的一幕，再次露出了不认同的眼神。

苏橙橙悄悄溜回摄影棚里，发现大家都在忙碌，于是连忙赶回到王怡身边，殷勤地将咖啡送给大家："对不起，我身体有点不舒服，让大家受累了，请大家喝咖啡。现在有什么要我做的吗？"

然而现场只有大家忙碌的身影，没有一个人接茬，也没人愿意喝咖啡。苏橙橙面露愧疚和尴尬。

市场部中王怡最年长，总像个大姐姐一样关照着大家，她见苏橙橙尴尬，终是不忍心，勉强地接过咖啡，语气闷闷地说："已经弄得差不多了。"

苏橙橙接收到王怡的好意，当即笑逐颜开，又热情地给其他同事递上咖啡，其他人见王怡没说什么，也陆续接过了咖啡。

赵运杰惊喜地说："哇，这可是最近很火的网红咖啡，应该不便宜吧。"

苏橙橙赔着笑脸："喜欢就多拿一杯，管够！"

轮到许月时，她不屑地冷哼了一声，根本没拿咖啡。

有免费咖啡喝，大多数人都很高兴，一时间，沉闷的拍摄现场也开始变得热闹。

苏橙橙却感受到了一股来自背后的寒意。她小心地回头，果然撞见了唐奇森冷的目光。她尴尬一笑，主动走过去给唐奇递咖啡。唐奇没有接下咖啡，只是冷眼瞥她："咖啡是你去买的吗？"

不是我，难道是你吗？苏橙橙下意识地想怼回去，可咖啡确实不是自己买的，自己确实没有底气反驳，只是笑着点头："对啊。"

唐奇看着苏橙橙淡定的表情，脸上的不悦愈发明显——连说谎都能面不改色——他推手直接拒绝："不用了。"

苏橙橙立即收回咖啡，反正她也不是真心想给。

这时，拍摄现场的另一组海报道具布置完毕。摄影师冲众人拍了拍手，大家放下手里的咖啡，各就各位，准备开工。

苏橙橙也想去开工，转头却见唐奇又盯着自己，顿时不知道该怎么办了。

摄影棚另一边，顾屿四处都找不到苏渺，询问其他人也没人说看到过，他掏出手机，开始给苏渺打电话。苏橙橙的手机在兜里疯狂响了起来，她看了看面前的唐奇，只能死命捂着手机，冲唐奇干笑："那个，唐总，我去一个……"

"你又不舒服了？"唐奇冷声问。

苏橙橙面露难色，只能夹紧双腿假装尿急："啊，对对，我不太舒服……"

苏橙橙边说边想走，谁知唐奇先一步挡在她面前。苏橙橙低下头想要从一边绕过去，却被唐奇重新挡住。苏橙橙当作没看到，又想从另一边溜走，结果几次绕路都被唐奇挡住。

苏橙橙苦着脸："唐总，我真的不太舒服。"

这会儿，身后的顾屿举着电话朝这边走过来了。唐奇岿然不动，盯着苏橙橙："拍摄中，你也需要时刻关注道具，不能随意离开。"

话音刚落，顾屿在人群里扬声问道："苏渺，有谁知道苏渺在哪里？"

苏橙橙见唐奇被吸引了注意，立马推开他跑了。唐奇猛然回神，刚要训斥，就见顾屿走了过来。顾屿问："你见过苏渺吗？"唐奇望着跑得飞快的苏橙橙，一脸的震惊和无语，摇了摇头回答："没有。我去找找。"

第二篇　苏橙橙的万花筒

而另一边,苏橙橙慌不择路地再次冲进卫生间,片刻后,漂亮的苏渺走了出来。

苏渺神情慌张地来到拍摄现场,立刻跟大家道歉:"不好意思,顾总,我刚才在卫生间。"说着还抹了抹额头的汗珠。顾屿和唐奇对视一眼,将她的辛苦看在眼里,没有说什么,便让她立刻去拍摄。

苏渺刚回到摄影棚,就被安排和其他五个素人模特站在一起。那些素人模特不像苏渺那样精致美丽,每个人都长相平淡,身材也不完美,不过人人脸上都化着合适得体的妆容。

苏渺的外貌和妆容是用滤镜调整的,相较于其他模特算是节省了很多时间,要不今天这一出"二人转"还真不知道该怎么演下去了。

时间一分一秒过去,苏渺撑着身子在镜头面前尽力地摆着姿势,终于拍完了最后一张照片。

顾屿抢先欢呼:"海报拍摄结束!大家今天辛苦了!"

同事们都开心地鼓掌,陆陆续续收拾起器材道具。苏渺一脸疲惫,恨不得立马瘫坐在地板上,但一抬头就看到唐奇、顾屿和周锦礼朝着自己走来,当即又强撑着身体站得笔挺。

顾屿朝着苏渺微笑:"辛苦了。我们在电脑上看过素材,效果非常好。"

苏渺礼貌回应:"客气客气。"

周锦礼也附和:"幸亏唐奇三顾茅庐,才让公司没有错过苏小姐这块和氏璧。"

苏渺原本正客气地打哈哈,一听这功劳要颁给唐奇,急忙摆手否认:"我能来完全是因为苏橙橙。因为她的善良大度,我才会答应贵公司拍摄海报。要是没有苏橙橙的坚持和努力,我肯定没办法完成今天的拍摄。"

说完,对面三人安静了,你看我我看你,现场一片尴尬。唐奇虽然完全不认同,却没有吭声。周锦礼和顾屿对视一眼,周锦礼茫然地问:"苏橙橙是?"

"苏橙橙是我们市场部新招的实习生。"顾屿答。

周锦礼恍然大悟:"实习生?这么好的人才,要尽快给她转正才行啊。"

顾屿微笑点头:"当然。"

苏渺闻言大喜,立刻道谢:"谢谢……还是顾总慧眼识人,那我就代苏橙橙谢谢公司了。"

唐奇越听眉头皱得越紧,忍不住出言反驳:"我只看到了苏渺小姐的善良大度、坚持努力,至于苏橙橙……我已经一个多小时没见到她了。"

听到唐奇当面这么讽刺自己,苏渺难免有点郁闷,却无法辩驳,毕竟这也算是事实。但是谁知道她一个人干两个人的活啊,脚底板都跑冒烟了。

顾屿也扫视了一圈周围,好像真没看到苏橙橙。此时赵运杰和李宇昊拿着道具经过,顾屿连忙叫停两人:"苏橙橙呢?"

"没看见。"

"不知道。"

两人异口同声的回答,一时间让苏渺有些心虚不安,想要找借口离开。还好,顾屿人帅心善,解释苏橙橙可能在别处忙。

苏渺立刻找借口离开,可她刚走了没两步,就听到身后传来一声声让她心生厌烦的呼喊:"苏渺,苏渺……"果然,又是唐奇从后面追上来叫住她。

听到唐奇的声音,本就疲累至极的苏渺不免有些不耐烦地转过身:"又有什么事?"

唐奇有些拘谨地说:"今天晚上周总想请大家聚餐,我想代表公司邀请你一起去。"

苏渺冷着脸:"不好意思,我今天有点累,不能出席。"

闻言,唐奇也面带歉意:"拍摄了一天,的确很辛苦,是我想得不够周到。那你早点回去,好好休息。"态度很是温和,哪怕被苏渺直接拒绝也没有丝毫不悦。

苏渺实在看不惯唐奇这副周到体贴的样子,立即转身离开,心里忍不住狠狠骂道:狗男人。她径直朝着卫生间走去——苏渺今天的任务算是完成了,但是苏橙橙可还没下班呢,要是又被人发现自己早退,恐怕真在公司混不下去了。

片刻后,苏橙橙一脸疲惫地溜回摄影棚。与她完全不同的是,其余同事都是一脸轻松,正欢呼着感谢周锦礼请大家聚餐。苏橙橙已经很累了,实在没精力再去吃饭,她悄悄地挪向顾屿:"顾总,我有点累,一会儿的聚餐就不参加了。"

顾屿还没回答，站在他身旁的唐奇面无表情地冷哼一声："休息了一整天，肯定累了！"

苏橙橙心中没底气，只能默不作声，悄悄地瞪了唐奇一眼。

顾屿却没注意到两人间的暗流涌动，只当她是好友苏青梨的妹妹，温和地建议："作为新人，聚餐正好是融入公司、熟悉同事的机会。一起去吧，到时觉得累，早点离开就好了。"

"好吧。"苏橙橙无奈答应。顾屿话都说到这份上了，自己还怎么拒绝？

第十二章
酒醉误会

聚餐地点是公司旁边的一家中式烤肉店,食物的味道还算不错,这让忙碌了一天的苏橙橙得到了少许安慰。

可是餐桌上没有人跟她讲话,同事们都在刻意疏远她,就连一开始对她还算是友善的王怡也对她没什么好脸色。这种被人刻意排挤却又无从辩驳的感觉真的很不好受,可是苏橙橙只能把委屈咽下去。

"王怡,你尝尝这块肉,今天的事……"苏橙橙主动夹起一块烤好的牛肉放到王怡盘中,扬起笑脸,"谢谢你!"

许月阴阳怪气的声音忽然响起,打断了苏橙橙:"王怡,多吃一点。今天你最辛苦了,一个人干两个人的活。"

许月脸上讽刺的笑容让苏橙橙尴尬至极,她看向王怡,再次说了声:"王怡,谢谢你。"

王怡没有搭理苏橙橙,只是自顾自地吃饭。

苏橙橙没有泄气,笑着转头给赵运杰夹肉。赵运杰也没什么好话,他半开玩笑地讥讽道:"苏橙橙,我们以前做实习生的时候可没你这么大胆子。干活的时候找不到你,吃肉的时候你倒来了。"

苏橙橙的笑容僵在脸上,餐桌上的所有人都攻击她,而她偏偏一句都反驳不了,她干脆不再解释,低头吃肉。就在这时,顾屿端着酒杯走过来,众人热情地招呼着。顾屿微笑点头,然后走到苏橙橙身边,举起手中的酒杯:"我敬咱们的新同事苏橙橙一杯,多亏你,我们才能请到苏渺,海报才能顺利拍摄完成。"

众人疑惑,纷纷将目光投到苏橙橙身上。

苏橙橙尴尬地回应道:"都是同事们辛苦付出。"

现在，同事们都以为她是个偷懒好闲的人，在顾屿说完这句后，她可能又多了个罪名——只知道沾别人的光。

顾屿哪里知道苏橙橙的心事，他仰头喝光杯中的酒，对苏橙橙笑了笑，丢下一句"你们慢慢吃"，就转身离开去和其他同事寒暄了。

王怡心里最不爽：凭什么干活的人是我，被夸被感谢的人却是苏橙橙？她神情不悦地给苏橙橙倒了满满一大杯酒："我以市场部同事的身份敬你一杯。如果不是你，我今天也不会过得如此充实。"王怡刻意加重"充实"两字。

苏橙橙心有愧疚，不管是什么原因，让王怡分担这么多事情，她心里始终过意不去，于是爽快地一口气喝光了杯中酒。许月见状，立即又给她倒了满满一杯："我也敬你一杯。"

苏橙橙看着许月，手上却没有动作。

"王怡今天忙不过来时，我常常搭手帮忙。"许月挤眉弄眼地看向王怡，"对吧，王怡？"

王怡点头道："辛苦你了。"

苏橙橙听王怡这么说，只能端起酒，再次一饮而尽。

赵运杰见状，也过来凑热闹。他也给苏橙橙倒上满满一杯，说："我帮王怡搬运道具了。"

大家都在看着苏橙橙，她已经骑虎难下，只能端起酒杯继续喝酒。

这时，李宇昊也附和道："我也帮忙了……"又是一杯酒被推到苏橙橙身前。

苏橙橙看着桌上堆满的酒杯，索性爽朗地笑起来："好，今晚给诸位赔罪，我先干为敬。"苏橙橙举起酒杯敬着大家，俨然一副大姐大的派头。她的"壮举"和爽朗的笑声吸引了来迟的唐奇。唐奇停下脚步，皱眉看着人群中正喝得兴高采烈的苏橙橙。

"小唐，这边。"周锦礼看到唐奇走进来，招呼他过去。

唐奇落座后，仍旧转头去看苏橙橙。周锦礼顺着唐奇的视线看过去，笑着点点头："新同事的酒量不错。"

但是在唐奇眼里，苏橙橙工作懈怠，却在此时活力四射。这越发让他不满，同时也让他疑惑：苏渺那样的人怎么会和苏橙橙关系如此亲近？

数不清的酒下肚之后，苏橙橙已经喝得晕晕乎乎。她跟跟跄跄地走出卫生间，从兜里掏出手机，给林媛打电话："林媛，来接我。"苏橙橙口齿含糊地呼唤着。

"橙橙？你喝醉了？"林媛正窝在沙发上画漫画，听到苏橙橙的声音，就知道她喝了不少。

"没醉，我酒量好着呢……就是头有点晕。"苏橙橙怕林媛担心，捂着脑袋嘴硬说没事。

"地址发我，我马上过来。"林媛立马起身，顾不得自己一副邋遢的模样，也没换衣服，戴上棒球帽，拿了车钥匙就冲出家门。

苏橙橙一边晃晃悠悠地走，一边低头给林媛发定位，结果不小心撞到了人。苏橙橙正要道歉，一抬头，只见唐奇眼带嫌弃地看着她。

唐奇老是拿这种眼神看她，这让苏橙橙很不悦。

酒壮"英雄"胆！

"唐总，唐大领导，你对我很不满吗？"苏橙橙非但不让路，反而示威似的往前走了一步。

唐奇后退一步，冷嘲道："你做了什么，值得我满意？"

苏橙橙想说什么，却打了个酒嗝，一股难闻的气味散发出来。唐奇挡住鼻子，一脸嫌弃地绕开苏橙橙，走向卫生间。

"我做得可多了！"苏橙橙看着唐奇的背影，有些落寞地说，"不过……我不告诉你。"

唐奇只觉得苏橙橙是在撒酒疯，没有理会。

餐桌上已是酒过三巡，众人吃得七七八八，围坐在一起开始玩游戏。在酒意的加持下，气氛越发热烈。旋转的酒瓶停止时，瓶口朝向顾屿。顾屿随意拿起手边的啤酒瓶，假装话筒："我的题目是'没有谈过恋爱的人请举手'。"

众人笑着环顾左右，苏橙橙下意识地就想举手，但看周围人都没举手，又默默地收回去了。

顾屿目光扫过，见没有人举手，立即笑着换了个问法："谈过恋爱的请举手。"

众人齐齐举手，只有唐奇和苏橙橙没有举手，引得众人惊叹欢笑。唐

奇和苏橙橙对视一眼，又很有默契地带着嫌弃将目光移开。

顾屿故作严肃地盯着两人："唐奇、苏橙橙，请同饮一杯。"

周锦礼一副看热闹不嫌事大的表情："别急，别急，先让他们说一下原因，别喝糊涂酒。"同事们立马起哄赞成，尤其是市场部的同事们，都盯着苏橙橙。

"苏橙橙！苏橙橙！"许月勾着嘴角假意助威，实则等着看苏橙橙笑话。

唐奇一脸坦荡，没什么表情，苏橙橙却满脸尴尬。

顾屿看出苏橙橙不愿意，体贴地将话递给唐奇："男士优先。唐总，说说为什么单身至今？"

唐奇目光淡淡的，语气平静，语速缓慢，却充满真挚的感情："我崇尚的爱情像我的父母所拥有的一样，一生只爱一人，执子之手，与子偕老。但是，我还没有遇到那个人。"

刚才还在起哄的众人忽然陷入沉默，同事们都难以置信地看向唐奇——很难相信这个年代还有这样思想守旧的男人，尤其是像唐奇这样外表俊朗、才华横溢的男人。可正因为说话的人是唐奇，众人不由得信服。

惊讶诧异之后，众人纷纷赞叹唐奇是个好男人，尤其是女同事们，三五成群地议论起来，对唐奇的崇拜又多了几分。

许月捧着下巴感慨道："能被唐总爱上的人也太幸运了。"

"是啊！"王怡也赞叹道。

苏橙橙却露出鄙夷的神色，忍不住腹诽：真会吹，明明就是只"颜狗"，还要立专一人设。

似乎是感受到了苏橙橙的眼神中的嫌弃，唐奇转过头盯着她："苏橙橙，你对我有看法？"

"没……没有……我哪敢啊？"苏橙橙连忙否认。

唐奇明显不相信苏橙橙的话。

顾屿见苏橙橙尴尬，敲了敲酒瓶帮她解围，吸引了大家的注意："请问，今年是几几年？"顾屿故作恍惚地问。

"2023年！"同事们齐声回答。

顾屿摸摸下巴："科学研究发现，人类的鼻腔中存在一个化学感受器，叫犁鼻器，它能察觉极微量的信息素。当你受到信息素的刺激时，犁鼻器能让大脑中分管性活动的区域血流量增加，放电增多，传递至中枢神经系统。请问唐博士，这意味着什么？"

唐奇不假思索地回答："心脏会加速跳动。"

顾屿拍拍手，环顾一圈周围的同事，然后对唐奇笑了笑："也就是——你心动了。所以，你的心动，不是由你的心控制，而是由你的鼻子控制。只要它闻到了信息素，你就会坠入爱河。"

唐奇一脸无语。

大家哄笑，顾总可真是太会整活了！现场的气氛再度活跃起来。

"2023年了，请大家相信科学。"顾屿笑着催促两人喝酒，"唐奇，苏橙橙，你俩赶紧把酒喝了。"

周围的同事们也跟着顾屿起哄。在同事们的期待下，苏橙橙和唐奇彼此嫌弃地对视一眼，不得不各自拿起酒杯。

聚餐很快结束了，赵运杰和李宇昊搀扶着醉醺醺的顾屿出来，其他同事也陆续离开。

"顾总，我已经把您的车钥匙给代驾了，订单信息也发您了。"赵运杰对顾屿说。

"行，我等车过来。"顾屿摆摆手，示意两人先走。

顾屿话音刚落，一辆越野车靠边停在三人身边。"我先走了。"顾屿看是自己的车型，直接拉开车门上了车，还对着两人挥手告别。

顾屿今晚喝了不少酒，实在有些醉了，扫了眼驾驶座上戴着棒球帽、穿着深色卫衣的"代驾"，报上地址："静山路双玺花园。"说完闭上眼睛，准备休息一会儿。

而前排的"代驾"突然转过头，露出了脸——是林媛。林媛语气不悦地提醒道："先生，你上错车了！"

顾屿满脸疲惫："我自己的车我怎么会认不出来？我姓顾，手机尾号8392，肯定没错。"

"不管你手机尾号是多少，都请赶紧下去！"林媛皱眉，不耐烦地催促道——她这是遇到酒疯子了？

"你查订单。"顾屿拿出手机，把订单页面递给林媛看。

第二篇 苏橙橙的万花筒　089

林嫒正要继续跟顾屿理论，后面的车辆却开始鸣笛。烤肉店外保安见林嫒始终停在路边，造成了拥堵，连忙走过来，冲着林嫒喊道："接了人就走，这里不能停车。快走，快走！"

鸣笛声中，林嫒只能无奈地先将车开了出去。

林嫒刚走不久，一辆型号相同的越野车停在了相同的位置，一名穿着工作服的代驾坐在驾驶座上，正拨打着顾屿的电话。"对不起，您拨打的电话无人接听，请稍后再拨……"可电话一直没人接。

"嗡嗡嗡。"顾屿的手机一直不停振动，但此时的他根本无暇顾及。他胃里翻江倒海，头耷拉着，低着头干呕。

林嫒从后视镜瞧见顾屿情况不对，一边开车一边着急地回头："我警告你，绝对不能吐在车里！绝对不能，你……"

林嫒话还没说完，只听顾屿哇的一声，稀里哗啦地吐了出来。林嫒目光惊恐，表情崩溃。她看着自己的爱车就这样被玷污，恨不得现在立马停车把顾屿从车里踹出去。

同事们都陆陆续续回家了，餐厅里只剩下晕乎乎的苏橙橙和醉得不省人事的唐奇。苏橙橙无力地瘫坐在椅子上，她身边的唐奇正趴在桌子上酣然大睡。

手机铃声响起，苏橙橙连忙接听："林嫒，你到了？我现在出来。"

电话另一头，林嫒面色阴沉地打开所有车窗，顺着车流行驶。车后座的顾屿难受地弯着身子，还从驾驶座旁把林嫒喝了一半的矿泉水摸过去，理所当然地喝起来。

"对不起，我不能来接你了，一个神经病吐了我一车。"林嫒愤恨地骂道。

喝醉的顾屿意识模糊，但他隐约听见林嫒好像在气他吐在了车上。顾屿在醉意中强行睁开眼睛，看着反光镜里的林嫒，笑着说："我吐的是自己的车，你倒比我还心疼……"

林嫒正在开车，没工夫搭理醉鬼。

电话中，苏橙橙的声音继续传出来："没事没事，我自己叫车。你那边发生什么事了？"

"遇见瘟神了，等见面再跟你吐槽。"林嫒话还没说完，顾屿又开始俯下身吐了起来，"我先去洗车，你路上小心。"

林嫒拉着脸挂断电话，看了一眼苏橙橙发来的行程分享，踩下油门。

另一头，苏橙橙将手机放进包里，晕乎乎地站起来，瞥了眼睡得正香的唐奇，把包斜挎着背好就要走。烤肉店老板眼见苏橙橙要把唐奇丢下，连忙走过来，一脸为难："小姐姐，我们要关门了。"他讨好地笑了笑，暗示苏橙橙把这个男人一起带走。

"我知道，我马上就走了。"苏橙橙压根不想管唐奇，她装作没听懂老板的暗示，跟跟跄跄地绕过老板就要离开。

烤肉店老板见状，干脆挑明了问："你走了，你同事怎么办？"

"我和他一点都不熟。"苏橙橙一脸真诚。

烤肉店老板直接拽住苏橙橙的胳膊，不准她走，他的眼神更加真诚："我和他完全不熟。"

算了，好歹同事一场，今天就当积德行善做一回好事。苏橙橙一脸郁闷地转身回去，看着睡得正香的唐奇，嘴里小声嘟囔道："每次遇到你都没什么好事。"

"我帮你把他送上车。"烤肉店老板一脸殷勤地跟在苏橙橙身后。

"不用。"苏橙橙拿出一个发绳，随手把头发挽起，然后在老板惊讶的目光中轻松扛起唐奇。

"高手在民间啊！"烤肉店老板敬畏地让到一边，目送苏橙橙扛着人肉沙包离开。

"喂，你家在哪儿啊……"苏橙橙泛着酒气问唐奇。

肩上的男人没有反应，半响，他抬头模模糊糊地说出一个地址，还拍了拍苏橙橙的脑袋，笑着对她说："谢谢你送我回家。"

喝醉后的唐奇很好说话，他笑起来的样子也很可爱。

也许是酒精麻痹了她的意识，苏橙橙忘记了之前所有的不愉快，她摇晃着身子，双颊带红晕地傻笑："没关系，嘿嘿……"

清晨，金色的阳光透过窗户落在地板上，半梦半醒的苏橙橙被阳光晃到眼睛，努了努嘴，好像碰到了什么软乎乎的东西。

苏橙橙立马惊醒，睁开眼睛看着近在咫尺的唐奇的面庞，又立即将眼

睛闭上。

"噩梦，我在做噩梦……"苏橙橙喃喃自语。

过了好一会儿，苏橙橙试探性地再次睁开眼，表情从迷茫到清醒到难以置信再到惊恐。她终于发现自己不是在做梦：地面上到处是衣服，她和唐奇姿势暧昧地躺在床上。

被眼前的事实冲击，苏橙橙吓得直接跌下了床，因为疼痛，死去的记忆断断续续地开始复苏，昨晚唐奇一直昏睡着，她晕晕乎乎地扛着唐奇送他回了家。然后发生了什么？她为什么没有回家？这又是哪里？

苏橙橙拍了拍自己的脑袋，断片的记忆才继续在脑海中回放。昨晚，她迷迷糊糊地将唐奇扛回了他家。一开始她还记得自己是在送唐奇回家，可是走到了唐奇家门口，看着眼前的门，她却以为这是她自己家。她按了两次指纹锁，却没有用，门严丝合缝地闭着。难道她上错了楼层？苏橙橙抬起头，看了看门牌号，才想起这是唐奇家。

唐奇已经完全昏睡过去了，乖乖俯趴在苏橙橙的肩头，一动也不动，手垂在苏橙橙的身前。苏橙橙握着唐奇的手，用他的中指开门，结果真把门打开了。

门开以后，她又忘了这是自己家，她不仅忘了这是自己家，还忘了肩上扛着个唐奇。她跟跟跄跄地往卧室里走，唐奇一会儿被撞到头，一会儿又被撞到肩膀。走进卧室后，苏橙橙顺手把唐奇像沙包一样扔到地上，将斜挎的包摘下，扔到地上，又脱了衣服，也扔到地上，之后一头扑到床上，裹好被子蒙头大睡起来。

终于回忆起一切，苏橙橙松了口气：还好还好，什么事都没发生！

苏橙橙看看床上的唐奇，急忙套上衣服，拿起包，这就想悄悄离开——她得趁着唐奇还没醒立刻消失，要是被唐奇发现了，他肯定没什么好话，她可不想跟他吵架。

苏橙橙蹑手蹑脚地走到玄关，拉开大门，要走出去。突然，一只手拉住了门，苏橙橙的身体不自觉地颤抖着。

唐奇正站在她身后，揉着疼痛的头，语气严厉地质问道："你是谁？怎么在我家？"

苏橙橙僵硬地缓缓转过身，却露出一张美丽至极的面庞。

"你醒了？早上好。"变成苏渺的苏橙橙眼角含笑地问好，态度自然得好像两人只是在大街上偶然碰见。

唐奇一脸蒙地看着苏渺："嗯……早上好。"

"还没吃早饭吧？"

唐奇摇摇头："没……"

苏渺语气温柔地说："头疼吧？宿醉后一定要吃早餐，点份白粥，喝杯蜂蜜水。我先走了，再见。"说完这句话，苏渺姿态自然地拉开大门离开，不给唐奇反应的时间。

唐奇下意识地茫然挥手："再见……"他揉着还隐隐作痛的头，关上门往回走。回到卧室后，看到凌乱的床，唐奇才后知后觉——好像哪里不对劲。

他迷迷糊糊地找回一些碎片式的记忆：昨天睡到半夜他被冻醒了，睁开眼睛，发现自己竟然穿着衣服躺在地板上睡觉，不行，他怎么能躺在地板上睡觉？真是喝多了，以后再也不能喝这么多酒。

唐奇头脑昏昏沉沉，却依旧自律。他将衣服脱下，习惯性地叠整齐，放到一旁，再规规矩矩地掀开被子躺下。

好冷！被子里真暖和。唐奇下意识地往更温暖的地方挪过去，伸手抱住那个温暖而柔软的身体。对方似乎挣扎了几下，但他抱得更紧了。

想起一切，唐奇终于崩溃：自己怎么能对苏渺做出这种事？

他不安地在卧室里走来走去，心情却始终难以平复。他停下脚步，拿起手机，迟疑几次后，终于鼓起勇气拨出电话……

电话最终被他掐断。做了这样的事，他哪有脸给苏渺打电话！

思来想去很久，他最终将电话打给了顾屿——在他认识的人当中，顾屿在这种事上的经验最丰富。

此时，顾屿正姿势奇怪地瘫睡在车后座。刺耳的手机铃声将顾屿吵醒，他睁开眼睛，却发现自己睡在车里。他对此已经见怪不怪，淡定地拿起手机接通电话。

"这么早，什么事？"顾屿一边接电话，一边打量车内细节。

不对，这不是他的车！

唐奇盯着凌乱的床，努力克制情绪，试图让自己的语气听起来很正常：

"昨晚……我喝醉后，和人一起睡觉了。"

顾屿立即正襟危坐："男人还是女人？"

唐奇深吸了口气："女人。"

"发生了什么？"顾屿顾不上自己的处境，满脸八卦地追问。

唐奇蹙着眉头，努力地回想昨晚发生的事情："我们都没穿衣服，紧紧搂抱着睡在一起，其他事，我想不起来了。"他脑海里闪过很多碎片式的画面，可是这些画面无法串联成完整的剧情。

"你要去看心理医生吗？"顾屿小心翼翼地问。

对于其他男人来说，昨夜的温柔只是一场旖旎的春梦，算不得什么大事。但事情发生在唐奇身上，顾屿不确定这件事会对他产生什么影响。

"我头有点重，腰腹酸痛，身上有红痕，需要看心理医生？"唐奇糊里糊涂地问。

唐奇说出的这些词语钻到顾屿的耳朵里，另有一重意味。

"不，你不需要看心理医生，你身体挺好的。"顾屿慵懒地笑了笑，继续探听八卦，"这个女人，是……苏渺吗？"

唐奇点点头："是。"

顾屿一脸果然猜对了的表情："苏渺什么态度？"

"她……平和、友善，走的时候让我记得吃早餐。"唐奇有些困惑地答道，刚刚苏渺对自己的态度和平时很不一样。

顾屿一脸轻松，笑着解释道："成年人男欢女爱，只要你情我愿，不是什么大事。"

此时，车窗外传来动静，穿戴整齐的林媛拿着手机，正对着顾屿一通拍照。顾屿不慌不忙地调整坐姿、整理衣服，一边配合林媛拍照，一边继续安抚唐奇："当然，男未婚女未嫁，你想继续发展，做点什么也行。"顾屿笑着打趣他，"恭喜你，多年老铁树终于开花。"

林媛见顾屿还有心情笑着跟人打电话，更是气不打一处来。她凶巴巴地拉开车门："喂，昨晚睡得爽吧？看来是我车技太好了……"

唐奇听到女人的声音，瞬间误会了："不好意思打扰你们了，我先挂了。"唐奇急忙挂了电话，无意间看见枕头畔有一个发绳。他怔怔地捡起发绳，近乎虔诚地捧在手心。他脑海里想象着苏渺戴着这个发绳躺在床上的样子，不禁露出了情思萌动的微笑。

第十三章
春树暮云

林媛和顾屿站在车前,盯着车牌,表情一样严肃。

林媛叉着腰谴责道:"就算车一模一样,车牌号能一样吗?"

顾屿也傻了眼,双手合十,讪笑着道歉:"实在对不起,我昨晚喝醉了,没注意看车牌号,没想到上错了车。"

林媛举起手机,把顾屿昨晚的丑照摆到他眼前:"只是上错了车吗?"

顾屿不忍直视照片里狼狈的自己,这才想起来自己昨晚吐在了别人车上,心里万分懊恼。他继续真诚地道歉:"抱歉抱歉,我还吐在了你的车里。"

"你知不知道,因为你,我昨晚折腾了多久?"林媛继续怒骂道。

顾屿不好意思地看着林媛眼下的乌青:"千错万错都是我的错。"

"哼!"林媛冷哼一声,打开手机计算器,噼里啪啦按了好一会儿,"洗车费200,代驾费98,住宿一晚算888,再加上精神损失费500,矿泉水5块,一共是……"

"1691块。"顾屿抢先回答。

计算器上正好跳出"1691",林媛扫了一眼顾屿。

顾屿轻笑道:"不加别的了?"

林媛认真思索着自己还应该加上什么,下意识问道:"加什么?"

顾屿挑起嘴角,将二维码打开递过去:"我的微信。"

"你想撩我?"林媛对他的不要脸感到震惊,双手抱住自己,朝后跳了一步。

顾屿看着林媛这副如惊弓之鸟的样子,想笑又强行忍下:"我想……给你转账。"

第二篇 苏橙橙的万花筒　095

林嫒知道自己误会了,脸上有些绷不住,沉着脸扫了顾屿的二维码。

"我凑个整,给你1700吧。"然而,顾屿刚点开转账界面,手机却闪了一下,彻底关机。顾屿尴尬地笑了笑,掏出钱包,翻找一通发现,里面只有200多块。顾屿把所有钱都递给林嫒,说:"等手机有电了,我一定把剩下的钱转给你。"

林嫒举起手机在顾屿面前摇晃:"我警告你,不要赖账,我保留了所有证据。"说完,林嫒转身上车。

"砰砰",刚关上车门,顾屿又拍起窗户,林嫒没好气地摇下车窗,"你还要干吗?"

顾屿苦着脸,装作一副可怜兮兮的模样:"小姐姐,我手机没电,身上没钱,能帮我叫个送我去公司的车吗?"

林嫒一脸不耐烦,却还是拿起手机帮他叫车:"行。叫车服务费200,车费另算。"

顾屿赔笑道:"麻烦叫个专车,方便给手机充电。"

车很快就到了,跟司机核实完信息后,林嫒立刻脚踩油门,一刻都不想多待。顾屿站在路边挥手,目送林嫒的越野车开走:"谢谢!"

一阵风起,一张小纸片打着旋飞来,正好落到顾屿头上。顾屿抓下纸片,是一张未刮开的刮刮乐。他随手一刮,竟然刮出"200"。

"天降好运。"顾屿不禁笑起来。

公司的电梯内,唐奇西装革履,精神抖擞,与昨夜醉得不省人事的他判若两人。

电梯门即将关闭,忽然有人按住电梯,电梯门再次打开,只见苏橙橙急急忙忙跑进来。苏橙橙见唐奇一直盯着自己,难免有些不自在,只好装鸵鸟,假装看不见唐奇。

电梯缓缓上行。

"你昨晚没回家?"片刻寂静后,唐奇突然开口。

苏橙橙惊诧不安,还以为他发现什么了:"你想起来了?我可以解释的……"

唐奇没等苏橙橙说完,一脸冷漠地打断她:"你回不回家和我没关系,但请你洗个澡，不要带着一身烤肉味来公司。"

哦，他什么都没有发现！苏橙橙顿时松了口气，抬起胳膊闻闻自己的衣服——没味道啊！早上她从唐奇家出来之后匆匆忙忙回到家，用最快的速度换了身衣服才来上班，怎么会有味道呢？苏橙橙放下胳膊，又闻闻自己的头发，果然有烤肉味。时间太赶，快迟到了，她没来得及洗头。

"唐总打扮得这么精神，昨晚发生什么好事了？"苏橙橙冷眼瞧着唐奇满面春风的样子，故意揶揄。

唐奇下意识地摸了下藏在袖口里的发绳，心中涌起一阵柔软的暖意，但他连正眼都没给苏橙橙，冷漠地说："和你无关！"

苏橙橙瞥了他一眼，腹诽道：怎么和我无关？和我关系大了！

这时，电梯门开了，唐奇脸上写满了嫌弃，迫不及待地离开了。苏橙橙跟在后面无语地嘀咕："狗男人！幸亏我机灵，让苏渺把锅背了，否则我连工作都保不住。"

唐奇哪里知道苏橙橙在吐槽他，他今天心情很好，就连实验室里的助手和研究员犯了个低级错误都没被骂。

当时，唐奇正在实验室做实验，一抬眼，看见助手小林带着另一个研究员小岳站在仪器前，把一些物质倒在一起，然后开搅拌机混合。

唐奇立即察觉到不对，冲过来按停了机器："你没有做好恒温搅拌。"

小林紧张得脸色煞白，马上道歉："对不起，是我疏忽了。我现在就重做……"

小林以为自己会被痛骂一顿，但是唐奇居然没有发脾气，而是一脸平静地重新打开了机器，一边示范操作一边耐心解释："二氧化钛（TiO_2）纳米颗粒在搅拌过程中，会和球磨机摩擦，产生热效应，导致料体过热。温度太高会影响料体分散，料体抱团，分散效果达不到，就会涂抹不均匀。所以在搅拌过程中，不能让料体持续发热发烫，一定要做好恒温搅拌……"

平常发生这种错误，唐总肯定要骂人，他今天居然这么好说话！小林和小岳感到很意外。

唐奇说完，让两个人分别复述了一遍自己说的话，确认两人都听明白了，这才看了眼墙上的表。

"我开会的时间到了，剩下的操作，你们小心一点。"嘱咐两人之后，

唐奇就去开会了。

小林连忙点头:"是。"目送唐奇离开实验室,小林和小岳各自都松了口气。

会议室里,大家都入座了,只有顾屿还没到。

"顾总,您到哪儿了?会议已经开始了。"程书站在门口,焦急地给顾屿打电话。

顾屿正在电梯里,戴着蓝牙耳机,看着镜子里的自己:头发凌乱,西装也有点皱,显然不够体面。

"你开机,把海报资料打开,让大家浏览……"顾屿不慌不忙,边说边对着电梯里的镜子捯饬头发,整理衣服。

电梯门打开,顾屿的头发和衣服已经整理好,他一边利落地卷起衣袖,一边从容地走到前台,顺手拿起前台金丽萍的保湿喷雾对着自己喷了喷。一伸手,金丽萍熟稔地递给他一罐口气清新剂,顾屿喷了下口腔将东西返还,冲她做了个"嘘"的手势。金丽萍配合地在嘴前做拉拉链的手势。

就这样,顾屿变得面貌一新,体面、自信地走向会议室。

会议室内,屏幕上正在播放新鲜出炉的海报大片,众人鼓掌,时不时对海报中的苏渺发出赞叹的声音。

苏橙橙坐在角落,表面不显,暗地里却美滋滋。这时,她的手机振动起来。苏橙橙一看,是唐奇给苏渺的信息,话语里透着几分亲近:"海报出来了,要过来看一下吗?"

苏橙橙嗤笑着扫了眼坐在前方的惴惴不安的唐奇,关掉了聊天框。唐奇捧着手机,却始终没有等到回复,只好落寞地放下手机。

海报播放完,顾屿刚好走进会议室:"如你们所见,海报效果非常不错!这是大家齐心协力的成果。"周锦礼领头鼓掌,同事们也满面笑容地跟着鼓掌。顾屿接着说:"星光眼影上线进入倒计时,曝光度必须持续保持。市场部两两一组,每个组可以两人合作提交一份宣传方案,如果各有创意,也可以提交两份方案。"同事们纷纷点头表示赞同,顾屿鼓舞起士气,"接下来工作依旧繁重,大家再接再厉!"

"好!"

会议逐渐到了尾声，周锦礼看向坐在角落的苏橙橙，微笑道："最后，我宣布一件事。这次海报拍摄，苏橙橙表现优异，为公司解了燃眉之急，公司决定奖励她提前转正。欢迎苏橙橙正式成为千鸟集的一员！"

苏橙橙喜悦地唰一下站起——幸福来得太突然，不枉她昨天忙得跟陀螺一样。

"谢谢周总，谢谢顾总，谢谢公司，我会继续努力，好好工作。"苏橙橙朝大家鞠躬。

顾屿带头鼓掌，唐奇冷着脸鼓掌，王怡、许月也礼貌地鼓掌，可是脸上的表情明显不悦。

会议结束后，王怡回到工位上，越想越郁闷。她不解地对其他人吐槽："苏橙橙一直偷奸耍滑，变着法子偷懒。本来想着反正是个实习生，索性早点让她离开公司，没想到竟然提前转正了。"

"别郁闷了！苏橙橙那副德行根本不适合我们部门，就算靠着关系硬挤了进来，将来也待不下去，迟早滚蛋。"许月本来就不喜欢苏橙橙，听到王怡开口，立马加入讨伐。

李宇昊开始毒舌地抨击苏橙橙的外貌："顾总以前总说市场部是公司的门面，要求我们注意形象，苏橙橙这样的，到底是怎么进来的？倒是她的闺密苏渺很适合咱们部门。"

赵运杰一脸花痴地说："如果苏渺在咱们部门，想到能见到美女，我每天上班都会更有动力。"众人都表示赞同，同样是姓苏，苏橙橙和苏渺简直天差地别。

就在众人毫不客气地议论时，苏橙橙正拿着一大包咖啡和甜品躲在市场部门口。她本来是想和同事分享自己转正的喜悦，却意外听到他们的对话。她提着东西，默默转身离去。既然同事们不愿意和她一起分享快乐，那她也不去勉强了，毕竟强扭的瓜不甜。不过，她买的蛋糕很甜。

炸鸡店里，桌上摆放着精美的蛋糕、热气腾腾的炸鸡块和七八杯咖啡，苏橙橙和林媛还一人手里拿了一杯。苏橙橙喝着咖啡，吃着炸鸡，对林媛吐槽道："唐奇那个渣男跪舔苏渺也就罢了，竟然连他们都更喜欢苏渺。"

林媛柔声安慰她："苏渺不就是你吗？大家夸苏渺也就是夸你啊！"

第二篇 苏橙橙的万花筒

苏橙橙指着自己的脸说:"我和苏渺能是一个人吗?天鹅和鹅只差了一个字,一个是国家保护动物,一个是宰了给人吃的食物。"

林媛意识到了苏橙橙的语气不对,试探性地问道:"你好像……很讨厌苏渺?"

苏橙橙沉默了一瞬间,低头承认:"我是讨厌她。"

"为什么?"

苏橙橙对着林媛挤出一个自嘲的笑容:"还能为什么,嫉妒呗!不管是唐奇,还是工作,我勤奋努力,却都得不到,苏渺什么都没做,轻轻松松就得到了。如果她和我不是一个人,我还能接受,肯定是因为她有我没有的优点,可我们偏偏是同一个人。大家喜欢她,讨厌我,那不就是说明,只是因为脸长得不一样,我和她的待遇就天差地别吗?太不公平了!"

苏橙橙说话时,努力想要表现出轻松和不在乎,可渐渐地,她的语气不可抑制地变得沉重。

林媛无力地看着她,苏橙橙的话虽残酷,却都是事实。她也只能尽可能地宽慰苏橙橙:"路遥知马力,日久见人心,同事们只是一时误会,早晚会认可你、接纳你。"

林媛语气真挚,眼神坚定,这让本性乐观开朗的苏橙橙迅速振作起来,反过来安慰林媛:"放心,这点小挫折算什么,姐这么大力,轻轻松松抹平。"

"哈哈,我就知道我认识的苏橙橙没那么容易变得沮丧,来碰一个。"林媛一笑。

玻璃咖啡杯相碰,发出清脆的响声。

此时手机铃声响起,苏橙橙拿起手机,看到屏幕显示"二官"来电,她立即郁闷地摁掉。

林媛看到了来电显示,好奇道:"谁啊?"

"五官里少了三观,找苏渺的呗。"

林媛不解:"唐奇怎么还在找苏渺,海报不是拍完了吗?"

苏橙橙吐着舌头,支支吾吾地说:"我好像给苏渺惹了点麻烦……"

另一家有机健康餐厅里,唐奇失望地放下手机:"苏渺一直不回微信,不接电话。"

顾屿与他相对而坐，经验十足地分析道："也许是不好意思，还没想好怎么面对你，也许……只是一夜情，不想再和你纠缠。"

唐奇表情镇定，默默地吃着鸡胸肉沙拉。

顾屿有点好奇，他还是第一次看到唐奇为一个女人牵肠挂肚："你打算怎么办？"

唐奇放下叉子，回想起苏渺的笑容，认真地开口："邂逅相遇，适我愿兮……溯洄从之，道阻且跻……之子于归，琴瑟友之，钟鼓乐之。"

顾屿点着脑袋品了品，随后眼睛瞪圆，大惊道："你想娶苏渺？"

"我想以结婚为目的追求苏渺。"唐奇摇摇头，纠正顾屿的用词。

顾屿却更加肯定："你想娶苏渺！"

唐奇这次并没有反驳，似乎是默认了。

顾屿没想到唐奇这么冲动，理性地为其分析："你追求苏渺，我举双手支持。不过结婚的事你还是慎重，苏渺是漂亮，可婚姻不能只看脸。"

"我不是因为苏渺好看才爱上她的。"唐奇很认真地回答。

顾屿显然不相信，嘀咕道："那也没见你想娶苏橙橙。"

"什么？"唐奇没听清。

"我知道你一向守身如玉，可这都什么年代了？你不能因为不小心破戒，就要把一个一时的错误变成一辈子的错误！"顾屿看唐奇表情严肃，心中暗想这家伙是来真的，于是继续劝诫道。

"我要见苏渺！"唐奇有心事，根本听不进顾屿的劝告。

炸鸡店里，林媛目瞪口呆地听着苏橙橙讲述昨晚的"意外"。

苏橙橙生怕林媛误会太深，解释道："只是不小心躺在了一张床上，没有发生任何事。纯洁的'同床'关系，就像是同桌、同车的关系一样。"

林媛完全理解唐奇："难怪唐奇想见苏渺……"

哪个男人和苏渺躺在一起睡了一晚之后不对她念念不忘啊。

但苏橙橙斩钉截铁地对着林媛发誓："我绝不会让唐奇再见到苏渺了。"

回到办公室后，苏橙橙屁股还没坐热，就看见许月抱着一大堆文件走来。啪的一声，资料被重重地放在了苏橙橙桌上。

第二篇 苏橙橙的万花筒 101

"这些是市面上所有眼影产品最近五年的销售数据，你把这些资料汇总比对，做一份总结报表。"许月面无表情、不怀好意地说。

"什么时候交？"苏橙橙看着堆成山的文件，默默在心里合计了一下工作时间。这些数据看着多，总结起来也不算太难。

许月见苏橙橙一脸沉重，心里很得意："明天上班前。"

苏橙橙点头答应："好。"

许月本来以为苏橙橙会抱怨，没想到她却一口答应了下来，警告道："如果完不成，耽误了工作进度，你负全责。"

苏橙橙一言不发，不再理会许月，立即埋头开始工作。其他同事全都冷眼旁观，没有人相信苏橙橙能准时交出总结报表。

"嗡……"手机又开始振动，苏橙橙头都不抬，专心工作。

办公室里，唐奇盯着手机屏幕。他给苏渺发的消息全都没有回音，犹如石沉大海。

你什么时候有空？

能约个时间见面吗？

……

从早上到现在，唐奇发送了六七条微信，苏渺一条也没回复。唐奇叹口气，再次给苏渺打电话。他不知道，他日思夜想的"苏渺"现在正坐在不远处的市场部，对着电脑噼里啪啦地打字。

手机不停振动，苏橙橙抽出手机看到副号的来电显示"二官"，不胜其烦地直接关闭了副号。

"您好，您所拨打的电话已关机。Sorry, the subscriber you dialed is power off……"冰冷的机械声传来，唐奇一脸沉重地挂断电话。

办公室里面的人来来往往，苏橙橙除了偶尔起身快速上厕所之外，再没离开过工位。而随着时间的流逝，桌面上待处理的文件也一点点变少。

下班时间已经过去了很久，同事们陆续下班，偌大的市场部里只剩下苏橙橙一个人在工作。

"啊……终于做完了。"苏橙橙揉揉僵硬的脖子，疲惫地站起来舒展身子，拿起手机去了卫生间。

苏橙橙刚走,唐奇就出现在了办公室。昏暗的办公室里空荡荡的,只有苏橙橙的电脑还亮着光,背包衣服也都还在,显然她是在加班。唐奇有点意外,他走到苏橙橙桌边,一边等她,一边随手翻看桌子上的文件。

第十四章
初尝恶果

苏橙橙从隔间走出,在洗手台前洗手,哗啦啦的水声让夜晚显得更加寂静。

忽然,苏橙橙看到镜子里她的脸闪了一下。她转头看向窗外,一道闪电划过寂夜,仿佛将天空撕裂。接着"轰"的一声响起,把她吓了一跳。她不是害怕打雷,而是担心滤镜的信号会因为雷电天气受到干扰。她连忙点开滤镜,查看控制面板,果然看到面板在不稳定地闪动。

这时,又是一道闪电划过。苏橙橙抬头发现镜子里自己的脸居然在不停变换,一下变成苏渺,一下又变回苏橙橙,控制面板也闪烁得更加厉害。

"难道滤镜的稳定性和打雷有关?也许是信号受到了干扰?"苏橙橙看着镜子里不停切换的脸,苦恼道,"我怎么见人啊……"

她想摘掉滤镜手镯,却发现怎么都摘不下来。可她也不可能一直待在厕所吧,所幸现在公司应该没人了。想到这里,苏橙橙走出厕所,想要穿过走廊回到座位,拿上衣服和包就赶紧回家。

而在另一头,唐奇从市场部出来,朝苏橙橙的方向走来。两人距离越来越近,眼看就要迎面撞上。忽然,唐奇的手机响起,他以为是苏渺终于有空联系他了,欣喜地低头查看。苏橙橙先看到唐奇,慌不择路地躲进了一旁关着灯的仓库。

唐奇很失望,苏渺没有给他发信息,是顾屿在问他:你通过苏橙橙联系到苏渺了吗?唐奇豁然开朗,立刻打了苏橙橙的电话。

仓库里,苏橙橙紧张地贴着门偷看,唐奇没有注意到她,渐渐走远。苏橙橙瞬间松了口气,心想:要是让唐奇碰见了,他会把我拖到实验室做研究吧。

雷声再次响起，手机忽然振动，苏橙橙看见手机屏幕显示"二官"来电，不由得手抖了一下，惊慌失措间手机掉到地上。苏橙橙连忙趴在地上捡起手机，迅速关机。唐奇正给苏橙橙打电话，听到身后好像有什么响动，脚步顿了一下，疑惑地回头看了一眼，却什么都没有发现。

"您好，您所拨打的电话已关机。Sorry, the subscriber you dialed is power off……"从手机里传来声音，苏橙橙也关机了。

轰隆隆的雷声一直响个不停，苏橙橙的脸也跟着变换不定。她用力摘滤镜手镯，却依旧摘不下来。

突然，灯被打开，唐奇走进仓库。他盯着苏橙橙，苏橙橙也愣愣地看着他。好在雷声恰好停止，苏橙橙的脸稳定住了。但不幸的是，苏橙橙不确定自己的脸是什么模样，更不知该以谁的身份开口，只能僵硬地站在那里。

"我的脸……好看还是不好看？"苏橙橙扯起一个微笑，试探性地询问。

唐奇凝视着苏橙橙，好像被迷惑了一般，红着脸点点头："好看。"寻了一天，那人却蓦然出现，唐奇什么都忘了说，只怔怔地盯着她。

唐奇的答案再加上他这个痴汉表情，让苏橙橙心中立即有了结果，她悄悄在心里嘀咕：看来我现在是苏渺。

"你怎么会在这里？"唐奇回过神来，好奇地问。

话音刚落，又是一阵催魂夺命的雷声响起，苏橙橙眼疾手快地关了灯。唐奇疑惑地问道："苏渺，怎么了？"又将灯打开。

苏橙橙不确定这张脸现在切换成了谁的模样，立即抱住唐奇不让他看到自己的脸，同时再次把灯关了。

"别开灯。"苏橙橙刻意压低声音说话，她的身体因为害怕而微微颤抖，她怕滤镜将她的声音也改变了。

唐奇身体僵硬，他被苏渺紧紧抱住，心里是又震惊又羞涩又喜悦，听话地没有再去开灯。苏渺的热情让唐奇无所适从，他喜欢苏渺，却更希望跟她好好交流一番，而不是一见面就这样冲动地拥抱在一起。

"不行，我们这样……发展太快了！我们应该好好聊一下……"唐奇语气纠结。

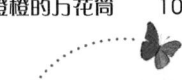

窗外的闪电再次划过天空，把黑暗的仓库照亮。苏橙橙忙捂住唐奇的眼睛，直接把唐奇推到墙上。

"轰隆隆"，雷声再次响起。

几乎是贴着耳朵，一股温热的气流伴随着低沉魅惑的声音钻进了唐奇的心间："你想要聊什么？"

轰隆隆，轰隆隆……唐奇的心跳声不比外面的雷声小。"不能这样，我在感情上很保守，不接受纯粹的肉体关系。你先放开我……"唐奇神思恍惚了一瞬才清醒过来，急忙推开苏渺。

闪电已经停止，苏橙橙不确定她的脸变成了什么模样。眼见唐奇推开了自己又要去开灯，苏橙橙情急无奈下，只好一掌劈昏了唐奇。

搞定唐奇之后，苏橙橙开始头疼今晚的去处。算了，去找林媛吧。现在她这张脸变来变去，也只能找林媛收留她。

但是，已经有人先她一步来到林媛家。

顾屿衣冠楚楚地站在林媛家大门前，按响了门铃。

过了一会儿，穿着漫画人物家居服的林媛开了门。她看见来人是人模狗样的顾屿，满脸不耐烦地说："还个钱为什么一定要见面？你的照片我已经全部删除了！"

顾屿脸上带着真诚的歉意："除了还钱，我还想为昨晚的事正式向你道歉。对不起，给你添麻烦了。"

林媛下巴微扬，表情冷漠，但眼神友善了许多。

顾屿笑着把一个粉色信封递给她："谢谢善良的你昨晚没有把我扔在路边。"

林媛嫌弃地看着粉色信封，不由得起了一身鸡皮疙瘩："不会是老土的手写感谢卡吧？"

顾屿微笑着摇摇头："这是一年的洗车卡。小小心意，表示感谢。"

哦，洗车卡。林媛觉得粉色信封顺眼多了，理所当然地接过："那就谢了。"

这时，不远处的树丛后传来窸窸窣窣的声音。顾屿和林媛循声看去，只见一个包着围巾、戴着墨镜的人正鬼鬼祟祟、躲躲闪闪地向他们靠近。

"什么人?"顾屿顿时心生警惕,扑过去想把人抓出来。然而那个人力大无比,被顾屿发现了也不逃跑,反而立马制住顾屿,把他摔了出去。

顾屿以为自己会摔个狗啃泥,好巧不巧,林媛此时跟了过来,顾屿正好撞在她身上,两人一起跌倒在地。顾屿有林媛垫着,毫发无伤。他立刻跳起来道歉:"对不起,对不起……"

刚才那个鬼鬼祟祟的人也冲过来将林媛搀扶起来,着急地问:"摔到哪里了?严重吗?"

林媛一脸痛苦地站起来,拍了拍屁股上的灰尘:"没事,就是倒霉地当了回人肉垫子,有点疼,没受伤。"

围巾掉落,露出了苏渺的脸。顾屿看着她,一脸惊讶:"苏渺?你怎么在这里?"

林媛一边将苏橙橙挡在身后,一边龇牙咧嘴地揉着摔疼的地方:"她是我闺密,怎么不能在这里了?"接着又转头看向苏橙橙,"你和他认识?"

苏橙橙现在心事重重,没工夫理会顾屿。"进去再说。"她压低声音对林媛说。

林媛立马会意,急忙拉着苏橙橙离开。"好走不送。"林媛回头敷衍地打发顾屿。

顾屿疑惑地目送她们离开,嘴里嘀咕:"好巧。"

回到家里,苏橙橙小心搀扶着林媛坐下。林媛看着苏橙橙奇怪的打扮,开口道:"我没事!倒是你,怎么变成苏渺了,还打扮成……这样?"

苏橙橙看林媛真没事,便坐了下来,摘掉墨镜、围巾,一脸苦瓜相:"我的脸变不回来了。"

林媛大惊,从沙发上蹦起来:"什么?变不回来了?到底怎么回事?"

苏橙橙点开滤镜的控制面板,屏幕中央出现一个旋转的表示"升级中"的圆环,下面还有一个表示进度的数据条:3%。

"今天加班的时候,滤镜突然变得不稳定,把我变成了苏渺,现在一直卡在升级界面,完全用不了。"苏橙橙沮丧地躺在沙发上。

滤镜的控制面板只有苏橙橙能看到,林媛什么都看不到。

"系统升级?那应该和电脑一样,只要升级完成就能恢复正常使用。"

苏橙橙闷闷地说:"希望是吧!"

第二篇 苏橙橙的万花筒

林嫒问:"还要多久能完成?"

苏橙橙掰着手指头:"两个小时了,才3%。"

林嫒安慰道:"只要有进展就好,大不了多等等。"

苏橙橙也只能点头:"今晚我回不了家,只能住你这里了。"

林嫒揽着苏橙橙的肩膀:"没事,小姐姐会收留你的。小美女,今天就跟姐姐睡吧。"

苏橙橙点点头,在家庭群里发了条信息,告诉爸妈今晚她不回家了。

苏橙橙家里,苏爸爸、苏妈妈正在看《8181钻石眼》。苏爸爸收到苏橙橙发到家庭群里的微信消息后,转头对苏妈妈说:"橙橙今晚不回来,住林嫒家。"

苏妈妈没在意,继续看电视。电视里的记者说:"张女士和男网友线下见面,不料被她引为知己的男网友竟然是流窜惯犯。张女士随身携带的手机、现金、首饰都被洗劫一空,她徒步十多公里,才找到加油站求助报警……"

"唉,女孩子还是要多个心眼,有自我保护意识。"苏妈妈感慨道。

苏爸爸随即附和:"是啊!她父母也是,女儿那么晚不回家也不着急……"

苏青梨面色严肃地拿着手机,走到沙发旁打断两人:"苏橙橙在撒谎,她没有在林嫒家。"

苏爸爸见苏青梨一脸严肃,立即把视线从电视上移开,认真听她分析。

苏青梨继续说:"苏橙橙昨晚也没回家,我刚才发微信问她,她说昨晚在林嫒家。可我今早见她回来换了衣服,我百分百确定她在用林嫒做挡箭牌。"

苏妈妈听完,一脸"别大惊小怪"的表情,重新看起电视:"你第一次谈恋爱的时候不也是这样,遮遮掩掩地和我们说去见闺密,实际呢?"

苏青梨挡在电视机前,反驳道:"我是什么智商,苏橙橙能和我比吗?刚刚是谁说女孩子应该有自我保护意识的?"

苏爸爸指着柜子上陈列的奖杯、奖牌,一脸骄傲地说:"橙橙不和人比智商!对方要是不讲武德,就算吃亏也是对方吃亏。"苏妈妈对苏爸爸笑了笑,点头表示赞同,转头就沉下脸看着挡在电视机前的苏青梨。

108 滤镜

苏青梨无言反驳,只能乖乖闭嘴,从电视机前走开。

苏橙橙穿着睡衣靠在床上,盯着滤镜的控制面板。
林嫒洗完澡出来,擦拭着半干的头发,问她:"进度多少了?"
苏橙橙叹气:"4%。"
"你再用力盯着也帮不上忙。别看了!"
苏橙橙闻言,无奈地关闭滤镜界面,准备睡觉。林嫒也跟着熄灯上床。
"做大美女的感觉不好吗?"林嫒窝在被子里提问。
苏橙橙看向天花板:"好,也不好。有时候真的很爽,遇到的人更友善,机会更多,就好像命运突然给我开了个后门,整个世界都对我更好了。可有时候又会心虚不安,人人都喜欢我,但我心里知道他们喜欢的不是我自己。我以前不理解那些整容上瘾的人,现在有点理解了,越害怕因为容貌获得的一切会突然消失,越心虚不安,越要用力牢牢抓住。"

林嫒陷入了思考,困惑地开口:"人类的腿脚决定速度,五脏六腑关系健康,手负责劳动,大脑是主管,想要在大自然的优胜劣汰中活下来,缺一不可。唯独脸,长得好看或不好看,对生存无关紧要,可为什么我们人类会这么看重呢,甚至说颜值就是生产力?颜值究竟是能生产吃的,还是能生产穿的?"

"颜值是生产力啊,长得好看的人能促进男女繁衍,积极生产人啊!"苏橙橙不假思索地回答。

林嫒轻笑道:"啧啧,没想到啊,你竟然是这样的苏橙橙……"
"我以前暗恋唐奇,不就是冲着他的脸,见色起意吗?"
"明明是纯洁的校园漫,被你一说怎么变颜色了……"林嫒的小手伸过去,挠上苏橙橙的胳肢窝。

苏橙橙立刻还击,同时说道:"我就知道你也垂涎我的美色!"
两姐妹嬉戏打闹一会儿后,很快就睡着了。
苏橙橙这一晚做了一个梦。在梦里,小青装扮的苏橙橙凶巴巴地一步步逼向许仙装扮的唐奇。唐奇无助又可怜地一步步后退,脚下踉跄,眼看就要摔倒,结果白娘子装扮的苏渺扶住了他。两人一眼万年,花瓣纷纷,再纷纷。

第二篇 苏橙橙的万花筒

忽然，苏渺抬手，霸道地把唐奇的脑袋压在自己肩上。唐奇想要抬头，苏渺却再次将他的头压下，唐奇再次抬头，又再次被压下，唐奇的表情既委屈又可怜……

第二天清晨，唐奇无助地靠在货架边睡着。他感觉不舒服，下意识动了动，货架上的化妆品噼里啪啦地砸下来，惊醒了他。他吃痛地揉着后脑勺坐起，发现自己置身仓库，身上还盖着一条毯子。

昨晚发生什么了？唐奇睡眼蒙眬地站起来，想起昨晚苏渺对自己"投怀送抱"的画面。

昨晚，苏渺热情地抱住了他，还把他推到墙上——唐奇心中有些窃喜，难道苏渺真的喜欢他？但是苏渺为什么这么奇怪，不跟他说话，还要把他敲晕后独自离开？她真的喜欢他吗？智商超群的唐奇也有百般思考也得不到的答案，只能站起来走出仓库，掏出手机再次拨打苏渺的电话，依旧是关机。

唐奇迷惑不解地握着手机时，顾屿迎面而来："我以为我今天到得最早，没想到你比我更早。"

唐奇摇摇头："我一直在公司，昨晚没回去。"

顾屿惊讶道："通宵工作？唐奇，你这么拼，是想抢我的股份吗？"

唐奇看向顾屿，欲言又止："你觉得……"

"我觉得什么？"顾屿挑眉看着唐奇。

"如果一位女性，对你又搂又抱，还不让开灯，最后又敲晕了你，是什么意思？"

顾屿立即心领神会："啊，你是说苏渺对你又搂又抱。"

顾屿戏谑的眼神和语气让唐奇心里不太舒服，他觉得这样好像有点冒犯苏渺，于是转身离开："当我没问。"

顾屿急忙拦住唐奇，一本正经地分析："如果一位女性对我又搂又抱，还不让开灯，这种情况，肯定是她喜欢我。"

"真的？"唐奇的语气变得高兴起来。

"可是……她又把你敲晕了。"顾屿有些意外，下意识地看向唐奇的后颈，"你确定不是你主动对她又搂又抱？"

"是她主动。"唐奇很确定地回答。

顾屿又想起苏渺戴着墨镜、包着围巾出现在林媛家门口的鬼鬼祟祟的样子："其中……肯定有什么不为人知的原因。"

唐奇也赞同顾屿的猜测，但他忍不住思索起来，究竟是什么原因让苏渺的态度如此反复？她一定是遇到了什么不好说出口的难处吧。

苏橙橙的确遇到了不好说出口的难处，而且是大难临头的难！

早上，林媛迷迷糊糊醒过来，惊讶地发现苏橙橙披头散发地坐在沙发上，一脸阴郁地盯着某处虚空。

林媛忙爬起来："你怎么醒这么早啊？滤镜升级到多少了？"

苏橙橙皱着眉头："25%。"

"比昨晚快。"林媛拍了拍苏橙橙的肩头，宽慰她。

苏橙橙颓丧地躺回床上："我今天怎么去上班啊？！"

"只能请假了……申请在家办公。"林媛挠挠脑袋。

苏橙橙郁闷地对着控制面板用力捶了两下，数据条依旧雷打不动地显示25%。

起床后，苏橙橙和林媛一起吃早餐。苏橙橙拿起苹果，随手一掰就是两半，一半给自己，一半递给林媛。林媛习以为常，接过苹果，把两个核桃递给苏橙橙，苏橙橙默契地捏开，一人一个。

桌上的手机响了，苏橙橙看向屏幕，仰头一笑："顾总同意我在家办公了。"

林媛吞下苹果，嘀咕道："没想到吐了我一车的人竟然是你领导，要不我把洗车卡还给他吧？"

"不用。顾总人很好，不可能计较这些小事。和我不对付的是唐奇。"想到唐奇，苏橙橙一愣，"昨晚滤镜出问题的时候，唐奇恰好在，我一时情急，把他打晕了。"

林媛瞪大了眼："你打了唐奇？"

这时，门铃响了。林媛走过去点开可视对讲机，屏幕上竟然是唐奇。

"橙橙！"林媛震惊，急忙示意苏橙橙快过来。

苏橙橙跑过去看到唐奇，也吓了一跳："唐奇怎么来了？"

"难道昨晚你脸变来变去的时候，被他看到了？"林媛猜测。门铃又

第二篇　苏橙橙的万花筒　　111

响了起来，林媛没办法，只能先点击接通。"大清早有何贵干？"林媛装作被打搅，生气地回应。

"我找苏渺。"唐奇的语气有些急切。

"这是我家，林媛的家，你找错地方了。"林媛关掉了可视对讲机。尽管如此，唐奇仍旧不打算离开，门铃持续不断地响着。林媛再次点开可视对讲机，语气稍微放软了一点："你真的找错了，苏渺不在这里。"

唐奇虽执着，但很有礼貌："顾屿告诉我，苏渺昨晚来你家了。如果你不方便让我进去，我可以在外面等。"

林媛关掉了可视对讲机的麦克风，郁闷地看向苏橙橙："这个顾总是瘟神转世吧！怎么一遇到他就没好事？"

苏橙橙盯着对讲机屏幕，屏幕中的唐奇静立不动，摆明了会一直等下去："让唐奇进来吧！"

林媛再次确认："那我去开门了？"

苏橙橙点点头——反正现在滤镜也不会失控，看唐奇这样子，自己不现身是不行了。

林媛带着唐奇走进客厅，苏橙橙就坐在客厅沙发上等候。

"我还有事，你们随意。"林媛和苏橙橙对了个眼神，直接开溜。

客厅里只剩下两人，苏橙橙抬头，正好和唐奇对视。唐奇的眼神忽然锐利起来，吓得苏橙橙急忙收回眼神，极力保持镇定："请坐。"

唐奇没有坐下，而是一直盯着苏橙橙："昨天晚上，仓库里的人……是你吗？"

"什么意思？"苏橙橙紧张起来——难道昨晚他全看到了？"不是我，还能是谁？"她试探地问道。

唐奇没有回答，继续问："昨晚，你是不是喝酒了？喝醉了吗？"

苏橙橙不解："我喝酒？喝醉了？为什么？"

"我一直在思考你为什么要这么做，唯一的解释就是你喝醉了。"

苏橙橙更加疑惑："我……喝醉后……做了什么？"

唐奇忽然脸红，不好意思地小幅度比画了一下搂抱的动作。

苏橙橙恍然大悟，想起昨晚对唐奇的"搂搂抱抱"，彻底松了口气："你来就是问这个？"

唐奇不好意思地后退一步："我想知道……昨晚是你的本意吗？"

"不，不，不是本意，我喝醉了。"苏橙橙连忙摆手否定。

"可是我没有闻到酒味。"

苏橙橙摸了摸肚子："酒气在五脏六腑里，还没散出来，但头已经晕了，意识涣散、神志不清。"

"你后来为什么要打晕我？"

苏橙橙死不承认："不是我，绝对不是我！是货架上的化妆品掉下来，把你砸晕了。"

"我没有责怪你的意思。我只是……"话说到一半，唐奇欲言又止地沉默了。

苏橙橙刻意地看向墙上的时钟，示意道："那个，八点多了，我必须去工作，你也应该回去上班……"

唐奇点点头，郑重地对苏橙橙说："今晚我想请你吃饭。"

苏橙橙愣了一下，问他："为什么？"

唐奇说："之前你请我吃饭，我还没有回请。"

他忽然提起这件事，让苏橙橙回想起自己请客时故意整他的事情。唐奇不但没有记仇，反而想着回请，她顿时心怀愧疚。

"不用了，不用了。大排档，没花多少钱。"

"我喝醉后，你送我回家，我还没有正式道谢。"

唐奇已经认定，那晚送他回家的人就是第二天早上见到的苏渺。

苏橙橙又想起自己像扛沙包一样扛着唐奇的场景，一会儿撞到他的头，一会儿撞到他的身体，像扔行李一样把他扔到地上，她更加心虚，干笑道："不用了，不用了，举手之劳。"

唐奇语气更加坚定："有些话我必须当面告诉你，不能一直糊里糊涂。"唐奇的态度一下变得强势起来。

苏橙橙一时无法再推托，只得应允："你说吧！"她睁大眼睛看着唐奇，好奇他想说什么。

唐奇反而不好意思起来："时间、地点不合适。你不是赶着要去上班吗？"

苏橙橙无语。让他说他反而不说了。

"今晚七点，我来接你。"唐奇说完就要离开。

"发我地址，我自己会过去。"苏橙橙无奈地说。

第二篇　苏橙橙的万花筒　113

第十五章
滤镜升级

千鸟集市场部，所有人都在工位上忙碌，唯独苏橙橙的工位空着。

许月看到苏橙橙始终没到，又开始阴阳怪气起来："苏橙橙看着身强体壮，却三天两头身体不舒服，十之八九是装的。"

赵运杰同情道："和苏橙橙一个组，算你倒霉……"

李宇昊看到唐奇拿着一沓文件经过，急忙示意大家噤声。唐奇经过，扫了眼苏橙橙的工位，径直走进顾屿的办公室。

许月不服气地嘟囔着："有什么好怕的？就应该让领导知道苏橙橙的真面目。"

顾屿正在办公室工作，唐奇走进来，把一沓文件放到顾屿桌上："你要的资料。"

顾屿拿起文件，迅速翻看起来："谢谢。"

唐奇想起刚刚在外面没看到苏橙橙，问了一句："苏橙橙呢？"

"生病了，申请在家办公。怎么了，你找她有事？"

唐奇摇头："没事。昨晚看到她加班，还以为她转性了，没想到……"

"没想到什么？"顾屿狐疑地望向唐奇，"你是不是对苏橙橙有什么误会？"

唐奇不想在顾屿面前讲苏橙橙的坏话，于是硬生生转了个方向："没想到……她和苏渺是好友。"

"的确没想到。"顾屿抬眸一笑，想起林媛和苏渺居然也是好友，"你见到苏渺了吗？"

唐奇眼神清亮，嘴角压不住地往上翘："见到了，约了今晚吃饭。"

顾屿见唐奇这么开心，调笑道："恭喜恭喜！这事你必须好好感谢我。不用太破费，给我买个千把块的礼物，顺便把我送给林媛的洗车卡报销了。"

唐奇转身就走。顾屿连忙喊道："哎，做人不要这么小气。"

过了一会儿，桌上的手机响了，顾屿拿起查看，是唐奇发来的微信红包和消息："信息费。感谢你告诉我苏渺在哪里。"

顾屿毫不客气地接收了红包，又看向桌上的小乌龟："最近我运气很好啊。"

与此同时，林媛看着玻璃缸前的小乌龟叹气："小顺子，姐姐最近有点倒霉，你要帮帮我哦！"

小乌龟趴在玻璃缸里，不亦乐乎地接着林媛丢下的食物，一双溜圆的爪子拨弄着缸里的圆形珠子。

苏橙橙则坐在书桌前工作，电脑屏幕上显示着她和许月的对话框。

许月：这么详细的产品数据只有唐总有。抱歉，帮不到你。哦，还有一个事，策划方案咱们各做各的，分开陈述。

苏橙橙嘀咕道："我压根没指望和你一起啊！有必要这么假模假式的吗？"

林媛喂完乌龟，走到苏橙橙旁边坐下，准备开始画漫画，却见苏橙橙面容惨淡，问道："怎么愁眉苦脸的？"

苏橙橙苦恼地抓头："我在写策划方案，还缺一些产品数据。"

"问同事要啊！"

苏橙橙垂头："要了，许月说这些数据只有唐奇有权披露。"

"那就去问唐奇要。"

苏橙橙压根不敢往这方面想："唐奇这么不待见我，会给我吗？"

"这是工作，不至于的。"林媛理性分析。

苏橙橙想想觉得有理，拿起手机，用苏橙橙的号给唐奇发信息。

此时唐奇正准备离开办公室去实验室，突然手机响起，他以为是苏渺给他发的信息，立即查看——不是苏渺，是苏橙橙。

苏橙橙：唐总，您好。我在做营销策划方案，需要星光眼影最新的测试数据。能不能发我一份？这份资料对我完成策划方案很重要，麻烦您了。

苏橙橙还一连发了三个"抱拳作揖"的表情包，态度十分恳切。

唐奇看完后将手机放在一旁，打开了电脑。

过了二十分钟，苏橙橙依然没有得到唐奇的回复。她拿着手机看了一遍又一遍："他压根不搭理我。"

"你要不直接打个电话？也许唐奇正在忙，没看到你的微信。"

苏橙橙沉吟片刻，启用手机的副号，给唐奇发信息。唐奇正坐在办公桌前，听到手机又响，再次拿起查看，面部表情一下子柔和了。

苏渺：在忙吗？

唐奇立即回复：不忙，有事吗？

看到唐奇秒回，苏橙橙气愤地举起手机给林媛看："看到了吗？看到了吗？"

林媛也很气愤："太过分了！"

实验室里，唐奇捧着手机等了一会儿，苏渺没有回复，他直接打了电话过去。苏橙橙看到"二官"的来电显示，心里更加生气，直接摁掉来电，把手机扔到桌上。

林媛把手机拿过去，代"苏渺"回复微信：不方便接电话，只是想提醒你晚上准时到。

唐奇看着手机，微笑着输入信息：一定准时。

林媛又发了一条信息过去：我和苏橙橙是铁杆好友……信息还没发完，苏橙橙已经把手机抢了回去，十分硬气地说："我不需要唐奇的关照！"

林媛摇摇头："明明应该是一篇金手指爽漫，何必非要走苦情励志路线呢？"

唐奇看着苏渺发来的半条信息，分析她没有发完的下半段内容是什么。这时，IT部同事敲门进来："不好意思唐总，耽误您工作了。您再试一下，网络应该能用了。"

刚才因为无线网络出了问题，电脑屏幕一直停留在邮箱登录失败的页面，唐奇此时点击刷新，终于成功登录了。唐奇朝着IT部同事点点头："可以用了。谢谢。"

唐奇将资料发送到苏橙橙的邮箱后，给她回了一条微信：文件已发你邮箱。

苏橙橙连忙打开邮箱，果然看到了唐奇发送过来的资料，她不禁朝着电脑屏幕露出一个自嘲的笑。

林媛也凑了过来,惊叹道:"苏渺打了个招呼,唐奇就把文件发过来了?"说完,她小心翼翼地试探苏橙橙,"这资料……你会用吧?"

"唐奇多大的脸,值得我拿工作赌气?"苏橙橙猛地一拍桌子,像是要把唐奇一巴掌拍扁,"当然要用了,工作才是女人最大的依靠!"

林媛佩服地竖起两个大拇指,表示完全赞同。

接下来,两个女人不再说话,各自投入工作。

时间匆匆溜走,仿佛只是一眨眼,就到了下午五点半。千鸟集实验室里,唐奇像是设定好程序的机器人一般,精准地完成了最后一道实验工序,之后对一旁的小林说:"剩下的工作交给你了。"

"好。"

"我晚上有约会,要早点下班。"说完,唐奇从容地摘下手套。

这句话犹如按下了让时间静止的暂停键,实验室里其他人的表情同步呆滞了几秒:是他们听错了吗?小林微微张开嘴,有些惊诧:"约……约会?和女人的约会?不是工作的约会?"

唐奇莫名其妙地看向小林:"约会就是约会,你偏科有点严重,对研究不利。"

唐奇转身离开,只留下小林一脸蒙,僵在原地:"什么意思?"

小岳一本正经地解释:"唐总的意思是你的语文没学好,竟然把约会和会议混淆,开展研究工作需要阅读大量文献,唐总担忧你的理解能力。"

小林默默地说:"唐总,我理解;约会,我理解……"

小岳继续补刀:"是不是这两个分开都能理解,但唐总去约会,你就理解困难了?"

唐总这样的人居然会跟女人约会!这简直比铁树开花、公鸡下蛋、鱼在天上飞还要神奇。

唐奇已经将自己收拾好了,准备赴约,但他的约会对象似乎完全忘了这件事。

苏橙橙刚完成工作,正对着电脑露出满意的表情。此时林媛走进来,把一杯柠檬水放到苏橙橙面前:"滤镜升级到多少了?"

苏橙橙被她提醒，连忙查看滤镜的控制面板，随即郁闷地说："49%。"

林媛看了眼时间，乐观地说："昨天晚上七八点开始升级，今天六点多点，已经差不多一半，照这个速度，明天晚上无论如何都能升级完，后天你就可以正常上班了。"

苏橙橙还是很沮丧："我明天还要请假。"

"没关系，可以在家工作。你看我天天在家工作，不也成了最畅销的漫画家。"林媛表示在家上班也没什么大不了的。

"可是明天有策划方案的报告会，要给领导做陈述。"苏橙橙有些为难。

林媛表示同情："那你运气不太好。"

习惯性地，苏橙橙重新振作起来："没关系，我可以把方案发给同组的许月，请她帮我做一下陈述。"她立即打开笔记本电脑发送了方案。

林媛说："我们也差不多该出门了。"

苏橙橙疑惑道："干吗？"她累了一天，全身乏力，只想躺在床上休息，完全不想出门受罪。

林媛指了指手机，提醒苏橙橙："唐奇！七点！"

苏橙橙想起来了，早上还答应了唐奇晚上吃饭，只得一脸郁闷地挣扎站起。

两人出门后，林媛照着唐奇给的地址把车开进停车场停好，看向坐在副驾驶座的苏橙橙："升级到多少了？"

"50%。"苏橙橙低头查看控制面板。

林媛点点头："就算吃饭时间有两个小时，也绰绰有余了。"

"两个小时？我又不是真想跟唐奇吃饭，最多半个小时！"苏橙橙一想到要跟唐奇单独待两个小时，就觉得完全受不了。

林媛给苏橙橙打气："祝你速战速决，尽快摆脱唐奇。"

"一定！"苏橙橙打起精神，推开车门下车。

唐奇品位很独特也很高雅，他找了一家露天餐厅，餐厅在画舫内，画舫悠悠漂在湖水上，四周波光荡漾、灯影闪烁，令人心旷神怡。唐奇对自己的安排很满意，但一心想着速战速决的苏橙橙显然没想到会是这种阵仗，现在一脸惊疑不定："不是吃饭吗，怎么变成游湖了？"

唐奇抬手表示邀请："可以一边吃饭，一边欣赏风景。"

苏橙橙看着桌上摆着的一道道菜肴，和环境很搭，颇有古风雅意。她警惕地看向唐奇："这顿饭肯定不便宜！你实话实说，究竟想干什么？拍摄海报已经是我的底线，我绝不会再帮你去做什么直播推广活动！"

唐奇有些意外，但还是诚恳地看向苏橙橙："我保证和工作无关，纯粹私人间吃饭。"

苏橙橙却表示不相信："这么大阵仗只是普普通通吃个饭，你当我傻啊？你不把话说清楚，我一口也不敢吃。"

"好吧，我先把话说清楚。"唐奇本想吃完饭再找个合适的时机表白，但苏渺这样着急，他也配合。

苏橙橙正在等唐奇狡辩，唐奇却不说了，反而站起来从一旁拿了把点火器点起蜡烛。苏橙橙一脸蒙，不明白唐奇又在搞什么名堂。唐奇解释道："本来和服务员约好了，他会趁我们欣赏风景时，悄悄点亮这些蜡烛，现在没人来，只能自己点了。"

"为什么要点蜡烛？"这又不是看不见，外面的灯光挺明亮的啊。

"为了你。"唐奇看着在烛火映照下的美丽面庞，认真地说。

"为我点蜡？"苏橙橙惊诧，他知不知道点蜡是什么意思？他是故意的吗？她最近很顺利，不需要任何人同情。她从唐奇手中拿过点火器，迅速地把剩下的蜡烛点亮，说："这些蜡烛是我特意为你而点。"

苏橙橙抢着点蜡，想将晦气还回去，唐奇却被她感动到了，真挚地对苏橙橙说："谢谢。"

苏橙橙愣住，感觉身上都起鸡皮疙瘩了，不耐烦地说："好了，蜡烛都点完了，你可以把话说清楚了吧？"

在月色下，烛光花影中，两人相对而坐。唐奇望着苏渺的脸，心里越来越紧张，下意识摸了摸手腕上的发绳，给自己打气。

"苏渺，你觉得我怎么样？"

"第一，你不是我老板；第二，你不是我男朋友。你好你坏都和我没关……"苏橙橙越说越觉得哪里不对劲，仔细打量周围的布置，一脸难以置信地瞪着唐奇。

突然，一道闪电划过，雷声"轰隆隆"传来。虚空中弹出滤镜的控制

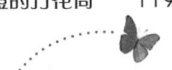

第二篇 苏橙橙的万花筒　　119

面板,苏橙橙被吓了一跳,回过神来,她意识到控制面板又出现了之前的情况,随着雷声开始闪烁不定。

唐奇低下头有些害羞地说:"第一次见你,在大街上,那是我第一次理解了古人说的'邂逅相遇,适我愿兮'……"

苏橙橙急忙拿起一篮花挡在面前,将变换的脸遮掩住。

唐奇没有注意到苏橙橙的异样,继续说:"第二次见你,在公司,你迎面走来时,我终于懂了何谓'既见君子,云胡不喜'……"

雷声中,苏橙橙惊慌不安,举止失措,完全没听清唐奇在说些什么。

唐奇却因为第一次告白,紧张忐忑,完全沉浸其中:"苏渺,一见动心,二见钟情,如果你还没有喜欢的人,可以考虑一下我,让我做你的男朋友吗?"唐奇酝酿良久,终于深情告白。

扑通一声,苏橙橙忽然从窗户跃出,跳进了湖里。唐奇大惊失色,愣了一愣,立刻冲到窗边:"苏渺!苏渺——"而此时苏橙橙正以百米冲刺的速度飞快地向岸边游去。唐奇心急如焚,害怕苏渺出什么意外,也跟着跳入湖中。

"苏渺,你等等我!"唐奇奋力游着,可苏橙橙越游越快,简直一骑绝尘,把唐奇远远甩在身后。

林媛正坐在车里玩手机,兴奋地跟着视频里的主播一起扭动。突然,副驾驶侧的车门被猛地拉开,一个披着湿漉漉的长发的人浑身湿淋淋地冲进来,犹如刚上岸的水鬼。林媛受到惊吓,凄厉地尖叫出声。

苏橙橙急忙撩开挡住脸的头发:"是我!"

林媛按下快要蹦出来的小心脏,纳闷地望向天空:"雨还没下吧,你怎么湿成这样了?"

"滤镜又出问题了。快开车,唐奇也许会追过来。"苏橙橙没空回答林媛的问题,连忙系上安全带,催促林媛逃跑。林媛急忙启动,将车开了出去。

车辆行驶在路上,苏橙橙的手机一直"嗡嗡"振动,她却没有心思查看。她一边拿着化妆镜观察自己的脸,一边观察滤镜的控制面板。

林媛惊讶地问:"你说滤镜又出问题了,你的脸又闪来闪去了,到底怎么回事?"

苏橙橙面色阴沉地看向天空："我怀疑跟天气有关。"

一阵雷声响起，伴随着闪烁的控制面板，苏橙橙的脸一下子变成苏渺，一下子变成苏橙橙，闪烁不定，雷声过后，最终又变回苏渺。

林媛这次是真切地看清楚了苏橙橙脸的变化，觉得比起以前看过的川剧变脸都要震撼得多。

"啊啊啊，变了，变了……你看，你看，你的脸在变……"

苏橙橙却很平静，也清晰地看到了自己的变化。她想她已经摸清了变脸的规律："看来我的推测正确。滤镜升级时，系统不稳定，碰到雷雨天，我的脸也就不稳定了。"

雨点噼里啪啦落下。林媛打开雨刷，又注意看苏渺的脸，并没有变化。

苏橙橙解释道："和下雨无关，只和打雷有关。"

林媛恍然大悟："难怪小说里妖怪化形都是历雷劫，没有历雨劫的。"

苏橙橙无语："我又不是妖怪。"

林媛却会错意，一脸乐观地安慰苏橙橙："别担心了，历完劫后都会变得更厉害的，你的系统升级后也一定会更厉害的！"

苏橙橙深深叹气，此刻再沉重的心情也被身边这个无敌傻白甜冲淡了。

两人回到家后，雷雨已经停了，滤镜控制面板也恢复正常。林媛正拆着麻辣小龙虾和鸡丝凉面的外卖，刚洗完澡的苏橙橙穿着家居服走进餐厅，查看滤镜。

"滤镜升级到多少了？"

苏橙橙平静地回答："53%。"

林媛笃定地说："明晚肯定能完成升级了。"

苏橙橙关闭控制面板，帮林媛拆外卖。此时苏橙橙的手机又"嗡嗡"地振动起来，林媛瞥了一眼，说："刚才你洗澡的时候，我听到你手机不停振动，拿起来看了眼，唐奇已经给苏渺打了几十个电话。"

苏橙橙郁闷地拿起手机，直接关机了："我跳湖之前，听到唐奇对苏渺表白了。"

林媛震惊，手抖了下，小龙虾的汤汁溅到手上。她抽出一张纸巾随意擦掉，迫不及待地问："唐奇？表白？是'我喜欢你'的那种表白？"

"除了这种表白，还能有哪种表白？"

第二篇 苏橙橙的万花筒

林嫒兴奋极了："快说说，唐奇怎么表白的？"

苏橙橙回忆起细节，浑身恶寒："在一艘船上，准备了蜡烛、鲜花……反正俗不可耐，和电视上演的一样。"

"天哪！难怪你会受刺激跳湖……"

苏橙橙立即纠正："我是因为滤镜失灵才跳湖的。"

林嫒诚挚地点头："我相信你。"

苏橙橙撇撇嘴，满眼不屑地说："说什么一生只爱一人。他才认识苏渺多久啊，竟然就认定了苏渺……苏渺到底哪里好？我是苏橙橙的时候，他都没正眼瞧过我，苏渺才跟他认识多久，他竟然就表白了。不就是因为苏渺的脸吗？"

林嫒从苏橙橙的语气里听出来她有些难过，于是贴心地把麻辣小龙虾放到她面前："别想了，为这种人不值得，吃饭吧！"

唯有美食抚慰人心，一口小龙虾入嘴，忧愁烦恼通通消失，苏橙橙再次满血复活。

这时，门铃忽然响起。林嫒点开可视对讲机，发现是唐奇，不禁一脸气愤："唐奇这个渣男怎么阴魂不散了，你待在屋里别出去，我把他打发了。"

唐奇浑身湿透，狼狈不堪，正迫切又焦虑地不停按着门铃。林嫒冷着脸打开门。唐奇看到林嫒，满脸焦急地问："苏渺回来了吗？我要见苏渺！"

林嫒生气道："苏渺不在我家。请你不要老来我家找苏渺！"她正要关门，唐奇却一把抵住门，指着鞋柜外一双湿漉漉的鞋："苏渺的鞋在你家。"

"苏渺是来我家了，但现在不方便见你。你回去吧！"林嫒冷着脸拒绝。

林嫒再次关门，门却被唐奇用身子硬挡着："到底发生什么事了？苏渺是不是遇到困难了？我不亲眼看到她，绝不会离开。"

林嫒见到唐奇狼狈的样子和眼睛里真切的担忧，语气软了一点："苏渺没事，什么事都没有，一切平安。"

唐奇追问："如果什么事都没有，苏渺为什么突然跳湖？"

林嫒不知道怎么解释，只能随便找个理由："苏渺她……她犯病了。"

"犯病了？什么病？"

"痔疮！"林嫒脱口而出，"对……就是痔疮！她突然犯病，坐立难安，又不好意思说，就跳湖逃回来了。"

屋内，苏橙橙躲在角落偷听到这话，脸上露出无语的表情。她听见唐奇用质疑的语气问："痔疮病犯了，还可以吃麻辣小龙虾？"

林媛愣住："你怎么知道的？"

唐奇看向眼林媛的手："闻到的。"

林媛嘴硬："是我在吃，苏渺只是看我吃。"

唐奇又盯着林媛的脸："你脸上水光针的针孔都还在，能吃辣吗？"

谎言接连被戳破，林媛气势越来越弱——怎么感觉唐奇什么都知道？

"我真的很担心苏渺，请让我见见她，我只想知道她是不是一切平安……"唐奇几乎是恳求着。

苏橙橙见唐奇这么难对付，害怕林媛挡不住唐奇，于是匆匆忙忙想躲到楼上去，没想到慌乱间踩到一个玻璃珠子，脚下打滑，惨叫着摔倒在地。

"啊！"

门口的唐奇和林媛听到惨叫声，立刻冲进屋，只见苏渺四仰八叉地躺在地上。

第十六章
身残志坚

苏橙橙躺在病床上，脚踝处打着石膏，表情忧郁烦闷。

唐奇站在一旁，关切地叮嘱："医生说是轻微骨裂，只要避免剧烈运动，就能自然康复。这几天你要多休息，多吃一些有营养的食物……"

苏橙橙不耐烦地打断唐奇："说完了吗？说完了就请离开。"

唐奇并没有生气，反而更加温柔耐心地说："你好好休息，我明天再来看你。"

苏橙橙看到唐奇那副温柔得能滴出水的表情，心中无名怒火蹿起，噌的一下坐起来。

"唐奇，你怎么还不明白？我根本不想见到你！我跳湖、装病就是因为我讨厌你、不想见你，没想到你一直死缠烂打追到了林媛家，害我受伤！"

苏渺的话就像一把刀子，猝不及防间深深地扎入唐奇心口，唐奇的第一次表白就这样被恶狠狠地拒绝了。他呆呆地站着，好一阵都没反应过来。

苏橙橙冷漠地说："唐奇，我话已经说得很清楚了，请你离开。"

林媛恰好拿着化验单据进来，察觉到气氛不对，看看这个又看看那个，不敢插嘴。

唐奇满脸悲伤无措，无助地垂下头，就像做错事的孩子。过了一会儿，林媛听见他低声道歉："对不起，因为我，你受了伤。"说完这句，唐奇转身离开病房。

唐奇走后，林媛才小心地走上前，小心翼翼地询问："唐奇怎么了？"

"我当面拒绝了他的表白。"苏橙橙仰头看着洁白的天花板，面无表情地说。

"哇——多好的漫画素材，我竟然错过了……"林媛的关注点始终很特别。

苏橙橙看着林媛手里的化验单，疑惑地问："我只是摔了一下，为什么要住院？"

考虑到这几天苏橙橙的身体有可能会被滤镜手镯影响，林媛不放心，特意安排她住院观察两天。林媛眼睛一转，找了个借口，语速飞快地说："李医生说相比你的外在体形，身体检查数据略有异常，最好留院观察一下。明天确定你一切健康，就能出院。"她顿了顿，想到明天的工作，补充道，"不过，我明早要去见责编，聊一下新漫画的构思，下午来接你。"

"好。"苏橙橙点点头，对林媛的安排没有意见。这几天她一直连轴转，像个旋转的陀螺一样停不下来，她的身体早已精力透支，疲惫到了极限。现在终于能借着住院的机会好好休息，苏橙橙只想闭上眼睛好好睡一觉。

千鸟集市场部，同事们陆续来到公司，一个个都打扮得精神抖擞。

许月刚在座位上坐下就接到苏橙橙打来的电话。看到来电显示，许月表情微妙，她现在不想接苏橙橙的电话，但犹豫了一瞬后，还是接听了。

"什么事？"许月难得语气温和。

苏橙橙坐在病床上，看着笔记本电脑，故意咳嗽两声，压着声音："昨天我发你的策划方案，你看完了吗？有什么地方有疑问，需要我解释吗？"

许月含糊道："没有。马上要开会了，我还要抓紧时间准备一下。"

"好的，好的，麻烦你了。"苏橙橙真诚地感激道。

挂了电话后，苏橙橙表情期待，紧张地盯着电脑屏幕上的策划方案：好的眼影需要在显色和飞粉……

"……好的眼影需要在显色和飞粉之间找到平衡……星光眼影的产品优势是显色、粉质细腻、颜色层次丰富。"许月站在大屏幕前侃侃而谈。周锦礼、顾屿、唐奇和市场部的同事都坐在下面认真听着。

"在性能方面，我们已经做到最优，有效解决了飞粉问题，持久性和延展性也都得到显著提升，即使被啤酒等带有乙醇成分的液体晕染，星光眼影也能保持10小时以上不脱妆……"

许月演讲完毕，同事们纷纷鼓掌，顾屿和周锦礼对视一眼，表情嘉许。

看到台下众人的反应，许月志得意满地回到座位。

第二篇 苏橙橙的万花筒

唐奇盯着屏幕上展示的数据和图表，思索一番，问道："这是你做的策划方案？"

许月有点心虚，纳闷唐总怎么会问这种问题，但肯定的答复依旧脱口而出："是。"

唐奇转动手中的笔，质疑道："方案中的产品数据资料从哪里来的？"

许月想起之前她不怀好意地让苏橙橙去找唐总的事，表面不慌不忙地回答："我和苏橙橙一个组，但她生病了，没办法正常工作，我就让她只帮忙收集资料。唐总，这些产品数据哪里不对吗？"

唐奇摇摇头："没有问题。策划方案做得很好。"

顾屿也夸赞道："一看就是对产品很了解，非常用心。"

许月低着头，谦逊地道了谢。

今天的策划会议很有收获，顾屿心情不错。他路过创意水果店时，想起苏橙橙生病的事，打算进去买个果篮慰问她。这个优秀的策划案虽是许月完成的，但苏橙橙帮忙收集整理资料，也算有功之臣，理当给予犒劳。

走进创意水果店时，他居然看见了林媛，但林媛似乎正在谈工作。这时，坐在她对面那个戴着眼镜的女生起身离开，而林媛满脸郁闷。

服务员走过去，给林媛推销起产品："小姐姐，今天有新品推广活动，购买一杯新品饮料就送一枚抽奖金蛋，奖品是《长相思》周边角色娃娃。"

林媛眼睛一亮，立马忘了不愉快的事，惊喜道："给我十杯，不，二十杯。"

两排金灿灿的大金蛋整齐排列着，林媛拿着锤子，发泄般地一个接一个砸下去，一边砸一边念叨着："说什么男主不够帅，男性角色人设不够丰富，选择太少！要主动抓捕市场流行趋势，解读受众喜好变化，不就是想要我也玩什么1VN吗？怎么不直接让我去画《长相思》漫画版？我就喜欢无CP不行吗？我就不想谈恋爱不行吗?！"

顾屿已经站在门边看了林媛许久，不禁失笑。他走到柜台前，指着展示牌上的推广活动，又指了指新品饮料，说："我要一个水果花束，再给我一杯……这个。"

付款后，顾屿再次看向林媛，只见她一脸郁闷地翻着金蛋的碎片。她一口气砸了二十个金蛋，居然一个中奖券都没有。林媛挑眉看向服务员，质疑道:"你们的金蛋里真有奖券吗?"

一旁的服务员尴尬赔笑:"真的有。"

服务员领着顾屿过来砸金蛋,顾屿对林媛笑着点了点头,然后一锤朝金蛋砸下去。林媛本来觉得这个砸金蛋的活动就是个骗局,但她不死心,想看看顾屿有没有砸中。

金蛋碎裂,红色的奖券露出:顾屿居然走狗屎运中奖了!服务员被林媛质疑了很久,面上也有些过不去,此时顾屿中奖,正好缓解了尴尬。服务员惊喜道:"先生,恭喜你,获得《长相思》周边娃娃一个。"

林媛看到这一幕气极,怒道:"我就不信了,我手气这么差?再给我十杯饮料。"

服务员不好意思地解释:"因为是新品,饮料还在试销售,每日限量供应,最后一杯新品已经被这位先生买走了。"林媛郁闷地瞅了顾屿一眼。

"好巧,又遇见了。"顾屿微笑看向林媛,把周边娃娃递给她,"你如果喜欢这个,那就送你了。"

"无功不受禄。"林媛似乎是被刺激到了,气鼓鼓地转身要走。

服务员连忙跟上去喊道:"小姐,您的饮料。"林媛转身从服务员手中接过两大袋饮料,跌跌撞撞地离开了。顾屿看到林媛这里碰一下,那里碰一下,走得十分滑稽,顿时哑然失笑。

顾屿离开水果店,来到苏青梨的办公室,将水果花束放在她面前。

"我都还没感谢你当初给我妹实习机会,你怎么反倒来给我送礼了?"苏青梨抬头看向顾屿笑道。

"我有几个法律问题要向你咨询,水果花束是要劳烦你转交给苏橙橙的。"

苏青梨有点意外,皱眉问道:"给橙橙的?为什么?"

"苏橙橙不是病了吗?已经连请了两天病假。你不知道她病了?"顾屿奇怪地看着苏青梨。

苏青梨掩饰道:"我知道,只是没想到你是这样的领导,还会关爱下属。"

顾屿看出苏青梨的神色有几分异常,但没往心里去,也没打算深究,毕竟谁没个秘密呢。他体贴地转移了话题:"这个周边娃娃是我买水果花束时的赠品，留着没用，也给苏橙橙吧！"

苏青梨不在意地笑道："橙橙对这些没兴趣，不过她有个画漫画的闺密，喜欢收集这些周边娃娃……"苏青梨一边和顾屿寒暄，一边想着苏橙橙隐瞒自己生病的事，在心里悄悄骂她。

也许是因为被苏青梨念叨了，苏橙橙忽然打了喷嚏。"谁在骂我！"说完，她死死盯着滤镜的进度条，嘴里埋怨道，"一晚上加一个早上，才到79%，你是属蜗牛的吗？"

苏橙橙关闭滤镜，拿起手机，想看看许月回复自己消息了没有。聊天框里躺着苏橙橙之前发给许月的微信消息：会议结束了吗？许月一直没有回复，苏橙橙不禁有些奇怪，于是又发了个问号过去。

"就算领导不喜欢我的策划方案，也可以给个回复啊……"苏橙橙心里忐忑不安。

突然，一声轻微的嘀嘀声后，虚拟的控制面板自动弹出，滤镜的升级进度条居然已经飙到90%。

"怎么突然这么快了?!"苏橙橙震惊地坐起来。

苏橙橙看了一眼同房的病友，想要下床找个地方先躲起来，但她刚艰难地落地就摔了一跤。

"嘶……"苏橙橙痛得皱起了眉，下一刻却感觉到一双臂膀揽住自己的身躯，想要将自己抱起。

唐奇本以为抱起纤弱的苏渺会轻而易举，还能顺便展示自己的"男友力"，结果不仅没成功，反而差点把自己的腰给闪了。"呼……"唐奇咬紧腮帮子，憋着股劲才把苏橙橙放回床上。

"你怎么又来了？"苏橙橙脸色不太好看地看着唐奇，语气带着焦急。

唐奇若无其事地将手叉在腰间："你脚受伤了，不要乱动。想做什么，我可以帮忙。"

苏橙橙瞥了眼滤镜，就这么一会儿，已经升级到92%。

她看了眼正在吃甜品的病友，灵机一动，笑着对唐奇说："医院门外有一家甜品店，红豆沙做得很好吃，你能去帮我买一份吗？"

苏橙橙的语气一反常态地温柔，这让唐奇受宠若惊："我现在就去。"

苏橙橙看见唐奇走出病房，立刻摸出手机给林媛打电话。

手机铃声响起,林嫒看了眼来电显示,却紧张得不敢接。

"怎么不接电话?"林嫒面前的苏青梨似笑非笑地盯着她。

林嫒不接苏青梨的话茬,默默地将手机调成静音,然后一脸谄媚地笑着说:"不用理,是广告电话。姐,你怎么突然来了?"

苏青梨双手抱在胸前,冷着脸问:"苏橙橙在哪里?"

"这个点当然是在上班啊。"林嫒不敢看苏青梨的眼睛。

"我再问一遍,想好了再回答。苏橙橙在哪里?"苏青梨好笑地看着林嫒,这丫头简直不会撒谎。

面对女王苏青梨,林嫒吓得一句话都不敢说,偷偷把手上拿的袋子往身后藏。

苏青梨看穿林嫒的小动作,向前逼近一步,故意用拉家常的语气说:"你是要去人民医院吧?我和你一起。"

"姐,我……我是去看朋友的长辈。"林嫒做出最后的挣扎。

"哟,我这一不小心就跟着苏橙橙升辈分了,你该叫我奶奶还是姑姑?"苏青梨见林嫒死鸭子嘴硬,没耐心再陪她绕着弯说话,直接一语戳穿真相。

林嫒哭丧着脸,只能缴械投降。

医院里的苏橙橙还不知道女王大人正在发飙,自己即将"大祸临头"。她一连打了几个电话,林嫒都没接。她躺在病床上,急得像是热锅上的蚂蚁,骂道:"林嫒这不靠谱的。"

眼见滤镜的进度条已经到94%了,苏橙橙知道自己不能再等,再等一会儿,唐奇回来了,自己可真就只能跳楼了!苏橙橙拖着身体挣扎着下床,嘴里不停地抱怨:"想让你快一点的时候,你磨磨蹭蹭磨洋工!想让你慢一点的时候,你又踩着风火轮,把人往死里逼……"

不巧,这时唐奇已经提着甜品回来了。他看见走廊上有个穿着宽松的病号服,从头到脖子都缠着绷带,只露出两只眼睛的"木乃伊",挂着拐杖一瘸一拐地往外走,目不斜视。

唐奇身旁有几个缠着绷带的病人路过,全都眼带同情地看看这人。还有其他病人家属在议论:"这人真惨,伤成这样了也没人照顾。"

第二篇 苏橙橙的万花筒

但唐奇盯着"木乃伊"看了一会儿,察觉出她不对劲。

"木乃伊"苏橙橙紧张地握紧拐杖,硬着头皮往前走,在心里默念:你看不见我,你看不见我……

眼见就要和唐奇擦身而过,苏橙橙长松了口气,脚步都变得轻快起来。忽然,手机铃声响起,把苏橙橙吓得一个激灵,差点把手里的拐杖丢出去。苏橙橙迅速看了一眼唐奇,见他没有动静,立即挂断手机,心虚地贴着墙根,遮遮掩掩地加快速度拄着拐杖往前走。

"等一下!"

"木乃伊"装作没听到身后的声音,单脚跳着往前跑。

"苏渺?"没跳上几步,唐奇大步上前一把拉住她的手腕。

苏橙橙试图抽回手,嗓子刻意挤出怪异的声音:"你认错人了。"

唐奇紧紧拉住苏橙橙并举起她戴着镯子的手臂,再看向她打着石膏的脚踝,说:"一样的手镯,一样的受伤部位。"

苏橙橙想抵赖,但她绞尽脑汁也没有想到合适的借口。

这时,手机铃声又响了起来。苏青梨神色不善地出现在走廊的另一边,一边打电话一边疾步朝着他们走来。

"姐,姐,你听我说……"林媛慌里慌张地在后面追,想要阻拦苏青梨。

看见苏青梨朝自己走来,苏橙橙慌了,一把推开唐奇就想往回跑。

"你别跑!到底怎么回事?"唐奇急忙挡在她面前。

苏橙橙顾不得跟唐奇纠缠,慌不择路地想要逃离。可是由于脚上的伤以及身上裹着绷带的不方便,苏橙橙的灵活性大大降低。两人拉扯间,唐奇不小心拽住了苏橙橙头上松掉的绷带头。

苏橙橙顿时失去了平衡,出于惯性原地旋转起来。唐奇见状,连忙想拉她回来,不过苏橙橙还是跌坐在地上,原本缠在脸上的绷带也随之解开。

唐奇以及刚好赶到的苏青梨、林媛都一脸惊讶地看着地上的人。苏橙橙双手撑地,单脚站起,恰好和苏青梨目光相对。

苏橙橙嘴唇微张,本能地想叫声"姐",又硬生生地忍住,只能假装不认识地转过头。因为她不确定自己现在的脸到底是苏渺的还是苏橙橙的。

苏青梨不悦地看着自己好几天不见人影的亲妹妹:"苏橙橙!你怎么

不在病房待着，着急要出院吗？"林嫒躲在苏青梨身后，疯狂朝着苏橙橙使眼色。

苏橙橙愣了一下，这才意识到滤镜自动把她变回真容了。

"姐！你终于来了！"苏橙橙立刻一百八十度转换态度，亲热地挽住苏青梨的胳膊。

"现在认出我了？"苏青梨皮笑肉不笑地看着苏橙橙。

苏橙橙抱紧苏青梨的胳膊，贴着她的耳朵，小声撒娇认错："我错了！"之后转过头对着林嫒喊道，"我们快去办出院手续吧！"

林嫒不动声色地挤开唐奇，点头道："对对，赶紧出院。橙橙都等急了。"

"等一下。"眼见林嫒和苏青梨一左一右挽着苏橙橙就要离开，唐奇出声阻拦。

苏橙橙和林嫒都不予理会，苏青梨却停下脚步，另两人也不得不跟着停下。

唐奇走到苏橙橙面前，一脸狐疑地质问："苏橙橙，你为什么会在医院？"

苏橙橙不客气地反驳："医院又不是你家开的，我为什么不能来？"

"苏渺住院，你也住院？"

苏橙橙有林嫒和苏青梨两大护法在身边，明显硬气不少，梗着脖子道："我前天就住院了，苏渺是后进来的。你应该说我住院，苏渺也住院。"

唐奇看了看苏橙橙打了石膏的腿，总感觉越看越熟悉。

"你和苏渺的石膏打在同一个地方，怎么会有这么巧的事情？"

"对啊，我也纳闷，怎么这么巧呢！"苏橙橙咬死不承认，反正现在滤镜已经升级完毕了，唐奇再聪明也发现不了什么。

林嫒帮腔："这就叫好姐妹，有难同当！"

苏青梨看林嫒和苏橙橙一唱一和，显然刻意隐瞒着什么。她挺身而出，板着脸对唐奇说："你问够了没有？当审犯人呢！我妹妹摔跤受伤，是我送她进的这家医院，有问题吗？"

"没有了。"唐奇摇摇头。

苏青梨瞥了林嫒一眼，两人立刻挽着苏橙橙快速离开。唐奇一脸疑惑地目送三人走远。

苏青梨帮苏橙橙办好出院手续，带她离开了医院。

苏青梨从后视镜里看到后座的"卧龙凤雏"一脸如释重负的表情，越发肯定两人有什么不可告人的秘密瞒着自己。苏青梨重重地关上车门，脚踩油门启动车子，林媛和苏橙橙吓得赶紧系好安全带，如同两只鹌鹑一样乖乖地坐在座位上。

"苏渺是谁？唐奇为什么追着你们问苏渺？"

苏橙橙和林媛对视一眼，心虚地说："就是一个普通朋友，不熟。"

苏青梨冷笑道："不熟？你确定？"

"姐，是真的，我可以做证，就一个普通朋友。"林媛竖起三根手指发誓。

苏青梨见两人死不承认，于是直接将车停在路边："你俩可真是不到黄河不死心。最后一次机会，到底怎么回事？"苏青梨强势地瞪着两人。

苏橙橙强撑起身子面对着苏青梨狮子般的眼神，一脸畏惧："姐，真的什么事都没有。"

"对，真的没事。"林媛毫无底气地附和，声若蚊蝇。

苏青梨平静地调转方向盘，语气不带波澜地说："行，你们不说是吧？我现在就去找唐奇，跟他说清楚刚才都是骗他的，顺便讨论一下苏渺。"女王就是不一样，总是能用最轻松的语气说出最能拿捏人的话。

苏橙橙立马缴械投降："姐，姐……我全招！我什么都告诉你！"

第十七章
全新功能

　　回到病房的唐奇没有看到苏渺的身影，只见一位护士正忙忙碌碌地清理苏渺的病床。听到有人进来，护士转头看向唐奇和他手上提着的甜品外卖袋，提醒他："2号床的苏小姐已经出院了，你不知道吗？"

　　唐奇一脸茫然，喃喃道："出院了？"

　　护士转身从一旁的柜子中取出一台电脑，递到唐奇手中，说："这台电脑苏小姐忘记带走了，麻烦你转交给她。"

　　唐奇抚摸着电脑包上"千鸟集"的标志，纳闷道："苏渺的电脑？"

　　"对啊，我看到苏小姐用了。"护士点点头。

　　"好。我会把它交还给主人。"

　　唐奇提着电脑，走出病房给苏渺打电话，又是熟悉的女声："您好，您所拨打的电话已关机。Sorry, the subscriber you dialed is power off……"唐奇只能沮丧地收起手机，拿着电脑大步离开。

　　当时的苏橙橙被唐奇吓得魂不附体，哪里还记得电脑没拿。就是现在她也没想起来，自己的电脑还落在病房里。她正和林媛一起规规矩矩地坐在客厅沙发上，两人挺直腰背，紧紧挨在一起，脸上是同一副表情：弱小、可怜又无助。

　　而苏青梨坐在两人对面，露出职业性的微笑，循循善诱："滤镜？你是说你会变脸？"

　　苏橙橙认真地点头，林媛也跟着点头。

　　苏青梨装作恍然大悟，维持着微笑："像狐狸精一样，能变成大美女？"

　　两人又认真地点头。

　　苏青梨脸上的笑容越发瘆人："你怎么不变一个给我看呢？"

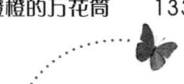

第二篇　苏橙橙的万花筒

"我当然可以变给你看!"苏橙橙一脸委屈地看着苏青梨,小声嘟囔,"我这不是怕吓着你,先和你说清楚嘛……"

"你姐我这么不经吓吗?快点变吧,让我也长长见识!"苏青梨根本不相信苏橙橙的鬼话,毫不掩饰语气中的嘲讽。

苏橙橙不服气地打开滤镜的控制面板。升级后的控制面板和以前截然不同,功能变得更多、更复杂。苏橙橙看着操作界面,有点眼花缭乱,兴奋地说:"操作界面和以前不一样了,哇,多了好多功能……"

林媛也是一脸好奇,可惜她看不到滤镜,只能激动地附和:"我就说渡劫后会变得更厉害吧!你快看看都有什么功能。"

苏青梨额头上青筋暴起,在她的眼里这两人完全像是吃了见手青中毒的病友在对着空气胡说八道。

"渡劫?还越演越上瘾了!我看你们俩是想原地飞升。苏橙橙,你胆儿肥了,竟然睁眼说瞎话忽悠我……"苏青梨从在医院时就一直压抑着的怒火终于爆发,就要动手了。

"姐,姐,你别急啊……"苏橙橙举起双手躲闪着。

苏青梨的手刚掐到苏橙橙脸上,她眼前的脸突然变成了苏渺。苏青梨脸上狰狞的笑容瞬间凝滞,整个人傻在了原地。苏渺得意地拗了个造型,还做起了鬼脸。

"别过来!"女王陛下苏青梨女士被吓得脸色煞白,连连后退。

"叮咚",门铃此时响起。

林媛收起脸上的窃笑,说:"外卖到了,我去开门。"

"我找苏渺。"林媛匆匆忙忙打开门,没想到外面站着的人是唐奇。

"苏渺不在我家。"林媛瞬间换了严肃的表情,立即想要关门。

林媛话音刚落,苏渺欢快的声音传到门口:"对啊,上次在小区帮你打跑了坏人的大美女就是我啊,你还夸我说想不到现在的妹妹不仅长得漂亮,还乐于助人,嘴巴也甜……"

林媛一脸尴尬地与唐奇对视——这打脸来得未免太快了一点——她原本高昂的气势被削弱了一半。

唐奇低垂着眼睛,黯然道:"我知道苏渺不想见我。苏橙橙呢?我想见苏橙橙。"

"苏橙橙怎么会在我家？当然是回她自己家了。"林媛故作惊讶。

结果林媛话音刚落，苏橙橙欢快的声音又立刻传来："看，苏橙橙来了！苏橙橙马上就来了……"林媛的气势再次被削弱，这下她根本不敢和唐奇对视了。

唐奇提起手中的电脑包，语气有点严肃地说："这台电脑是公司发给苏橙橙工作用的，但护士发现的时候，电脑在苏渺的病房，并且被使用过。也就是说苏渺有机会接触甚至窃取公司的保密文件。苏橙橙违背了公司规定，我需要和她面谈。"

林媛气势越发弱了，语无伦次地说："橙橙她没有，你相信我，她真的没有……"

"不管有还是没有，都应该苏橙橙自己面对。"

林媛愣住，唐奇见状径直往屋里走去。林媛回过神来，朝着屋里大声地提醒道："唐奇来了，橙橙，橙橙！唐奇来了……"

唐奇走进客厅，看到苏青梨正表情呆滞地坐在沙发上。林媛跟在唐奇身后，朝屋里望去，既没看到苏橙橙，也没看到苏渺。

唐奇礼貌地对苏青梨打招呼："你好，我来找苏橙橙，转交电脑。"

苏青梨一脸惊魂未定的表情，恍恍惚惚地呢喃道："别问我，我什么都不知道。"

"唐学长，请坐。"林媛端来一杯热茶。

唐奇坐下，把电脑放到桌上。

林媛走到苏青梨身旁，压低声音问："橙橙呢？"

苏青梨目光飘向屋子角落，林媛顺着苏青梨的目光看过去，惊得倒吸一口冷气———一个浑身布满穴位的针灸铜人。

唐奇注意到两人的目光，也盯着铜人看："这个铜人……很特别……"唐奇仔细地观察起铜人，下意识地站起身来，想走近细看。

林媛忙冲上前挡住，磕磕巴巴地说："橙橙去……楼上的卫生间了。"

林媛视线向上一扫，顺势挡在铜人和唐奇中间，一脸热情地邀请："学长，要不我先带你参观一下我家。你都来好几次了，我却没有尽过地主之谊，真是太失礼了。我家的装修很不错，我们先去参观一下厨房。橙橙过会儿就下来了……"

第二篇　苏橙橙的万花筒　　135

林媛一边推着唐奇朝厨房走去，一边扭头看向角落的铜人，示意铜人往楼上去。

唐奇明显不愿意，却拗不过过分热情的林媛，被强行拽走了。唐奇一离开，铜人立即变得生龙活虎，单脚跳着飞速赶向楼上，让苏青梨看得目瞪口呆。

铜人刚走到楼梯上，唐奇已经从厨房里出来，林媛焦急地跟在他身后。"铜人"吓得立即靠墙而立，却不小心撞到了脚，表情扭曲地变成了一幅年画。

唐奇站在年画娃娃面前，眉毛微微皱起，眼里露出困惑："这幅画……刚才我进来时，好像没看到这幅画。"

唐奇又想要凑上去细看，林媛回过神来，急忙拦住："有的，有的，肯定是你太着急忽略了。朋友送的涂鸦之作，没什么好看的。啊，你一定要参观一下我家其他地方，有很多特别的布置……"

林媛又用十分的热情强拉着唐奇离开，年画迅速地飘向楼上。苏青梨下意识要叫，又急忙捂住自己的嘴巴。

唐奇再次回到客厅，尽管已经不耐烦，却仍旧克制礼貌地说："我知道你家的装修很别致，但我不想再参观了，抱歉……"

唐奇说话时，林媛用眼神询问苏青梨。苏青梨轻轻朝着楼上扬了扬头。

林媛松了口气，一脸微笑："不参观了，请坐，请坐。"

唐奇却没有坐，反而走了几步，看向原来铜人的位置，又转头看向原来年画的位置，都空空如也。

"针灸铜人，年画……"

林媛神情大变，苏青梨立马开口道："我搬走了。"

"搬走了？"

苏青梨面色如常地解释道："这些东西跟媛媛家的装修风格差异太大，看得人辣眼睛，我就趁你们离开，迅速搬走了。"

唐奇觉得非常怪异，但没来得及细想，只见苏橙橙一瘸一拐地从楼上下来了。

林媛急忙过去，搀扶住苏橙橙，大声说："橙橙来了！"一边小声提醒，"你的电脑在'苏渺'的病房……"

苏橙橙僵硬地走到唐奇面前，懊恼地看了眼桌上的电脑。

"对不起，我把电脑借给了苏渺暂用。虽然我百分百确信苏渺不会做任何伤害我的事，但依旧是我疏忽大意，做错了事，我愿意接受公司的处罚。"

唐奇看苏橙橙认错态度良好，面色缓和："我相信苏渺的人品，她不会偷看文件、窃取资料。这事到此为止，但下不为例，希望你以后谨慎行事，小心保管自己的电脑，不要再借给他人。"

苏橙橙愣住了，没想到唐奇这么好说话。林媛推推她，于是苏橙橙连连点头："是。我以后一定小心。谢谢唐总宽宏大量。"

"我走了，你好好养伤。"唐奇别有意味地看了苏橙橙一眼，站起身来，却又挑起话头，"苏渺……"

林媛抢话道："苏渺在楼上休息。"

"对，对！她在楼上，睡着了。"苏橙橙连忙附和，着重强调了"睡着"两个字，意思是让唐奇不要打搅。

林媛一脸殷勤地假笑着说："我送你。"可算是快要送走这尊瘟神了，林媛偷偷缓了口气。

唐奇走到门外，又转头对林媛交代道："苏渺的脚不方便，请好好照顾她。有任何需要，可以随时联系我。"

林媛尴尬地笑笑："好的，好的。"

"砰！"林媛挥手送走唐奇后，迫不及待地关上门，回到客厅，只见苏橙橙和苏青梨面对面沉默地坐着。林媛默默坐到了苏橙橙身旁，以示支持。

"这个滤镜……太出乎意料了！我以为只能把人变美，没想到，没想到……"苏青梨显然还沉浸在滤镜带来的巨大震撼中。

"以前是只能变成苏渺，升级后才增加了这些新功能，叫什么'三维复印'。"

苏橙橙说着打开了滤镜的控制面板。开屏先出现"三维复印"字样，再进入主页面，功能区域比之前复杂，不仅有"缩放"功能，还有一个"隐藏"功能。苏橙橙按了一下"隐藏"按钮，手腕上的滤镜镯子瞬间消失不见。

"它现在还能隐身了。"

第二篇　苏橙橙的万花筒

"哇！我就说吧，渡劫后法宝都会变得更厉害。"林媛相当兴奋。

苏橙橙又按了一下"隐藏"按键，滤镜镯子再次出现。苏青梨盯着苏橙橙的手腕，像看变魔术似的。

林媛兴致勃勃地提出疑问："你说它还会不会继续渡劫升级啊？"

苏橙橙摇摇头，说："不知道。但是现在除了能变铜人和画，还可以变植物、动物……"

"哇，可以变只老虎吗？"林媛瞪大双眼。

"可以。只要有实物存在，都可以一键复印出来。"苏橙橙说着话，似乎就要变身。

苏青梨脸色不佳，急忙阻止："行了，别变了，让我先缓缓！我心跳还没平复呢！"

难得看见女王大人一脸崩溃的模样，苏橙橙和林媛都忍不住笑了。

苏青梨看着两人傻乎乎的样子，心里又升起怒火："傻笑什么呢！你们俩啊，长点脑子吧！今天差点就让唐奇逮个正着。"

苏橙橙和林媛都蔫了。林媛更是心有余悸地说："唐奇板着脸挺吓人的，我一不留神就把人放进来了。"

这时，门铃突然响起，三人都吓了一跳。

"唐奇……不，不会又回来了吧？"林媛都吓得结巴了。

"外卖……放门口……"外卖员的声音从门口隐隐约约地传来。

三人对视一眼，不禁都松了口气。林媛起身去拿外卖，苏橙橙在苏青梨的审问下，说出了苏渺和唐奇之间的爱恨纠葛。

"你是说，你用苏渺的身份拍摄海报，然后，唐奇喜欢上了苏渺，现在正在追求苏渺？"苏青梨一脸匪夷所思。

苏橙橙不敢吭声，低头默默地吃手中的点心。

林媛热情点头："没错，就是这样。"

苏青梨握紧拳头，又想动手，苏橙橙吓得赶紧缩脖子。

"脑袋长在脖子上不只是用来看的，拜托你用一用它！"看见自己亲妹妹这可怜巴巴的样子，苏青梨终究还是忍住了，话里颇有些恨铁不成钢的意思。

苏橙橙委屈地小声反驳："我用了啊！"

"我做证！用了的！"林媛做证。

苏青梨没好气地看了眼林媛，完全不想说话了，但林媛对她未说出口的潜台词心领神会：你俩一个卧龙一个凤雏，脑瓜子能用的地方都很有限！

林媛顿觉冤枉，叹了口气解释："橙橙想了好多法子，可唐奇是个'颜狗'，一直盯着苏渺不放，橙橙也没办法啊！"

苏青梨摇摇头，叹道："这样下去，你们迟早露馅！"

苏橙橙像是想到了什么，朝着两人缓缓说道："滤镜升级后，我倒是有个法子，可以永绝后患。"

"什么法子？"林媛好奇。

苏橙橙示意她们靠近一点，林媛立即配合。苏青梨也勉强配合，听着听着，脸上的神色逐渐从不屑变为郑重。

"怎么样？"苏橙橙眼含精光。

"操作起来有点麻烦，不过的确是个好法子！"苏青梨破天荒地对苏橙橙表示了赞同。

此时，心情沉重的唐奇正在家里画画。画笔在洁白的画纸上一点点地勾勒着苏渺躺在病床上的样子。虽然模糊，但画中苏渺的脸上隐约藏着愤怒。

唐奇握笔的手忽然停下，他想起苏渺对自己说的那些话，脸上露出黯然神伤的表情。

病房里，苏渺脸上带着厌恶的表情说，她根本不想见到他！就连跳湖、装病也是因为讨厌他！他死缠烂打追到林媛家，还害得她腿受了伤。

手机铃声响起，打断了唐奇的思绪，他拿起一看，竟然是苏渺主动发过来的微信消息：林媛说你找我？

唐奇立马回复：是，你的脚好点了吗？

苏渺：本来就是小伤，休息几天就能好。昨天在医院是我不对，自己不小心摔倒，却责怪到你头上。

唐奇：是我给你造成困扰了。对不起。

苏渺：你能放弃喜欢我吗？

唐奇看到这一句话沉默了，下意识地看向立在屋角的画板。

那是一幅已经完成的水彩画，绘制的是他和苏渺的初遇：死神高高在上，黑暗笼罩四周，可在柔和温暖的光晕中，一个看不见脸的女孩对死神视而不见，把孩子呵护在怀里。

唐奇从画上收回目光，低下头郑重地输入：对不起，喜欢应该是我一个人的事，很抱歉给你造成了困扰。

收到这条信息后，苏橙橙缩在沙发上，表情微妙地盯着与唐奇的对话框，愣了很久。

在她身后，林媛一脸愉悦地站在放置手办的架子前，嘴里嚼着水果，手上拿着相柳娃娃："应该放在哪里好呢……"林媛给相柳娃娃找了个最顺眼的位置，转头却看见苏橙橙表情复杂地盯着手机发呆。

"怎么了？唐奇不肯出来吗？"

"不是。"苏橙橙回过神，继续敲字输入。

唐奇默默看着桌上的手机，忐忑不安地等候着，非常害怕苏渺像以往一样毫不犹豫地拒绝自己。终于，手机响了，唐奇前所未有地紧张，再三鼓起勇气才拿起手机，表情却从忐忑转为惊喜。

苏渺：这个周末，你有空吗？可以见面吗？

唐奇：当然可以。

苏渺：回头我把时间地点发你。晚安。

唐奇：晚安。

唐奇眉目间都是喜悦，表情变得神采飞扬，他又喃喃说了一遍"晚安"，拿起桌上没有画完的画细细看了起来。

接下来，他只是简单改变了几处线条，苏渺脸上的愤怒就变成了甜甜的微笑。

第二天，苏橙橙回到公司，拄着拐杖一瘸一拐地走向电梯。电梯里，唐奇衣冠楚楚、神采奕奕地按着开门按钮，等到苏橙橙缓慢走进来了才松手。苏橙橙别扭地道了声谢，扫了一眼唐奇手腕上的黑色发绳，心中有些奇怪。

唐奇难得对苏橙橙表示关心："不方便的话，可以申请在家办公。"说完，低头又注意到苏橙橙腿上已经没有石膏了。

"林……我姐送我来的，走不了几步路，没什么不方便。唐总，今天心情挺好？"苏橙橙感受到今天唐奇的语气变得格外温柔，身上起了鸡皮疙瘩。

"苏渺没告诉你吗？"

"告诉我什么？"苏橙橙不解。

唐奇脸上带着若隐若现的微笑："我们约了周末见面。"

苏橙橙显得有些意外："哦……你是因为这事心情好啊？"

唐奇脸上竟泛起一点红晕，他转头向苏橙橙真诚请教："你肯定很了解苏渺的喜好，和她见面时，我应该注意什么？"

苏橙橙看着唐奇明亮的眸子愣了愣神，语气不太自然地回答："不用想太多，顺其自然，命运早就安排好了一切。"

"你说得对，坦然做自己就好。真诚才是良好关系的基石。"唐奇惊讶于苏橙橙的话，但转而表示了认可。

苏橙橙抿起嘴一言不发，看着唐奇的样子，心里五味杂陈。

到工位后，苏橙橙还记着许月帮助她做方案陈述的事情，滑动着椅子靠近许月："这是我最喜欢的偶像猴哥。感谢许月大美女仗义出手，帮我做方案陈述。"苏橙橙双手捧着一个印着《金猴降妖》中孙悟空动画形象的马克杯，送到许月面前。

许月矜持地微笑着收下礼物，说："不用客气，同事之间相互帮助本来就是应该的。"

苏橙橙感激地笑笑，滑动回工位。

"苏橙橙，这几天你请假，对营销推广方案肯定不了解，抓紧时间熟悉一下，配合许月做好工作。"顾屿此时走过来，将一份策划方案递给苏橙橙。

"好。"苏橙橙接过方案，一眼就看到熟悉的主题、熟悉的资料论证，不禁惊讶地看向许月。

许月感受到苏橙橙的眼神，抬起头对着顾屿笑道："顾总，这份策划方案苏橙橙帮了很大的忙，她也很熟悉。"

顾屿拍了拍脑袋，说："哦，你提过你让苏橙橙帮忙收集资料。不好意思，我忘记了。这样更好，你们尽快推进下一步的工作。"

"好。"许月立马答应。

顾屿转身离开后，苏橙橙一直盯着许月，眼神中带着询问。许月却像是什么都没发生似的，坦然地滑动椅子到苏橙橙的工位旁。

"你的策划方案恰好和我的一样，没必要在会议上陈述两次，我就合并了两份方案。你也听到了，我已经告诉领导，你帮了我很大的忙。"许月面色平静地解释。

"恰好一样？"苏橙橙挑眉。

许月一副确有其事的样子："对啊！我可没有隐瞒你的功劳，你如果非要倒打一耙，只会让领导和同事觉得你争名夺利，没有合作精神，以后谁都不敢帮你做事了。"

苏橙橙听出了许月的言外之意，扫了一眼周围的同事，一言未发。

许月看到苏橙橙的神情，得意地笑了起来，举了举孙悟空马克杯，笑着说了声"谢谢"，滑回了工位。

苏橙橙回过神来，也跟着笑了笑。

成功威胁到苏橙橙后，许月一上午都心情很好。此时她哼着歌来到洗手间，对着镜子补妆。

忽然，一个人走到许月旁边的洗手台，打开水龙头洗手。许月不经意地一瞥，转而难以置信地看着镜子里站在自己旁边的人，手上一抖，把口红画在了脸上——二次元的《金猴降妖》版孙悟空挤出两泵洗手液，揉搓，冲手。这个孙悟空想要擦手时，发现自己这边的纸巾没有了，走过来取许月这边的。

许月眼神发直地看着越靠越近的孙悟空，双腿不停地打哆嗦，口红掉到了地上。

孙悟空伸手越过她的肩膀，从纸巾盒里抽出纸巾，一边擦手一边斜眼看着许月冷笑道："妖精，你要再做坏事，就吃俺老孙一棒！"话毕，孙悟空神色如常地将纸巾丢入废纸篓，离开了卫生间。

女卫生间里传来一声凄惨的尖叫，这声音太过瘆人，几个离得近的女同事纷纷赶去，只见许月面无人色地瘫倒在地。在女同事的搀扶下，许月回到了工位上。赵运杰、李宇昊等同事都担心地聚拢在她周围，苏橙橙则一脸淡然地站在一旁。

"我真的看到孙悟空了,是二次元的孙悟空……"许月瑟瑟发抖、语无伦次地朝着众人解释自己看到的异状。

大家怪异地对了个眼神,明显没人相信。赵运杰安慰道:"肯定是有人假扮孙悟空,你看花眼了。"

"不是真的,绝对不是真的……是假的孙悟空,不是,我是说我看到活的动画孙悟空了……"许月狠狠摇头。

王怡端着一杯水过来:"喝点薄荷茶吧,平复下心情!"

许月下意识接过,却又看到马克杯上的孙悟空图像,想起卫生间里孙悟空警告自己,再做坏事就要给她一棒!许月手一软,马克杯跌落,眼看着热水就要泼洒到她身上,苏橙橙手疾眼快,稳稳地接住了水杯。众人松了口气,惊叹苏橙橙身手不凡。

苏橙橙冷冷地看向许月,将马克杯重新递去,恰好跟她对视。

"对不起!你的策划方案并不成熟,但我是看了你的方案才有了灵感,完成了最后的策划……我还说你坏话,暗示大家你老是偷懒,没有认真工作,其实你不是这样的……对不起,对不起……"许月愣了两秒,冲着苏橙橙疯狂道歉,眼里满是惊惧,泪水顺着脸颊滑落。

王怡、赵运杰、李宇昊都眼神微变,好像明白了什么。

"我接受你的道歉。我看完了顾总给我的策划方案,你考虑得比我更全面、严谨,方案更具可行性,你可以光明正大地成功。"苏橙橙平静地回答,随后放下马克杯,跛着脚缓缓转身走回工位。

许月默默埋头抹泪,王怡要安慰许月的话都哽在了喉咙,她和赵运杰默契地对视一眼,都对许月有了新的看法。办公室里鸦雀无声,众人虽沉默,但心中的想法大同小异:他们需要放下偏见,重新认识一下苏橙橙。

在市场部门口,唐奇恰好目睹了这一幕,突然想起顾屿曾经问他,是不是对苏橙橙有什么误会。随后,他又看了眼工位上认真工作的苏橙橙,转身离开。

第十八章
兵行险着

苏橙橙靠滤镜成功整治了许月,经过这件事后,同事们都对她友善了很多。一切都在往好的方向发展,只要除掉苏渺这个不定时炸弹,生活就能彻底顺风顺水起来。

这天正是苏渺和唐奇约定好的日子,苏橙橙的秘密计划正在有序进行中。林媛一边查看手机里的备忘录,一边将货架上的铁钩、绳子、大锤等物品放到购物车内。

"大袋子……"林媛扫视着货架,转头凑近一个店员,"你好,请问有没有很大的袋子?要结实一点,能装下……嗯,能塞下一个人的袋子。"

熟悉的声音从顾屿身旁货架的另一侧传来,他不禁循声看去,发现了林媛。

这时,一个板子从架子上掉落,几乎擦着他的身体砸到地上,发出巨大的"砰"一声响。顾屿毫发无伤,不慌不忙地一脚踩住购物车下方的横杆,而正踮着脚拿架子上层的大号编织袋的林媛,吓得一屁股摔进了购物车。购物车载着林媛沿着走道滑了出去,撞到尽头陈列的"糖果山"上,稀里哗啦,五颜六色的糖果倾泻而下,几乎把林媛埋了起来。

一只手臂从糖果堆里伸出,林媛挣扎着钻出来,双手撑着购物车要起来,却发现人被卡住,出不来了。

"哎,莫动噻,要是踩坏老(了),啷个办?"一个男店员带着一个女店员赶来帮忙,却因为一地的糖果难以靠近。

"得不得喊我们赔钱哦?"两个店员操着纯正的四川话,一脸焦急。

"你们莫慌嘛,弄坏的糖我都买老(了),拿个车车,帮我装进切(去)。"

男店员松了口气，急忙收拾。

"慢点子装，我不赶时间。"林嫒一副"在哪里摔倒就在哪里躺倒"的平静表情，一边宽慰老乡，一边拿起挂在头上的一个棒棒糖，吃了起来。顾屿看看身后掉落的板子，目瞪口呆。

女店员四处找车来装糖果，但附近没有。顾屿推着还空着的购物车走过去："用这个车吧！"

林嫒仰头看着顾屿，十分意外："又是你？"

顾屿哑然失笑："又是我。"

两个店员的动作很迅速，没一会儿就将地上的糖果清理得七七八八，损坏的糖果都装在顾屿的购物车里。男店员忙着整理没有损坏的糖果，女店员想把林嫒拽出来，可她个头小、力气小，没有成功，反而扯得林嫒龇牙咧嘴，一直喊疼："要不得，要不得，你莫拉老（了）……"

顾屿主动上前伸出手："要帮忙吗？"

林嫒爽快答应："要。"她主动张开双臂，顾屿微微一愣，两手托住她的腋下，轻松地把她从购物车里拔了出来，放在了地上。林嫒嘴里还含着棒棒糖，含糊地说："谢谢。"

顾屿微笑："不用客气。"

"要客气的，待会儿请你吃糖。"林嫒去推购物车。

"你的裤子破了。"顾屿脱下外套，围到她腰上。

"啊……谢谢。"林嫒惊讶地接过衣服，给外套袖子打了个结。

"不用。你每次遇到我，都好像挺倒霉的。"

林嫒想了想，吐出棒棒糖："好像是哦！"

顾屿推着装了糖果的购物车，林嫒推着原来的购物车，两人继续逛着。

"虽然我郁闷的时候叫过你瘟神，但那只是发泄情绪的，不是认真的！少年……"林嫒上下打量了一下顾屿，用真诚的口吻安慰他，"青年，请相信我，你不是自带霉运的瘟神！而且这种美强惨都是主角人设，不是你想当就能当的。"

顾屿细细品了品林嫒的话："你应该是在安慰我吧？"

"难道不是吗？"林嫒仔细想了想，她这句话重点突出，并没有表述错误！

第二篇　苏橙橙的万花筒　　145

顾屿哑然失笑，弯着眼睛转移话题："是。听说你是画漫画的，的确很二次元。"

或许对别人来说，这是一种讽刺，林媛却觉得顾屿对她的评价是一种发自内心的夸奖和赞同，开心笑道："谢谢夸奖。"

"不用……谢。"

两人又走回到之前的货架前，顾屿帮林媛把想拿却没拿到的大袋子取下来："是这个吗？"

"是。"林媛打开袋子放在身上比画，嘀咕道，"应该能装下了。"

顾屿低头看了看购物车里其他的东西，半开玩笑地问："你是在构思悬疑漫画吗？"

林媛正在把袋子罩到头上试长度，听到这话，瞪大一双圆溜溜的眼睛惊异地问："你怎么知道？"说完，她缓缓把拉链从头顶拉下，遮住了脸。

气氛变得诡异起来，顾屿想到了最近看过的悬疑电影，不由得倒抽一口冷气。

唰一下，林媛又突然拉开拉链，甜甜地笑道："创作需要，为了更好地理解和体验生活。"

顾屿看着头罩超大号袋子的林媛，心有所感地叹息道："各行各业都不容易啊！"

林媛看着购物车里的东西，急忙点头附议："对对，太不容易了……"

林媛将道具采集完毕后，和顾屿一起离开了超市，两人在停车场分别。回到车上，林媛在三人群里发了一条消息：报告，道具采集完毕！

没多久，另外两人纷纷发来回复：OK，周末一起行动。

周末的郊外，一辆黑漆漆的七座 SUV 停在僻静小道上。

苏橙橙、苏青梨、林媛都穿着类似的运动装站在车尾，看上去十分干练利落，堪比电影中的特工。车尾箱打开着，林媛购买的大袋子、绳子、长筒烟花等物品静静躺在里面。林媛点齐物品，苏青梨神情严肃，对两人发出警告："大家注意配合，速战速决，不要节外生枝。"

苏橙橙握紧拳头保证道："我会找准机会，立即下手，不让唐奇太痛苦。"

苏青梨向前伸出手掌："准备行动！"林媛和苏橙橙也伸出手，三人把手交叠，神情严肃、义无反顾。

苏橙橙目光坚毅地转身离去，大步向前，走出了气势，走出了坚毅，走着走着变成了苏渺，特工运动服也变成了裙子，显得背影摇曳生姿。

唐奇西装革履地站在路边，正如每个第一次恋爱的少年，忐忑紧张地等待着心上人赴约，每一秒都既是煎熬，又是希望。

隔着花丛，苏渺款款走来，美丽的脸庞噙着温柔的笑意，优雅的裙子包裹着曼妙的身姿。唐奇的心怦怦跳着，只是见到她，他的眼中已满是欢喜。

"我还以为你不会出现。"唐奇紧张又喜悦地迎上前。

苏渺轻笑道："为什么？"

唐奇有点不好意思："这里……很偏僻荒凉，我还以为是恶作剧。对不起，是我狭隘了。"

苏渺有点心虚，低头掩饰道："我给你带了一份礼物。"

"你给我的礼物？"唐奇面露惊喜，语气中有难以掩饰的期待。

苏渺从袋子里拿出仙女棒，举到唐奇面前晃悠，满脸欣喜地说："铛铛！我们来点烟花吧！"

"点烟花？现在？"唐奇愣住，又抬头看向明媚的天空。

苏渺认真地点头。

"不如等到晚上再点吧，现在大白天，点了也什么都看不到。"

苏渺硬塞了几根仙女棒到唐奇手中，语气霸道而强势："不行，我等不及了，就想现在点。"

唐奇没有再拒绝，温柔地说："好，就现在点。"

烟花被点燃，可因为天色明亮，肉眼完全看不出来烟花的绚烂。

"哇！烟花真好看！太好看了！"苏渺却做作地表示开心。

唐奇盯着烟花不解地说："即使是我的眼睛……要看到都很困难。"随后惊讶地看向苏渺，"你真的能看到烟花？你的眼睛也有病吗？"

苏渺的笑容凝固，她说："想象，我们可以想象烟花绽放的美丽。"

唐奇沉默了。

"闭眼，跟我一起想象。"苏渺语气轻柔。

唐奇听话地闭上了眼，苏渺描绘美景的声音在他耳边响起："我们走

第二篇 苏橙橙的万花筒

在绿油油的草地上,没有城市的嘈杂、喧嚣,只有我们。我们穿过草地来到了一片花丛,微风拂过耳畔,烟花在空中……"

哗啦啦。唐奇的耳朵尖灵敏地颤动了一下,他听到一旁草地里水管放水的声音,打断苏渺:"我听到了水声。"

苏渺无语地重新瞎编:"我们继续穿过了花丛,来到河畔上了船,船停在河中央,流水潺潺,繁星满天。忽然,'砰'的一声,烟花炸开,点点金光像是星光一样落入湖中……"

伴随着苏渺轻柔的声音,唐奇好像真的想象出眼前的美景。浮光跃金,烟花像金箔一样散落在水面上,满船清梦压星河,宛如莫奈的画。而身边的少女,正在仰望天空。

苏渺看唐奇闭着眼睛,沉浸在想象中,悄悄按了下滤镜。一只蜘蛛出现在苏渺的肩后,向着她裸露的脖子爬去。

"这里的自然环境太好了,各种小动物出没,活得无忧无虑……"

唐奇睁开眼,看到苏渺正一脸陶醉地看向天空,不禁露出深情而喜悦的笑容,可突然间他的表情僵硬了——他看到一只外表狰狞的毒蜘蛛正在苏渺的脖子上爬。唐奇毫不畏惧地狠狠打过去,做好了和毒蜘蛛一起赴死的准备。

"啊——"苏渺捂着脖子,发出一声惨叫,然后愤怒地看着唐奇。

唐奇一脸抱歉,他没有打到蜘蛛,反而打到了苏渺的脖子。他正困惑着,却又看到毒蜘蛛在脖子另一侧出现,又毫不畏惧地打向毒蜘蛛,企图拍掉它,可再次拍了个空。

"哎哟——啊——哎哟——"苏渺凄惨地叫了起来。

唐奇一次次准确地朝蜘蛛打过去,却每一次都打空。苏渺不死心地让毒蜘蛛一次次出现,伴随着呼痛声,她的脖子上多了不少红印。

苏渺实在受不了了,捂住脖子怒视唐奇:"你干吗不停地打我?"

唐奇还在警惕地盯着她的身体上下左右查看,紧张而严肃:"你不要动!有一只漏斗蛛,剧毒,如果被它咬伤,十分钟内就会恶心呕吐、肌纤维抽搐,最后呼吸困难而死。"

苏渺一脸无语地看着唐奇,唐奇也很疑惑:"我一直打,却一直什么都没打到,它很敏捷,说不定还在附近,要小心。"

苏橙橙看着唐奇依旧抬着准备随时"抽她"的巴掌，心塞到一句话都不想说。

苏橙橙原本的计划是，毒蜘蛛当着唐奇的面咬到苏渺的脖子，苏渺随即毒发身亡，唐奇悲痛地瘫坐在地上，抱住脸色发黑、口吐白沫、抽搐着死去的她。结果现在，脖子被打得红肿，整个人狼狈不堪不说，唐奇还举着手虎视眈眈地看着自己，准备一个不对就再来一巴掌。

苏橙橙决定放弃这个计划。

"毒蜘蛛？在哪里？"苏渺动来动去，四处查看，唐奇也举着手，紧张地四处查看。

"你把手放下来吧，没有毒蜘蛛了，肯定逃走了。"苏渺心有余悸地看着唐奇的手刀。

唐奇确定没有了毒蜘蛛，终于放下手，苏渺松了口气，皮笑肉不笑："真是谢谢你啊！明知道蜘蛛有剧毒，还不怕死地徒手来打。"

"你的安全比什么都重要。不要担心，咬到脖子必死无疑，咬到手说不定还能有救。"唐奇认真地看着苏渺，眼神里满是担忧。

这时，天色忽然转阴，起风了。

苏渺和唐奇走在小山坡上，一阵阴风吹过，让苏渺有点瑟缩。

唐奇看了看忽然变了脸色的天空，关心道："天气有点冷，要不要现在送你回家？"

苏渺强装没事，假笑着："不用。难得出来一趟，我还想再玩一会儿。"

"可你看起来很冷，万一感冒……"唐奇有些担忧，毕竟苏渺大伤初愈。

苏渺刻意地昂首挺胸，中气十足地说："我身体好得很，一点都不冷。"

"你真的不冷？"

"不冷！"苏渺死鸭子嘴硬。

话音刚落，又一阵风吹过，苏渺狠狠打了个喷嚏。唐奇立即把外套脱下，披到苏渺身上。

唐奇把外套围拢，温柔地看着她，用甜得让人恶心的语气说："你想玩就再玩一会儿吧，不过，把外套穿上再玩。"

苏橙橙愣了一愣，虽然明知道他的好是给苏渺而不是给苏橙橙的，可依旧有一瞬的温暖。

"怎么了？哪里不舒服吗？"唐奇捕捉到了苏渺眼中一闪而过的难受，关切地问。

苏渺清醒了，脱下外套还给唐奇，故作轻松地笑着说："我不冷，咱们去欣赏风景吧！"说罢就走到开阔的山坡上坐了下来。唐奇也跟过去坐下。

面对乏善可陈的风景，苏渺夸张地深呼吸："好美啊！连空气都变美了！"

唐奇看看风景，又将目光放在了苏渺身上，眼神是那么温柔和包容。

苏渺似乎是注意到了唐奇炽热的目光，转头和他对视，接着又不自然地突然指着天空："啊，看！白日流星！真的是白日流星……"

天空中一道道微弱的光芒划过天空。唐奇和苏渺一起抬头看。

唐奇也惊奇道："像是烟花。"

苏渺一口咬定："不是烟花，肯定是流星。你不会以为流星只有晚上有吧？我告诉你，流星不管白天晚上都有的。"

"我相信。陨石坠落地球时，和大气层摩擦产生热和光，就会出现流星，每年有超过 5000 吨陨石落向地球……"唐奇认真科普起来。

苏渺见唐奇被天空吸引了视线，于是悄悄背过身去。可唐奇看似仰头望着"流星"，实则一整颗心都在苏渺身上。他立即看过去，竟然看到一块陨石砸向苏渺。唐奇的眼睛骤然瞪大，他几乎来不及细想，整个人猛扑过去，抱着苏渺骨碌碌地滚下了山坡。

林媛和苏青梨从远处的大树上冒出脑袋，无语地看着越滚越远的两个人。

"唐奇怎么反应那么快？"苏青梨郁闷地拔着地上的草。

林媛感慨："爱的力量！"

唐奇抱着苏渺滚了好远，停下之时，苏渺脸朝下趴着，唐奇抱着她趴在她背上，将她整个身子都遮掩住。唐奇摇晃着苏渺，紧张地呼喊："苏渺，你没事吧？哪里受伤了……"

苏渺面朝黄土，眼神呆滞，心塞到一言不发。

原本的计划是：苏青梨和林媛躲在大树上放特制的烟花，营造白日流星的假象；在苏渺和唐奇并肩坐着看白日流星时，苏渺再利用滤镜营造被侧面飞过来的一块陨石砸进胸口，向后倒在惊惶失措、难以置信的唐奇怀里，口吐鲜血死去的假象。

结果不仅没死成，还被搞得灰头土脸、狼狈不堪。

苏渺吐出嘴里的土块，咬牙切齿地说："放开我！"

唐奇手忙脚乱地爬起来，想扶苏渺。

"你为什么突然抱着我滚下来？"苏渺没理会，灰头土脸地站起来质问唐奇。

"我好像看到一块陨石飞向你，不过……"唐奇看向两人之前坐的地方，没有发现任何异常，恍惚地说，"应该是我看错了。"他今天连续产生了两次幻觉，一次看到毒蜘蛛，一次看到陨石。这到底是怎么回事？

苏渺虚张声势地叉着腰，冷笑道："你是想说我差点被陨石砸死了吗？真是离谱他妈给离谱开门——离谱到家了！"

唐奇真挚地点头，说："虽然陨石砸中人是小概率事件，但根据现有的历史记录，1888年、1954年、2011年都发生过陨石坠落砸死人的事。"

苏渺噎住了，眼神复杂地盯着唐奇，语气里带着毫不掩饰的嘲讽："你可真是知识渊博啊！但凡少读两本书都没办法相信这么离谱的事。"

虽然陨石伤人的事不算离谱，但他今天连续产生两次幻觉是真的离谱。唐奇不愿意推脱责任，不好意思地说："对不起，是我看错了。"

"算了，原谅你。我们继续吧……继续玩吧！"苏渺重整旗鼓，不达目的誓不罢休。

"还要玩？"唐奇看了看全身已经非常狼狈的苏渺，迟疑地说。

苏渺点点头："不然呢？"

唐奇虽有很多疑惑，但看着苏渺兴致勃勃的样子，也不忍扫兴。

天色阴沉，风越发大了。苏渺拿着水管冲洗手上沾的泥土。

"你的衣服破了，咱们尽快回去吧！"唐奇看着糟糕的天气，再看看苏渺一身狼狈的模样，忍不住劝道。

苏渺倔强地说："不行，我不能走，我还要玩，我想玩……"

话音刚落，天上划过一道闪电，轰隆隆的雷声传来。

唐奇着急地说："要下雨了，咱们下次再来玩。我保证，一定再陪你来玩。"

看了看天上密布的乌云，苏渺想到什么，笑着说："帮我拍个照留念。

第二篇 苏橙橙的万花筒　　151

拍完照我们就回去。"

唐奇无奈，只能拿出手机。

这一次苏渺为了确保唐奇没时间阻止她，故意让他离远一点："你往后站，我要全景，把整片景色都收进照片作纪念。往后，再往后，再后一点。"

唐奇配合地一退再退，说："差不多了，再远就看不到人了。"

苏渺大声喊道："我不重要，重要的是景色，再后退一点点。"

唐奇又后退了一点，苏渺才摆起造型，拍了一张，天边却没传来动静。

"拍完了。走吧？"

苏渺丝毫没有走的意思，高高兴兴地说："再拍一张！"

唐奇只能再拍。

"再拍一张！再拍一张……"苏渺换了个姿势。

唐奇只能不停地配合。

终于，一道闪电划过天空。苏渺手疾眼快地点了下控制面板，伴随天地间轰隆隆的雷声，一道惊雷恰好劈中苏渺，苏渺全身焦黑，一头栽倒在地。

"苏渺！"唐奇肝胆俱裂，满面惊恐地冲过去。看到已经辨认不出本来模样的苏渺，他的眼睛传来一阵阵剧痛，世界骤然变得模糊。唐奇捂着眼睛，整个人摇摇晃晃地倒在地上，昏厥过去。

天地一瞬静默。

漆黑的苏渺站了起来，苏青梨和林媛也从远处赶了过来。苏青梨拿着绳子，林媛拿着超大号袋子，三个人面面相觑。

林媛小声嘟囔："是不是死错人了？"

苏渺蹲下摸了摸唐奇的颈动脉，松了口气："只是昏过去了。"

苏青梨嫌弃地说："唐奇也太不经吓了。"

第十九章
为她点蜡

昏迷的唐奇被送到医院,病床边周锦礼、顾屿正和医生交流:"陈医生,他的眼睛怎么样?"

医生耐心地介绍唐奇昏迷的原因:"作为四色视者,小唐的眼睛本来就比常人敏感,突然遇到过度刺激,大脑启动了自我保护机制,他才会陷入昏迷。我们已经给他做过全面检查,没有发现问题,不过等他醒来,需要再进一步检查确认。最近要多休息,避免眼睛再受刺激。"

周锦礼点点头:"好,我们一定让他多休息。"

"小唐这病就像色盲一样,不可治愈,伴随终身,平时一定要多注意,预防大于治疗。"

顾屿和周锦礼对视一眼:"好,我们都会盯着他的。"

陈医生带着护士离开,半晌后,唐奇徐徐睁开眼睛。周锦礼和顾屿忙围了过去。

顾屿扶起唐奇关切道:"怎么样,哪里不舒服?"

"苏渺……"唐奇茫然地看了看空旷的病房,反应了一瞬,猛地坐起来想下床,可是大脑一阵眩晕。唐奇跌坐回床上,顾屿和周锦礼忙托住他。

"苏渺在哪里?一定是我眼睛又犯病了,竟然出现幻觉,看到她被雷击中……我犯病的样子一定吓着苏渺了吧!我去和她道个歉……"唐奇焦急地看向两人。

顾屿和周锦礼面色沉重地对视一眼。

"小唐,你的眼睛是犯病了,但只是导致了你昏厥。你看到的不是幻觉,苏渺她……真的死了。"顾屿不忍,却还是决定将实情告诉唐奇。

"不可能!"唐奇不愿相信这是事实,脸色苍白、声音颤抖地说,"你

第二篇 苏橙橙的万花筒 153

也学过统计学,应该知道被雷劈死的概率,一百七十五万分之一,而且82%的遇难者都是男性,不可能!不可能……"唐奇哀求地看向顾屿,希望下一秒顾屿能告诉自己他只是在开玩笑。

面对失态的唐奇,顾屿和周锦礼都嗓子发涩,不知如何安慰他。

顾屿将头偏向一侧,唐奇又求证地看向周锦礼:"顾屿他又在恶作剧逗我,这人真是越活越回去……"唐奇扯起嘴角,自己安慰自己。

"苏渺死了。"周锦礼声音沙哑地打断唐奇。

唐奇瞬间哑声,怔怔地看着前方,眼神虚无,表情木然。

经过一番折腾,苏渺终于死了。只等葬礼结束,苏渺就能彻底退出苏橙橙的生活了。

肃穆的灵堂内,苏橙橙、林媛、苏青梨皆一身素服,站在放在花簇中的照片前。照片里的苏渺笑容淡雅,依旧美得毫不费力。

苏青梨看向苏橙橙,不满地说:"你不是说人死万事空,一了百了吗?怎么还要提供这么多售后服务?"

苏橙橙一副无奈的表情,声音里充满了疲惫:"我也没办法啊,不但唐奇要来吊唁苏渺,连周总和顾总都说要来道个别。"说着不由得再次嫉妒苏渺:这丫头人缘真好!

对比苏青梨的满脸不耐烦和苏橙橙的精疲力竭,林媛脸上的笑容压都压不住。她兴致勃勃地说:"就当是在玩剧本杀,我们是NPC,伤心一点,哭几声,让玩家找不到线索就成功了。"

苏橙橙尝试了一下,脸都拧成麻花了:"我哭不出来!"

苏青梨仰着下巴看向苏渺的照片,不屑地冷哼了一声:"我的目标就是走自己的花路,让别人流泪。"

林媛见状,表示早有准备,从兜里拿出两个小瓶、三块小手帕,得意地说:"催泪剂和姜汁。快点夸我!"

苏橙橙看向林媛,咬牙切齿:"你最聪明、最机智、最可爱了……"

苏青梨瞅了一眼俩白痴,表情冷漠,站着不动。

林媛和苏橙橙默契地给三块手帕倒催泪剂,苏橙橙讨好地把第一块手帕奉给苏青梨:"姐姐……"苏橙橙对着苏青梨疯狂撒娇,声音虽虚假做作，但讨好的态度中不失真诚。苏青梨白了她一眼。

"求求了。"苏橙橙继续装可爱。苏青梨拿她没辙，用力从她手里抽出手帕。

苏橙橙谄媚一笑，收好第二块倒了催泪剂的手帕。

"来了，来了！"林媛给第三块手帕倒催泪剂时，瞟到了顾屿，手一抖，倒得太多，却什么都顾不上，急忙把瓶子扔进垃圾桶。

苏青梨拿着手帕，收敛表情，低下头，如同默哀。苏橙橙不动声色地把手帕按到眼睛上，眼睛刹那间开始泛红流泪。林媛也急忙把手帕按到眼睛上，可量实在太多，刺激得她眼睛通红，眼泪鼻涕一起流个不停，她不得不龇牙咧嘴地丢了手帕。

顾屿、唐奇、周锦礼穿着黑色西装，依次走进来，面向苏渺的照片致哀。

苏橙橙一边抹眼泪，一边偷偷打量唐奇。唐奇看到苏渺照片的一瞬，眼睛好像变成了没有波澜的死潭，呆呆怔怔，满是凄楚。

"节哀顺变。"致哀结束，顾屿看到哭得毫无形象的林媛，愣了一愣，上前两步捡起地上的手帕递给她。

林媛不情不愿地接过手帕，擦也不是，不擦也不是，最后硬着头皮擦了一下，结果哭得更加不能自已。

唐奇强行压抑住内心的悲痛，问："遗体在哪里？我想再见苏渺最后一面。"

林媛已经泣不成声，苏橙橙不知道该如何作答。苏青梨无奈，只能用手帕按了按眼睛，抬头面对唐奇："因为惨不忍睹，已经火化了，等苏渺的家人从国外赶来后，骨灰会直接转交给她的家人。"

唐奇痛苦地低下头，语气满是自责："都是我的错，雷雨天，荒郊野外，应该知道危险，我却没有尽早带苏渺离开……"

说罢，唐奇面对苏渺的照片悲痛地跪了下去："对不起！"

苏橙橙完全没想到唐奇会把苏渺的死归咎到自己身上，一下子愣住了，红着眼睛呆看着悲痛的唐奇。她只想快点摆脱苏渺的身份，回归正常的生活，却没想到苏渺的死亡给唐奇带来这么大的打击。

顾屿和周锦礼见唐奇情绪失控，想办法将他带离了这个伤心地。

第二篇　苏橙橙的万花筒　　155

终于应付完了葬礼，姐妹三人拖着疲惫的身躯回到林媛家。苏青梨和林媛喜笑颜开，还将客厅大屏幕调成了KTV模式，准备了各种零食，以示庆祝。

"恭喜我们计划成功！"林媛举杯欢呼道。

苏橙橙则面带愧疚："我……是不是做得有点过分？唐奇看上去很受打击。"

苏青梨冷嗤："你不会以为唐奇深爱着你，不能接受你的离去吧？"

"是苏渺，不是我！"苏橙橙无奈地辩解。

林媛拆开一包薯片，冷静分析："唐奇才认识苏渺多久？满打满算都不到一个月，见色起意，就算是喜欢又能有多喜欢？"

"多看看社会新闻，关注一下离婚率。痴情男人只存在于女人的想象中。"苏青梨清醒地说。

林媛看苏橙橙实在难受，放缓了语气："唐奇就算是难过，也是不痛不痒，最多像是一场感冒，打几个喷嚏，流一点眼泪也就过去了。"

"你们说得对，是我脑补过头了。"苏橙橙释然地点点头。

"恭喜你彻底摆脱了'颜狗'。"林媛再次举杯，三个人碰杯，欢笑着喝酒。

此时此刻的唐奇也在喝酒，只不过他的表情与正在开庆功宴的三人截然不同。他独自坐在曾经和苏渺吃过的大排档里，意志消沉地灌下一杯杯冰冷的啤酒。

苏渺曾经生龙活虎地坐在他的对面，可现在却化成了飞灰，永远在人世间消失了。

老板娘端着大肠来上菜，看到唐奇拆了两套餐具，自己面前一套，对面一套。"上次和你一起的小姐迟到了？要不后面的菜我晚点上？内脏凉了不好吃。"老板娘看唐奇的情绪好像不对，小心翼翼地问。

唐奇摇摇头，苦笑着说："不用。她不是迟到，她是……来不了了。"唐奇的眼神空洞，脸上的笑容比哭还难看。

解决掉多日以来的麻烦，苏橙橙神清气爽地来到公司和同事忙碌工作。她心情正好，却从同事那里听到唐奇请病假没来上班的消息。她心虚不安，手上紧紧攥着笔,心想,不会是因为苏渺的死,唐奇还没缓过劲来吧?

她是不是做错了?本以为苏渺的死能解决所有问题,可是现在看来,问题似乎越来越严重了。一切正在往她无法控制的方向发展,苏橙橙不由得感到一阵心慌。

唐总请假的震撼消息在千鸟集迅速传播时,唐奇正在做眼科检查,顾屿站在一旁等候。唐奇看着眼前的陈医生,视线时而清晰,时而模糊。

陈医生完成检查,脱掉手套,不满地骂道:"你的眼睛本来就比常人敏感,又刚受过刺激,需要静心修养,你却喝大酒、吃辣,不好好休息,能不出问题吗?"

顾屿点头哈腰,诚恳道歉:"是我们的错,我们以后一定注意。"

陈医生叹气,语重心长地说:"我开点药,你回家后按时用药。外用的眼药膏,一日三次,口服的药里有马来酸氯苯那敏,会导致嗜睡,正好多休息。为了避免光刺激,今天尽量避免户外活动。"

"好的,好的。"顾屿连忙答应。

唐奇机械地礼貌点头,毫无生气地说:"谢谢陈医生。"

唐奇没来上班,苏橙橙一上午都有些心不在焉。

中午,林媛路过苏橙橙的公司楼下时给她发信息,让她到公司楼下的炸鸡店里一起吃午饭。看见苏橙橙一脸食不下咽的模样,林媛欲言又止。偏偏苏橙橙还拿着薯条在那儿玩"算命",拿起一根说"我错了",又拿起另一根说"我没错"。

林媛把苏橙橙面前的薯条挪开,盯着她:"唐奇生病和你有什么关系?"

苏橙橙很自责:"顾总说,唐奇是因为苏渺才身体不舒服的。"

林媛冷静分析:"今天顾总正常来上班了,说明唐奇没有病危,不需要你来瞎担心。你啊你,好了伤疤忘了疼!忘记唐奇当初是怎么对你的了吗?他一边嫌弃你,一边跪舔苏渺,这种只看脸的渣男哪里会有什么深刻的悲伤?"

苏橙橙愣住——林媛只用一句话就终结了她的内疚!

"苏渺本就是你虚构出来的人物,她现在已经死了,她的故事已经彻底完结,唐奇的情绪问题就当作这个故事的番外篇,你别再纠结了。翻篇

第二篇　苏橙橙的万花筒　157

吧，橙橙。"

"好，不纠结了，翻篇！"

两人举起饮料碰杯，林媛看到苏橙橙手上的手镯，忽然好奇："橙橙，你会不会有一点舍不得苏渺？"

苏橙橙思索着说："虽然我有时候有点讨厌苏渺，但我不能违心地说我不喜欢做苏渺的感觉。因为每个人都喜欢你、处处善待你的感觉真的很好。长得美的女生会说长得美有长得美的痛苦，大家对她们有很多偏见，她们会被人觉得没脑子，会被人先入为主地当花瓶，会被人认定是靠脸吃饭，可你见过哪个美女想方设法地变丑？只有不好看的女生想方设法地要变美。"

林媛点头，附和道："就好像有钱人矫情地说有钱人也有有钱的痛苦，可我们没见过哪个有钱人想努力放弃财富变穷，只有穷人想努力赚钱变有钱。"

"苏渺再好也不是我，即使她是我变的。不管唐奇多么喜欢苏渺，都和我毫无关系。甚至他越喜欢苏渺，我越觉得讽刺。"

"明白！"林媛颇有仪式感地拿起三根薯条，满脸虔诚地给逝者上香，"愿苏渺安息。"

苏橙橙被林媛逗得哈哈大笑。她暗暗地想：希望苏渺真的能翻篇、安息。

只可惜事与愿违。

第二十章
事与愿违

　　午饭后回到公司上班,苏橙橙在办公电脑上复核实验数据时,忽然接到了林媛的电话。苏橙橙躲到公司露台,听到林媛语气严肃:"我长话短说,下午我碰到了顾屿,他忽然问我要苏渺的遗物,说是给唐奇做留念。接着我听到他接了个电话,他说公司里还有苏渺留下的一些东西。"

　　"别那么紧张。"苏橙橙语气轻松,"上午同事收拾东西时我打听了一下,不是什么重要的物品,大概是苏渺拍摄的海报、用过的水杯之类的东西。"

　　林媛见她不以为意,倒抽一口冷气:"苏渺用过的东西,也就是你用过的东西。化妆品上有你的指纹,梳子上有你的毛发,口红、水杯会留下你的DNA……简直处处都是漏洞!"

　　苏橙橙紧张出颤音:"你不要吓我!"

　　林媛继续提醒苏橙橙:"你忘记唐奇是做什么的了吗?说不定他哪个同学就在化验室工作,只要唐奇打个电话……"

　　"糟了!"苏橙橙想起什么,忽然打断林媛,"有个东西只要被唐奇看到,不需要化验室,他也能发现异常。"

　　"什么东西?"

　　"没时间了,回头再跟你说。"

　　苏橙橙急急忙忙地挂了电话,立即跟公司请假,赶往唐奇家,去处理这件事。

　　此刻唐奇正坐在书房的桌前,痴情地看着公司同事送来的文件收纳盒,里面装着眼影、口红、水杯等苏渺拍摄海报期间用过的东西。

　　他的视力还未恢复正常,眼中的画面时而清晰,时而模糊。唐奇拿起一支口红,用力眨了眨眼,才终于看清,水滴状的口红斜面很新,背面才

第二篇　苏橙橙的万花筒　　159

有使用过的痕迹。苏渺似乎喜欢反着涂抹口红，虽然只是一个小小的发现，可唐奇觉得自己更了解苏渺了。

唐奇放好口红，拿起粉饼。粉扑很干净，只有旁边一角有残留的粉渍。唐奇分析苏渺的习惯，发现她喜欢卷起粉扑，蘸一点粉化妆。唐奇悲伤又怀念地学着苏渺的手法卷起粉扑，蘸了一点粉，最终又怅然地放下粉饼盒。

唐奇又拿起收纳盒里一张对折的纸，是打印的拍摄流程表，文件并不稀罕，可旁边空白处有苏渺随手写下的注意事项。可惜他现在视力模糊，看不清楚苏渺的字迹。唐奇想起苏渺在会议室里一边听，一边随手做笔记的画面，自言自语起来："我还没有见过苏渺写的字呢。"

他遗憾地揉揉眼睛周边的穴位，再睁开眼睛，发现视线又清楚了一点。他拿起文件正要细看，忽然，门铃声响。他不得不放下文件，起身去开门。

门打开，苏橙橙站在门口。她举了举顺手从便利店买的零食，笑容灿烂，热情洋溢："听说你生病了，我来看看你。"

唐奇看到从塑料袋里探出头的薯片盒，表情平静，语气冷淡："谢谢关心。我不吃膨化食品，你带回去给同事们吃吧。"

唐奇要关门，苏橙橙连忙挡住，笑容更加灿烂："不请我进去坐坐吗？"

"不。"

苏橙橙笑容尴尬，却不肯让开："你一个人不无聊吗？我来都来了，陪你聊聊天……"

唐奇不耐烦，严肃地提醒她："现在是上班时间，我希望你好好工作。"

苏橙橙气势弱了下来，"啪"的一声，门关上了。苏橙橙看着眼前紧闭的门，郁闷地嘀咕："我也想回去安心上班啊，可你做的事能让我安心吗？"

拒绝苏橙橙这个不速之客后，唐奇重新坐在桌前拿起文件，可惜他的视线再次变得模糊，看不清纸上的字。

唐奇闭眼、眨眼，调整状态，再睁眼时，眼中的世界渐渐清晰。正准备细看文件，门铃声又突然响起，唐奇没有起身，但也没有了看文件的心情。

一瞬后，门铃声安静了，唐奇再次按摩眼周穴位调整状态，门铃声却忽然爆炸似的再次响个不停，唐奇满脸不悦地去开门。

"苏橙橙……"他刚要开口，却发现门口没有苏橙橙，只有一只半人高、全身洁白的羊驼。

唐奇惊诧不已的同时,接到了林媛打来的电话:"顾屿来我家问有没有苏渺的东西能送给你留念,我把苏渺亲手养大的宠物快递给你了。请好好对它。记住,千万不要碰它,它不喜欢人类的触碰!"

唐奇无措地和羊驼大眼瞪小眼。

静默中,羊驼"嗯嗯"叫了两声。唐奇回过神来,语气温柔:"你是苏渺养大的?"

说完,唐奇下意识想伸手摸摸羊驼,羊驼不高兴地"嗷"了一声,扭过头没让他碰。他立即收回了手,道:"和苏渺一样,是个倔脾气。"说着无奈地摇摇头,把门开得更大,给羊驼让路,爱屋及乌地温柔道,"进来吧!从今天开始,这就是你的新家。"

羊驼大摇大摆地走进屋。

"网上说羊驼耐冷怕热。"唐奇打开空调,将冷气调到最低,从衣柜里找出御寒的大棉衣,对看起来烦躁不安的羊驼说,"别着急,马上就舒服了。"

羊驼耐冷,但苏橙橙不耐冷。这只羊驼不是真正的羊驼,它是苏橙橙变的。苏橙橙痛苦地闭上眼睛,趴在地上,默默痛骂唐奇。

在唐奇看来,羊驼似是吹到冷气后舒服得趴在地上睡着了。这是它第一次来到这个地方,可它好像对这个地方很熟悉,把这里当成了自己的家。接着,他又把风扇找了出来,利用风扇将空调的冷气全部引到羊驼身上。

冷风吹得苏橙橙怀疑人生,虽然羊驼看起来毛茸茸的,可苏橙橙只穿着普通的冬季外套。为了不穿帮,她只能蜷缩起身子御寒。

唐奇见羊驼舒服得四肢蜷缩了起来,闭上眼睛在睡觉,他的眼神中流露出欣慰。他起身坐到桌前,凝视着水彩画里的"苏渺":"以后……我不是独自思念你了。"

唐奇整理好情绪,拿起桌上的文件正要细看,却不料羊驼突然飞扑过来,直接把唐奇连人带椅踹翻在地。唐奇被摔得晕头转向,眼中画面再次模糊。他好像看见羊驼直立而起,两只前蹄如同人类的手一般灵巧,抓住文件,几下撕得粉碎。

唐奇急忙把手盖在眼睛上,闭目休息:"我又产生了幻觉!它是羊驼,

第二篇 苏橙橙的万花筒

不是类人猿。"

苏橙橙听到唐奇的自言自语,才后知后觉自己现在的样子实在不像只羊驼。她急忙弯下身,乖巧坐着。

唐奇坐起,看到地上的一片片碎纸,眼中怒火燃起:"你知不知道这是苏渺留给我的唯一字迹?!"

羊驼似乎知道错了,前蹄往前伸展,乖巧地趴在地上,睁大一双水汪汪的眼睛,眼神无辜而懵懂。

苏橙橙心想:就是因为知道,我才赶来毁尸灭迹啊!

她冷眼看着唐奇把翻倒的椅子扶起,心痛地捡起一片片碎纸,喃喃道:"你什么都不懂,我和你生气有什么用?"

谁说她不懂?何必这么辛苦呢?办公室里一堆她手写的文件,他想要多少就有多少!

唐奇坐在地上,把捡到的碎纸片聚拢在一起。羊驼像是犯错的孩子,埋着头蹭了蹭碎纸。

"没事,我可以拼好的。"

苏橙橙愣住,都碎成这样了,他还想要拼图?这人可真有耐心。

唐奇真的下定决心要将文件拼出来,短短几秒间,已将碎纸拼出一个角。苏橙橙急得四处张望,看到收纳盒中的眼影,灵机一动。

唐奇的眼睛看东西还很模糊,可他忍着眼睛细密的疼痛,坚持将碎纸拼凑完整。他没有注意羊驼正叼着眼影走来。随着羊驼的动作,眼影大片大片地洒落,覆盖在碎纸上,五颜六色的眼影粉末将所有纸片弄污,羊驼还不知错,调皮地用前蹄在纸上碾来碾去。

碎纸被毁,污染彻底。

唐奇抬头,眼中怒火熊熊燃烧。羊驼谨慎地后退几步,一人一驼默默对峙。

相持不久,唐奇的怒气变作了悲伤:"你四处破坏,是不是因为见不到主人,心情不好?我也很生气,很难过,苏渺这么好的人,这么早就离开了。"

苏橙橙呆呆地看着唐奇。

"你乖乖待着,不要乱动。我去拿吸尘器。"

你说不乱动就不乱动?唐奇刚离开,羊驼立即直立起来,像人一样快步走到桌前。

唐奇拿着吸尘器走向书房,在进门的一瞬间,他看到羊驼像是成精了一样,挥舞着一双前蹄,把收纳盒里的东西一一弄坏。羊驼似乎意识到了什么,转头看向门口的唐奇。它做坏事被唐奇逮了个正着,心虚地趴在桌上。

唐奇赶过去,想挽救收纳盒,但羊驼将双蹄往前推,当着唐奇的面,将收纳盒推下了桌面。

"不要!"

所有东西都被摔得粉碎。

唐奇怒不可遏,恶狠狠地瞪着羊驼低吼:"看看你做了什么?!"

羊驼吐了吐舌头,转身就跑,在屋子里上蹿下跳。羊驼跑,唐奇追,整洁的房间很快被弄得乱七八糟。唐奇费了九牛二虎之力才把羊驼逮住。可这不是唐奇的功劳,是苏橙橙见他都快跑断气了还不放弃,才心软地停下来假装被他抓住。

唐奇将羊驼关在阳台。苏橙橙蹲在阳台的角落,看见唐奇冷着脸,一只手拿着根东西走进来。

看来还是避免不了一顿痛揍。苏橙橙戒备心起,一步步后退,蹲坐在墙角,准备反击。唐奇肯定打不过她,但如果她伤了唐奇,会不会因为"羊驼家暴人类"上新闻?

唐奇虽生气,但看见羊驼乖巧地坐在角落里,两只前蹄呈八字形摆在胸前,一副又蠢又萌的样子,忍不住笑了。

他将一根新鲜的胡萝卜递到羊驼嘴边:"喏,吃吧!"

瞪着送到嘴边的胡萝卜,苏橙橙默默放松前蹄。

"这次看你心情不好,我原谅你。但以后再破坏东西就没有胡萝卜吃了!快点吃吧!"

苏橙橙心情很复杂,这根胡萝卜格外粗,看着就难以下嘴。

羊驼盯着胡萝卜一动不动,唐奇很担忧:"你是不是生病了?要请兽医来看看你吗?"

威胁,绝对是威胁!苏橙橙一口咬住胡萝卜,在心里痛斥:你才需要看兽医。

看羊驼开始咔嚓咔嚓地吃胡萝卜,唐奇松了口气,又拿出一根,温柔

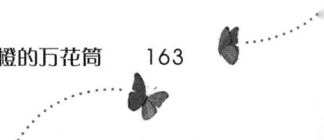

第二篇 苏橙橙的万花筒　　163

道:"真乖,吃完还有!"

苏橙橙憋屈地瞪着热情投喂的唐奇——幸好她变的是草食动物,不用吃生肉。客厅里的手机响了,唐奇不得不暂停投喂,去接听电话。终于不用被迫吃胡萝卜,苏橙橙用前蹄将没吃完的胡萝卜推得远远的,藏在了角落里,用擦地的抹布牢牢盖住。

唐奇出去时顺手把阳台的玻璃门拉上了,羊驼被关在了阳台上。苏橙橙抬起前蹄,把推拉门拉开一道缝。

唐奇接到的是顾屿的电话,他开了免提,边说话边收拾被羊驼弄得乱七八糟的房间。

"你怎么突然跟我打听起羊驼的事,难道你想养一只羊驼?"

"是苏渺的羊驼。两个小时前,林嫒把它送给我了。但它现在情绪不好,一直在破坏东西。我记得你妈妈开了家宠物店,你又是动物协会的志愿者,也许你恰好知道怎么安抚暴躁的羊驼。"

唐奇不知该如何安抚这只伤心的羊驼。苏渺已经去世,它永远失去了最爱的主人,他必须代苏渺好好照顾它。

"羊驼看着温驯,实际上破坏力很强,我还是过来一趟吧!你的眼睛不好,暂时和它保持距离……"

"你能过来一趟最好了,我有点担心它。"隔着玻璃门,唐奇看到羊驼背对他,安静地趴在地上,"我能感觉到,它本性善良,破坏东西一定是有原因的,可不知道它为什么这么做……"

唐奇不知道,苏橙橙正趴在地上借助身子的遮掩偷偷给林嫒发微信:"顾屿要来唐奇家。他养过羊驼,一定会看出破绽。"

阳台门被拉开,唐奇走进来。苏橙橙急忙贴趴在地,把手机压在身下,假装睡觉。

唐奇蹲在羊驼身旁,笑着说:"我很喜欢你,我一定会好好照顾你,每天给你喂好吃的蔬菜,再布置一个低温房……"

蔬菜?低温房?无法抑制的绝望让羊驼的身体微微颤抖了一下。

林嫒,快来救命——

林嫒接到苏橙橙的信息,迅速来到唐奇家楼下。她戴着安全帽和口罩,套着黄色马甲,戴着口哨,手持标示牌躲在暗处,小心地观察张望。

这时,顾屿的车朝着小区入口开过来。林媛急忙上前,边吹口哨,边挥动标示牌示意顾屿靠边停车。

顾屿摇下车窗,想要一探究竟。林媛低着头,粗声粗气道:"前面道路施工,不能通行。"话音刚落,顾屿后面一辆车直接绕过一人一车开了过去。

顾屿下车,林媛知道事情败露,转身想逃,急忙中一个趔趄,不慎崴到脚,一屁股摔在车边。

顾屿已经走到她脚边,假装关心:"要叫救护车吗?"

林媛干脆趴在地上一动不动,刻意粗着声音回答:"不用了。"

顾屿抬头,看看街道左右两边的监控,拿出手机要打电话:"嗯,是不用,这里有两台监控,车里有行车记录仪,没有死角,不用叫救护车,那应该叫警车,报警吧!"

林媛装不下去了,只能"哎哟"一声,摘下口罩,抬起了头。

见是林媛,顾屿愣住:"好巧啊,又遇到了!"说着忙过来蹲下查看她脚上的伤,担忧地问,"没事吧?我以为遇到找事的,想着也未免太侮辱人类智商了。"

林媛嘴硬:"前面真的有道路在施工,肯定是这会儿刚修好。唉,果然遇到你就有点倒霉。这只脚肯定是崴了,好痛!能不能麻烦你送我回家?"

顾屿搀扶林媛起来,林媛假装崴了左脚,把重量都放在了右脚上,却没想到右脚真的受了伤,一用力就痛得钻心刺骨。

"啊!疼,疼……"

林媛真心实意地喊疼,把顾屿弄蒙了:"你不是左脚疼吗?"

林媛疼得脸色煞白,着急大叫:"哪只脚不重要!我是真的崴了,真的疼!不是装的!"

顾屿只得轻声安抚她:"我知道,我知道,你不是装的。"

顾屿搀扶着林媛上车后,给唐奇打电话:"小唐,你那边怎么样?我这里突然有点事,要迟一些去你家。"顾屿回头,看着坐在车后座的林媛,"估计要两三个小时。"

电话那头传来唐奇的声音:"你有急事就去忙吧。"

顾屿挂了电话,掉转车头,开往附近的诊所。

林媛拿出手机,迅速给苏橙橙发微信:成功拖住顾屿,快溜!

第二篇 苏橙橙的万花筒   165

第二十一章
羊驼逃跑

苏橙橙看外面无人,悄悄推开阳台门,蹑手蹑脚地往外溜。突然,脚步声传来,苏橙橙立即从直立变成趴下。唐奇从厨房的方向过来,看到羊驼打开了玻璃门,在客厅里瞎溜达。唐奇心中惊喜,语气无奈:"居然会开门,你可太聪明了!"

苏橙瞪着唐奇,默默在心中感慨:这世道,人不如羊驼,她在公司勤勤恳恳,没得过一句称赞,羊驼就只开了个门,瞧把他给乐的。

"是不是觉得无聊了?走吧!去书房,我陪你。"唐奇又拿出一根胡萝卜放到她嘴边。苏橙橙扭过头,拒绝投喂。

"吃腻了吗?要不要换白菜?还有空心菜、油麦菜、西蓝花……你真的好聪明,我甚至觉得你完全听得懂我的话。"

苏橙橙把头转回来,恶狠狠地瞪着唐奇:这个愚蠢的人类!

虽然羊驼把苏渺留下的遗物全部毁掉了,可是唐奇在伤心过后,发现这只羊驼和苏渺的性格很像。虽然羊驼不会说话,可是它的眼神很灵动,唐奇觉得他和羊驼之间是可以交流的。羊驼的到来,成功安抚了苏渺去世给唐奇带来的剧痛。

苏橙橙一心想溜,但唐奇一直跟着她。她走到阳台睡觉,他就坐在她身边,痴痴地看着羊驼睡觉。她走到书房,唐奇也跟着她来到书房。

她完全没有溜走的机会!

忽然,苏橙橙的目光被书架上的素描画吸引。唐奇见羊驼对画感到好奇,将素描画拿下,举起来给它看:"这是苏渺生病时的样子,是不是很可爱?"唐奇叹了口气,情绪低落地说,"可惜那天她拒绝了我的表白。"

苏橙橙默默翻了个白眼,如果唐奇知道她是谁,一定会感谢她的拒绝。

苏橙橙走开，又看到书架上的男士包，不禁停下脚步呆呆地看着，想起面试那天她坐在长椅上时看到的男士包。

"这是包，人类用来装东西的。"

苏橙橙愣住了——"蛤蟆的油"竟然是唐奇！怪不得她一直在公司里找不到"蛤蟆的油"。

苏橙橙心情复杂，再也无法直视唐奇。她走到角落，背对唐奇蹲踞着，可她正好头朝一幅颜色绚丽的水彩画：高高在上的死神，光晕中看不到脸的女子。

"你认出她是谁了？"

脸都没有，鬼才能认出！苏橙橙蹲在地上，冷淡地打量着画。

"这是我和苏渺的初遇。那天我刚走出咖啡厅，就看到苏渺奋不顾身，冒着生命危险从死神手下救了一个孩子。那一瞬间，我以为自己看到了天使。我都没看到苏渺的脸，完全不知道她长什么样，就已经心跳加速，第一次体会到什么叫怦然心动。原来人的心跳声真的会像擂鼓一般……"

苏橙橙的目光不自觉地锁定了画上女子。女子没有脸，但苏橙橙能感受到她身上散发出的美。

唐奇温柔地看着羊驼，说出他在遇到苏渺那天看到的细节："那天苏渺穿着标准的面试服装，白衬衣、黑西裤有了脏污，还丢了一只鞋……"

在唐奇眼中，这一幕十分美好，狼狈的苏渺在唐奇眼中熠熠生辉。他在人群里看着苏渺，不禁心跳加速，对她一见钟情。

"女生最爱惜脸，可苏渺划伤了脸，却毫不在乎，一直在安慰哭泣的孩子，一点没迁怒差点撞死人的出租车司机。"

唐奇温柔地看向羊驼，笑了笑，说："在你眼里，人类不管长什么样，都是没毛的丑八怪，苏渺一定是最美的。"

苏橙橙愣住了，难道唐奇爱上苏渺不是因为她的脸？不可能！他明明就是个"颜狗"，怎么可能会不看脸？

手机响起，是闹钟铃声。唐奇关闭闹钟，笑着对羊驼解释："我的用药时间到了。"

唐奇的眼睛不舒服？苏橙橙走到他面前，看着他拿出眼药水。

唐奇见羊驼好奇，继续解释："我是四色视者。"

什么是四色视者？

唐奇滴完眼药水，闭目休憩，缓缓说道："正常情况下，人类有三种视锥细胞，可以被称为'三色视者'；大多数色盲只有两种视锥细胞，被称为'双色视者'；而'四色视者'有四种视锥细胞，每种细胞可以区分同一颜色一百种左右的色度。每多一种视锥细胞，能够分辨出的颜色数量就会成倍增加。四色视者能看见的颜色数量可以是正常人的一百倍。"

听完唐奇的解释，苏橙橙才明白：原来唐奇眼中的世界和普通人的截然不同！

"我的眼睛从小就敏感，受不了强光刺激。"

苏橙橙想起他被荧光灯笼吓吐的事，原来他讨厌荧光色，不喜欢闪闪发亮的东西是这个原因。苏橙橙忘记了自己还在扮演羊驼，猛地站起，朝着画着二人初遇场景的水彩画走去。

因为眼药水，唐奇的世界再次变得模糊不清，他以为自己又产生了幻觉。因为羊驼又像类人猿一样站立起来，还迈着两只蹄子走到水彩画前。他忙闭上眼睛，让眼睛休息。

苏橙橙瞪着水彩画，看不到脸的女子被光晕包裹着，不要说脸，其实连身影都有点模糊。苏橙橙回想起那天她救下孩子时，是中午一点左右，正是一天中阳光最刺眼的时分，唐奇从咖啡厅出来，恰好面朝阳光。

所以唐奇真的看不到她的脸！她……误会他了。

苏橙橙又想起这一次唐奇眼睛生病的原因：苏渺被雷劈死时，唐奇因为眼睛受到刺激而晕倒。

明白真相后，苏橙橙心中满是愧疚和歉意。她霍然转身看向唐奇，而唐奇正好也看着她。

唐奇满眼都是震惊，甚至用手掌捂着眼睛，自言自语地分析："也许经过训练，羊驼可以直立行走！"

苏橙橙回神，想起自己还是只羊驼，急忙弯下身子，四只蹄子踏地。唐奇再次睁开眼睛时，看到羊驼乖巧地站在他身边，但他似乎在羊驼的眼睛里看到了愧疚和担忧。

"你是在担心我吗？我的眼睛没有关系，只是多了一种视锥细胞，又恰巧对光敏感，平时小心一点就可以了，不会影响日常生活。只要善加利用，还能对我的工作有帮助。从某个角度来说，我是'视觉超能力者'。"唐奇拿起药盒里的几个药瓶，倒出几粒药吃了，"吃完药会有点嗜睡，我稍微休息一会儿再和你一起玩。"唐奇说着话，靠在椅子上。羊驼温驯地站在他身边，就好像是在陪他。

"你怎么很难受的样子？没关系的，我还有这个。"唐奇爱惜地摸摸手腕上的发绳，笑着说，"这是苏渺戴过的发绳。她喝醉后落在了我家，本来应该还给她的，可我一直没找到合适的机会。现在……没机会了，幸亏我没有还她。"

苏橙橙呆呆地看着他的手腕，想起以前就见他戴过这个发绳，但完全没想到是自己的。

唐奇见羊驼一直盯着自己手腕上的发绳，十分欣慰："你也认识这根发绳，对吧？没想到在我最难过的时候，有你陪着我。我觉得好多了，谢谢！"

唐奇在药物的作用下睡着了，苏橙橙试探地推了他几下，他没有反应。确认唐奇睡沉了，羊驼站起身，变回了苏橙橙。苏橙橙用公主抱把唐奇抱了起来送到卧室。帮唐奇盖被子时，苏橙橙看到他手腕上的发绳，想拿掉又放弃，最后还是把他的手放进了被子里。

为了让苏橙橙顺利逃出唐奇家，林媛一直用各种方法拖住顾屿。不到半天的时间，她已经用尽各种桥段：碰瓷、假戏真做、自剖身世、装傻卖萌……她的脑细胞已经全部用完！

哦，还剩下一个"色诱"桥段没用，可那是给恶毒女配用的，注定会失败。

林媛靠在沙发上，顾屿把医用冰袋敷在她扭伤的脚踝上："好好休息，我先走了。"

唉，为了苏橙橙，她愿意当一次恶毒女配！林媛抓住顾屿的衣袖，故作可怜兮兮状："我家就我一个人，我爸妈很早就离婚各自成家了，我自己住，没人照顾。你能不能……帮我洗点水果？"

顾屿看着林媛，愣了愣，点头说"好"。

"在厨房冰箱里，各种水果都要一点。"林媛扬起笑容。

趁着顾屿转身去了厨房，林媛急忙查看手机，发现没有苏橙橙的消息。

第二篇 苏橙橙的万花筒　169

"愚公移山"都成功了,她怎么还困在里面!

顾屿端着一碟洗好的水果从厨房过来,还顺便拿了一杯水。

林媛急忙放下手机,接过水果和水:"谢谢!"

"如果没有别的事,我就先走了。"顾屿看看时间,想起唐奇还在等自己。

"有事,有事。"林媛镇定自若,快速想到另一个理由,继续楚楚可怜地央求,"我午饭没怎么吃,突然饿了,你能不能帮我煮碗面?"

顾屿好脾气地笑笑,答应下来。林媛蹬鼻子上脸,得寸进尺地要求:"要一个煎蛋,一点点青菜,最好有荤有素。"

"好。"顾屿全都答应,转身又去了厨房。

林媛立即拿出手机查看,依旧没有苏橙橙的回复。林媛看着在厨房里忙碌的顾屿,默默计算时间:煮一碗这样的面,至少得半个小时。她也只能做到这样了,半个小时后,就请苏橙橙自求多福吧。

突然,微信提示有新消息——是好消息,苏橙橙终于出来了。林媛兴高采烈地单脚跳到厨房门口,兴奋地说:"不用做了,我忽然又不饿了。"

厨房里,一个锅里煮着面,一个锅里煎着蛋,洗菜篮里绿油油的鸡毛菜也已经洗好,顾屿正在给蔬菜沥水。他没听清林媛的话,关火的同时顺手关了油烟机,回头问:"你说什么?"

"我说谢谢你,一会儿橙橙会来陪我。"

顾屿没有说话,抬腕看看时间,把鸡毛菜下到锅里,等水略微翻滚,就连菜带面捞出来,放到一旁已经调好汤料的面碗里,再把平底锅里的煎蛋放到面上。

一番动作行云流水,林媛看得目瞪口呆:"好厉害!这么快就做好了!"

顾屿端着面,对她说:"去餐厅吧!我帮你端过去。"

林媛单脚跳到餐厅,看着桌上色香味俱全的鸡蛋青菜面,有些不好意思:"今天真的麻烦你了。"

"就当报恩吧!当初我喝醉也给你添了不少麻烦。"

想起那次的事,林媛越发不好意思起来,早知道当初就不收他的钱了。

忽然,顾屿的手机响了。他看到来电显示的名字,面色有些古怪。

"我还有事,先走了,你吃完面以后别管碗筷了,让苏橙橙帮忙收拾。"

顾屿细心交代一番,匆匆离开。

林媛拿起筷子吃了口面,味道意外地好,她一口接一口地吃起来。

没多久,苏橙橙急匆匆地走进林媛家。她看着林媛受伤的脚,担忧地问:"你的脚怎么样?严重吗?"

林媛笑嘻嘻地答:"不严重。"

苏橙橙见她没有梨花带雨地哭惨,还有心情品尝一碗清汤寡水的面条,才确定她的伤的确不严重。

林媛抬头,见苏橙橙坐在她对面,看着她碗里的面,误以为她也饿了,是在馋自己的面,把碗推出去,大方分享:"要吃面吗?分你一半。"

苏橙橙没精打采地摇摇头。

"你不是说任务成功完成,苏渺的遗物都毁坏了吗?怎么一脸闷闷不乐?"

苏橙橙不知想到了什么,忽然又打起精神来:"我先回去上班,有事你给我电话,今天晚上我再来陪你。"说完转身就走,留下林媛疑惑地目送她关门离开。

唐奇吃过药后,一觉睡到了第二天早上。他睁开眼睛,视线清晰,屋内陈设看得一清二楚。唐奇走到餐厅,顾屿正坐在餐桌旁吃早餐。

"昨天我过来的时候,看你睡得挺沉,就没有叫醒你。"

"我竟然一觉睡了十几个小时。"

"之前没休息好,身体需要恢复。你现在感觉怎么样?"顾屿打量着唐奇,发现他似乎已经从苏渺去世的伤痛中走了出来。

"疲惫一扫而空,眼睛也好像全好了。"唐奇坐下来吃早餐,下意识问,"昨天你送我去的卧室?"

"我来的时候,你已经在卧室了,应该是你吃完药自己迷迷糊糊走过去的。"

唐奇愣了愣,觉得哪里不对,可又说不出来。

"羊驼呢?它吃东西了吗?"唐奇看向阳台的方向,但羊驼不在那里,不知又跑去哪儿了。

顾屿顺着他的视线看过去:"我找遍你家都没看见羊驼。"

第二篇 苏橙橙的万花筒

"不可能！我睡着的时候，它就在我身边。"唐奇大惊失色，立即冲去书房找羊驼。书房、客厅、厨房、阳台、卫生间……四处找遍，都没有看到羊驼。他正焦急时，电话响了。他无心理会，把大门打开又关上，分析羊驼自己开门的可能性："难道它自己开门跑出去了？"

手机再次响起，顾屿过去拿起手机，来电显示"林媛"。顾屿走到门边，把手机递给唐奇，提醒他："说不定和羊驼有关。"

"羊驼昨天跑了……什么？被苏橙橙捡了？羊驼在哪里……不行，我要见羊驼……好，好！"

唐奇挂了电话，恳求地看向顾屿："我要去见羊驼，麻烦你送一下我。"

林媛给唐奇发的定位是动物园的羊驼园区。

栅栏内，一只温驯的羊驼正在吃干草。苏橙橙带着唐奇和顾屿走到栅栏旁。她看着其中一只羊驼，似是在缅怀，同时又有些释然："苏渺曾经和我们说过，希望能把羊驼送到动物园。这样它既可以得到专业的照顾，又能有同伴，不会孤单。昨天林媛没解释清楚，她只是暂时将羊驼借给你一天。"

唐奇盯着栅栏内的羊驼，斩钉截铁地否认："不是它。"

怎么不是它！苏橙橙就是按照这只羊驼变的，绝对一模一样。

苏橙橙拿出手机，出示照片："一模一样，就是它。"

顾屿看看照片，再看看栅栏里的羊驼，仔细比对后确认："没错，是同一只。"

"我的羊驼很挑食，眼睛里满是灵气，就好像完全能听得懂我的话。这只……"唐奇嫌弃地看着羊驼，再次否认，"绝对不是它。"

苏橙橙愣了愣，掩饰地干笑："大概昨天羊驼初到陌生环境，表现得不太一样，让你误会了。现在才是它的本性。"

"完全不一样……"唐奇一脸怅然若失，怔怔地盯着完全陌生的羊驼。他想起昨天看到的幻觉：羊驼像人一样站立。

理论上，这是不可能发生的事。但也许是他太思念苏渺，才会认为苏渺的羊驼能听懂他的话。他只是爱屋及乌，把羊驼当作苏渺的替身，才会对羊驼诉说心事。

"你不用担心，这里的饲养员是我们的好朋友，一定会好好照顾它。"

苏橙橙讪笑着安慰唐奇。

顾屿也跟着附和:"羊驼待在这里有同伴,活动空间也更大,一定比生活在房间里快乐。"

唐奇打起精神,对苏橙橙道谢:"无论如何,谢谢你带我来看它。"

苏橙橙笑得心虚:"应该的,应该的。"

第二十二章
新的篇章

苏妈妈听说林媛受了伤,带着苏爸爸杀到林媛家,态度强势地将她接回苏家养伤。苏妈妈专门和老中医学过如何治疗跌打扭伤,苏橙橙小时候练功扭伤了筋骨,都是苏妈妈给治好的。

住进苏家的林媛啥事都不用管,只需安逸地躺在床上养伤。收到苏橙橙发来的短信时,苏妈妈正在用跌打油给她按摩,苏爸爸也从厨房端来特意为她熬的猪蹄鸡脚汤。林媛被幸福重重包围,连看短信的空闲也没有。

苏爸爸将汤递给林媛:"猪蹄鸡脚,以形补形。先喝汤,凉了就不好喝了。"

林媛笑容灿烂:"谢谢叔叔!"

苏妈妈看时间也差不多了,拿纸巾擦了擦手,盖上药瓶,安慰她:"今晚睡觉前再好好揉一次,把瘀堵彻底散开,就好得快了。"

"谢谢阿姨!"

苏爸爸见林媛端着猪脚汤,笑容满面却不肯喝,贴心地将一根不锈钢吸管放到林媛碗里:"青梨嫌汤油,怕胖,不愿意喝,我就想了这个法子。油都浮在汤面上,你从底下吸着喝,放心喝,不会胖,喝的都是营养。"

林媛盛情难却,吸了一大口。汤果然很鲜,鲜得她眉毛往上挑,眼睛亮晶晶,连连夸赞:"好喝,好喝。"

苏爸爸很开心:"给你炖了一锅,好喝就多喝点,这样脚肯定好得快。"说完走出房间,继续回厨房忙碌。

苏妈妈顺手整理房间,看见桌上的一堆书,很惊讶:"这些书都是你要看的?"

"是啊!我要开新的漫画,但还没想到画什么,最近一直在看书找灵感。"

"这事急不来，慢慢想。"苏妈妈拿着药瓶离开，刚拉开门，又不放心地回头叮嘱，"媛媛，脚不能用力，有事叫阿姨。年轻的时候仗着身体好不当回事，老了可是要受罪的。"

林媛笑得又娇又甜："放心，我会懒得油瓶倒了也绝不伸手，一点点小事都要'阿姨、阿姨'不停地叫。"

"乖！"苏妈妈体贴地关上了门。

林媛放下猪蹄汤，从桌上拿起手机查看苏橙橙发来的短信："羊驼的事顺利解决，我搭顾总的车回公司了。"

林媛发了个"加油"的表情包，放下手机，一边用吸管喝汤，一边翻看书。

在苏家养伤，林媛只需要趴着看书，坐着看书，躺着看书，看累了就睡觉。可惜直到苏橙橙下班回家，她那失踪的灵感大神依旧云游未归。林媛绝望地躺在一堆书上，表情木然、目光呆滞。

苏橙橙洗完澡出来，将床上七零八落的书一一收起来。她瞧见林媛的脚踝边的纸上多出一个新的人物。

"你的新男友怎么是个中年大叔？最近口味变了？"

林媛坐起来，双手合十："这是文曲星，会保佑我创作顺利！"林媛闭上眼睛，虔诚祈祷，"希望文曲星大人垂青，让我早日找到灵感。"

苏橙橙安慰她："等你脚好了出去玩一玩，说不定就能找到灵感了。"说罢躺回床上，拿起她每晚的睡前读物《蛤蟆的油》。

林媛问："这本书讲什么的？"

"大导演黑泽明的自传。没想到举世闻名、载入世界影史的黑泽明小时候却是一个笨拙自卑、不受欢迎的孩子。"

林媛皱眉："为什么叫《蛤蟆的油》？"

"大概黑泽明觉得，自己就是那只看到镜子会被自己的丑陋长相吓到惊恐出油的蛤蟆吧！"

林媛想起苏橙橙说过唐奇就是这本书的主人，不禁纳闷："唐奇这只白天鹅怎么会看蛤蟆书？"

苏橙橙怔怔地盯着书封："唐奇的眼睛……"

"唐奇的眼睛怎么了？"

苏橙橙愣了一愣，眼神回避，不愿再提这件事。她起身将《蛤蟆的油》塞到书柜里"压箱底"，与它彻底告别："没什么……唐奇已经完全好了，但顾总没同意他上班，坚持让他再休息一天。"

林媛没留意她的心情，只当陪她闲聊："那苏渺的事就算完全翻篇了，你也可以彻底放下！"

苏橙橙重重点头，关上柜门，告别过去。

这时手机提示音响，林媛拿起自己的手机看了看，说："不是我的。"

话音刚落，手机提示音又响，苏橙橙拿起自己的手机："是副号，有人给苏渺发了信息。"

"谁找苏渺？"

"唐奇。"

"他给死人发什么消息？难道还想收到一封来自天堂的信？"

苏橙橙看完消息，一言不发地把手机卡抽出来，放进收纳盒，继续铺床准备睡觉。

林媛好奇："他说什么？"

"和苏渺告别。"

林媛打了个哈欠，闭上眼睛说："那挺好的啊，这事终于彻底结束了。"

苏橙橙关灯躺下，却睁着眼睛，难以入睡。

安静漆黑的房间里，唐奇清澈温柔的声音在她脑海中响起。

"你好。"

"很高兴能认识你，喜欢你。我会把所有关于你的记忆锁在心底，继续我的人生旅途。"

"再见。"

苏橙橙闭上眼睛，在心中默默回应了一声："再见！"

苏渺在唐奇心底算是正式翻篇，可唐奇却在苏橙橙心底不动声色地揭开了新的篇章。

早上上班时，苏橙橙提着早餐，风风火火地冲进电梯，发现帮忙按着电梯门的人是唐奇。苏橙橙笑着道谢，一低头，瞥见唐奇手腕上仍戴着黑色发绳，心里一跳：他怎么还没摘掉？

苏橙橙暗暗打量唐奇，见他穿着白衬衣、黑西装，全身上下十分素净，而自己却衣着鲜亮，还背了一个红色背包。苏橙橙不禁懊恼：她怎么忘了，苏渺的头七都没过。她这个朋友当得很不合格，还不如唐奇这个暗恋者。苏橙橙不自在地把包往身后藏。

"唐总，吃过早餐了吗？"

"没。"

苏橙橙举起早餐，热情地问："我这里有多的，分你一份？我爸做的生煎包可好吃了。"

"不用。"

"你要是不喜欢早餐太油腻，我还知道一家有机轻食店，离公司很近，点个外卖，很快就能送过来……"

唐奇诧异地看着苏橙橙，苏橙橙后知后觉地意识到，唐奇认知中和她相处的时间，远远少于她认知中和唐奇相处的时间，他们"不熟"。

苏橙橙越说越小声："我就随便提个建议。"

唐奇收回视线："不需要，谢谢。"

"不客气。"苏橙橙掩饰着不自在，努力装作若无其事。

公司里，顾屿、周锦礼正率领同事们把公司里所有和苏渺有关的东西收拾起来：海报、人形易拉宝……事毕，周锦礼仍不放心："再仔细检查一遍，不能留下任何有关苏渺的东西。"

负责望风的同事此时小声提醒："唐总来了！"

同事们各自回到工位坐下工作，周锦礼假装和顾屿谈公事："这事要讨论一下……讨论……"

苏橙橙和唐奇一前一后走过来。苏橙橙回到自己工位，发现一张苏渺的海报被硬塞到她办公桌旁的垃圾桶里。苏橙橙小声问旁边的同事："怎么回事？"

赵运杰也小声回答："不知道，周总下令撤掉所有和苏渺有关的东西。"

唐奇经过周锦礼和顾屿身旁，周锦礼装作刚看到唐奇的样子，跟他打招呼："啊，小唐，你来上班了！"

"嗯。"唐奇点点头，准备离开。

"他这状态不对啊！"周锦礼不放心，跟了上去。

"他说'啊，我来上班啦'才不对吧？"顾屿吐槽了一句，也跟了过去。

唐奇站在办公室的桌前查看着什么，见周锦礼和顾屿一前一后进来，便拿起一个密封袋打开，拿出个东西递给正要说话的周锦礼。

"你们来得正好。"

周锦礼惊讶："红雾气垫的样品出来了？"

唐奇说："小林刚送过来的。"

"我还以为……没想到这么快。"周锦礼看完，递给顾屿。

顾屿打开查看："粉芯还没有确定弹网材料。"

唐奇将一盒东西推到两人面前，盒子里面是撕去了品牌标识的替换芯，上面每一种纤维膜弹网都标注着序号。

唐奇说："经过弹性、耐久性、透气性检测等初步筛选，这几种材料符合平衡粉质的要求。今天还会进一步测试筛选。除此之外，最好能进行真人测评，把实际使用感作为一个参考。"

顾屿点头："好，我会召集所有员工参与盲评。另外，市场推广方案也可以准备起来了。"

顾屿端起桌上的东西离开，唐奇拿起研究服，边穿边走，只有周锦礼一个人还没反应过来，留在了座位上。

"我会向投资方汇报，我们又有新产品推出了！"周锦礼后知后觉地反应过来。他满眼兴奋，摩拳擦掌，斗志昂扬，可是一回头，却发现办公室里只剩自己了。

顾屿来到市场部，将替换芯分发给所有人，要求每人写一篇测评报告，交给王怡汇总统计，再由王怡提交给唐奇。吩咐完这件事后，他便转身离开。

同事们拿着气垫各自试用，窃窃私语，露出满意的表情。苏橙橙涂了一点粉在手背上，点点头小声评价："细腻、伏帖。"

王怡分发完试用品，让赵运杰准备一份测评表发送到大家的邮箱。赵运杰放下气垫，打开文档，边打字边吐槽："本来以为唐总几天没上班，新品会推迟进度，没想到反而提前了。唐总的休息和我们的休息不是一个模式。"

许月接着吐槽:"名副其实的工作狂!"

苏橙橙看看气垫和精心筛选出的替换芯,内心欣慰:太好了,唐奇的心思终于回到工作上了!她一边想着,一边从抽屉里拿出镜子、喷雾等工具,开始认真测评。

经过苏妈妈和苏爸爸的细心照料,林媛扭伤的脚已经迅速恢复,虽然还有些疼,看起来略肿,但她没办法再闷在家里养伤了——她实在是无聊极了。

这天,她躺着刷手机,刷到一个网红发的视频,夸赞某个度假山庄简直是人间仙境、天然氧吧。林媛按捺不住,立即带着画本来到度假山庄。湖光山色间,莲叶田田,几只大白鹅在湖面游弋,一只蜻蜓从湖面掠过,在荷花上稍作停留,又轻盈地振翅而去。

林媛戴着遮阳帽,坐在湖边写生,画布上画的正是荷花、蜻蜓。她惬意地哼唱:"太阳下去明早依旧爬上来,花儿谢了明年还是一样地开,美丽小鸟一去无影踪,我的灵感小鸟一样不回来,我的灵感小鸟一样不回来,别的那呀呦,别的那呀呦……"

忽然,一条鱼从天而降,砸落到画纸上,将画架撞翻在地,在画板上挣扎扑腾。

林媛擦了擦脸上飞溅的水,郁闷地喊:"谁的鱼?!"

"我的,我的。"一个中年男人匆匆跑来,"不好意思,不好意思,鱼线断了,鱼直接飞了出去,所有损失我加倍赔偿。"

中年男人忙着捉鱼,可鱼儿力气格外大,滑来滑去捉不到。林媛顺手拿起她带的网,稳稳一抄,将挣扎的鱼兜到网里。中年男人接过林媛递过来的网,激动又开心:"今天钓到的第一条鱼,总算没溜掉。"

恰在此时,顾屿提着水桶过来。中年男人急忙把鱼放进水桶,鱼大桶小,桶内水花翻腾。男人怕林媛以为自己要逃跑,笑着说:"把顾总先押你这里。我把鱼放到水箱里,马上就回来。"

中年男人提着水桶乐颠颠地往回跑,顾屿帮林媛收拾地上的狼藉:"怎么来这里写生?"

林媛怅然回答:"以前姥爷常带我来这里,他钓鱼,我画画。"

第二篇 苏橙橙的万花筒 179

顾屿捡起画板——湿淋淋的，画已经完全不能看了。他抱歉地说："把你的画毁了。"

"没事，画着玩的，坏了就坏了吧！你今天不用上班吗？"

"现在就是在上班。"

林嫒秒懂："重要客户？"

"VIP。最近迷上了钓鱼，说隔着桌子谈事，不如对着湖光山色谈，养生、办公两不误。"闲聊中，掉落在地上的颜料、画具已经被顾屿收拾得差不多了。

"可以了，你去忙你的吧！"

顾屿却摇头："等张总过来。该赔的必须赔。"

话音刚落，张总慌慌张张地跑过来，后面追着一只大白鹅，盯着他的屁股不停地啄。张总绕着顾屿和林嫒兜圈子。

"它一直盯着我的鱼，我就逗了它几句，它怎么追着我不放啊，还专盯着我屁股啄？"

顾屿瞅准时机，上前一把握住大白鹅的嘴。张总松了口气，气喘吁吁地瞪着大鹅："待会儿就把你红烧了！"

大白鹅猛地用力挣扎，几乎要挣脱顾屿的钳制。张总吓了一跳，直接躲到林嫒身后。

幸好顾屿再次牢牢捉住了大白鹅，同时说："林嫒，借用一下你手里的布。"

林嫒急忙把擦画笔的布递给顾屿。顾屿一手握着鹅嘴，一手将布搭在鹅头上，盖住它的眼睛，完全制服了它，不忘解释道："鹅的领地意识很强，不要跟它对视，会被视作挑衅。"

林嫒和张总忙听话地一左一右地转头，完全不看鹅。

顾屿将大白鹅拎到湖边，扔到水里。大白鹅重获自由，扑棱着翅膀游走了。林嫒和张总这才敢放心大胆地看。顾屿走回去，把布还给林嫒。

林嫒疑惑："鹅的攻击性怎么这么强？"

"鹅的眼睛构造特殊，类似凸透镜，看什么东西都比它小，目中无物，不知畏惧，所以性格骄横，攻击性强。"

"目中无物，不知畏惧。"林嫒若有所悟，盯着湖面上的大白鹅发呆。

张总好奇地问:"顾总怎么会这么了解鹅?刚才我看你捉鹅的动作也很有一套。"边说边比画着顾屿刚刚的一套"身法"。

"我是动物保护协会的志愿者,有空的时候会参与动物救助,对动物的天性略知一二。"

"顾总行事和我投缘!明天你来我公司,咱们好好聊一下合作的事。"

"好啊,多谢!"顾屿收获意外之喜。

"咦,那个画画的小姐呢?我给女儿买过绘画工具,咱们弄坏的东西可都是好东西。"张总四处张望,发现林媛蹲在湖边草丛旁,拿着画本在专心致志地画画。

他想要上前,却被顾屿不动声色地拦住:"张总,她是我认识的朋友,赔偿的事回头让她微信告诉我就行。"

"巧了,好,不打扰她画画了!咱们继续去钓鱼,你捉鹅挺在行,钓鱼可是门外汉。"

顾屿笑着奉承:"正好跟着张总学一下……"

两人说着话离开。

林媛一边观察大白鹅,一边专注地画画,沉浸在自己的世界中,全然忘记了外物。

时光流逝,日影西斜,钓鱼的人纷纷离去。顾屿收拾好钓鱼工具,准备离开,正好碰上林媛背着画板、拿着网,匆匆跑来:"太好了,我还担心你们离开了。"

顾屿打趣道:"赶来收赔偿金吗?"

"和张总商量个事,赔偿我不要了,能不能把那条鱼,那条跳到我画板上的鱼送给我?"

顾屿诧异,有些犹豫:"你要鱼?"

林媛拿出画册,给顾屿看她的画,是一幅素描:岸上一条半兽半人的鱼怪,距离湖水不过咫尺,却寸步难行,躯体不甘地挣扎着。因为缺氧,它的嘴痛苦地张着,拟人化的鱼眼里满是不甘,透着倔强,似乎死也不愿屈服。

林媛语速飞快,话里透着急切:"我知道鲢鱼是很普通的食用鱼,我自己平时也经常吃,但我画完这张图后,觉得我已经认识了那条鲢鱼,不

第二篇 苏橙橙的万花筒　　181

管是矫情还是发神经，反正我没办法接受它就这么被吃了。"

顾屿松了口气："你要鱼是想要放生？"

"是！"

顾屿指着湖面，微笑道："已经放生了。张总也不差这点鱼吃，他离开前，我就劝他放生了。回头我给张总发个信息，就说他放生的鱼已经抵了你的赔偿，他肯定也高兴。"

林嫒如愿以偿，激动又开心："太谢谢你了，回头我请你吃饭。"

"你的颜料和画都被弄坏了，谢我什么？"

"谢谢你帮我找到了灵感。"

林嫒拿着画本，从画着鱼怪的那一页往回翻，上一页是一幅已经上了色的国风画，绚丽夺目：一个半人半兽的白鹅精怪，白衣红靴，姿态翩跹，神色傲然，目中无物，无所畏惧。

顾屿赞叹："目中无物，无所畏惧。"

"编辑催着我开新漫画，但我一直想不到画什么。今天受你启发，我知道自己要画什么了。世间万物，都因为独特的构造，有自己独特的性情，这个性是利剑也是囚笼。大白鹅因为眼睛，目中无物，既是勇敢无畏，也是不知进退；鲢鱼因为鳃，在水中疾如闪电，可一旦上了陆地，就寸步难行……"

顾屿专注地听着，林嫒却不好意思地收住了话题："我太激动了，一说起自己的漫画就没完没了，反正今天你没有让我倒霉……"

话音未落，林嫒背着的画架的带子断了，画架摔到地上。二人面面相觑。

顾屿打趣道："看，它不同意。"

林嫒笑着去捡画架："就算倒霉，也是因祸得福。"

两人站在湖边谈笑，身影融入湖光山色中，另成一幅风景画。

第二十三章
念念不忘

已到下班时间，千鸟集公司市场部的同事们陆续离开。

王怡站在打印机前打印文件，将总计表格放在最上面，同事们的测评表依次放在后面，整理、装订。手机响了，王怡接起来，神情突变："妞妞发烧了……多少度？ 38.8 ？还有别的症状吗……"

苏橙橙正要离开，听到王怡的话后停下了脚步，主动上前："你赶紧回家吧，剩下的工作交给我！"

王怡满脸感激，赶紧对着电话说："妈，你别着急，我现在就赶回来。"挂了电话，王怡匆匆拿包准备离开，同时不忘叮嘱苏橙橙，"文件打印完，你按照顺序装订好，交给唐总。"

"明白。"

"谢谢，谢谢……"

实验室里，其他人已经下班，只剩唐奇。唐奇从水箱中取出已成型的圆饼状纤维膜，用粉扑按压测试透水量。门铃响起，唐奇看到苏橙橙站在玻璃门前，便摘下护目镜去开门。

苏橙橙规矩地站在门外，递上测评报告："唐总，这是替换芯弹网的测评报告，电子文档已发到您邮箱了。"

唐奇打开，扫了眼第一页的统计表："第一名，3 号；第二名，5 号。你的最优选择是几号？"

"3 号。"

"理由。"

苏橙橙详细说出自己对新产品的见解，唐奇不置可否。

"你可以离开了。"唐奇说完，转身进入实验室，玻璃门在苏橙橙面前

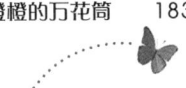

合拢。

苏橙橙无语了一瞬,说:"不用谢。"

苏橙橙回到自己的办公桌前,收拾好东西,走进电梯,刚按了一层,就见到唐奇一边讲电话一边走进来,按了负三层。苏橙橙站在唐奇身后,看到唐奇正准备用手机叫代驾。

"叫代驾啊?"苏橙橙观察唐奇的眼睛,说,"看来医生不放心你的眼睛,还没同意你开车。"

唐奇纳闷:"我脸上有什么,你为什么一直盯着我?"

苏橙橙掩饰:"没有,没有!我就是……想接这笔生意,我来当你的司机送你回家吧?"

"你做司机?"

"对啊!我以前找不到工作时,为了赚零花钱,开过网约车。"

"你现在有工作。"

说着话,电梯已经到了一层,其他人都下了电梯,苏橙橙却没有下,直接按了关门按钮,跟着唐奇前往地下停车场,笑容灿烂:"没人会嫌钱多,生意都到门口了,哪里能不做呢?我的驾驶技术很好的,保证安全送你回家。"

电梯已到负三层,唐奇盯着苏橙橙。苏橙橙坚持地按着电梯的开门按钮,死皮赖脸得坦荡真挚。唐奇一言未发地出了电梯,苏橙橙窃笑着,急忙跟上。

苏橙橙开着车,唐奇坐在副驾驶座。车内一阵沉默,苏橙橙努力找起话题:"替换芯弹网,唐总的第一选择是什么?"

唐奇没有正面回答:"水通量和截留率测试,3号的数据最好。"

"那……参考实际使用感,公司的第一方案肯定是3号了?"

"等周总、顾总的决定。"

苏橙橙表面赞同地笑,内心吐槽:技术层面的事,周总、顾总哪次不是听你的?

车内再次沉默,唐奇打开音乐,恰好是从前课间活动时,校广播站经常放的一首歌。唐奇和苏橙橙都觉得意外。

苏橙橙笑着说:"以前……"

唐奇冷冷打断："嗯。"

唐奇想起了学生时期的苏橙橙。

有一次，唐奇路过教学楼旁的角落，意外看见苏橙橙嚣张地伸手向几个跟着她"混"的女生索取保护费。唐奇只是好奇地看了一眼，就换来"大姐大"苏橙橙的白眼警告："看什么看！"从那以后，唐奇看见苏橙橙就躲，能有多远躲多远。

唐奇回神，悄悄打量正在认真开车的苏橙橙，发现她和记忆中嚣张霸道的"学渣"越来越不像。

"君子爱财，取之有道，你和上学的时候不一样了。"

苏橙橙忽然听到唐奇提起从前的事，颇为惊讶："上学的时候？你认识我，记得我？"

唐奇心情复杂："认识……记得。"苏橙橙可是唐奇学生时期的噩梦，他怎么可能不记得。

苏橙橙同样心情复杂："你可是咱们学校有名的学霸，我还以为你压根不会留意我们这些学渣。"

苏橙橙看似目不斜视地开着车，思绪却随着歌声在回忆里起伏。

唐奇不但是苏橙橙学生时代的男神，而且也被她的几个小姐妹喜欢着。有一次，苏橙橙用"武力"胁迫姐妹们交出她们给唐奇准备的情书和礼物，因为苏橙橙知道男神沉迷学习，无心恋爱，她选择默默守护男神的梦想，不许别人去打扰他。

"你和上学的时候也不太一样。那时候，我总觉得你高不可攀，永远只能看着你的背影……"苏橙橙反应过来，找补着强调，"我是说学习。"

唐奇若有所思："也许不是我变了，而是你看我的眼光变了。"

苏橙橙笑了笑，感慨道："也许吧！"

"上学的时候，你为什么……"唐奇想说什么，苏橙橙的电话突然响了。

唐奇探身把苏橙橙的包从车后座拿过来，无意间看到一个熟悉的小挂饰。唐奇打开包，拿出手机："你姐的电话。"

苏橙橙继续开车："不用管，回头我打给她。"

手机铃声停了，过了一瞬又响起。

唐奇说："也许有什么急事。"

第二篇 苏橙橙的万花筒

"麻烦你帮我接一下。"

唐奇接听，说："你好，我是唐奇。苏橙橙在开车，不方便接电话，现在声音外放。"

电话里，苏青梨很不客气："唐奇，你为什么会和我妹在一辆车上？"

"苏橙橙送我回家。"

苏青梨不敢相信："橙橙送你回家？她疯了吗？"

车内二人都很尴尬。

苏橙橙求饶："姐，有事说事，我开车呢！"

"我微信发你个地址，你完事后过来，我有事找你。"

"好，好，我一定尽快赶过去。"电话被挂断，苏橙橙松了口气。

唐奇把手机放回包里，问："这个挂饰……是苏渺的吗？"

苏橙橙愣了愣，反应迅速："淘宝有同款。"

唐奇看向苏橙橙手腕上的镯子，有些伤感："你和苏渺很要好，同样的挂饰，同样的镯子。"

苏橙橙干笑："女生都这样，喜欢分享。"车内再次陷入沉默。苏橙橙郁闷：他怎么还对苏渺念念不忘！

苏橙橙将唐奇送到家后，迅速赶往苏青梨发送的地点，是附近一家医院的病房。

苏橙橙推开病房的门，小心翼翼地走进去："姐，我来了。"

一个包扎着头部、戴着氧气面罩的女人躺在床上，面容模糊，昏迷不醒。戴着眼镜的苏青梨坐在一旁看着文件。

见苏橙橙进了门，苏青梨放下文件，带她走到病床旁："这是我的好朋友方谨，超级学霸，但不善言辞。她和丈夫关胜宇合伙开了家公司，她负责技术，关胜宇负责运营。可惜方谨眼瞎，选的丈夫是个渣男，不仅出轨公司的女员工，还几次家暴。方谨想要离婚，但关胜宇为了拖延时间、转移财产，一直说'感情并未破裂'，导致离婚困难重重。"

苏橙橙叹道："你可是渣男的克星，这次一定能帮到方谨姐。"

苏青梨心疼地看着好友："关胜宇察觉到离婚不可避免，竟然抢走了方谨的研究资料。方谨赶过去时，意外遭遇了车祸。"

"那方谨姐现在……"

"医生说五天左右就会苏醒。"苏青梨郑重其事地说,"橙橙,我要你帮个忙。"

苏橙橙都没细问,满口答应。

"关胜宇为了转移财产,想把方谨新研发的成果尽快卖掉,我怕等方谨醒来,合同已经签了。我希望你帮我阻止关胜宇,拖延到方谨醒来。"

苏橙橙活动手腕,慷慨许诺:"明白。我一定打断渣男的腿,让他去医院躺几天。"

妹妹智商堪忧,苏青梨很郁闷:"签合同只需要手。"

"那我连手一起打断?"

苏青梨更加郁闷:"你的脑袋真是个装饰……算了!我们家的好基因都被我继承了。"

有求于她,还得先损她一遍,这种事只有亲姐才能干出来!苏橙橙不耐烦道:"你到底想要我做什么?直说!"

苏青梨指了指苏橙橙的手镯。苏橙橙这才恍然大悟:"你想让我变成方谨……"

千鸟集公司决定让新产品采用3号替换芯。

3号替换芯使用的新南科技公司研发的空气纤维弹网,目前是红雾气垫的最佳选择。恰好,新南科技的负责人提前联系了顾屿,他们似乎迫不及待地想要出售专利,只要价格合适,就会立即签约。

对方将时间定在周六,但顾屿和周锦礼都推托有事,让唐奇去新南科技谈合作细节,唐奇答应了这件事。最近几天唐奇沉迷工作,似乎已经将苏渺抛诸脑后,顾屿和周锦礼便有意将一些需要加班的事交给唐奇,希望他能借此早日振作起来。

周六上午,车窗外下着淅淅沥沥的小雨,红灯亮起,唐奇在人行道前停车等候。

人潮前列,一个打着伞的女子走过斑马线,个子不高,身材纤瘦,衣着朴素,穿着平底鞋。虽然看不到脸,但是不知道为什么,唐奇的目光一直无意识地追随着她,他见她经过一个美妆店,而美妆店门口有一个苏渺的人形立牌。

唐奇心口骤痛，目光停驻，打伞的女子也停下脚步。雨雾中，女子温柔地抬手擦去苏渺脸上的一点污迹，唐奇的目光不禁感激地落在女子身上。

红灯已经变绿，后面的车鸣笛催促。打伞女子已经离开，唐奇又看了一眼苏渺，目含哀思，开车离去。

唐奇来到新南科技，负责人关胜宇领着唐奇走向会议室，语气热情客气："贵公司想要新品尽快上市，我们愿意全力配合，尽快签署合同。"

唐奇平静理智："我还有一些产品的细节想请教。"

"只要今天能定下合作意向，这款产品的数据资料可以全部提供。"

"其实，我是想见一下关总的夫人。据我所知，您夫人是研发部的负责人，有些问题我想当面请教。"

关胜宇抱歉地说："岳母身体不好，我夫人前两天回老家了。我们先谈合同，等合同签署了，不管什么问题，都可以敞开讨论。"

"好。"

这时，身段玲珑的李秘书急匆匆过来，在关胜宇耳边说了什么，关胜宇脸色顿时难看起来："唐总，失陪一下，我有点急事要先处理。麻烦你在会议室稍等。"

唐奇点头："没事，你慢慢来。"

关胜宇和李秘书立即转身匆匆向外走，像是赶着去阻止什么。

唐奇没有多想，继续向前走。走廊两侧分别有一个大会议室，一个小会议室，唐奇走进了小会议室。唐奇随意拣了个位置坐下，从公文包里拿出文件和笔，正要为会议做准备，忽然，门外传来吵架声。

关胜宇的声音里充满威胁："你不能来……"

接着，女子柔弱的声音响起："我是公司的创始人，为什么不能来公司？"

方博士来了？唐奇正要起身，却不小心碰散了文件，文件带着笔滚落到会议桌底下，他弯腰到桌下捡东西。

会议室门打开，关胜宇看会议室没有人，强拽着一个纤瘦的女人进来，用力关上门，声音凶狠："你竟然敢来公司？谁给你的胆子？"

唐奇蹲在桌下很尴尬，起也不是，不起也不是。

柔弱的声音再次响起："老公，听说你要卖专利权，作为产品的研发者，我当然要过来看看。"

事有蹊跷，唐奇按兵不动。

关胜宇怒道："又是你的离婚律师，那根搅屎棍！"

这个"方谨"是苏橙橙扮演的，她今天来就是要阻止关胜宇卖专利。苏橙橙努力扮柔弱，但语气中仍透着坚定："老公，我来是想告诉你，我不同意出售空气纤维弹网的专利权。"

"方谨，你不是喜欢拿着法律说事吗？今天，我郑重提醒你，我是公司的董事长兼 CEO，公司如何运营，是我说了算！你如果乖乖听话，就赶紧离开，说不定我还会分你一碗汤。"

关胜宇咄咄逼人，"方谨"胆怯畏缩，被他逼入死角。

"我……我不走！你别欺人太甚！"苏橙橙努力扮出楚楚可怜的表情。

"欺负你又怎么样？这是我的公司，我的地盘！这个会议室里没有监控，今天我就算再打你一顿，你能拿我怎么样？"

关胜宇威胁地握住"方谨"的手腕，"方谨"挣扎着："你放开我！放开我……"

关胜宇得意地笑了，眼神冷酷："公司里都是我的人，你叫破喉咙也没用！方谨，你不是闹着要离婚吗？实话告诉你，你这张木讷呆板的脸，没一点女人味，我早看得要吐了！要不是外面有女人，我能忍到现在？我不仅要离婚，还要让你一分钱都拿不到，净身滚蛋！"

会议桌下，唐奇满脸厌恶，正准备起身。忽然，"方谨"气势骤变，一个转身，反握住关胜宇的手，把关胜宇卡在了死角："你让我净身滚蛋？"

唐奇惊讶地看着完全掌控了局势的女子的背影，静观其变。

"臭女人，你讨打！"

关胜宇愤怒地想踢打"方谨"，不料"方谨"一招擒拿手，锁喉制服了他："现在知道疼了？你打人的时候，方谨……我也疼啊！"

关胜宇挣扎："我要告你家暴！"

"方谨"再次楚楚可怜地说："老公，明明是你在家暴我啊！"

关胜宇愣住了。

"方谨"放开关胜宇，抓乱自己的头发，扯开自己的衣服。

"你个疯子！你想干什么？"关胜宇不明所以，扬手想扇"方谨"巴掌，却被"方谨"避开，她反而扇了他一巴掌。

"啊，疼……老公，别打了，别打了……"苏橙橙演技夸张。

关胜宇暴怒，想出拳打"方谨"，却被"方谨"制住，又被打了一拳："啊，好疼，老公，求求你，别打了……"

旁观的唐奇不禁笑了，对这位"戏精"很是欣赏。

关胜宇终于意识到自己打不过"方谨"，想往外跑。"方谨"却抓住关胜宇的脚，拖着他回来："老公，放过我吧，放过我……求你……"

"疯子，疯子……"关胜宇惨叫，"方谨"惨叫得比他更大声。

关胜宇挣扎着反抗，"方谨"微笑地看着他："老公，你叫破喉咙也没用！这里没有监控，今天我就算打你一顿，你又能拿我怎么样？"

"方谨"轻松地把关胜宇压制在地，关胜宇正好看到了桌下的唐奇："唐总，唐总，救我……"

苏橙橙循声看去，正好和唐奇正脸相对、四目交接。电光石火间，唐奇的心如被小鹿冲撞，怦怦直跳。苏橙橙震惊地愣住，呆呆地看了唐奇一瞬，突然回过神来，跳起来就跑。

唐奇盯着"方谨"的背影，忽然想起雨雾中，打伞女子温柔地擦去苏渺脸上污迹的场景，感到怅然若失，下意识地捂住心口。苏橙橙面色慌乱，步履飞快地走出大楼。

"方博士，方博士……"唐奇从后面追来，苏橙橙当作没听见。

唐奇追到前面挡住路，苏橙橙不得不停下，打起精神应付。她假装陌生，掩饰心虚："你是……"

"方博士，你好，我是唐奇，代表千鸟集来商谈空气纤维弹网的专利。"

苏橙橙演技再现，表现出恍然大悟的震惊模样："3……空气纤维弹网……要买专利的人是你？"

"是。"

"如你所见，我和关胜宇正在打离婚官司。关胜宇为了转移财产，一定会仓促出售专利，但为了你们公司考虑，我建议你们不要购买。"苏橙橙说完就要离开。

"方博士，关于纤维弹网，我有几个问题想请教。"唐奇再次追来。

苏橙橙哪知道如何回答他的问题，心虚地说："没空。"

这时，一辆车停在路边，苏橙橙立即拉开车门上了车，唐奇只能遗憾地目送车子远去。

第二十四章
铁面无情

来接苏橙橙的是苏青梨，苏橙橙坐在车后座，关闭滤镜，变回本来的模样。

苏青梨纳闷："你怎么又和唐奇搅和到一起了？"

苏橙橙又郁闷又懊恼："什么叫我又和唐奇搅和到一起了，明明是他追着我瞎搅和！我哪知道他竟然躲在关胜宇的会议室里！"

苏青梨立即想明白了事情的来龙去脉："千鸟集想要购买空气纤维弹网的专利？"

苏橙橙恍然道："没想到3号弹网是方谨姐研发的。"

苏青梨担心："你没露出什么马脚吧？"

苏橙橙迟疑："……没有。"

"说实话！"

"我以为会议室没人，一时没忍住就揍了渣男，你都不知道他有多过分……"

苏青梨克制住怒火，保持冷静："你是说，'方谨'家暴关胜宇，唐奇是目击证人？"

"姐，姐……我保证搞定唐奇，绝不让他乱说话。"

"怎么保证？打断唐奇的腿？"

苏橙橙低头认错："对不起，我太冲动了。"

苏青梨冷静下来，自省道："我也有错，信息搜集不全。接下来你只要盯着唐奇，在方谨醒来前，不要让千鸟集和新南科技签约就行。别的事我会处理。"

"好，我一定牢牢地盯着唐奇。"

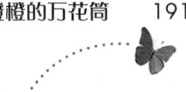

第二篇　苏橙橙的万花筒

让唐奇去新南科技谈合作，周锦礼的"没空"是善意的谎言，顾屿却是真的有事——林嫒早就说要约他吃饭，感谢他帮忙找回"灵感大神"。

顾屿经常请女生吃饭，但这是第一次被女生主动约到这样的高级餐厅来吃饭。包厢里布置得花团锦簇，穿礼服的乐手弹拨着竖琴，四周空荡荡，只有一个客人——林嫒。侍者领着顾屿走到林嫒面前，帮顾屿拉开椅子。落座后，另一个训练有素的侍者过来上开胃酒。

顾屿疑惑："你生日？"

"不是。"

"中彩票了？"

林嫒笑了笑："没有。"

顾屿环顾四周："怎么……这么盛大？我以为就是普通的吃饭。"

林嫒笑容甜美："心血来潮，尝试一下霸道总裁的吃饭风格。"

"二次元的霸道总裁是这么吃饭的？"

林嫒没觉得哪里不对："少女漫画和偶像剧里都这样。"

顾屿轻松地笑了笑，下意识地改了一下坐姿："那我刚才的反应肯定不对了。"

"没有，挺好的。现在的剧情流行套路里面反套路，女主像你这样反应还挺有趣。"

顾屿上下打量穿着垫肩西服的林嫒，明白过来："我，女主？哦，原来你是霸道总裁。"

林嫒笑着点头："像吗？"

"年少成名、事业成功、身家丰厚，你本来就是霸道总裁。"

林嫒开心地举起酒杯："我的漫画大纲受到编辑们的一致赞赏，都夸我有突破，谢谢。"

"我不过随口说说，是你自己的奇思妙想。"

林嫒和顾屿两人碰杯庆祝，边吃边聊。

"你是动物保护协会的志愿者，那你对小动物应该很了解吧？"

顾屿很谦虚："我从小就喜欢看这方面的书，比一般人懂得多一点，但算不上专家。"

林媛试探地问:"我打算以白鹅、鲢鱼这些人类日常所见的普通动物作为切入点创作漫画,你能不能带我参加你们的活动,让我多了解一些小动物?"

顾屿答应得干脆:"当然可以。新故事大概是讲什么的?"

"因为父母离婚,又各自再婚,女主被弃养,性格孤僻,缺乏安全感,一直活得很小心、很焦虑。姥爷去世后,女主继承了一个经营不善的农场,农场里生活着白鹅、鲢鱼……总之是各种各样的小动物。女主一门心思想要摆脱这个麻烦的农场,没想到变故频生,她和小动物们不得不展开合作,渐渐发现农场的秘密,吵吵闹闹、彼此治愈……"

顾屿边吃边听,一开始只当这是个普通故事,可渐渐发现林媛平静的语气中似乎夹杂着一丝怅然。想起那次自己给林媛煮面时,林媛脸上流露出的感动,顾屿渐渐将林媛代入了女主角,对她产生了一些怜悯和同情。可是他没有戳穿这件事,努力扮演好听众的角色,并且从自己的专业角度提出了一些可能会对林媛有所帮助的建议。

这顿饭宾主双方都吃得愉快,林媛从顾屿这里得到了不少有效的建议,顾屿则认为他和林媛的关系更亲近了一些。

很快又到周一,早晨的例会上,千鸟集三巨头对 3 号弹网有不同意见。

周锦礼不想介入新南科技这对夫妻的离婚案中,想选择 5 号产品。顾屿则认为关胜宇是新南科技的法定代表人,对专利有合法处置权,就算将来打离婚官司,也是方谨和关胜宇之间的事,与千鸟集无关。唐奇没有吭声,他既不愿意放弃 3 号弹网,也不愿意违背方谨的意愿与关胜宇签约。

恰在这时,关胜宇忽然来访,对前台说想要单独拜访唐奇。

唐奇将关胜宇带到会客室。唐奇面无表情,关胜宇神情哀怨,一副饱受欺凌的"受害人"模样:"原本家丑不可外扬,但……唉!唐总也都看到了,我和方谨感情破裂,婚姻难以为继。方谨那人自私任性,做事完全不顾大局。我这次来,是想请唐总帮我做证,证明方谨对我有家暴行为。"

唐奇沉默。关胜宇接下来的话意味深长:"空气纤维弹网的专利,我想卖,你想买,咱们目标一致。只要唐总愿意帮忙,专利价格好商量,一切都好商量,合同随时可以签署……"

唐奇突然起身，走向门边。关胜宇正疑惑，唐奇拉开门，正在偷听的苏橙橙忙站直身子，两人四目相对。苏橙橙一本正经道："唐总，早上好。"

"什么事？"

苏橙橙干笑："没事，没事，我只是刚好路过。"苏橙橙瞥了一眼门内的关胜宇，假意离开。唐奇关门，苏橙橙立即溜回去，再次将耳朵贴上，未料唐奇再次拉开门，逮她个正着。苏橙橙十分尴尬地指了指反方向，努力装作无事："刚才走错方向了。路过，又恰好路过！"

在唐奇严肃的目光中，苏橙橙心有不甘，却不得不一步一回头地离开。

因为被顾屿提醒过，关胜宇有可能会将新产品卖给竞争对手，唐奇没有明确拒绝关胜宇的提议，但也没有答应，只说自己会考虑。

关胜宇离开不久，正在工作的唐奇接到方谨的电话，对方想约他面对面交流一下。惊喜之余，唐奇约了方谨午休时间在公司楼下的咖啡厅会面。

真正的方谨还躺在医院里，来见唐奇的这个"方谨"自然是苏橙橙假扮的。她担心唐奇和关胜宇马上就要签约，只能绞尽脑汁阻止。

装修简单的咖啡厅里，客人不多。唐奇走进咖啡厅，环顾找人，看到"方谨"坐在角落。一个面容青涩、动作生疏的女服务生端着咖啡过来，不小心把咖啡洒在了她青色毛衣的衣袖上。

年轻女孩惶恐不安："对不起、对不起……"

苏橙橙反过来安慰她："没烫着，只是弄脏了而已，没事的。"

女孩担忧地问："这……要赔多少钱？"

"不用了，这件毛衣拼多多团购的，很便宜。你看，这里都有线头。"苏橙橙大大咧咧，为了宽慰刚入社会的小菜鸟，还拽了拽袖口的线头，没想到直接抽出了一条毛线。苏橙橙想要用力扯断，没想到越扯越长，绵绵不绝……女孩和苏橙橙都傻眼了。

苏橙橙无奈地笑："该结实的不结实，不该结实的瞎结实！你看，我说是便宜货吧！"

女孩也笑了："我去给您拿剪刀。毛衣滑线了都是越扯越长，必须剪断。"

女孩面带笑意地从唐奇身边经过，唐奇目光柔和地看着依旧在和线头博斗的"方谨"，走过去打了声招呼："方博士。"

苏橙橙正笑嘻嘻地摆弄着袖口的线头，闻音面容一动，像是变了个人一样，一板一眼地站起，客气地抬手："唐博士，请坐。"唐奇要坐，却没想到随着二人的动作，已经扯了好长的线直接缠到了唐奇身上。

苏橙橙尴尬，唐奇也尴尬。

苏橙橙拽回线头："不好意思，不好意思……"两人都想动手解线，没想到越动线扯得越长，苏橙橙说，"你别动，我来解就行了。"

随着"方谨"偶尔过度"亲密"的动作，唐奇一动不动地看着她，感到心跳莫名加速。

女孩拿着小剪刀过来，看到眼前的景象愣住了："小姐……我帮你把毛线剪断？"

唐奇回过神来，急忙掩饰地低下头。

"剪吧。这里……再贴着胳膊剪一下，谢谢。"苏橙橙忙着处理线头，没有注意到唐奇的不自在。

"你的袖子……"女孩看着苏橙橙，因为抽线，左右袖口已经不一样长了。

苏橙橙笑道："这叫不对称美！"

女孩也笑了，转向唐奇："先生要喝什么？"

唐奇指指苏橙橙的咖啡："一样。"

"好。"女孩离开，桌上的气氛莫名变得尴尬。苏橙橙坐得笔直，一脸严肃，和面对女孩时的大大咧咧、热情爽朗截然不同。

"方博士……"

唐奇刚刚开口，苏橙橙突然靠近。感受到她的气息，唐奇下意识地屏住呼吸，紧张之下，心跳得更快了。苏橙橙靠近他，小心地把一截粘在他衣服上的残余毛线拿掉："不好意思，粘到你身上了。"

唐奇看到"方谨"手上的线，回过神来："谢谢。"

"不客气。"

唐奇尽力让神色恢复如常："方博士，关于空气纤维弹网……"

"你先看一下这些材料。"苏橙橙打断他的话，从包里取出一沓材料递给他。

"方谨……"苏橙橙差点说漏嘴，连忙改口，"我十分信赖关胜宇，一心扑在研究上，公司的事全都交给他打理。这么多年，我生活俭朴，连件

第二篇　苏橙橙的万花筒　　195

贵的毛衣都不舍得买,老家的父母依旧住在破旧的老屋里,关胜宇却生活奢靡、花天酒地……"

唐奇看到一张方谨身体局部瘀伤的照片。

"关胜宇家暴?"

"是。如果你帮关胜宇,就是助纣为虐。"

唐奇沉默了。

年轻女孩端上咖啡,又把一碟切出花样的苹果放在苏橙橙面前:"送你的,不要钱。"

苏橙橙捧场地拿起一块放到嘴里:"谢谢,我最喜欢吃苹果了。"

女孩笑着离开。

唐奇看着不经意间又展露出另一副面孔的"方谨"。

苏橙橙回过神来,立即端正神情,可腮帮子鼓鼓的,一动一动地咀嚼着。

"购买空气纤维弹网的专利是公司行为,我个人说了不算,我今天是想和方博士请教……"

苏橙橙急忙把苹果咽下:"有个忙你一定能帮得上。"

"什么?"

"那天在会议室,我打关胜宇的事,你能不能保密?方谨……我看上去严肃冷淡,实际心思单纯、性格温和,连和人吵架都不会,哪里会打人啊?那天的我不是真的我,真的!那天就是鬼附身,我本人不是那样的……"

唐奇道歉:"对不起,这件事我帮不了你。"

"为什么?你明知道关胜宇是个渣男,还要帮他做证?"

唐奇很理智:"方博士,作为一名科研工作者,不管在任何情况下,都必须尊重事实。"

苏橙橙愣了一愣,无话可说。

唐奇手机响起,电话是关胜宇打来的。唐奇摁掉没有接听,站了起来:"抱歉。"

唐奇离开后,苏橙橙不禁沮丧地自责,捶着自己的脑袋。

顾屿搬了一大堆书来找林媛。

地上已经放着一大袋书和一大箱书,顾屿又搬着一大箱书走进来,吃力地放下。林媛目瞪口呆："这么多？"

顾屿不好意思地赔笑："的确……有点多。"

"每一本都要签名？"

顾屿拿出写着"繁繁"的小卡片，说："对……还要麻烦你写一下她的名字。张总的老婆几年前去世了，小女孩青春期，和爸爸处不来。前两天父女俩大吵一架，张总为了讨好女儿，才这么兴师动众。"

林媛还没写就已经觉得手很酸，喃喃地问："繁繁……名字也是每一本都要写？"

顾屿赔笑："是。"

林媛沉默地盯着"繁繁"二字。顾屿心虚，体贴地提出建议："我数了下，一个字十七画，笔画是有点多。你就写一个字吧，繁，听着亲切，每本书还能省十七笔。"

林媛看向地上的一大堆书："好多啊……"

顾屿尴尬地解释："张总的工厂有二十多年生产经验，很多美妆大牌都找他代加工。对我们这样的初创公司，他完全是看情面才答应接单，还由着我们在两款弹网产品中挑。这事是我不对，出于私心，拿你做了人情，实在不好意思！上次一起吃饭，你还说一切顺利，没有倒霉，原来在这儿等着呢……"

林媛若有所思，完全没听进去顾屿的话："繁繁有好多好多的爱。"

顾屿愣住。

林媛眼神里充满了羡慕，声音略带悲伤："繁繁有一个很爱很爱她的爸爸！"

顾屿隐约猜到了什么，体贴地沉默下来。

林媛冲顾屿笑笑，神色恢复如常，弯身拿起一本包了书皮的书，感慨道："这是最早的版本，我出版的第一本书。好多年了，没想到会被人这么小心地收藏。这么多书，每一本都是繁繁对我的喜欢，我高兴都来不及，怎么会是倒霉的事呢？放心吧，我会好好签名，保证让繁繁收到一份大惊喜。"

顾屿很意外，也很感动："谢谢。"

林媛笑道："朋友不就是互相利用嘛，我的新漫画还等着你帮忙呢！"

顾屿真诚地说："一定知无不言，言无不尽。"

第二篇　苏橙橙的万花筒

千鸟集茶水间里，苏橙橙心事重重地坐在桌边冲泡着饮料，唐奇进来冲洗杯子、接水。唐奇目不斜视，苏橙橙也当没看到他。

这时，苏橙橙忽然收到姐姐发来的短信：唐奇和关胜宇一起去派出所录了证词，情况对我们很不利。我去趟派出所，你一定要稳住，把专利盯紧了。

苏橙橙气得腾一下站起，唐奇诧异地看过来。苏橙橙瞪着唐奇，唐奇也看着她："什么事？"

苏橙橙假笑："唐总，公司是不是已经拿下3号弹网的专利了？"

"你从哪来的消息？"

"这次你帮了关胜宇这么大忙，专利合同是不是马上就要签署了？"

"你姐姐苏青梨……是方谨的律师？"

苏橙橙没想到唐奇反应这么快，神色变得既郁闷又懊恼："看在我姐和你是同学的份上，能告诉我们合同什么时候签署吗？"

"回去问你姐。"唐奇端着水杯离开。

苏橙橙一脸不解："问我姐？"

第二十五章
峰回路转

晚上苏橙橙回到家时，苏青梨还没回。直到第二天早上出门前，她才见到姐姐大人。

苏青梨主动将一份文件复印件交给苏橙橙，苏橙橙翻看后，满脸惊讶："唐奇对警察说方谨先动手打了人？"

"是。"

苏橙橙满脸愤怒地继续看下去，很快，事情有了反转。

唐奇在证词里交代："我亲眼看到，方谨先动手打了关胜宇。但是在方谨动手前，我听到关胜宇对方谨说：'你像木头一样无趣，我不找别的女人可憋不住。'他还说：'会议室里没有监控，我就是像以前一样打了你又如何？'关胜宇还警告方谨乖乖听话，否则一分钱都不给她，让她净身出户。"

苏橙橙越看越激动："关胜宇没高兴几分钟，唐奇又做证关胜宇亲口承认婚内出轨、家暴、转移夫妻共同财产，方谨情绪失控才动手打了关胜宇。"

"是。这份证词对方谨有利。"

苏橙橙如释重负，开心地笑了："我就知道唐奇不会帮渣男的！"

苏青梨警惕心起，笑容和蔼地钓鱼："唐奇这人是不错，智商高，能力强，三观正。"

苏橙橙没设防，反而与有荣焉地说："是啊！看上去心思单纯，没想到老奸巨猾的关胜宇也被他摆了一道。"

苏青梨板着脸，警告苏橙橙："你不会又暗恋上唐奇了吧？"

"怎么可能？我只是客观地就事论事。"苏橙橙心虚，说得却理直气壮。

"那就好！"苏青梨收拾好文件，准备去上班，"关胜宇现在对唐奇很

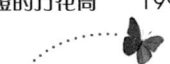

恼火，专利的事肯定没得谈，你和唐奇保持距离，别再送人头了。"

苏橙橙一脸不服气，但没出言反驳。

成功破坏签约，还让关胜宇吃瘪，苏橙橙心情大好地来公司上班。

上午，公司召开紧急重大会议，会前，大家分坐在会议室两边窃窃私语。

许月低声说："听说新南科技的关总对咱们唐总不满，3号弹网的专利谈不下来，肯定要用5号了。"

赵运杰问："关总为什么对唐总不满？"

"好像有事得罪了关总……"

这时，顾屿走进来，众人纷纷收声。顾屿将分别使用3号和5号弹网的两个替换芯摆在面前："因为一些不确定因素，我们不得不准备两套营销方案。王怡负责5号，许月负责3号，辛苦大家了。"

许月立即举手："我想负责5号，我个人更喜欢5号弹网的触感，做起方案来会更有新意。"

顾屿看向王怡，王怡大度地笑笑："可以。我来负责3号弹网。"

顾屿拍板："那就这样。不管最后采用哪一组的方案，另外一组的项目奖金都一样。王怡、许月，小组成员由你们自己协商确定。"

听到奖金一样，同事们松了口气，但还是倾向去方案更有可能被采用的5号弹网项目组。顾屿离开后，人们都围拢向许月。王怡看暂时没人找自己，只能落寞地收拾东西准备离开。

这时，苏橙橙从人群中挤出，追赶王怡："怡姐，我能加入你的小组吗？"

王怡意外地愣了愣，没有立即回答。苏橙橙却误会了，急忙说："我一定全力投入，好好努力，随时可以加班。"

王怡对她好感大增，笑道："欢迎，欢迎。"

这时，苏橙橙的手机忽然响起，是苏青梨打来的电话。她匆匆忙忙地走到露台，左右看看，确定没人后才回拨："姐，什么急事？"

"唐奇找方谨，电话打不通，联系我了。"

"唐奇找方谨姐什么事？"

"唐奇想参观一下方谨的实验室。我已经答应了。"

"什么?!"

"你不是常说做人要有江湖道义嘛，唐奇帮了这么大忙，这点小要求我不能拒绝。"

苏橙橙没好气地说："谁让我和唐奇保持距离的？谁让我别给唐奇送人头的？"

"我让你和唐奇保持距离，但我没让方谨和唐奇保持距离啊！"

"苏青梨，你行啊！那你让方谨姐去见唐奇吧，我还要上班呢！恕不奉陪……"

苏橙橙要挂电话，苏青梨急忙服软："橙橙，橙橙……如果方谨要出让空气纤维弹网的专利，唐奇是最佳选择。为了方谨的利益，只能委屈一下你了。"

"你要我做什么？"

"你以方谨的名义联系唐奇，约他明晚见面，这样也不影响你上班……"

苏橙橙郁闷地挂了电话，用方谨的手机卡给唐奇打电话。

唐奇走到露台接电话，没注意到苏橙橙就在他身后。而此时苏橙橙也面朝外，没注意到背后来了人。

电话接通，唐奇也走到了露台栏杆旁，两人几乎同时把手机放到耳边。

"方博士，您好。"

苏橙橙觉得哪里不对，看向旁边，唐奇站在距离她四五米的地方，正在给方谨打电话。苏橙橙神色大变，一言不发，转身就跑。唐奇随意看了眼，没有在意。

"喂？方博士，方博士？"

刺耳的消防车鸣笛声传来，唐奇隐隐听到方谨的手机里也传来消防车的声音，正要细听，通话被挂断了，唐奇一脸茫然。

苏橙橙走进楼里，躲在角落，惊魂未定。手机突然又"嗡嗡"振动，是来电，苏橙橙咬咬牙又摁掉，发短信给唐奇：不好意思，我这边有点突发状况，不方便讲电话。苏青梨已经告诉我了，谢谢你。明晚七点，实验室见。

第二篇　苏橙橙的万花筒　　201

苏橙橙刚松了口气,就收到唐奇发来的短信:你那边没事吧?我好像听到了消防车的声音。

苏橙橙回复:没事,别处有火警,消防车只是路过。

唐奇的新信息冒了出来:好巧,我这边也有一辆消防车路过。

"能不巧吗?本来就是同一辆。"吐槽完,她低头继续发送信息:我去忙了,见面再聊。

回到工位,苏橙橙打开苏青梨微信发来的关于空气纤维弹网的资料。苏橙橙看到密密麻麻的数据和论证过程,露出学渣面临考试时的痛苦表情。

苏橙橙:你是我亲姐吗?

苏青梨的信息冒出来:没让你理解,死记硬背就可以了。

苏橙橙无语,如果她会死记硬背就不是学渣了,还要靠着撑竿跳把自己跳进大学吗?

苏青梨发来"加油"的表情包,还说:事关方谨的未来,明晚绝对不能露馅!

苏橙橙只能使出高考前的劲头,拿出纸和笔,默默背诵。

与此同时,顾屿和唐奇走进市场部,其他人都暂停工作看向二人,苏橙橙心无旁骛地埋着头,依旧边写边背。唐奇下意识地走到苏橙橙桌旁,不经意间看到她的笔记——密密麻麻画着的各种重点的空气纤维的数据资料,一看就知道十分认真。而苏橙橙抬头发现唐奇站在旁边,吓了一跳,下意识地掩盖住自己的笔记。

"你是王怡小组的?"

苏橙橙就坡下驴:"对对对,我研究空气纤维的资料是为了做策划案,只有充分了解才能精确表达。"

"没想到你这么认真。"

"哪里哪里,也就一般般认真……"

顾屿的声音打断了苏橙橙和唐奇的小声交谈:"明晚七点,唐总要去拜访新南科技的方谨博士,需要一位同事随行……"

顾屿的目光看向王怡,唐奇突然插嘴:"苏橙橙和我一起去拜访方谨博士。"

顾屿无所谓地顺势改口,看向苏橙橙:"苏橙橙,没问题吧?"

所有同事都看着苏橙橙。苏橙橙郁闷地看看各色眼神，不知道该如何当众开口拒绝领导，王怡却热情地帮她接下工作："苏橙橙没有问题，加入项目组时，苏橙橙就表态随时可以加班。"

顾屿点点头："很努力啊。那就这样定了。"

苏橙橙看见王怡用唇语悄声说："好好表现。"还对苏橙橙使了个"不用谢我"的眼神，苏橙橙不得不露出感谢的僵笑。看着唐奇离开的背影，她十分郁闷。

苏橙橙的郁闷延续到了第二天晚上七点，她和苏青梨、林媛一起来到方谨的实验室。实验室里，苏橙橙一会儿变成"方谨"，一会儿变成自己，两人一个消失一个出现，不能同时存在。苏橙橙变回自己后，愁眉苦脸地看着神色严肃的苏青梨。苏青梨抱臂站在一旁思索。林媛拿着一盒薯片，默默吃着。

"苏橙橙来见方谨。我的滤镜只能变身，不能分身，到哪里变出两个'我'见面啊？"

林媛同情地递上薯片："没事的，有我们在呢！"

苏橙橙拿起薯片，张嘴时已然变身成了吃薯片的"方谨"："姐，你说怎么办吧。"

苏青梨提议："不能换个人陪唐奇过来吗？"

"方谨"变成了苏橙橙，冷冷地说："可以啊，我强硬地拒绝，得罪所有领导，让同事看笑话，让好不容易有转机的事业又陷入低谷呗！"

林媛愤然："绝对不行！帮方谨姐可以，但不能牺牲橙橙的利益。"

苏青梨眯起眼睛，看着门口的方向："那就只能硬来了！"

苏橙橙忍不住一哆嗦，试探地说："姐，我记得唐奇成绩比你好，智商应该比你高那么一丢丢，你确定你能骗过他？"

苏青梨也迟疑了。

这时，手机铃声忽然响起，是唐奇打来的电话。苏橙橙紧张地对大家做了个"嘘"的手势。

"唐总，您好。"

唐奇站在方谨的实验室小楼门口，看着灯火通明的小楼："苏橙橙，你还有多久到？我已经在方博士的实验室楼下了。"

苏橙橙吓了一跳，立即看表，才六点四十五："不是七点吗？"苏橙橙着急地站起，对苏青梨和林媛指了指楼下，示意她们唐奇到了，让她们赶紧该干吗干吗。

唐奇不耐烦："方博士做事严谨，肯定不喜欢迟到。你到哪里了？"

"我……我也到了，和我姐一起过来的，刚和方谨姐吃了晚饭，现在正和方谨姐说话呢！"

唐奇语气好转："麻烦你转告方博士一声，我现在上来。"

"好。"

苏青梨收拾了台面，又整理了衣服，一副要作战的样子。林媛匆忙收拾好东西，撤离时给苏橙橙加油打气："别紧张，一人分饰两角而已，不是什么新鲜事，只要演技好，一定能行。"

苏橙橙苦着脸："你们看戏的都是不嫌事大。"

林媛前脚离开，唐奇后脚进来。

苏橙橙已经变成"方谨"，站起表示欢迎："唐博士，你好。"

"方博士，你好。"

两人握手，唐奇和一旁的苏青梨打招呼："好久不见。"

苏青梨说："咱们就不客套了，今晚我是方谨的律师。"

唐奇笑笑，下意识打量四周："苏橙橙……"

"方谨"解释："橙橙去卫生间了。公司的情况橙橙已经都和我交流过了，非常感谢千鸟集依旧没有放弃空气纤维弹网，橙橙也一再表达了唐博士对空气纤维的认可，希望可以和我合作。"

唐奇意外："没想到苏橙橙工作效率这么高。"

苏橙橙借机给自己脸上贴金："唐博士应该庆幸有这么好的员工，橙橙做事卖力，性格又好……"苏青梨咳嗽两下。接到眼神警告，苏橙橙连忙收声。

"我妹不重要，聊正事吧！"苏青梨说。

唐奇点点头，说："我这次来，是想和方博士当面交流一下空气纤维弹网。"

"正好，我也想和唐博士交流一下。"

唐奇笑了笑："没想到我们不谋而合。"

"方谨"领着唐奇走到实验台前，拿起"自己"研发的已经成型的弹网膜："现阶段我不愿意出售专利，有一些个人原因，但还有一个重要原因是，我发现空气纤维弹网存在缺陷。"

唐奇疑惑："缺陷？"

"方谨"依次拿起三个外包装看上去一模一样的气垫粉饼让唐奇查看。

唐奇接过气垫，说："成分一样，但存置时间不一样。"

"方谨"点点头："是。1号刚开封，2号一个月，3号三个月。"

一旁的苏青梨已经配合地打开电脑，调出文档，在大屏幕上演示三份上妆图，搁置越久的粉饼上妆效果越差。

"刚开封的气垫上妆效果很好，但经过搁置，粉饼水分逐渐流失，即使是同样的粉质，同样用纤维弹网包裹，也很难抵抗时间带来的氧化。""方谨"说着，点击放大图片，给唐奇看实验效果对比。

唐奇内心被触动："我们只考虑了理想状态。"

"我们追求理想和完美，但必须考虑到现实的不完美。不管是你们的粉质还是我的弹网，都还有提升空间，我需要时间改进。对顾客而言，没有……"

唐奇和苏橙橙心有灵犀，异口同声："没有次优，只有最优！"

苏橙橙发现自己的观点被认可，激动地伸手，唐奇下意识地握住。

"英雄所见略同！"

唐奇心悦诚服地凝视着"方谨"，目光中满是欣赏和佩服。苏橙橙得意地看苏青梨，苏青梨敷衍地竖了下大拇指。唐奇依旧握着"方谨"的手，苏青梨咳嗽两声，唐奇回过神来，急忙放开"方谨"。

唐奇转移话题掩饰尴尬："苏橙橙呢？怎么还没回来？"

苏橙橙再次转移话题："有个东西要拿给你，稍等。"

"方谨"匆匆离开，身影刚从门口消失，唐奇就听到外面传来她和苏橙橙的说话声，隔着玻璃墙看到两个模糊的人影。

"橙橙，你没事吧？"

"有点拉肚子。方谨姐，你没事吧？"

"我没事。快进去吧！"

两道人影交错而过，苏橙橙走进来，满脸抱歉："唐总。"

苏青梨说："我们三个一起吃的外卖，怎么就你拉肚子？"

苏橙橙无语："我怎么知道？"

话音刚落，苏青梨也露出不舒服的样子，捂着肚子，对唐奇说："你们先聊，我去趟卫生间。"说罢匆匆离开。

苏橙橙和唐奇大眼瞪小眼。苏橙橙殷勤地笑："唐总，我去给你倒杯水。"

苏橙橙没等唐奇回应，就跑去茶水间。唐奇去看玻璃柜里陈列的各种纤维材料，明显十分感兴趣。

这时，"方谨"走了进来，把一个盒子递给唐奇："小礼物，关胜宇的事，谢谢。"

唐奇迟疑，没接礼物："这是……"

"方谨"主动打开盒子："我为了研究空气纤维弹网，四处收集世界各地生产的纤维材料，这些样品唐博士也许用得上。"

唐奇喜悦地接过："用得上，谢谢。"

"方谨"突然露出不舒服的样子，却好像硬忍着。

唐奇问："你是不是不舒服？要去卫生间吗？"

"方谨"抱歉道："不好意思。"

隔着玻璃墙，唐奇再次看到两个模糊的身影，似乎是方谨和端着水杯的苏橙橙，外面传来二人的对话声。

"方谨姐，你也肚子疼了？"

"麻烦你送一下唐博士，招待不周，帮我道个歉。"

苏橙橙端着水杯进来，放到唐奇旁边的桌上："方谨姐估计一时半会儿回不来，咱们……"

唐奇点点头："该聊的都聊完了，回去吧！"

苏橙橙暗暗喜悦："好。"

走出实验室小楼，唐奇看着方谨送他的礼物，面带笑意。

苏橙橙明知故问："这是方谨姐送你的礼物？"

"嗯。"

"感觉方谨姐的礼物很合唐总的心意。"

唐奇微笑:"方博士学识渊博,工作严谨,为人处世周到细心,善良有趣,没有一丝传闻中的书呆子气……"

苏橙橙开心地笑:"唐总很欣赏方谨姐。"

"这么聪明优秀的人谁会不欣赏?"

苏橙橙愤慨:"关胜宇啊!"

唐奇沉默了。

"方谨姐又聪明又能干,怎么就嫁给了这么一个渣男呢!"

"关胜宇配不上方博士。"

"等方谨姐离了婚,她就自由了,到时候唐总就不用顾忌关胜宇,和方谨姐想做什么就做什么……"

唐奇猛然停下脚步,神色骤变:"你在胡说八道什么?我对方博士是纯粹的钦佩和欣赏。"

苏橙橙立即道歉:"对不起,对不起,我是说纤维弹网,你和方谨姐可以想怎么办就怎么办,不用再受制于关胜宇。我知道你对方谨姐是两颗聪明大脑的惺惺相惜,绝没有其他意思。"

唐奇依旧一脸怒气。

苏橙橙试探地问:"你……还喜欢苏渺?"

唐奇愣了愣,阴沉着脸,一言不发地飞快离开。但他并不是生苏橙橙的气,他只是无颜面对自己——苏渺才刚去世没多久,他便无可救药地喜欢上了方谨。而和方谨在一起时,他竟然完全想不起苏渺。

苏橙橙看着他愤怒的背影,愣了片刻,拔腿追了上去。

实验楼内,林媛头上冒汗,在脱衣服,苏青梨手持小风扇对着她吹。

"辛苦了!"

林媛笑着说:"我的乐趣就是角色扮演,满足乐趣怎么能叫辛苦?"

"多亏你机灵,想出这个借影成人的办法骗过了唐奇。"

"我就是吃这碗饭的啊,都是老梗,一点也不新鲜!橙橙才厉害,居然成功扮演了方谨博士!"

苏青梨不满地说:"她到处都是破绽!让她好好背数据,她背不下来,

第二篇 苏橙橙的万花筒　207

避实就虚地说什么上妆效果！还有，方谨哪里有橙橙那么二百五，说着说着就要和唐奇握手，还什么英雄所见略同，一股子江湖气！"

林媛惊讶："唐奇没有怀疑啊？"

"唐奇没见过方谨，还以为方谨就这个样子呢！"

"不管怎么说，今天总算蒙混过关了。"

苏青梨说："等方谨醒来，让她请你和橙橙吃饭！"

"好！"

． ## 第二十六章
"菜鸡"打手

早上,苏橙橙和唐奇站在电梯里。一个精神抖擞,一个萎靡不振。隔着路人,苏橙橙悄悄打量唐奇,不禁纳闷:昨天他和方谨姐的会面不是很愉快吗……难道就因为她昨晚提起了苏渺?看来唐奇对苏渺还是不能忘怀!

唐奇走进办公室开始工作,忽然敲门声响起。

"请进。"

苏橙橙提着一份健康早餐进来,讨好地放到桌上:"唐总,你应该没吃早餐,我给你带了一份。这都是有机健康食品。"

唐奇没有动,疑惑地盯着苏橙橙:"我和你只是普通同事,现在……普通同事之间也要互送早餐吗?"

苏橙橙反应过来,在唐奇的眼中,她和他没那么熟。

"哦……我姐让我买的,昨天的礼物是方谨姐的心意,这是我姐的心意。"

听到方谨的名字,唐奇表情变冷:"不需要,拿回去!"

苏橙橙没办法,只能拿着早餐往外走。顾屿匆匆走进来,没顾上理会苏橙橙:"小唐,关胜宇决定把空气纤维弹网专利卖给梵黛了。"唐奇一下站了起来,苏橙橙也在门口停下脚步,面露惊讶。

"根据可靠消息,他们今天早上就会签约。"

唐奇拿起手机,想要拨打电话,却又像被按了暂停键。"我联系方谨,和她商量一下怎么办。"唐奇一边说话,一边拨通了电话。

门口,苏橙橙的手机在振动,她撒腿就跑,到了唐奇看不到的地方,才敢拿起手机查看。

苏橙橙按了挂断,立即发信息给唐奇:"我现在不方便接电话。是关

胜宇和梵黛的事吗？"

唐奇看完信息，告知顾屿："方谨已经知道了。"

"方博士什么打算？"

苏橙橙一边往自己的工位走，一边发信息：我和青梨刚商量过，倒是有个办法，但需要唐博士帮忙……

唐奇将方谨发来的信息给顾屿看，顾屿看完信息，表情欣赏，显然觉得方谨的主意不错："姜太公钓鱼，愿者上钩。方博士可真是……处处有惊喜啊！"说完，他把手机还给唐奇，调侃道，"你去咖啡厅的钱，我们市场部报销。"

唐奇表情复杂，一方面对方谨心动，一方面又羞愧于自己的花心。

顾屿留意到他的异样，但没有探究，准备离开："记得好好准备一下，咱们下午要一起去拜访张总。你想给顾客最好的产品，就必须有最好的生产商。"

"好。"

梵黛公司一楼大厅，关胜宇正按照访客要求在大楼前台登记。

苏橙橙拿着资料走过去，故意大声讲电话："唐总，我已经到梵黛了。什么？您和项总约在楼下的咖啡厅见面，现在吗？"

关胜宇听到"唐总""梵黛"和"项总"，警觉地转头看了苏橙橙一眼。

苏橙橙看到关胜宇，装作吓了一跳，立刻做贼心虚似的走远几步，压低声音，越发引得关胜宇警觉："您放心，一定注意保密……好，我现在就过去。"苏橙橙挂了电话，低头匆匆往外走，佯装没注意到关胜宇就站在她身后，两人撞了一下，苏橙橙手里的资料散落在地。

苏橙橙立刻蹲下身捡，关胜宇弯腰帮忙之际，无意中看到资料上写着"千鸟集""纤维弹网"等字样，苏橙橙一下子从他手里抽走了资料，匆匆离去。

关胜宇心情暴躁，疑心生暗鬼：唐奇！又来坏我好事！思索一瞬，关胜宇急忙追着苏橙橙离开的方向而去。他一路跟着苏橙橙来到咖啡厅，四处查看，果然看到唐奇坐在角落，一身正装，严阵以待，桌上放着资料，明显是等人商谈事情的样子。

关胜宇径直向唐奇走去，语气不善："唐总怎么上班时间跑这里来喝咖啡？"

"我不能在这里吗？"

关胜宇皮笑肉不笑："听说你约了项总。"

唐奇板着脸："不知道你在说什么，我只是来喝杯咖啡。"

关胜宇压根不信，坐到对面，一副不见到项总绝不离开的样子："不要装了，反正我也约了项总，正好一起喝杯咖啡再去会议室。"

苏橙橙将关胜宇引到咖啡厅后，急急忙忙回到梵黛，冲进电梯，苏青梨已经等在里面。电梯上行，苏青梨把一段方谨的视频拿给苏橙橙看，同时举起文件夹挡住了电梯里的摄像头，苏橙橙一边看视频，一边启动滤镜。她身上的鞋子、衣服、配饰跟着一一变换。最后，苏青梨把一副眼镜递给苏橙橙，苏橙橙戴上眼镜摇身一变，成了"方谨"。

电梯门打开，穿着严谨、端方的"方谨"大大咧咧地走出来。苏青梨提着公文包跟在"方谨"身后，重重咳嗽一声。"方谨"立即调整步伐，学着视频里方谨严肃的样子走路。

"方谨"走进公司，走向前台，递上名片："你好，我是新南科技的方谨，想和项总面谈一下。"

"方谨博士，你们是和关总一起的吗？"

"是。不过，关总他有点急事，要晚一点到。"

"项总已经在会议室了，请跟我来。"前台领着"方谨"和苏青梨朝着会议室的方向走去。

会议室里坐着项目相关的高管和普通员工，因为关胜宇的迟到，气氛奇怪。项总查看了一下腕表，隐隐流露出不耐烦。

有人正要拨打关胜宇的电话时，会议室的门被人推开。"方谨"和苏青梨出现在门口，苏青梨顺手关上了会议室门。举着手机的人认出方谨，松了口气："项总，新南科技的人到了。"

众人没看到关胜宇，都盯着陌生的她们。苏橙橙看大家面色不善，讨好型人格让她立即下意识地赔笑，主动热情握手："抱歉抱歉，项总，我是新南科技的方谨，今天来晚了，实在对不起。"

看着行事和穿着完全两个人的"方谨"，苏青梨懊恼，根本来不及阻

第二篇 苏橙橙的万花筒　　211

止她这么狗腿的举动。

哪知项总见到"方谨",表情由惊讶转为惊喜:"方谨博士……久闻大名,真没想到您会来。"项总客气地站起,笑着和"方谨"握手,"方博士,幸会。您的研究我们公司一直都在关注,对于这次的合作,我们很重视,也很期待。"

众人知道来者是专利研发者——业内大名鼎鼎的方谨博士,也都面露尊敬。

苏橙橙化身社交达人,热情地说:"项总大名,如雷贯耳,能得到您的肯定,我十分荣幸。"

项总听她这么说,也很开心:"业内都说方谨博士一心扑在研究上,不苟言笑……看来言不符实……"

苏橙橙这才反应过来。苏青梨郁闷地戳了一下她的后背,苏橙橙立马挺直背脊,把笑容往回收,努力"端"了起来。

"请坐。"

"谢谢。"

项总问:"关总呢?他怎么没有来?"

"项总,我今日来,是想当面告诉您,这个专利我不能卖给贵公司。"

众人都露出错愕的表情。

这一次,方橙橙在苏青梨的监督下,把那些晦涩难懂的专业名词一字不落地背了出来。项总见"方谨"如实将自家产品的缺点说出来,心中不禁对她产生了敬佩。

事情很快谈完,项总亲自送"方谨"离开:"方博士,虽然这次合作不成,但以后您的研究,一定要优先考虑我们梵黛。"

"好。这次谢谢项总的理解。"

项总感激地笑道:"是我应该感谢方博士,把真相如实告诉我们。"

这时,关胜宇匆匆赶来,看见"方谨"和项总有说有笑,气氛融洽,越发确定自己上当了。他压抑着愤怒,上前对项总露出讨好的笑容:"项总,实在不好意思,我被小人设计,来晚了。"

"不晚,我们的合作已经取消。"项总一脸冷淡。

"怎么回事?"关胜宇大惊失色,看向"方谨","是不是你搞的鬼?"

"方谨"一脸无辜:"我只是据实说出真话。"

关胜宇愤怒:"项总,您别被方谨骗了!她是不是告诉你们我婚内出轨,还说我家暴她?"

项总愣了一下,脸色难看。

关胜宇却以为自己猜对了,进一步说:"项总,您千万别相信方谨,这都是她的一面之词,是对我的污蔑!我有证据,是她家暴我!"

项总已经放弃合作,对关胜宇的私事没兴趣,想要离开。关胜宇着急地抓住"方谨",压低声音威胁:"你快给项总解释清楚!要不然你休想拿到一分钱。"

"方谨"表情夸张,故意大叫:"啊,好痛……"

关胜宇愣了一下,立刻松了手。"方谨"却装作被推搡,顺势一个趔趄,差点摔倒,幸亏被苏青梨及时扶住,但她继续夸张地大叫:"啊!"

旁观的人群中已经隐隐有鄙夷的声音。关胜宇着急地解释:"我没有推她,我都没有用力,是她故意的!她阴险地让我迟到,在你们面前诋毁、污蔑我,现在又演戏,装被欺负!"

项总实在看不下去了:"方博士没有说过你一句坏话,也压根没有提私事,只是告诉我们空气纤维弹网还有缺陷,需要时间改进。反倒是关总你……"项总不屑地摇摇头,带领下属离开了。

关胜宇呆在原地。

"方谨"和苏青梨得意地对视一眼,相携离开。二人刚走到电梯面前,正准备按电梯,关胜宇恼怒地冲过来,逼近恐吓道:"方谨,你不要装了,就是你坏了我的事!"

苏青梨袖手旁观,压根没打算上前帮忙。

"方谨"压低声音:"是我又怎么样?你能拿我怎么办?"

关胜宇被激怒,彻底失控,本性暴露,要打"方谨"。"方谨"下意识躲开,要出手还击,却用余光看到了监控,立即决定扮演惊恐的受害者,正好留作证据。苏青梨会意,立即转身去找人证。

"不要打我,不要打我……"

恰在"方谨"和关胜宇纠缠时,电梯门打开,唐奇出现在二人面前。看到这一幕,唐奇立即冲上来护住"方谨",狠狠推开关胜宇。唐奇焦急

第二篇 苏橙橙的万花筒   213

地问"方谨":"有没有哪里受伤?"

苏橙橙觉得唐奇坏了自己的"好事",十分郁闷:"我不需要你的保护。"

"你需要!"

"我不需要!"

"你需要!"

关胜宇看看唐奇,又看看"方谨",恍然大悟:"唐奇,我说你为啥放着利益不要,几次三番阻拦我,原来你和方谨早有一腿!奸夫淫妇,竟然当着我的面来耍我!"

唐奇和苏橙橙都愣住了。关胜宇愤怒地一拳打去,唐奇猝不及防,挨了一拳,嘴角见血。幸好此时几个保安跟着苏青梨赶来,冲过来按住了关胜宇,而后者还在不停挣扎:"放开我,放开我!奸夫淫妇,竟然敢陷害我!"

苏青梨对唐奇说:"这里我来处理,你们先离开!"

唐奇迅速护着"方谨"进了电梯。

药店外的长凳上,唐奇和"方谨"并排坐着。

苏橙橙一手拿着碘伏等药品,一手拿着棉签,替唐奇擦拭伤口。因为距离太近,唐奇身体紧绷,下意识地屏住了呼吸。

"你打架这么菜,就不要学人家去做大哥、强出头。"

唐奇不理解:"难道你让我看着你被打?"

苏橙橙无语:"我需要的是目击证人,不是'菜鸡'打手。"

唐奇想起第一次见"方谨"时她教训关胜宇的英姿,恍然大悟道:"刚才在梵黛,你是故意的?"

"你以为呢?"

唐奇为"方谨"没有被欺负而高兴,又为自己犯蠢感到尴尬:"是我多事了。"

"你也是一片好心。"苏橙橙已经消完毒,打量着唐奇的伤。

唐奇被她看得脸红:"一点小伤,没什么事。"

"你下午不是要去拜访生产商吗?这样子不行吧?"见唐奇露出犯愁的表情,苏橙橙拿出大姐大的派头说,"放心,我既然敢提,就肯定能帮你摆平。"说完,她打开手袋,取出一张化妆棉,蘸了水,轻柔地在唐奇脸上涂了涂，又利用镜子背面，将紫色药膏和浅色粉底液混合在一起，调成肤色，替唐奇遮掩伤口，"这是药妆，主要成分是维生素E，不会影响伤口。这个方法是我看彩妆大赛节目学到的，其中有一期专门科普遮伤的化妆法。"

唐奇觉得意外："你喜欢看彩妆节目？"

话说出口，苏橙橙才开始心虚，眼神闪躲，口气却理直气壮："我这不是在研发化妆工具嘛，不了解化妆怎么做研发？"

唐奇还想问什么，苏橙橙急忙举起镜子："看看，不凑近看，看不出来吧？"

镜子里，唐奇的脸一切正常，毫无化妆痕迹，眼睛却一眨不眨地盯着"方谨"。

不远处的孩子们在玩泡泡机，一阵微风吹过，漫天泡泡伴随着清脆的笑声四处飞扬，在阳光的照射下显得缤纷灿烂。唐奇眼里满是藏不住的情感。

苏橙橙却压根没往别的方向想，见唐奇盯着她，纳闷地用镜子照照自己，没发现问题："我的脸怎么了？你盯着我的脸看什么呢？"

唐奇忙遮掩地移开目光，转移话题："你怎么知道我下午要见生产商？"

"嗯……你告诉我的啊！你去咖啡厅前，和我商量关胜宇的事时说的。"

"我说的？"

苏橙橙鬼扯道："你太在意空气纤维弹网的专利，心乱了。人有时候就是这样，紧张的时候连自己说了什么都不知道……"

说者无心，听者有意。唐奇听到"心乱"二字，心确实乱了。

泡泡飘浮，并肩而坐的唐奇和苏橙橙都心中有鬼，忙着遮掩自己，忽略了对方的异样。

张总坐在沙发上，正在看唐奇带来的产品详细指标，越看表情越纠结。顾屿和唐奇坐在另一边，紧张地等待张总的决定。

对方放下文件，叹了口气："不管多复杂的弹网我们都能生产，不过……不管生产什么，都需要提前安排。"

顾屿笑道:"张总说得对,我们提前来,就是和您商量这事。"

张总为难:"你们这……不能确定到底是多层叠加纤维弹网,还是空气纤维弹网?这空气纤维弹网还……还各项指标都不确定。你们自己什么都不确定,让我怎么安排生产啊?毕竟我们不是只有你们一家客户。"

顾屿继续赔笑:"是,是,我知道这事很难办,所以特意请唐博士来和您解释一下空气纤维弹网的问题。"

唐奇说:"为了给顾客更好的体验,弹网的研发者希望我们再给她一点时间,也麻烦张总再给我们一点时间。"

张总放下资料:"顾总、唐总,我很欣赏你们,也不是不想帮你们,但这个单子我们真接不了……"

此时,办公室的门被推开,一个十三四岁的女孩冲进来,一把抱住了张总。张总低头一看,又惊又喜:"繁繁,你……怎么突然来了?"

女孩别扭地没有回答,跟着进来的助理笑着举起两本漫画书,暗示地指指,张总了然。

繁繁这才注意到办公室里还有人,忙矜持地站好:"我就是进来看看爸爸,我……我去看漫画了。"她离开时,又回头说,"爸爸,周末我想去郊外写生。"

张总显得很激动:"好,好,爸爸带你去!"

繁繁出了门,张总的助理补充道:"繁繁一本本看过签名后,偷偷哭了一场,然后就说要来找您。"

张总打开漫画书,看到林媛的签名,表情又十分感动。合拢书后,他看向顾屿:"没想到顾总这么有心……谢谢!"

顾屿摆摆手:"不敢居功,是繁繁有眼光,喜欢了一个又善良又有才华的作者。"

张总感慨道:"说句老实话,你说我辛辛苦苦挣钱图什么?不就图让家人过得更好吗?只要我女儿开心,我比赚了多少钱都高兴!"

他拍拍资料,对唐奇说:"唐博士这么较真,也是为了顾客。我看好你们的长期发展,这一单我愿意让利配合你们,随时调整生产方案。"

"谢谢!"唐奇和顾屿相视一眼,都如释重负。

第二十七章
闷骚博士

离开了张总的公司，顾屿表情惬意地开着车，坐在副驾驶座的唐奇却心事重重："这次的事给公司添了很多麻烦，也辛苦你了。"

顾屿笑了笑："做生意不就这样嘛，不是这个麻烦，就是那个麻烦。我倒是挺感谢你这次又犯轴了，让我有机会接触林媛，也了解了她。"

"林媛到底做了什么，让张总对我们态度大转弯？"

顾屿笑着把林媛的"奇葩"行为告诉了唐奇。

原来，送来的系列漫画书里不只有林媛的签名，签名页还各有一幅两人拥抱的爱心简笔画，虽然线条极简，但依旧能看出是父与女。因为都是手绘，所以每一幅图都有变化，而且随着书的序号变大，里面的"女儿"在一点点成长，父与女的拥抱也在变化，从婴儿期的怀中横抱，到小孩子时期的竖抱、肩上扛……

唐奇却是一脸郁郁寡欢："这次的事要多谢林媛了。"

顾屿留意到他情绪低落，问："你怎么了？关胜宇的事被你搅黄了，张总那边也谈妥了，你怎么还是一副心事重重的样子？"

"没什么。"

顾屿猜到什么，笑了笑："不如我打个电话，约方谨出来，咱们晚上一起庆祝一下？"

"不行！"唐奇一下子紧张起来，着急阻拦，想说什么又说不出来。

"你这样还叫没什么？你和方谨到底怎么回事？"

唐奇很痛苦："我……我好像爱上了方谨。"

顾屿眼神震惊，却努力装作若无其事的样子，继续开车。

唐奇看着他："你不想说点什么？"

顾屿努力装作云淡风轻："有什么好说的？你又不是爱上我了，一个男人喜欢上一个女人，自然而然。"

唐奇却在唾弃自己，心痛如绞："苏渺尸骨未寒，我就移情别恋，我第一次知道我竟然这么渣。"

"我也第一次知道……"

"你说什么？"

"嗯，也许你对苏渺的感情只是肤浅的好感，只不过她很快不在了，你误把假象当作真情……"

唐奇坚决否认："不是，我知道不是的。"

"那也许你对方谨的感情是一种假象，多接触几次就会发现你错把同情当成了感情。"

唐奇犹如落水者抓住了救命稻草，突然喊道："停车！"

车刚刚在路边停好，唐奇迫不及待地下了车。

顾屿探头问他："你干吗？"

唐奇打开叫车软件："我去找方谨。"

千鸟集公司市场部，同事们陆续下班，王怡和苏橙橙依旧在埋头工作。

许月离开时，特意走到苏橙橙桌子边："现在你们组就你和王怡姐，的确不太方便偷懒了。好好干！"

苏橙橙虽然烦她，但什么都没说。许月满意地扭头走了。

王怡安慰她："许月说话一直都这样，你别往心里去。"

苏橙橙语气平静："是我的错，之前老是请假，给大家的印象不好。"

"我相信你肯定有不得已的原因……"

话音未落，苏橙橙的手机振动，是唐奇给方谨的消息：下班了吗？方不方便晚上一起吃顿饭？

苏橙橙急忙回复：抱歉，今晚要加班。

唐奇很快回复：我现在去你的实验室找你，不会耽误你太多时间。

苏橙橙一脸震惊，转转眼珠，立即收拾东西，匆匆忙忙地要离开。王怡听到响动，诧异地看她。

苏橙橙抱歉道："王怡姐，我请个假，突然有点急事，不能加班了。"

对不起,我知道答应了你随叫随到……"

王怡表示理解:"去吧,我说了我相信你肯定有不得已的原因。"

苏橙橙十分感动:"我保证绝不耽误工作!"说完就慌慌张张地离开,火速赶往方谨的实验室。

唐奇提着一袋高档外卖,脚步沉重地走向实验室所在的小楼。

苏橙橙奋力踩着共享单车,从唐奇身边风一般掠过。到了门口,她急忙扔下单车冲进了楼口。

唐奇这才看到苏橙橙的背影,喊道:"苏橙橙?"

苏橙橙暗自懊恼,硬着头皮装没听到,越发加快了速度,一溜烟进了电梯,消失不见。唐奇没有多想,也跟着进了楼门。

门铃响了,门里的苏橙橙整理了一下刚刚穿上的白大褂,从包里取出眼镜戴上,朝着门口走去,在开门的瞬间变成了"方谨":"请进!"

唐奇走了进来,下意识地环顾四周,却没有看到苏橙橙:"我刚在楼下看到苏橙橙,她应该是来找你的。"

"橙橙?你看错了吧,她没说今天要过来。"

"哦,背影挺像的。"唐奇把外卖递过去,"你应该还没吃晚饭,我给你带了外卖。不好意思,突然上门拜访。"

"方谨"接过外卖:"你找我有什么急事吗?"

"那个……有些技术问题想不通,想请教你……"

"方谨"掩饰着表情,转身到桌边去拆外卖:"技术问题……我饿了,我们先吃饭吧。"

唐奇过来帮忙拆开饭盒,不敢盯着身边的人看,下意识地打量四周:"你一个人加班?没有研究员和你一起?"

"你说你要来,我就让他们先走了。"

二人坐下,"方谨"拿起一次性筷子递给唐奇,唐奇心情复杂地接过:"谢谢。"

"是我该谢谢你,带了这么丰盛的晚饭。"

唐奇一边心不在焉地吃,一边时不时看"方谨"。他提醒自己,不要回避,也许多接触一下,就会发现自己的喜欢只是错觉。

第二篇 苏橙橙的万花筒   219

苏橙橙见唐奇的目光这么"求知若渴",越来越紧张——技术是个大难题,她一个体育特长生怎么会解答啊?她只能自我催眠,逃避现实:只要我不看他,他就看不到我……她刻意回避着,生怕目光一相对,他就开口求教了。

"方博士……"

"好吃!"苏橙橙狠狠咬了一口鸭腿,把嘴塞满,用力咀嚼,表示自己不能说话。唐奇只觉得她很可爱,心动依旧,眼里满是温柔。苏橙橙坚强地迎着他"求知若渴"的目光努力啃鸭腿。

突然,实验室里漆黑一片,随后备用电源启动,实验器材发出"嘀"的重启声,墙壁上的应急灯发出暗淡的光。苏橙橙和唐奇同时愣怔一下,又同时如释重负。

"怎么会突然停电?"苏橙橙去检查各种灯的开关,发现的确都没电了。

唐奇走到门边拉了拉门,发现拉不开:"电子门锁,我们出不去了。你有物业电话吗?"

苏橙橙又暗自露出郁闷的表情,嘴里却尽力装作没事:"平时不怎么打,我得查一下。"

关胜宇拿着手电筒,站在漆黑的楼道,面前是一排电闸——正是他刚刚拉了电闸。他此刻面露阴森冷笑:"狗男女,一个比一个会装!这次我一定要把你们的真面目暴露出来!"

戴着眼镜,穿着白大褂的苏橙橙假装翻通讯录,实际在查看苏青梨发到她微信上的物业电话号码。唐奇按照她报出的号码联系到了物业,对方表示,因不明原因,电路出现故障,已经联系电力局来修了,请他们待在安全的地方稍作等候。

唐奇安慰道:"看来只能等一等了,别紧张,应该很快就能来电。"

苏橙橙才不紧张呢!没有电,电脑不能开机,不管唐奇问什么,她都可以说没有资料,不方便解释。

她轻松地坐回桌边,打算真正开始享受美食。可惜房间里太暗,都看不清自己吃的是什么……苏橙橙正打算用手机的手电筒凑合一下,却发现电量显示已经变成了红色,唐奇看看自己的手机,也是如此。

"手机要是关机了，咱们就成失联人士了。"苏橙橙有点慌了。

"稍等一下。"

唐奇去垃圾桶捡了几个废弃的工具，几分钟后，做出了一盏简易的LED灯。他的动作行云流水，苏橙橙看得眼花缭乱。

唐奇举了举小灯，解释道："不少报废的电池仍然有电。"

苏橙橙不禁崇拜地大声感叹："哇，好厉害！"

唐奇却以为她是在故意开玩笑："没想到你这么幽默。"

"可我是真的觉得很厉害。"

"方博士，这么简单的物理实验，你肯定做得比我好。"

苏橙橙终于反应过来，现在自己是方博士："对、对，我可是方博士！"

唐奇被她逗得满脸笑意，把灯放到他们的"餐桌"上，气氛瞬间变得暧昧迷离。苏橙橙开心地坐下，觉得像是在餐厅里用餐一样。

"唐博士，请！"

"方博士，请！"

二人在彩光中享用起晚餐。

因为意外的停电，唐奇暂时放弃了探究自己的感情，苏橙橙也不再担心唐奇会讨教技术问题，两人谈谈笑笑，气氛融洽。唐奇见"方谨"连吃几个鸡翅，便把自己那份也让给了她。

此时，关胜宇带着助理悄悄走到实验室门外。屋内传来唐奇和"方谨"的声音。

"喜欢吗？"

"嗯……喜欢。"

"还要吗？"

"要……"

关胜宇听着里面的笑声，还有吃东西的声音，乍一听满是暧昧。关胜宇露出奸计得逞的坏笑，示意助理把用来拍摄的手机准备好。

突然间，电力恢复，灯光大亮，关胜宇带着助理冲了进去："狗男女，我就知道你们有一腿！这次我一定要你们身败名裂！"

唐奇下意识地站起，惊讶地看着来人。关胜宇发现室内画面和他想象的不一致，也愣了一愣："方谨呢？"唐奇回头看，才发现桌子对面已经没有人了，表情更加诧异。

而苏橙橙已经四肢着地，沿着墙根绕到了另外一张桌子后面。

"方谨，你躲到哪里都没用！"关胜宇示意助理上前，先拍唐奇的脸，再拍"餐桌"，"呦！很丰盛啊！狗男女，不敢见人，躲在实验室享受二人晚餐，"关胜宇拿起彩灯，嘲讽地笑道，"彩灯晚餐，可真是浪漫啊！说这不是约会谁信啊？我看你们怎么和法官解释婚内出轨！"

唐奇本就对"方谨"有异样的感情，又是个君子性格，此时十分生气却无力反驳："和方谨无关，你不要满嘴污言秽语……"

关胜宇拿着彩灯逼近唐奇，挑衅道："狗男女，你们敢做，我就敢说！"

这时，借助滤镜变回自己的苏橙橙走了过来："你骂谁狗男女呢？我们就喜欢在实验室吃饭，犯法了吗？"

唐奇和关胜宇都惊讶地看向她。

"怎么是你？方谨呢？"关胜宇问。

"怎么不能是我？"苏橙橙挽住唐奇的胳膊，理直气壮地说，"我未婚，他未婚，我们不能一起吃饭吗？就算我们在约会谈恋爱，关你什么事？"

关胜宇难以置信地看唐奇："你在和她约会？"

"是。"

听到唐奇的回复，苏橙橙松了口气，态度强势地接着说："关胜宇，立即离开方谨姐的实验室！我警告你，如果你再敢污蔑方谨姐，我一定让你好看！"

关胜宇吓得后退一步，却不甘心就这么离开，嘴上颇不饶人："你也不看看你的样子，唐奇能喜欢你？"

苏橙橙气恼不已，又觉得关胜宇说的是事实，憋得说不出话，只想动手打人。旁边关胜宇的助理依旧在录像。唐奇突然搂住苏橙橙，制止了她动手的意图，这动作也显得两人更亲密了。

"苏橙橙品行端正、勤勉努力，我觉得她很好看！反倒是你，看似人模人样，实际狼心狗肺、丑陋不堪！"

苏橙橙震惊地看唐奇，而关胜宇仍不死心："就算你们俩在约会，为什么会跑到方谨的实验室约会？扯谎也扯得符合逻辑一点！"说着四处乱转，想抓到方谨，连矮柜都拉开查看。

苏橙橙回过神来："我们喜欢玩角色扮演不行啊？今天我们在玩闷骚博士和不解风情小助理的游戏。对吧，唐博士？"

唐奇脸红，但没有否认："是。"

关胜宇将信将疑地盯着他们，唐奇不得不将苏橙橙搂得更紧，试图表现自己的"闷骚"，但显然不到位。苏橙橙不停示意唐奇，唐奇迟疑着把手放到苏橙橙下巴上，两人摆了个"闷骚男挑女人下巴"的姿势。

苏橙橙说："关胜宇，年纪大了不懂年轻人的喜好没什么，但老眼昏花，四处捉奸可要不得！"

关胜宇被雷得不得不相信了："你们告诉方谨，她要不知好歹，继续和我作对，我一定让她吃不了兜着走！"说完，羞恼地带着助理离开了。

唐奇和苏橙橙确认他消失不见后，立即像触电一样，迅速分开。尴尬的沉默之后，二人努力装作若无其事。

唐奇问："这到底是怎么回事？你为什么在这里？"

"我来找方谨姐，没想到在电梯里遇到个老朋友，两人去她那里聊了一会儿。后来停电了，我担心方谨姐，就过来看看，正好遇到关胜宇找麻烦，我就临时救个场。"

"方谨呢？"

苏橙橙指指电子门："当然是悄悄走了啊，不走留在这里等着关胜宇抓啊！"

"什么时候走的？我怎么没看到？"

"你看到了，关胜宇不就也看到了吗？当然是趁你和关胜宇对峙的时候，悄悄走的啊！"

唐奇总觉得哪里有问题，可苏橙橙的每句话都没问题。

"今天的事，不许说出去。"

"哪件事？关胜宇来骚扰方谨姐……"

唐奇面带羞耻："闷骚博士……"

苏橙橙打了个寒战，比他更尴尬："放心，我绝不会说的。"

未完待续……

花笙
STORY

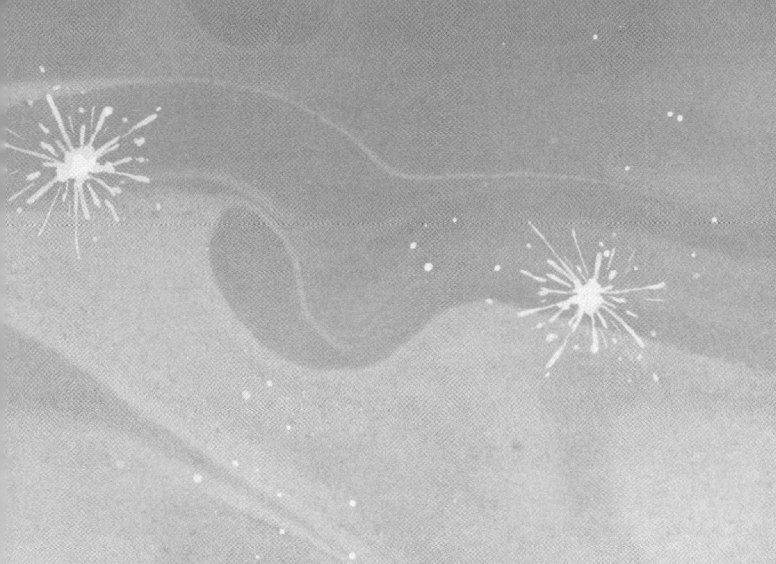

让好故事发生

滤镜
Filter

上册

罗小葶 著

中信出版集团 | 北京

拥抱真实的自己

第三篇

第二十八章
虚假的甜

苏橙橙神清气爽地走进千鸟集市场部,同事们都对她行注目礼。李宇昊冲她竖大拇指,赵运杰则满脸好奇。苏橙橙疑惑地歪歪头,看着众人。

"苏橙橙,你啥时候和唐总谈恋爱了?我们可一点没看出来,怎么开始的?"赵运杰指着唐奇和苏橙橙在实验室里搂搂抱抱的照片,苏橙橙看到照片,瞪大了眼。

许月阴阳怪气道:"你应该问唐总是什么时候、怎么被碰瓷了。"

苏橙橙瞪着她:"我碰瓷唐总?"

许月反驳:"我可没这么说。"她假惺惺地礼貌微笑着,却又上下打量苏橙橙的外貌,和旁边的女同事交换眼神。大家一脸心知肚明,面带讥嘲。

苏橙橙忍无可忍,也假惺惺地端了起来:"这些照片不是碰瓷,是昨晚唐总请我吃晚餐时拍的。"她故意顿了顿,看着一张唐奇搂紧她的照片,意味深长地说:"唐总对我……很热情主动。"

这下换其他人面露震惊了。苏橙橙以为是自己的话的效果,面露得意,可发现大家眼神好像不太对。她意识到什么,郁闷地回头,看到唐奇正冷脸看着自己。

"苏橙橙,你跟我来。"唐奇转身就走,苏橙橙尴尬又懊恼地跟上。

见她走了,许月光明正大地嘲笑起来:"牛皮吹破了吧!就她那德行,唐总还对她热情主动?"几个女同事跟着一起笑起来。

"为了面子撒谎,人之常情……问题是,她有什么面子可维护呢?"

听到这话,苏橙橙越发难受。没想到,唐奇忽然转身回去,对许月说:"苏橙橙没有撒谎,昨晚的晚餐是我买的单,拍照片时我也很热情主动。"

包括苏橙橙在内的所有人都惊讶地看着唐奇。

许月难以置信:"唐总真的在和苏橙橙谈恋爱?"

"没有。"

众人表情各异,苏橙橙的心又悬了起来。

"我正在追求苏橙橙,她还没答应。"唐奇扫了眼瞪大眼睛的众人,面无表情,"君子崇人之德,扬人之美。二十一世纪了,还只是盯着他人的外表,太狭隘偏颇。"说罢转身离开。

赵运杰和李宇昊等人露出不好意思的表情,各自散去。许月一脸难堪,转而面带讥讽:"苏橙橙,看不出来,你挺厉害啊!"

"我没有美,你没有德,咱们就放过彼此吧!"说完这句,苏橙橙朝唐奇的办公室走去。

唐奇坐在办公桌后,面对电脑专心"工作"着。苏橙橙站在办公桌前,像个面对教导主任的学生。她不太服气地辩解:"刚才的事谢谢啊……我也没有撒谎,说的都是事实……"

唐奇盯着屏幕不语,苏橙橙有些心虚:"刚才是我不对,我不应该掐头去尾、话语含糊,有意误导大家,我会想办法补救的……"

唐奇依旧盯着屏幕敲打键盘,不说话。

苏橙橙沮丧地说:"你放心,我会给大家解释清楚,绝不影响你……"

唐奇突然抬头看着她:"付账。"说着把电脑屏幕转向苏橙橙。

苏橙橙惊愕地看着屏幕上的付款二维码和订单信息:"收货人苏橙橙……浪漫的爱……每周一束,连送六个周……我为啥要给自己送花?"

"是我送你。在方谨离婚官司结束前,我会每周送你一束花。"

"为什么?"

"关胜宇把照片曝光,肯定不只是单纯泄愤。"

苏橙橙恍然大悟,"关胜宇依旧不相信,想看我们是真是假。"她内心五味杂陈,既如释重负,又怅然若失,"难怪你突然这么帮我,竟然说你在追我,吓得我都不知道该怎么感谢你了,原来是为了帮方谨姐。"

唐奇立即下意识反驳:"不是,我也是……"唐奇想说我也是想帮你,可想到自己对方谨奇怪的感情,又不好意思地沉默了。

"明白,也是为了空气纤维弹网的专利。这个关胜宇真够坏的,明明

第三篇 拥抱真实的自己 227

自己出轨,还一门心思要倒打一耙。"苏橙橙掏出手机准备扫码付钱,又忽然愣住,"你订的什么花?这么贵……"

"找苏青梨报销。"

"有道理,这可是公事。虽然是演戏,但从今天起,我也是有帅哥追的女人了,谢谢啊!"苏橙橙说完,笑嘻嘻地离开。

不久后,一大束造型夸张的玫瑰花被送到苏橙橙面前。许月惊讶,随即嘲讽苏橙橙是打肿脸充胖子,自己买花送给自己。金丽萍却抽出花里的卡片,发现送花的人确实是唐奇。

收到花的苏橙橙虽然心虚,但也因为同事羡慕的眼神而开心。

工间休息时,苏橙橙来到茶水间,看着桌上的蛋糕,忽然发出一声感慨:"假话就像甜品,虽然不利于健康,但滋味甜蜜,让人开心。"说完,挑了一块好看的蛋糕,塞进嘴里。

这时唐奇拿着杯子进来,两人四目相对,又一掠而过。

唐奇冲了杯咖啡,苏橙橙发现他居然一点糖都不加。她看着手中的甜品,犹豫吃还是不吃。唐奇看到她的样子,说:"在漫长的进化中,人类需要摄入足够的能量才能生存,甜味通常与高能量食物相关,因此对于高糖分食物的偏好是一种生存机制,写入了我们的基因。你现在对甜食的渴望是虚假的本能冲动,只不过因为基因的进化没有跟上时代的变化。"

苏橙橙盯着甜品:"好可怜,原来在古代,你是生存必需的健康食品,现在却被时代抛弃,变成了健康杀手。"苏橙橙一口把甜品塞进嘴里,又满意地喝了口茶,冲唐奇笑了笑,"但吃了块甜品带来的高兴是真的,不是假的。"说完,端着杯子走了。

唐奇端起咖啡杯也要走,想起苏橙橙说的话,又回去拿起一块甜点,带着一起离开了茶水间。

关胜宇曝光了唐奇和苏橙橙的照片,苏青梨主张,关胜宇曝光他人隐私,要向他索要精神赔偿。苏橙橙对赔偿不感兴趣,她更想让渣男倒霉,为方谨出一口恶气。但方谨一直昏迷,苏青梨这边也没有找到更多关胜宇婚内转移财产的证据,事情暂时陷入僵局。

这天,苏橙橙、苏青梨和林媛三人在店里吃小龙虾。

因为林媛的出谋划策，苏橙橙偷拍到了关胜宇见情人的照片，苏青梨说这些虽然不能直接作为关胜宇出轨的证据，但是也算有了小小进展。

苏青梨豪气地说："今天这顿我请，还想吃什么随便点……等方谨醒了，这件事彻底解决后，我请你们去吃顿贵的！"

三人击掌，大快朵颐。

忽然，苏青梨的电话响了起来。苏橙橙边吃虾边好奇地看着，却见苏青梨脸上露出震惊的表情，唰一下站了起来，也示意苏橙橙和林媛赶紧起来："别吃了，走人！"

"怎么了？"

苏青梨忙着结账："方谨醒了，但医院第一时间通知了关胜宇！"

林媛一下子瞪大了双眼，苏橙橙虽然震惊，却还记得一把捞起苏青梨落在椅子上的包。

三人匆匆赶到医院病房，然而病房里根本没有方谨的身影。苏橙橙急忙拉住一个路过的护士，问："方谨呢？"

"你是说住在这个病房的病人吗？她丈夫把她带走了。"护士说完就离开了。

三人惊讶，表情各异。林媛担忧地说："方谨姐刚醒来，什么都不知道，关胜宇会不会发现我们的秘密？"苏橙橙紧张得攥紧了拳头。苏青梨立刻给关胜宇打电话，电话一直响，关胜宇没有接。

这时，苏橙橙的手机响了，来电显示是唐奇。

"唐奇在找方谨。"

苏青梨说："先别接，眼下最重要的是赶紧找到方谨。"

苏橙橙把手机调成静音，彻底忽略了唐奇。

唐奇坐在车里，面色担忧地给方谨打电话，但电话一直无人接听。唐奇只能发短信给方谨：刚才看到你和关胜宇在一起，没敢贸然上前，请问这又是你的计划吗？

唐奇没有等到回复，却看到车窗外，关胜宇正拉着方谨从楼里出来，粗暴地把她推上一辆车。唐奇立刻发动车子跟上关胜宇的车。

此时，苏橙橙三人正前往方谨的实验室。她们打开实验室门，发现里面空无一人，还被翻得乱七八糟。

苏橙橙分析道:"关胜宇来过。"

苏青梨满脸担忧:"我们来晚了一步。"

林媛好奇:"关胜宇是在找什么东西吗?"

苏青梨说:"关胜宇在找弹网的升级资料。"

"对!为了阻止关胜宇把专利卖给梵黛,我假扮方谨姐,告诉项总弹网还有缺陷,正在研发升级……关胜宇肯定是想拿到新的资料,尽快把专利卖掉。"

林媛看着苏橙橙:"这是你捏造的理由啊,根本没有这个研究资料。"

苏青梨越来越着急:"关胜宇不会相信,他肯定会折磨逼问方谨……"

这时,苏青梨的手机响了,她忙拿出手机查看,是唐奇的电话。苏橙橙立即拿出自己的手机,上面有许多未接来电,还有短信。

"唐奇看见方谨姐和关胜宇了。"

苏青梨立即按下接听:"方谨在哪里?"

黑漆漆的工厂里,设备已经全部停工。

关胜宇一把将方谨推到柜子边,方谨挣扎着解释:"我真的没有……你说的什么升级资料。"

"你觉得我会信吗?你和苏青梨那个贱人一直不肯说实话,不就是等着离婚后利用升级方案重新申请专利吗?"

"根本没有升级方案!到底是谁告诉你的?"

关胜宇气得恶狠狠地一把抓住方谨的头发:"你自己亲口跟项总说的!你还敢满嘴谎言?"

"你肯定误会了……我一直昏迷,压根不知道你说的项总是谁……"

关胜宇忍不住要暴打方谨,方谨愈发瑟缩。突然,一个人一脚踢开大门,唐奇被光拉长的身影出现在门口,犹如从天而降的英雄:"放开她!"

关胜宇愤怒地扯着方谨:"看看谁来了!还说你们没有奸情?!"

方谨一脸茫然,压根不知道门口的人是谁。关胜宇生气地放开方谨,两个男人都气势汹汹地朝着对方走去。唐奇抬起拳头,一声闷响过后,倒地的是唐奇。

一个虎背熊腰的保安站在唐奇背后,得意地收回了刚才出拳的手。

新南科技公司工厂门口，铁门紧闭，时不时有一两名保安巡逻。保安室里还有两名保安在看门。苏青梨的车停在隐蔽处。

车里，苏青梨在拿着相机拍照取证，苏橙橙在活动手腕热身，林媛则在渲染气氛："月黑风高，荒郊野岭，守卫森严的工厂，一群剽悍的大汉，一个柔弱的女子……此情此景必须……"

"报警！"苏青梨看着她。

被打断的林媛愣了愣才说："哦，对，必须报警！"她拿出手机，却发现没有信号。

"姐，你和媛媛去找有信号的地方报警，我先溜进去看看情况。"说完，苏橙橙下了车。

苏青梨探出头来叮嘱她："你小心一点！"

苏橙橙躲躲闪闪，快接近工厂时，利用手镯变成了一棵小树，沿着绿化带，迈着碎步往里走。保安室里，保安甲在刷抖音，保安乙尚且负责，在留神查看，却觉得有什么不对劲，不停揉着眼睛。

"那棵树好像会走路……"

保安甲抬头往外看："树要会走路了，那就是树妖。你以为演《聊斋》呢，咱们又不是书生。"说完又低下了头。保安乙接着盯着看了一会儿，小树没有异样，他也觉得自己眼花了，移开了视线，端起茶杯喝茶。

小树飞快溜到厂房门口，瞬间又变成了一堆箱子。

保安乙喝完茶，抬头望向窗外，正好看到小树飞奔，惊恐地喊道："啊啊……那棵树跑过来了……等等，哪里有树？几个箱子……"保安乙大着胆子再看，外面的确没有树，只有几个废弃的箱子堆在门口。他惊魂未定地闭上眼睛，对保安甲说："肯定是太困了，我眯一会儿，你盯着点。"

"行。"保安甲继续刷抖音。

这时，"箱子"一扭一扭地钻进了厂房。

厂房内，唐奇醒来，发现自己被绑在了椅子上。他观察四周，发现有翻找的痕迹，地上散落着东西，其中有一把实验量尺。他挪动着椅子扑倒在地上，反手捡起尺子割断束缚。重获自由后，他立即想去找方谨，却发现房门被锁上了。

唐奇在屋子里东翻西找，找到了火柴、铝片和三氧化二铁粉末。他又按照比例加入氧化剂,自制出了一个简易熔断器,接着点燃铝熔剂,开始烧门锁。

门外,两名保安巡逻经过。

"那只弱鸡应该快醒了。"

"去看看,要醒了就再给他一拳。"

两名保安打算进入研发室查看,而门内的唐奇浑然不觉。走廊里传来窗户开阖的声音,保安顾不上唐奇,循着声音去查看。

保安离开后,苏橙橙从走廊拐角出现。她来到研发室门前,发现是脸部扫描锁,于是按下滤镜,把脸变成方谨的,刚要扫脸开门,却听见咔嗒一声,大门从里面被拉开。唐奇和"方谨"面面相觑,又都着急地开口。

唐奇担忧地看着"方谨",感动地问:"关胜宇没伤到你吧?你是来救我的吗?"

"怎么只有你一个人?"

"还应该有谁?"

苏橙橙愣了愣,问:"关胜宇,你知道关胜宇带我去哪里了吗?"

唐奇虽疑惑,但实话实说:"我昏过去了,不知道。你也不知道吗?"

"哦,我也昏过去了。"

关胜宇不在研发室,苏橙橙只能继续去找他。她交代唐奇:"你先离开这里,我和关胜宇还有点事要处理,我得去找他。"

"我陪你去。"

唐奇太热心,苏橙橙无法拒绝,看来她得尽快想个办法甩掉他。

第二十九章
告别渣男

两人来到一个拐角，苏橙橙看到两名保安正从前方走来，急忙拉着唐奇躲到暗处。

唐奇小声说："等会儿我出去引开他们，你趁机逃出去。"

苏橙橙反过来叮嘱他："你躲在这里，不要出来。"不等唐奇回应，苏橙橙大摇大摆地冲了出去。唐奇没帮上忙，只能干着急。

两名保安看见"方谨"都愣了愣，态度微妙："方总。"

"关胜宇在哪里？"

"关总要么在七楼的资料室，要么在五楼的……"

苏橙橙见计策奏效，正高兴，不料保安突然不说了。她看见两个人都面色怪异地看向她身后，她也回头看。只见唐奇举着一个拖把，英勇地朝她跑过来，试图救她。

苏橙橙一脸无奈地看着唐奇奋力挥舞拖把，和两名保安打成一团。

唐奇语气慌乱地对苏橙橙说："你快走，不要管我，快走啊！不要管我……"

苏橙橙轻松挥拳，干脆利落地打晕了两名保安。唐奇举着拖把，刚摆出最凶狠的姿势，结果保安已经都晕倒在地。他愣了一愣，讪讪地收手："我是不是又帮倒忙了？"

苏橙橙无奈地不语。

这时，其他保安的脚步声传来，苏橙橙忙拉起唐奇就跑，躲进了一旁的储物间。走廊的方向传来保安的声音："分开找！老板说了，抓到人有重奖。"这声音从储物间门口掠过。

苏橙橙和唐奇几乎紧贴着彼此，躲在角落。唐奇低声道歉："对不起。

你之前在关胜宇面前装得太逼真了,我总觉得你弱不禁风。"

"你录像了吗?"苏橙橙眼睛一亮,惊喜地问。

"没。这是你的计划,难道你不留证据吗?"

苏橙橙有口不能言。

恰在此时,一个保安拉开了他们所在房间的门,灯光大亮。苏橙橙突然发现挡在他们前面的遮蔽物有部分是玻璃,不能完全遮挡,急忙捂住唐奇的眼睛。保安透过柜子上的玻璃,看到玻璃后面是箱子。

黑暗中,被"箱子"遮挡的唐奇感官格外清晰,他能感受到"方谨"的身体和她的呼吸。唐奇心跳如擂鼓。

保安关灯离开,苏橙橙立即放开了唐奇,在唐奇睁开眼睛之前,从"纸箱"变回了"方谨"。唐奇则在原地失神。

"我要去找关胜宇,你别跟着我了,我不需要你帮忙。"

"方谨"匆匆离开,唐奇恍惚地按着自己的心口,确认了自己对"方谨"的感情,既羞愧又痛苦。

顾屿曾对唐奇说,他对方谨的感情是一种假象,多接触几次,就会发现他是错把同情当成了感情。可是这一刻,唐奇清楚地知道,他对方谨的感情不是假象。

唐奇轻声自我唾弃:"唐奇,你真是个人渣!"

而苏橙橙正在到处寻找的关胜宇,此时正在新南科技公司工厂资料室四处翻找着档案文件,方谨害怕地缩在一边。

没有收获,关胜宇烦躁地走过来,一把拉住方谨:"空气纤维弹网的升级资料到底在哪里?"

方谨瑟缩着:"我不知道,我真的不知道你在说什么……"

关胜宇暴躁地推开方谨,四处看看,抄起一条木板,做威胁状。方谨跌倒在地,害怕地往后躲。

突然,灯光熄灭,关胜宇愣了一下,再查看时,方谨已经不见了。

"方谨,出来!我警告你,你最好主动出来,要不然被我抓住了,我不会客气……"

黑暗中有人一把抓住了瑟瑟发抖的方谨的胳膊,并在她尖叫出声前捂住了她的嘴。

按住挣扎的方谨，苏橙橙低声解释："我是苏青梨的妹妹苏橙橙，我是来救你的。"

方谨惊慌地看向苏橙橙的方向，苏橙橙拉起她的手："方谨姐，别怕，我带你离开。"

二人匆匆地沿着楼梯往下跑，听到有人从楼下往上追。

苏橙橙问："只有这一个出口吗？"

"还有电梯。"

"电梯有监控，一直有人看守……我去引开保安！"

方谨紧张地抓住苏橙橙，苏橙橙却掰开她的手："没事的，关胜宇想抓的是你，不会对我怎么样。你什么都别管，一直往外跑，我姐会在外面接应你。"说完，苏橙橙立即加快脚步往下跑，同时变成了方谨的模样，和追上来的保安迎面相遇，然后一个转身，引着他们离开楼梯间，进入五层楼的走廊。

楼上的真方谨确认没人后，急忙往下跑。

跑到三楼时，唐奇突然从楼梯间入口跑进来。二人狭路相逢，真方谨被吓得花容失色，唐奇却如释重负，熟稔地往她身后躲："幸好碰到你了，后面有保安追我，你快帮我打晕他。"

"我……我不行……"

又一个工厂保安出现在楼梯间入口，方谨吓得直接躲到一边。安心躲在后面的唐奇发现"保护盾"突然没了，慌慌张张地和来人扭打起来。方谨却想要离开。

"方谨，别丢下我！"

"我不认识你！"方谨说着话，头也不回地继续往下跑。

唐奇一边和虎背熊腰的工厂保安扭打，一边难过地脑补：难道方谨发现我对她的感情了？她肯定在鄙视我，恨不得从来没有认识过我……

工厂保安制服了唐奇，正要一拳再把唐奇打晕，却突然被敲晕了。苏橙橙假扮的"方谨"站在后面，正自信地收起手刀。唐奇呆滞地看着去而复返的方谨。

"方谨"要往下跑，发现唐奇没有动，又一脸关切地扭头看向他："你受伤了？要是走不了，我背你。"

第三篇　拥抱真实的自己　235

唐奇回神，忙往下走："没受伤。你不是说不认识我吗？怎么又回来救我了？"

"啊？哦，你刚才遇到'我'了……我刚才心情不好，你别往心里去……"

"你是不是发现我……心情不好？"唐奇把那三个字吞进了肚子里。

苏橙橙茫然："发现你什么？"

唐奇如释重负："没什么。"

楼梯间出现"1F"字样，苏橙橙下意识加快脚步，拉开门走出去，一眼看到一楼大厅出口处，真方谨被关胜宇堵住了。

苏橙橙反应迅速，立即回身把楼梯间门关紧。唐奇在里面用力拉门，但门纹丝不动。

一阵阵闷雷声传来，隔着一扇门，两人僵持着。苏橙橙想要变回自己，却发现滤镜卡住，变不回去了。

"又卡住了，不会这么倒霉吧！"

唐奇担忧地用力拉门："方谨，方谨……"

眼看着动静越来越大，关胜宇也看了过来，苏橙橙迅速松手，闪避到阴暗的角落。唐奇骤然失力，踉跄了一下，忙稳住身子，从楼梯间出来，发现方谨竟然已经在出口处。唐奇恍惚地看看身后的门，再看看远处关胜宇对面紧张害怕的方谨。

关胜宇看到了唐奇，却毫不在意，接着对方谨说："我早说了，你逃不掉，乖乖把升级资料交给我，我就让你和你的小情人离开。"

方谨害怕地挣扎："你放开我，我真的不知道你在说什么……"

唐奇茫然地站着，面对一会儿一个样子的方谨，一时间不知道自己该进该退，既下意识地想要上前帮忙，又怕方谨在演戏，自己又帮倒忙。

咫尺之隔的角落，蜷成一团的苏橙橙不停地按着滤镜，可手镯没有丝毫反应，她依然是方谨的模样。雷声轰鸣中，警车的鸣笛声越来越近。

角落里的苏橙橙看到关胜宇放开了方谨，保安都躲到一边，又看到苏青梨和林媛冲进来，护住了方谨，看到有警察上前问询关胜宇……苏橙橙松了口气，这才把目光投向不远处的唐奇。唐奇却茫然地站在原地，看着在人群中哭泣的方谨，觉得她既陌生又遥远。

唐奇满腹心事，将顾屿约到酒吧。桌子上放着一个"渣男八音盒"，伴随着音乐声，音乐盒中心的男子旋转起舞，亲吻着一个又一个女人。唐奇已经看着音乐盒发了很久的呆。音乐停，渣男停止亲吻，唐奇的眼神终于从音乐盒上挪开，他拿起酒瓶，给自己倒了满满一杯。

顾屿赶紧拿过他的杯子，往自己的杯子里匀了一半："你酒量不行，少喝点。"

唐奇端起酒杯，一口气喝完。

"到底发生什么事了？大半夜把我叫出来。"

唐奇想起在储物间内，他什么都看不到，却能清晰地感受到方谨的呼吸、体温，还有他如同擂鼓般的心跳。

"我是个花心善变的渣男……我爱上方谨了！"

"方谨学历高，喜欢做研究，你们肯定有很多共同话题，两颗聪明的大脑互相吸引，不是很正常吗？"顾屿看似云淡风轻，却主动拿起桌上的酒给唐奇倒满。

唐奇端起就喝，两杯酒下肚，他说话已经带着些许醉意，醉意中又藏着深深的痛苦："我这个渣男，不只变心，我还……一会儿喜欢，一会儿不喜欢……"

顾屿虽然听不懂，但仍然表情平静、轻言慢语地沟通："什么叫一会儿喜欢，一会儿不喜欢？"

唐奇回忆起楼梯间里方谨帮他打倒保安，提出要背他时自信热情的样子："就是有时候，我喜欢方谨，很喜欢、很喜欢……心会怦怦、怦怦跳地喜欢……"唐奇真情流露，连说带比，醉态可掬，眼神甜蜜。

顾屿听得心有所感，也不禁微笑起来，端起酒喝了两口。

唐奇又回忆起一楼大厅里，方谨面对关胜宇时畏缩害怕的样子，表情从甜蜜变成了痛苦和委屈："有时候，我又不喜欢方谨……一点都不喜欢，心静悄悄的，很安静很安静，像陌生人一样不喜欢……"

顾屿表情管理彻底失控，一脸错愕。

唐奇看着顾屿问："我……是不是个绝世大渣男？"

顾屿默默地拿起酒瓶，给唐奇倒了满满一杯，亲手递给他。唐奇醉醺醺地接过，咕咚咕咚喝完，醉晕过去。

第三篇　拥抱真实的自己

顾屿端起酒杯，自言自语："压压惊。"

唐奇为"方谨"的多变而感到痛苦，但无论是真方谨还是假方谨，都不明白他的痛苦和难受。

此刻，林媛家的客厅里，两个方谨面对面坐在沙发上。真方谨一脸惊奇地打量着假方谨，假方谨则显得局促不安。苏青梨和林媛分别坐在真方谨和假方谨身旁。

"滤镜升级……你卡在了我的外貌上？看来这个技术还不稳定。"

"方谨姐，对不起，我也没想到会给你造成不便。我保证，等滤镜恢复正常，我立即变回自己。"

方谨倒不在意："你是想帮我才会卡在这个困境中，是我给你造成了很多不便，该说对不起的是我。"

苏橙橙闻言，如释重负。方谨感激地看大家："谢谢你们。青梨，幸亏有你在，要不然我都不知道该怎么办……"真正的方谨是个柔弱且不自信的女孩子，丈夫的背叛和家暴，让她无数次陷入绝望。

苏青梨鼓励地握住她的手，说："没有我，你也依旧是受人尊敬的方博士！关胜宇能拿走你的公司、你的婚姻，拿不走你的学识、你的智慧。"

方谨含着眼泪坚强地笑笑。

苏青梨拍拍桌子上厚厚一沓离婚资料，说："关胜宇碰到了我，就一分钱便宜别想占！我会帮你守住你的公司、你的钱。"

但方谨只想息事宁人："我只求能离婚，和关胜宇分开，别的都无所谓。"

苏青梨大声反驳："怎么能说别的都无所谓呢？不惩恶，何以扬善？关胜宇必须为他的所作所为付出代价！"

方谨感激又羞愧，忍不住低头哭泣。

苏青梨揽住她的肩膀，叹口气道："连有精密仪器控制的科学实验都会犯错，何况不能预见的人生呢？咱们把关胜宇这个错误纠正了就行……"

林媛和苏橙橙都支持地看着方谨。林媛说："方谨姐，这段时间你放心住在我家，有橙橙在，关胜宇绝不敢来骚扰你。"

苏橙橙双手交叉，活动腕关节，自信满满地说："来一次打一次！"

方谨不禁破涕为笑："难怪关胜宇老说我打他，原来是你……打得好……谢谢……"

苏橙橙满脸通红，嘴角往上扬，又不好意思又得意。几个女人都笑了。

没多久，关胜宇和方谨的离婚官司提上了日程。

法官宣判：

根据《中华人民共和国民法典》第一千零七十九条、第一千零九十一条规定，判决如下：一、准予原告方谨与被告关胜宇离婚；二、被告关胜宇于本判决生效之日起五日内支付原告方谨精神抚慰金 50000 元；三、原告方谨是新南科技有限公司的创始人、实际控股人……

苏青梨陪着方谨开心地从法院出来，看见关胜宇气势汹汹地冲过来。方谨习惯性地躲避，苏青梨忙挡在方谨身前，比关胜宇更加气势汹汹："你想干什么？"

关胜宇压了压怒火，突然变脸："小谨，我只是一时糊涂，心里爱的人还是你啊！你再给我一次机会！咱们重新开始……"

苏青梨冷嗤，方谨一言不发。关胜宇以为有转机，再接再厉："小谨，你忘记我们以前的美好时光了吗？那时候咱们虽然没钱，但过得很幸福快乐。我们复婚吧，我保证像以前一样对你，咱们好好过日子。"

关胜宇想推开苏青梨，凑到方谨面前。苏青梨厉声警告："你们已经离婚了，你要再敢纠缠方谨，我就报警！"

关胜宇脸皮比城墙厚，完全无视苏青梨："一日夫妻百日恩。小谨，是我错了，你原谅我这一次，我一定痛改前非……"

苏青梨和关胜宇拉扯着。

"青梨！"方谨示意苏青梨让开。

关胜宇大喜："我就知道你不会忘记我们过去的日子……"

"关胜宇，我没有忘记过去的日子。你如何对我的，每一天、每一刻，我都记得清清楚楚！不但现在忘不了，我这辈子都不会忘！"方谨悲哀地盯着关胜宇，语气柔弱却坚定。

关胜宇的表情一点点变得晦暗。苏青梨松了口气。

"从今天起，你和我再无关系。青梨，我们走吧！"方谨和苏青梨相携离开，苏青梨一脸欣慰，方谨一脸轻松，两人脚步轻快。

第三篇　拥抱真实的自己

第三十章
两个方谨

轻快的音乐声飘散在林媛家的庭院里，阳光照耀着盛开的向日葵，向日葵的四周点缀着金色的太阳气球。林媛头上戴着可爱的向日葵发卡，在布置水果和蛋糕。苏橙橙头上也戴着向日葵发卡，她挂好一个小太阳气球，打开滤镜界面查看，手镯升级到21%。

"别焦虑，升完级就好了。"

"我是没什么，一回生二回熟，就是觉得对不起方谨姐，顶着她的脸走来走去。"

此时，门铃声响起。

"是青梨姐她们回来了！啊……我的麦克风呢？"林媛慌慌张张地找麦克风，苏橙橙笑着去开院门。

没想到，门外的竟是顾屿。苏橙橙愣了一下，顾屿也满脸惊讶："方博士，您好。"

"祝你离婚快乐，祝你离婚快乐……祝你离婚快乐……"林媛拿着麦克风，一边深情地唱着歌，一边走到门口，这才看到来人是谁。

林媛傻眼，顾屿失笑。

"你怎么来了？"因为麦克风，"你怎么来了"这句话变得格外大声，林媛急忙调小音量。

顾屿笑着说："听说方博士的官司结束了，我代表公司特意来拜访。本想早到一步，表达诚意，没想到方博士已经回来了。方博士，您好，我是千鸟集的顾屿。"

顾屿伸手，苏橙橙只能也伸出手来与他握手。而林媛瞟到苏青梨的车停在了不远处，真方谨正推开车门下车。顾屿听到动静，想要回头，林媛一把抓住顾屿，把他拽进了院子："你来得正好，帮我看看第一单元的人设稿……"

"现在？"顾屿环顾四周，院子里布置得别出心裁，明显她们在举行庆祝活动。

"对，现在，我的创作热情不可抑制，必须现在和你讨论……"林媛噼里啪啦地说着，一路不停地把顾屿带进自己的工作间，砰一声关上了门。

门外，方谨和苏青梨一前一后走进院子，看到满院子欢庆气象，飘浮的太阳气球上还写着"离婚快乐"，方谨满脸感动。

躲在院子角落的苏橙橙对苏青梨招手，苏青梨疑惑地走过去："你躲在这里干什么？"

苏橙橙指指二楼的方向，压着声音："顾屿在工作室，来找方谨姐。"苏青梨对她说："你赶紧躲起来，剩下的事我们会看着办。"

苏橙橙举着太阳气球，欢快地摇了摇身子，用嘴型对方谨说"离婚快乐"，然后一溜烟跑了。方谨感动地笑了。

工作室内，顾屿看着屏幕上只有简单线条的人设稿，实在看不出所以然："不如我回家思考一下，等想法成熟一点，再和你交流？"

不确定苏橙橙有没有交代好，可林媛没办法再用交流新作品这个蹩脚借口，只能继续找话题："哦，对了，看看我养的乌龟……"顾屿虽知道有异，却深谙客随主便的道理，不去探究，只扫了眼门口方向，便配合地走到乌龟跟前，弯腰仔细地看。

"这种乌龟叫幸运龟，来自长白山，由韬光法师亲手养大，身具灵性，能招好运。它很神奇的，在大街上主动认主找到的我……"

顾屿忍俊不禁："韬光法师？我也有一只，应该是从同一个人那里买的。"

"我的幸运龟是主动认主，我很幸运，两百块就买到了，你肯定是六百块买的吧？"

顾屿不忍心告诉她，那只乌龟他只花了十块钱。"你当然比我有运气。"他巧妙地转了个圈回答，林媛却以为自己少花了四百，一脸得意。

顾屿笑看着林媛，眼中不自禁地流露出喜欢。

林媛觉得别扭，下意识地想逃避顾屿的目光，却以为自己是因为方谨的事心虚，忙掩饰地带他走到书架前，撑起笑容说："这些都是我的藏书，你慢慢看……"

顾屿拿起一本书正要细看，敲门声响起。

"林媛，我回来了。"是苏青梨的声音。

林媛立即从顾屿手里抽过书，放回书架："别看了，我们出去。"

顾屿失笑，配合地跟着林媛离开。

客厅里，方谨和顾屿相对而坐，苏青梨旁听，林媛为他们倒茶。

"方博士，关于空气纤维弹网的专利，希望方博士考虑一下我们公司。我们也欢迎方博士随时来公司参观，了解、考察我们公司。"

方谨不擅长处理外务，下意识地看向苏青梨，苏青梨对她鼓励地点头。

"谢谢，我一定会认真考虑，也一定会尽快回复你们。"

"期待您的好消息……我就不打扰你们庆祝了。"顾屿站起，方谨也站起，两人握手告别。顾屿看看四周布置，面带真诚笑意："诚挚恭喜，离婚快乐！"

林媛立即跟着嚷嚷："离婚快乐！离婚快乐……"

方谨不禁笑了，苏青梨、林媛也都笑起来。

经过衡量，方谨最终决定与千鸟集签约。但是签约的那天，唐奇却以身体不舒服为由，没有出席签约仪式。送别方谨，顾屿走向唐奇办公室，从玻璃窗看到唐奇穿着研究服，正看着面前的资料，表情凝重纠结。

顾屿敲敲门，走了进去："方博士已经离开了。"

唐奇如释重负。

顾屿问："气垫的外包装设计确定了吗？我们急着要最终方案。"

"这次的包装不仅要考虑美观，还要弥补现实条件的不完美，增强密封性，锁住水分，我怕自己有遗漏。"

"你想去找方谨确定最终的设计方案？"

唐奇沉默，显然被顾屿说中了心事。

"方谨已经离婚了，你也单身，为什么不能多接触接触？"

"可是我……我不知道……"

顾屿看着他："你是怕遇到让你喜欢的方谨，还是怕遇到让你不喜欢的方谨？"

唐奇表情难堪。

"有些事想不清楚，不如暂时放下，交给时间。成年人，情感是情感，工作是工作。"

"你说得对。"唐奇脱下白大褂，拿起资料，往文件包里装，"我现在就去找方谨。"

因为滤镜还没有升级成功，苏橙橙依旧是方谨的模样。她虽然以"身体不舒服"为由向公司请了假，但并没有停止工作。此刻，她正在方谨的实验室里和方谨讨论新产品的研发改进方案。两个方谨都穿着白大褂，戴眼镜的是真方谨，不戴眼镜的是苏橙橙。

方谨在幻灯片上演示改进后的产品，并感谢苏橙橙："多亏你细心，考虑到了产品开封后的缺陷，让我有机会思考补救办法。"

苏橙橙又得意又谦虚："我只会提问题，不会解决。"

"能发现问题，才能解决问题。"

两人互相夸赞得都笑起来。苏橙橙刻意模仿方谨现在的样子："咱们这样……好像自己夸自己。"

方谨打量她，继续夸奖："你学得好像！"

苏橙橙把方谨的手搭在自己肩膀上，说："像不像那些明星的真人和蜡像合影？"

方谨被逗笑了。

突然，苏橙橙的手机铃声响起，来电显示"唐奇"。苏橙橙看向方谨："找你的。应该是工作上的问题。"

"唐奇？工厂里遇见的那个男人吗？周总说他身体不舒服。"

苏橙橙有些担心："不会是那天晚上受伤了吧？"她接起唐奇的电话，脸色立变，迅速挂掉电话，紧张地说，"唐奇要谈工作的事。他在门口。"

方谨闻言，也不安起来。

唐奇走进实验室，看到实验室内就方谨一人。他努力自然地站着，但姿势仍有些别扭。他没话找话："一个人加班？"

"对啊！就我一个人加班。"方谨努力克制住紧张。

第三篇　拥抱真实的自己　243

唐奇看着方谨,耳畔响起顾屿的话:"你是怕遇到让你喜欢的方谨,还是怕遇到让你不喜欢的方谨?"唐奇摸了摸胸口,察觉到眼前的方谨是他不喜欢的方谨。

方谨看着发呆的唐奇,在他眼前挥了挥手。

唐奇回神,打开文件包,把带来的资料递过去:"针对你上次提出的弹网的缺陷问题,我们做了特殊包装尝试,我不确定哪个方案最好,想找你商量一下。"

方谨看了看,把资料递回去,脱口而出:"你和苏橙橙好有默契。她今天一直在和我讨论这个问题,我们刚做了测试……"

"苏橙橙不是生病了吗?"

方谨急忙补救:"我说错了,是我做了测试,苏橙橙在家休息,我们是在电话里讨论的。"说完,她把刚才递给苏橙橙看的资料递给唐奇,"这是不同方案的测试数据。"

"好,我现在就把资料发给顾屿。"唐奇拿出手机,正要拍照。

"苏橙橙已经发了。"

唐奇有些局促地收回手机:"谢谢!那……我不打扰你工作了……"

突然,咯吱一声,一个柜子的门开了。唐奇循声望去,似乎看到柜门又迅速关闭了。

"什么人躲在那里?"

唐奇想过去看看,方谨急忙阻拦:"老鼠……肯定是老鼠!"

"之前关胜宇就想陷害你,我担心他不死心,又想耍花招……"

方谨想拦却没拦住,唐奇疾步过去,一把拉开了门,骤然看到一个"方谨"站在里面,被吓得脸色惊变,往后退了好几步:"方……方谨……"

方谨看着苏橙橙的姿势,明白了她的用意:"是蜡像!"

唐奇惊魂未定:"蜡像?"

"对,蜡像!一个做蜡像的朋友送给我的礼物,怕我离婚后,一个人觉得孤单,就送了个蜡像陪我。"

唐奇看看"蜡像",再看看方谨。"蜡像"趁着他移开视线时,迅速眨眼休息,又赶紧恢复。

"这……这太像真人了……"唐奇看看身边的方谨,再看看柜子里的

"蜡像方谨"。也许因为"蜡像"没有戴眼镜,他竟觉得"蜡像方谨"的眉目更加生动。

"看上去不一样,她……"唐奇忍不住伸手,想碰一下"蜡像"。

方谨迅速挡到"蜡像"面前:"你为什么想摸……我?"

唐奇忙尴尬心虚地缩回手:"对……对不起。我……我该走了,我的资料……"唐奇掩饰地去拿资料,把纸张往文件包里装,却因为心慌,不小心把桌子上的办公用品扫落在地。他蹲下身捡东西,却看到桌下的回收桶里有自己制作的简易彩灯。

唐奇怀念地捡起彩灯,想起那天晚上和"方谨"一起吃晚餐时的回忆:"那天停电,我们在实验室一起吃外卖,你还记得你最喜欢吃的那道菜吗?"

方谨慌乱地看向"蜡像","蜡像"看唐奇背对着她们,正在桌子底下捡东西,便开口说话:"你是说牛筋?"

"是啊,我记得你说你喜欢吃牛筋。那家餐馆最近推出牛筋的新做法,你一定会喜欢。那个……你晚上有事吗?"

方谨苦着脸,做出难以下咽的样子,表示她最讨厌吃牛筋。说完,她摘下眼镜,强烈要求交换。

苏橙橙看唐奇还蹲在桌子下,笔筒等文具都还散落在地,忙走出柜子。没想到唐奇没有再捡打落的东西,而是拿着那个简易彩灯站了起来,恰好回头看到"蜡像"走出柜子的一幕,惊骇到失态,几乎尖叫出声。

苏橙橙迅速从方谨手里拿过眼镜戴上:"我想知道这个柜子门怎么会自己开阖,就把蜡像移开,自己钻进来检查了一下。"

背对唐奇的方谨已经摆出"蜡像"的表情姿势。苏橙橙轻松地抱起"蜡像",朝唐奇展示了一下,然后迅速把"蜡像"放进柜子,关上了门。

唐奇依旧一脸呆滞。苏橙橙脚步虚浮地走过来,强势地说:"我们离开这儿吧!"

"离开?"

"你不是想请我吃饭吗?我有时间,走吧!"苏橙橙拽着唐奇要走,唐奇急忙抓起文件包,边走还边回头看柜子。

苏橙橙和唐奇并肩走在街道上，唐奇还在想着那个蜡像。

"喂，我真人就在你面前，你干吗还想着那个蜡像？"苏橙橙一边小心翼翼地走路，一边插科打诨，试图转移唐奇的注意力。

说者无意，听者有心，唐奇脸红了。

苏橙橙却没有留意，视力超级好的她戴了方谨的三四百度的近视眼镜，整个世界没有变得更清楚，反而变得迷迷蒙蒙。

"我们不坐车吗？"

唐奇说："那家饭店就在附近，我们走路过去更方便。"

苏橙橙如同喝醉了一般，突然一个趔趄，幸亏唐奇一直在暗中留意她，急忙扶住她："你没事吧？"

"没事，没事……谢谢！"

苏橙橙戴着眼镜看唐奇，他的脸一会儿清楚，一会儿模糊，越想看清越看不清。苏橙橙看得有趣，禁不住冲着唐奇笑起来。

唐奇下意识地按按心口，喃喃地说："喜欢的……"

"喜欢什么？"

唐奇脸红："喜欢的餐馆，我说我们去的餐馆是我喜欢的餐馆。"

苏橙橙调侃他："吓死我了，还以为你说喜欢我。"

唐奇的脸更红了，苏橙橙却在看周围的世界："明明是同样的世界，却因为看世界的眼睛不同，就如同身处截然不同的世界。"

作为四色视者，不会有人比唐奇对这句话感触更深，他不禁笑了："你相信吗？虽然我和你走在同一个世界，但其实我们看到的世界并不一样。"

苏橙橙推了下眼镜，说："相信！不会比今天更相信了。我很好奇……你那个世界的我是什么样子？会不会比真实的我更好看？"

苏橙橙看向唐奇，唐奇也看向苏橙橙。唐奇想说什么，却又说不出来。

苏橙橙立即想起来，四色视者是唐奇的秘密，方谨并不知道。她害怕自己穿帮，选择转移话题："想知道我世界中的你现在是什么样子吗？"

"什么样子？"

"一会儿模糊，一会儿清楚……越想看清楚，越看不清楚……"

唐奇怔怔地看着眼前的人——每一句话都好像在说他的感受。

苏橙橙脚步又趔趄了一下，唐奇再次扶住她："你哪里不舒服吗？"

滤镜

"没事，有点头晕。估计眼镜度数不合适了，要再去验光。"苏橙橙觉得头晕恶心，实在伪装不下去，不得不摘下眼镜。瞬间，眼前的世界恢复了原样，唐奇眼中的关心也一览无余，苏橙橙愣住了。

"你不戴眼镜没事吧？能看清楚吗？"

"清楚，很清楚……"

唐奇不自然地放开苏橙橙，两人尴尬沉默地走着。

回想起唐奇看苏渺的眼神，苏橙橙突然停下脚步，偷偷打开叫车APP："对不起，我突然想起来我还有点事，今天晚上就不和你吃饭了……我……我先走了。"不一会儿，一辆网约车停在苏橙橙面前，她上车迅速离开。唐奇留在原地，呆呆地目送她。

苏橙橙打车到林媛家，心事重重。

林媛放好乌龟缸，凑到苏橙橙面前："你有点不对劲，发生什么事了？"

"我觉得……没什么……"

林媛问："到底怎么回事？"

苏橙橙叹气："也许是我的错觉……"

"你随便说，我随便听，不会当真了。快说！"

"我觉得唐奇好像喜……"

林媛忽然瞪大眼睛，苏橙橙顺着林媛的目光看过去，嘴边的话自动消音了。方谨穿着正式的小礼裙、细跟高跟鞋，戴着珍珠项链，不太自然地走进来。苏青梨微笑着跟在后面。

方谨不自信地问："我这样……真的可以吗？"

林媛和苏橙橙报以热烈掌声，林媛激动地说："可以，绝对可以，非常可以！"

苏橙橙点头附和："很好看。"

方谨下意识地推眼镜，却发现鼻梁上已经空了。苏橙橙忙拿起桌上的黑框眼镜，要递过去。苏青梨却说："不用了，我带方谨去配了隐形眼镜。"

方谨拘谨地笑："戴习惯了眼镜，突然不戴，有点不习惯。"

林媛鼓励她："方谨姐的眼睛很好看，应该经常露出来。"

方谨不好意思地笑："你们是我的朋友，当然会觉得我好看。"

第三篇　拥抱真实的自己　　247

苏橙橙话里有话："不只我们，在别人眼里，方谨姐也很美。"

苏青梨说："明天就这么打扮，去出席发布会。"

方谨犹豫："以前这些对外的事宜都是关胜宇在处理，我没有一点经验……青梨，要不我还是不去了吧？"

苏青梨态度强势："不行！你必须向你的员工、你的客户证明，没有了关胜宇，新南科技也会照常运营。"

林嫒也劝她："方谨姐，你不是希望离开关胜宇后重新开始吗？这就是新开始、新生活。"

"可是，我真的不擅长交际应酬，连当众讲话我都紧张……"

苏青梨看着她，软硬兼施："没有人天生习惯战斗，新南科技是你的心血，你必须自己去守护！我第一次上庭的时候紧张得腿肚子发抖，可多抖几次，自然就不抖了。第一次最难，但再难，靠自己也比靠别人容易！"

林嫒被这番话说得热血沸腾，双手握拳："方谨姐，你肯定可以的！"

方谨看着苏青梨，虽然心里依旧忐忑不安，但是不愿让她失望，终是点了点头。

苏橙橙看着方谨，心有触动，既佩服又困惑。每个人都有弱点，每个人都必须改变自己、克服弱点，才能更好地生存。

第三十一章
我喜欢你

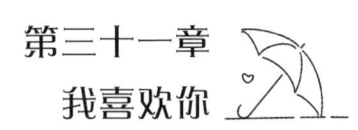

　　线上发布会现场，市场部众人各自在为新品忙碌。

　　许月愤愤不平："辛辛苦苦准备了一堆5号弹网的宣发方案，最后一刻，居然变成了3号弹网！"之前和许月一组的赵运杰、李宇昊等人也都一脸不快。

　　王怡好言劝慰："顾总说了，这次情况特殊，不管是哪一组，只要最终效果好，大家项目奖金都一样。"

　　大家脸色好看了些，只有许月依旧愤愤不平："苏橙橙看着身强体壮，关键时刻却总是请假！"

　　王怡帮苏橙橙说话："苏橙橙虽然请了病假，但该干的活一点没耽搁，这次的策划方案就是她做的，还协助方谨博士做了数据测试……你有这时间发牢骚，还不如和方博士再确认一下流程。"许月憋得说不出话，悻悻地拿起电话。

　　马上就要出发，方谨却以身体不舒服为借口，不愿意出席发布会。

　　苏青梨着急地想带她去医院，被苏橙橙拦住："方谨姐不是身体不舒服，是心里不舒服。"

　　苏青梨马上反应过来："你是说，她在逃避去发布会？"

　　苏青梨恨铁不成钢地想回去，苏橙橙抓住她："苏青梨，你从小到大，长得漂亮，能言善道，学习也好。你不知道什么是焦虑，什么是不自信，但请你允许其他女生有。"

　　林媛怕她们两个打起来，立即站在两人中间："别吵，别吵！你们有话好好说。"

　　苏青梨满脸气愤："你知道多少人在盯着方谨吗？如果公司的管理层

失去了信心,他们就会跳槽离职;如果公司的客户失去了信心,他们会选择新的合作方;如果公司的投资人失去了信心,方谨说不定连自己的实验室都保不住!"

苏橙橙不服气地说:"方谨姐绝不是会轻易认输的人,但她需要时间。"

苏青梨看看表,着急地说:"那现在怎么办?要不然你……"

苏橙橙此时依旧顶着方谨的脸,苏青梨看着苏橙橙,想让她再扮演一次方谨。

"想都别想!这是方谨姐的人生,我不愿,也不能!"苏橙橙立刻拒绝,想了想,又说,"我去和方谨姐聊一下,也许能找到解决办法。"

苏青梨冷眼看她:"喂,我才是方谨的朋友。"

苏橙橙也看着姐姐:"此时此刻,我比你更能理解方谨姐。"

林嫒也觉得苏橙橙有理,对苏青梨说:"姐,就交给橙橙处理吧!"

苏青梨沉默了一瞬,点点头。

苏橙橙走进卧室,看到盛装的方谨坐在桌子前发呆。

"方谨姐?"

方谨看着桌前的隐形眼镜:"我左眼三百度,右眼四百度……我不知道哪个镜片是左眼,哪个镜片是右眼。"

苏橙橙体贴地说:"没关系,可以戴你原来的眼镜。"

苏橙橙拿起桌上的黑框眼镜递给方谨。方谨低头看自己美丽的裙子、首饰,说:"这是青梨搭配好的,她说不戴眼镜才好看。"

苏橙橙问:"你觉得这样打扮舒服吗?"

方谨下意识回避:"很好看……但我好像不是我了。"

"方谨姐,你是工科博士,你有自己的实验室、自己的研发团队,你创建了一个公司,有好几项专利,你努力了三十六年,有权利做你自己!"

方谨茫然地看着苏橙橙,苏橙橙把黑框眼镜戴到方谨脸上。

发布会现场,公司同事们收到了苏橙橙的邮件,她要求更改发布会的布置和流程。大家纷纷抱怨苏橙橙提出的要求,顾屿也显然没把苏橙橙一个普通员工的话当回事。苏橙橙见没有人回复自己,只好顶着方谨的脸走出来,面对顾屿。

"顾总，更改发布会的布置和流程，不是苏橙橙的主意，是我的想法。希望顾总能仔细看一下方案，再考虑一下我的提议。"

面对"方谨"，没有人敢随意反驳或表达不悦。顾屿表情郑重起来，伸手示意王怡把平板电脑递过来，开始认真读邮件里的方案。

"方谨"对其他人解释："我知道临时更改方案让大家很为难，但既然你们邀请了我做嘉宾，我希望能以我认为最好的方式把我们的产品介绍给顾客……"

顾屿迟疑道："时间太仓促，熟悉新方案的苏橙橙又不在……"

"方谨"解释："这个方案是我和苏橙橙一起做的，我也很了解，可以帮忙。"

顾屿看着"方谨"坚持的目光，点头道："行，尽力试一下吧！"

"谢谢！"

"方谨"迅速投入工作，把已经准备好的现场设计图发给大家，大家开始紧急撤下鲜花等浪漫元素。

与此同时，发布会现场外，苏青梨一脸焦灼不安，频频看表。

唐奇一袭正装，打着伞走过来，问："怎么不进去？"

苏青梨没有回答，而是莫名地问："你会不自信或者焦虑吗？"

唐奇觉得意外，没想到寒暄内容会变成人生话题。

苏青梨说："你这长相，不会有外貌焦虑；名校毕业、事业顺利，不会有事业焦虑；才三十岁，不会有年龄焦虑；就你这条件，也不会有情感焦虑……"

唐奇沉默，苏青梨叹了口气："像我们这样完美的人，的确很难焦虑。"

唐奇看着她："你现在就很焦虑。"说着，唐奇把一块黑巧克力递给面带疑惑的苏青梨，"复合胺，你比我需要。"

会场里，直播区已经被重新布置过，没有之前的缤纷浪漫元素，所有多余的装饰全部被拆掉，变得简单大方。

"方谨"坐在嘉宾席上，配合工作人员调光、调镜头："赵运杰，麻烦你待会儿就站在这里，方……我看着你说话，就不会找不到镜头了。我没有线上直播经验，麻烦你及时给我个反应，让我像是在和观众互动，这样能轻松一点……"

第三篇 拥抱真实的自己　　251

赵运杰打了个手势表示 OK。

唐奇站在一旁看着"方谨",唇边有笑意。顾屿走到他身旁问:"喜欢的?"

"方谨"看看直播镜头外的倒计时表,说:"我去换衣服了,剩下的事情就拜托你们了。"

唐奇没有说话,目送着"方谨"离开。顾屿笑着拍拍唐奇的肩膀:"心动就要行动,加油!"

随着倒计时,线上直播发布会开始,和唐奇坐在一起的主持人开口:"11 点 11 分,双双对对好时刻,千鸟集即将推出的新品红雾气垫……"

休息室里,苏橙橙和苏青梨在看手机直播。手机屏幕里,主持拿着气垫,说:"到底怎么判断一款产品的使用效果?我们涂到脸上的东西究竟是什么?每种成分又究竟有什么作用?这次发布会,我们请到了气垫粉饼和气垫弹网包装的研发者——唐奇博士、方谨博士,来回答大家的疑惑。首先给大家介绍的是唐博士……"

"大家好,我是唐奇。下面我将从粉质细腻度、持久度、控油效果三个方面介绍红雾气垫的成分和效果……"

弹幕 1:成分党就喜欢这么坦率的。

弹幕 2:数据党只相信数据,不相信营销号。

苏青梨紧张得从手机屏幕上移开视线,期待地看苏橙橙:"这样真的可以吗?"

"不知道。我只是觉得,方谨姐努力了三十六年,不就是为了成为她自己吗?你那样打扮方谨姐很美,但那不是方谨姐努力的目的。如果不能做自己,努力的意义在哪里呢?"

苏青梨若有所思。

发布会现场,唐奇已经离开直播区,主持人拿起气垫弹网,说:"非常感谢唐博士出席这次的发布会,给予我们专业解答。下面我们有请方谨博士为大家讲解这款弹网的美丽秘密……"

方谨走到嘉宾席坐下,她的穿着打扮比日常更精致,却又不会让她觉得这不是自己:利落的发型、黑框眼镜、得体的衬衣裤子、平底鞋,外面还穿着白大褂。

"方博士，您好。"

方谨努力镇静，但依旧能看出来一些紧张："您好。"

赵运杰冲她竖起大拇指。方谨目光有了落点，自然了一些。她看着镜头的方向，继续说："大家好，我是方谨，材料科学与工程博士，从二十一岁开始到现在，已经从事材料研究十五年，专攻化妆工具研究十年……"

休息室里，苏青梨看着弹幕，表情越来越放松，越来越开心。直播画面中的方谨已经变得从容而自信："气垫中包裹粉料的材料一般分海绵和弹网。作为容器，在保存料体时，弹网气垫比海绵气垫更能隔离空气，从而减少料体暴露在空气中的时间……"

弹幕1：哇哇，这个姐姐一看就好有学问好专业！

弹幕2：姐姐很羞涩呢！说话不流利，但做实验肯定很麻利。

弹幕3：我也社恐，已经下单预订。

……

苏橙橙坐在发布会现场的僻静角落，盯着手机屏幕。发布会已经落幕，主持人说罢结束语，唐奇和方谨走下舞台。苏橙橙笑着熄灭屏幕，望向远处，雨停了，整个世界变得更加清新。

唐奇一边松领带，一边走着。看到"方谨"望着远处开心愉悦地笑着，他迟疑了一下，走过去问："你这么快就出来了？"

苏橙橙反应迅速："我速度快。"

唐奇坐到"方谨"身边，说："苏橙橙给我发邮件时，说临时更改发布会是你的提议。"

"对。"

"为什么？"

苏橙橙指着摩天大楼之间悬挂着的一道彩虹，惊喜地说："看！"

唐奇顺着她的视线看过去。

"你知道彩虹为什么这么美吗？"

唐奇回答："因为空气中水汽丰富时，会形成接近球形的小水滴，造成太阳光的色散、反射……"

苏橙橙打断他："彩虹这么美因为它是彩虹啊！只是白色，或者只是

第三篇 拥抱真实的自己 253

红色、黄色，应该都不会像现在这么美。"

唐奇看着彩虹沉默了。

"那些穿着高跟鞋、礼裙，戴着珍珠项链的女性很好看，可因为实验室常年低温，习惯穿长裤、衬衣、平底鞋的女性也很好看。这个世界就是因为像彩虹一样，可以容纳、展现各种各样的色彩，才会让很普通、很普通的我也觉得活着真有意思。"

唐奇看着"方谨"，雨后的阳光照在她身上，光影中，她的容貌有点模糊，他却能感受到她灿烂地笑着，眼中有彩虹。

"我喜欢你。"

苏橙橙愣愣地侧头看向唐奇。

唐奇看着她，郑重地说："对不起，我说错了，我觉得不是喜欢……我爱上你了。"

彩虹下，苏橙橙目光惊愕，唐奇目光专注，二人凝视着彼此。

手机突然响了，苏橙橙如梦初醒，急忙跳起，撒腿就跑。

"方谨！"

"方谨"越跑越快，一溜烟就消失了，只剩唐奇站在彩虹下。

唐奇在线上发布会现场外的停车场等方谨。

雨过天晴，地面已经干了，苏青梨陪着方谨走向她的车。方谨一扫早上的压抑不安，表情轻松愉悦。

"你是没看到弹幕大家有多热情……你怎么会愿意配合橙橙？"

方谨回答："橙橙很了解我，说的话都很有道理。"

苏青梨调侃："看来这滤镜很有用，让她变成你，真实体验了你的世界。"

苏青梨先上车，方谨走到另一侧，正要开门，唐奇走过来，神情局促中藏着羞涩："方博士。"

方谨却神态自然地打招呼："唐博士，之前在现场没来得及和你说谢谢，谢谢你支持我临时改变发布会流程。"

唐奇纳闷地盯着方谨，一言不发。

方谨尴尬又疑惑地笑了："唐博士？"

唐奇对方谨的身份产生了猜疑，假装平静地说："彩虹下，我说的话，你还没有回复我。"

方谨意识到唐奇是见过苏橙橙变的她，但无论如何也想不到唐奇所指的是他的表白，因而越发想装出从容大方的样子："请给我一点时间思考，等我考虑清楚就回复你。"

唐奇进一步试探："只是工作上的一个小问题，需要思考这么久吗？"

方谨一边用模糊的言辞掩饰，一边拉开车门，试图离开："慎重一点也是为了确保不出差错。这样吧，半个小时后我给你答复。"

唐奇立即意识到自己的猜测是对的："你不是她，你到底是谁？"

方谨尴尬又紧张："我不知道你在说什么。"说罢急忙关上车门。苏青梨迅速发动车子，二人绝尘而去。

唐奇错愕而迷茫地看着远去的车子。

林媛家客厅里，没有戴眼镜的苏橙橙和戴眼镜的真方谨面对面坐着，林媛和苏青梨坐在她们身旁。方谨一脸震惊，显然还在消化信息："你说……唐奇对我表白，他喜欢我？"

苏橙橙补充："原话是他爱你。"

方谨不理解它们的区别，林媛好心地解释："爱比喜欢更深。"

方谨一脸见鬼的表情："他爱我什么，比他年纪大，离过婚？"

苏青梨没好气地说："没听过姐弟恋吗？唐奇也许爱的就是你的成熟，经历丰富。"

"怎么可能？"

苏橙橙说："方谨姐，在外人眼里，你和唐奇条件相当，很相配。你们都是名校毕业，学历又高，在自己的专业领域表现优异，事业成功，有良好的经济基础，有共同话题。"

林媛捧场："对，如今小姑娘们最喜欢看强强联手的爱情。"

方谨略带伤感地说："曾经，我和关胜宇在外人眼里就是强强联手的爱情。他们觉得我有学历，有能力，有事业，有婚姻，是人生的成功者，可实际呢？在那段糟糕的关系中，我甚至怀疑过自己是不是不够有魅力或者有性格缺陷，才过得不幸福。"

苏青梨拍拍她的肩膀："都过去了。"

方谨感激地看向苏橙橙："我曾经无数次想过为什么我看似什么都有，却过得不幸福。经历了这么多事，我终于明白了：一个人不管男女，首先都要爱自己、尊重自己，不管她外貌什么样，不管她做什么工作，不管她身处何种关系中，都要有强大的内在。自洽，自己给予自己的快乐幸福，才是最可靠的。"

苏橙橙和林媛正听得频频点头，方谨却又说："橙橙，我和唐博士都没接触过几次，我觉得……唐博士爱上的不是我，是你。"

苏青梨和林媛都恍然大悟地盯着苏橙橙，这下轮到苏橙橙换上一脸见了鬼的表情："怎么可能？唐奇很挑剔的，我这样……怎么可能？"

林媛提醒她："别忘记了，苏渺！"

苏橙橙很有自知之明："就算方谨姐说的是对的，也是因为我顶着方谨姐的光环。就如同顾总不会同意我临时更改方案，但会尊重方谨姐的意见。"

苏青梨说："唐奇为什么爱上方谨不重要，重要的是唐奇发现不对劲了！"

大家忧郁地沉默了。

林媛乐观地说："从苏渺到方谨姐……唐奇变心的速度这么快，感情肯定没多深，也许过一阵就过去了。"

苏橙橙和方谨都露出"有道理"的表情，苏青梨却没那么乐观："希望如此吧！"

当四个女人在林媛家里讨论唐奇时，唐奇正在酒吧里喝酒。

八音盒的音乐声中，男子旋转起舞，亲吻着一个又一个女人。唐奇盯着八音盒，神情迷茫困惑。顾屿看着他，暗自叹气，然后给他倒酒。

唐奇说："我不能喝。"

顾屿劝他："你这心事重重的样子，喝一点。"

唐奇很严肃："我必须想清楚一件事。"

顾屿拿过酒杯喝酒："什么事？"

唐奇想起楼梯间里畏缩害怕、说着不认识他、头也不回地离开的方谨，又想起自信镇定、帮他打倒保安、关心地说要背他的方谨，说："我觉得有两个方谨,性格截然不同……"

顾屿二话不说,把一杯酒放到唐奇面前:"把这杯酒喝了。"

"十分钟前,我告诉方谨我爱她。"

顾屿震惊:"你……你也太猛了!方谨什么反应?"

唐奇又想起停车场的事:"十分钟后,我在停车场遇到方谨,她什么都不知道,还附和我说我们之前聊的是工作。"

顾屿很有经验的模样:"小唐,你多谈几次恋爱就知道,女人在面对不想面对的事情时,就会失忆。方谨只是不知道该怎么面对你的表白,又不想大家尴尬,就装作什么都没发生过。"

"荒谬!"

"我的理由再荒谬,也比你的'两个方谨'靠谱。"

唐奇迷茫又纠结,一方面他觉得顾屿说得有道理,可一方面他又相信自己的感觉。顾屿实在看不下去,把酒杯强塞到唐奇手里:"喝酒!"

唐奇痛苦地给自己灌酒,喝醉后,依旧坚持认为有两个方谨:"一个我心怦怦跳、怦怦跳的是喜欢的;一个我心静悄悄、静悄悄的是不喜欢的……你相信我,真的有两个方谨……有两个方谨……"

"嗯嗯,两个,两个……"顾屿表情敷衍,只是给他倒酒。

唐奇虽然醉了,但不傻,砰一下把空酒杯重重放在桌上。

"我一定会查清楚,证明给你看!"

第三十二章
漫画男友

　　鸟儿叽叽喳喳，林媛家的别墅沐浴在晨曦中。卧室里，苏橙橙、林媛好梦正酣。

　　突然，苏橙橙手腕上的滤镜镯子发出一道道光，闪烁不停。伴随着镯子光芒的闪烁，"方谨"的身子也在闪烁。等光影消失，滤镜恢复平静，"方谨"变成了一个男人，和林媛漫画封面上的人长得一模一样，这个"漫画男"的名字叫全胜唐。

　　漫画男翻了个身，侧对着林媛而睡。

　　林媛迷迷糊糊睁开眼，看到英俊迫人的男子神颜，露出迷梦中一般的微笑："我儿子……"她闭上眼睛继续睡，又似乎意识到哪里不对，再次睁开眼睛，还是那张英俊迫人的男子神颜。

　　林媛眼睛越睁越大，又不敢动作，像是怕惊扰到什么。她悄悄伸手用力掐了自己一下，露出十分疼痛的表情。

　　我穿越进自己的漫画中了……林媛不惊反喜，兴奋地想。

　　林媛眼珠骨碌碌转，查看四周，更加高兴：我自己的房间。啊！是我的男主穿越进我的世界了……

　　侧身而睡的漫画男徐徐睁开眼睛，看到林媛蹲在床畔，眼睛一眨不眨地盯着他，露出老母亲般的微笑："我知道你有很多疑问，我知道你会惶恐，但相信我，妈妈一定会照顾好你。"

　　漫画男抬手摸摸林媛的额头。林媛表情僵硬，看到了漫画男手腕上的滤镜镯子。

　　漫画男说话了，却是苏橙橙的声音："没发烧，你又在做什么梦？"

　　林媛生气大叫："苏橙橙！"

漫画男坐起来："大清早你生什么气？"

"大清早你就让我美梦破碎了！"

"我做什么了？"

"去镜子前看看你自己！"

漫画男走到穿衣镜前，看到自己，呆了一瞬，然后紧张地摸摸自己的前胸，发现胸还在，松了口气。他又好奇地瞄自己的下体，犹豫了一瞬，拉开裤腰迅速地看了一眼，先震惊，又立即嫌弃地移开视线，满脸吃了亏的委屈样子："要长针眼了！我还没有谈过恋爱！"

林嫒哭笑不得："滤镜升级完了？"

"嗯。"漫画男盯着虚空研究，虚点一下，变回了苏橙橙的脸。

林嫒好奇："这次又有什么新功能？"

苏橙橙盯着滤镜界面研究："二次元三维打印……"

"什么意思？"

"上次滤镜升级后，新功能叫'三维复印'，这次叫'三维打印'，还可以二次元三维打印……"

"啊，我懂了！就像明星模仿秀，不管是苏渺、猴哥还是羊驼，你只是通过滤镜的光影去复印模拟，本来是啥样就啥样。现在是无中生有，能把三次元压根不存在的东西打印出来。"林嫒拿起自己的漫画书《灵探寒侯》，迅速翻到一页，激动地说，"快，打印这个。"

苏橙橙点击滤镜界面，光影扫过页面，苏橙橙变成了漫画女主。

林嫒激动地叫："啊！我儿媳！我儿媳活了……"

苏橙橙看着镜子里狐狸耳朵、狐狸尾巴的妩媚少女："你儿媳是个狐狸精？那小蝴蝶呢？我的小蝴蝶竟然不是女主吗？"

林嫒解释："哎呀，等你看到后面就会理解的。小蝴蝶虽然救了我儿子，但恩情是恩情，爱情是爱情，而且小蝴蝶最后死了……"说罢捂住了嘴。

苏橙橙迅速把漫画书往前翻，对着一页扫描，然后变成了一个可爱的蝴蝶妖。

林嫒激动又开心："我女儿……"

苏橙橙顶着蝴蝶妖的脸，对林嫒控诉："你这个歹毒的女人，竟然杀了这么可爱的女儿！你必须出番外，复活她！你还我小蝴蝶！"

第三篇　拥抱真实的自己　259

林嫒依然沉浸在剧情中:"女儿,妈妈虽然画死了你,但绝不是不爱你,妈妈让你永远活在了读者心中……"

苏青梨和方谨站在门口。苏青梨含着牙刷,像看神经病一样看着两个人,方谨则一脸新奇的样子。苏青梨用力敲敲门,蝴蝶妖和林嫒停止吵闹,都看向门口。

苏青梨含糊地说:"滤镜好了?好了就去上班!"说完边刷牙边离开了。

蝴蝶妖开心地变回苏橙橙,走向方谨:"方谨姐,我们可以回归自己的生活了!"

方谨点点头,说:"我新房子也收拾好了,今天就搬家。"说完笑着离开。

苏橙橙欢呼一声,冲向卫生间:"终于可以去上班了!"

林嫒依旧沉浸在纸片人"复活"的喜悦中,一脸陶醉幸福:"我女儿、我女婿、我儿子、我儿媳、我二次元的男朋友们……都可以亲眼看到了!我宣布,林嫒是太阳系最幸福的女人!"说完,好像突然反应过来什么,一脸大事不妙冲到卫生间门口,委屈地说,"橙橙,我女儿、我女婿、我儿子、我儿媳、我二次元的男朋友,都是你的声音……"

苏橙橙吐掉刷牙水:"放心!这次升级后滤镜更厉害了,不但能模拟各种声音,还可以同传全世界各种语种……"

林嫒激动地转身,目光炯炯地看向自己收集的手办,幻想百里守约、铠、李白依次幻化出现,并对她行礼。她没忍住扑哧笑了:"我上辈子一定是拯救了银河系!"

苏橙橙忐忑不安地走进千鸟集公司市场部,和忙碌的同事们热情打招呼:"大家早上好!我回来上班了。"

大家各自忙碌,没人搭理她,连王怡都没分给她一个眼神。苏橙橙无声地叹了口气,沮丧地默默坐下。

突然,礼花在她头上炸开,王怡带着其他同事站起来,朝她鼓掌。

"这是?"

顾屿笑着说:"红雾气垫的线上发布会非常成功,要感谢你这个大功臣!"

苏橙橙不好意思地说:"我只是出了个'产品研发者'的策划案,主要是王怡负责推进,大家全力配合……"

顾屿对她说:"大家都有功!周总说了,咱们市场部的项目奖金加倍!"

苏橙橙和大家喜笑颜开、热烈欢呼,同事们对苏橙橙的态度让她感受到大家对她的认可,使她尤为开心。

王怡对苏橙橙嘉许地竖大拇指,赵运杰和李宇昊七嘴八舌、交口称赞。

"苏橙橙,这次的策划案真的好,今年的最佳员工非你莫属。"

"到时候一定要请我们吃大餐。"

许月虽然也在随着大家鼓掌,神情却是勉强中带着不屑。

顾屿已经离开,众人也都回到各自的工位工作,苏橙橙心情愉悦地处理着新的工作。金丽萍抱着一束浮夸的花,朝着苏橙橙走过来,大家纷纷行注目礼。

苏橙橙以为是唐奇送的花,下意识地站起来要接,金丽萍却对她抱歉地笑笑,从她身边经过,走到了许月的面前:"许月,你的花。"

许月接过花,说了声谢谢。苏橙橙尴尬地坐下,许月抱着花有意经过苏橙橙工位,笑看着苏橙橙:"看来你什么都不知道。周一就没有花了。小林说唐总觉得你们不合适,看来唐总终于看清楚你了。"

苏橙橙一言不发,许月觉得没意思,悻悻闭嘴,回到工位。

苏橙橙其实在思索:周一方谨姐宣判离婚,唐奇马上就取消了鲜花订单,还真是迫不及待,一分钱不浪费。

不对!鲜花钱是她支付的……

苏橙橙拿起手机,给唐奇发微信:你提前取消了鲜花订单,退的钱呢?

微信刚发出,她就收到了唐奇发给方谨的短信:方博士,这个周末我想和你面对面交流一下。

苏橙橙郁闷地嘀咕:"忘记把卡取出来了。"

苏橙橙回复短信:没空。

唐奇:我的问题,你还没有回复我。不管怎样,逃避都不是解决方案,我们必须面对它。你什么时候有空?我随时可以去找你。

苏橙橙表情抓狂,在短信输入框里打字:苏渺才死多久,你就爱上了方谨,纠缠不休,你觉得正常吗?

发送的前一刻,苏橙橙又一字字把信息删除,逼迫自己冷静思考:唐

第三篇 拥抱真实的自己 261

奇为什么一直纠缠方谨？因为他喜欢方谨！只要让他停止喜欢方谨，不管方谨的行为多怪都不过分。

苏橙橙给短信截图，用微信发给方谨。方谨连发三个问号，表示无法理解。

苏橙橙：方谨姐，唐奇这人有点轴，我怕他追到你公司和实验室，咱们得想个办法彻底解决他。

方谨回复：好，我都听你的。

苏橙橙用方谨的号回复唐奇：好，周末见。

唐奇：谢谢，期待会面。

苏橙橙刚退出短信，又收到新的微信消息，来自唐奇：一周后自动退回付款账户。

苏橙橙气恼地盯着手机："渣男。"

而唐奇坐在办公桌前打着电话："我想预约精神科医生……对，初诊……以前没有精神病发病史，没有暴力攻击倾向……嗯……最近遭遇过重大情感创伤……好，好的，谢谢，我会按时到达。"

顾屿靠在窗户旁，在翻看唐奇在看的书："每个字都认识，但连成句子就完全读不懂在讲什么。"顾屿把书合拢，放回唐奇的桌上，顺势坐在了唐奇对面，"真的严重到要去看心理医生？"

唐奇问："你认为该怎么解释我见到了两个方谨？"

顾屿沉默。

唐奇说："除了科学，我想不到别的方法能解释我遇到的问题。"

"去和心理医生咨询一下也好，有事要帮忙，随时 call（呼叫）我。"

"你周末有空吗？"

周末，顾屿和唐奇来到网球场。唐奇有点紧张，顾屿插科打诨，调节气氛："方谨约你在网球场见，不就是让雄孔雀开屏，正中你的强项吗？"

唐奇表情变化，停下脚步。顾屿顺着他的目光，看到一个少年正在教方谨打网球。

少年容颜俊美，犹如漫画中走出的男子，网球也打得很好，姿势赏心悦目。方谨明显不擅长运动，姿势笨拙，错误频出，可少年细心温柔，没有一点不耐烦的样子。一教一学，两人姿势亲密，不知道在说什么，但笑容比阳光更耀眼。

顾屿和唐奇站在网球场边，都看得眼神发直。顾屿鼓励地拍拍唐奇肩膀："竞争才能彰显实力！"说着率先打破僵局，走了过去。唐奇只得跟上。

方谨向他们挥手："你们来得正好，可以双打了。"她指指对面的网球场，示意顾屿和唐奇直接过去就行。

顾屿不解："我和小唐对……你们？"

"对！"

"现在？"

"现在！"

方谨在前场摆好姿势，漫画男在后场准备发球。顾屿和唐奇只能应战。

顾屿叮嘱唐奇："悠着点，给小年轻留条底裤。"唐奇没有吭声，但表情明显很肃杀。

漫画男姿势漂亮地发球，唐奇狠狠抽了回去。大家一来一往打了起来。方谨完全不会打球，基本是漫画男一人对唐奇和顾屿，但丝毫不落下风。方谨索性站在场边，做起了观众，频频鼓掌喝彩。

三人打得激烈，漫画男对阵二人，打得有来有往，甚至频频获胜。顾屿看形势不对，急忙叫停："休息一会儿。"

休息时，方谨和苏橙橙变的漫画男全胜唐小声讨论："刚才我会不会太假了？"

"不假！陷入热恋的人就是这么浮夸！"

方谨放心了，殷勤地给"全胜唐"擦汗、拿水，一边小声说："这样可以吗？"

"全胜唐"也小声说："再亲密一点，笑得再甜蜜一点。"

方谨拿着水瓶给"全胜唐"喂水，两人模仿三流偶像剧，努力撒着工业糖精。虽然有点尴尬，但的确够亲密。

方谨小声问："有效果吗？"

"有！"

唐奇一边喝水，一边盯着对面的两个人，杀气越来越重。顾屿企图缓和气氛："要不我给你擦个汗？"唐奇白了顾屿一眼，顾屿不禁默默地往后退了两步。

唐奇大步流星地走进球场:"再来!"

苏橙橙小声叮嘱:"成败在此一举,待会儿鼓掌喝彩再热情一些。"

方谨斗志昂扬:"好!"

再次开战,硝烟味越打越重,基本就是"全胜唐"和唐奇一对一单打,而"全胜唐"以绝对优势压制性地打唐奇。方谨的欢呼喝彩声不绝于耳,顾屿像只鹌鹑一样缩在后场,默默观看。

最后一记球,"全胜唐"大力扣杀,唐奇拼命想接,不但没接住,反而狠狠地摔在了地上。方谨热烈欢呼,冲过来和"全胜唐"击掌欢庆,开心得又笑又叫:"你太厉害了!打得太好了!"

唐奇落寞地从地上爬起来。顾屿用网球拍遮住脸,露出不忍心的表情。

唐奇和顾屿走回休息区,顾屿开口安慰:"小年轻花里胡哨,没什么内涵。咱们不拼体力,拼脑力。"

唐奇一言不发。

方谨热情地互相介绍:"光顾着打球,忘记给你们介绍了。这位是唐奇博士,这位是顾屿,这位是我学弟,也是材料科学与工程博士,还精通英、法、德、西四国语言。"

顾屿惊讶到彻底哑火。

"你们好,很高兴认识你们。我叫全胜唐,全部的全,胜利的胜,唐朝的唐。"

顾屿瞅了一眼唐奇,暗自嘀咕:"全胜唐?这也太巧了。"

"全胜唐"揽住方谨的肩:"最重要的一点,你忘记介绍了。"

方谨羞涩地说:"小全是我男朋友。"

"全胜唐"看着唐奇,摆出亲密的占有姿态:"这是我女朋友。"

唐奇盯着他们的姿势,不免显得黯然又难过。"全胜唐"觉得计策奏效,正暗自高兴,却听见唐奇说:"你们不合适。"

本来就紧张的气氛直接掉到了冰点以下,方谨和"全胜唐"都震惊地盯着唐奇。

顾屿努力打圆场:"小唐在开玩笑,笑话有点冷,小唐的意思是……"

唐奇压根接收不到顾屿的努力暗示,盯着"全胜唐":"你根本不了解真实的方谨,你们不合适,至少目前不合适。"

苏橙橙生气道:"你的意思是你很了解真实的方谨?"

"至少比你了解。"

"可笑,像你这种花心萝卜,知道什么叫了解吗?"

"你说什么?"

方谨赶紧挡在他们中间:"唐博士,你没有资格说这句话,小全肯定比你了解我。我知道你喜欢我,但对不起,我不喜欢你,而且我有男朋友了!"

唐奇态度很冷淡:"你弄错了,我喜欢的不是你。"

方谨和苏橙橙都流露出吃惊的表情,方谨疑惑地看苏橙橙,以为是她误会了人家的"表白"。苏橙橙也很茫然。只有顾屿了然,一副头疼的样子。

唐奇严肃地说:"方博士,有些话我想和你单独交流。"

"不能在这里交流吗?"

"事关个人隐私,必须私下交流。"

方谨看向苏橙橙求救,苏橙橙点点头,表示同意。

方谨急中生智:"好,大家出了一身汗,先去冲洗一下,换件衣服,待会儿我们在网球场外见面,有什么话慢慢说。"

第三十三章
杀死"方谨"

唐奇在林荫道等待，戴着眼镜，变作方谨的苏橙橙看到唐奇，立即主动地挥挥手打招呼："唐奇！"

苏橙橙意识到自己不应该这么热情，又急忙收回手，摆出严肃的样子。唐奇神情凝重，一言不发地凝视着对方，手轻按心口。

苏橙橙忍不住关切道："怎么了？身体不舒服？"

"没有不舒服……见到你很高兴，它在怦怦跳。"

"你刚才……不是说不喜欢我吗？"

"它不喜欢网球场上的方谨。"

苏橙橙有点慌："你什么意思？"

唐奇温柔地看着她："有两个方谨，一个我喜欢的，一个我不喜欢的。"

苏橙橙彻底慌了，匆匆忙忙想要溜走："听不懂你在说什么，全胜唐还在等我，我要走了。"

唐奇一把抓住了她："我第一次见你，你把关胜宇打得鼻青脸肿，一点不像是会被家暴的人。"

苏橙橙下意识地要使出反擒拿甩脱唐奇的手，听到这话立即又控制住自己："我……我那是……忍无可忍，平时我很沉静文弱的。"

"我打听过了，你的研究助理也说你性子安静，回避与人冲突。但那天晚上在工厂，你做事果断坚决，一个人能打倒两名保安。"

"我小时候练过……我助理不知道。"

唐奇又说："那天彩虹下我向你表白，十分钟后，你却好像失忆了，什么都不知道。"

"我那是装不知道……其实我、其实我……"

"你不用再费尽心思编故事遮掩了,我已经什么都知道了。"

苏橙橙以为他真的知道了,震惊地问:"你怎么知道的?"

"我已经向专业人士咨询过,你的症状符合人格分裂症,你的身体里有两个人格的方谨,你知道另一个方谨的事,另一个方谨却不知道你的事。"

苏橙橙像是看天外来客一样惊愕地看着唐奇:"你是说……我有病?"

唐奇温柔地对她说:"没有关系,你只是因为长期遭受精神和身体的双重虐待,心理上生病了。"

苏橙橙醍醐灌顶,点头说:"对!我有病!就是你说的这个病,双重人格!"

唐奇眼神温柔,语气坚定:"你别怕,我会陪你一起面对。"

苏橙橙不知道如何回应。

收到苏橙橙的短信时,林媛和顾屿正在农场里捡鸡蛋。

林媛表情诡异地看向顾屿:"唐奇认为方谨姐有双重人格?"

顾屿捡起一个鸡蛋,放到林媛提着的小竹篮里。他们脚边,一群鸡在叽叽咕咕四处刨食,两人穿着胶鞋,在鸡窝里翻找鸡蛋。

"小唐坚持有两个方谨,如果不是小唐心理有问题,那就是方谨心理有问题,这是唯一科学的解释。"

林媛感慨:"但凡少读点书都想不到这么科学的解释,真不知道是聪明,还是傻。"

"你的意思是小唐错了?"

林媛忙摇头:"没没,我什么意思都没有。咱们还是想想待会儿怎么吃鸡。让老板娘把那只公鸡一刀宰了,剁成块,下滚油锅,用辣椒、花椒爆炒!再加一个菜,干锅鸡公。"林媛边说边比画。

顾屿看了看即将被割喉、剁块、下油锅的公鸡,立即澄清道:"我和小唐虽然是好朋友,但他是他,我是我,你千万不要误会我和他一样花心。"

林媛笑着说:"放心,咱俩可是好姐妹,我对姐妹一向宽容。"见顾屿脸色不对,林媛急忙改口,"好哥们儿,咱俩是好哥们儿!我对哥们儿一向宽容!"

顾屿心念电转,知道着急只会吓跑林媛,及时调整表情,扯出笑容:

第三篇　拥抱真实的自己　　267

"好朋友。"

"行，好朋友！"林媛又捡了一个蛋，兴冲冲地提着所有捡来的鸡蛋，向鸡舍外走去，"差不多了，做一盘番茄炒蛋，剩下的带回家早上吃。"

顾屿跟在后面，目光依恋，同时给自己打气："好朋友和好女朋友，就差一个字。"

晚上，林媛将红彤彤的干锅鸡公打包回了家。苏橙橙、方谨都食不知味，一脸苦恼。

苏青梨却有点看笑话的样子，直接用手捏了一块鸡块塞进嘴里，同时啧啧感叹："这个唐奇，说他深情，见一个爱一个；可说他渣，一般人遇到这事早跑了，他却一副情深义重、很有担当的样子。"

"唐奇要陪你……陪我面对双重人格，怎么面对？总不能我们继续这样吧？"方谨苦恼地看着苏橙橙。

"当然不行！"

林媛眼睛一亮："我有办法！"苏橙橙和方谨一脸期待，苏青梨明显知道林媛的三板斧，毫不期待地冷眼旁观。

"有一部剧，里面男主有七重人格，他逐渐治愈的过程就是各个人格死亡的过程，最后死得只剩下一个主人格，男主就和女主幸福地在一起了。"

方谨一脸迷茫，压根没听懂。苏青梨喝了口汤，流露出"果然不出我所料"的无语表情。

苏橙橙懂她，开心地说："通过治疗，杀了'我'变出的方谨人格！"

林媛挤挤眼："心有灵犀一点通。"

方谨茫然地看着惺惺相惜的苏橙橙和林媛，虽然听不懂她们在说什么，但感觉好像有人要倒霉了。

苏青梨冷冷地说："两个菜瓜！"

早上的花圃，姹紫嫣红，清新美丽，"方谨"和唐奇漫步在花圃中。

"你一直在接受治疗？"

"是的。本来这件事我不想告诉任何人，但被你发现了，我想了想，决定坦诚告诉你。我之所以会出现，是因为方谨在婚姻中，身体和精神长期遭到关胜宇的虐待,为了自我保护就分裂出了我。"

唐奇同情地看着她:"和我推测的一样。"

"你可真是个大聪明。"

唐奇真诚地说:"你也聪明。"

苏橙橙陷入一言难尽的沉默,随后打起精神继续说:"庆幸的是,治疗效果非常好,我出现的时间越来越短。医生说再治疗最后一次方谨就可以痊愈,我就能彻底消失了。"

唐奇骤然停下脚步:"消失?什么意思?"

"我出现是为了保护方谨,如今方谨已经和关胜宇离婚了,过得很幸福,我当然要消失了。"

唐奇盯着苏橙橙,眼睛里满是不舍:"必须这样吗?"

"保护方谨是我存在的唯一原因,如今她已经不需要我了。只有我消失,方谨才能真正痊愈。今天,我就是来和你告别的。"

唐奇眼眶里泪光浮动,却再说不出挽留的话。苏橙橙心里愧疚,不敢再和唐奇对视,逃避地去看花。花圃里一朵朵花开得正好,苏橙橙无意识地伸手,轻轻触碰。

"你说过,彩虹很美。"唐奇突然开口。

"嗯?"苏橙橙不解。

"我只有一个请求。在你离开前,我想和你再看一次彩虹。"

苏橙橙看着万里无云的天空,心想:今天哪儿来的彩虹?

满是沧桑建筑的老城区里,唐奇带着苏橙橙沿着台阶一步步往下走。

苏橙橙奇怪地看向天空:"不是带我来看彩虹的吗?"

"待会儿我施个魔法,一定能让你看到彩虹。"

苏橙橙不禁笑了:"好啊,等着你的魔法。"

"我记得你喜欢吃牛筋。"

苏橙橙有点心虚:"我和主人格的饮食喜好不同很正常。"

"你和另一个方谨是不同,你还喜欢吃苹果,你吃苹果的样子很可爱。"唐奇的话,让苏橙橙很意外。他继续说:"你说,你唯一存在的原因就是保护方谨。我不同意。保护方谨,不是你来这个世界唯一的原因。"

"那还有什么原因？"

"第一次遇见你，我就觉得你很勇敢、很温暖、很体贴。"

苏橙橙尴尬地笑："你把我想得太好了！"

"你还照顾过受伤的我。"

苏橙橙越发愧疚不安："我……我没有你想的那么好。"

"你还救过我。"

"那……那只是凑巧。"

两人站在台阶下，苏橙橙看着满眼不舍的唐奇，心情十分复杂。

"我看过很多次彩虹，可你带我看的那道彩虹是最美的。"

苏橙橙只能无力地安慰："你将来一定会看到更美的彩虹。"

"你温柔地爱过这个世界，也让这个世界变得更美好了。你说过，彩虹之所以美丽，就是因为它是彩虹。你，就是你存在的原因。"唐奇眼眶含泪。

苏橙橙呆呆地看着唐奇。面对他的赤忱、真挚，苏橙橙心里很不是滋味，几次嘴唇嚅动，真相几乎脱口而出："我不值得，你别这样……"

唐奇打起精神，强颜欢笑："魔法时刻到了！看着我手指的方向……"他抬起手，中二地做了个华丽的施魔法动作。

苏橙橙的目光顺着他手指的方向划过蓝色的天空。白色的云、绿色的树、满是生活气息的各色楼宇，各种人间烟火，细碎美丽，最后，手指的方向出现了彩虹。

长长的台阶，每一级台阶的立面都涂着不同的颜色，一级级台阶汇聚在一起，变成了长长的彩虹。

苏橙橙愣愣地看着，唐奇微笑道："你带我看了一次彩虹，我也带你看一次彩虹。"

"我们刚才……走在彩虹之上？"

唐奇猛然伸手，紧紧地抱住了苏橙橙。苏橙橙下意识抬起手想推开唐奇，却又不知道出于什么原因，并没有挣脱。她呆呆地抬着手，满脸不知所措，耳边传来唐奇哽咽的声音："再见！"

苏橙橙缓缓抱住了唐奇，心里有抱歉也有感动，过往的一幕幕在脑海里闪过：方谨实验室里，两人坐在彩灯中一起吃饭；药店外长凳上，为了保护她，唐奇嘴角受伤；新南科技的工厂里，唐奇明明不会打架，却英勇地冲出来帮助她；还有雨后，唐奇陪着她一起看彩虹。

"再见！"

苏橙橙放开唐奇，转身朝着台阶上走去，从今往后，所有记忆都要割舍埋葬了。唐奇目送"方谨"踏着一级级台阶，随着彩虹远去，面带悲伤。

为了让唐奇确信"方谨"已经消失，苏青梨甚至找了一名心理医生来证明方谨的心理疾病已经痊愈，唐奇喜欢的"方谨"消失在了世上。从心理医生的诊所离开后，唐奇失魂落魄地走在街道上。

街道上景物依旧，人却再不会有。

唐奇悲伤地走到十字路口。暮色中，路上行人纷纷，红灯停，绿灯行。涌动的人群中，唐奇却仿佛再次看见了方谨，她跟着人群走上斑马线，朝马路对面走去。唐奇急切地想要追上，方谨却一点点没入人海，再也看不到了。

因为伤心，唐奇眼中的世界发生了变化：以消失的方谨为圆心，周围的人也一个个地迅速变成了灰色。不过刹那，灰色蔓延到整个世界，密密麻麻的车流、错落林立的店铺、五光十色的招牌……连红绿灯也变得灰暗，无法分辨。

唐奇惊恐地站在十字路口，茫然地环顾刹那之间变成灰色的世界。绿灯已经转为红灯，和他一起等待过马路的人都已经走了，唐奇却意识不到。

阵阵刺耳的鸣笛声此起彼伏地响起，唐奇看到车流正向他驶来，却恍恍惚惚，没有丝毫真实感。忽然，一道身影冲了过来，一只手握紧他的手，拉着他飞快地往前跑。

唐奇愣愣地凝视着牵着他跑的女子，在整个灰色世界中，她居然是唯一的色彩。

苏橙橙带着唐奇一口气跑到安全地带，停了下来。唐奇依旧呆呆地看着苏橙橙——灰色世界中唯一的彩色，连她生气的表情都显得分外鲜活。

苏橙橙看到他这生无可恋的样子，越发生气："你发什么疯啊？不就是失恋吗？你问问这大街上的人，谁还没失过恋啊？你至于寻死觅活吗？平时看上去人五人六的，没想到居然这么不理智、不成熟！"

唐奇看看苏橙橙，又看看远处和身边路过的人，确认了的确只有苏橙

第三篇　拥抱真实的自己　271

橙是彩色的。唐奇知道自己的视力又出了问题，低下头揉着眼睛。

苏橙橙还以为唐奇被她给骂哭了，气势瞬间弱下来，迟疑着小心翼翼地轻拍了拍唐奇的肩膀："想哭就哭吧！因为失恋哭泣没什么，但因为失恋寻死就不对了！"

唐奇抬起头，世界仍然是灰色，苏橙橙也仍然是唯一的彩色。

苏橙橙看唐奇直勾勾地盯着她，举起手在他面前挥了挥："唐奇？"

唐奇回过神来，解释道："没有寻死，刚才是没注意到绿灯变红了。"

苏橙橙将信将疑。

"谢谢你！"唐奇没有继续解释，只是表示感谢。说罢他走到一边拿出手机，给顾屿打电话。

苏橙橙不知道自己该走该留，心里迟疑，边走边回头。

顾屿那边一直无人接听。唐奇烦躁地收起手机，走到斑马线前，想要过马路，却盯着看不出亮没亮的红绿灯，不知道到底什么时候能过。

天空开始下雨，唐奇看到一个男人冒雨跑过马路，以为是绿灯，正要过马路，一辆车疾驰而过，差点撞到他。唐奇意识到那个人是在闯红灯，急忙踉跄着后退。这时，一个人扶住唐奇，伞遮在了他头顶。唐奇再次看到了彩色的苏橙橙，连她的伞也是鲜艳的橙色。

"你怎么又回来了？"

苏橙橙说："下雨了，你肯定没带伞，我送你一程。"

"不用。"

"绿灯了！"

苏橙橙拖着唐奇，迅速过了马路。赶在唐奇开口前，苏橙橙抢先说话："我突然想起来，我还要办点事，正好和你顺路。"

"麻烦你了。"唐奇没再拒绝，两人默默走在路上。

第三十四章
灰色世界

　　下水道井盖露出一条黑色缝隙，这在唐奇眼里却是灰蒙蒙一片，没有色差，看不出区别。苏橙橙已经做好了绕开的准备，唐奇却像是没看见一样，直接要踩上去。苏橙橙急忙一把把他抓向自己，他几乎扑进了苏橙橙怀里。

　　"走路的时候记得看路，下水道井盖没盖好，很危险的。"

　　唐奇面红耳赤地站好。苏橙橙顺手把伞递给唐奇。唐奇拿着伞，发现伞变成了灰色。

　　唐奇问："这把伞是橙色的？"

　　没有等到回答，唐奇低头，看到苏橙橙戴上了连帽衣的帽子，在搬井盖。灰沉沉的世界中，一个色彩鲜艳的人做着一点不优雅的动作，却格外明媚。

　　苏橙橙把井盖挪回原处，却不确定这样到底安全不安全，正用脚小心试探。唐奇走到她身边，用伞遮住她，同时把向旁边商家借用的警示牌放到井盖上，一边还在用蓝牙耳机打电话："和平路和春光路交界处，下水道的井盖没有盖好，行人很有可能受伤，需要你们尽快来检修一下……谢谢。"

　　唐奇挂了电话，看见苏橙橙用崇拜的眼神看着自己，略微不自在地说："走吧。"

　　苏橙橙一边走，一边笑着把手伸到伞檐下，就着伞面汇聚流下的雨水洗手。唐奇又刻意倾斜了一下，水流更大了一点。

　　"谢谢。"苏橙橙刚说完，唐奇就毫不客气地把伞塞回了她刚洗干净的手里。唐奇顺着变色的伞杆一路看上去，伞又变成了温暖的橙色。

第三篇　拥抱真实的自己

在苏橙橙眼中，唐奇的动作却显得冷淡高傲。

苏橙橙把唐奇送到他家楼下，一个红衣女生从便利店里提着零食走出来。

唐奇面无表情："我没想自杀。"

苏橙橙露出讨好的笑："送佛送到西，帮人帮到底，就几步路而已，等你进门了，我立刻走。"

红衣女生听到他们的对话，表情诡异地看着他们。唐奇察觉到她的视线，侧头看去，那女生立刻低下头快步走了。

唐奇和苏橙橙目送她走远，苏橙橙说："咱们好像吓到她了。"

这时，二人身后追来一个中年女人，手里拿着零钱，经过两人身旁时慢下脚步发问："请问有没有看到一个穿红衣服的女孩子路过？"

唐奇迟疑不语，不确定方才离开的女孩穿的是什么颜色的衣物。

苏橙橙奇怪地看了他一眼，手指女孩走远的方向，说："往前面走了。"

"谢谢！"中年女人顺着苏橙橙指的方向跑着离开。

苏橙橙困惑地看向唐奇："你没看到吗？那个被咱们吓着的女生就穿着红衣服。"

"哦……刚才走神了，没注意她的衣着。"唐奇假装从容地继续朝前走，苏橙橙跟在他后面。

唐奇走到院子门口，用指纹打开门锁。

苏橙橙转身准备离开："你安全到家了，我走了。"

"苏橙橙。"

苏橙橙停下脚步："怎么了？"

唐奇盯着她湿了的衣服和头发，问："你要不要进来坐一会儿？"

苏橙橙意外地愣住，她可没忘记，上次门铃都快被自己摁烂了，唐奇都不让她进门。

"家里有吹风机和烘干机，可以把头发吹干，把衣服烘干。"

"不用了，我还有事……"

"你回家并不顺路。你身体虚，很容易生病，湿淋淋地回去，周一又要请病假了。"

苏橙橙面露尴尬："你早知道……我是撒谎？"

"谢谢你特意送我回家。"唐奇把门大大地打开，示意苏橙橙进来。

"那我不客气了。"苏橙橙走了进去，还信誓旦旦地找补，"我身体很好的，之前老是请病假都是特殊情况，我保证以后不会再请病假。"

唐奇未置可否。苏橙橙有点尴尬地站在客厅。

唐奇在卧室，对着打开的衣橱，里面的衣服灰蒙蒙一片，什么颜色都看不出来。唐奇选了一套看上去苏橙橙能穿的休闲装，拿出来递给苏橙橙："你去卫生间把湿衣服换下来，卫生间在……"

话还没说完，苏橙橙就已经熟门熟路地打开了卫生间的门。

"……这里。"

苏橙橙意识到什么，强行解释："你家这种老城区改造房，格局都差不多，我去过同学家，知道卫生间在哪里。"

唐奇没太在意，指了指旁边那扇看上去一模一样的门："隔壁就是洗衣房，烘干机在里面。"

唐奇又走进卫生间，把吹风机找出来，放到台面上："吹风机我放这里。那边的毛巾是干净的，我没用过。"

"谢谢。"

唐奇走了出去，顺手把门关好。

苏橙橙打开唐奇给她的外套，发现是蓝色的休闲套装，但上面有斑驳的没有洗干净的颜料。苏橙橙思索片刻，回想起刚才唐奇的表现，这才恍然大悟："唐奇是真的没注意到绿灯变红，是我脑补过头，他压根没想死……难道唐奇的眼睛又出问题了?!"

吹干头发的苏橙橙穿上了唐奇的外套走出来，叮叮当当的声音从餐厅那边传出来，苏橙橙凑过去。

唐奇说："你肯定也没吃晚饭，反正要等衣服烘干，一起吃一点吧！"

餐桌上已经摆着两碗热气腾腾的馄饨。唐奇端着托盘出来，把几碟小菜放到桌上，还有煎蛋卷、蔬菜沙拉、鲜榨果汁。

虽然做得简单，但能开火做饭，视力应该没有问题。苏橙橙看着唐奇，心想：他是……看不清楚颜色吗？

唐奇已经落座，苏橙橙却刻意站在唐奇对面，衣服前面斑驳的颜料一目了然。唐奇看到了衣服上的灰色斑块，神情尴尬，急忙站了起来："不

好意思，我没注意。我画画时染上的，衣服是洗过的，只不过颜色洗不掉了。我帮你重新拿一件。"

"不用麻烦了，一点颜料而已，过一会儿就换回我自己的衣服了。"苏橙橙已经一屁股坐下，装模作样地拿起筷子，"我不客气了。"

唐奇作罢，也顺势坐下。

苏橙橙想：唐奇能看见颜色，难道又是我疑神疑鬼、脑补过头了？

唐奇看苏橙橙一直盯着馄饨碗，迟迟不动筷，问："怎么了？不合你胃口吗？"

苏橙橙回神："没有没有，我这人胃口好，什么都爱吃。"说着拿起勺子开吃。

唐奇看着眼前灰扑扑的馄饨，再看看灰扑扑的饮料和其他小菜，食材如同腐坏，让他食欲大减。而苏橙橙手边的馄饨白白嫩嫩，碧绿的葱花点缀其间，看起来十分鲜美。看着苏橙橙舀起一只馄饨，一口咬开，唐奇终于有了胃口，也舀起自己碗里的馄饨塞进嘴里。

一顿饭间，唐奇一直看着苏橙橙，她吃什么，他就吃什么，不知为何，每一口都是自己想吃的，他竟吃得津津有味。

苏橙橙一直在暗中留意唐奇，当她发现他在跟随她喝果汁时，就意识到了什么，有意识地荤素搭配，一口馄饨，一口煎蛋，一口菜，时不时再恰到好处地喝一口果汁。当苏橙橙发现自己比唐奇吃得快时，她有意识地放慢速度，一个馄饨分成两口，努力细嚼慢咽。

直到唐奇咽下最后一个馄饨，苏橙橙才麻利地一口吃完自己的馄饨。

接到苏橙橙的电话时，林媛正在宠物店和顾屿一起看宠物鱼。

电话里传来苏橙橙尴尬的声音："我突然来事了，大概淋了点雨，肚子也有点不舒服，想赶紧回家，你方便过来接我吗……"

"你在哪里？我去接你！"

苏橙橙让林媛来接她没有不好意思，可报地址时很不好意思："唐奇家。"

"我立即出发。"林媛挂了电话，毫不留恋地立即撤退，"我闺密有难，我得去救她，咱们改天再约。"都不等顾屿反应，林媛就已经风风火火地冲出了宠物店。

顾屿自嘲地叹了口气。

一直努力减少自己存在感的宠物店店主终于从柜台后站了起来，一脸幸灾乐祸："小姑娘明显对你没意思啊！顾屿，没想到你也有今天！"

"子非鱼，安知鱼之乐。"

顾屿说着话拿出手机，却看到错过了唐奇的电话，连忙回拨："刚刚手机静音，没听到你的电话……"

林媛刚要上车，看到顾屿边快步走过来边说："唐奇有事找我，我去一趟他家。"

"哦，那咱俩同路，我也去唐奇家。"

"那不如……"顾屿话都没说完，林媛已经匆匆上了自己的车，砰一声关上车门，率先发动车子离开。

"看来，不能同车了。"顾屿也发动了车子。

然而，顾屿没有开多远，就看到林媛把车停在旁边，一脸沮丧地查看油箱。他急忙停车："车没油了？"

"对啊！能搭个你的顺风车吗？"

"能！"顾屿笑着说。

苏橙橙被林媛从唐奇家"解救"出来，两人来到楼下，共打一把伞。顾屿则留在了唐奇家。

苏橙橙问："你什么时候和顾屿混得这么熟了？"

林媛说："说来话长，顾屿很热心肠，周末又经常闲着，就常常帮我找创作素材。"

苏橙橙觉得匪夷所思："顾屿热心肠，周末又经常闲着？你说的是我认识的顾屿吗？"

林媛却没心思多想自己的事，忧心忡忡地提醒好友："我的事不重要，你说说你到底怎么回事。你为了摆脱唐奇，千辛万苦，好不容易让'方谨'消失了，结果你不但没和唐奇划清界限，反而跑人家里去了！"

"我以为唐奇想不开要自杀，不放心他一个人回家。"

轮到林媛觉得匪夷所思了："唐奇想不开要自杀？你说的是我认识的唐奇吗？"

第三篇 拥抱真实的自己　　277

苏橙橙有点不好意思:"应该是我脑补过头了,但唐奇真的奇奇怪怪,一定有问题……"

唐奇站在自家的院子门口,盯着顾屿。顾屿笑着调侃:"你这么盯着我,我有点慌。"

唐奇一言未发地看向门外。小道上的行人打着的伞灰扑扑的,只有苏橙橙的伞,温暖鲜艳,像是一朵盛开在雨幕中的橙色花。两个女生打着一把橙色的伞,走到一辆路边等候的出租车旁。因为伞面遮挡,看不到细节,只能看到一个人在打着伞照顾另一个先上车。

"不知道谁先上车……"

唐奇答得笃定:"苏橙橙。"

话音刚落,伞下的人收伞,淋了点雨,迅速上了车,果然是林嫒。

顾屿不禁会心一笑:"猜得倒挺准。"

"不是猜的,我看到的。我的眼睛,现在只能看到苏橙橙身上的色彩。"唐奇目送着有了颜色的网约车启动,汇入灰扑扑的车流。

顾屿震惊:"你现在只能看到苏橙橙身上的色彩?什么意思?"

唐奇的病太奇怪了。顾屿带他去看医生,医生给唐奇做完检查后,却发现他的眼睛没有任何问题。医生建议唐奇和苏橙橙多接触,也许就能找到心理疾病的症结。

从医院出来,顾屿开车送唐奇回家。顾屿见唐奇思虑重重,细心劝慰:"陈医生让你和苏橙橙多接触一下,你就多接触一下呗!苏橙橙又不是什么洪水猛兽,你就当结交个朋友,没必要这么抵触。"

"我不是抵触苏橙橙。以前我是对苏橙橙有成见,但现在她完全变了,和以前不一样了。"

顾屿嗅到八卦的味道:"以前你对苏橙橙有成见?什么成见?来,说说你年少的故事。"

唐奇哭笑不得:"我们在说我的眼睛,你怎么就关注八卦!"

"陈医生说苏橙橙也许是治疗你眼睛的钥匙,我这不是帮你在找那把锁吗?"

唐奇无奈:"陈医生是眼科医生,不是心理医生。"

"那你说说，为什么你只能看见苏橙橙身上的颜色？"

"我不知道。"唐奇看看顾屿，又看看窗外灰扑扑的世界，怅然地说，"我见了你，见了周锦礼，还特意去见了我爸妈——最好的朋友、最重要的工作伙伴、最亲的亲人，在我眼里都是没有颜色的。"

"别着急，会好的。"

"我不是抵触和苏橙橙接触，我只是想不明白，为什么是苏橙橙？为什么只有苏橙橙？"

话音刚落，唐奇的目光中出现了一抹亮色。虽然看不清那人的脸，但明显不是苏橙橙，是一个打扮入时的年轻男子，捧着一大束郁金香，大步走过人群。

唐奇激动道："停车！停车！"顾屿虽然不知道发生了什么，但知道理智的唐奇绝不会无缘无故如此，急忙把车靠边，双闪停车。

人潮中，唐奇匆匆追赶着彩色的男子。来来往往都是没有颜色的路人，只有前方的身影是鲜艳的，虽然因为人群或其他遮挡时隐时现，却始终格外鲜明。唐奇跟着男子来到创意水果店入口处，整个人神情恍惚，似乎没办法理解眼前所见。整个门店都灰扑扑的，可全胜唐和他拥抱的林媛都是彩色的，就好像一幅图画中，他们两个是特意加了色彩的王子和公主。

顾屿匆匆推门进来，看到眼前一幕，仿佛挨了当头一棒。他想都没多想，冲上前一把拉开了林媛。

唐奇看到林媛离开全胜唐之后，瞬间又变成了灰色。

林媛生气地问："顾屿？你干吗？"

气氛急转直下，从童话剧变成了狗血剧。顾屿冷静下来，看看周围一脸热切地等着看八卦的人们，想到之前林媛说的"死对头"。林媛曾对顾屿说，编辑安排漫画作者聚餐，有个死对头，每次见面都会变着法子作妖。几个念头闪过，顾屿已经大致猜到了一切，他笑着对在场的漫画家们问好："你们好，我叫顾屿，是林媛的追求者，刚才有点吃醋，一时情急，让大家见笑了。"

林媛吃惊地瞪着顾屿："你在胡说八道什么？"

顾屿露出无奈包容的样子："她一直不肯接受我的追求。"

众人露出了然的表情，顾屿自顾自地给大家发起名片。

第三篇　拥抱真实的自己

"千鸟集联合创始人兼市场部总监……天哪,我用过千鸟集的腮红!"

"这么年轻就有自己的公司了!"

大家看着林媛,一边是青春洋溢、堪比漫画男主的全胜唐,一边是事业有成、风度翩翩的顾屿,只觉得人比人气死人。林媛的死对头晓雅板着脸,默默地把手机翻转,西装男屏保被倒扣在了下方。

顾屿问:"你们介意不介意我和你们一起?"

"不介意,坐、坐……"

顾屿一边和大家寒暄,一边拖了把椅子,拉着林媛坐下。林媛盯着顾屿,完全不知道他究竟想干什么。顾屿殷勤地给林媛重新斟茶:"茶冷了,我给你换一杯。""全胜唐"看得目瞪口呆,不知道顾屿这到底是在演戏,还是真的在追求林媛。

"全胜唐。""全胜唐"转头,看到唐奇走过来问他,"我们能聊一下吗?"

"全胜唐"和唐奇站在店外的阴凉处聊天。唐奇盯着"全胜唐",灰色世界里只有"全胜唐"身上有颜色。

苏橙橙还以为唐奇是为了方谨的事找她,被唐奇看得发毛。

"你别误会,我和林媛刚才是演戏,方谨知道我和林媛的关系。"

"我没误会。我虽然不了解你,但了解苏橙橙和林媛。她们都很重视友情,不会做伤害朋友的事。"

苏橙橙听完,心里竟然有点雀跃,喜笑颜开道:"你不错啊!看人挺准!"

"你和苏橙橙认识?"

苏橙橙小心翼翼地回答:"认识。你为什么这么问?"

"你和苏橙橙有什么特别的关系吗?"

苏橙橙做贼心虚:"没什么关系,就普通朋友关系。既然误会解释清楚了,那我走了。"

"等等。"唐奇一边拦住"全胜唐",一边拿出手机,拨打苏橙橙的电话,"我有点事想弄清楚。你有时间吗?我想请你和苏橙橙一起喝杯咖啡。"

下一瞬,"全胜唐"身上的手机响了。唐奇循声看去,苏橙橙心惊肉跳，一动不敢动。

"你在给苏橙橙打电话？"

唐奇以为只是巧合："嗯。你不接电话吗？"

"我……接。"苏橙橙艰难地拿出手机，扫了眼来电显示的"唐奇"，迅速把手机按在自己胸口，不安地瞪着唐奇。

唐奇一边等苏橙橙接电话，一边看着"全胜唐"的奇怪行为，似乎想到了什么，神情变得黯然："方谨的电话？"

"对、对！你可太聪明了，就是方谨的电话。"

唐奇神情越发黯然，主动地走到一边。

苏橙橙轻轻吐出一口气，急忙把手机调成静音，背对着唐奇，装模作样地提高声音接听电话："亲爱的，什么事？"

唐奇心口骤然紧缩，呆呆地拿着手机，耳朵不受控制地捕捉着"全胜唐"的声音。明知道这个方谨并不是自己爱的那个方谨，可此情此景，却让他越发思念故人。

"嗯嗯……你放心，林媛的事已经搞定了……我这会儿和唐博士一起……好、好，我也很想你，马上就来……"

唐奇呆呆地站着，苏橙橙的电话始终无人接听。

此刻，苏橙橙意识到，唐奇还在喜欢方谨！逃过一劫的喜悦刹那间荡然无存，苏橙橙不安地看着唐奇。

唐奇回过神来，急忙挂了电话，错把"全胜唐"的异常眼神当成了同情和怜悯，慌乱地掩饰："哦哦……苏橙橙没有接电话，应该有事在忙。我们……我们下次再约……再见！"说罢落荒而逃。

苏橙橙凝视着他的背影，忐忑不安，难掩愧疚。

第三篇　拥抱真实的自己

第三十五章
不婚主义

桌上杯盘狼藉,林媛的朋友们都已经离开,只剩下林媛和顾屿,两人气氛微妙。

"你到底在搞什么?当着我朋友的面,装得那么暧昧,让他们误会了怎么办?"

"你朋友误会了你和全胜唐就没事吗?"

"那当然!全胜唐是我儿子!"

顾屿目瞪口呆:"你儿子?"

林媛反应过来自己说漏了嘴,理直气壮地说:"全胜唐和我什么关系,与你无关。你还没回答我,你为什么要撒谎说你在追求我?"

顾屿迟疑地沉默了,林媛执着地盯着他。

"如果不是撒谎呢?"

林媛表情骤然严肃:"我是不婚主义者,这辈子没打算结婚。如果这段时间我的言行举止给你造成了任何误会,我很抱歉,从今天起,我们就不要再见面了。"

顾屿深受打击,却强撑着做出云淡风轻的嬉笑样子:"别这么紧张,怪吓人的!和你开个玩笑,我今天纯粹是想帮忙。"

林媛依旧严肃地盯着顾屿。顾屿心虚,但仍然嘴硬:"你这样子我可要生气了,大家都是朋友,全胜唐能帮你撑场子,我就不能吗?"

林媛将信将疑,顾屿继续瞎编:"既然说到这里,我也只能坦诚了,其实我也是不婚主义者。"

"啊?"

"我这人对爱情没什么信心,容易谈,更容易分手,前女友很多,你看我这样子，像是会钻牛角尖，认定一个人就要捆绑一辈子的人吗？"

林媛打量顾屿："好像……不太像……"

顾屿再接再厉："要不我把前女友们都请来，大家一起吃顿饭？"说着真拿出手机。

"不用了，不用了。你演得太像真的了，我被吓着了……"

林媛和顾屿都松了口气，只不过林媛是真的心里放下了一块石头，顾屿却是在心里藏了块更大的石头，强颜欢笑。

"你真的有很多前女友？"

"真的。"

林媛盯着桌子上的空位置，展开了想象："能坐一桌吃饭？"

"能。"

"不会吵起来吗？"

"都是和平分手，不能做恋人，但仍能做朋友。毕竟人在江湖，多一个朋友总比多一个敌人好。"

"哇！"林媛一脸佩服。

林媛放下戒心，恢复了活泼好奇的本色，顾屿却每回答一个问题就想抽死自己一次。

渣男八音盒在旋转，被亲的三个玩偶是两个女孩和一个男孩。唐奇神情悲伤地坐在桌前，有气无力地拿起酒瓶，给自己倒酒。他举起酒杯，要一饮而尽，却被人一把夺了过去。

"你眼睛都这样了，还敢喝酒？"顾屿闷闷不乐地坐到唐奇对面，发泄般地把一杯酒一饮而尽。

"医生说了是心理问题，不是生理问题。"说完，唐奇伸手要拿酒瓶，顾屿抢了过去，给自己倒上酒。

唐奇对别人的事很敏锐："你心情不好？发生什么事了？和林媛有关？"

"我一直以为我是个理性恋者，现在却发现我有可能是感性恋者。"

"林媛不喜欢你，你却不想放弃？"

"你的智商能不能用一点在自己身上？"

唐奇郁闷地说："我用了，还不止一点，但就是想不明白。"

"说说吧！到底怎么回事？"

"我看到全胜唐是彩色的。"

顾屿惊讶："全胜唐？那林嫒呢？"

唐奇摇摇头："林嫒没有颜色。"

"没道理啊，林嫒可是苏橙橙最好的朋友。"

"我去见过苏青梨，苏青梨也没有颜色。"

顾屿猜测："难道是随机的？"

"如果是随机变化……也许苏橙橙现在已经不是彩色的了……"

顾屿说："把全胜唐和苏橙橙叫到一起，亲眼看看，不就知道了？"

"我也是这么想的。"说完，唐奇想起"全胜唐"对方谨说"我也很想你"的场景，"我也想说'我很想你'，可她听不到了……"

顾屿默默地倒了一满杯，把酒推到了唐奇面前，唐奇抓起酒杯就喝。

苏橙橙躺在床上，纠结地看着手机上的唐奇的未接来电，几次想要回拨过去，又几次放弃。

"唐奇为什么要约我和全胜唐一起喝咖啡？我本来还以为他是看出了什么，可明显不是……嫒嫒，你说我要不要打个电话给唐奇，问问究竟咋回事？"

"啊？什么，咋回事？"林嫒双手托着下巴，盯着面前的西瓜出神。

苏橙橙摇摇头，做了决定，给唐奇回拨电话："没什么，哎，我直接问唐奇吧！"

酒吧里，唐奇已经醉趴在桌上。顾屿懒懒地倚在一旁，一边喝酒，一边在手机上看林嫒的《灵探寒侯》，看着看着忍不住笑了笑。唐奇的手机响了，顾屿漫不经心地拿起来，本来想直接摁掉，但看到来电显示"苏橙橙"，他接听了。

"不好意思，唐总，我之前没听到手机响，错过你的电话了……啊？顾总，您好、您好……"

顾屿说："唐奇喝醉了，不方便接电话。"

"喝醉了？……是因为方谨吗？"

"你找他什么事？我可以转告。"

"哦……全胜唐说唐总要约我们喝咖啡,我是想问问唐总找我和全胜唐什么事。"

顾屿扫了一眼已经喝醉的唐奇,问苏橙橙:"明天你会上班吧?"

"会。"

"那明早在公司见,一样的。"

"哦……唐总他没事吧?"

顾屿明白她在拐弯抹角地问唐奇对方谨的感情,却不愿和下属讨论领导的感情问题,轻描淡写地说:"成年人能有啥大事?睡一觉就好了。"

"谢谢顾总。"

苏橙橙正要挂电话,林媛一把夺过了手机:"顾屿!"

顾屿本来漫不经心的姿态立即变了,整个人正襟危坐,但语气依旧好似随意:"林媛。"

林媛道歉:"我越想越觉得不好意思,今天你帮了我,我却疑神疑鬼,你没生我气吧?"

顾屿笑着说:"没有。"

"还是朋友?"

"好朋友。"

林媛笑眯眯地挂了电话。

苏橙橙吃着西瓜,看着林媛。

"干吗?"

苏橙橙认真地说:"我觉得吧,顾屿喜欢你。"

林媛有样学样:"我觉得吧,唐奇喜欢你。"

苏橙橙嗤笑,林媛有样学样,也嗤笑一声。

"唐奇是理性恋者,他喜欢的人,要么像苏渺一样容貌出众,要么像方谨一样是名校毕业的博士,还有自己的公司,她们都是外在条件和他足以匹配的人。你看我有什么?"苏橙橙指自己的脸,又指自己的脑袋,"容貌出众?智商超群?"

"顾屿是不婚主义者,他和我一样,都不相信婚姻。你看我……"林媛指自己的脑袋,又指自己的心,"这里、这里,有爱情吗?"

会议室里，市场部众人都在，顾屿正在布置新的工作任务，苏橙橙认真地做着笔记。

"为了配合电商平台的'千年美妆'促销活动，公司决定推出活动限定礼盒。相较以往，这次的活动更注重产品的概念化，公司希望通过一系列活动提升产品的整体气质，打造高品质国货的品牌形象。"

苏橙橙积极发言："中国美妆早在三千年前就有过历史记载，那时无论男女都会为了喜欢的人美化自己，给美妆赋予了一层爱情属性。爱情也是年轻人关心的议题，我觉得可以从年轻人的喜好角度出发，策划活动方案。"

众人觉得苏橙橙说得很有道理。赵运杰说："对啊，可以搜集分析年轻人的喜好数据，策划活动。"

许月提出了不同意见："难道只有年轻人有爱情，中老年人就没有爱情了？没有规定说只能三十五岁以下的人追求美，过了四十岁大家就都不允许化妆了吧？我们千鸟集可没有规定产品只卖给年轻人。"

众人又觉得许月说得也很有道理。苏橙橙也一边点头一边做笔记，认可了许月的质疑。

李宇昊也说："传统文化是全年龄段的，不应该只考虑年轻人的偏好。"

苏橙橙在笔记本上划上重点："民间传统、文化内涵、全年龄段……"

顾屿看大家思维活跃，笑着安抚："还是和以前一样，各抒己见，头脑风暴，你们自由分组，提交策划方案，最后择优采纳。"

会议室外，唐奇站在楼道一头，看着市场部同事们从会议室里陆陆续续走出来。王怡、许月、赵运杰、李宇昊……一个个都是灰蒙蒙的，再加上周围灰蒙蒙的环境，犹如一部黑白老电影。

然后，苏橙橙出现在了门口，不但全身上下是彩色的，而且她每走一步，脚下的瓷砖也会因为她明亮起来，等她的脚步离开，瓷砖又再度暗淡下来。苏橙橙就这样一步点亮一块瓷砖，犹如踏着一条闪光大道，朝着唐奇走来。

王怡、许月等跟唐奇打招呼，唐奇心不在焉地点头示意。

同事们从唐奇身边径直走过，苏橙橙却迟疑地停下了脚步，欲言又止："唐总……"唐奇凝视着色彩分明的苏橙橙，苏橙橙也看着唐奇。两人四目相对，各怀心思，浑然不觉自己行为有异。

顾屿走到他们身边:"你们这是在上演默剧吗?"

唐奇和苏橙橙都回神,各自尴尬。

苏橙橙问:"唐总,你周末找我?"

"我有事想问你。"

"什么事?"

唐奇看着彩色的苏橙橙:"已经看到答案了,没事了。"

"哦……那我回去工作了。"苏橙橙离开。

唐奇目送苏橙橙踏着缤纷明亮的道路一步步离开,莫名地心情好了许多,情不自禁地微微一笑:"看样子苏橙橙仍然有颜色。"

唐奇暗自分析:"为什么是苏橙橙和全胜唐?苏橙橙最好的朋友林媛,没有颜色;苏橙橙的姐姐苏青梨,也没有颜色。医生说是潜意识想告诉我什么……我无论怎么分析,都分析不出来它到底要告诉我什么。"

"不管怎么样,目前有两把钥匙:苏橙橙、全胜唐。按照陈医生的建议,要和他们多接触,才有可能解决问题。"

"我想和苏橙橙聊一下,告诉她真相,请她帮忙。"

苏橙橙走出公司大楼,顺着人行道走向地铁站。这时,一辆越野车停到她身边,轻轻"嘀"了一声,吸引她的注意力。

苏橙橙诧异:"林媛?"她走到越野车旁,车门打开,却是唐奇走了下来。苏橙橙也看到了驾驶座位上的顾屿,顾屿朝她挥挥手。

唐奇说:"我和顾屿要去你家附近办事,送你一程?"

苏橙橙问:"你们找我有什么事吗?"

唐奇的表情不太自然:"没事。"

苏橙橙警惕心起:"谢谢你们,不过我喜欢坐地铁。再见!"苏橙橙飞快地离开了。

唐奇目送着她彩色的身影欢快地汇入灰色的人群中,问顾屿:"这就是你的建议?"

"我的建议是你作为友善的领导,偶遇下班同事,友好地给同事搭个顺风车,正好可以多接触一下。我没让你表情生硬,像狼外婆似的拐骗小红帽上车。"

第三篇　拥抱真实的自己

唐奇一言不发地向前走去。

"喂，你干吗去？"

"去地铁上偶遇。"

下班高峰期，苏橙橙和唐奇被人群挤在角落。唐奇挡在外面，苏橙橙在里面，挨着车厢墙壁。唐奇看着彩色的苏橙橙，似乎在研判什么。苏橙橙知道唐奇有点反常，但不知道他到底想干吗，心生警惕。

"唐总为什么要坐地铁？"

唐奇板着脸撒谎："顾屿有事，没时间。"

"为什么不自己开车？"

"我身体不舒服。"

苏橙橙关心地问："哪里不舒服？"

唐奇继续板着脸说："个人隐私，不方便透露。"

苏橙橙想到唐奇的眼睛有问题，态度变柔和了。她猛地举起自己的手机壳，让唐奇看手机壳上五彩斑斓的彩色英文字母："唐总，你英文好，帮我看看这个单词怎么读，什么意思？"

唐奇狐疑道："你手机壳上的字你不知道？"

苏橙橙嬉皮笑脸："我是体育特长生，文化课不好。"

"Diamond bachelorette，钻石单身女性。"

"谢谢夸奖！"苏橙橙开起玩笑，试图调节二人间的僵硬气氛。

简单测试后，苏橙橙知道唐奇的视力没问题，颜色也能看到。那到底哪里出了问题？她正琢磨着，地铁到站，车辆突然减速，又有一群人往外拥，不知谁挤到了唐奇，唐奇往前一扑，直接抱住了苏橙橙。

和苏橙橙相拥的瞬间，唐奇看到色彩从他们接触的部位向外蔓延，苏橙橙就像向四周传递光和热的星体，刹那间，整个车厢都恢复了色彩。唐奇惊呆了，怔怔地抱着苏橙橙，看着四周色彩斑斓的世界。

两人的古怪姿势维持了太长时间，苏橙橙从尴尬、不好意思变得生气："唐总？唐总？唐奇！"

苏橙橙用力推开了唐奇。两人分开的瞬间，整个世界的色彩仿佛被吸回了苏橙橙体内，从车厢到唐奇都恢复了暗淡。唐奇失落地看着暗淡的车厢。

苏橙橙说:"虽然不是有意的,但出于礼貌,你应该说声'对不起'。"

唐奇像是看阿拉丁神灯一样盯着苏橙橙,突然握住了苏橙橙的手。

苏橙橙震惊:"你干吗?放开我!"

唐奇看看自己,再看看四周,发现只有他和苏橙橙接触的手和手腕有颜色,别的部分,以及整个车厢,都没有颜色。

苏橙橙警告道:"我说了,放开我!"

唐奇沉浸在研究中,压根没留意,不但没有松手,反而更过分地双手握住苏橙橙的手,发现自己只是两只手有了颜色,别的地方依旧是灰色。

苏橙橙使出反擒拿,挣脱唐奇的同时把他摁到了车厢玻璃上。唐奇被挤压得脸部扭曲,却还在通过玻璃窗的映照观察自己,看到随着接触面积变大,自己身体的更多部分变成了彩色。他激动地说:"明白了……我明白了,你放开我!"

苏橙橙瞪着唐奇,觉得他不是眼睛出了问题,是脑子出了问题。

第三十六章
眼盲心明

药店外，唐奇歪着脖子，别扭地坐在长凳上。苏橙橙从药店出来，打开膏药，给他的脖子贴上。

唐奇说："谢谢。"

苏橙橙问："你的手呢？"

唐奇轻轻活动了一下，抽了口冷气，默默把两只手都伸出来。

苏橙橙给他两个手腕也贴上膏药，边贴边说："我从小就跟着我爸练咏春，你下次要做实验，先说一声。"

"对不起。"

"你到底在做什么实验，要和人握手？"

"对不起。"

"如果你不是唐奇，我会以为你在胡说八道，对我有非分之想。我可没妄自菲薄，觉得高攀不上，而是……你得先多吃几副熊心豹子胆，还得练几年金钟罩铁布衫。"

唐奇盯着色彩鲜艳、神采奕奕的苏橙橙，学生时期目睹苏橙橙捏核桃的记忆涌入心头，他的身体不受控制地打了个哆嗦。

"你冷？"

"我……"

苏橙橙干脆利落地脱下外套，披到唐奇身上，又递来一个微微发烫的纸杯："喝点热饮。"可看看唐奇贴着膏药的手，苏橙橙还是端着杯子递到他嘴边，"还是我拿着吧！有点烫，你慢慢喝。"

"我不冷……"

苏橙橙仗义地说："刚都打哆嗦了，还不冷？别死要面子活受罪。"

"我……"

两人并肩坐在长凳上，苏橙橙拿着热饮，此情此景，唐奇不能说自己是出于心理阴影而害怕，只能一口口慢慢地喝。夜色中，灯火迷离，隐约的音乐从某个店内传来，一切变得柔和。唐奇恍惚中，觉得坐在身边的人是方谨，那个他喜欢的方谨，善良、勇敢、幽默、乐于助人……

苏橙橙见唐奇一直看着自己，问："你怎么了？"

唐奇的幻觉消失，眼前的人是苏橙橙。唐奇的笑容随之凝固、消失。

"没什么……"唐奇回过头。苏橙橙也笑着回过了头。

"刚才恍惚中，觉得方谨回来了。"

这一次，苏橙橙的笑容不见了。她心想：顾屿不是说睡一觉就好了吗？唐奇怎么还念念不忘了？"

顾屿靠在椅子上，一边翻看林嫒的漫画《灵探寒侯》，一边思索。敲门声响，顾屿望过去，看到唐奇站在门口。

"陈医生不是建议你和苏橙橙多接触吗？都送她回家了，为什么不一起吃个晚饭再回来？"

唐奇已经走了进来。顾屿看到他脖子侧后方的膏药，还有两只手上的膏药，震惊地放下漫画："怎么回事？你被打了吗？"

"没什么。我知道眼睛恢复的方法了。"

顾屿狐疑地打量神情沉重的唐奇："方法很刁钻？"

"亲密的肢体接触。"

顾屿意外地愣了愣："多亲密？"

"拥抱。"

"一定要拥抱？牵手不行吗？"

唐奇摇摇头："牵手只能作用于自己。"

顾屿恍然大悟："你被苏橙橙打了？"

"没……是误伤……"

顾屿无语了一瞬，尽量若无其事地宽慰："方法是有点刁钻，但有方法总比没方法好。没事，不就是亲密接触嘛，咱们想想办法。"

唐奇说："我牵了苏橙橙的手，苏橙橙差点把我的手扭断，如果我敢

第三篇　拥抱真实的自己　291

再抱她,她肯定会把我的脖子扭断。到时候我眼睛是好了,但你得再想办法帮我恢复呼吸。"

顾屿忍不住笑了,唐奇却没有笑。顾屿急忙正色:"又不是只有苏橙橙,这不还有全胜唐嘛!"

"就算我同意,全胜唐会同意?"

顾屿拿起漫画书,给唐奇看封面,唐奇歪歪头:"这是……全胜唐?"

"我在加班思考工作的事,也许能顺便解决你的问题。"唐奇等着顾屿展开说,顾屿却拿起手机,给王怡打起电话,"王怡,你有时间吗?"

苏橙橙和林媛坐在阴凉处的台阶上,一手戴着一次性手套,吃着外卖炸鸡,一手举着可乐杯,碰杯庆祝。

"恭喜你的策划案再次顺利通过!"

"我和王怡一直在思考怎么把传统和当下、古老和年轻结合,一直都没有好的创意。是王怡想到了漫画,用年轻人喜欢的二次元形式来展示古老悠久的文化传统,把新和旧结合。"

林媛问:"你推荐我,算不算走后门?"

苏橙橙笑着说:"我给你开后门?我和王怡确定了国漫方向后,一起去搜集有影响力的IP作品,你的《灵探寒侯》的数据在女性向漫画中几乎一骑绝尘,我也是第一次知道你这么厉害。"

林媛还不放心:"王怡知道你和我的关系吗?"

"我有这么厉害的朋友,当然是迫不及待地告诉她了。"

"她说什么?"

苏橙橙略带夸张地说:"王怡激动地说要抱我大腿,说没想到我居然认识《灵探寒候》的作者林恰恰,求提携、求照顾!"

林媛终于放心了,笑着说:"放心吧,苟富贵,不相忘!"

林媛和苏橙橙肉麻地喝了个交杯可乐,吃着炸鸡聊天。苏橙橙接着说:"我听周总的意思,应该很快就会派人和你沟通合作事宜。"

"看在你的面子上,我一定给个亲情价。"

苏橙橙说:"不用不用,在商言商,你是凭自己实力得到的商务合作,没有水分,不需要打折。"

"好！"

话音刚落，林嫒的手机响了，是陌生的电话号码。林嫒手忙脚乱地接听："对，我是林恰恰……啊，王怡，您好，您好！久闻大名，我经常听橙橙提起你……好的，好的……谢谢。"

在苏橙橙期待的目光中，林嫒挂了电话，说："是王怡的电话，说千鸟集想和我沟通商务合作的事。"

"恭喜！"

苏橙橙开心地和林嫒碰杯。

林嫒难得打扮得比较正式，坐在千鸟集公司会议室的座位上等候，表面镇定，内心既紧张又期待。会议室门打开，林嫒急忙站起，却看到顾屿走了进来，西装革履，一副商业精英派头。顾屿给林嫒递名片，林嫒愣愣地接过。

"林老师，您好，我是千鸟集顾屿，代表公司来和您谈商务合作的事。"说着顾屿伸出手来。

林嫒迟疑着握住顾屿的手："我以为是王怡……"

"公司很重视这次的合作，王怡负责初期沟通，我来负责后期事务。"

"哦。"林嫒有点不适应顾屿的这一面，莫名有些拘谨。

顾屿打开文件夹，将一沓合作说明递给林嫒。

林嫒说："王怡给我发了电子版，我已经都看过了。"

顾屿问："你有什么想要修改的地方吗？"

林嫒坦诚地说："这是我第一次商务合作，价格挺好的，合同看上去没什么问题，你们公司形象也很正面，我的编辑恨不得让我立即签约，生怕被别人抢走了。"

顾屿公事公办的派头消失了，无奈地笑："你这样子谈判……可不行！签字前要做小人，苛刻一点，这样签字后才能做君子，保证合作愉快。"

林嫒看看合同，再看看顾屿，忽闪着大眼睛，真诚地请教："你想让我怎么苛刻？"

顾屿语塞。

林嫒笑着说："放心吧，我的编辑让律师看过了，你们的合同很干净，

第三篇　拥抱真实的自己　　293

没有陷阱。而且我是画漫画的，主要收入是版税和版权，商务合作只是偶尔为之，算是意外之财，再吃亏也吃不到大亏。"说罢主动掏出笔要签名。

顾屿啪一下把手盖在合同上："不管任何合同，签名前，都必须认真读一遍。"

林媛愣住："我已经看过了。"

"那是电子版，你怎么知道我打印的时候没有更改字词？合同上一两个字不同，意思就有可能截然相反。"

"哦。"

顾屿拿开了手，等她阅读。

林媛说："坏人不可能做坏事的时候，还提醒我他准备怎么做吧？"

"认真读！"

林媛不敢再废话，认真地看起了合同。顾屿看着林媛皱着眉头痛苦地看合同的样子，又无奈又想笑："那么多本书都一笔笔画了出来，读个合同有这么难吗？"

"你不懂，这完全是两个世界的事。一个甘之如饴，一个深恶痛绝。"

"以后你的合同我帮你看。"

"啊？"

"我是说……作为好朋友，我又恰巧非常擅长看合同、做谈判，以后你要有类似的事情要处理，我十分愿意帮忙。"

"谢谢！"

林媛看完了合同，郑重地签上自己的名字。顾屿把两份合同装回文件包里，另外两份装进文件夹，递给林媛："保存好了。"

林媛接过文件夹，却依旧伸着手，顾屿没明白。林媛提醒他："握手！"

顾屿反应过来，笑着和林媛握手。林媛甜甜地笑着说："合作愉快。"

"合作愉快。"顾屿心里流淌过一阵甜蜜。

林媛笑着收回手，把合同拍照发给编辑。

"我让王怡去和全胜唐对接？"

林媛惊诧困惑地看顾屿："和全胜唐对接？"

"你要觉得王怡不合适，苏橙橙也行。"

林媛还是没听懂："橙橙要和全胜唐对接什么？"

顾屿无奈地叹了口气,把合同翻到某一页。林嫒念道:"根据千鸟集线下活动需要,乙方需协调人物原型全胜唐出席春妆敷面游园会活动,配合地面推广,甲方需支付 60000 元商务酬劳和其他相应费用……"

林嫒傻眼。

千鸟集春妆敷面游园会活动在古镇举办。

王怡把两张房卡递给苏橙橙和林嫒,一脸抱歉:"我们活动当天正好是周末,周边城市很多情侣来玩,房源紧张,只能两人一间房。"

林嫒笑了笑:"没事,我和橙橙出去玩都是住一间房。"

苏橙橙心生警惕:"两人一间房,那全胜唐呢?"

"全胜唐是嘉宾,安排他和唐总一间房,也是套房。"

林嫒反应过来:"全胜唐能不能一人住一间房?小一点也可以。"

"没有多余的房间了,周总也只能和顾总一间房,还有三个男同事挤一间房。"王怡觉得气氛有点怪异,问,"有什么问题吗?"

苏橙橙拦住林嫒,赶紧说:"没问题。"帮全胜唐代领了房卡。

王怡离开后,苏橙橙忙着收拾行李。林嫒愧疚地跟着苏橙橙,小心翼翼地给她打下手:"要不我还是违约吧!"

"不行!如果违约,你不但要支付违约金,还要赔偿其他相应损失……我们前期投入很大的!"

林嫒自责:"都怪我看合同不认真,总想着编辑和律师帮我看过了,全胜唐那里没人觉得有问题,我也粗心大意,完全没看到……"

苏橙橙安慰她:"谁会有钱不赚呢?她们也没想到全胜唐情况'特殊'。"

"要不你请个假离开?"

苏橙橙笑着说:"唐奇已经当我是雨一淋就倒的林黛玉了,再请假绝对不行!放心吧,游园会的活动方案是我做的,我已经全都安排好了,不会露馅的。"

"晚上怎么办?说好了全胜唐自己开车过来,晚一点到,可再晚也总要回房间睡觉吧……"

"没事,让全胜唐露个面后就说去网吧打游戏,谁也管不了别人的夜生活。"

第三篇　拥抱真实的自己　295

林嫒依旧一脸愧疚。

晚上,林嫒洗漱完,正要上床睡觉,却看见苏橙橙穿着运动服,一副要出门的样子,手中的手机正在外放,顾屿的声音传出来:"我刚问了唐总,他说全胜唐还没到。你赶紧联系确认一下,全胜唐是明天活动的戏眼,绝对不能出差错。"

苏橙橙回答:"全胜唐已经到了,刚找我拿了房卡,现在就去房间。"边说边拿着行李走向门口。

林嫒担忧地跟在身后:"橙橙……"

"你这是什么表情?我又不是一去不回。我去晃一圈证明全胜唐到了就回来。放心吧,很快的。"苏橙橙拉开门之前,变成了全胜唐的模样。

林嫒依依不舍:"我等你。"

"全胜唐"拖着行李站在唐奇房间门口,拿出房卡想要开门,又觉得不妥,按了好几下门铃,门铃响了一会儿,还是没有人开门。

"不在屋里?"苏橙橙用房卡打开门走了进去,发现房间里没有开灯。她拖着行李,正找电源开关,唐奇的声音突然传来。

"你来了?"

苏橙橙一回头,隐隐约约地看到唐奇头发潮湿,穿着浴袍,站在她身后。她被吓了一跳:"我……我按门铃了,没人开门我就进来了。"

"我听到了。在冲澡,以为是服务员。"唐奇以为"全胜唐"要收拾行李,打开衣柜。苏橙橙却以为他要换衣服,吓得捂住眼睛。

唐奇说:"我大概用了衣柜的一半空间,另外一半留给你。你看一下,如果不够用,我可以再挪一点空间给你。"

"你让我现在看?"

唐奇看看"全胜唐"的行李箱:"我以为你要收拾行李。那等你有空再看吧!"唐奇拿了两件衣服后,又关上衣柜。虽然借助窗户透进来的光,也不是完全看不清,但肯定会行动不方便,唐奇却行动自如,似乎完全不受影响。

苏橙橙看着唐奇,不明白是怎么回事,他像是根本没发现屋子里关着灯,他不觉得暗吗?

"唐奇，你眼睛是红外线吗？"

"怎么了？"

苏橙橙摸黑找到了电源总开关，屋子猛然恢复光亮，唐奇立即抬手遮掩眼睛。

苏橙橙说："都没有开灯，你居然行动自如，什么衣服都能找到。"

唐奇回避着刺眼的光线："我在房间待久了，忘记了开灯。我夜视能力比普通人好，拿的又是自己的衣服，一摸就知道。我去换衣服了。"唐奇半捂着眼睛往卫生间走，反而有点看不清，不小心撞到了墙。

苏橙橙意识到唐奇的眼睛不对劲，坐到沙发上，在手机上搜起唐奇的症状："色弱或色盲会对明暗、形状、轮廓、结构、空间都比较敏感，夜视能力也比一般人强得多，常常被当作'特殊人才'来使用……"

听到卫生间门响，苏橙橙赶忙把手机藏好。唐奇走了出来，已经换好衣服。他把脏衣服放进洗衣袋后，坐到苏橙橙旁边的沙发上，说："卫生间归你使用了。"

苏橙橙看到桌上的果盘，里面是黄色的西瓜和红色的火龙果。她灵机一动，拿起叉子，故作兴趣浓厚地探着头看："西瓜看着红彤彤的，一定很甜。"

唐奇目光落在果盘上，没有任何反应。

"白色的火龙果看着也很新鲜，你要不要吃一点？"苏橙橙把叉子递给唐奇。

唐奇依旧没有任何反应，说："我临睡前不吃水果，你吃吧！"

苏橙橙随意用叉子叉起一片水果，食不知味地吃着。唐奇是四色视者，本来对颜色格外敏感，怎么会突然变成色盲了？

唐奇狐疑地盯着"全胜唐"手里已经有了颜色的水果——黄色的西瓜，回想起刚才"全胜唐"说西瓜是红色的。他故作漫不经心地试探："你吃的西瓜是红色的？"

"当然……"苏橙橙张嘴就要顺着回答，临时又反应过来不对，拐了个弯，"不是，是黄色的。"

唐奇说："你刚才说西瓜红彤彤的看着很甜，怎么吃的是黄西瓜？"

苏橙橙看着水果盘，睁眼说瞎话："是啊，但我不喜欢太甜的食物，

黄色的西瓜更合我口味。"

唐奇没有任何异常。

苏橙橙暗暗震惊：到底怎么回事？唐奇能看到我这块西瓜的颜色，却看不到盘子里西瓜的颜色。唐奇也在疑惑：难道全胜唐察觉我眼睛有问题了？两人彼此怀疑，又掩饰着彼此试探。

唐奇问："能递给我一块红色的西瓜吗？"

苏橙橙伸手去叉西瓜，却又停下："你不是睡前不吃水果吗？"

"突然又想吃了。"

苏橙橙继续伸手去叉水果，同时猜测：看来唐奇真的能看到她手中水果的颜色！

唐奇想知道盘子里究竟有没有红色的西瓜，却见"全胜唐"拿起一个水果叉，递给了他："你自己挑喜欢的吃吧！我去刷牙洗漱了。"然后故作自然地哼着歌走了。

唐奇呆呆地拿着水果叉，看着一盘没有色彩的水果。

第三十七章
似曾相识

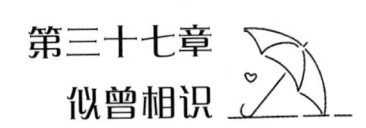

　　林媛靠躺在床上，呆呆地看着苏橙橙发来的信息：我今晚在这边睡，不回去了。唐奇眼睛出了点问题，我想再观察确认一下。明天是公司第一次大型线下活动，还是我策划的，绝对不能出差错……

　　林媛放下手机，躺倒想要睡觉，可伸手关灯时，看着旁边空荡荡的床，迟迟没有按下电源开关。突然，林媛一个翻身坐起，去衣柜里拿衣服，准备外出。

　　夜幕中，街上一个人都没有，林媛在灯光的陪同下漫步在已经做好活动装饰的古街上。步行街另一头，顾屿匆匆而来，看到林媛的样子，不禁停下了脚步。灯光下，林媛两侧排列的都是她一笔笔创造的美人形象，每一个都熠熠生辉，却都不抵此时神情认真的林媛的光芒万一。

　　林媛的视线从画上挪开，她看到顾屿，以为自己哪里不对，低头检查："怎么这么看着我？"

　　顾屿顾左右而言他："我在看画。你说有幅画出差错了，哪一幅？"

　　林媛往回走了几步，指着一幅古风人物图："这张是我根据宋人《货郎图》里的男子形象绘制的，是宋朝男子的仪容，不是魏晋。"

　　"挂错位置了。我立即联系置景团队，让他们更换。"顾屿走动着拍照，同时打电话联系负责人，"喂？孙老师吗？我是顾屿，有个事要和您沟通一下……"

　　林媛站在一旁看着顾屿处理事情，目光一直下意识地追随着他，自己却没意识到。

　　顾屿挂了电话，陪着林媛一边往前走，一边检查："谢谢你，幸亏你及时发现了。怎么突然想起来检查置景？"

"橙橙为这个活动付出了很多，我反正也睡不着，就过来看看，确保和自己有关的环节没问题。"

"苏橙橙非常敬业认真，公司才敢把这次的活动交给她和王怡负责。"

林媛犹豫了一下，忍不住直截了当地发问："唐奇的眼睛到底怎么了？"

顾屿愣住："你怎么知道的？"

"橙橙无意中发现的，你放心，我们会保密。"

"谢谢。"

"橙橙很紧张……唐奇的眼睛会不会影响到明天的游园会？"

"小唐眼睛的问题是有点棘手，但你放心，只要消息不泄露，绝不会影响到活动。"

二人交谈着，慢慢走远。

许月从路旁的阴影中走了出来，满脸若有所思："难怪小林说最近很清闲，唐总都不怎么去实验室……"

犹豫一瞬，许月做了决定，拨出一个电话："张总，您之前邀请我加入梵黛的 offer，还有效吗？……谢谢，我会尽快办理离职手续……"许月站在步行街中央，看向一幅幅展现历史更迭的美丽图画，"张总之前一直盛赞千鸟集对美的领悟力和创造力，评价唐奇有一双善于捕捉美的眼睛。为了表达感谢，我想送张总一个消息作为我加入梵黛的礼物……"

唐奇戴着眼镜靠坐在床头，在用平板电脑看苏橙橙发送的明天游园会的流程。

唐奇从灰蒙蒙的图片上抬头，看到有颜色的"全胜唐"冲澡出来。"全胜唐"小心地靠在床上，也盯着他看："唐总怎么这么看着我？"

"没什么。"唐奇收回目光。他说着没什么，可表情却显然不会撒谎，他仍蹙眉盯着屏幕。

苏橙橙探头探脑，想看又看不到，忍不住一骨碌坐起，去冰箱里拿了两罐啤酒回来，把一罐啤酒打开，递给唐奇，尽量用男孩的语气说："哥们儿，来一罐吗？"

唐奇觉得这一幕似曾相识，下意识地接过，又看着"全胜唐"坐到自己床边，打开那罐啤酒，惬意地喝了一大口，说："哥们儿，你这样子可不像是没什么。有什么问题尽管开口,我保证两肋插刀、绝不含糊。"

唐奇诧异地盯着"全胜唐",后者和他碰了个杯:"先喝为敬!"

"全胜唐"的坐姿、喝酒的姿势,都让唐奇觉得似曾相识。他想起苏渺穿着俗气的荧光色衣服,霸气地坐在座位上喝酒的样子。

"我一定是疯了。"想到这里,唐奇不由自主地喝了口啤酒压惊。

苏橙橙还在对他循循善诱:"我收了你们公司的钱,俗话说拿人钱财,与人消灾,你有什么难处,尽管开口。"

"我是有事,明天也许要麻烦你。"

"你放心,姐们儿一定能办到……"苏橙橙见唐奇终于肯开口,高兴得嘴瓢,硬生生改口,"……的事,哥们儿我也一定能办到。"

唐奇再一次觉得似曾相识,可这一次他想起的是方谨。

"我突然觉得……你很像我认识的人。"

苏橙橙理智回笼:"你觉得我像谁?"

"像……像方谨。"

苏橙橙心虚地说:"人家说是夫妻相,两个人谈恋爱,谈着谈着就会越来越像。别忘记,明天有事就开口……我先睡了,晚安。"苏橙橙再不敢废话,一边说话一边急忙缩回被子里,一口气喝完啤酒,把罐子捏扁,顺手扔向垃圾桶,精准"投篮"。

唐奇盯着躺倒的"全胜唐",又觉得十分熟悉,想起苏橙橙拿起一罐啤酒,一口气喝完,随意地扬手一投,精准扔进远处的垃圾桶的样子。唐奇急忙收回目光,一边大口地喝酒,一边想:等回去,我还是找个心理医生仔细看一下吧!

早上五点半,天已蒙蒙亮。

"全胜唐"偷偷摸摸来到林嫒的房间门口,左右看看,确定无人,赶忙刷卡进入房间。门关上的一瞬,他变回了苏橙橙。

林嫒睡得并不踏实,听到动静起来查看:"橙橙?"

"我吵醒你了?"苏橙橙一边换衣服,一边和林嫒说话。

"昨晚我和顾屿聊了一下,顾屿说唐奇暂时看不见颜色,是心理问题,不是生理问题。"

第三篇 拥抱真实的自己　　301

"心理问题?什么心理问题?最近唐奇碰到什么事了吗?"

"不知道,个人隐私,顾屿不肯多说,不过能感觉到顾屿也特别想不通。哦,顾屿还说……等游园会活动结束了,有事要麻烦你。"

苏橙橙沉浸在自己的思绪中,压根没听到林媛的后半句话。苏橙橙想起唐奇第一次眼睛有异状是在红绿灯路口,思索着说:"唐奇是方谨'死'的那天突然变成色盲的,我当时还以为他想不开要自杀……你说,这事会不会……和我有关?"

"唐奇是个成年人了,不至于这么脆弱,你别什么事都往自己身上揽,自己给自己加戏。"

苏橙橙已经换好衣服,神情严肃:"唐奇看不见颜色这事对公司影响很大,一定要保密。"

"知道了,顾屿昨晚也再三叮嘱我了。"

苏橙橙对着镜子,随意抓了抓头发:"你再睡一会儿,我上班去了。"

"六点都不到?你早饭吃了吗?"

苏橙橙说:"我有事赶着处理,早饭晚点吃。要有人问起全胜唐,你就说晨跑去了。"

苏橙橙走进黑黢黢的后台大化妆间,打开了灯。宽敞的房间内,长长的一排衣架上挂着各色古装。苏橙橙对照着姓名,挑出了唐奇的衣服。

苏橙橙拿着便利贴,给一件件衣服标清楚颜色,想了想,觉得只写颜色有点突兀,又把每件衣服的名称写好,然后贴上去。挂好之后,她默默想:想要保守秘密,就不能引人注意。

于是苏橙橙开始给下一套衣服写备注标签。

八点半,后台已经十分热闹,千鸟集的工作人员各司其职,穿梭其间,有的在化妆台前上妆,有的负责后勤。苏橙橙负责给同事们分发服装。

唐奇走了进来,苏橙橙给他递上服装,唐奇接过,发现每件衣服上都贴着备注便利贴:1白色内衣,2深蓝色中衣,3深蓝色外衣。唐奇狐疑地看着苏橙橙。

小林走了过来,苏橙橙给小林递去服装:"这套是你的。"

小林惊讶地看着便利贴:"苏橙橙,你也太细心周到了,连穿衣顺序都标注了，我正好搞不明白这些衣服怎么穿。"说完去了更衣室。

看到小林的衣服上也有标签，唐奇释然后有些感动："做这些备注要花不少时间吧？你辛苦了。"

"不辛苦，都是我应该做的。顾总反复强调，公司第一次大型线下活动，必须保证万无一失。"苏橙橙说着，将衣服递给下一个同事。

步行街上已经有不少兴致勃勃的游客，有的在欣赏两侧的宣传画，了解妆容在历史中的发展变化，有的在千鸟集工作人员设置的小摊前驻足，想要试用产品。

周锦礼和唐奇身穿古装走在步行街上，看着大家兴致盎然的样子，都很欣慰。

周锦礼说："这次的活动效果出乎意料地好！"

唐奇夸奖："苏橙橙执行力很强。"

周锦礼莫名其妙地看着他："不是应该夸奖顾屿吗？"

两人正说话，西装革履的张总监和一个戴着眼镜的女子迎面走了过来。周锦礼一脸纳闷："那不是梵黛新上任的市场部总监吗？他怎么会在这里？"

张总监热情伸手："周总，听说你们策划了一个古风游园会的活动，我们特意来参观学习一下。"

周锦礼握手："哪里哪里，应该是我们向梵黛学习。"

戴眼镜的女子主动向唐奇伸出手："您好，我是梵黛研发部的谭雨。"

"您好。"

"久闻唐博士大名，知道您在色彩创造力上一直被业内盛赞，不知道今日能否麻烦唐博士亲自做一管口红，让我学习一下？"谭雨看向他们身旁的口红摊位。桌上放着维生素E、蜂蜡、口红粉、模具、量杯、电子秤等各种标注着名称和颜色的材料和工具，穿着古装的小林正在按照顾客要求现场制作口红。

周锦礼紧张地拒绝："不行，小唐他没时间！"

谭雨笑着说："我们可以等到唐博士有时间的时候。"

张总监笑里藏刀，话里有话："对啊，我们不着急，为了看清楚结果，不管多久，我们都愿意等。"

第三篇　拥抱真实的自己　303

周锦礼还想说什么，唐奇出言打断："做口红用到的颜色太少了，不如我们去千鸟集的试妆点，由我为谭小姐演示一下从妆容到服饰的颜色搭配。"

张总监和谭雨有点意外，彼此对了个眼神，仍觉得自己占了上风。

谭雨说："那就麻烦唐博士了。我们在试妆点等二位。"

周锦礼目送他们的背影，压着声音说："这个姓张的来者不善，是不是听到什么风声了？还是想办法拒绝了比较好。"

唐奇说："对方存心试探，回避只会让对方更加怀疑。"

"你说得也有道理，那现在怎么办？"

唐奇拿出手机，拨打苏橙橙的电话，却没有人接听。

另一边，"全胜唐"和林媛正在为晚上的表演彩排，忽然看到公司里的人都在找苏橙橙，"全胜唐"只好跟工作人员请假，悄悄离开。

试妆摊位上有许多朝代的妆容供游客选择，周围有不少人围观，还有不少自媒体博主拿着手机在拍摄和直播。唐奇已经站在化妆台前，化妆师在整理备用的化妆品。

谭雨在一旁的衣架上挑选古装，张总监陪在旁边，许月负责接待他们，三人趁机低声交流。

张总监问："你确定唐奇的眼睛出问题了？"

许月小声说："确定！我亲耳听到顾屿说的，还从唐奇的助理那里验证了。明人不做暗事，虽然梵黛是大公司，但千鸟集发展势头很好，机会更多，要不是知道唐奇生病了，我也不会下定决心跳槽。"

张总监拿定主意，选了一套色彩明艳的明代女装交给谭雨："待会儿看你的了。"

谭雨点点头，拿着衣服走到唐奇面前："唐博士，如果我穿这套服装，搭配什么妆容会比较好呢？"

苏橙橙不在，唐奇的世界是灰蒙蒙的，所有衣服都没有色彩，所有化妆品也都没有色彩。

唐奇说："长蛾眉很适合你……"

谭雨立即挑挑拣拣地拿起各种颜色的眉笔："形状确定了，那眉毛的颜色呢？"谭雨握着一把眉笔，凑到唐奇面前，让他挑。

周锦礼有些紧张:"眉笔颜色要搭配妆容,哪有先确定眉毛颜色的道理?"

"行,我们先选妆容。"谭雨见状有了信心,得寸进尺地拿起几支一模一样的口红,让唐奇看,"古代女子妆容最重胭脂色调,唐博士觉得我的肤色搭配哪个颜色的口红最好?"

周锦礼着急地打断:"你这么着急干吗?小唐只是妆容指导,又不是化妆师,要不你先去换衣服……"

谭雨放下口红:"我看不用浪费时间了,就算我去换了衣服,应该也得不到唐博士的亲自指导。"

张总监故作关切:"我听说唐总的眼睛看不到颜色了,看来还没好,我认识很好的眼科医生,有需要我可以介绍给唐总。"

唐奇一脸平静,周锦礼虽早有预感,却依旧很生气。反应最激烈的是周围的围观者,不少自媒体的网红主播立即捕捉到流量炸点,迅速跟进。

网红甲:"千鸟集研发负责人竟然是色盲,千鸟集的产品还值得信赖吗?萌萌为你现场直播……"

美妆博主乙:"我一直很喜欢千鸟集的产品,物美价廉,还很适合我们亚洲人的肤色,以后是不是要从我喜爱的化妆品名单中删除了……"

旁观众人指指点点,连普通游客也拿起手机录制。周锦礼急得冷汗涔涔,唐奇依旧面无表情。

张总监一脸关怀地火上浇油:"其实很简单,只要唐总当众做一个妆容出来,大家对千鸟集的质疑不就自然打消了?"

做直播的人为了流量,七嘴八舌地起哄:"对,当众证明!当众证明……"

众人的起哄声中,一个女子的声音传了过来:"唐总,您能帮我上个唐妆配这套衣服吗?"

第三篇 拥抱真实的自己

第三十八章
忽隐忽现

唐奇回头,看到一片灰蒙蒙中,苏橙橙笑容鲜妍,款款而来,给整个阴沉的世界都带来了明媚的色彩。

苏橙橙走到唐奇面前,打开了古色古香的礼盒,里面是琳琅满目的化妆品,趁机给大家展示:"这是千鸟集特意为线下活动推出的彩妆礼盒,本次活动我们本来就安排了这个环节,由唐博士为大家展示古代的女子如何梳妆打扮。"

苏橙橙坐下,对唐奇笑了笑:"麻烦唐博士了。"

唐奇不禁回以微笑:"这套裙子是典型的唐制襦裙,今日就用酒晕妆来搭配这套衣裙,烘托游园会活动日的氛围。酒晕妆在唐朝的青年妇女中十分流行,算是当时的网红妆,亦称'醉妆''晕红妆'。化妆时先施白粉,再在脸颊涂抹上色彩妍丽的胭脂,模仿的是美人醉酒。这个妆容对颜色要求严格,多了是耍酒疯,少了太寡淡……"

众人听得笑起来,张总监和谭雨的表情阴晴不定。

上完妆,唐奇拿着两三个颜色不同、款式相近的步摇,挨着苏橙橙的发髻试了一下。每个首饰一挨到头发,就会染上颜色,唐奇立即确定:"用这个累丝镶红宝石金步摇。"

张总监和谭雨彼此对了个眼神,都确定唐奇没有作弊,不禁面露沮丧。

唐奇将步摇插好,在众人的期待中,苏橙橙站起,模仿古人礼节,朝众人盈盈一拜。众人忍不住鼓掌喝彩。

"苏橙橙身穿华美典雅的大袖长裙,脸上是酒晕妆,额前点了金色花钿,头饰是累丝镶红宝石金步摇,整个人华贵明媚,仿佛回到盛唐时代。"

之前质疑的自媒体主播们都忍不住盯着拍摄。

网红甲："好美！"

美妆博主乙："太美了！千鸟集的'春妆礼盒'，必须拥有！"

张总监和谭雨面如土色，没想到竟然帮千鸟集做了一场营销。张总监恶狠狠地瞪向许月，许月缩在角落里，一脸颓丧懊恼。

唐奇留意到张总监和许月的互动，却面色平静，没有任何反应，像是压根没有多想，目光一掠而过，又落到苏橙橙身上。苏橙橙完全没想到大家的反应这么热烈，平生第一次被赞美丽，不禁面带羞涩，开心地笑着，七分颜色更因为笑容变成了十分。

唐奇夸奖她："很美！"

苏橙橙诧异地看向唐奇，以为自己听错了。

唐奇再次说："你很美！"

热闹的人群中，两个穿着古装的人相对而视，一个华美艳丽、神情惊诧，一个斯文儒雅、面带微笑，自成一幅美丽的画。

苏橙橙和唐奇之间的氛围尴尬又暧昧，两人并肩走着，都有点不自然。

唐奇找了个严肃的话题："刚才谢谢你！张总监知道了我看不到颜色，却不知道我能看到你身上的颜色。顾屿说，你早知道我的眼睛有问题，你是怎么知道的？"

苏橙橙支支吾吾地说："那天送你回家，觉得不太对劲，后来就留意了一下……"

"我还以为是全胜唐告诉你的。"

苏橙橙被吓了一跳："为什么这么说？"

唐奇说："除了你，我还能看见全胜唐身上的色彩。我还以为是全胜唐看出异样后告诉你的。"

"全胜唐是全胜唐，我是我，我们绝没有关系。"苏橙橙努力避嫌。

唐奇像是在自言自语："为什么我的眼里，只有你和全胜唐是有颜色的？"

苏橙橙忐忑不安，下意识地摸摸自己手腕上的手镯。也许，唐奇看不见颜色和她有关。

"听说你去看过医生了，医生找到治疗你眼睛的办法了吗？"

"我找到恢复的办法了。"唐奇看向苏橙橙，又不好意思地回避了。

"太好了。"苏橙橙反应过来，问，"和我有关？"

唐奇沉默了。

苏橙橙着急地停下脚步，拉住唐奇的衣袖："你的眼睛不是你一个人的事，关系到整个公司，你别吞吞吐吐了，赶紧说啊！只要能帮你恢复眼睛，不管让我做什么我都愿意！"

唐奇凝视着自己有了颜色的衣服袖子，尴尬地小声说："亲密接触。"

"亲密接触？！"

唐奇不好意思地逃避着苏橙橙的目光。苏橙橙想起了地铁里，唐奇突然握住她的手的情景，还有那个意外的拥抱。

"我明白了。"苏橙橙下定决心，豪爽地承诺，"没问题！"

这下，唐奇愣住了。

苏橙橙左右看看，步行街上人来人往，她抓起唐奇的手就走。唐奇像只呆头鹅一般被苏橙橙牵着快步向前。苏橙橙把他牵到一个卖花摊位的后面，四周的架子上都是灰蒙蒙的鲜花。唐奇后知后觉地反应过来，莫名地紧张："你……你想干什么？"

唐奇心跳加速，只见苏橙橙深呼吸后，一把抱住了他。

苏橙橙就像灯泡一样把他的世界点亮了，色彩从他们接触的部位向四周蔓延，刹那间，环绕他们的鲜花都有了色彩，如同春天一下子将他们笼罩。

"看见了吗？"

"嗯，看见了。"

苏橙橙又松开了他，分开的瞬间，整个世界的色彩仿佛被吸回了苏橙橙体内，所有的鲜花都失去了颜色，重新变得灰蒙蒙的。

"又看不见了？"

唐奇点点头。

苏橙橙若有所思地说："亲密接触，难道越亲密看见的颜色就越多？"

唐奇点点头。

苏橙橙犹豫了一下，下定决心，一脸豁出去的样子："你别生气啊，一定别生气。"

苏橙橙深吸一口气，猛地钩住唐奇的脖子，吻了一下他的脸颊。

蜻蜓点水，一掠而过。

唐奇却心跳如擂鼓，大脑一片空白，只呆呆地看着苏橙橙。苏橙橙迟疑了一下，似乎怕"药量"不足，鼓足勇气又亲了一下，然后放开了唐奇。

苏橙橙羞得满面通红，压根不敢看唐奇，也完全没注意到唐奇的异样："你能看见了吗？"

唐奇红着脸，没反应。

苏橙橙抬头看他："唐奇，你先别生气，告诉我，你的眼睛到底好了没有？"

唐奇骤然回神，看向四周，原来整个世界已经恢复了原样，四周鲜花环绕，苏橙橙穿着唐装，羞涩地低头站着。

"我好了……能看到颜色了。"

"那就好，我走了。"苏橙橙低着头就跑，唐奇着急地要追。

"苏橙橙！"

苏橙橙却头都不回，一溜烟绕过店铺，跑进步行街，消失在人来人往的长街上。唐奇站在长街中央，却看不到苏橙橙，满心怅然若失，说不清道不明。

苏橙橙消失后，立即找了个角落，变成全胜唐的样子。

墙上的钟指向七点三十，大家忙忙碌碌，为晚上的表演做最后的检查和准备。虚掩着门的更衣室前，已经换回现代装的唐奇怀里抱着古装，一直望着苏橙橙。

台下，观众翘首以盼，有不少漫画粉丝举着寒侯的应援牌。

八点到，音乐响起，台上的高清屏幕上滚动放映着林媛的国风漫画，展现了从古至今男女妆容的变迁，画风细腻唯美。观众热烈鼓掌，站在观众席前排的顾屿、周锦礼、唐奇也鼓掌。

唐奇的目光下意识地追寻着苏橙橙，看到她一边说话，一边走向后台。顾屿则一直欣赏地盯着屏幕上的一幅幅图画。

漫画末尾，字幕出现："还记得那年灯会……"舞台上升起了阵阵白烟，一身飘逸白衣的男子正在巨大的圆形屏风前舞剑，脚步稳健，身姿飘逸，一看就是专业练过的。

台下观众惊喜地欢呼："寒侯！寒侯……"

第三篇　拥抱真实的自己　　309

唐奇也不禁被眼前的美景吸引，目不转睛地看着。

圆月般的屏风上突然出现一个弹琵琶女子的剪影，身姿端庄，娴雅美丽，似乎与舞剑的男子相和。舞剑的男子也发现了屏风上弹琵琶的女子，诧异地转身发问："你是谁？"

女子不语，继续弹奏着。

台下的顾屿认真地看表演，唐奇却心不在焉，给王怡发信息：找到苏橙橙了吗？

王怡回复：找到了。

唐奇问顾屿："寒侯退场，现在屏风上是他的剪影了，是现场投映吗？"

顾屿说："当然不是，这个屏风看着古色古香，实际是块电子屏幕，里面的剪影都是苏橙橙提前录制好的。"

"也就是说全胜唐现在在休息，不用表演了？"

顾屿看着他："对啊，怎么了？"

"没什么。"唐奇心里有了一个猜想。

后台大化妆间，苏橙橙走到王怡面前："抱歉，刚在观众区查看表演效果，没听到手机响。"

王怡满脸焦急："原定的收尾方案有个道具坏了，可能会影响舞台效果。"

苏橙橙愣了下，立即说："换 Plan B 的鹊桥！"说完，随王怡忙碌起来。

台上，弹琵琶的女子也发现了屏风上的男子，问："你是谁？"

男子恍若未闻，依然在舞剑。

此时，两人都变成了剪影，彼此寻找，但一直都是一个消失、一个出现，总是不得相见。

忽然，屏幕上出现特效，千万只喜鹊从天边飞来，聚集在一起搭建成一座鹊桥，就好像冲破了次元壁。圆月屏风前，剪影男子和剪影女子都变成了真人，从鹊桥两头徐徐相会，当到达中间时，两人不禁深情地对视一笑。广告词适时出现：千鸟集，让相遇更美好。

台下响起热烈的欢呼声和掌声。顾屿和周锦礼也热烈鼓掌，唐奇却盯着台上的"全胜唐"，若有所思。他拿出手机，拨打苏橙橙的电话："对不起,您所拨打的电话暂时无人接听,请稍后再拨……"

表演结束后,后台大化妆间里,王怡和苏橙橙等市场部工作人员正在做收尾工作。因为游园会十分成功,大家都说说笑笑、兴高采烈,只有许月心事重重,但无人注意。

赵运杰将最新的统计数据分享给大家:"这次活动期间,千鸟集的销售额同比增长118.52%,环比增长306.55%,GMV(成交总额)在天猫美妆、抖音美妆和京东美妆均排名国货第一!"大家开心欢呼,互相击掌庆贺。

忽然,周锦礼走了进来,像是在找人。房间里人不多,更衣室和小化妆间也都开着门,一目了然。

王怡问:"周总,您找什么?"

"全胜唐在哪里?我想当面和他说声谢谢。"

"全胜唐?表演结束后就没见到……"王怡下意识地看向苏橙橙。

苏橙橙笑着说:"全胜唐已经回客栈了。"

"哦,好,那你们忙,我走了。"周锦礼走出大化妆间的门,立即拿起正处于微信通话状态的手机,电话里传出唐奇的声音。

"我听到了。"唐奇说完,在他和全胜唐的房间里四处检查,连卫生间里也没有人。

唐奇说:"全胜唐不在房间。"

顾屿说:"我刚送林嫒回房间。表演结束后,全胜唐就没和林嫒在一起。"

周锦礼一脸震惊:"全胜唐和苏橙橙真的一个出现,一个消失,不会同时出现!"

顾屿提醒:"小唐变成色盲时,只能看到苏橙橙和全胜唐身上的颜色。"

唐奇挂了电话,离开房间,想去找苏橙橙确认这件事。

苏橙橙还在后台大化妆间帮忙给服装装箱,看到林嫒来电,不慌不忙地接听,林嫒的口气却是十万火急:"橙橙,大事不妙!"

苏橙橙笑着说:活动都结束了,还能有什么大事不妙?

"晚上表演一结束,顾屿就来找我,说要送我回客栈。"

苏橙橙抬头看看,周围没人,这才放心打趣:"顾屿这么殷勤,和你表白了？"

"苏橙橙！是你大事不妙，不是我！"

"好好好，你继续说。"

"一路上顾屿旁敲侧击，以为自己不落痕迹，可我是谁啊？什么反派我没画过？顾屿活脱脱就是个反派，自己智商不高还把我当傻白甜，想套我话，反而被我套路了——橙橙，顾屿怀疑你和全胜唐了。"

苏橙橙神情变得严肃，想起周锦礼来找全胜唐，她还说全胜唐回客栈了。

"不是顾屿怀疑我，是唐奇怀疑我了。"苏橙橙心情沉重地挂了电话。

王怡抱着一堆衣服过来，看她神色不对，关切地说："累了吧？早上你来得最早，晚上就早点回去休息吧，剩下的事我来。"

"那我不和你客气了。谢谢！"

"快走吧！"王怡笑着摆摆手。

苏橙橙说了声再见，匆匆离开，走到古镇客栈门口，正好迎面遇上唐奇。

"唐总。"

苏橙橙打了个招呼就想溜，唐奇却挡在了她面前："全胜唐在哪里？"

"全胜唐又不是我男朋友，我怎么知道他在哪里？"

苏橙橙又想溜，唐奇再次挡在了她面前："如果我不放你离开，全胜唐是不是就不会出现？"

苏橙橙一脸迷惑："唐总到底在说什么？全胜唐和我……怎么了？"

唐奇说："我一直想不通为什么全胜唐和你都有颜色，你应该知道原因吧！"

"这是你的心理问题，应该问你自己吧！"

唐奇盯着她："你和全胜唐，为什么总是一个人出现，一个人消失？就好像两个人在共用一个身体。"

苏橙橙仿佛受到惊吓，指指自己的脑袋："唐总，你不会眼睛刚好，这里……又出问题了吧？"

"如果你不能证明我是错的，那出问题的就不是我的脑子，是你。"

苏橙橙叹气："怎么证明？"

"我要同时看到你和全胜唐。"

苏橙橙无奈地妥协："行，我带你去找全胜唐。"

第三十九章
原形毕露

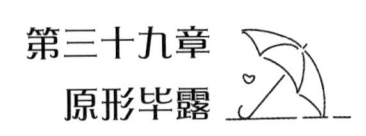

苏橙橙和唐奇一前一后地走进客栈。

苏橙橙一边走，一边给全胜唐打电话："全胜唐，你在哪里？"

这时，隔着"口"字形走廊，斜对面传来全胜唐的声音："唐总！唐总……"

唐奇闻声望去，看到全胜唐站在不远处的窗后，向他挥挥手："唐总！稍等一下，我刚吃完饭，马上过来。"全胜唐消失在窗户后，还把窗帘拉上了。

唐奇呆了一瞬，茫然地回头，而苏橙橙就站在他后方的位置，一脸无奈："现在相信了吧？表演结束后，全胜唐肚子饿，就跑出来吃东西，结果你们一帮人还要疑神疑鬼。"

唐奇很尴尬："我……我……"

"你……你简直比林媛还异想天开！"苏橙橙话音未落，突然表情痛苦，身子摇摇晃晃地朝前扑去，唐奇急忙扶住她。

"你怎么了？"

"突然头晕心慌，应该是低血糖。"

"你是不是没吃饭？"

"今天太忙了，没时间吃饭。我房间里……有果汁。"苏橙橙整个人往地上滑去，唐奇急忙打横抱起苏橙橙，往房间跑。苏橙橙一脸虚弱，一脑门子都是官司。唐奇却是慌慌张张，情真意切地担心。

唐奇抱着虚弱的苏橙橙走进房间，把她放到沙发上。林媛见状，赶忙打开橙汁饮料，撕开饼干，递给苏橙橙："好一点了吗？"

"好多了，心没那么慌了。"

第三篇 拥抱真实的自己

"你先吃点饼干,我再给你点碗面。真是的,公司的事再重要,也要照顾好自己身体啊!大晚上不赶紧回来休息,还在外面跑来跑去瞎忙活!"

苏橙橙突然想起什么,挣扎着要起来:"全胜唐,全胜唐还在等我们……"

"你还要去做什么?"林媛一把按住她,不满地看向唐奇:"唐老板,你们公司就苏橙橙一个人吗?就盯着她一个人用?"

唐奇面色尴尬:"全胜唐的事你不用管了,你好好休息,我先走了。"

关门声响起,确认唐奇离开,苏橙橙立即生龙活虎地从沙发上坐起:"东西都藏好了?"

"我办事,你放心!"林媛得意地保证。

刚才在"口"字形走廊,唐奇能在斜对面的房间看到"全胜唐",是因为林媛站在窗户旁扶着一面半身凹面镜,正好把唐奇身后苏橙橙变的全胜唐的上半身映入镜子中,林媛拿着手机播放提前录制好的全胜唐的声音。

放完录音,也是林媛迅速拉上了窗帘。等唐奇茫然地回头,他身旁的"全胜唐"早已变回苏橙橙。

唐奇走出苏橙橙的房间,来到刚才苏橙橙晕倒的地方,四处看,却没看到全胜唐。正打算去餐厅问时,他的手机响了,是全胜唐打来的电话。

唐奇马上接听:"你在哪里?"

苏橙橙已经变成全胜唐,走回他和唐奇的房间:"我没找到你和苏橙橙,就回房间找你了。你们在哪里?我现在过来。"

唐奇说:"不用了,我现在也回房间。"

回到房间,唐奇看到"全胜唐"把洗漱用品等私人物品装进箱子,拉好拉链。

"这么早就收拾行李?"

"我明天还有事,必须连夜赶回去。"说完,"全胜唐"主动伸手。唐奇愣了愣,和他相握。

"谢谢唐总这段时间的照顾,以后有缘再会。"

唐奇却答非所问:"你喝果汁了?"

"……是。"

"橙汁?"

"……是。"

"苏橙橙也刚喝了橙汁。"

"……哦，橙汁补充维生素，多喝点好。"苏橙橙心虚，不敢再逗留，匆匆告别，"我走了，拜拜。"

唐奇目送"全胜唐"拖着行李离开后，疲惫地坐下，表情茫然困惑。尽管他同时看见苏橙橙和全胜唐一起出现，却还是觉得全胜唐和苏橙橙很像……

林媛靠在床上，一边敷面膜，一边刷手机，转头看见"全胜唐"拖着行李开心地走进来："你都不知道唐奇有多恐怖，竟然闻到了我身上的橙汁味，我要再待一会儿，肯定又要露馅了……"

林媛放下手机："唐奇眼睛是瞎，脑子还是够用的。"

苏橙橙开心得手舞足蹈："终于解放了！从现在开始，全胜唐消失，苏橙橙的生活苏橙橙做主！"说着摆了个造型，要变回苏橙橙，手镯却没有反应。笑容僵在脸上，她急忙低头查看滤镜的虚拟界面。

"怎么了？"

"我又卡住了。"

"滤镜又开始升级了？"

滤镜界面显示，正在升级中，已完成2%。无论苏橙橙怎么按滤镜界面，都没反应。

苏橙橙点点头，欲哭无泪："我不但变不回自己，连声音也卡死在了全胜唐的设定上……"

林媛担忧："你还是赶紧离开吧！"

"可是我的工作……"

"别可是了！游园会已经结束，就算有什么工作，也是细枝末节，不是非你不可。万一有人找你，我就说你身体不舒服，和全胜唐提前离开了。"

苏橙橙把笔记本电脑和一个文件夹交给林媛："又要麻烦你了。"

"姐妹就是用来麻烦的。"

苏橙橙补充道："你交给王怡，王怡知道怎么处理。"

林媛放下电脑和文件夹，把车钥匙找出来交给苏橙橙："你开我的车

回去,明天我蹭你们公司的车。"

苏橙橙拿起行李,留恋地看看自己的床,叹了口气:"我走了。"

林嫒送她到门口:"开车小心点。"

空荡荡的郊外道路上,林嫒的车行驶在夜色中。"全胜唐"坐在驾驶位,唐奇坐在旁边的副驾驶。两人正襟危坐,气氛古怪。

三十分钟前,露天停车场。

"全胜唐"把行李放进后备箱,打开车门,哼着歌坐到驾驶位上,刚发动汽车开出停车位,就看到唐奇拿着行李站在车前。

哼歌声戛然而止。

唐奇要求搭乘他的顺风车回去,"全胜唐"想不到拒绝的借口。

"谢谢你让我搭你的顺风车回去。"

"全胜唐"咬牙切齿地嘀咕:"人都拦到车前了,我能不答应吗?"

"你说什么?"

"全胜唐"礼貌地微笑:"我说你太客气了。"

忽然,"全胜唐"的手机响了,他摸索出手机接起电话。

林嫒说:"客栈这边下大雨了,你路上怎么样?"

"目前还没下。""全胜唐"话音刚落,轰隆隆的雷声响起。

"大雨天你一个人开夜路我不放心,要不然……"

苏橙橙怕林嫒说漏嘴,立即打断她:"我不是一个人,唐奇也在车上。"

客栈房间里,林嫒吓得花容失色:"唐奇和你在一辆车上?"

"是啊……你别担心,我和唐奇会看着办的。"苏橙橙话里有话。

林嫒一脸蒙地挂了电话,同时替苏橙橙发愁,嘴里嘀咕:"看着办?怎么办?"

闪电划过,雷声隆隆,雨淅淅沥沥落下。苏橙橙顺手把手机放到座位旁,急忙打开雨刷。

"你和林嫒关系很好。"

苏橙橙说:"从小一起长大,肯定好了。"

突然,手机又响了。唐奇扫了一眼,正好看到来电显示"王怡",别的还没看清,"全胜唐"已经迅速拿起手机摁掉。对比他对待林嫒的态度,

316　滤镜

显然这不是他欢迎的电话。

唐奇好奇："王怡怎么这么晚找你？"

"应该……是想祝贺我表演成功吧。"苏橙橙都还没来得及收起手机，手机铃声再次响起，她尴尬地再次迅速摁掉。

"对不起，给你造成困扰了，以后我会提醒王怡不要在非工作时间打电话。"

"全胜唐"的声音听起来很急切："不关王怡的事，是我的问题。咱们开夜路，又在下雨，接电话不安全。"

一阵雷声轰鸣，雨骤然变大，倾泻而下。

苏橙橙急忙放下手机，把雨刷调大，同时间，手机又响了，来电显示"王怡"。唐奇见"全胜唐"一时顾不上接电话，拿起手机说："你注意安全，专心开车。王怡的事，我来处理。"

唐奇接听，并按了免提："我是唐奇。王怡，非工作时间，对方又一再拒绝接听电话，你这样打个不停，像是骚扰电话了。"

"唐总？怎么是你？因为天气变化，我们需要提前清点发货……苏橙橙有清单和票据……"

说到一半，手机忙音，显然对方挂断了。王怡拿着手机，反复查看刚拨打的电话，是不是自己手滑按错了联系人："是苏橙橙的电话啊！怎么会是唐总接听的？"

车内，苏橙橙已经抽回手机，摁掉了电话："王怡的事我自己会处理。"话音刚落，王怡的电话又来了。

唐奇看着"全胜唐"，苏橙橙硬着头皮，当着他的面接听了："王怡，你好，我是全胜唐。这会儿我正在开车，不方便讲电话，你去找林媛，林媛会向你解释一切。"

电话又挂断了，手机传来忙音。王怡拿着手机，一脸蒙："是苏橙橙的电话啊，怎么是全胜唐接听的？苏橙橙……唐总，全胜唐？"王怡觉得自己脑子乱了。

"算了，找林媛吧！"

林媛接到王怡的电话，匆匆忙忙赶来，一手抱着苏橙橙的笔记本电脑和文件夹，一手提着湿淋淋的伞，跑进大化妆间，顺手把伞靠在墙角："不

好意思,不好意思,让你久等了……"

所有东西已经收拾完毕,其他人也都离开了,赵运杰和李宇昊正在做最后的封箱统计。王怡急忙迎上去,接过电脑和文件夹:"是我该不好意思,这么晚又下着雨,还让你跑一趟。"

"没事,闲着也是闲着。橙橙说你知道电脑密码,清单都在里面,这个文件夹里是所有票据。"

"谢谢。苏橙橙好一点了吗?怎么突然就身体不舒服了?"

"她就是太累了,低血糖,好好休息一下就好。你们忙,我先回去了。"林媛拿起伞,正要走,迎面遇上顾屿。林媛听到顾屿和唐奇在聊电话,立即警惕地停下脚步。

"行,你们小心开车,注意安全。"顾屿看到林媛,匆匆挂掉电话,问,"衣服怎么湿了?"

"雨太大,伞遮不住,回去换掉就好了。"

"王怡,联系上苏橙橙了吗?"顾屿自然地脱下外套,披到林媛身上。林媛愣住了。

王怡正在查看文件夹里的票据,抬头回答:"林媛已经把电脑和票据送过来了。不过,接电话的人是唐……"

林媛回过神来,高声打断她:"顾屿!"顾屿和王怡都看着林媛。林媛装作楚楚可怜:"又是打雷又是闪电,我有点害怕,你能送我回客栈吗?"

顾屿不自然地咳嗽一声,转移视线,看向王怡:"既然已经拿到了清单和票据,那就抓紧时间,早点核对完早点收工。"

王怡装作没看出任何异常,暗想君子有成人之美,笑着答应了。

顾屿从林媛手里拿过伞:"走吧,送你回去。"

小雨淅淅沥沥,长街上冷清空寂。

顾屿和林媛撑着伞走在雨中。道路两侧林媛设计的宣传画还没拆掉,隔着雨幕,画在灯光下显得朦朦胧胧,林媛留恋地看着:"明天就要拆掉了吧?"

"同事做了录影资料,这条街的布景都有录下来,回头等他们剪辑完,我发给你。"

"太好了，谢谢！"

"真要谢我，那就回答我个问题。"顾屿似笑非笑地看着林媛。

林媛心跳加速，莫名紧张："什么问题？"

"你和苏橙橙、全胜唐，到底有什么秘密？"

明明应该紧张，林媛却松了口气，耍赖道："如果我告诉你了，还能叫秘密吗？"

"有道理。"顾屿帮林媛扯了下有点滑落的外套，没再继续追问。

"你不追问吗？"

"你想要我追问？"

林媛忙摇摇头，想了想，又问："你不怕我们做什么对你们不利的坏事吗？"

顾屿没忍住，笑着揉了下林媛的头："你会吗？"

林媛不服气："喂，人心难测，我也很凶的好不好？"

顾屿但笑不语。

林媛故意装凶："我长得一点威胁性都没有吗？"

"有，很有，我很怕！"

"骗人！"

夜色下，雨幕中，两人亲密地挨在一起，说说笑笑。顾屿打着林媛从客栈借用的黑色大伞，大半都向着林媛，偶尔溅落的雨滴也都落在了顾屿的外套上。

路上，雨依旧很大，唐奇在驾驶位开车，"全胜唐"坐在副驾驶，没有轻松，反而有点紧张。

"轮流开是比较安全，那个你……累了，一定要叫我。"

"好。你休息一会儿吧！"

苏橙橙看唐奇开得很平稳，眼睛也应该是彻底好了，逐渐放松，靠着椅背，侧头看着黑漆漆的窗外。

一道闪电划过天际，巨大的雷声中，苏橙橙清晰地通过车窗看见自己的脸一瞬间变成苏橙橙，又变回全胜唐。苏橙橙被吓得差点跳起来，想要躲藏，却无处可躲，反而吸引了唐奇的注意。

"你怎么了?"

苏橙橙弯着身子,捂着脸:"没事,我东西掉了,找东西,没事。"

过了好一会儿,雷声都没有再响起,苏橙橙一直弯着身子。

"雨好像小了……你东西还没找到?要不要我停车,开一下灯?"

"不用,不用,找到了……"

苏橙橙也不能一直窝在座位底下,她磨磨蹭蹭地直起身,猝不及防间,又是电闪雷鸣。这一次唐奇也看见了,全胜唐的脸一瞬间变成苏橙橙,又很快变回全胜唐。

第四十章
欲盖弥彰

唐奇被吓得方向盘不稳，车子打滑。他急忙踩下刹车，把车停在了紧急停车带。大雨中，车灯双闪不停。唐奇表情震惊，瞪着"全胜唐"，"全胜唐"紧张慌乱，表情僵硬，动也不敢动。

唐奇惊讶地说："你的脸……"

话音未落，雷声再次响起。唐奇从正面清晰地看见全胜唐的脸变成了苏橙橙后，又变回全胜唐。也许因为太过震惊，唐奇反倒表现得极度平静，用做报告一般的语气客观陈述自己看到的事实。

"全胜唐，你的脸变成了苏橙橙的。"

唐奇静静地注视着"全胜唐"，可"全胜唐"突然情绪失控，一脸崩溃，对着空气又踢又打，表情惊恐慌乱："啊啊啊啊……妖怪啊！离我远点！唐奇……顾屿，你们都不是人！"

"全胜唐，你怎么了？全胜唐……"

唐奇想要靠近"全胜唐"，看看是怎么回事，"全胜唐"惊恐地将他一把推开："走开，走开……别碰我！"他吓得缩成一团，看起来精神状态很不好。

唐奇语气凝重，焦急地问："全胜唐，你到底怎么了？"

"全胜唐"看着唐奇，目光惊恐："我看见……看见你的脸变成了顾屿！你到底是什么东西？"

唐奇诧异地愣住了。

这时，又一阵电闪雷鸣，唐奇再次看见了变脸过程。

唐奇的脸明明没有变化，但"全胜唐"先发制人，惊恐地指着唐奇："啊——你的脸……你的脸又变了！你到底是唐奇还是顾屿……"

唐奇很迷惘："我变脸？"

"我看到你的脸从唐奇变成了顾屿。""全胜唐"说完，身体往后一缩。

唐奇说："但我看到你的脸从全胜唐变成了苏橙橙……"

"你说的是真的？我的脸……我的脸也变了？"

唐奇沉重地点点头。

"全胜唐"不相信："我变成了苏橙橙，这怎么可能？"

"我亲眼看到，打雷时你变成了苏橙橙。"

"我也亲眼看到打雷时你变成了顾屿。""全胜唐"的声音充满迷茫："我变成了苏橙橙，你变成了顾屿……为什么我们会同时看到对方变脸？"

"全胜唐"的话，让唐奇陷入思考。

"全胜唐"见唐奇移开目光，松了口气：看来是蒙混过关了！随后装作不再害怕的样子，也跟着唐奇一起思考，并且开始有意识地带偏他："我们都是博士，要相信科学！我确定我是我，你看到的肯定……对，肯定是幻觉，那我看到的也是幻觉，没有灵异现象……"

唐奇问："你的眼睛有什么隐疾吗？"

"没有。不过……我有个远房的姑姑是四色视者，听说受到刺激时会幻视。你……你眼睛有隐疾？"

唐奇没有正面承认："看来我和你同时幻视了。等回去后，你最好去看一下眼科医生，做个彻底检查。"

"好。""全胜唐"叹气，"没想到我这么年轻，竟然会得这个毛病。"

"你别紧张，很多时候幻视都是心理问题引起的，只要配合医生，就能治好。"

"全胜唐"看唐奇反过来宽慰他，有点愧疚："你……你也别紧张……对不起。"

唐奇不解。

"如果不是我要开夜路，你也不会出现幻视。""全胜唐"话里有话。

"和你无关，我的眼睛……"

唐奇想起，鲜花环绕中，苏橙橙钩住他的脖子，亲吻他的脸颊。他忍不住嘴角上扬，面带微笑地说："有人能治好我的眼睛。"

"谁？"

"苏橙橙。"

"全胜唐"骤然沉默了。

黑漆漆的雨夜,同病相怜的处境下,唐奇把难以启齿的话都说了出来:"不知道为什么,这一天每次看到你,我就会想到苏橙橙,甚至……甚至会觉得……你们是一个人,我特意要搭你的车也是想弄明白,为什么我会有这么奇怪的感觉。也许老天都看不过去,才让我幻视,看到你变成了她。"

"全胜唐"干笑:"咱们都是博士,要相信唯物主义,可不能相信《聊斋志异》啊!"

车外,雨竟然停了。

"太好了,雨停了,咱们赶紧回去。"

唐奇拿出手机,说:"咱俩都有幻视,不能开车,要找人送我们回去。"

"全胜唐"有一种搬起石头砸自己脚的感觉,勉强答道:"好。还是你想得周到。"

唐奇去医院检查眼睛,下午两点才来上班。他经过市场部,看到苏橙橙的工位空着。

唐奇问一旁的李宇昊:"苏橙橙呢?"

"苏橙橙请病假了。"

唐奇若有所思,没有多言地离开了。回到办公室,唐奇坐到办公桌前,心神不宁,无心工作。陈医生看过唐奇的眼部检查报告,他说唐奇的眼睛很健康,没有引起幻视的病理性原因。现在,唐奇对自己是否出现幻觉存在疑惑,这一切到底是怎么回事?

敲门声响起,顾屿推门而进,把一部手机和一张写着两个电话号码的便利贴递给唐奇:"你要的双卡双待。"

唐奇拨打第一个电话号码,手机响起,来电显示是"唐奇",屏幕出现小字"主号";拨打第二个电话号码,手机响,来电显示是"唐奇",屏幕出现小字"副号"。

唐奇笑着说:"果然是这样。"

顾屿皱眉问:"是哪样?"

唐奇回忆起昨晚在车里的情形：他帮全胜唐接听王怡的电话，全胜唐的手机屏幕显示和普通的手机屏幕显示略微不同。当时，大雨倾盆，雷鸣电闪，唐奇没来得及细看，但静下心后再回忆，却有细节凸显。

听完唐奇的怀疑，顾屿不在意地笑了笑："全胜唐用的是双卡双待的手机？那又怎样？成年人谁没有点秘密呢？"

唐奇严肃地问："全胜唐的另一个号码，是谁？"

顾屿也开始疑惑："你的意思是……"

这时，敲门声响起，王怡走了进来："唐总，您找我？"

唐奇问："昨晚我接听过一个你的电话，你找的人是谁？"

王怡表情为难，没有说话。

唐奇看着她："实话实说，我不会为这事责怪任何人。"

"我找苏橙橙。苏橙橙说她把手机借给了全胜唐用，怕领导责怪，拜托我保密。"

唐奇点点头，继续问："这些话是苏橙橙亲口和你说的吗？"

王怡回答："是苏橙橙发微信告诉我的。"

唐奇若有所思，问："也就是说从昨晚到现在，你一直没见过苏橙橙？"

"是。"王怡说完，小心翼翼地看着唐奇，不明白他为什么这么问。

"你打苏橙橙的电话，一次是我接听的，一次是全胜唐接听的？"

"是。"

唐奇说："我没事了，你回去吧！"

王怡带着疑惑离开。

王怡不明白的事，一旁的顾屿却听明白了。他瞠目结舌："全胜唐和苏橙橙……一个手机，怎么可能？你不是亲眼看到他们俩同时出现了吗？"

"全胜唐和苏橙橙并没有同时出现，只是好像同时出现了。"唐奇思索着推测，"如果我身边的苏橙橙是真的，那房间里的全胜唐就很有可能是假的。"

"你亲眼看到的人怎么会是假的？"

唐奇指办公室里挂着白大褂的衣架旁边的落地镜，里面正好映出了顾屿。

"那个你不就是假的吗？"

顾屿觉得头疼:"我觉得我今天起床的方式不太正确,错误打开了悬疑剧模式。"

唐奇把双卡双待的手机还给顾屿,若有所思地说:"再确认最后一点,就能知道我到底有没有幻视。"

晚饭时间,苏青梨拿着手机坐到饭桌前,准备吃饭。

苏妈妈端着饭菜上桌,忍不住抱怨:"橙橙这工作怎么回事,加了一个周末的班,还要加班?连着几天见不到人了!"苏青梨一边看手机,一边往嘴里塞菜,不吭声。

这时,门铃响了,苏妈妈去开门,看见唐奇衣冠楚楚,拎着礼品,站在门口:"阿姨,您好,我找……"

苏妈妈见唐奇长得帅气,态度彬彬有礼,下意识以为他来找苏青梨的,大声说:"青梨,找你的!"

唐奇说:"阿姨,我是来找苏……"

苏青梨出现,警惕地打断他,一脸不欢迎:"唐奇,你来干吗?"

苏妈妈误会了,对苏青梨皱起眉毛:"好好说话,想追你又没有错,就算拒绝人家也好好说。"

"阿姨,我是苏橙橙的同事唐奇,我是来找苏橙橙的。"唐奇终于有机会把话说完整。

听到这句话,苏妈妈愣了愣,态度来了个一百八十度大转弯,立即热情殷勤起来,顺手把苏青梨推开,打开门迎客:"找橙橙的啊……哎呀,你怎么不早说?快,快进来。"

唐奇几乎是被苏妈妈拉进了客厅,苏爸爸系着围裙,拿着锅铲,也忙着热情招呼:"来找橙橙的啊?坐,坐!"

唐奇把礼品放到桌上。

苏爸爸笑着说:"来就来嘛,没必要带这么多东西!"

"这些都是给苏橙橙的,她身体……"

"唐奇!"苏青梨再次打断唐奇,用目光警告唐奇别乱说话。

苏妈妈焦急地问:"我们家橙橙怎么了?"

苏爸爸也很紧张:"橙橙身体怎么了?"

唐奇看着苏青梨，苏青梨看着唐奇，两个聪明人用眼神打着机锋。

唐奇改口说："苏橙橙身体好，可工作太辛苦了，我代表公司送点东西，慰问一下。"

苏爸爸和苏妈妈都松了口气。

苏妈妈笑着说："你也太客气了，工作就应该尽心尽力，年轻人加加班没什么。"

苏爸爸自豪地说："不是我吹牛，橙橙从小练咏春，身体好，长这么大就没生过病，从来不请假……"

苏青梨越听越尴尬："爸、妈，你们先吃，我和唐奇去外面吃，顺便聊点事。"

苏爸爸往厨房的方向挥舞锅铲："家里这不是做了……"

苏妈妈扯扯苏爸爸，看着唐奇说："你们去吧！"

唐奇站起来，礼貌道别："叔叔，阿姨，再见。"

在苏妈妈和苏爸爸的热情欢送下，苏青梨和唐奇离开了。

吃过饭，苏青梨带着唐奇走在人行道上。唐奇实在不耐烦了，看看表，停下脚步。

"已经吃完饭了，请不要再拖延时间，苏橙橙到底在哪里？"

苏青梨瞪着他，答非所问："老同学，我好心请你吃饭，陪你聊天，怎么就成了拖延时间？"

唐奇态度很严肃："苏橙橙究竟在哪里？她请病假没去上班，你爸妈却认为她在加班。"

苏青梨态度更严肃："苏橙橙是你的员工，不是你的女朋友，她在哪里和你无关。"

唐奇说："我亲眼看到全胜唐的脸变成了苏橙橙的。"

苏青梨不以为然地说："听说你之前就去看过眼科医生，偶尔出现幻视现象应该很正常。"

唐奇转身，作势要回去："既然你什么都不肯说，那我还是回去问一下叔叔阿姨苏橙橙在哪里。"

苏青梨着急地阻拦："唐奇！"

唐奇继续逼问："苏橙橙在哪里？她和全胜唐到底怎么回事？"

面对咄咄逼人的唐奇，能言善辩的苏青梨为难地沉默。

正在此时，苏橙橙的声音传来："唐奇！"唐奇回头，看到苏橙橙一步步从远处走过来。

"终于不用再听你的胡话了。"苏青梨干脆利落地离开了。

苏橙橙走到唐奇面前："你找我？"

唐奇看着苏橙橙："准确地说，我在找你和全胜唐。"

苏橙橙笑着说："那真是太巧了，全胜唐也来了。"

"是吗？"唐奇的表情明显不相信。

"唐总！"唐奇顺着声音望过去，看到脸色苍白、神情萎靡的全胜唐晃晃悠悠地一步步走到了他和苏橙橙面前。唐奇看看身旁的苏橙橙，再看看对面的全胜唐，清清楚楚地确认了这一次没有任何猫腻，苏橙橙和全胜唐两个人同时出现了。

"我是苏橙橙，真的。"苏橙橙向唐奇伸手，唐奇呆呆地抬起手，握住苏橙橙的手，感受到了她手心的温暖触感。

唐奇又看向全胜唐。全胜唐不停地咳嗽："我是全胜唐，也是真的。"

苏橙橙把手从唐奇手心里抽出，说："这次看清楚了吧，别回头又疑神疑鬼。"

唐奇表情尴尬："对不起，我……我想多了。"

全胜唐声音沙哑："这事不怪唐总，是我行为怪异，引起了唐总误会。"

苏橙橙帮忙解释："全胜唐申请了一笔重要的研究资金，最近在等消息。"

全胜唐小声解释："这笔钱关乎我的职业选择和未来人生，我很紧张，最近又身体不好，一直在发烧，只想躺着，不想出门。"

唐奇理解地点头："希望你能顺利拿到研究资金。"

突然，全胜唐的手机"叮叮"响了一下，他拿出手机查看，萎靡不振的样子顿时转为激动振奋。他手舞足蹈着大笑起来："申请通过了！我有钱了，有钱了，有钱了……好多好多钱，哈哈哈哈……"

唐奇和苏橙橙都为他高兴。

突然，全胜唐的笑声戛然而止，嘴角溢出鲜血，下一秒他捂着胸口，

第三篇　拥抱真实的自己　　327

抽搐着吐血倒地。苏橙橙下意识冲上去接住全胜唐。

时间好像凝固了。唐奇难以置信地看着眼前的一切。

一辆救护车停在路边,唐奇和苏橙橙在一旁帮忙,医护人员飞快地抬着全胜唐上了救护车。苏橙橙麻利地跟着上了车,唐奇也想要跟着上车,一个戴着口罩、帽子的医护人员拦住他:"只能一个人陪同。"

苏橙橙对唐奇说:"你先回去吧,有事我会联系你。"

争分夺秒间,车门迅速关闭。唐奇来不及反应,茫然地站在路边,看着救护车远去。

苏橙橙从后玻璃窗看着唐奇的身影渐渐远去,拍拍床上的"全胜唐":"可以了。"

"吐血而亡"的"全胜唐"突然睁开眼睛,自己摘下氧气面罩,翻了个身坐起来,和苏橙橙笑着击了个掌。车内凝重的气氛也霎时间变得轻松,大家纷纷摘下口罩。开车的人竟然是苏青梨。

"全胜唐"声音沙哑:"我演技怎么样?"

苏橙橙笑着说:"完美!你要出道去当演员肯定得拿个影后。"

"全胜唐"说:"要谢谢大家的吐血道具准备得好。"

苏橙橙拿出红包,给周围假扮的医护人员们发红包:"各位辛苦了。谢谢!谢谢……"

一个医生打扮的人说:"以后有活记得找哥们儿,服装道具美术一条龙服务,别说这种宅斗剧吐血戏码,就是言情剧车祸绝症、宫斗剧毒杀杖毙、仙侠剧挖眼睛跳诛仙台……"

苏青梨实在听不下去了,一个急刹车,把救护车停在了僻静的巷子里,回头喊道:"在这儿下车吧!"

这位"医生"一边下车,还一边比画着动作絮叨:"啥类型哥们儿都能演!还有武侠片……"

苏橙橙笑着挥手:"谢谢!谢谢!下次再合作。"

等所有演员下车,救护车关门,又再次启动。

苏青梨有些生气:"还再合作!苏橙橙,我警告你,绝没有下一次!"

苏橙橙不占理,只能小声嘟囔:"我那不是客气嘛!谁想有下次啊?

唐奇疯了一样咬着全胜唐不放，我被逼无奈，只能把全胜唐弄死了。"

声音沙哑的"全胜唐"也跟着帮腔，却是林媛的语气："姐，我做证，真的是唐奇揪着全胜唐不放，我们才出此下策。"

苏青梨冷笑："下策？你们这是下下下策！乐极生悲、大笑而死，这是什么鬼东西？你们真是脑子短路了，才会抄这种十八流编剧的桥段！"

"不是十八流，是一流的……""全胜唐"越说越气虚，"《儒林外史》里范进中举后，范母就是高兴得大笑死了……"

苏青梨噎了一下，更生气了："一流的桥段，那也要看是谁抄！东施效颦、邯郸学步……"

苏橙橙老实低头："是是是，我们以后不敢了。"

"全胜唐"一边附和点头，一边摘下变声器，脱下外套，把嘴里的血浆和白沫吐到袋子里扔开。"橙橙，我儿子长得……超级帅，但我还是更喜欢做自己。"这句话的前半句是林媛的声音，说后半句时林媛把变声器摘下来了，变回了自己的声音。

苏橙橙打开滤镜界面，按了一下，全胜唐变回了林媛。

苏青梨虽然已经知道是怎么回事，但亲眼看到还是觉得惊讶。她瞅了眼苏橙橙："滤镜的三维投影功能太强大了，不见得是好事。"

苏橙橙小声解释："有使用限制的。"

林媛补充说明："像投影仪一样，有距离限制。五米之内起作用，超过五米，我就自动变回来了。"

苏青梨警告道："滤镜的功能已经很离谱了。天上没有白掉的馅饼，我劝你还是少用吧，省得将来惹出更大的麻烦。"

苏橙橙叹气："这不都是被唐奇逼的嘛！"

"你不惹唐奇，他会盯着你不放？"苏青梨语气严肃，车内气氛变得凝重。

苏橙橙还想不服气地还嘴，林媛急忙打断她："我饿死了！咱们赶紧把车还了，去吃饭吧！"

苏橙橙不吭声了，苏青梨也暂时放了苏橙橙一马。

第四十一章
图穷匕见

回到家后,唐奇没有心情换衣服。他悲伤地坐在沙发上,盯着手机屏幕上苏橙橙发来的信息:全胜唐去世了。

一阵按密码声响起,顾屿推开门走了进来,看到室内一片漆黑,打开了灯。唐奇用手挡住了眼睛。

顾屿问:"全胜唐怎么样了?"

唐奇愣了一阵才开口,语气中透着遗憾:"没抢救过来,去世了。"

顾屿十分意外,坐到唐奇身边,难以置信地说:"全胜唐……像《三国演义》里的司马昭一样大笑猝死了?"

唐奇表情木讷,机械地点点头:"应激性心肌病。人体过度兴奋时,交感神经过度激活,儿茶酚胺分泌过多,引起冠状动脉痉挛,局部心肌变薄,血管经血流冲击后会像球一样鼓起,导致病发。"

顾屿感慨万千:"真是太意外了,全胜唐还这么年轻!"

唐奇依旧用手捂着眼睛,难过又自责地说:"如果我相信车里看到的是幻觉,如果我没有去找苏橙橙当面对质,全胜唐就不会发着烧、冒着寒风出来见我,也许就不会发生这样的事!"

顾屿努力安慰他:"那是意外,和你没有任何关系!"

唐奇拿下了手,眼睛发红,泪光闪闪:"你和老周也认识全胜唐,为什么你们没有疑神疑鬼,为什么只有我?"

顾屿的确想不通,就算全胜唐表现怪异,那又怎么样?哪个成年人没点问题呢?他思索着说:"也不是没觉得奇怪,只不过大家都是成年人了,又没有违法犯罪,没必要寻根究底。"

"我却紧抓着不放,非要寻根究底,逼全胜唐来见我。"唐奇忍耐着痛苦,但他额角的青筋暴露了他的悲痛。

顾屿轻声劝他:"小唐,你别钻牛角尖了,你想弄明白也没错。"

"苏渺被雷劈死了,方谨人格消亡死了,是我异想天开。我想,如果全胜唐和苏橙橙是一个人,那苏渺和方谨是不是、是不是……"唐奇更加愧疚自责:"我……我为了一点荒唐的念头,害死了全胜唐。"唐奇情绪崩溃地低着头,用手捂住了脸,肩膀微微颤动。

"为什么我没有去看心理医生?我应该去看心理医生的……"

顾屿终于明白了唐奇执着的原因。他看着痛苦的唐奇,手覆上唐奇的肩膀,可在生死面前,所有安慰都显得苍白无力。顾屿看到唐奇衣服一角的血迹,提醒他:"小唐,先去换件衣服吧!你衣服上……有血迹。"

唐奇顺着顾屿的目光看向自己的衣服。因为是四色视者,唐奇的眼睛对颜色格外敏感,他撩起衣服细看,接着竟然拿鼻子闻了闻,甚至还试图尝一下。

顾屿被吓着了,急忙阻止他:"小唐,咱们现在就去医院,立即找心理医生,你别讳疾忌医,这心理得病和身体得病一样,要用平常心看待。"

唐奇表情疑惑:"这血真的是全胜唐的血吗?"

"你什么意思?"

唐奇的情绪已经稳住,他的声音透着冷静:"这血的颜色……和真血不一样。"

顾屿愣神,想起唐奇刚说的话:苏渺被雷劈死了,方谨人格消亡死了……

"苏渺被雷劈死了,方谨人格消亡死了,全胜唐大笑猝死。半年内,你遇到非正常死亡的概率的确是太大了!"顾屿停顿两秒,继续说,"从概率学的角度讲,意外死亡是随机现象。"

唐奇顺着顾屿的逻辑思考:"人在三十岁之前的死亡率为1.36%。"

顾屿说:"一连三次,每种死法都如此离奇的概率是……"

"亿万分之一。"

顾屿失笑:"这概率……和彗星撞地球的概率差不多了。"

唐奇下意识纠正:"那还是有差别的,彗星撞地球的概率是0.000001%……这个现在不重要!"唐奇站起来,冲向门外,"我要去一趟

实验室。"

"我跟你一起去。"顾屿跟上。

千鸟集公司实验室里,唐奇已经将染血的一小块衣服剪下,处理后检测成分,得出了初步的结果。

"水、食用色素、纤维素钠……根本不是血!"唐奇表情复杂,既觉得如释重负,又觉得荒谬可笑。

顾屿对着检测成分,迅速在手机上搜索了一下,居然搜出了影视化妆道具的链接。他把图片拿给唐奇看:"拍戏用的人造血。看来全胜唐没有死,只是一场戏。"

唐奇恍惚着说:"这世上真的有全胜唐吗?"

"怎么会没有?你不是说他是方谨的男朋友吗?"顾屿奇怪地看他,不明白他为什么这么问。

唐奇如梦初醒:"对,方谨。"

唐奇拿出手机拨打方谨的电话,却没人接听。

顾屿见状,联系了方谨的秘书:"王秘书,你好,我有点事,想见一下方博士。"

电话里传出客气的回复:"方博士出国访问交流了,要再过两周才回来,到时候我帮您安排。"

"方博士没说要提前回来吗?"

"没说。"

"那行,等方博士回来再说。"顾屿挂了电话,看向唐奇,说出他的分析,"这事的确有点奇怪,方谨是全胜唐的女朋友,可全胜唐出事了,方谨居然没有任何反应,显然一无所知。可苏橙橙和全胜唐……一个人,不可能,太匪夷所思了!你不是亲眼看到苏橙橙和全胜唐一起出现,还亲手碰到他们了吗?"

唐奇回想起当时的场景,十分迷茫:"不知道……我究竟能相信什么?"

顾屿带着唐奇来到派出所。

张警官在电脑上认真查阅档案文件,向他对面紧张严肃的唐奇和顾屿问道："全胜唐？全部的全，胜利的胜，唐朝的唐？"

"对。"唐奇目光饱含期待。

张警官说："系统里没有全胜唐这个人的信息，你最好再确定一下对方的身份信息，不要被骗了。"

唐奇重复道："没有这个人？"

"没有。名字和身份证信息都对不上，你肯定是被骗了。"

虽然早有预料，可亲耳听到后，唐奇内心依旧掀起惊涛骇浪。他失魂落魄地站了起来，怔怔地向外走去。

顾屿急忙起身，感激地说："张警官，这次你真是帮了大忙，回头我再好好谢你。"张警官摇摇头表示不用客气，顾屿立刻追出门去。

第二天清晨，唐奇给苏橙橙打了电话。电话里，苏橙橙仿佛刚睡醒，声音还迷迷糊糊的。

唐奇冷静地问："全胜唐应该是今天出殡吧！麻烦你告诉我地址，我想去祭拜一下。"唐奇一身黑西装，面无表情，笔直地站在全胜唐"笑死"的地方。可四周已经被清理得干干净净，只有地上隐约还有一点血迹，就在唐奇脚尖旁。

唐奇听见电话里的苏橙橙的呼吸声变得急促。他平静地等了一会儿，才催促她："苏橙橙。"

电话里，苏橙橙的语气支支吾吾："全胜唐……全胜唐已经火化了。"

唐奇面无表情："这么快？"

"嗯，是有点快……全胜唐生前说过，死了立即火化，把他的骨灰撒到大海里。你要想祭拜他，找条河就可以了，天下水都是相通的。"

唐奇沉默地看着之前全胜唐抽搐倒地的地方，继续问："全胜唐有兄弟姐妹吗？"

"没有，他是独生子。"这一次，苏橙橙否定得很干脆。

唐奇很有耐心："全胜唐的父母呢？"

他听见苏橙橙在继续瞎编："父母早逝，全胜唐小时候，他的父母就出车祸死了。"

唐奇笑了笑，反问："那全胜唐是在孤儿院长大的？我想去拜访一下

第三篇 拥抱真实的自己　　333

他长大的孤儿院。"

"没有,没有孤儿院。"苏橙橙硬着头皮,一个谎言接一个谎言,"全胜唐他……他是奶奶抚养大的。"

唐奇盯着脚尖旁的血迹:"奶奶呢,也死了?难道全胜唐一家都死绝了?"

苏橙橙觉得唐奇的声音阴森森的,心慌到额头冒汗,手脚发软,一个"死"字怎么都说不出口。

"奶奶、奶奶……奶奶还活着。"

"把地址发我,我要去拜访奶奶。"唐奇脚踩在血迹上,挂了电话。

苏橙橙全身没了力气,瘫软在床上,懊恼又绝望:"苏橙橙你疯了吗?为什么要说还活着?为什么不敢说死了?啊——"

唐奇按照苏橙橙发他的地址,走进单元楼,上到三楼。他站在门口,环顾四周,发现楼道里放着不少杂物,都不像是临时准备的影视道具,满满的生活气息。

按响门铃后不一会儿,一位白发苍苍的老奶奶打开了门。老奶奶似乎在等着唐奇说话,唐奇却盯着老奶奶,也一直没有说话,气氛怪异。

终于,全奶奶面带尴尬,主动打了招呼:"你是小唐吧?橙橙说了你要来。"

唐奇礼貌地说:"奶奶,您好,我是唐奇,全胜唐的朋友。"

"进来吧!"全奶奶领着唐奇进了门,"随便坐,别客气。"

唐奇一直在仔细打量四周,将礼物随手放下。

"喝茶。"

唐奇拿起茶杯,杯子明显是有些年头的东西,屋子里的一桌一椅也满是岁月的痕迹。

全奶奶看唐奇一直不说话,只能自己找话:"你和小全是好朋友?"

唐奇好奇:"奶奶叫自己的孙子'小全'?"

"从小就这么叫,希望他全都有,没想到……都怪我取这名字,给了他压力,他一门心思出人头地……"全奶奶拿出纸巾,难过地擦眼泪。

"全胜唐才二十四岁,老一辈人生孩子早,按理说奶奶应该六十来岁,可您看上去八十多了。"

全奶奶擦着眼泪，有点蒙："那个……全……小全是他爸妈的老来子，四十岁才生的他。我命苦显老。"

唐奇道歉："奶奶，全胜唐是我害死的，如果不是我一定要见他，他不会精神紧张，引发应激性心肌病。"

全奶奶忘记为孙子去世伤心，反而安慰唐奇："你这孩子，别说傻话了，这都是命！和你没有关系。"

唐奇再三坚持："奶奶这么善良，我更不能愧对您，从现在开始，奶奶的养老由我负责。"

全奶奶彻底傻了。唐奇看到全奶奶眼中的震惊，故意放慢语速，说："以后我一定会经常来看您、照顾您，每周至少来一次……"

全奶奶慌张地摆手拒绝："不用，不用……你们年轻人都忙，真的不用……"

唐奇看到全奶奶的反应，已经心里有数，开始猜测眼前的人是什么身份，是演员，还是……

这时，唐奇的手机响了，是顾屿发来的微信：你现在在苏青梨和苏橙橙的奶奶家。

唐奇面无表情地放下手机。全奶奶端着一盘水果，颤颤巍巍地走过来："小唐，吃点水果。"

唐奇看着有点空荡的桌子和墙上的相框痕迹，问："奶奶，之前这里放着相片吧？收起来了吗？"

全奶奶眼神闪躲："相片……都收起来了，不想看着伤心。"

唐奇可以推测出，这些地方都曾放着苏橙橙她们和奶奶的相片。唐奇转身看着全奶奶，已经确定了一切，只是不知道眼前的人是不是真的苏橙橙的奶奶。

全奶奶剥开一个橘子，递给唐奇："吃个橘子。"

唐奇想要看清楚眼前的人，视线却突然越来越模糊，一点点陷入黑暗，直到最后一丝光明消失，眼前的人也彻底消失。

全奶奶问："不喜欢吃橘子吗？"说着，看到唐奇表情难受，吓了一跳，"你怎么了？"

唐奇痛苦地说："我突然……"

第三篇 拥抱真实的自己　　335

"突然什么？"

唐奇瞪大眼睛，眼神空洞地看着全奶奶："我突然失明了。"

全奶奶满脸震惊，着急地在唐奇面前摆手，唐奇没有任何反应。全奶奶着急地问："你是看东西模模糊糊，还是什么都看不见？"

唐奇说："什么都看不见了。"

"什么都看不见了，怎么会这样？"

唐奇反过来安慰对方："奶奶，你别害怕，我的眼睛是老毛病了，没事的。"

"走，我现在就带你去看医生。"全奶奶愧疚又焦急，拉着唐奇的手往外走去。

楼道里，唐奇被全奶奶拉着向下走，失去了视觉，他的触觉变得尤为敏感："奶奶，您的手感觉上特别年轻。"

"我每天都用护手霜。"

"什么牌子的护手霜？"

全奶奶不耐烦地说："问这个做什么？现在最重要的不是你的眼睛吗？"

"对不起，给您添麻烦了……"话音未落，唐奇一脚踏空，就要跌倒，还不小心碰倒了楼道里挤放着的儿童车、塑料盆、鞋盒等杂物。全奶奶手疾眼快，身姿矫健，居然一手稳稳地扶住了唐奇，一手把即将跌落的杂物也扶住了。

唐奇紧张地问："奶奶，您没事吧？"

"没事，没事！再下一层就出单元楼了。"

全奶奶不敢再走神，小心地扶着唐奇往下走。

穿越人海拥抱你

第四篇

第四十二章
洞若观火

唐奇在"全奶奶"的陪同下,已经做完了检查。

陈医生拿着检查结果,一边看,一边解说:"眼压正常,眼底正常,角膜也没有任何病变……看来和上次突然看不见颜色一样,是心理问题引发的失明。"

唐奇一脸淡定,似乎早有预料,"全奶奶"却满脸担忧:"那是要去看心理医生?"

"对。"陈医生语重心长地说,"小唐,你的病因和心理有关,也就是和你自己的生活有关。失明前,发生的事、遇见的人,都有可能是病情的诱因。"

唐奇说:"一个朋友在我眼前意外去世,我却只能眼睁睁地看着,我受到了很大刺激,这应该就是诱因。"

"原来是这样啊……"陈医生叹了口气。

"全奶奶"看着面无表情、双目呆滞的唐奇,心里满是愧疚和不安。

离开陈医生的门诊室,"全奶奶"送唐奇回了家。"全奶奶"拿起唐奇的手,用指纹开锁:"我帮你开门。"

唐奇暗自好奇:第一次到我家,就清楚地知道指纹锁是用中指开?

"全奶奶"心事重重,压根没意识到一个简单的指纹开锁已经让唐奇又发现不对了。

"全奶奶"又从鞋柜里拿出拖鞋:"换鞋,慢一点。"

"奶奶,您小心一点。我的拖鞋是黑色的。"唐奇提醒。

"全奶奶"仗着唐奇看不见,早已经拿出了黑色的拖鞋,却装作才知道的样子:"哦,黑色的……看到了。"

"全奶奶"蹲在地上,动作麻利地帮唐奇换了鞋,然后引导着唐奇坐到沙发上:"这是沙发……你休息一会儿,我去给你倒杯水。"说完熟门熟路地走进餐厅。

"水在餐厅的桌子上。"唐奇双目呆滞地看着餐厅方向。

"全奶奶"明明已经拿起水壶和杯子,却停了下来:"哦,我找找……哪里呢?哦,找到了。"

"全奶奶"倒好水,迎着唐奇呆滞的目光,端来杯子:"喝水吧。"

唐奇端端正正地坐着,喝了口水后,双手握着杯子开口,一副很无助的样子:"我的好朋友马上就到,奶奶肯定也累了,早点回去休息吧!"

"全奶奶"说:"没事,我不累,我陪你一起,等你朋友来了就走。"

开门关门声传来,顾屿人未到声先到:"小唐,你眼睛怎么又出问题了?难道是全胜唐的奶奶做了什么,刺激到你了?"

顾屿走了进来,才看到"全奶奶"尴尬而局促地站在唐奇身边。顾屿不愧是社交达人,反应迅速,立即热情地堆着笑,就好像什么话都没说过:"您是全胜唐的奶奶吧?我是小唐的好朋友顾屿,谢谢您送小唐回来。"

"全奶奶"立即说:"不打扰你们,我先走了。"

唐奇站了起来:"今天麻烦奶奶了。顾屿,你送奶奶回家。"

"全奶奶"紧张地说:"不用,不用……"

唐奇坚持:"奶奶,全胜唐是我们的朋友,他不在了,我们必须照顾好您。你们走了,我就睡一会儿,不会有事的。"

顾屿也说:"奶奶您这么大年纪了,路又不熟,让您一个人回去,我们不放心。"

"那……那……麻烦你了。""全奶奶"推不过,只能道谢。

顾屿送"全奶奶"离开后,唐奇静静地站了一瞬,默默地坐下,目光呆滞地喝了几口水,突然又站了起来。他拿着杯子,走进餐厅,把杯子放到桌上,还把"全奶奶"倒水后没有放回原位的水壶调整回原位,把漏在桌上的水滴擦干净。

显然,唐奇视力正常,没有失明。

唐奇低头看着自己脚上的拖鞋,回想起进门时"全奶奶"非常精准地从几双拖鞋里拿出了他的,而不是给客人准备的其他拖鞋。他拿出手机,打开通讯录，静静地盯了"苏橙橙"一瞬，拨打了电话。

顾屿车里，"全奶奶"的手机响了，唐奇来电。

她心虚地看了一眼顾屿，顾屿问："奶奶不接电话吗？"

"全奶奶"讪笑着解释："陌生电话，应该是销售电话。"

顾屿说："那就直接按掉。"

"全奶奶"却不愿按掉，心想：是唐奇遇到了危险，在向我求助？

"奶奶？"

"全奶奶"硬着头皮，把电话按掉了："那个……小顾，你要不要给小唐打个电话，他一个人在家，万一遇到什么事呢？"

顾屿不以为意地笑了笑："他一个大男人在自己家，能遇到什么事？"

"小唐眼睛看不见，家里有热水，有刀，打碎了东西有玻璃碴子，还有可能在卫生间摔倒或者磕到，你打个电话确认一下安全。"

"行。"

顾屿用蓝牙耳机唤出车载 AI 联系唐奇，电话很快被接通，顾屿问："你怎么样？"

唐奇回答："我很好。"

顾屿解释："全奶奶让我打个电话，确认你安全。"

"谢谢她的关心。"唐奇挂了电话。

顾屿笑着安抚"全奶奶"："小唐说他没事，谢谢您关心。"

"没事就好，没事就好。"

话音未落，"全奶奶"的手机又响，唐奇来电。"全奶奶"心虚地看了顾屿一眼，赶忙摁掉了，可挂掉了电话，却挂不掉心事：没事为什么突然找我？难道因为我上次治好了唐奇的眼睛，这次又想找我？

没过一瞬，唐奇又打了过来。"全奶奶"看到来电显示，更加郁闷。

顾屿感叹："这销售够执着的！"

"全奶奶"没办法，直接把手机静音，塞进背包的最里面。

唐奇站在书房，拿着手机，听着手机里传来的忙音："对不起，您所拨打的电话暂时无人接听，请稍后再拨。Sorry……"

书房里，有苏渺的水彩画，有方谨的照片。唐奇面无表情，从《灵探寒侯》漫画书上撕下画着全胜唐的一页，用力地把他贴到了她们旁边。

林媛把车开到楼下，苏奶奶坐在副驾驶座。老人头上戴着卡通发箍，拿着粉色的棉花糖，吃得津津有味。

"奶奶，今天玩得开心吗？"

苏奶奶笑着说："开心！可惜橙橙有事。"

"下次咱们三个一起。"林媛停好车，给苏橙橙打电话，却没有人接。

苏奶奶问："橙橙还是没接电话？"

"大概没听到手机响，咱们上去吧！"林媛下车，到苏奶奶这边帮忙打开车门，又从车后座拿出游乐场纪念品——一个大鸵鸟玩偶和一袋其他玩具。

苏奶奶说："橙橙说朋友借房子拍戏，拍完了吧？"

"拍完了。"

两人往单元门走，林媛不小心掉了两个小纪念品，低头去捡，等她起身抬头时，看到一辆和自己车一模一样的越野车停到了她和苏奶奶面前。林媛大脑宕机，呆呆地看着刚下车的顾屿。

顾屿看着林媛："好巧啊，你怎么在这里？"

林媛假笑："是啊，好巧……"

苏奶奶热情地自我介绍："我是媛媛的奶奶，你是媛媛的朋友？你也住这里吗？"

顾屿已经猜到这位就是苏橙橙和苏青梨的奶奶，因为对方言语中对林媛视如己出，他原本调侃的笑变得真诚温暖，语气也格外尊敬："奶奶好，我叫顾屿，是林媛的朋友。我不住这里，是送朋友的奶奶回来。"

"全奶奶"躲在车里，根本不敢下车。苏奶奶好奇地看向车里的"全奶奶"："你朋友的奶奶也住这个小区？哪栋楼啊？"

顾屿看身后的楼："就这栋楼。"

苏奶奶惊讶："这栋楼？"

情急之下，林媛把游乐场纪念品一股脑地塞到顾屿怀里。顾屿手忙脚乱，下意识地抱了个满怀。

林媛说："相逢就是有缘，这些都送给你。"说罢不再搭理顾屿，一把

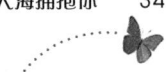

第四篇 穿越人海拥抱你　　341

挽住苏奶奶的胳膊,"奶奶,你不是饿了吗?咱们去吃饭,就吃你最喜欢的酸菜鱼。"

林媛一边拖着苏奶奶往小区外面走,一边对顾屿假笑着点点头:"今天有事,下次再聊,再见!"

苏奶奶拿着棉花糖,纳闷地回头看,只见顾屿西装革履,抱着大鸵鸟玩偶和一大袋玩具,莫名有趣。苏奶奶对顾屿和善地笑笑,顺着林媛的心意走了。

车内惊出一身冷汗的"全奶奶"终于松了口气,心想:真不愧是我的亲奶奶!

顾屿看看怀里的大鸵鸟玩偶,再看看亲热地搂着苏奶奶走远的林媛,情不自禁地笑了。

顾屿刚走,"全奶奶"就变成了苏橙橙,马上给唐奇回电话。

"唐总,不好意思,我今天一天都在游乐场陪我奶奶,没有听到电话。"

唐奇盯着对面的三个"人",说:"我失明了。"

苏橙橙问:"去看过医生了吗?"

"看过了,是心理问题。"唐奇的语气很平静。

苏橙橙心里很不是滋味:"你是想找我帮忙吗?没问题,你告诉我怎么做,我一定全力配合。"

唐奇笑着问:"为什么?"

苏橙橙愣了愣:"什么……为什么?"

唐奇说:"你为什么要对我这么好,一次次地帮我?"

苏橙橙尴尬地摸摸手腕上的滤镜镯子:"那个……咱们是校友,又是一个公司的同事,哪有能帮上忙却不帮的道理?"

"是吗?谢谢你。"唐奇挂了电话,扔出一个飞镖,嗖的一下,飞镖射中了全胜唐的脸。

挂断电话后,苏橙橙抱着鸵鸟玩偶呆呆地坐了一会儿,轻叹口气,给林媛拨打电话:"你们在哪里?"

林媛和苏奶奶面对面坐着,林媛一边讲电话,一边给苏奶奶倒饮料:"我们在吃酸菜鱼。"

"我来找你们。"

林嫒抬头，看着身旁的顾屿："我们和顾屿在一起。"顾屿拿漏勺从大锅里捞了鱼片给对面的苏奶奶。

苏橙橙思索了两秒，说："那你们吃吧，我挂了。哦，别露馅，奶奶、你、我，三个人去的游乐场，回来的路上我有事提前离开了。"

"知道了。"

林嫒挂了电话，顾屿又把捞起的鱼片放到林嫒碗里。林嫒问他："你还没回答，你是怎么找到我们的？"

"你说去吃酸菜鱼，步行距离内的酸菜鱼餐馆能有几家？只要有心总能找到。"

"你为什么……这么有心？"

顾屿眉目含情，笑看了眼林嫒，专心给她捞着鱼片，不说话。

林嫒怀疑自己露馅都没怀疑顾屿喜欢她："问你话呢！你干吗一直笑，还笑得这么阴险？"

苏奶奶却看出来了，笑眯眯地说："小伙子对小姑娘有心，还能是为什么？"

林嫒愣住。

顾屿有些尴尬，又笑得甜蜜："我都三十多了，不是小伙子了。"

"在我眼里，你们都小着呢！"

"奶奶，你误会了。我是不婚主义者，他也是不婚主义者，"林嫒看向顾屿，"对吧？"

顾屿的笑容变得僵硬，但还是配合林嫒："对。"

林嫒眼神清澈："我们是不可能的。"

苏奶奶很失望："这样啊，不婚主义者……结婚是难喽！"

林嫒理所当然地回答："对啊！"

顾屿黯然，又捞了一勺鱼片放到苏奶奶碗里。

苏奶奶说："不喜欢结婚那就别结婚了，一直谈恋爱喽！"

林嫒愣住了，顾屿也愣住了。苏奶奶狡黠地笑笑，埋着头安静吃鱼。

林嫒和顾屿下意识地看向彼此。目光相碰，林嫒迅速移开视线，端起饮料杯。顾屿却一直看着她，看着看着，忽然笑得像朵花儿一样。林嫒明明有所察觉,却偏着脖子东张西望,就是不敢看顾屿。

因为要开车,顾屿手边的饮料杯里是橙汁,这时,他却起身从旁边的冷藏柜里拿了一罐啤酒打开,给自己倒了一满杯。

顾屿笑着举起杯子:"奶奶,我敬您一杯。"

苏奶奶嫌弃地看看自己的橙汁:"我要喝酒。"

顾屿看向林媛,苏奶奶理直气壮地说:"我七十二岁了,已经成年,可以喝酒。"

林媛无奈:"半杯。"

顾屿笑着给奶奶倒了半杯,苏奶奶惬意地呷了一口后,才意识到漏了什么,忙举起杯子。林媛和顾屿配合地举起杯子,苏奶奶和他们碰了一下,出其不意道:"祝你们快快乐乐,谈一辈子恋爱。"

林媛和顾屿都呛住了,狼狈地放下杯子咳嗽。顾屿先把纸巾递给了林媛,又很自然地帮林媛擦她衣服上的饮料。

林媛咳着说:"奶、奶……"

苏奶奶享受地喝了口酒,笑看着对面一对小儿女。

送苏奶奶回家后,顾屿醉靠在副驾驶位上,林媛开车送顾屿回家。

"明知道开了车来还要喝酒!"林媛嘀咕一句,又提高音量问,"你住哪里?"

顾屿打开地图导航,举手要把手机插到风挡玻璃前的车载手机支架上,几次都没放好,林媛顺手帮了下忙。

顾屿歪靠着椅背,笑看着林媛:"你为什么会喜欢越野车?"

"我经常去郊外写生,喜欢自然,越野车方便。你呢?"

"我经常去郊外看动物,喜欢自然,越野车方便。"

林媛瞪他:"喂,别学我说话。"

顾屿学她:"喂,别学我说话。"

林媛哭笑不得:"还说没喝醉!"

顾屿歪着脑袋,脸色微红,一直看着林媛笑。

"你干吗一直看着我?"

"好看!很好看!"

林媛想笑，却又生气，伸手把顾屿的头推到另一边，可等她把手放回方向盘上，顾屿就又转过来，看着她傻笑。

"你再这么看着我，我可生气了！"

"生气也好看。"

林媛咬牙嘀咕："不和醉鬼较真！"

"我没醉！"

"好，你没醉。这次别吐在我车上就行。"

"这次我没喝醉，只是高兴。"

"有什么可高兴的？"

"高兴越野车有了不起的设计师，设计了坦克300，高兴聪明的中国祖先在几千年前发明了酒。"

"还说没醉，都什么和什么啊！"

"高兴你买了坦克300，我买了坦克300；高兴我喝醉了，才能上错车遇到你。"

林媛愣了愣，想起两人第一次相遇的场景，心中柔软，沉默了。顾屿笑看着她。

林媛一路跟着导航，竟稀里糊涂地开到了自己家小区门口。

"你是不是输错地址了？怎么开到我家了？"

"没错。"

后面有车鸣笛催促，林媛只能先开进小区，在自己家门口停车。她拿下手机查看："醉鬼，你输错地址了。你住哪里？"

林媛准备重新导航，顾屿却拿过手机，开始叫网约车："没输错，我送你到家，我再回去。五分钟后，网约车到。"

"你真没喝醉？"

顾屿盯着林媛："我只是高兴，酒不醉人人自醉。"

林媛扛不住顾屿的眼神，迅速下车，要往家里走："我回家了，再见！"

顾屿追了出来："林媛，咱们谈恋爱吧！"

林媛停下了脚步，回身看着顾屿。

"不以结婚为目的，我们随便谈个恋爱吧！"

"你不是不婚主义者吗？"

顾屿坦白："我不是,但这辈子也不是非结婚不可。我现在只想和你认真谈恋爱,不以结婚为目的。"

林媛想笑,又有点想哭："做我的男朋友会很辛苦。我不相信婚姻,不相信男女之间能长久;我有很多二次元男朋友;我更爱我的事业,因为我觉得事业、钱比男人更可靠……"

"你喜欢我吗?"

林媛不吭声,顾屿肯定地说:"你喜欢我。"

林媛点点头。

顾屿笑了笑:"那就足够了。"

林媛疑惑:"这就足够了?"

"对我来说足够了。"

顾屿走上前,试探地、温柔地抱住了林媛。林媛心里一阵紧张,但没有拒绝。顾屿抱紧了她,林媛闭上眼睛,接受了这个温暖的拥抱。

第四十三章
不打自招

千鸟集市场部里,苏橙橙和同事们在工位上专心工作,李宇昊端着咖啡杯从茶水间回来,和大家八卦刚听来的消息:"你们听说了吗?唐总要休长假。"

苏橙橙警觉地停下工作,竖起耳朵。

王怡抬头,说:"唐总今天请假,没来上班,但没听说他要休长假。"

赵运杰继续说:"唐总眼睛出问题了,听说很严重!"

李宇昊担忧:"难道……梵黛张总监说的是真的?公司会不会受到影响?"

其他同事都忧心忡忡,只有许月面露不忿:"你从哪里听来的小道消息?肯定是假的。"

李宇昊说:"我亲耳听小林说的,消息千真万确!"

大家一听是唐奇的研究助理说的,都越发担心,各自窃窃私语。

王怡安抚大家:"现在医疗技术这么发达,就算生病了也能治好。公司的事周总和顾总会安排,不用我们杞人忧天。"

众人都各怀心思,继续工作。许月面露不甘,同时拿出手机悄悄给张总监发消息。

苏橙橙摸着手腕上的滤镜镯子,愧疚又郁闷:早知道唐奇这么脆弱,就不让全胜唐当着他的面死了。

此时,苏橙橙的手机响了,是唐奇来电。苏橙橙急忙一边往外走,一边接听:"喂?"

院子里,唐奇一副居家休闲装扮,看到绿植上的蜘蛛网,却没有处理。

"我去看过心理医生了。"

苏橙橙已经走到走廊无人处，问："医生怎么说？"

唐奇说："医生说心理问题要从心理上疏解治疗。全胜唐意外死亡时，你也在场，医生建议我多和你接触，也许能疏解情绪，恢复视觉。"

"医生建议你和我多接触？"

唐奇语气也很淡："这事听着不靠谱……你要觉得不方便，没事的。"

"方便，我方便！最近市场部不忙，我现在就请假来找你。"苏橙橙匆匆往回走，准备请假离开。

"医生……还有个建议。"

苏橙橙听唐奇的语气犹犹豫豫，停下脚步："你的眼睛最重要，不管什么建议，我都会尽力配合。"

唐奇看着一只小蚂蚁稀里糊涂地爬进了蜘蛛网。

"我是在全胜唐奶奶家突然病情发作失明的，医生建议我多和全奶奶接触，有助于解开心结，恢复视觉。可全奶奶刚失去孙子，她自己都在悲痛之中，我怎么好意思麻烦她呢？"

苏橙橙咬咬牙："你不用担心，这是治病，全奶奶一定能理解。我去和全奶奶说，正好接了她，一起来你家。"

唐奇冷淡地看着小蚂蚁在蜘蛛网上挣扎："你真是太善良了！"

苏橙橙挂了电话，暗自嘀咕："唐奇说话怎么怪怪的？唉，眼睛看不见，连性子都变了。"

苏橙橙给林媛发微信：亲爱的，需要帮忙！

唐奇沐浴着明媚的阳光，坐在客厅一角读着《心理咨询与治疗》，时不时喝一口柠檬气泡水，很悠闲的样子。

门铃响起，唐奇不慌不忙地合拢书，站起来，把书放回架子，把杯子倒放到茶几上，没喝完的水流下桌面，滴落到地毯上。他拿起墨镜，朝着门口走去，半路上自然而然地掉了一只拖鞋。

在门口戴上墨镜后，唐奇摸索着开了门。

苏橙橙提醒他："你怎么问都不问就开门啊，万一是坏人呢？"

唐奇说："我有点慢，怕你等得着急。"

"我和全奶奶都来了。"苏橙橙看向身后的"全奶奶"。

"奶奶，请进。"

苏橙橙和"全奶奶"进了正门，看到客厅里躺着一只拖鞋，唐奇只穿着一只拖鞋，赤着另一只脚，步伐缓慢，沙发前的茶几上水杯倒着，地毯上一摊水。

林嫒假扮的"全奶奶"用嘴型对苏橙橙说："有点可怜。"

苏橙橙心怀愧疚，几步过去把拖鞋捡起来，放到唐奇脚边，帮他穿上。

"你的拖鞋。"

"谢谢。"

苏橙橙又忙着收拾茶几，擦干地毯。

"奶奶，您坐……沙发。"

"全奶奶"声音沙哑："不用客气，我自己会招呼自己。"

唐奇坐在"全奶奶"身旁，说："奶奶，您的声音听上去和上次不一样。"

"全奶奶"咳嗽了两声坐下："昨晚着凉了，嗓子不舒服。"

唐奇回想起，全胜唐出现时也是嗓子沙哑，说自己感冒了。

"奶奶身体不舒服，还要您来看我，真是太不好意思了。"

"全奶奶"说："你的眼睛是因为全……小全引起的，我也应该出份力。"

苏橙橙收拾完茶几，坐到唐奇身旁："你别觉得麻烦人，只要能让你恢复视力，什么方法我们都愿意配合。"

唐奇一副为难的样子："医生是建议了一个方法。"

"什么方法？"

唐奇说："真实生活脱敏法。"

苏橙橙看向"全奶奶"，"全奶奶"摇头，表示她也不知道。

"什么是真实生活脱敏法？"

"也叫快速脱敏法，是系统脱敏疗法的变式之一。用造成刺激反应的实际刺激物代替对它的想象，治疗者陪伴病人面对一系列令病人感到心理不适的情景，直到病人对造成刺激反应的情景脱敏，不再紧张。"

"全奶奶"脱口而出："这不就是情景再现嘛！"

苏橙橙了然，动手布置唐奇家的客厅，试图模拟全胜唐和苏橙橙同时出现以及全胜唐出事时的环境。

地板上贴着黑色胶带,标记着"马路",凳子等物件代表着车流。苏橙橙、唐奇和"全奶奶"站在代表马路一侧的客厅一头。

"我是苏橙橙。"

"我是唐奇。"

"全奶奶"声音沙哑:"我是全胜唐。"

苏橙橙说:"那天,我和唐奇聊天时,全胜唐来了。因为担心自己的研究,全胜唐精神不太好,聊天过程中,他突然得知自己获得了苦苦期盼的研究资金,大喜过望,笑个不停,引发了应激性心肌病……""全奶奶"配合地模仿全胜唐大笑倒地的情景,苏橙橙着急地去搀扶她。

唐奇戴着墨镜,一动不动地盯着苏橙橙和"全奶奶":如果全胜唐、全奶奶都是不存在的,那么那天看到的全胜唐、今天看到的全奶奶,到底是怎么回事?

苏橙橙和"全奶奶"都担心地看着他,他好像已经进入了那天的情境中。

唐奇突然说:"不对。"

"哪里不对了?"苏橙橙问。

"那天全胜唐是从我后面过来的。"

三人调整方位,苏橙橙和唐奇面对面,"全奶奶"走到唐奇后面。

"还是不对。"

"哪里不对?"

"全胜唐的声音……距离我没有这么近。"

苏橙橙忙朝"全奶奶"挥手,"全奶奶"只能无奈地后退,边退边问:"够了吗?可以了吗?现在呢……这样呢?"

"全奶奶"问到最后一遍时,不知不觉地退出了滤镜的生效距离,变回了林媛。她还没有察觉,依旧要往后退,苏橙橙忙叫住她,朝她打手势,让她赶紧回来一些:"够了,够了!"

唐奇留意到苏橙橙的异样,恰在此时回头,看到了林媛变成全奶奶的过程。

"差不多就这个距离了。"苏橙橙说。

唐奇看似平静地转头,一动不动地站着。

"唐奇？"

唐奇突然痛苦地抱着头跪倒在地，苏橙橙和"全奶奶"都吓坏了。

苏橙橙担忧地冲上前，扶着他："唐奇，你怎么了？"

"全奶奶"想要过来，又意识到现在是在治病，连忙稳住。

唐奇痛苦地说："全胜唐，你的死都是我害的。"

"全奶奶"模仿着全胜唐："我的死是意外，和你无关。"

"如果不是我坚持要和苏橙橙和你当面对质，你不会在明明不愿意出门的情况下还出门来见我。对不起，对不起……"唐奇越来越痛苦，"水，水……"

苏橙橙立即起身："我去给你倒。"苏橙橙看到被推到墙角的餐桌上的水壶里没水，急忙跑去厨房找水。不知不觉，她和"全奶奶"的距离超过了五米，"全奶奶"自动变回了林媛。

唐奇跪在地上，身体僵硬，墨镜后的眼睛直勾勾地盯着林媛。没有了滤镜帮忙，林媛身上携带的微型变声器也暴露出来。林媛不知道自己已经露馅，仍旧沉浸在全奶奶的角色里，用全胜唐的语气说："唐奇，你想见我很正常，那天的事故是意外，和你没有任何关系……"

苏橙橙端着水杯，匆匆忙忙从厨房出来，林媛又自动变回了全奶奶。

"水。"苏橙橙给唐奇喂水，唐奇转头，直勾勾地盯着苏橙橙。

前尘往事纷至沓来。

他表白后，苏渺突然跳湖游走；身手矫健的方谨打倒保安救了他；网球场上，全胜唐球技高超，和他打得有来有回……

苏橙橙看唐奇状态不对，一直紧张地看着她，温柔地安抚："水来了，你先喝点水。"

唐奇猛地打翻了杯子，悲哀地问："你到底是谁？"

苏橙橙觉得莫名其妙："我？我是苏橙橙啊！你别紧张，现在只是演戏。"

唐奇站了起来，语气冷淡："你不用继续演戏了！出去，离开我家！"

"唐奇……"

唐奇摘下墨镜砸到地上，失控地吼："都滚出去，滚出去！"

苏橙橙和林媛不敢刺激他，忙往外走。苏橙橙哄着他："好好好，我们离开，你别激动，别伤害到自己。"离开前，苏橙橙还体贴地将打翻的

第四篇　穿越人海拥抱你　351

水杯放好，捡起墨镜放好。

关门声传来，唐奇一脸痛苦。

离开唐奇家后，林媛变回了自己的模样，她说："这个快速脱敏法不适合唐奇，感觉他没有脱敏，反而更受刺激了。"

苏橙橙消沉地说："你先回去吧，唐奇这样子，我不放心。"

"你不放心，守在他家外面又有什么用？"

苏橙橙被愧疚折磨得什么都不想说，一屁股坐到花坛边，一副反正不想离开的样子。林媛知道劝说无用，拿出手机，联系顾屿。

顾屿正坐在办公桌前给乌龟喂食。一旁的周锦礼站在窗户边，扒着百叶窗缝隙，观察市场部的众人，感觉大家都是认真工作的好同志，没一个有异常。

周锦礼皱眉："公司有内奸？到底是谁？"

"很快就会知道了。"

"这些人在游园会上就盯上小唐了，还有完没完？"

顾屿的手机响起，看到"女朋友"的来电显示，立即笑了，对周锦礼却没客气话："我要接女朋友的电话，你可以走了。"

周锦礼一脸嫌弃："爱情的酸臭味！"

"想我了？"周锦礼离开，顾屿立刻接通电话。

林媛忍不住笑了下，不过依然忧心忡忡："唐奇的心理问题很严重，发神经把我……把橙橙和全奶奶都赶了出来。橙橙很担心唐奇，你要不过来看看他吧！"

"你在哪里？"

"我……我在唐奇家附近，陪着橙橙。"

顾屿无奈地摇摇头："我现在就过来。"

林媛挂了电话，走到苏橙橙身边坐下："顾屿会过来照顾唐奇，你别太担心了。"

苏橙橙看向自己手腕上的滤镜镯子："如果，我和唐奇坦白，告诉他全胜唐根本不存在，全胜唐的死亡是一场戏，唐奇会不会就好了？"

"唐奇那么聪明，如果他知道了全胜唐是假的，肯定很快就会联想到方谨和苏渺，你怎么办？也坦白吗？"

苏橙橙目光坚定："只要能治好唐奇的眼睛，我什么都可以做。"

林媛却迟疑了："如果唐奇知道他的初恋苏渺是假的，他冒着生命危险保护的爱慕对象方谨也是假的，会不会更受刺激？"

苏橙橙陷入了更深的愧疚和焦虑。

客厅里依旧是乱七八糟的情景再现环境，而屏幕上在播放有关全息人脸投影技术的视频，唐奇表情木然，一动不动地坐在沙发上。

苏渺被雷劈，唐奇受刺激晕倒；方谨的第二人格消失，一步步走上彩虹阶梯，最终消失不见；全胜唐吐着血倒地，唐奇陷入惊恐和悲痛……唐奇十分痛苦，却好像看到苏橙橙、苏渺、方谨、全胜唐站在他面前，冷酷地嘲笑他。

门锁响，顾屿走了进来，看看客厅里的"全胜唐死亡现场"，再看看唐奇不言不动的样子，知道他的确深受刺激。

顾屿问："查清楚到底怎么回事了？"

"苏渺、方谨、全胜唐，都是假的！"

顾屿坐到唐奇身边："三个人都是苏橙橙？这也太匪夷所思了。"

"1917年，第一架无人机诞生，可几十年后才进入普通人的视线。马尼尔·托雷斯发明的喷罐面料技术已经成熟，可普通人想要穿这样的衣服，也许还要等个几十年。"

顾屿看着屏幕上无声循环播放的影像："看来苏橙橙是得到了某个实验室里流出来的滤镜产品。"

"苏橙橙一而再，再而三地愚弄我，我却像个傻子一样，一次又一次相信。苏渺死了，我竟然悲伤欲绝！还变心爱上了方谨，傻乎乎地沉浸在愧疚和痛苦里！我还为方谨的人格消亡伤心……我就是天底下最愚蠢的傻子！"

"你说得没错，你是被愚弄了，但也许……可以换个角度看这件事。"

唐奇冷笑，显然不认可什么换角度。

顾屿温和地说："苏渺没死，方谨没死，全胜唐也没死。不管怎么样，没有死亡，这就是生命中最好的事。"

唐奇沉默了，心头愤懑，但无法反驳顾屿的话。

"我去把我女朋友领走，你和苏橙橙的事你们自己解决！"顾屿拍拍唐奇的肩膀，起身离开了。

第四十四章
拨云见日

唐奇家门外的小车道上，顾屿开着车徐徐过来。苏橙橙垂头丧气地坐在花坛边，林嫒蹲在她前面的地上，半仰头看着苏橙橙，想要安抚，却也是满脸的一筹莫展。顾屿觉得林嫒怎么看都太可爱了，不禁微笑，眼睛里满是喜欢。

顺着眼角余光，他又看到不远处有两个形迹可疑的男子，年纪轻轻，一副无所事事的样子，看似彼此不认识，却又有目光交流。顾屿拿出手机，随手拍了张男子的照片，微信发给唐奇：收网了。又对着林嫒满怀爱意地精心拍了两张，随后收起手机，轻按了下车喇叭。

苏橙橙根本无心关心外界，动都没动，林嫒却立即回头看到了顾屿，对苏橙橙说了句什么之后跑了过来。

林嫒问顾屿："你去看过唐奇了吗？"

"上车，我慢慢给你说。"

"为什么要到车里说？"

"唐奇马上就会出来，你想见他？"

林嫒可没胆子当众变成全奶奶，急忙上车，坐到副驾驶座。

林嫒问："唐奇为什么突然会出门？他知道橙橙在外面？"

"出门了自然就知道了。"

林嫒迷惑又担心地往外看，果真看到唐奇戴着墨镜、拿着盲杖走出了院子门。他沿着小车道慢慢走着，经过那两个男人，和苏橙橙的距离一点点缩短。苏橙橙听到盲杖声，抬起头，惊讶地站起来看着唐奇，唐奇却一无所觉，从苏橙橙身边经过。

顾屿说："唐奇和苏橙橙的事，让他们自己处理。"

顾屿把车缓缓开出去，林媛担心地往后看："橙橙和唐奇不会有问题吧？"

"一个有脑子，一个有力气，有问题的是别人。"

林媛听得似懂非懂。

唐奇继续沿着盲道走，苏橙橙假装路人，默默地跟在他身后。顾屿之前拍照的两个男人也在假装路人，一个尾随在唐奇身后，一个快步走到了前面。一个男人经过盲道时，"不小心"将共享单车撞翻，车子恰好倒下挡住了盲道。唐奇看不到，依旧在往前走。苏橙橙赶紧跑到前方清理道路，将车摆好。

唐奇看似什么都不知道，依旧向前走，心里却想起苏渺结束辛苦的拍摄时，他却责怪苏橙橙偷懒撒谎。

男人戴上了帽子，滑着滑板，撞向唐奇。关键时刻，苏橙橙冲出来，利落地一脚蹬到帽子男的滑板上。滑板突然转向，撞上了藏在树丛后面拿着手机偷拍的另一个男人，两人都摔得龇牙咧嘴。

唐奇依旧装作浑然不觉，向前走着，心里却想起苏橙橙因为他眼睛看不到颜色，特意为所有人备注古装衣服颜色的事。唐奇的表情越发复杂，苏橙橙继续默默跟随。

帽子男穿着快递员的衣服，开着电瓶车，违规一路疾驰，撞向唐奇。苏橙橙手疾眼快，半拉半抱着唐奇避开了电瓶车。帽子男撞进路旁停靠的一排共享单车，摔得狼狈不堪。躲在暗处的偷拍男看得低呼一声。苏橙橙放开了唐奇，去给唐奇捡掉落的盲杖。

唐奇看着她，想起了在十字路口，他突然看不见红绿灯，有辆车快要撞上他时，是苏橙橙拉着他飞快跑过。

苏橙橙假装路人，沉默地把盲杖塞回唐奇手里，并不知道唐奇的心绪起伏。

"苏橙橙！"

苏橙橙紧张地笑了："呃，你怎么知道是我？那个……我正好路过……你……你没事吧？"

"没事。"

苏橙橙装作随意地说："你要去哪里？我送你去。"

第四篇 穿越人海拥抱你　355

唐奇好似茫然地环顾，目光扫过狼狈的帽子男和拿着手机躲在暗处的偷拍男。

"我想去公园散步。"

静谧的公园里，苏橙橙和唐奇并肩而行。苏橙橙注意到了鬼鬼祟祟、躲躲藏藏的帽子男和偷拍男，问："唐奇，你有仇家或是债主吗？"

"没有债主，羡慕嫉妒我的人不少，但仇家应该没有。"

苏橙橙疑惑：那这两个人到底是谁？思考一瞬，苏橙橙拿定主意：躲避不如面对！

"我们去那边转转。"苏橙橙拉着唐奇快步向前，绕过树丛。

再出现时，苏橙橙变成了"全奶奶"，唐奇变成了一个小孩。"全奶奶"把盲杖缩短，藏在包里。唐奇看见了一切，不禁停住脚步。苏橙橙却半点未察觉自己再次"掉马"。

"怎么了？"

"我累了。"

"那边有椅子，我们过去坐一会儿。"

"好。"

"全奶奶"拉着童年模样的唐奇坐到长椅上，同时留意查看着四周。

果然，那两个鬼鬼祟祟、躲躲藏藏的男人突然跟丢了人，都顾不上掩饰，跑了出来，四处找人，还从他们坐的长椅前经过，跑去远处。唐奇听到两个人吵起来了。

"我看着人朝你那个方向去了，人呢？"

"一眨眼就不见了！"

"赶紧找！"

"全奶奶"看到偷拍男手里的手机，意识到他们在偷拍，对小唐奇叮嘱道："我去趟卫生间，你在这里坐着等我，别乱跑。"

"全奶奶"在站起的一瞬变成了苏渺。当苏渺走到路中间时，小唐奇也变回了自己。唐奇看到苏渺的一瞬间，整个人震惊到猛然站起，又徐徐坐下，几乎要露馅，只不过苏渺忙着抓人，没留意到。

偷拍男跑到前面，没看到人，又往回跑着找，迎面撞上了苏渺。

苏渺笑着说："喂，帅哥，借个东西。"

偷拍男看对方是个大美女，丝毫没有戒心，反而殷勤地说："美女要借什么？"

苏渺伸手，偷拍男心荡神摇地看着美女的手来握自己的手，下一个瞬间，他的手机到了苏渺手里。

"帅哥，偷拍别人可不好！"

偷拍男反应过来，想要抢回手机，苏渺一个过肩摔将男子撂倒在地。帽子男想冲过去帮忙，可经过长椅旁时，唐奇伸出了脚，帽子男被绊倒，摔得喘不过气来。

这时，两名警察出现，抓住了两个男人。

张警官对苏渺说："我们接到报警电话，前来协助。"

苏渺拿着抢来的手机，难以置信地愣愣看着长椅方向。唐奇一步步走到她身边，从她手里拿过手机，交给张警官："跟踪和故意伤害的证据。"

张警官笑着说："倒是省心了，犯罪证据都自己给拍好了。"

警察带着两个男人离开，苏渺震惊地看着唐奇。唐奇云淡风轻地取下墨镜："好久不见，苏渺。"

"……你能看见我？"

"一清二楚。"

苏橙橙不担忧自己露馅，反而为唐奇恢复视力而欣喜："你的眼睛好了？你能看见了？太好了！"

唐奇怎么都没想到苏橙橙"掉马"后的第一反应是惊喜。

"你是不是应该给我个解释？"

苏橙橙终于意识到自己的处境，惊慌到手足无措，试图蒙混过关："那个……我……我死而复生是有原因的……"

"我知道。和方谨、全胜唐的死一个原因，都是假的。"

苏橙橙心里发毛，小心翼翼地问："你……你什么时候恢复视力的？"

"全胜唐意外身亡当天，我发现血是影视道具，户籍系统里，全胜唐查无此人。"

苏橙橙犹如五雷轰顶，却又不切实际地心存侥幸："那……你没有受刺激，你的眼睛……"

第四篇　穿越人海拥抱你　357

"我的眼睛没有失明,我什么都看见了。"

"什么……都看见了!"

苏橙橙变回自己的模样,不知该怎么面对,打算逃跑。但唐奇似乎有了预判,开口恳求她:"别走!"

苏橙橙停下脚步,愧疚地说:"对不起,我不是有意要骗你……"

唐奇走到她对面,问:"你变的第一个人是谁?"

"苏渺。"

"苏渺死后,你变成了方谨?"

苏橙橙回答:"是。"

唐奇想起第一次见到方谨正脸时的情形,那时她正用武力制裁关胜宇,自己居然没有怀疑,反而心生好感。

"难怪文弱的方谨会突然对关胜宇大打出手。"

"对不起。"

"之后你又变成了全胜唐。"唐奇想起第一次见到全胜唐的情景,他在网球场上冒充方谨的男友,压着自己打。唐奇自嘲地笑了笑:"你为了拒绝我,真是煞费苦心。"

"对不起。"

"除了全奶奶,你再没变过别人来欺骗我吧?"

"没……没有别人了,但……"

"但是什么?"

苏橙橙变成了羊驼。羊驼口吐人言:"对不起。"

唐奇震惊,随后又露出理当如此的表情:"果然……动物园的羊驼不是我家的那只。"

羊驼又变回了苏橙橙,她懊悔地说:"我也不知道怎么回事,一步错步步错,稀里糊涂地就变成了这样……对不起,我不是有意要欺骗你……"

"你的确不是有意欺骗我!……是我不该喜欢苏渺和方谨,她们一直躲我,我却纠缠不休。"

苏橙橙愧疚又不安,心虚得不敢说话。

唐奇勉强地笑笑:"事情终于搞明白了。一切到此为止。"说罢转身离开。

"一切到此为止？你原谅我了？唐奇，唐奇……"

唐奇听而不闻，快步离去，苏橙橙穷追不舍："你是原谅我了吗？既往不咎，不会开除我？我明天是不是可以继续上班了……"苏橙橙追到唐奇面前，才看到唐奇神情木然，眼中隐约有泪光。

话语戛然而止。

唐奇从她身边走过，径直远去。

唐奇离开的模样一直停留在苏橙橙的脑海里，她一夜都没睡好。

早上，她素颜来上班，心神恍惚地走进电梯，一抬头就看到了电梯里的唐奇。

"唐总，早。"

唐奇冷淡地回应："早。"

苏橙橙感到很不自在："突然想起忘记买早餐了……我去买早餐。"苏橙橙赶在电梯关门前迅速向外走。

手被骤然抓住，苏橙橙惊讶地回头，发现唐奇一手拉着她，一手按着开门按钮，电梯门又被打开。唐奇态度强硬："进来。"

有上班的人正朝电梯走来，唐奇一把将苏橙橙拽进电梯，推到电梯壁上，同时按了关门键，其他来乘电梯的人被关在门外。

狭窄的空间里只剩苏橙橙和唐奇四目相对。苏橙橙的心脏扑通扑通直跳，她紧张地看着唐奇。唐奇冷淡地放开她的手，迅速后退到电梯另一头。

唐奇目视前方，完全不看苏橙橙："你后面的扣子掉了。"

苏橙橙愣了愣才反应过来，伸手摸摸后背，果然，衣服扣子不知何时掉了。她急忙靠后紧贴着电梯壁，面露尴尬。

唐奇脱下西装外套递过去，依旧没有看苏橙橙。苏橙橙沉默地披上西装外套，想起唐奇给苏渺披外套时眼中的温柔，内心五味杂陈。

唐奇神情冷淡，目不斜视："前台有针线包。"

"谢谢。"

市场部开会，研发部的小林也在。会前，大家小声地交头接耳。

赵运杰很惊讶："许月竟然会为了去梵黛做内奸？"

第四篇　穿越人海拥抱你　　359

李宇昊感慨:"梵黛的张总监已经离职,许月肯定去不了梵黛了……"

顾屿出声打断议论:"好了,许月的事告一段落。"

众人立刻收声,顾屿对小林点头示意,小林打开箱子,将新产品的样品发放给众人。

顾屿介绍:"这是公司新研发的香水,名叫'白驹',你们试试。"

王怡闻着手腕,惊讶道:"好香,总感觉在哪里闻过。"

赵运杰若有所思:"是有一种熟悉感……让我想起了小时候经常在路边吸的美人蕉蜜。"

苏橙橙喷在手腕处闻了闻,也觉得似曾相识,发问:"顾总,'白驹'有什么特别含义吗?"

顾屿回答:"这是唐总起的名字,他没有解释,你们可以发挥想象,随意解读。"

赵运杰说出他的想法:"白驹就是白马,应该是指白马王子,象征少女对爱情的美好想象,我们的香水闻起来很甜蜜浪漫。"

苏橙橙有不同见解:"白马不一定就是白马王子,也可以是白马骑士,勇敢、自由,象征女性面对生活的态度,既能勇敢挑战,又能自由享受。"

李宇昊补充:"电影《八佰》中的白马象征希望,也许唐总想让每个用香水的人都永远有希望。"大家觉得不靠谱,只是善意地笑。

王怡说:"《诗经》的《小雅·白驹》是一首别友思贤诗,白驹也可以象征珍贵的友情。现在都是阶段式交友,我们遇见的大多数人只能陪我们走一段路。一生能有一二知己好友常伴身边,就是生命的馨香,弥足珍贵。"

顾屿看大家思维活跃,十分欣慰:"今天的会议到此为止。三天后交策划案,公司择优选择。"

会议结束,大家回到工位上准备各自的策划案。

苏橙橙一边看香水的配方资料,一边在网络上一一搜索:"丁香、白兰、美人蕉、茉莉……"

她回忆起小时候。

童年时,苏橙橙经常拿着木刀,打扮成将军的样子,在阳台门前站岗。苏青梨额间点着红点,披着妈妈的纱巾,摆出公主架势,逛完阳台的"御花园",再"摆驾回宫",从客厅回到卧室。苏橙橙跟在姐姐后面说:"恭送公主。"

照顾花草的苏奶奶看到了苏橙橙眼底的羡慕,问她:"橙橙不喜欢当将军吗?"

"喜欢!有时候我也想做公主,但她们说公主都要长得漂亮,只有姐姐能做公主。"

"她们错了!姐姐是大公主,你是小公主,我们家的小公主!"

苏奶奶为苏橙橙点上红点,戴上自己的珍珠项链,围上纱衣,最后剪了朵花插在苏橙橙头上,把苏橙橙也打扮成了公主。

"御花园"里,丁香、白兰、美人蕉、茉莉开得鲜艳,奶奶将扮成公主的苏橙橙带到花园,笑着说:"公主驾到……"

赵运杰和李宇昊讨论的声音传来,让沉浸在回忆中的苏橙橙回神。

赵运杰说:"我就说嘛,这味道很熟悉,真和美人蕉的花蜜有关。"

李宇昊点头:"我小时候外婆家里有丁香树,开花的时候连做梦都是香的……"

苏橙橙拿起玻璃瓶小样轻嗅香味——都是儿时常见的植物的香味,难怪大家觉得熟悉,会不自觉地想起过去。她举起瓶子,香水透明的液体在白炽灯光下呈现琥珀的色泽。

琥珀?时间?

是啊,时间是有味道的!就像琥珀一样,能重现过去!

苏橙橙茅塞顿开,欣喜地拿起手机,联系堂弟苏文新:"小文子,有事找你帮忙。"

苏橙橙背着包,拿着唐奇的西装走出部门办公区,想顺道去还外套,却见唐奇正要下班,正走向电梯。

苏橙橙边追边压着声音喊:"唐总,唐总!"

唐奇回头,注意到苏橙橙似乎特意打扮过,和早上电梯里没精打采的她很不一样。

"唐总,您的外套。今天早上谢谢您了。"

"没事。"唐奇接过外套,直接穿上。

等电梯的尴尬的静默中,苏橙橙没话找话,试图让关系正常化:"唐总，您也外出办事？"

"嗯。"

唐奇的冷淡让苏橙橙觉得尴尬，但她还是礼貌地说："祝您顺利。"

电梯门开，唐奇走进去，苏橙橙却没有动，她笑着说："突然想起来，我有个东西忘拿了，唐总您先下去吧！"

唐奇一言不发，关上电梯门。

苏橙橙见电梯下行，如释重负地缓缓吐了口气，再次按了下行按钮。

第四十五章
齐心协力

苏橙橙走进糕点店，看见壮硕的苏文新正一口解决掉一个麻薯。

苏文新看到苏橙橙，熟稔地递了一个麻薯过去："刚出炉，试试味道。"

苏橙橙自然而然地张大嘴，也一口一个，吃完不忘嘟囔："好吃！"

"来一打。"她对店员说，随后拿了托盘夹子选购糕点。

"你再试试这个。"苏文新笑笑，拿起另一种糕点喂她。

街边停车场里，唐奇从花店出来，将刚买的一盆茉莉花放进后备箱。他坐进车内，一抬头，便看到对面糕点店内的喂食一幕，两道身影透着亲密。唐奇心里不舒服，神情不悦。

店内，苏橙橙又对店员说："这个也好吃，来一打这个！"

这时，苏橙橙的手机忽然响起，她把夹子自然地递给苏文新，看到来电显示"唐奇"，赶紧接听："唐总？"

"你在哪儿？"

"我在外面工作，唐总有什么事吗？"苏橙橙边打电话，边探着脖子吃了一口苏文新喂的糕点，朝他竖竖大拇指。

"这个要一打。"苏文新边说话，边拿纸巾帮苏橙橙擦掉嘴边沾上的奶油。苏橙橙对他打了个手势，苏文新会意，拿过苏橙橙的托盘，递给店员，让她们一起打包。

看到这一幕，唐奇语气更加不善："你确定你在工作？"

苏橙橙皱眉："确定。"

电话里，唐奇沉默了几秒，挤出两个字："很好。"

电话挂断，苏橙橙纳闷地看手机，嘀咕着："他又怎么了？"

"这是你们要的糕点，欢迎下次光临。"糕点店店员将打包好的几大袋糕点递过来。

"谢谢!"苏橙橙顾不上再多想,和苏文新接过糕点,拎着袋子离开。

苏新文说:"奶奶们肯定很开心,不过……我还是不明白,你们公司的产品和老人能有什么关系?"

"这你就不懂了吧,市场营销有一套方法——讲产品中的故事,卖故事中的产品。"

"姐,你现在挺有文化啊!"

"那是!好好学着点!"

唐奇神情阴郁地看着两人说说笑笑、渐渐远去的身影。

唐奇带着茉莉花盆栽和糕点来到养老院看望秦教授。

"我这是老毛病,过些日子就好了,但你送这么一盆盆栽,可就好得慢喽!"秦教授打开糕点,挑选了一块放进嘴里,露出满足的表情。见唐奇一脸疑惑,秦教授解释:"看望病人都是送切花,哪有人送盆栽啊?我们中国人忌讳'入病扎根'!"

"我觉得盆栽更实用,能一直欣赏,就买了。老师,对不起。"

"你呀!幸亏这糕点选得不错,我留下了,盆栽你待会儿离开时自己带走。"

"好。"唐奇坐下后,拿出试用装香水递过去,"老师,这是我们新研发的香水样品。"

秦教授接过香水,先观察色泽,然后试用,唐奇在一旁紧张地等着老师的点评。

秦教授神情赞许:"前调层次丰富,香味清雅,不容易……怎么做到的?"

唐奇说:"除了香料的选择,还利用分子间作用力,改变了几种易挥发气味分子的挥发时间,营造出层次感。"

秦教授细细感受:"嗯……有似曾相识之感,让人好像回到了过去。视觉记忆最多四个月就会逐渐模糊,嗅觉记忆却永恒不变,熟悉的味道甚至可以唤起海马体内最深刻的记忆。看来,你想制造一款能唤醒记忆的香水。"

"就算白驹过隙,岁月老去,只要记忆在,就可以心香永存。"

秦教授笑着说:"这瓶香水里装着'回不去的时光',应该会很受欢迎。"
"我还没想到怎么呈现这个概念。"

与此同时,养老院活动室内摆满了之前苏橙橙和苏文新购买的糕点,老人们正在谈谈笑笑间品尝。

"这是我们公司新研发的香水,每位女士可以领一小瓶。"笑声之中,苏橙橙热情地给老人们分发香水样品。

王奶奶质疑道:"无缘无故送我们吃的,还给我们香水,不会是找我们买香水吧?"

苏橙橙说:"奶奶,香水是送您试用的,我不要钱,只想和你们聊聊天。"

石奶奶一脸嫌弃的表情:"用这个,我还不如用十几块钱的花露水呢!"

肖奶奶见王奶奶和石奶奶都拒绝,把香水还给了苏橙橙:"小姑娘,你还是送给别人吧。"

石奶奶说:"我们这副老骨头,弄得香喷喷的,不得被人嘲笑'不害臊、老来俏'嘛!"

肖奶奶连连点头:"就是就是,我可没那个老脸用。"

本来有点喜欢香水的老人们听到这话,也不好意思要了,都还给了苏橙橙。

雪上加霜的是,李奶奶想再去拿糕点时,被苏文新认真阻止了:"李奶奶,糕点比较甜,多吃对身体不好。"

老人们觉得无趣,陆续想要离开。苏橙橙见状,赶紧上前阻拦:"各位奶奶,我们一起来玩个游戏,保证很有趣!"

苏文新站在台上,给老人们表演戏剧节目、唱歌,试图安抚众人。

苏橙橙忙着调试王怡带来的仪器,不忘抬头说:"谢谢。"

王怡说:"这有什么好客气的。回头我叫你帮忙的时候,随叫随到就行了。"

"一定!"

石奶奶等得不耐烦,打断苏文新的歌声:"弄好了没有?再不好我们

第四篇 穿越人海拥抱你 365

走了！"

王奶奶也跟着附和："我们这个年纪可没多少时间能浪费了……"

苏橙橙看向台下的老人们，笑着说："好了！"投影屏幕上出现一张石奶奶的照片。

老人们七嘴八舌，议论纷纷。

"这有啥好稀罕的……"

"没意思……"

连石奶奶自己都嫌弃："人就在这里，照片有什么好看的？"

苏橙橙没有反驳，只是在手机上点着什么。屏幕上的石奶奶开始出现细微的变化：皱纹慢慢减少，眼窝逐渐饱满，很快，稀疏的白发也变成了黑发。屏幕下方的年龄词条也在变化：70岁、60岁、50岁、40岁……

议论声渐渐消失，老人们惊讶地看着屏幕。石奶奶惊喜地看着照片中的自己，骄傲地告诉大家："没错没错，我20岁时就长这样！看吧，我没骗你们！那时候我可是纺织厂的一朵花，用现在年轻人的话说，我就是'厂花'。"这话引来一阵善意的笑声。

石奶奶接着伤感地说："唉，那时候条件不好，我又是家里的老大，很少照相，没想到……还能再看到年轻时的自己。"

苏橙橙看了眼苏文新，苏文新把刚打印出来的照片拿过来给石奶奶。石奶奶珍惜地接过，感动地道谢。

苏橙橙问："还有谁想看自己年轻时的样子？"

王奶奶站起来："我也试试，我年轻时样貌也不差。"

其他老奶奶也围了过来："我试试……我也试试……"

苏橙橙逐个使照片上的老奶奶们变得年轻，终于和大家愉快地打成一片。老奶奶们盯着自己年轻时的照片，心绪起伏，也都对老朋友过去的样子或笑或叹。

肖奶奶感激地对苏橙橙说："小姑娘，多谢你了，不然我老太婆一个，都想不起自己还有过这样迷人的时候。"

苏橙橙说："奶奶现在也很迷人！"她随即注意到李奶奶默默从钱夹里掏出一张老照片，遗憾地抚摸着。她走过去，笑着问："李奶奶，能给我看一下吗？"

苏橙橙接过照片，用手机扫描。片刻后，投影屏幕上出现一张结婚照。新娘、新郎穿着时兴的的确良衬衣和裤子，新娘手里拿着茉莉花束，笑得很甜蜜。

知道内情的老人们窃窃私语："她男人对她可好了，可惜年纪轻轻就去世了，她一辈子没再嫁，走到哪里都带着这张照片。"

苏橙橙操作滤镜软件，屏幕上的年轻夫妻开始变化。代表年龄的词条从20、30、40到80……两人从黑发到白发，在照片上携手走完一生。

李奶奶哽咽着说："原来他老了以后长这样，我还以为这辈子都看不到他变成老头子的模样了。"

苏橙橙把两份照片打印出来，一起递给李奶奶。李奶奶珍惜地拿着旧的年轻照片和新的老人照片，流着泪说："我们约好了要一起变老，谢谢！谢谢……"

其他老人也被勾起了伤心事，想起逝去的过往和失去的人，气氛变得沉闷。此时，一阵香味袭来，李奶奶惊讶地抬头张望："这个香味……"

不知道已经站了多久的唐奇拿着茉莉花束走过来，把花递给了李奶奶。李奶奶接过花束，像照片上那样捧着，深深地嗅它的味道，闭着眼睛说："我好像回到了过去。他说没钱给我买戒指，就给我做了一束花……"

苏橙橙问："唐总怎么在这里？"

王怡说："我从公司出来时，正好碰到唐总，和唐总说了我要来养老院。"

苏橙橙惊讶地看着唐奇。其他老奶奶则羡慕地看着李奶奶。

石奶奶说："我喜欢白兰花。以前一到夏天，我们一群小姑娘就会用细线把白兰花穿起来挂在身上，走到哪里都香喷喷的。"

肖奶奶也说："我喜欢丁香花，那时候上夜班，每天下班后我家老头子都骑着自行车来接我，路上黑漆漆的，都是丁香花的味道……"

唐奇将一瓶香水递给石奶奶："奶奶，您试一下这个香水。"

石奶奶别开脸，别扭地说："香水是给年轻人用的，我们都这把年纪了……"

苏橙橙抱着石奶奶的胳膊："爱美的心是不分年龄的，岁月老去，美好的过往却像这些花的香味一样，成为带不走的记忆。年轻人能用，奶奶也能用！"

见石奶奶不再那么抗拒，苏橙橙给石奶奶和肖奶奶喷了点香水。两位老人闻到味道，都露出惊喜的表情："好熟悉！"

肖奶奶开心地说："嗯，像是又回到了老头子载着我回家的路上……"

唐奇被苏橙橙的话触动，情不自禁地凝视着她。她又一次完全说出了他想要传达的想法。

唐奇想起了会议室里，在对美的理解上与他不谋而合的苏渺；想起了实验室里，和他心意相通，同时说出"没有次优，只有最优"的方谨。这一刻，唐奇清晰地感受到，苏渺是苏橙橙，方谨是苏橙橙，一直都是苏橙橙。

苏橙橙笑容开朗赤诚，拿着香水样品装，送给不再拒绝的每位老人。

石奶奶接过香水，说："小姑娘，你之前说送香水给我们，不要钱，只想和我们聊天，你想聊什么？"

李奶奶也对她说："对啊，你想聊什么？我和你聊。"

肖奶奶主动地走过来，对她说："我们这把年纪的人就是话多，只要你不烦，想聊多久都行。"

"谢谢！谢谢……"苏橙橙被老人们围在中间，满脸喜悦。

唐奇看着人群中熠熠生辉的苏橙橙，目光中满是赞赏。

绿草如茵，长椅上，李奶奶目光深情，诉说着悠长回忆。

"我老家院子里种了两株葡萄，爸爸搭了个架子。夏天晚上，我们一家人吃过晚饭后，就会坐在葡萄架下乘凉，整个院子里都是葡萄的清香……"

苏橙橙将老人讲故事的场景拍摄下来，王怡在一旁帮忙。这一天，苏橙橙收获满满。别人都看着镜头前的老奶奶，唐奇却看着专注工作的苏橙橙。

老人的休息时间到了，正好拍摄结束，苏橙橙和王怡开始收拾器材，唐奇也过来帮忙。

一旁抱起两个大收纳箱的苏文新，突然身体僵硬、神色痛苦地说："橙子，橙子……我抽筋了……"

苏橙橙赶紧放下手头的活，把收纳箱拿过去放下："哪里不舒服？"

"大臂……"

苏橙橙帮他按捏抽筋的地方，安慰他："没啥大事，待会儿回去我给你用药油按开了就好……"

唐奇看得醋意翻腾，忍不住走过去，一把抓住了苏橙橙的手。苏橙橙诧异地看向他："唐总？"

唐奇拖着她就走，苏橙橙虽然觉得别扭，但面对唐奇总是气短，竟就这样被拖走了。苏文新看傻了眼，觉得自己产生了幻觉。王怡则淡定地在原地干活。

苏文新结结巴巴地说："你……你看到了吗？"

"看到了……"王怡觉得不好多说同事的八卦，欲言又止。

唐奇走到僻静的树下，放开了苏橙橙的手。苏橙橙一头雾水，小心翼翼地问："唐总，有话好好说，我要是哪里冒犯了您，我一定改！"

唐迟疑地问："那个男的……他喜欢你？"

"你说苏文新？"苏橙橙笑着说，"他当然喜欢我了！"

"你呢，你喜欢他吗？"唐奇紧张地看着苏橙橙。

"我当然也喜欢他！"

唐奇如遭雷击，心一直往下沉。

苏橙橙又说："我可是他姐，能不喜欢他吗？"

"姐？"唐奇反应过来，"苏……他也姓苏？"

苏橙橙笑着说："对啊，苏文新是我堂弟。"

唐奇如释重负，一时间开心又尴尬，表情古怪。苏橙橙却误会了："是真堂弟，绝不是滤镜变的。"说完，还讨好地冲着唐奇笑。

唐奇忍不住也微笑："不要愁老之将至，你老了一定很可爱。"

"啊……过奖，过奖！"苏橙橙没听懂，以为唐奇在夸她。

唐奇说："这是朱生豪对宋清如说的话，很符合今天的主题。"

苏橙橙知道自己误会了，一脸尴尬。唐奇却不在意，接着说："今天早上，看到你和你堂弟在糕点店买糕点，我很不高兴……我以为是因为你上班时间不好好工作，后来才明白是因为我……"

突然，苏橙橙一把抓住唐奇拽向自己，一坨黑黢黢的夹杂着泥土和腐叶的东西从树上掉下，落在唐奇之前站立的地方。

苏橙橙解释："有脏东西从树上掉下来……"苏橙橙要放开唐奇，唐奇却依旧依偎着苏橙橙，他觉得整个世界安静极了，什么声音都消失了，只有自己的心跳声。

咚咚、咚咚、咚咚……

苏橙橙僵硬地站着,尴尬地举着双手,推也不是,不推也不是:"唐总?"

"苏橙橙,你听见了吗?"

"什么?"

"喜欢你的声音。"

苏橙橙五雷轰顶,觉得自己幻听了,震惊地看着唐奇。唐奇情难自已,受蛊惑般地想要吻苏橙橙。眼看就要吻上时,苏橙橙突然一个过肩摔,将唐奇摔在地上。

苏橙橙愤怒地说:"唐奇,我已经道歉了,就算你不想原谅我,你可以开除我,可以……可以打我!我绝对不反抗,随便你惩罚!但你居然……居然……你怎么可以这样戏弄我?"

唐奇挣扎着爬起来,着急地解释:"我不是戏弄你!我是真的喜欢你!"

"你喜欢我?"苏橙橙自嘲地笑了笑,"你喜欢的是苏渺的漂亮外表、方谨的优秀内在!我什么都没有!你喜欢我什么?"

唐奇说:"苏渺、方谨都是你,我已经明白了,不管你变成什么样,我喜欢的都是你!"

"我不会再用滤镜了,你死心吧!"苏橙橙转身就走。

唐奇想追,但因为摔伤行动不便,只能看着她的身影越走越远。

苏橙橙满面怒色,走着走着,表情渐渐变成了悲伤。

苏文新三步并作两步赶上苏橙橙:"姐,你刚和唐总……抱上了吧?不愧是我姐,我看到你主动把人家拉到了怀里。"

苏橙橙装作若无其事的样子:"只是个意外。"

"姐,女追男没问题,但你不能因为人家拒绝你,你就摔他……这要让大伯母知道了,得让大伯摔你。"

苏橙橙震惊:"我被唐奇拒绝?"

"唐总一表人才,我姐的眼光没的说,但感情这种事不能勉强!"

"你也觉得我配不上他?"

苏文新觉得苏橙橙表情不对,尴尬地挠挠头:"姐,姐,我不是这个意思,那个唐总绣花枕头,一个大男人一点不抗摔,配不上我姐!以后我给姐介绍个我们体校的同学，保证耐摔耐打……"

苏橙橙冷笑："你不如扛个沙袋给我做男朋友，最耐摔耐打了！"

"我……我不是那个意思。我是说唐总那样的男人一看就喜欢漂亮温柔的……"

"行了，别越描越黑了！"苏橙橙打开网约车页面叫车。

"姐，你别伤心，是那个唐总没眼光，看不到你的好。"

苏橙橙更加觉得悲哀，但仍然嘴硬："我一点不伤心，你赶紧回去上班吧！"

网约车到，苏橙橙麻利地上了车，苏文新懊恼地在原地打自己的嘴。

回家后，苏橙橙洗完澡，对着镜子吹着头发，眼神放空，渐渐出神。吹风机的声音消失，唐奇的声音在她耳边响起。

"苏橙橙，你听见了吗？"

"什么？"

"喜欢你的声音。"

因为发呆走神，苏橙橙的头皮被热风烫到，她猛然回神，关掉吹风机。抬头看着水雾朦胧的镜子里的自己，苏橙橙的脑海里浮现出一些画面——她满脸啤酒渍，妆容全部花掉，狼狈不堪，唐奇说她很丑。

苏橙橙愤愤地擦去镜子上的水雾，想将回忆打散，可是脑海里的画面却不肯消散——唐奇却要吻她，眼看就要吻上，她忽然一个过肩摔，把唐奇摔倒在地。

唐奇正在家里对着镜子费劲地将膏药贴到摔伤的部位。贴完药膏，他穿好上衣，回到书房。书房里摆着苏渺的画、方谨的照片，还有全胜唐脸上插着飞镖的漫画。唐奇把飞镖拔了出来，温柔地抚平了纸页。

唐奇想了想，给顾屿打了个电话："你那边有苏橙橙的照片吗？"

顾屿刚下班，正走在街头："只有几张部门的集体照，没有单人照。从现在起，除了我女朋友的照片，我手机里的异性照片只能是我妈和我奶奶的。"

唐奇苦笑："还没恭喜你和林嫒。"

顾屿很欣慰:"谢谢。看来你真想通了。"

"嗯……我知道了为什么整个世界只有苏橙橙有颜色,我的心比我的眼睛更早看明白一切。"

唐奇想起从前——灰蒙蒙的世界中,只有坐在餐桌对面笑意盈盈的苏橙橙是彩色的。

顾屿说:"现在看清楚也为时不晚,如果她不肯来你的世界,你就去她的世界。"

唐奇唇角露出柔软的笑:"After all, tomorrow is another day.(毕竟,明天又是新的一天。)"

唐奇挂了电话,收到顾屿发来的照片,是两张部门合照:一张是大家聚会吃饭的照片,另一张是游园会工作间隙的留念照,苏橙橙夹在中间,甚至都没有一个完整的正脸。

唐奇拿起画笔,将记忆中苏橙橙游园会上的样子仔细画下。

第四十六章 穷追不舍

早上，苏橙橙出门，看见唐奇抱着一束花站在车边。

看到苏橙橙，唐奇立即迎了上来，将花递给她："昨天的事，很抱歉，是我太冲动了。"

苏橙橙没有接花："我对你过肩摔也太冲动了，大家扯平。"说罢就要离开。

"我送你去上班吧。"

"谢谢唐总，但我习惯坐地铁上班，再见。"

唐奇抱着花，直接和苏橙橙并肩向前走，引得路人注目。

"我也坐地铁上班。"

苏橙橙看了眼停在路边的车，停下脚步："唐奇，你究竟想做什么？"

"我们之间可能有一些误会。昨天，我的告白不是出于报复或者戏弄，我是真的喜欢你！"

苏橙橙沉默地盯着唐奇，唐奇面露紧张。

"如果我拒绝你，你会让公司辞退我吗？"

"当然不会。"

"唐总，我不喜欢你，请你不要再跟着我了。"苏橙橙看看他手里的花，"也请你不要再做这些引人误会的事。除了工作，希望我们不会再有任何交集。"

唐奇大受打击，沉默不语。苏橙橙转身离开，唐奇难过地看着她远去。

千鸟集公司会议室内，灯光昏暗，投影屏幕上正在播放养老院老奶奶们的视频——

第四篇 穿越人海拥抱你　373

"我老家院子里种了两株葡萄，爸爸搭了个架子。夏天晚上，我们一家人吃过晚饭后，就会坐在葡萄架下乘凉，整个院子里都是葡萄的清香……"

"我好像回到了过去。他说没钱给我买戒指，就给我做了一束花……"

苏橙橙暂停视频，屏幕上是定格的老奶奶们的笑脸。灯光恢复正常，会议室内，众人均是被触动的神情，各有所思。

"一段香味，不仅仅是当下，也是过去。生命中的美好不应该随着时间凋零，而是应该随着时间流逝变得越发珍贵。我建议，这次香水'白驹'的代言人，不仅要有年轻人，还要有老年人。"苏橙橙说。

众人闻言皆感意外，只有唐奇和王怡神情了然。

"老年代言人？这也太大胆了！"

"国外时尚圈是有前例，但……太冒险了！"

周锦礼打断大家的议论，问苏橙橙："老年代言人的年龄具体是多大？"

"六七十岁，不要整容脸，要有时光留下的痕迹。"

"方案很大胆，但引入老年代言人，会不会让年轻人认为我们的香水不够时尚？"

顾屿翻看策划案："你的策划案里建议请20代、40代、60代三代代言人，会不会造成香水定位混乱，营销重点模糊？"

苏橙橙说："三代代言人才能真正诠释我们香水的含义——白驹过隙，岁月留香。"

周锦礼迟疑地说："你说的都很有道理，但是……"

唐奇忽然说："我支持苏橙橙的方案。"

唐奇从一摞文件中拿了两份，递给周锦礼和顾屿，又把剩下的文件递给王怡，让大家各自传递、翻阅。

"近年来，'时尚''美'相关的消费品在中老年群体中蓬勃兴起，已经成为消费热点。2020年4月，中老年化妆品在淘宝的销售额达到1523万，相比10个月前的销售额实现翻倍增长；京东的消费趋势报告也显示，2022年前8个月，'银发族'的成交单量是2018年的3倍。香水跟时尚一样，不应该设定年龄限制，时尚界可以将'奶奶的衣服'带上世界秀场，我们为什么不能将'记忆的香味'带给更多的受众？"

众人看到翔实的数据，似乎被说服。

周锦礼问:"60代的代言人,有人选吗?"

苏橙橙按下遥控器,屏幕上出现了一张惊艳但年久的黑白照片:"白明珠,上世纪八九十年代家喻户晓的女演员,曾红极一时,凭借出色的演技,拿遍国内国际大奖。"再按一下,屏幕上出现了白明珠年轻时的电影剧照、中年时的获奖照片,还有老年时走秀的照片,"去年的米兰时装周,白明珠以模特身份出现,艳惊四座。白明珠生活低调、工作敬业,作品之外,很少有私生活曝光,神秘又美丽,非常适合诠释白驹香水。"

顾屿说:"白明珠很难请,你还有备选方案吗?"

苏橙橙抱歉地笑了笑:"没有次优,只有最优。"

唐奇想起"方谨"和他也说过类似的话,不禁笑了笑。

周锦礼和顾屿对视一眼,同意地点点头。顾屿做了决定:"这次白驹香水的营销推广就交给苏橙橙负责。"

苏橙橙惊喜地笑了,王怡也投去赞许的目光。

周锦礼提醒苏橙橙:"别高兴太早,三天内要是联系不上白老师,我们就拿掉老年代言人这个概念。"

会议结束后,市场部的同事们联系不上白明珠的团队,也无法打听到她的行程。大家只打听到,她近期不接任何商务活动。所有人都一筹莫展,因为周锦礼和顾屿只给了他们三天时间。

中午休息时,苏橙橙路过走廊,唐奇挡在苏橙橙面前。苏橙橙不耐烦地回避了他的目光,看向路过的同事,压着声音说:"唐总,我正忙着呢。除了工作,我们之间没什么可说的!"

说罢,苏橙橙要走,唐奇拉住她:"我找你就是为了工作上的事——我约了白明珠的孙女见面。"

苏橙橙惊讶:"白老师有孩子?"

唐奇说:"出道前就离婚了,很多人不知道白老师有个儿子。"

苏橙橙二话不说就离开了。唐奇黯然,可不一会儿,苏橙橙拿着包匆匆出来:"走吧!"

唐奇由悲转喜,却克制住了,没有表现出来。

唐奇带着苏橙橙来到射箭馆内,一个扎着头发、穿着修身运动服的飒爽女孩正在射箭。一箭发动，直中十环，引来周围人的掌声和喝彩声。

苏橙橙和唐奇站在人群中围观。苏橙橙问："她就是白明珠老师的孙女？"

"江喜珍。白老师的儿子随父亲长大，在白老师的有意保护下，外界一直不知道白老师不但有儿子，有孙女，还感情很好。"

江喜珍朝两人走来，边走边解开头绳甩了甩头发，美得像是在发光。苏橙橙在心里默默赞叹：容貌漂亮，身形矫健，简直就是苏渺和全胜唐的结合体！

江喜珍微笑着走近，唐奇给两人做介绍："江小姐，这是我们市场部的同事苏橙橙。"

"苏橙橙，你好，我是江喜珍。"江喜珍主动与她握手。

苏橙橙紧张地伸出手："你好。"

江喜珍感受到她的紧张，笑着抬起手，轻轻地对着苏橙橙的大拇指吹了一口气。

苏橙橙下意识地抽回手，江喜珍笑着说："不好意思，唐突了。控制心率的交感神经可以通过呼吸调节，吹大拇指能平缓心跳，缓解紧张。"

唐奇了然，解释道："江小姐是神经生物学博士。"

苏橙橙爽朗地笑笑，出言赞美："谢谢。我第一次见到你这么完美的女生，有点紧张。"

江喜珍却说："第一次？苏橙橙，你不记得我啦？我们在高中可是同一届的。"

苏橙橙一脸茫然。

"你不记得也正常，我只读了一学期就转学了。高一的时候，我偷藏了唐学长的照片，你想要没收我的照片，还跟我说'时间要用在学习上，北大不比唐奇好吗'。"

苏橙橙想起来了。读书时，她为了让唐奇能认真学习，经常"正义地"没收女生们写给唐奇的情书。她也没收过江喜珍的粉红色信封，但她的信封里没有情书，只有一张唐奇的照片。

苏橙橙一阵尴尬，不想承认这件事，试图装失忆掩饰过去："有这事吗？我……我不记得了。"

唐奇这才知道自己当年误会了苏橙橙："我那时以为你在欺负人。"

被误会的苏橙橙很郁闷："我是欺负人的人吗？"

江喜珍表示不满："橙橙怎么会欺负人？你这误会也太离谱了。"

唐奇紧张地道歉："对不起，是我误会你了！"

江喜珍看出唐奇和苏橙橙之间有猫腻，笑着说："唐学长，你知不知道当年你很受欢迎？"

苏橙橙打断她的话："江小姐，我们还是说正事吧！"

三人一边聊天，一边走到空荡荡的休息区。

江喜珍说："不好意思，我待会儿还有比赛，咱们就在这里聊吧！"

苏橙橙客气地说："你愿意见我们，我们已经很感谢了。"

江喜珍却说："苏橙橙，你可是我最想见的人。这些年，我经常想起你，今天能见到你，我特别开心。"

唐奇看到江喜珍对苏橙橙的热情，觉得自己被"排挤"了。江喜珍拉开椅子坐下，苏橙橙顺手去拉旁边的椅子，唐奇却抢先一步，挤到两人中间坐下。苏橙橙愣了愣，见唐奇神色自然，只好在稍远的位置坐下。江喜珍饶有兴味地看着两人的互动。

苏橙橙从包里拿出文件，将策划案递给江喜珍："江小姐，你先看看，这是我们的策划案。"

江喜珍故作不悦："苏橙橙，你变了！"苏橙橙一脸无奈，江喜珍戏精上身，故作可怜地叹气，"时光改变了一切，都回不去了吗？"

苏橙橙只好重新拿出大姐大的派头："江喜珍，看文件！"

江喜珍笑着开始看策划案，说："这个策划案我很喜欢，但……新品牌想要打动奶奶，可不容易！如果只有这个，即使有我帮忙，也很难！"

唐奇问："白老师看重什么？"

"我奶奶奖项有，声誉有，钱也有。她经常说她这个年龄了，时光有限，只愿意和喜欢的人相处，做自己喜欢的事。"

唐奇说："白驹过隙，岁月留香，这也是'白驹'的寓意。"

苏橙橙突然异想天开地插嘴："白老师有没有什么念念不忘的记忆呢？"

"念念不忘……"江喜珍突然想到什么，从手机相册里点开一张扫描下来的老照片，"我奶奶很珍视这张照片，可惜被我不小心弄坏了。虽然奶奶什么都没说，但我知道她很舍不得，我特意把照片扫描成电子版请人修复，但都没有成功。"

苏橙橙和唐奇接过手机，照片上是少女白明珠和几人的合影，每人手上都捧着一本诗集，胸前是校徽。好巧不巧，照片上所有的人脸都经损毁而模糊了。

江喜珍指着一个看不清脸的少女，说："这是我奶奶。"

苏橙橙看着照片上的图案，说："校徽图案有点眼熟，像是一棵树……"

唐奇说："是常青藤。实验中学还是联大附中时，校徽用的就是这个图案。她们手里拿的是同一本诗集，应该是参加学校活动时留下的影像，说不定学校有资料照片。"

江喜珍很惊喜："如果能找到这张照片，奶奶肯定会很感动。"

苏橙橙说："我们现在就去找，找到后第一时间联系你。"

江喜珍感激地说："谢谢你们，如果不是有比赛，我肯定和你们一起去。"

"你把老照片用微信发我，不管找没找到，我都会及时告诉你。"苏橙橙行动力超强，收拾好东西就起身想走。唐奇默契地帮忙。两人之间透出长期磨合后的默契，而且明显是唐奇主动，苏橙橙被动。

江喜珍看着两人，露出了然的笑意："唐学长有女朋友了吗？"

唐奇一怔，下意识地看苏橙橙，苏橙橙莫名紧张了一下。

"没有。"

江喜珍将一张叠成爱心的纸巾递给唐奇："这是我当年被苏橙橙劝阻的心意，今天我想再送一次。"

唐奇愣住了。苏橙橙看看集合了苏渺、方谨、全胜唐优点的江喜珍，心里难过，却强装出笑意："你们聊，我先走了……"

唐奇一把抓住了苏橙橙的手，对江喜珍严肃地说明："我是还没有女朋友，但我有喜欢的人了。"

苏橙橙心头滋味复杂，她愣了一下，突然反应过来，用力甩开了唐奇的手。

江喜珍看着这一幕，收回叠成爱心的纸巾，爽朗地笑了："唐学长，加油啊。"

下午放学时间，穿着校服、背着书包的学生们三三两两走出校门。苏橙橙和唐奇也穿着校服、背着书包，出现在校门口。

苏橙橙不情不愿地说："我们是办正事，直接联系校领导放我们进去不就行了？"

唐奇提醒："周总只给了你三天时间，准确地说只剩下两天了。找校领导申请，再等批准，你有足够的时间吗？"

苏橙橙无奈地沉默了，和唐奇一起走进校门。在人流中，两人立即引起了保安大叔的注意："这两位同学长得有点老啊！"

两人做贼心虚，唐奇赶紧拉着苏橙橙加快脚步。保安大叔看着两人的背影，表情犹疑。

唐奇和苏橙橙来到图书馆，学渣苏橙橙一脸茫然，面对浩瀚的书海，根本不知道从何入手。

"那边。"唐奇熟门熟路地领她到"实验中学读书会百年历史"的书架，指着有"75/76/77/78级"标记的架子，边查看照片边说，"照片上的信息显示，白老师当时参加的活动应该是读书会，按照白老师的年纪推测，读书会应该是这几个年份的。"

唐奇把符合年份的书册从架子上取下。两人抱着一大摞资料在靠窗的位置坐下。

苏橙橙从书包里拿出四个核桃，"咔嚓"一声捏碎，递给唐奇："特意带的，干活之前补个脑。"

唐奇面露诧异，回忆起过往。他意识到自己误会了苏橙橙，震惊地确认："你当年捏碎核桃给我，是想给我吃？"

苏橙橙一愣，神情尴尬："你不要多想，我这人喜欢分享，不管对面坐着谁，我都会给他吃的。"

唐奇懊恼："当年，我以为你捏碎核桃是在威胁，警告我不要坐这里了……"

苏橙橙也明白自己误会了唐奇："你当年不是嫌我丑才逃走的，你以为我是想让你滚？"

唐奇点头："抱歉，我误会你了。"

唐奇一脸珍惜地去接核桃，苏橙橙却忽然收回手，故作生气："我的东西你也敢吃？"

唐奇赶紧把核桃抢过来："我都敢喜欢你，吃个核桃有什么不敢？"

苏橙橙僵了下，脸瞬间红了，当即把资料立起来挡住脸："时间有限，别胡说八道了，赶紧干活！"

唐奇甜滋滋地吃着核桃，翻阅起了资料。

苏橙橙认真地对着手机里的照片翻找着。夕阳斜映，落在她的侧脸上，唐奇一抬头，正好看到这一幕，有点愣神。四周一片安静，耳边只剩哗啦哗啦的翻书声。

苏橙橙抬头，唐奇立刻慌忙地收回目光，假装认真翻找。

苏橙橙看着唐奇。白驹过隙，在这里读书的十几岁少年和眼前认真翻阅资料的男子重合；岁月留香，曾经以为永远可望而不可即的人，如今却和自己坐在一起分享着核桃。

苏橙橙笑了笑，拿起一小块核桃，塞进嘴里，继续翻资料。唐奇也笑了笑，拿起一小块核桃，塞进嘴里。

第四十七章
表明心迹

苏橙橙和唐奇并肩走在操场上。苏橙橙说:"这次谢谢你了。"

唐奇笑了笑,期待地看着她:"你打算怎么谢?"

苏橙橙愣了愣,幸亏手机响起,替她解了围。

手机上是江喜珍的回复:谢谢你们,今晚一起吃顿饭吧!

"江喜珍约我们今晚吃饭。"苏橙橙说。

这时,不远处传来保安大叔的声音:"终于找到了。哎,你们两个!老黄瓜刷绿漆装嫩,还以为能骗过我的眼睛吗……"

保安大叔冲他们跑过来,好学生唐奇显然没经验,而差生苏橙橙经验老到:"跑!"说罢拔腿就跑,唐奇赶紧追上。

"你们别跑!绿漆老黄瓜,给我站住……"

夕阳映照的操场上,两人一前一后地飞奔,唐奇出神地看着苏橙橙的背影,想起年少时的回忆——

也是黄昏,少年唐奇在跑步,身姿矫健,超越了一个个同学,只有苏橙橙一直跟着他,不管他如何拼命加速,她都与他保持同样的距离。他跑得气喘吁吁,她却轻轻松松。

唐奇被苏橙橙半追半逼得实在跑不动了,只能气喘吁吁地停下。两个女生拿着饮料,带着笑容从远处走过来。苏橙橙立即炫耀地向前冲刺,轻松超越了他,随后从那两个女生手里接过饮料,边笑边和朋友分享。

唐奇想起这段回忆,忽然明白,从前的苏橙橙喜欢他,所以才追着他跑。想到这里,他忽然打了鸡血一般地拼命去追赶苏橙橙。

保安大叔上气不接下气地追上来:"站住!两个老黄瓜跑得还挺快……"

第四篇 穿越人海拥抱你

苏橙橙干脆拉起唐奇一起跑，唐奇看着牵着的手，既紧张又甜蜜，一路上心怦怦直跳。

忽然，前方岔路出现了其他两个保安的身影。他们一人堵住一条道，一直追着他们的保安大叔也正从后方追上来，唐奇和苏橙橙无处可逃。

"以为我抓不住你们吗?！我们和调皮捣蛋的学生斗了多少年了，还收拾不了你们两个！"

三个保安将两人团团围住，然而看到的却是少年版的苏橙橙和唐奇，绝对是嫩得不能再嫩的"翠黄瓜"。

"怎么回事？两个水灵灵的小黄瓜嘛！哪里刷绿漆装嫩了？"

"看花眼了！看花眼了！"保安大叔对苏橙橙和唐奇吼道，"那你们跑什么跑啊？"

苏橙橙委屈地说："快下雨了。"

保安大叔还不了口，只能摆摆手放他们离开："赶紧回家去！"

苏橙橙在自动贩卖机上买了两瓶可乐，递给唐奇一瓶。唐奇接过可乐却没喝，问："苏橙橙，你以前是不是喜欢我？"

面对唐奇亮晶晶的眼神，苏橙橙手一抖，饮料滚到地上。她借着捡饮料掩饰情绪："我是喜欢过你，那又怎样？谁没有过年少不懂事的时候？"

"我也喜欢你！"

苏橙橙说："喜欢我？你不嫌我丑了？"

"我嫌……你丑……"唐奇拿起手中的可乐用力摇晃，然后突然打开，将自己喷了满脸泡沫。苏橙橙目瞪口呆。

唐奇指着自己的脸："对不起，我拍那张照片不是说你丑，是指你化妆品稳定性不好，你的妆容很丑。"

"你不是骂我丑?！"

"我喜欢苏渺、方谨，不是因为她们的外在，是因为她们都拥有你的美好性格、善良、阳光、乐观、努力……"

苏橙橙忽然被夸奖，脸一红，不知所措："行了，你别说了，我哪有你说的那么好？"

"不管你变成什么样，我的心都一次又一次告诉我它喜欢你，我却眼瞎，一次又一次被外在迷惑，看不清楚真相。对不起，我让你失望了。"唐奇紧张而羞涩，"你……你还能再喜欢我一次吗？"

四目相对，唐奇的心脏怦怦直跳，苏橙橙也觉得心脏都快跳出胸腔了，两个爱情菜鸟一个比一个紧张。

突然，保安大叔的声音不合时宜地响起："哎，你们两个……就你们两个……"

苏橙橙只能急忙按下滤镜按钮，她和唐奇又变成了少年模样。

"你们两个怎么还在这里？要下雨了，赶紧回家去！"

唐奇说："我们马上就走。"

保安大叔刚转身，天空传来一声惊雷，滤镜失控。

苏橙橙的脸闪烁不定，一瞬青年一瞬少年，与此同时，少年唐奇也变回了青年唐奇。

有个学生经过，苏橙橙还没来得及反应，唐奇忽然一把将她拉进怀里。苏橙橙条件反射地挣扎，唐奇提醒她："别动，你的脸在闪烁。"苏橙橙闻言，不敢再动。

雨点噼啪，保安大叔担心地回头看苏橙橙和唐奇。唐奇反应迅速，脱下外套盖在他和苏橙橙头上，两人的脸被挡住，保安大叔只能看到男生撑着校服外套，和女生往建筑物的方向跑。

"年轻人哪！"保安大叔笑着离开了。

冲到遮蔽处，苏橙橙蜷缩着蹲下，头上盖着校服。她掏出小镜子看自己：她的脸好似在做时光旅行，在少年苏橙橙、青年苏橙橙、老年苏橙橙之间变换，一会儿豆蔻年华，一会儿青丝染霜。

苏橙橙收起镜子，自嘲道："这次倒都是我，但是是不同年龄的我。"

唐奇笑着宽慰她："原来你老了也很可爱。"

"你别笑，等滤镜恢复，小心我把你变成个老头！"

雷声中，雨势越来越大，几个学生脚步匆匆地经过他们，苏橙橙往校服底下缩了缩头。

"别紧张，就算他们过来了，我也不会让他们看到你。"

苏橙橙小声问："你……不怕我吗？"

"我为什么要怕？"

又有人经过，苏橙橙吓得瑟缩，说："我现在就像一个凡人得到了天上的法宝，却一次又一次贪心地使用它，最后变成了一只不敢见人的妖怪。我从小就羡慕我姐长得漂亮，觉得自己长得不好看，骨子里，我一直不敢面对真实的自己。我压根没有你说的那么好。"

"我们每个人都不完美，你有你的缺点，我也有我的缺点。滤镜只是改变了你的外表，没有改变你的内在，我喜欢的是不完美的你，也谢谢你愿意喜欢不完美的我。"

苏橙橙瞪着他："谁喜欢你了？"

"你！"

唐奇看向下方，苏橙橙顺着唐奇的目光看到，原来她在不自觉中紧紧地握着唐奇的手。羞恼之间，苏橙橙急忙要放手，唐奇却反手握紧了。苏橙橙半推半就，最终不再挣扎。

"我情商低、嘴巴笨，工作上严苛偏执，同事都不愿意亲近我，我的眼睛还有基因缺陷，你愿意喜欢、接纳这样的我吗？"

苏橙橙突然笑了："我愿意。你……你愿意喜欢、接纳这样的我吗？"苏橙橙问话时，脸依旧在变换，在阴沉沉的雨幕中显得有点可怕。

唐奇紧紧地抱住了她："我愿意。"

天地晦暗，大雨倾盆，身影相拥。

苏橙橙的脸仍在变换，从十几岁到六十多岁，似乎风雨中，悠悠天地之间，两人已经白头偕老。

雨势减小，苏橙橙搭唐奇的车离开学校。

很不巧，因为滤镜升级，苏橙橙的脸卡在老年状态。她沮丧地看着滤镜的虚拟控制面板显示的升级进度：15%。

唐奇好奇地问："滤镜有虚拟控制面板？"

"嗯，我想要什么效果，都可以通过控制面板控制。"

"每次打雷就会升级？"

"不是，升级没什么规律，来得突然，去得也突然，只不过每次碰到打雷，滤镜会不稳定。"

"现在不打雷了，你的脸还会变吗？"

苏橙橙已经接受现实，神色平静地说："滤镜升级期间不会变了，但脸会卡住，要等升级完才能恢复正常。"

唐奇看着她的脸，终于明白："难怪你以前要请病假在家办公。"

苏橙橙不好意思地低下头。

微信提示音响，是江喜珍的消息：不好意思，下雨天有点堵车，我要迟到十五分钟左右。

看完消息，苏橙橙提醒唐奇："江喜珍说要迟到一会儿。要不你一个人去见她吧，我在车上等你们。"

"这可是你负责的第一个项目……"

"我现在这样子去见她，能行吗？"

唐奇给她加油打气："我们一起，遇到问题打配合。"

苏橙橙安心地笑了笑："好。"

唐奇开车带着老年苏橙橙来到与江喜珍约定的餐厅。

江喜珍进来，唐奇和苏橙橙都站起来迎接。江喜珍看到老年苏橙橙，很意外："唐学长，这位是你奶奶？"

唐奇说："不是。"

苏橙橙说："是。"

两人同时开口，江喜珍听见不一样的回答，面露诧异。两人对视一眼，老年苏橙橙赶紧补救："我是苏橙橙的奶奶，是你奶奶的忠实影迷。橙橙闹肚子来不了，我就凑个热闹跟了过来，请你不要介意。"

江喜珍笑着说："只是老朋友吃顿便饭，您又是橙橙的奶奶，我高兴还来不及呢！"

服务员送来菜单："请问要吃些什么？"

江喜珍恭敬地将菜单递给老年苏橙橙："奶奶您想吃什么？您先点。"

苏橙橙刻意扮老，笑着说："没事，老年人嘛，不太懂点菜，你们年轻人来。"

唐奇示意江喜珍来。江喜珍照顾老年人口味，斟酌着说："要个八宝鸭、上汤娃娃菜、清蒸鲈鱼、素炒鸡毛菜……我们三个人，就先这些吧！"

这时，隔壁桌上了一盘剁椒鱼头，苏橙橙嘴馋。唐奇看出来了，拦住正要转身离开的服务员："我再点点菜。"服务员将菜单递给他，唐奇按照苏橙橙的口味多添了几道菜。

点完菜，唐奇绅士地为两人添茶，问："白老师看过照片了吗？"

"奶奶看过照片了，很感动，也看了你们的策划案，觉得挺有意思，不过工作的事，她很慎重，还需要产品的质检报告。"

唐奇将一份文件递过去："这是 CMA 质检报告。"

江喜珍接过文件："我会转交给奶奶。我试用过你们的香水了，很喜欢。只要产品没问题，我会努力说服奶奶。"

苏橙橙高兴地说："谢谢。"

江喜珍笑了笑："奶奶很关心孙女的事业啊！"

"我是橙橙的事业粉。"

江喜珍被逗笑了。

服务员陆续上菜。剁椒鱼头、麻辣鸭头等食物上桌，红彤彤、火辣辣。江喜珍看得咋舌："唐学长，你口味变化还挺大的，我记得你以前喜欢吃清淡的。"

话音刚落，唐奇被一块鸭肉辣到咳嗽，苏橙橙赶紧给他递水。唐奇说："这些是橙橙喜欢的，我也想尝尝。"

"哇……"江喜珍善意地笑。

苏橙橙美滋滋地夹了一筷子唐奇特意为她点的菜。

江喜珍惊讶："奶奶能吃这么辣吗？"

苏橙橙说："能吃！橙橙就是随我，胃口好，荤素不忌，吃什么都香。"

"奶奶，您知道橙橙喜欢什么样的男生吗？"

苏橙橙和唐奇对视一眼后，飞快移开视线："橙橙她应该喜欢聪明、认真、有责任感的……"

唐奇不禁笑了。

"这不是唐学长嘛！加油哦，学长！祝你早日追到苏橙橙！"

唐奇看了眼老年苏橙橙："谢谢，已经追到了。"

江喜珍惊喜地笑了，抬手倒酒："那今天这杯酒你是一定要喝的，恭喜恭喜！"

唐奇拿起酒杯正要喝，苏橙橙抢过唐奇手里的酒杯，说："他待会儿要开车，这杯我代他喝了。"

苏橙橙豪迈地一口干，唐奇笑容灿烂。江喜珍震惊之余，满眼佩服："奶奶好酒量！"

吃过饭，唐奇开车送苏橙橙回家。

滤镜控制面板显示升级进度：21%。苏橙橙开心地告诉唐奇："滤镜这次的升级速度好快，照这样，明早就升级完成了，明天不用请假了！"

唐奇红着脸，问："今晚你住哪里？"

苏橙橙理所当然地说："林媛家啊！"

唐奇含蓄地提醒："这里离我家近，林媛家不顺路。"

"你想让我……去你家？"

唐奇郑重其事地说："以前滤镜出问题，你都是藏在林媛家，现在我也能成为你的避风港。"

苏橙橙心里紧张，却强装镇定："可以啊，又不是没去你家住过。"

唐奇愣了下，想起过往。但在他的记忆中，住过他家的人是苏渺和羊驼，不是苏橙橙。

与此同时，苏家客厅内，林媛刚吃完晚饭，乖乖坐着。苏妈妈提着两个装着饭盒的袋子，放到餐桌上，交代林媛："待会儿走的时候记得带上。"林媛闻言甜甜地应下。

苏爸爸端着水果盘出来，慈爱地递给林媛："青梨和橙橙天天不着家，一个比一个忙，幸亏还有媛媛陪我们，要不然我们烧了菜都没人吃。"

林媛接过水果，笑着说："我最爱吃叔叔做的菜了。"

苏爸爸和苏妈妈对了个眼神，顺势坐到林媛身边。苏妈妈循循善诱："先前给你打电话，听到男人说话的声音，叫你'媛媛'，是谁啊？"

林媛既尴尬，又甜蜜，简短地回答："顾屿。"

等下文没等到，苏爸爸叉起一块蜜瓜喂给林媛："来，吃块蜜瓜。你是不是谈恋爱了？"

林媛刚吃了蜜瓜，又要面对苏妈妈递来的草莓："来，吃个草莓。男孩子多大了？哪里人？做什么的？"

林媛夹在中间，不知如何是好，可怜兮兮。突然，微信提示音响了，苏爸爸拿起手机。林媛暗自松了口气。是苏橙橙发来信息：爸，我今晚在林媛家睡，就不回去了。

苏爸爸诧异地看林媛："媛媛，橙橙说她今晚去你家睡。"

林媛反应过来，帮忙打掩护："啊，对对！我们约好了，我正打算吃完水果就回去。"

话音刚落，林媛的手机也响了，是苏橙橙发来的信息：我今晚在唐奇家住，爸妈那边你记得统一口径啊！

林媛抬头一看，苏爸爸和苏妈妈一起探着脑袋盯着她的手机屏幕。

苏爸爸和苏妈妈惊讶对视，异口同声："橙橙的领导？唐奇？"

苏青梨刚下班，走进客厅，听到后半句，随口问："唐奇怎么了？"

苏妈妈兴奋地说："橙橙今晚在唐奇家住！"

苏青梨震惊地说："什么？！"

苏爸爸催促林媛："媛媛，你赶紧问问情况。"

"叔叔、阿姨，这不大好吧……"林媛看看苏爸爸，看看苏妈妈，不想屈服，可看到苏青梨的眼神，立即怕了，只能给苏橙橙发消息：你和唐奇什么情况？什么时候关系好到晚上能住一起了？

苏橙橙回复语音信息："我们在一起了。别脑补，我们是各自一个屋，各睡各的！具体情况我晚点再跟你说，你先保密啊！"

听完消息，全家人都震惊了。

"老苏，橙橙的意思是……她和那个小唐谈恋爱了吧？"苏妈妈呆呆地看着苏爸爸。

苏爸爸笑着说："这都说了'我们在一起了'，那肯定是谈恋爱了。"

"各自一个屋，还算知道分寸。"苏妈妈说完，又看向苏青梨，"青梨，唐奇不是你同学吗？小伙子长得倒行，性格怎么样？"

苏青梨回答："性格就正常人呗，有缺点，有优点！"

苏爸爸催促："媛媛，你快问问她什么时候带唐奇来见我们？"

林媛表情尴尬："可是，橙橙让我瞒着你们。"

苏青梨帮忙解围："爸、妈，你们先别着急，这才哪儿到哪儿啊，就算他们俩恋爱了，这感情也还不稳定呢。"

苏妈妈瞪着苏爸爸："老苏你也太猴急了，年轻人谈恋爱要给空间。"

苏爸爸乐呵呵地拿起手机，说："没错没错，我现在就给她发消息，假装不知道。"

发完微信,苏爸爸和苏妈妈一致看向林嫒。苏爸爸说:"嫒嫒,就当我们不知道,大家要统一口径哦。"

林嫒求助地看向苏青梨,苏青梨表示爱莫能助:"你就当回双面间谍吧!"

林嫒看看苏爸爸,看看苏妈妈,苏妈妈伸出小拇指。在苏爸爸和苏妈妈左右夹击的殷切目光中,林嫒只能哭丧着脸点头,勾住苏妈妈的手指。

顾屿从苏家楼下开车送林嫒回了家。车停在林嫒家门口,林嫒下车后,顾屿也下了车,他从车后座拎出两个袋子,里面装着透明饭盒。顾屿问:"这都是苏橙橙的爸妈给你做的?"

"嗯,我不会做饭,虽然有阿姨,可他们还是担心我吃不好,隔三岔五地叫我去吃饭,还会包好馄饨,做一些肉丸、鱼糕,让我冻在冰箱里,想吃的时候随便弄弄就能吃。"

顾屿为林嫒开心:"他们这是把你当女儿养了。"

林嫒走到门口,停下了脚步,面色有点凝重。她试探着问:"你介意……害怕见家长吗?"

顾屿会错意,说:"你要不想见家长,就不用见,和我谈恋爱的是你,又不是我妈,你不用太在意长辈。"

林嫒欲言又止,脸色越发凝重。顾屿这个人精看看自己手里拎的东西,回过味来:"你的意思是……要我见你的家长?"

林嫒点头:"叔叔阿姨把我当家里的第三个女儿,他们老觉得我既没有大姐青梨的脑子,又没有二姐橙橙的力气,担心我吃亏,肯定要见见你,才能放心。"

顾屿既开心又紧张:"我不害怕见家长,不过……什么时候?我要准备什么?叔叔厨艺好像很好,要不我先去报个厨艺培训班?"

林嫒想笑,觉得新鲜有趣,问道:"你是在紧张吗?"

"有点。"

林嫒笑着安慰他:"现在有橙橙吸引火力,咱们暂时没事。"

顾屿好奇:"苏橙橙又做什么了?"

第四篇 穿越人海拥抱你

苏橙橙啥也没做。

直到晚上睡觉之前，苏橙橙才看到苏爸爸发来的信息：橙橙，你在媛媛家好好休息，不用急着回家啊。苏橙橙莫名其妙地看着手机——她也没着急回家啊！

敲门声响起，苏橙橙立刻躺下，拉高被子，连头带脸都盖上："进来。"

唐奇推开门，见苏橙橙闷在被子里，将牛奶托盘放在了床头："给你热了杯牛奶，有助睡眠。"

"谢谢，你放着就好。"

"早点休息。"唐奇退出房间。

房门关上，苏橙橙拉开被子起来，拿起牛奶，发现托盘上还放着一张画稿：游园会上，她穿着汉服，笑容灿烂。

书房里，唐奇正将被光晕模糊了五官的苏渺的画像描成苏橙橙。他的手机忽然响了，是苏橙橙发来的微信：你什么时候画的？

唐奇编辑信息：发现我喜欢你的时候，发现我的手机里竟然没有你的相片，就自己画了。

苏橙橙看到信息，笑容甜蜜：我好喜欢游园会的装扮，可那天太忙了，都没来得及照相，谢谢。

唐奇笑着回信息：以后可以画我们俩在一起的画。

苏橙橙发了一张期待的表情包。

两人都盯着手机屏幕傻傻地、甜甜地笑着。

清晨，一缕阳光洒到苏橙橙枕畔。

苏橙橙看着枕边的游园画，笑容甜蜜。她试探着打开手镯的控制面板，发现滤镜居然已经升级成功，她立即翻身下床，来到卫生间，高兴地发现镜子里是自己的脸。今天终于不用请假了！

苏橙橙这才安心地仔细查看滤镜，虚拟控制面板再次更新，有了新功能。"内心弹幕，什么意思？"苏橙橙好奇地点击相应模块，对着镜子左看右看，发现自己全身上下毫无变化，"这个功能好像没什么用啊！"

刷牙洗脸结束，苏橙橙来到餐厅，看到唐奇正在布置早餐，场景仿佛一幅精美的油画。唐奇觉察，看了过来，忽然盯着苏橙橙的头顶愣住了。

苏橙橙脑袋上的气泡文字框显示弹幕：唐奇怎么这么好看……(-^▽^-)

紧接着，新的弹幕跳出来：他一直盯着我干吗？该不会是想抱我吧？

苏橙橙心里浮想联翩，表面却一本正经："滤镜升级完了，有个新功能，叫什么内心弹幕，我试了试，没有任何反应。"

唐奇看着她头顶，了然，忽然笑着上前，轻轻抱了苏橙橙一下。

苏橙橙愣住了，而伴随着礼花特效的弹幕出现：他想果然抱我，接下来该不会还要再来一个早安吻吧？

"早安。"苏橙橙有些慌乱，心跳加速，呼吸也变得急促。

唐奇看看她头上跳动的文字，忍住笑意，温柔地说："早安。"

苏橙橙忍住开心，故意装作嫌弃的样子："大清早，你就这么腻歪，没想到你是这样的唐奇啊！"

与此同时，弹幕却显示：好温暖的抱抱哦，好喜欢。

唐奇解释："你的脸没事了，我为你高兴，没忍住抱了你。"

苏橙橙害羞地移开目光，瞄了一眼桌上的早餐："你做的？看上去很好吃。"

唐奇拿起三明治喂到她嘴边："尝尝？"

苏橙橙咬下一口，弹幕更新：啊啊啊——唐奇喂我吃！那我要不要也喂他啊？

唐奇忍不住笑，放下三明治，期待地看着苏橙橙，眼神闪亮："你不喂我吗？"

"你认真的？"

"嗯，礼尚往来嘛！"

弹幕：唐奇也会撒娇呀，哈哈哈，好可爱!!!

苏橙橙拿起三明治喂到唐奇嘴边，唐奇张嘴，苏橙橙忽然笑着将三明治塞回自己嘴里："抢着吃，更好吃。"

唐奇无奈一笑，忽然将苏橙橙揽到自己身边，低头靠近："那我也要开始抢了。"

苏橙橙一僵，眨眨眼睛。

弹幕：他要亲我？啊啊啊——我的初吻……

唐奇忍着笑意，温柔地替苏橙橙擦掉嘴角的面包屑。苏橙橙刚松了口

第四篇　穿越人海拥抱你　　391

气,下一秒,唐奇凑近她,绅士地在她额头落下一吻。

弹幕:这就结束了?

唐奇笑着说:"还想亲?"

弹幕:想亲!

苏橙橙难掩紧张,却仍一本正经地说:"不,当然不想了!"

唐奇看着弹幕,笑意更深。

苏橙橙脸红,而弹幕还在回味:"哇!原来亲额头是这种感觉,居然觉得很甜蜜,不知道深情拥吻是什么感觉……

"你想试试吗?"

"什么?"

"深情拥吻。"

弹幕:(ΩДΩ)他怎么知道我在想什么?

唐奇说:"我能看到你的心声。"

苏橙橙蒙了,赶忙四处找:"在哪儿呢?我怎么没看到?"

"在你头顶。"

苏橙橙立刻仰头看,唐奇提醒她:"跟着你的头一起往后仰了。"

第四十八章
余味悠长

苏橙橙和唐奇来到卫生间,透过镜子,苏橙橙终于看到了头顶的弹幕——"震惊"的表情符号。

"哇,真的有弹幕啊,这也太黑科技了吧,滤镜竟然能读懂我在想什么!"

唐奇凑到苏橙橙身边,两人同时出现在镜子中。唐奇说:"理论上可行,智能枕头能根据脑电波将睡梦中的图画、声音、文字转换成数据,采集起来。滤镜的'内心弹幕'应该是用了类似的技术,通过你的长期佩戴,它已经学习了解了你的所有数据。"

苏橙橙打开虚拟控制面板,点了一下"内心弹幕"下的子功能"一人可见",屏幕给出两个选项:苏橙橙自己的头像和唐奇的头像。

苏橙橙点击唐奇的头像后,抬头看镜子里:"现在呢?我看不到弹幕了,你能看到吗?"

弹幕:我该不会拿的是女主角剧本吧!要不然滤镜这么粗的金手指怎么会选中我呢?

唐奇忍着笑提醒她:"我能看到。"

苏橙橙了然,点击关闭"一人可见",又看镜子,果然她又能看到弹幕了。

弹幕:这个功能太有趣了,以后有悄悄话就可以偷偷告诉唐奇了。

唐奇笑着问:"你有什么悄悄话想跟我说?"

"现在不告诉你。"

唐奇看镜子里什么都没有,故作委屈:"可是我有很多悄悄话想对你说。"

第四篇　穿越人海拥抱你

"什么话？"

"我爱你。"

苏橙橙的心怦怦直跳，头上的弹幕变成了心电图的模样，波段起伏，说出了不用言表的爱。唐奇呆呆地看着。

苏橙橙羞涩地说："以前，每一次见到你，我的心跳都是这样的。"

"我也是。"唐奇拉起苏橙橙的手，放到心口，"每一次，不管你变成了什么样子，我的心都会为你加速跳动，一遍遍告诉我它喜欢你。"

苏橙橙头顶的弹幕心电图跳动得更加剧烈了。

唐奇情不自禁地靠近苏橙橙："你不是好奇深情拥吻是什么感觉吗？"

"我……我……"

"我也想知道。"

唐奇就要吻住苏橙橙时，突然又停住。苏橙橙从紧张中刹车，情绪大起大落。

"还有个事，我也是初吻，请多多包涵！"

这一次唐奇真的吻住了苏橙橙。苏橙橙头顶的心电图直接变成了血红色，像沸腾的开水一般疯狂跳跃。

电梯从地下停车场上来，苏橙橙和唐奇两人肩并肩站在电梯内，紧紧地牵着手。

到了一楼，电梯门打开，赵运杰进来："唐总，早上好。"

苏橙橙立即挣开唐奇的手，避嫌地往旁边站。唐奇内心失望，表情冷淡："早上好。"

赵运杰站在苏橙橙空出来的位置——唐奇和苏橙橙中间，不过更靠近熟悉的苏橙橙："你怎么从地下车库上来的，你买车了？"

"没有。"

"啊！我知道了！一定是有人送你。"

苏橙橙很紧张，唐奇却开心地说："我开车……"

赵运杰直接忽视了平常不社交的唐奇："肯定是你姐开车送你的吧！你姐可真好。"

苏橙橙干笑："你可真聪明！"

赵运杰一副哥俩好的态度，撞撞苏橙橙的肩膀："有眼光！"

唐奇不开心了。苏橙橙悄悄打开滤镜弹幕的唐奇一人可见功能。

弹幕：在我心里，整个公司里唐博士最聪明啦！

唐奇暗笑，苏橙橙也笑。两人正浓情蜜意地对视，赵运杰忽然侧头，看到唐奇的反常表情，被吓得不轻，下意识地往苏橙橙身边靠，一副寻求保护的样子："唐……唐总，您……您别太客气，我要做错了什么，您直接骂就行了。苏橙橙，对吧？"

"对。"苏橙橙表面上一本正经，可还没关的弹幕泄露了她的真实想法：哈哈哈哈哈哈……社牛被社恐吓得都不会社交了……

到了公司楼层，唐奇无奈地笑笑，直接走出了电梯。

赵运杰压着声音严肃道："苏橙橙，我觉得公司有大事，唐总都反常了。"

"年轻人，别脑补太多了！"苏橙橙走出电梯，电梯门要关，赵运杰回神，赶紧用包挡了挡，冲出电梯。

顾屿和周锦礼一身正装，走进市场部，两人都面色严肃，看不出心情好坏。苏橙橙和众人全都紧张而期待地看着他们。

顾屿说："如你们所知，我和周总刚刚去见了白明珠老师的团队。"

周锦礼一脸神秘："一个坏消息和一个好消息，你们想先听哪个？"

大家面面相觑。

周锦礼说："坏消息是你们从今天开始要狠狠加班了！"

大家表情失望，赵运杰和李宇昊都开始收拾桌上围绕白明珠展开的活动方案。李宇昊沮丧地嘀咕："就知道没戏……"

苏橙橙却觉得奇怪，不肯放弃地追问："周总，好消息是什么？"

周锦礼笑着宣布："好消息是……白明珠老师同意代言白驹香水了！"

"太好了，太好了！"大家都瞬间激动起来。

周锦礼对顾屿嘚瑟："瞧，这就是说话的艺术，看看，连加班都兴高采烈。"

顾屿笑了笑，鼓励大家："白老师爱惜羽毛，能代言我们的产品非常难得。希望大家竭尽全力，不辜负白老师的信任。"

苏橙橙和众人一起欢呼："好！"

香水发布会会场的音乐声中，众人齐心协力，忙碌不停。

台上的人们正在彩排走位。王怡举着张白明珠六十多岁时候的照片，代表现在的白明珠，赵运杰和李宇昊则分别举着白明珠二十多岁、四十多岁时候的照片，代表着青年的和中年的白明珠。

台下，苏橙橙在和白明珠老师的经纪人交流。她解释道："我们想利用科技让时光倒流，用全息投影中的幻影成像技术再现白老师的青年、中年，虚实结合，让观众看到二十二岁、四十二岁的、现在的白老师同台表演。"

经纪人看着台上三个年龄段的"白明珠"并肩而行，赞许地说："如果能实现，不但白老师会很喜欢，我相信白老师的影迷也会非常喜欢。"说完，他看向台上，"我想单独和技术负责人交流一下。"

"没问题。"

经纪人走到台上，和布置、检测灯光的负责人交流起来。苏橙橙看暂时没自己的事了，揉着酸痛的腿，找了个位置坐。手机响起，她拿起看了一眼，表情甜蜜，匆匆走出去。

乍一看，走廊上空无一人。苏橙橙正四处找人，忽然一只手伸出来，将她拽进了楼道。二人挤在角落里。

"你怎么来了？"苏橙橙问。

"我来看看你。"

苏橙橙说话时，因为不舒服，下意识地换着脚站。唐奇察觉，将袋子里新买的运动鞋拿出来："一天都要站着，累了吧，换双鞋。"说罢蹲下帮苏橙橙换鞋。

苏橙橙不好意思地说："我自己来就好了。"不过还是在唐奇的帮助下，换上了运动鞋。

唐奇说："以后有活动的时候还是穿舒服的鞋吧，高跟鞋太累了。"

苏橙橙有些犹豫："我们是销售美丽的……"

唐奇问："王怡、赵运杰他们会因为你穿着休闲鞋就觉得你不尊重这份工作吗？"

"当然不会了！"

"我知道，刚开始你担心大家根据你的外表判断你的工作能力，但现在你应该对自己有信心，你已经用内在证明了自己。"

苏橙橙不好意思地低着头："你的鸡汤好尴尬！"

唐奇也不好意思起来："我是不会说话。"

苏橙橙站起来，踩着运动鞋原地踏了几步："很舒服，轻松多了……谢谢。"

唐奇问："怎么谢？"

苏橙橙红着脸，踮脚去吻唐奇。

忽然，楼道门被推开了。赵运杰震惊地看着唐奇："唐……唐总，你……"在赵运杰的视线里，唐奇正在拥吻一个拖把。他努力找补："唐总太爱干净了，要用拖把。对，唐总在打扫卫生！"

唐奇无语地看着怀里的"拖把"："你说是，就是吧！"

赵运杰说："那……那就不打扰唐总了，您忙，您先忙。"说着关上门，匆忙离去，边走边嘀咕，"唐总最近是压力太大了吗？"

门关上后，"拖把"立马变回了苏橙橙，她愧疚地说："对不起，我还没准备好，不知道该怎么面对同事。"

唐奇无奈，温柔地揉揉她的脑袋，说："没事的，我们有的是时间，慢慢来。"

"谢谢。"

苏橙橙的对讲机响了，传出王怡的声音："苏橙橙，苏橙橙……"

唐奇说："你去忙吧！"

苏橙橙飞快地踮起脚在他脸上亲了一口，匆匆离开。唐奇摸了摸脸颊，心情荡漾。

下班后，唐奇开车将苏橙橙送到楼下，两人一前一后下了车。唐奇将装着旧高跟鞋的袋子和一袋缓解疲劳的药草茶递给苏橙橙："黄芪、刺五加对缓解疲劳有帮助，但不要晚上喝，早上起来泡水喝。"

"谢谢。"

"回去休息吧！"

苏橙橙走了两步，又恋恋不舍地回头去抱他。唐奇也不舍地抱住了苏

橙橙。

苏橙橙撒娇:"舍不得你走。"

唐奇说:"那我送你上楼。"

苏家阳台上,苏爸爸和苏妈妈挤在窗户边偷看,苏妈妈心情激动:"哎哟哎哟,抱上了,抱上了。"

苏爸爸有点郁闷:"是不是发展太快了?"

苏妈妈吐槽他:"小年轻谈恋爱,不搂不抱你才应该担心!"

说完,苏妈妈再次看向楼下,只见两人亲亲热热地进了楼门。苏爸爸和苏妈妈慌了。

苏爸爸说:"哎哟哎哟,橙橙带男朋友来见父母了……"

苏妈妈意外:"这是不是发展太快了?"

苏爸爸提醒:"人家都提着礼品上门了,你赶紧的吧!别给女儿拖后腿!"

苏爸爸和苏妈妈看看彼此身上的睡衣,慌慌张张地冲进卧室换衣服。

大门打开,苏橙橙提着两个袋子走进来,正换鞋,冷不丁看到老爸穿着西装,还打了领带,老妈穿旗袍,还戴了首饰,像迎宾一样,一个比一个站得直。

"爸、妈……你们这是要出门?"

苏爸爸不死心地往门口看:"就你一个人?没人陪你一起回来?"

苏橙橙疑惑:"我应该和谁一起回来?"

苏妈妈机智地掩饰:"我们是说媛媛,媛媛没和你一起回来?"

"没。"苏橙橙换好鞋,提着两个袋子要进卧室。

苏爸爸不死心地盯着两个袋子打量:"这两袋礼品不是给我们的?"

"不是。一个是我的鞋子,一个是……同事送我的药草茶。"苏橙橙观察着父母脸上的表情,反应过来,"爸、妈,你们是不是知道我……"

"不不,我们什么都不知道。"苏妈妈看向苏爸爸,"老苏,你知道什么吗?"

苏爸爸也摇头:"橙橙,我们该知道什么吗?"

苏橙橙已经猜到是怎么回事,却说:"没什么。"

苏爸爸、苏妈妈松了口气,急忙往卧室撤:"我们去换衣服了,你赶紧休息吧！"

苏橙橙一边匆匆走进卧室，一边给林媛打电话。

林媛正和顾屿窝在林媛家的沙发上看白明珠的老片，听到手机响，她接起来，苏橙橙的声音钻出来："我爸妈是不是知道我和唐奇谈恋爱了？"

顾屿体贴地按了暂停，方便林媛讲话，林媛满脸委屈："昨天你发微信的时候，叔叔阿姨就坐我旁边，我也没办法啊！"

苏橙橙威胁林媛："不要告诉我爸妈我已经知道他们都知道了，否则我就告诉爸妈你和顾屿谈恋爱了。"

林媛不接受威胁："你以为叔叔阿姨不知道吗？不过是你死初一，我……"顾屿食指按在了林媛唇前，林媛打手势表示错了，不说"死"字，"不过是你初一，我十五，早晚而已，我们一个都逃不掉！"

苏橙橙耍无赖："能躲一天是一天，反正不能让爸妈知道我已经知道他们知道了。"

"行——"

苏橙橙躺倒在床上，表情变得十分甜蜜："我和唐奇……接吻了，你和顾屿呢？"

林媛不好意思地看顾屿，下意识地站了起来，走到一边，压低声音："还没有。"

苏橙橙惊讶得音量飙高："顾屿看上去一副江湖老手的样子，怎么搞得这么纯情？"

林媛紧张地打断她："我还有事，不和你聊了！"

苏橙橙机敏地问："你在哪里？"

"家。"

"顾屿在你家？"

"嗯。"

苏橙橙意味深长："哦——夜色旖旎……"

林媛慌张地看了眼顾屿，越发压低声音："你知道'旖旎'两个字怎么写吗？"

苏橙橙真想了想，在空中比画了一下，还真有点写不出来。

"但我知道'床'字怎么写！"

林媛更加不好意思:"不和你废话了,我挂了!"挂了电话,林媛若无其事地看顾屿,"继续看吗?"

顾屿倚着沙发招招手,示意她过去。林媛"镇静"地走到沙发边,"平静"地坐下。明明之前也一起窝在沙发上,这会儿却怎么都找不到之前的轻松,只觉得紧张。她下意识地坐远了一点,掩饰地问:"遥控器呢?"

顾屿慢慢凑近她,很有压迫性。林媛挪着躲,直到靠在扶手边缘,再也躲不开。林媛紧张地看他:"你干吗?"

"吻你。"

林媛十分紧张,却闭上了眼睛,还配合地微微抬了抬下巴。顾屿不禁笑了,吻住了林媛。

拥吻的两人无意间压到了遥控器,屏幕上的老电影又开始播放,白明珠扮演的角色在模仿老上海歌星载歌载舞:"给我一个吻,可以不可以?吻在我的脸上,留个爱的标记……"

大厅里坐满了人,灯光依次熄灭,光亮都聚焦到了舞台中央。各色鲜花在舞台上以3D形式盛开,都是香水的主要原料:丁香、白兰、茉莉、美人蕉……

中控室里,苏橙橙和赵运杰神情焦灼,MR全息团队的工作人员手忙脚乱。

"右边影像出不来了。"工作人员继续调试,但左边的影像也故障了。

赵运杰懊恼地说:"抱歉,都怪我手贱。我只是好奇,想检查一下仪器,没想到会这样……"

苏橙橙着急,但也只能沉住气:"事情都发生了,想办法解决吧!麻烦你们再试试……"

"我们已经尽力了。"

赵运杰又紧张又忐忑:"花卉介绍还有十秒钟就结束了。"

苏橙橙无奈之下拿起手机,拨打王怡的电话。后台的王怡走到一边接听,表情变了。

白明珠正在候场,化妆师正在为她整理造型,做最后的检查,经纪人站在一旁。伴随着音乐,台下已经响起热烈的掌声,众人都表情期待。

王怡抱歉地走到白明珠身边:"白老师,全息影像突然出了点问题,正在修复,需要调整出场顺序,麻烦您先上场拖延一下时间。"

白明珠一愣,立马镇静下来,爽快地答应:"没问题。"

"谢谢白老师。"

复古时尚造型的白明珠缓缓登台,穿过花丛,边走边唱。随着歌声飘扬,香气也从干冰机里飘散出来。台下观众表情惊喜,沉浸在精彩的表演中。坐在前排边角的顾屿熟知流程,看到这一场景,表情变了。

唐奇对苏橙橙的负责事格外敏感,问:"怎么了?哪里不对吗?"

顾屿说:"为了先声夺人,应该是二十二岁的白明珠先出场。"

唐奇十分意外,还没来得及反应,顾屿再也坐不住,担忧地起身猫着腰离开。唐奇也跟着顾屿赶到了中控室,看到众人忙忙碌碌。负责 MR 的工作人员在努力调试,苏橙橙在联系维修师傅,赵运杰焦急地盯着时间,越来越绝望:"白老师这首歌马上就唱完了。"

工作人员说:"抱歉,必须等技术专家来修复了。"

苏橙橙挂断电话:"维修师傅赶来还需要半小时。"

赵运杰绝望道:"来不及,半小时后新品发布会都结束了。"

顾屿安慰大家:"先别慌,肯定有解决方案。"

在众人绝望的沉默中,苏橙橙突然开口:"有个解决方案……"苏橙橙看唐奇,唐奇点点头。

"对不起!请大家立即离开,现在!"

"请大家先离开!"

众人一脸莫名其妙,但在二人的命令下,还是都离开了,苏橙橙强行把试图留下来帮忙的赵运杰推出门,后者一步三回头:"苏橙橙……"

屋子里只剩顾屿、唐奇和苏橙橙。顾屿问:"你们的解决方案是……"

台上,音乐已停,白明珠只能按捺住内心的焦灼,继续清唱。

台下的观众也察觉到有点不对劲,纷纷窃窃私语,场内升起疑惑的气氛。

白明珠唱完最后一句,看依旧没有动静,已经明白设备无法修复。她保持着老道的台风,微笑着和观众互动,尽力挽回损失:"今日有不少新朋友,也有不少老朋友,期待能穿越时光,见到四十年前的我,但那个我

第四篇 穿越人海拥抱你   401

很任性,要失约了。我知道你们会很失望……"

忽然,一束光落在了右侧舞台。光影下,一个少女出现,那张脸,竟是二十二岁的白明珠!青年白明珠款款走向舞台中央,配合着老年白明珠,故作娇嗔:"我任性?我失约?谁在说我坏话?"

台下众人以为是有意制造的戏剧效果,惊喜欢呼,掌声不断。白明珠终于悄悄松了口气,配合地做了个头疼的动作,引起一阵哄笑。

左侧舞台后,唐奇站在黑暗中。唐奇看到青年白明珠头顶显示着仅他可见的弹幕:三维投影功能开启,3、2、1……

第二束光打下,左侧舞台上,中年白明珠惊喜现身。背景音乐响起,正是中年白明珠出演的经典电影的主题曲。

中年白明珠开口道:"朋友们,久等了,舞会马上开始。"

话音刚落,台上三束光唰的一下在舞台中央同时亮起,三个时期的白明珠同时出现在舞台上,边跳边唱。台下众人震撼不已,掌声不断,欢呼不断。

音乐声停,三人摆好姿势停在台前。最中间、最前方的是老年白明珠,两侧略后的分别是青年白明珠和中年白明珠,二人相视一笑。最后,灯光慢慢退去,青年白明珠和中年白明珠消失在黑暗中。

白明珠亲眼看见时光中的自己和自己共舞,也激动不已,噙着泪:"岁月如梭,白驹过隙,我们永远留不住时光,但在生命的长河中,记忆就像是一艘船,承载了我们所有的过往,让我与她们再次相遇。往事如香,余味悠长,愿你们也能在记忆的船上,与美好共舞!"

话音刚落,会场漆黑一片,一束光影勾勒出香水瓶身,伴随一行字:白驹过隙,岁月留香。观众激动地鼓掌,站在边角的白明珠经纪人、王怡、李宇昊等人也激动地喝彩。

中控室内,只有顾屿一人。他看到屏幕上最后的舞台效果,欣慰地松了口气。

中控室外的工作人员都一脸惊喜,赵运杰欣喜地敲门:"顾总,设备好了吗?"

顾屿开门,设备屏幕依旧没有运转,赵运杰意外:"顾总,这……"

顾屿解释:"刚才好了,现在又坏了。"

赵运杰虽然惊讶,却松了一口气:"谢天谢地!发布会顺利完成了!"

第四十九章
其乐融融

发布会结束后,苏橙橙、唐奇、顾屿、林媛四人齐聚在火锅店庆祝。苏橙橙和顾屿在喝酒,唐奇和林媛在喝酸奶。

林媛问顾屿:"你亲眼看到……他们俩变身了?"

顾屿点头:"他们提前解释了,可亲眼看到小唐变成了一个女人,我还是……受到了巨大冲击。"

苏橙橙举起酒杯:"感谢顾总帮我打掩护。"两人碰杯,顾屿爽快地一口闷。

"私下叫我顾屿就行了。帮你就是帮公司,帮我自己。"顾屿倒酒,举起酒杯回敬,"应该是我谢谢你,让发布会成功完成。"

"都是我应该做的。"苏橙橙和顾屿碰杯,又都是爽快地一口闷。

唐奇淡定地涮菜,自己吃不辣的,也帮苏橙橙夹了辣锅的菜。林媛看两个社牛一来一往,再看看自己和唐奇,拿起酸奶:"咱俩走一个?"

"一起,一起!"苏橙橙再次举起酒杯,"恭喜媛媛和顾屿,你们简直和演电视剧一样,欢喜冤家,不打不相识!"

顾屿端着酒杯:"恭喜你和小唐,你们也和演电视剧一样,没有几生几世,但换了一张又一张脸,历经波折,有情人终成眷属!"

四人碰杯,林媛和唐奇都是象征性地喝了口酸奶,苏橙橙和顾屿却是爽快地一饮而尽。林媛佩服地看看好姐妹,再看看男朋友,赞叹道:"旗鼓相当,这一回合不分胜负!"

唐奇说:"橙橙赢。"

大家都看着唐奇。顾屿说:"给个理由。"

林媛笑:"人心天生长得偏!"

唐奇说："你总结错误。我历经波折，橙橙没有。"

顾屿和林媛都笑了。顾屿对苏橙橙说："小唐之前爱上方谨的时候，痛苦地喝醉酒，还骂自己是渣男。"

苏橙橙也笑，抱歉地举起酒杯："唐先生，给您赔罪了！"

唐奇和苏橙橙碰杯："一个愿打一个愿挨，心甘情愿。"

苏橙橙脸热心跳，林媛看得上头："哦——唐奇，看不出来啊，你竟然这么会！我得把这段对话画进漫画。"

顾屿歪着身子，凑到林媛耳边，几若无声："我不会吗？"林媛忙举起酸奶讨饶。

苏橙橙看到林媛和顾屿亲昵的互动，又感觉到唐奇握住了她的手，也笑了。

第二天，苏橙橙来到公司，看到同事们都一脸喜气洋洋，兴高采烈。

"苏橙橙，我们的香水破圈了！"

"从昨天到现在，上了五个热搜，现在还挂在热搜榜前三！"

王怡见苏橙橙眼神迷蒙，对她解释："在平台香氛类榜单中，白驹香水名列第一，我们的旗舰店销售额也拉到了总排行榜第三。"

苏橙橙反应过来，开心地模仿起白明珠的舞台风范，略显夸张地对大家鞠躬："都是大家齐心合力的功劳，谢谢！"同事们都被逗笑了。

"苏橙橙，你这感谢太像模仿秀了，不走心！"

顾屿笑着走了过来，将一沓购物券递给王怡："这是公司给大家的额外奖励，真金白银，每人三千元购物券，可以自用，也可以给家人用。"

众人欢呼。

上午，苏橙橙端着空杯子来到茶水间，唐奇正在泡咖啡。两人看到彼此，都露出笑容，异口同声："好巧。"

唐奇放下自己的杯子，自然地拿过苏橙橙的空杯子："我来吧！"

苏橙橙在一旁弯着眼睛看着，唐奇将细心泡好的咖啡递给苏橙橙，端起自己的咖啡。

两人端着咖啡相视而笑，一个空咖啡杯塞到了他们中间："唐总，我也要喝你泡的咖啡。"是赵运杰。

唐奇的笑容僵了:"自己冲!"说罢,唐奇端着咖啡杯走了。

赵运杰蒙圈地看看唐奇的背影,嘀咕:"我感觉唐总不喜欢我。"

"唐总要喜欢你才麻烦了!"苏橙橙也要走。

赵运杰急忙拦住苏橙橙,支支吾吾:"苏橙橙,我……我有话和你说。"

刚离开茶水间没两步的唐奇听到赵运杰异常的语气,停下了脚步。

"怎么了?"

"我手贱弄得控制仪不能工作,差点闯了大祸,谢谢你没有把我工作上的失误告诉顾总。我下次一定小心,绝不会再乱来。"

"工作上偶尔有差错是难免的,大家是同事,互相帮助是应该的。"

"谢谢。"

唐奇神色放松下来,准备放心离开。

茶水间内,赵运杰热情地拿出手机,给苏橙橙看朋友的照片,热情推销:"苏橙橙,我给你介绍个男朋友吧!这几个朋友都单身,喜欢运动。"

唐奇停住脚步,听到赵运杰说:"你看哪个合眼缘,我周末组个局,介绍你们认识。"

苏橙橙尴尬:"谢谢你的好意,不过我有男朋友了。"

"你有男朋友了?什么时候?"

"最近刚有。"

"你男朋友什么样?"

"嗯……就那种喜欢待在实验室,不怎么喜欢社交,做事一板一眼,很严谨认真……"苏橙橙说着说着,冷不丁看到唐奇正站在自己面前笑。

赵运杰吓了一跳:"唐总,你……你是忘了什么吗?"

苏橙橙和唐奇视线交汇,突然做了决定,笑握住唐奇的手。赵运杰愣住。唐奇也愣了愣,然后心花怒放地笑了:"我把女朋友忘在这儿了。"

苏橙橙微笑着说:"介绍一下,这位就是我的男朋友。"

赵运杰终于回神,恍然大悟:"哦——我就说唐总最近很反常,原来……那天电梯里,肯定是唐总和你一起来上班的……"

苏橙橙和唐奇牵着手,相视而笑。

下班后,唐奇和苏橙橙来到餐厅吃饭。

第四篇 穿越人海拥抱你

苏橙橙狼吞虎咽，吃得飞快，唐奇温柔地说："慢点吃，我们又不赶时间……"

"吃完赶紧走！今天没选对餐厅，竟然撞到一起了。"

不远处，王怡、赵运杰、李宇昊在一头，实验室的小林、小岳在另一头。两边都在悄悄看唐奇和苏橙橙，还有人拿出手机，准备拍照。唐奇回头，众人立刻手忙脚乱地假装自拍、分享食物。

唐奇安慰："他们吃他们的，我们吃我们的，不用在意他们。"

苏橙橙说："小时候我和我姐一起出门，总会被人指指点点。我们俩穿着一样的姐妹装，可一个高挑纤细，一个矮小粗糙，甚至有人直接问我'你们是亲姐妹吗'，气得我妈都想打人了。"

唐奇明白了苏橙橙的不自在："你担心他们在议论我们？"

苏橙橙笑着说："你这么优秀，我们俩在一起时，说不定别人也怀疑我们是不是真的在谈恋爱。"

"世界上有各种各样的人，自然有各种各样的目光，有不好的目光，也有好的目光。我相信，善良的人比坏人多，肯定更多人在想'这么优秀的男人这么爱那个女生，那个女生也一定很优秀'！"唐奇叉起一个虾球，喂给苏橙橙，"这个世界不是不可改变的，不管之前他们怎么想，我们都能改变他们的目光。"

苏橙橙感动，心里多年的沟壑似乎在神奇地变平整。她玩笑着说："哪有人自己说自己优秀的？"

"我不优秀吗？"

苏橙橙夸奖他，也顺便夸奖自己："你很优秀！我也很出色！"

唐奇看着她，严肃地说："你的出色和我的优秀一样，是一个客观存在、不能否认的事实。"

苏橙橙笑着拍唐奇，唐奇却顺势握住她的手，大大方方地放到唇边亲了一下。一旁偷看的众人都倒吸一口气，一副吃到大瓜的吃惊表情。

唐奇回头看向同事们："要不要一起拼桌？"

大家尴尬地一愣，而后纷纷答应。

坐在一起后，桌上菜品丰富了许多。唐奇看着大家："你们肯定都知道了，但我还是想正式宣布一下，我和橙橙恋爱了。"

苏橙橙搞怪地介绍:"这位是我的男朋友——唐奇。希望大家像喜欢我一样喜欢他,如果不喜欢也没关系,反正他已经有我的喜欢了。"

大家都笑了,气氛轻松下来。赵运杰举起酒杯:"唐总,这杯酒敬你和苏橙橙,祝你们永远像今天一样快乐、甜蜜。"

唐奇忙举起酒杯,众人见状,纷纷举起酒杯,大家一起碰杯。众人七嘴八舌:"祝唐总、苏橙橙快乐甜蜜!"

"谢谢你们的祝福。"

唐奇正要喝,苏橙橙担心地拦住了他:"你酒量不行,我来吧……"

唐奇温柔地拒绝了:"这是大家对我们的祝福,我想喝。"

苏橙橙不再阻拦,唐奇和大家都开心地笑着喝酒。

王怡笑着凑到苏橙橙耳边:"唐总能追到你可真不容易!"

苏橙橙意外地愣住,看着赵运杰舌灿莲花,又在给唐奇倒酒,唐奇不善言辞,也没有推拒,一直在开心地笑。

"我第一次看到唐总这么开心!"

酒量不好的唐奇很容易地被同事们灌醉了,苏橙橙熟门熟路地送唐奇回家。她把唐奇扶到卧室,却听他忽然说:"这次不要扔我……别扔我……"

"扔你?"苏橙橙一愣,想起上一次唐奇醉酒,她送他回来,像扔行李一样把他扔到地上,笑着说,"原来你还记得啊!"

苏橙橙小心地将唐奇扶到床上,细心地给他脱了外套,盖上被子,刚要离开,谁知唐奇突然掀开被子坐了起来。

"苏橙橙!"

"怎么了?哪里不舒服吗?"

"我喜欢你。"

"知道了!我也喜欢你。"

苏橙橙再次扶着唐奇躺下,给他盖好被子,刚要离开,唐奇突然又掀开被子坐了起来。

"苏橙橙!"

"我在!"

"我喜欢你。"

"我也喜欢你。"

苏橙橙又一次扶着唐奇躺好,盖好被子,这次她停下看着唐奇。果然,唐奇又掀开被子坐了起来,蒙蒙地看着苏橙橙,想说什么好像又忘记了,很费力地在想。

苏橙橙提醒他:"我喜欢你!"

"苏橙橙,我要抱抱!"

苏橙橙无奈地笑着抱住了唐奇,唐奇立即如获至宝地抱紧了苏橙橙。苏橙橙看着他喝醉酒撒娇的模样,笑着问:"我以后该不该给你酒喝啊?"

唐奇看着怀里的苏橙橙,满心欢喜,答非所问:"我爱你!"

"我也爱你!工作日算了……周末可以小酌几杯。"

话音刚落,唐奇直接抱着苏橙橙滚到了床上。

"放开!"

"不放!一起睡!"

"算了,周末也别喝了!"

"我要去卫生间……"

"那……那……你去啊!"

唐奇撒娇:"我没力气,起不来。"

苏橙橙忍着笑,扶唐奇起来去卫生间:"以后你还是戒酒吧!"

顾屿把最后一个杯子冲干净,放到沥水架上,又拿抹布擦拭洗碗池周围。客厅里,林媛裹着披肩,缩在沙发上,紧张忐忑的样子。

顾屿走进客厅,林媛立即若无其事地站了起来:"洗完了?"

顾屿很自然地凑近亲了林媛一下,语气温柔:"嗯。我回去了。"

"开车小心点,注意安全。"

"好。"

顾屿拿起外套往外走,林媛心思百转地送他出去。顾屿已经穿好鞋,拉开了门,林媛却忽然叫住他:"顾屿!"

"怎么了?"顾屿回身笑看着林媛。

林媛努力让自己的语气没有异样:"我买了瓶好酒,你要不要喝一点?"

顾屿瞬间留意到林媛随意语气之下的郑重,明白了林媛的言外之意。

他想若无其事地说点什么，却很紧张，带着提醒确认："今晚？"

林媛自以为从容大方，殊不知全身上下都透露着紧张羞涩，披肩下的真丝吊带长裙若隐若现。

"今晚，你要不要住这里？"

顾屿凝视着林媛，背对着门，看似没有动，实际却反手轻轻把门关上了。门锁咔嗒一声响，宽敞明亮的别墅因为情潮翻涌，瞬间变得局促暧昧。

"好。"

林媛努力撑着最后的从容："酒在卧室，杯子我已经准备好了。"说完迅速转身，朝着楼上走去。

和林媛不一样，顾屿早知情滋味，可也许情绪也会传染，他竟觉得像是回到少年时，神思恍惚地脱掉鞋子就往里走，走了几步才意识到忘记穿拖鞋了，又回去穿鞋，一步步看似平静地上了楼。

良宵苦短，又是新的一天。

晨光照进静谧的房间，大门悄悄打开，唐妈妈提着为儿子准备的食物，悄悄进屋，换鞋时，却在玄关处见到一双女士鞋，不禁惊喜：终于有女朋友了！

唐妈妈蹑手蹑脚地经过客厅去厨房时，听见卧室里传来儿子和一个女人的笑闹声，虽然听不清他们在笑什么，但听得出儿子谈恋爱了，过得很开心。心满意足的唐妈妈笑眯眯地在厨房忙碌，把带来的食物一一拿出来加热。

唐奇走出卧室，刚进客厅，便看到唐妈妈站在餐桌旁摆放早餐。

"妈，你怎么来了？"

唐妈妈瞄向卧室方向，打趣道："我来得不是时候？放心，你妈不做电灯泡，弄好了马上就走。"

唐奇有点害羞，回答却大方磊落："我有女朋友了，叫苏橙橙。昨晚我喝醉了，她送我回来的，待会儿介绍你们认识。"

卧室卫生间里，苏橙橙洗漱完毕，又照了照镜子，确定自己一切搞定了，才满意地走出去。

餐桌旁，唐奇和唐妈妈听见声音，都循声望过来。

唐奇听到声音，介绍道："妈，这是橙橙……"唐奇的声音瞬间卡住，唐妈妈震惊然地看着一只羊驼竟然两腿直立地出现在眼前。

羊驼发出苏橙橙的声音："阿姨。"

唐妈妈吓得花容失色。唐奇紧急提醒："羊驼！这是……橙橙和我养的羊驼。"

羊驼反应过来，立即从直立行走变成了四肢着地。

苏橙橙内心疯狂大叫："啊——我变成了羊驼?！滤镜怎么又发疯了！"

羊驼仓皇地钻回卧室，查看滤镜的虚拟控制面板，发现滤镜状态自动变成了"三维复印"模式下的"羊驼"选项。苏橙橙急忙点击关闭，羊驼变回了苏橙橙。

餐厅里，唐妈妈惊魂未定，激动地拉住儿子："那只羊驼会说人话……我听到它叫我阿姨。"

唐奇镇定地说："妈，你听错了！羊驼的叫声独特，有时候会发出'啊啊咿咿'的叫声，你把羊驼'啊——咿——'的叫声听成了'阿姨'。"

唐妈妈松了口气："那就好，那就好……吓我一大跳！"唐奇拍拍妈妈的肩膀，偷偷看向卧室。

卧室卫生间里，苏橙橙在镜子前检查自己，确定没问题后才调整状态，再次走出去。唐奇和唐妈妈听到动静，都看向卧室的方向。这一次，唐奇谨慎地没有立即开口。

脚步声中，全胜唐出现在他们视线中。唐妈妈看着全胜唐，沉默了一瞬，才问："他……肯定不是橙橙吧？"

唐奇神情自然，既是提醒苏橙橙，同时也回答唐妈妈的话："全胜唐！这位是我和橙橙的好友全胜唐。"

"全胜唐"反应过来，却不敢开口，怕声音是女孩子的，只对唐妈妈鞠了个躬，就立即又跑回卧室了。

唐妈妈问："他……他不会说话？"

唐奇解释："他扁桃体发炎，嗓子哑了，说不了话。"

唐妈妈好奇："你女朋友……橙橙和你朋友待在卧室？"

唐奇已经意识到滤镜出问题了，一面担心苏橙橙，一面帮妈妈拿了包，推着妈妈向外走："妈，我晚点再向你解释，你先回去。"

唐妈妈不同意:"不行!我今天必须搞清楚怎么回事。"

唐妈妈推开唐奇,直接冲过去打开了卧室门,还在调整滤镜的苏橙橙听见响动吓得回头,成熟知性的"方谨"赫然出现。唐妈妈和"方谨"对视一眼后,放松下来。

唐妈妈问:"这位总是苏橙橙了吧?"

苏橙橙不确定自己是不是自己,求助地看着唐奇。

唐奇说:"这位是苏橙橙的好朋友方谨。"

唐妈妈诧异地环顾卧室,问:"你女朋友呢?还有那个男生,那只羊驼在哪里?"说完看向卫生间,"他们都在里面?"

唐奇挡在卫生间的方向:"妈,橙橙这会儿不太方便,下次再介绍你们认识。"

"方谨"帮忙掩护,解释道:"阿姨,我们正在进行羊驼仿真毛的研究……"

唐奇立即反应过来:"橙橙在照顾羊驼的时候不小心被踢到了脸,她不好意思见您。"

唐妈妈担忧地问:"伤得严不严重?"

"左脸肿起来了,没有大事,就是这会儿不好看,不好意思见人。"

"女孩子好面子,那行,我们下次再见。"唐妈妈对着卫生间的方向说,"橙橙,你好好养伤,阿姨先回去了,咱们下次再聊。"说着话主动离开了。

唐奇和"方谨"对视一眼,可"方谨"已经又骤然变成了苏橙橙。唐奇急忙挡着妈妈的视线,匆匆把妈妈带出了卧室,还立即关上了门。

苏橙橙松了口气,郁闷地拍打滤镜:"你怎么总是关键时刻掉链子!"

唐奇一直把妈妈送到院子门口。唐妈妈不放心地叮嘱:"谈恋爱可不是做实验,别一板一眼,事事较真,多说点好听的话,多让着点女朋友。"

"知道了。我给您叫个车。"唐奇拿过母亲的手机。

网约车到,唐妈妈坐进车内,仍不忘交代:"等橙橙养好伤,你们觉得方便了,咱们约个时间,正式见一下。"

"好。"

苏橙橙还在研究滤镜,控制面板看上去十分正常,她又看看外面的天气,小声嘀咕:"滤镜没有升级,天气也很好,不打雷不下雨。"

苏橙橙做着测试，一会儿变成苏渺，一会儿变回自己；一会儿变成全胜唐，再变回自己。面板操控自如，都没有问题。"没问题啊！"苏橙橙再次嘀咕。

唐奇送走唐妈妈，回到家里，冷不丁看到另一个自己。不过眼前的"唐奇"瞬间又变回了苏橙橙。

苏橙橙说："好奇怪，我变来变去都很正常，没有问题啊！"

唐奇担心地问："滤镜以前也会这样自己变来变去吗？"

"除了系统升级，只有碰到打雷时滤镜偶尔会不稳定，平时都不会有问题。"说着话，苏橙橙又点击控制面板，把自己变成了唐奇。

唐奇哭笑不得，故意调侃她："这么喜欢我吗？要变成我的样子？"

变成唐奇的苏橙橙娇俏地冲他做了个鬼脸，说："不好看吗？"

"好看！"

"不要脸，自己夸自己。"

唐奇改口："不好看！"

苏橙橙佯装生气："你竟然说我不好看！"

唐奇笑着说："苏橙橙不管变成什么样子，都最好看。"

苏橙橙忍着笑，她的脸从唐奇变回了苏橙橙。

"滤镜的确没问题，可刚才见你妈妈时怎么偏偏出了问题呢？"

唐奇说："先吃早饭！回头还是想办法把这个滤镜摘下来，能不用就不用。"

唐奇和苏橙橙坐在餐桌前，吃唐妈妈准备的早饭。唐奇问："好吃吗？"

苏橙橙面露为难，小心地摇摇头。唐奇笑了，说："我妈以前不喜欢做饭，也不擅长做饭，如今退休了，倒开始喜欢下厨。以后记得，她约饭一定要主动说去餐馆吃。"

苏橙橙也笑着说："知道了。阿姨今天没被我吓着吗？"

"是有点吓着了。"唐奇见苏橙橙脸耷拉下来，忙安抚她，"不过在巨大的惊喜前，她光顾着高兴了。"

苏橙橙讶然："巨大的惊喜？"

"她儿子终于有女朋友了。"

苏橙橙笑得灿烂。

手机响起，来电显示"苏青梨"，苏橙橙接起来："姐？"

此时的苏家餐厅里，苏青梨坐在餐桌前，苏爸爸和苏妈妈坐在她两侧，向她凑近着。早餐丰盛，却距离苏青梨颇远。苏青梨盯着远处的早餐，一手拿筷子，一手拿手机："你昨晚又没回来，睡在唐奇家了？"

"唐奇喝醉了，我照顾一下他。爸妈让你问的？"

苏青梨看向父母："爸妈……"

苏爸爸和苏妈妈对苏青梨打着各种手势，示意她别乱说话。苏青梨可不是林媛，直接无视，开门见山："反正该知道的、不该知道的都知道了。老爸说今晚要做一桌好菜，你下班回来的时候，顺便把唐奇带回来。"

"今晚？那我得问问唐奇的意思，和他商量一下。"

苏青梨态度强势："苏橙橙，我这不是和你商量，是通知。"说罢干脆地挂了电话。

"行了，人都给你们叫来了，能让我好好吃个早饭吗？"

苏爸爸和苏妈妈把早餐一一往苏青梨面前放。

苏爸爸赔笑："你吃，你吃。"

苏妈妈殷勤地说："小笼包是我早上刚做的，趁热吃。"

苏青梨严肃地看看他们，他们忙把椅子拉远了一些，又拉远了一些，恢复了正常距离。

苏妈妈说："橙橙还想哄我们。我今早给媛媛打电话，人家也在谈恋爱，可老老实实在家里呢！"

苏爸爸说："还是媛媛让人省心！"

苏青梨看了一眼天真的爸妈，继续吃饭。

顾屿满面笑意地走向办公室。推开办公室的门，唐奇坐在办公桌前，正专心致志地看着一本书。顾屿后退确认了一下，的确是自己的办公室，迈步进来，随手关上了门："这应该是我的办公室吧？"

唐奇把正在看的书立了起来，是一本教人做菜的书，他抬头问："你在学做菜？"

顾屿把书抽走，和桌上另外几本讲解民俗、食物、节气的书放到一起："请问你有何贵干？"

唐奇站了起来，让出座位请顾屿坐："有事请教。"

第四篇　穿越人海拥抱你　413

顾屿坐下："说吧！"

"我今晚去橙橙家吃晚饭。我有点紧张，万一她爸妈不喜欢我怎么办？"

"你是和苏橙橙谈恋爱，又不是和她爸妈谈恋爱，苏橙橙喜欢你不就行了？"

"话是这么说没有错，但橙橙和爸妈关系很亲近，她又很重视亲情，我不想她夹在中间左右为难，最好能争取到她爸妈的喜欢。"

顾屿从桌上的几本教做菜、介绍菜的书里挑了两本，递给唐奇："这两本我已经看完了，先借你拿回去看吧！"

唐奇不理解："《随园食单》《我的川菜味道》？"

"苏橙橙的爸妈都厨艺精湛，尤其是她爸爸，喜欢吃，也擅长吃，最喜欢去的地方除了体育馆就是菜市场，讲究应季而食，享用时令鲜货。"

唐奇不得不服："你可……真行啊！"

顾屿也觉得自己很行，赞同地点点头。

唐奇抱着顾屿给他的两本书，又把桌上的《老饕漫笔》《蔬食与四季》《五味》等书一股脑地都拿起来："我都借走了！"

顾屿不同意："唐奇！"

"今晚我去橙橙家，明天给你分享经验。"

顾屿这才笑着展展手，示意"你尽管拿去吧"。

客厅里，唐奇打扮得挺正式，坐在沙发正中间，苏橙橙坐在旁边默默啃水果。桌上琳琅满目，都是应季水果，苏爸爸、苏妈妈热情招呼着唐奇。

"小唐，你尝尝这个，我今早刚买的，别看卖相一般……"

"我最喜欢吃国产的花牛苹果，超市里进口的蛇果，看着光泽漂亮，实际没有花牛苹果有水果味。"唐奇捧场地连吃了好几块。

苏爸爸遇到懂行的知音，高兴道："如今大超市更常见到蛇果，花牛苹果少得很，不容易买到。"

苏橙橙挑挑眉，看着唐奇。

苏妈妈将泡好的茶斟了一杯，放到唐奇面前。

"谢谢阿姨。"唐奇喝了一口，"这是白茶吧？我妈也喜欢喝白茶，不过这茶尝着和我妈的茶不太一样。"

苏妈妈高兴地说："这是橙橙她舅舅自己种的茶，回头你走的时候，给你拿两包,带给你妈妈尝尝。"

唐奇彬彬有礼:"那我就不客气了,谢谢阿姨。"

苏爸爸、苏妈妈越看唐奇越喜欢,两人对了个眼神。

"小唐,你们聊,阿姨去厨房把菜炒了就可以开饭了。橙橙,来帮忙!"

苏橙橙给了唐奇一个鼓励的眼神,跟着苏妈妈来到厨房。苏妈妈系上围裙,准备大展身手,却忽然想起来什么:"哎呀,醋没了,你去小区门口的超市帮我买一瓶。"

苏橙橙拿起一瓶黑醋:"这不是醋吗?"

"我说的是白醋,拌凉菜用的。"

"不都是醋嘛,味道差不多!"

"那能一样吗?你怎么什么都像你爸,就这舌头长得不像呢?"

"好好,我现在去。"苏橙橙离开厨房去换鞋,准备出门。

苏爸爸正在给唐奇翻看影集:"这是橙橙六岁那年的照片……这张是橙橙十岁的时候照的,得了个银牌……"

苏爸爸给唐奇看他自己在这些年的体育比赛中的矫健英姿和获奖照片。照片里,苏爸爸一身腱子肉,在气势十足地举重。

"这是橙橙十五岁那年照的……怎么样?"

唐奇赞佩:"力拔山兮气盖世!"

苏爸爸状似无意地拿起两个核桃,咔嚓一声,核桃变得粉碎。"哎哟,没控制好力道。"苏爸爸当着唐奇的面,把粉碎的核桃慢慢地倾撒进垃圾盒,"橙橙第一次谈恋爱,又是个实心眼的姑娘,你们要谈恋爱就认认真真谈,就算将来走不下去了,也打开天窗说亮话。要是搞花花肠子,弄那些有的没的,叔叔我可不答应!"

苏爸爸的话严肃,动作也很有压迫性,可唐奇想到苏橙橙捏核桃的样子,却觉得甜。

"叔叔,您说的话我记住了。这也是我第一次谈恋爱,如果我哪里做得不对,您和阿姨直接批评,我愿意改。"

"你也是第一次啊?"苏爸爸表情变了,忙拍拍手,不好意思地笑,"我重新给你捏个核桃吃,刚才的事你可别告诉橙橙……"

第四篇　穿越人海拥抱你

第五十章
隐身功能

苏橙橙吃着雪糕,在等电梯。

电梯门打开,一个中年阿姨站在里面。苏橙橙走进电梯,按下了6楼的按钮,按钮变红。身旁的阿姨突然满脸惊恐,拼命按开电梯,直接逃了出去。苏橙橙一脸纳闷,看着电梯门关闭,徐徐上升。

家门外,苏橙橙把吃剩的雪糕棍顺手扔进垃圾桶,打开指纹门锁,走进屋子换鞋。苏妈妈在厨房里听到门响,忙出来迎接:"橙橙,最后一道菜,就等你的醋了。"

苏橙橙说:"找了半天没找到,售货员说卖没了,你将就着用家里的醋吧!"

苏妈妈像是完全没看到站在玄关的苏橙橙,只是看到了苏橙橙刚脱下的鞋子。苏妈妈直接朝着客厅走去:"橙橙,你怎么不把醋拿给我啊?"

苏橙橙来不及穿拖鞋,紧跟着苏妈妈一路走进客厅。苏爸爸和唐奇还在客厅聊天。

苏妈妈问:"橙橙呢?"

苏爸爸说:"没回来啊!"

"我看到她鞋在门口啊!"

苏爸爸和苏妈妈说话时,苏橙橙一直在叫他们:"爸、妈,我在这里啊!你们看不到我吗?爸、妈……你们听不到吗?"

可是大家都看不到她,也听不到她的声音。苏橙橙意识到是滤镜的问题,想要打开控制面板查看究竟是怎么回事。可是往常一碰就会出现的控制面板,她此时怎么碰、按都不出现,就好像手上的只是一个普通的镯子。

"唐奇,你能看到我吗?"

唐奇没反应，明显也听不到苏橙橙的声音，看不到她。苏橙橙回想起电梯里中年阿姨反常的惊恐样子，急忙冲到玄关处的穿衣镜前，发现镜子里什么都没有——她被滤镜隐形了。

苏妈妈纳闷："我明明听到门响了，鞋子也在门口，怎么人没回来？"

苏爸爸说："你听错了，橙橙肯定穿了别的鞋子出门。"

突然，唐奇的手机响了，来电显示"苏橙橙"。唐奇接起来，苏橙橙站在玄关处，着急地说："滤镜突然发疯，我隐形了……"

唐奇听不到苏橙橙的声音："橙橙？听得到吗？喂？喂……"

苏橙橙惊慌地看着客厅里的他们，回想起刚才她叫爸妈，他们也没反应。看来她的声音也被滤镜屏蔽了，他们听不到。

"橙橙？橙橙？"苏爸爸和苏妈妈都担心地围到了唐奇身边。

苏橙橙不想爸妈担忧，慌张地挂断了电话。唐奇立即回拨过去。

苏妈妈担心地说："不会有事吧？"

苏爸爸既安慰苏妈妈，也自我安慰："橙橙那力气，超市又就在家门口，能有什么事？"

苏橙橙看到担忧的爸妈，没敢接，急忙给唐奇发微信：你出来一下，别让我爸妈紧张。

唐奇看到微信，意识到事情有点不对，先宽慰担忧的苏爸爸、苏妈妈："橙橙给我发微信，让我出去接她。"

苏爸爸、苏妈妈都松了口气。苏妈妈说："你去看看她，快吃饭了，不管醋买没买到，都赶紧回来。"

"好。"

苏橙橙贴着玄关的墙壁，看着唐奇从她身边走过，匆匆穿上鞋，冲出大门。她默默地尾随在后。唐奇匆匆走出单元门，一边拨打苏橙橙的电话，一边环顾四周，没看到苏橙橙，也没有人接电话。

忽然，在唐奇正前方，手机铃声响起，与此同时，他亲眼看到苏橙橙的手机凭空出现在花坛上。唐奇满面震惊："橙橙？……橙橙？"

"我在这里。"苏橙橙就站在唐奇对面，可他就是看不到她。

忽然，苏橙橙的手机凭空消失，手机铃声也戛然而止。

"橙橙，橙橙……你在哪里？"唐奇往前走，张着双手摸索。

第四篇 穿越人海拥抱你　　417

苏橙橙握住了他的手。唐奇激动地摸索、感受着苏橙橙，猛地用力抱住了苏橙橙："橙橙，别害怕！不管滤镜出了什么问题，我们都一定能修好它！"

滤镜出问题后，苏橙橙原本用理智克制着慌乱，表现得很镇静，可这会儿却软弱下来，眼眶发红，却依然嘴硬："不就是滤镜失常了嘛，又不是第一次，我才不怕呢！"

唐奇什么都听不到，却安抚地轻拍着苏橙橙的背，同时分析："视觉上，滤镜把你的身体隐去了；听觉上，滤镜把从你身上发出的所有声音都屏蔽了。别人看不到你，也听不到你的声音，可实际上我能摸到你，手机只要离开你的身体，也依旧有声音，说明一切都是假象，没事的，一定能恢复正常。"

苏橙橙突然想到，手机能发信息。唐奇和她心有灵犀，说："手机能发信息，你有什么想说的，发信息给我。"

苏橙橙拿起手机，唐奇感受到她的动作，配合地松开她一点，却依旧拥着她的腰。手机一响，唐奇急忙查看信息：我还想着怎么和你解释呢，可你这么聪明，什么都猜对了。苏橙橙还发了一个活泼搞怪的表情包，表示自己现在情绪正常，让唐奇别担心。

唐奇看到，微微笑了："今天早上滤镜就有点反常了。你有没有哪里不舒服？"

苏橙橙发信息：没有，一切都好，就是像电视剧里的神仙妖怪一样突然隐身了。

唐奇安慰她："隐身是身体从客观上消失，看不到也摸不到，你这顶多算视觉屏蔽，还在科技范畴……"

苏爸爸走出单元门，看到唐奇一手拿着手机，一手怪异地虚揽着空气，嘴里还嘟嘟囔囔地自言自语，不免吓了一跳："小唐，你……你没事吧？"

苏橙橙立即离开了唐奇，推搡着他，示意他别吓着她爸爸。唐奇也尽力摆出正常姿势，但依旧握着苏橙橙的手。在苏爸爸的视线里，唐奇站得规规矩矩，两臂自然下垂，一只手拿着手机，一只手半蜷着。

"叔叔，您怎么下来了？"

苏爸爸说："我不放心，下楼来看看。你刚才和谁说话呢？"

"我在和橙橙讲电话。"

苏爸爸说:"橙橙去哪里了?怎么买个醋买得人都不见了?"

"叔叔,您别担心,橙橙她是临时接到公司的电话,有点急事要处理。她赶去见客户了。"

苏橙橙忙拿起手机,在家庭群里发消息。

苏爸爸疑惑:"怎么这么突然?"

话音刚落,苏爸爸的手机响了,显示家庭群里有苏橙橙的消息:老爸、老妈,公司有点急事,我赶回去处理了,没来得及和你们说,对不起啊!

紧接着是第二条:有可能要出差几天,麻烦老妈帮我收拾一点衣物交给唐奇。等工作忙完我就回来。

苏爸爸回复:工作要紧,你注意安全。

苏妈妈也跟着回复:记得按时吃饭,别把肠胃饿坏了。

苏橙橙回复:你们别担心,我和同事一起去,路上有人照应的。

苏爸爸收起手机,抱歉地看着唐奇:"你第一次来家里,结果橙橙说走就走,都没来得及好好吃一顿饭!"

唐奇说:"橙橙工作认真,责任心重,是公司太忙了。叔叔,要不我先回去了……"

"那可不行!菜都做好了,哪里能让你空着肚子回去?反正你总要吃晚饭的,咱们去家里吃,走、走……"苏爸爸热情招呼着唐奇往家里走。唐奇下意识地看身侧隐形的苏橙橙,苏橙橙直接拽着唐奇往家里去了。

客厅的电视机上在播电视剧,餐桌上已经摆满佳肴,苏爸爸招呼唐奇:"小唐,坐,就咱们三个人,随便坐。"

唐奇一手不自然地虚蜷着,一手把一把椅子拖到自己椅子旁边。苏爸爸看得奇怪。

唐奇对苏橙橙说:"你先坐。"

苏爸爸误以为唐奇在跟自己说话:"好好,我先坐。"

苏橙橙笑着坐下,唐奇感受到她坐下了,也坐在了挨着的椅子上。

苏爸爸问:"椅子这么放不影响你吧……"

唐奇说:"橙橙不在家,我想给自己一种仪式感,感觉橙橙在陪我一起吃饭。"

第四篇 穿越人海拥抱你

苏爸爸高兴地笑:"好,好!"

苏妈妈端着最后一道热菜上桌,听到他们的对话,高兴地坐下,热情地招呼:"叔叔阿姨手艺一般,你就尝个心意啊!血鸭是橙橙最爱吃的菜,你尝尝。"

苏妈妈给唐奇夹菜,唐奇端着碟子接过:"谢谢阿姨。"

苏橙橙不能吃,只能眼馋地看着血鸭。唐奇看向客厅的电视机:"橙橙说,叔叔阿姨每天晚上都在追这部剧?"

苏爸爸、苏妈妈闻言看过去:"是啊,虽然能在网上看,但我们还是喜欢每晚看电视。看上去时间不自由,可用你们年轻人的话说,每晚定点坐到沙发前,也是一种仪式感。"

趁着苏妈妈讲话,唐奇不动声色地将碟子推到苏橙橙面前,苏橙橙趁机吃起碟子里的血鸭。等苏妈妈回头,看见唐奇碟子里的菜已经消失,愣了下,又高兴地给唐奇夹了个鸡腿:"小唐,你能和橙橙吃到一起去。再来一点甜皮鸡,你叔叔的拿手菜,也是橙橙爱的一道菜。"

苏橙橙嘴馋地看着鸡腿。唐奇先用餐巾纸把鸡腿尾端裹好,然后看向电视:"好像是高潮部分了……"

苏爸爸、苏妈妈再次转过头去看电视,唐奇把鸡腿递给苏橙橙,苏橙橙拿起鸡腿就啃。

谁知苏爸爸突然回头,看到一只鸡腿在虚空中飘浮着,吓得一声大叫,直接跳了起来,还一把将苏妈妈连着椅子拽到自己身后,摆出防御姿势。

苏橙橙也被大叫吓得不轻,紧张得手抖,鸡腿掉了下来。她下意识地接住,又觉得不对,赶紧把鸡腿放到桌上。苏爸爸和苏妈妈惊讶地看见飘浮的鸡腿从虚空掉落,又飘浮起来,再瞬移到桌上。

苏妈妈目光惊恐:"老苏、老苏……"

苏爸爸自己也怕极了,却先安抚老婆:"别害怕,我在!"

唐奇在一旁看得心惊肉跳,仍强作镇静:"叔叔阿姨,你们别害怕,这是一个魔术。"

苏爸爸、苏妈妈都愣住了:"魔术?"

唐奇看了眼身旁空无一人的座位,苏橙橙会意。

"对,这是我最近在练习的魔术。"唐奇再次拿起甜皮鸡腿,"叔叔阿姨，我现在要让这个鸡腿违背重力，虚空飘浮……飘浮！"

唐奇装模作样地做了几个手势，苏橙橙默契地捏住鸡腿。即使唐奇拿开了手，鸡腿依然飘浮在半空。苏妈妈忍不住拽着椅子回到了桌边，苏爸爸也坐下，目不转睛地看着。

唐奇说："落下。"

苏橙橙捏着鸡腿往下。苏爸爸和苏妈妈看到鸡腿在半空中慢慢往下落，最后平稳地落到了桌子上。

"哇！好厉害，我一点都看不出来你怎么变的。"二人佩服地鼓掌。

唐奇看苏爸爸、苏妈妈都不再紧张害怕，松了口气。

苏橙橙放下心来，感激地看唐奇："谢谢！"唐奇似乎感受到她说了什么，悄悄伸手，被苏橙橙握住。

苏爸爸问："小唐，你这个魔术是怎么变的？"

苏妈妈还在盯着鸡腿研究："对啊，到底是怎么变的？快给我们揭秘一下！"

在期待的目光中，唐奇掩饰道："我特意跟魔术师学的，想给橙橙一个惊喜。我想先保留点神秘感，等表演给橙橙看过后，再给叔叔阿姨解释。"

"小唐有心了！"苏爸爸心中喜欢，夹了一个狮子头给唐奇，"多吃一点。"

"谢谢叔叔。"

苏橙橙笑看着唐奇和父母有爱的互动。

唐奇吃过饭，对苏爸爸和苏妈妈说要去给苏橙橙送衣服，离开了苏橙橙家。被迫隐身的苏橙橙跟在他身后，来到他家。

书房里摆着一面落地镜，一张毯子在虚空中变来变去。唐奇坐在桌前，一边用电脑软件模拟合成画像，一边看苏橙橙研究滤镜。

唐奇说："看来滤镜的隐身功能有限。"

苏橙橙把毯子在身上裹来裹去，看向镜子，镜子里的毯子并不能隐身。苏橙橙觉得有意思，又拿起桌上的水杯，水杯也不能隐身，飘浮起来。

唐奇拿起桌上自己的手机，说："试试我的手机。"

苏橙橙拿过手机，唐奇的手机飘浮在半空。

第四篇　穿越人海拥抱你　　421

唐奇思索一会儿，说："我的手机不能隐身，但你的手机能隐身？"

唐奇的手机飘回桌上，同时，苏橙橙的手机也出现在桌上。

唐奇将两台手机并排放在一起，试图做测试："我的手机，你的手机。"

苏橙橙一手拿起一个手机。这时，在唐奇的视野中，苏橙橙的手机消失不见，而自己的手机飘浮在半空。

唐奇说："换只手试一下。"

苏橙橙交换手中的手机，唐奇的手机飘浮在半空，苏橙橙的手机消失不见。苏橙橙说："如果和物体大小有关，咱俩的手机大小差不多，为什么我的手机会隐身，你的手机却不会？"

唐奇虽然没听到苏橙橙的话，却也在思索同样的问题。唐奇分析："滤镜的原理应该类似数字空间，将你的身体、衣服配饰和手机都数字化，整合了虚实相融的镜像，形成视觉假象，让我们觉得什么都看不到。"

苏橙橙拿起笔，唐奇看到飘浮在半空的笔在画板上写下一个大大的问号。

唐奇微笑着解释："你可以简单理解成你的手机在滤镜里有初始数据，我的手机没有，所以滤镜能根据数据把你的手机隐身，但没办法隐身我的手机。"

"明白了。"苏橙橙说完，用画笔在画板上画出一个桃心。

唐奇笑了，把电脑屏幕转向苏橙橙："橙橙，你看一下，送你滤镜的那个老奶奶是长这样吗？"

苏橙橙仔细看了一下，在画板上写字：很像。

唐奇将老奶奶的电脑合成肖像图打印出来。苏橙橙走到打印机旁，拿起打印图看。打印图悬浮在半空，唐奇走过来，从苏橙橙手里抽走了图纸："解铃还须系铃人，我现在就去你得到滤镜的地方找她。"

苏橙橙忙拉住他："都十一点了，太晚了，明天再去吧！"想到唐奇听不到她说什么，苏橙橙拽着他去画板前写字。画板上逐渐出现一行文字：以前滤镜也卡过，这次应该和以前一样，暂时的，也许睡一觉就好了。

唐奇说："这次情况和以前不一样，控制面板都消失了，没有任何提示。"

苏橙橙拿起桌上的钟表，让唐奇看时间，已经晚上十一点多了。苏橙橙说："这么晚，你就算过去，老奶奶也不在啊！"

唐奇把飘在眼前的钟表收走，放回桌子上："是有点晚了，可也许老奶奶的东西还没卖光，没有收摊……"

苏橙橙抱住唐奇，亲了一下他的嘴，说："你一直安慰我没事，其实你比我还担心吧？"

唐奇听不到苏橙橙的话，误会了："你不想让我去？不会是一个人在家会害怕吧？"

苏橙橙又亲了他一下，含情脉脉地看着唐奇："我向你保证，以后再也不用滤镜了，不让你担心。"

唐奇感受到苏橙橙的挽留，说："行，我明天早上再去找卖花的老奶奶。"

唐奇抱住了苏橙橙，苏橙橙依偎在唐奇怀里，说："幸亏有你在。"

唐奇说："别害怕，不管发生什么我都会和你一起面对。"

"我爱你。"苏橙橙甜甜地笑了。

清晨，床头叠放着苏橙橙的已经洗净烘干的衣服。

床上看似空无一人，被子却被掀开了，然后，衣服、裤子逐件消失，地上的一双拖鞋开始左右互换，之后朝着卧室卫生间的方向走去。

卧室卫生间的门打开，抽水马桶的冲水声同时响起。紧接着，水龙头扭开，哗哗地流水。牙刷和牙膏飘了起来，牙膏像是自己挤了一点出来，刷牙缸也飘了起来，到水龙头下接水。好像有人在刷牙洗脸，可直到水龙头被关闭，流水声终止，都看不到人，只有一双拖鞋安静地站在洗脸池前。

苏橙橙看到，镜子里什么都没有。她不死心，走到墙上镶嵌的落地镜前，可镜子里除了一双拖鞋，依旧空无一物。拖鞋一动不动地站在镜子前，空无一人的卧室卫生间寂静而压抑。

突然，拖鞋两步跳到洗脸池前，水龙头被打开，水哗哗地流着，声音嘈杂急切。

苏橙橙拿起洗内衣的香皂，在手镯周围用力搓，希望润滑后能摘下手镯。但不管她多用力，即使手被一次次尝试弄得通红，也依旧没有成功。苏橙橙的表情从急切、狼狈、沮丧变化到失望，最终放弃。

她看向镜子，镜子里空无一物。

餐桌上摆好了早餐。唐奇压着声音和顾屿打电话，语气疲倦："我先去香樟路地铁口的那几家花店找一下，听说附近卖花的人都是从那里进的货，你有消息立即通知我。"突然，唐奇表情微变，手搭在腰间，"我先挂电话了……拜拜。"

苏橙橙从后面抱住了唐奇。唐奇挂了电话，转头说："你起来了？早饭已经准备好了，先吃早饭吧！"

两人挨着坐下，唐奇拿起三明治递给苏橙橙："你的最爱，滑蛋厚煎午餐肉三明治。"

苏橙橙的头在靠近唐奇的方向，唐奇却以为她坐姿端正，把三明治递到了椅子正前方。苏橙橙难掩黯然，却像是唐奇递对了一样，接过三明治，还拿起番茄酱在三明治上挤了三个弯弯，形成一个简单的笑脸，表示感谢。

"不客气。"唐奇笑笑，也开始吃早餐，"我已经向公司请假了，待会儿吃完早饭，我就去找卖花的老奶奶，你在家等我，一有消息我就通知你。"

苏橙橙放下吃了一半的三明治，掏出手机给唐奇发消息：我和你一起去。

唐奇看看微信，说："我一个人去就行了，你在家休息。"

苏橙橙回复：好的。后边还附加了一个笑脸表情。可苏橙橙嘴里却在说："你是不是担心万一走散了，你就找不到我了？"

唐奇自然听不到苏橙橙说话，他看看桌上，突然起身去了厨房："打好的果汁忘记拿出来了。"

苏橙橙拍打镯子，可滤镜没有任何反应，控制面板依旧完全不出现。苏橙橙又用力地想脱下镯子，却怎么都脱不下来。

唐奇端着两杯果汁回来，一杯给自己，而把另一杯往桌上放时，差点放到苏橙橙手上。苏橙橙急忙挪开手，让他把果汁放到桌子上。苏橙橙捧场地端起果汁。

唐奇说："你要闷了，就看剧、打游戏。"苏橙橙拿着叉子，唐奇看到叉子在虚空中对他"点头"。

唐奇赶着吃完最后一口三明治，匆匆站了起来，拿起手机，准备出门：

"我出去了,有事你给我发消息。"

苏橙橙展示着只剩最后一两口的三明治,竟然被她咬成了一个桃心。唐奇被逗笑:"我也爱你。"离开前,他不忘叮嘱,"手机一定要随身携带,有事就给我发消息。"

"好。"苏橙橙再次用叉子"点头"。

唐奇离开后,房间里只有果汁安静地悬浮在半空,四周一片死寂。

第五十一章
格格不入

工作日的早上,办公室的大家忙忙碌碌,电话铃声、打印机声、高跟鞋走路声、键盘打字声、打电话声不绝于耳。

"对、对……麻烦您帮忙核对一下,好、好,我等您回复,谢谢!"

"这组数据你再确认一下。这里修改一下,把字体调大一点,方便客户浏览。"

"好,我争取下午就改出来。"

就连打扫阿姨洗拖把时,水桶都转动发出嗡嗡嗡的热闹声音。各种各样的人,各种各样的声音之间,只有苏橙橙的工位空着。

顾屿从办公室走出来,对市场部的同事们说:"苏橙橙请病假了,这几天她的工作要麻烦大家分担一下。"

亲近的同事们一脸担忧。王怡问:"苏橙橙身体怎么了?"

顾屿说:"只是小问题,休养几天,应该很快就会回来。"

大家这才放下心来。

此时此刻,唐奇家里,餐厅里空无一人,餐桌上,碗碟已经收拾干净,手机在响。一双拖鞋从厨房出来,走到桌子旁,随后手机消失,铃声也消失。

苏橙橙拿起手机,看到来电显示是林嫒,没有多想就立即接听了电话,林嫒焦急的声音从话筒中传出:"橙橙,顾屿说你请病假了,你哪里不舒服?"

苏橙橙笑着解释:"我身体没事,是滤镜……"苏橙橙后知后觉,想起她已经没办法像正常人一样生活,声音低下来,"出了问题。"

"喂?喂?橙橙,能听到我说话吗?我听不到你说话……橙橙,橙橙……"

苏橙橙主动挂了电话，给林嫒发信息：我身体没事，不方便接电话。

林嫒一手拿着手机看苏橙橙的微信，一手端着咖啡走进工作室。她忙放下咖啡杯，文字回复：没生病就好。

苏橙橙：在你的认知中，什么情况下人会隐身？

林嫒坐到工作椅上，打开了电脑，电脑自动同步微信登录。她敲打键盘，文字回复：《我的办公室有鬼》是灵魂出窍，《透明人》是注射了不明药物，动漫里是误食了透明果实。

苏橙橙问：你笔下的人物如果碰到类似的问题，会怎么解决？

林嫒回复："众生畏果，菩萨畏因"，想要解决自己结的果，肯定要直面自己种的因了。

苏橙橙坐在椅子上，声音低落："想要解决自己结的果，肯定要直面自己种的因。"

突然，苏橙橙站了起来。手机又响，林嫒再次发来微信：你怎么突然问这么奇怪的问题，发生什么事了吗？

苏橙橙给林嫒回复完信息，收起手机，走向玄关。当脱掉拖鞋换回自己的鞋子时，苏橙橙彻底隐身消失了，只看到门拉开，又关闭。

工作室里，林嫒面带疑惑，看着电脑屏幕上苏橙橙的回复：是有点事，我现在去直面。

苏橙橙走出唐奇家，来到路边，看了一眼行程，拿着手机等待。

网约车在苏橙橙身边停下，苏橙橙看了一下，确认是自己叫的车，去拉车门，却发现锁了。苏橙橙下意识地对司机挥手："师傅，开一下门！"

但是网约车司机看不见，没等到人，贴心地跟苏橙橙打了电话。苏橙橙的手机响，她抬手要拍车窗，脑海里忽然闪过昨晚回家时电梯里夺路而逃的中年阿姨的样子，默默收回了手。

司机见打电话无人接听，看了一眼行程页面，再三确认："这定位没错呀，不知道是不是临时有什么事。"

苏橙橙心里内疚，但只能在手机上取消了行程订单。司机收到取消通知，开车走了。苏橙橙没办法，只好朝主路边的公交车站走去。

第四篇 穿越人海拥抱你　　427

一路上，行人都看不到她，横冲直撞过来，苏橙橙只能自己格外小心，处处避让。为了给不知道她存在的路人让路，苏橙橙不得不默默站到环卫工人还没来得及清理的垃圾上。

到了公交车站，上车的人看不到她，都想继续往前，她只能默默地一个个让，一直排到最后面。

公交车驶来，乘客拥上车，苏橙橙跟在最后面。可苏橙橙前脚刚上车，公交车司机却以为没人了，直接关门。车门猛地夹住苏橙橙，苏橙橙吃痛地叫，狼狈挣扎，但是没人听见，也没人看见。

公交车司机诧异地见车门关上一半就卡住了，嘀咕："怎么卡住了？"说着又按了下开门键，车门打开，苏橙橙赶紧钻上车，一边揉着夹疼的地方，一边刷卡买票。大人们各有心事，都没有看到，只有一个坐在前排的小朋友注意到刷卡机的变化，好奇地瞪大眼睛。

苏橙橙小心地避让着，可一个背网球包的乘客一个转身，网球拍"啪"一声拍在苏橙橙的脸上。疼痛之中，苏橙橙感觉既憋屈又无助，心酸地想：原来这就是"隐身"的世界，没有人能看到自己，疼痛、难过，都只是一个人的默剧。

批发花店内外都是整捆鲜花、大小盆栽，收拾得很整齐，门上还插着彩纸折叠的风车，悬挂着风铃。花店内，年轻漂亮的女店主正在电脑前查阅客户资料，唐奇拿着打印出来的老奶奶画像，站在对面等候。

女店主说："没有这个人。"

"麻烦您再想想。"

女店主明显对英俊斯文的唐奇很有好感，没有丝毫不耐烦，又仔细看看画像，耐心解释："为了结账方便，每个进货的客户都会留下基本资料，我对着客户名单一个个回忆过了，真没有这个人。"

"会不会是你忘记了？"

女店主问："你说老奶奶是聋哑老人？"

"对。"

女店主笑着说："这么大年纪了，又是聋哑人，这样的顾客我怎么可能忘记？"

唐奇也觉得很有道理，神色黯然。

女店主提醒道："这边还有别的花店做批发生意，要不我带你去别的花店问问？"

唐奇失落地说："都问过了，您这儿是最后一家。"

"不好意思，没帮上忙。"

"麻烦您了，谢谢。"

唐奇要走，花店女店主出声阻拦："小哥哥，留个联系方式吧！这一带我都熟，我会帮你留意的，如果这个老奶奶出现了，我就通知你。"说着话，把手机递到唐奇面前，"你扫我吧！"

"麻烦了。"唐奇拿出手机要扫女店主的微信二维码，忽然，唐奇身后挂着的风铃叮咚作响，上面的铃铛疯狂摇动，可一旁插着的几个彩色风车却纹丝不动。

女店主满面惊讶："啊……好奇怪的风……"

唐奇回头看，意识到什么，直接朝着风铃走过去，探手虚空一抓，风铃立即不摇晃也不响了。苏橙橙被唐奇抓住了正摇晃风铃的手，忍不住笑了——终于被听到、被看到了。

女店主说："小哥哥，你还没有扫我。"

唐奇收起了手机："我要在别处找不到，再回来找您。麻烦您了，再见。"

女店主失落地收起手机："好吧……"

唐奇拖着苏橙橙离开了。

这条街道和之前公交车站附近的道路一样，人来人往，可因为唐奇一手虚环着，隔开了足够的空间，来往路人虽然会古怪地多看唐奇一眼，却也都会下意识地避让开。

苏橙橙安心地走在路上，没有再遇到之前的狼狈状况。她看着来往路人的古怪眼神，再看看泰然自若地抱着她肩头的唐奇，说："谢谢。"

唐奇当然什么都听不到。唐奇问："橙橙，你怎么来了？"

苏橙橙给唐奇发信息：我想自己面对，自己解决，不想一个人在家里等待。

唐奇看完信息回复：对不起，是我疏忽了。我们一起想办法解决。

苏橙橙亲了唐奇一下，唐奇感受到了，露出了微笑。

第四篇　穿越人海拥抱你　　429

这时，唐奇的手机响了，顾屿来电。唐奇接起电话，表情欣喜："好，我现在就过去。"

在派出所，张警官走出来，看到唐奇一个人在等待，出示了一份资料："你看一下，是你们申请要找的人吗？"

唐奇翻开资料，还有意识地往苏橙橙的方向倾斜了一下。苏橙橙看到卖花老奶奶的照片，激动地抓唐奇的胳膊："是她，就是她！"

唐奇会意，对张警官说："没错，就是我们要找的人。"

张警官诧异："你确定？"

苏橙橙捏捏他的胳膊："没错，我记得清清楚楚，是她给我的滤镜镯子。"

唐奇会意，坚定地说："确定。"

张警官说："这个老奶奶以前经常在我们这个辖区摆摊做些小买卖，但是……"

"怎么了？"

张警官把打印资料翻到最后一页，那是一份死亡证明："两年前……她就因病去世了。"

唐奇和苏橙橙都震惊地看着这页死亡证明。

唐奇牵着苏橙橙的手走出派出所，两人都思虑重重。苏橙橙仔细回想，那个晚上，她买花时，老奶奶把镯子硬送给了她。

"如果老奶奶两年前就死了，那我遇见的人是谁？"

唐奇没听到苏橙橙的话，却也在思考同一个问题："你能用滤镜变成其他人，自然也有人能用滤镜变成老奶奶。"

苏橙橙停下了脚步，唐奇也随着她停下。

"那个送我滤镜的人，有可能是男人，也有可能是女人；有可能是老奶奶，也有可能是个年轻女孩……任何一个人都有可能是'她'。我连'她'长什么样都不知道，应该到哪里去找'她'？"

唐奇没听到苏橙橙的话，却完全能体会到她现在的心情。唐奇摸索着她的手，找到了镯子，苏橙橙顺着唐奇的动作看向手腕上的滤镜。

唐奇安慰道："找不到人也没关系，东西在这里，我们可以用实物研究法解决问题。"

顾屿正准备上车，忽然，一个戴着帽子的黑影蹿出来，顾屿的后腰被抵了一把"手枪"。

林嫒问："老实交代，橙橙为什么不上班？她到底有什么问题需要面对，需要解决？"

顾屿笑着回身，仔细打量林嫒的穿着，却看不出所以然，问："你在扮演谁？"

"橙橙电话都不接，鬼鬼祟祟的不知道在搞什么，我哪里有心思扮演别人，我现在就是林嫒！"

顾屿揽着她走到副驾驶位旁，帮她打开车门："我现在就带你去见苏橙橙。"

林嫒忙钻上车，神色焦急地问："到底发生什么事了？"

"路上边走边说。"顾屿上了车，坐到驾驶位，发动车子离开。

马路上，唐奇一边牵着苏橙橙，一边与何教授通电话。

何教授说："你们说的这种滤镜产品，不但能通过视觉欺骗变换外形，还能通过视觉屏蔽让人隐身，理论上可行，实际上还有很多问题没有解决。据我所知，目前国内、国外都还没有这样的产品，不过……私人资助的实验室是否有类似的产品，就不知道了。"

道谢之后，唐奇收起电话，牵着苏橙橙的手继续前行："我再问问国外的朋友和同学，也许能打听出来哪些实验室有能力研发、制造……"

苏橙橙主动停下脚步，唐奇感觉到她要说话，忙拿出手机查看。

苏橙橙微信输入文字：我有个办法，简单粗暴，但能解决问题。

唐奇问："什么办法？"

苏橙橙带着唐奇来到一家汽车修理店，操作工具，试图把手镯弄断，唐奇站在她身旁紧张地看着，却只能看到各种工具时而飘浮，时而落下来。因为看不到苏橙橙，没有办法帮忙，他只能干着急。

苏橙橙在操作工具时不小心伤到了自己，却忍着疼一声不吭，迫切地要继续弄断手镯。

好不容易等工具都飘下来，唐奇判断苏橙橙没有在操作了，赶忙关切地问："怎么样？"

苏橙橙仔细检查手镯。她的手腕伤痕累累，镯子竟然连一丝划痕都没有。她沮丧地说："这到底是什么鬼材料？"

唐奇听不到苏橙橙说话，却察觉出不对，很担心："橙橙？"

苏橙橙反应过来，忙拿起手机输入信息：镯子材料很坚硬，连一丝划痕都没有。

唐奇看完信息，问："一丝划痕都没有？一般用来做首饰的金属，银的硬度是2.5到4，金的硬度是2.5到3，滤镜的材料硬度应该超过7了。要想切割开，必须由专业人士操作专业切割机，不过镯子紧挨着手，即使看得见都必须很小心，要不然很容易伤到手，不到万不得已最好不要。"

苏橙橙难过地喃喃说："明白了，看不见的情况下强行切割镯子，很有可能先把手切断了。"

唐奇努力安慰苏橙橙："我们再想办法。"

苏橙橙仗着别人都看不见，毫不掩饰沮丧。明知道无用，她却再次想用蛮力脱下镯子，可是无论她怎么使劲拉拽，镯子依然无法脱落。

没多久，顾屿带着林媛来了，二人并排坐在角落里，乖乖待着，表示绝不会给苏橙橙和唐奇添麻烦。

突然，林媛的椅子发出刺耳的声音，她高高举着手，表示要发言。

苏橙橙看到了，拿起一个扳手轻轻敲了一下，表示"你说"。

林媛说："这个滤镜比透明果实还麻烦，简直像是设定了一个永远打不开的结界，把橙橙永远地困在了里面。"

唐奇觉得她说话不知轻重，想要阻止，苏橙橙拽住了他示意别出声，了解林媛的苏橙橙和顾屿都专心地等待下文。

"二次元的世界中绝不可能有永远打不开的结界，所以，三次元世界中也绝不可能存在脱不下的镯子。我们应该像二次元的主角一样去找到正确的方法。"

唐奇问："什么方法？"

林媛一秒语塞："我……我也不知道，反正肯定有正确的方法！"

顾屿很体贴，立即鼓励地搂住了林媛的肩，表示站在同一战线："我觉得媛媛说得对,这个镯子材料特殊,暴力'撬锁'很有可能伤到苏橙橙,并不是正确的方法,应该找到打开'锁'的'钥匙',这样镯子自然就能脱下了。"

苏橙橙盯着自己手腕上的镯子,一脸若有所思。

唐奇见苏橙橙没有反应,担心地问:"橙橙?"

唐奇看不到苏橙橙,更依赖触觉,下意识地去摸索苏橙橙的手,却握到了她的手腕,碰到先前受伤的部位——有想切断镯子弄伤的,也有想强行脱下镯子时磨出的红肿。

苏橙橙骤然吃痛,急忙忍住,可唐奇已经觉察到了不对:"你受伤了?"

林媛急忙冲过来问:"哪里受伤了?"

唐奇担忧地说:"橙橙,我看不到,你一定要说实话。"

苏橙橙拿起刚才回应林媛的工具,轻敲了一下,表示"是"。

唐奇问:"严重吗?"

苏橙橙敲了两下,表示"不算严重"。

唐奇牵着苏橙橙来到药店外的长凳旁,细心地交代:"你在这里等我,我进去买药。"

苏橙橙坐下,唐奇放开她的手要进去,又像想到什么似的回来,脱下外套叠了下,塞到苏橙橙怀里。唐奇体贴地说:"你抱着这个,别人就不会不小心坐到你身上了。"见苏橙橙抱好外套,唐奇离开,"我马上就回来。"

唐奇匆匆走进药店,一边忙着选药,一边透过窗户往外看:一件男士外套叠放在长凳上,让他明确知道,苏橙橙坐在那里。

唐奇选好药品去结账时,前面排了一个老人家,对电子支付不熟悉。唐奇看外面的椅子上的男士外套依旧在,放心了一点,虽然着急,也只能耐心等候。

药店店员提醒:"您要输入支付密码。"

老人说:"我儿子给我手机里存了钱的,说扫一下就行。"

药店店员回复:"已经扫了,还需要您输入支付密码。"

"密码?手机密码吗⋯⋯"

药店外,长凳上的苏橙橙的目光被几个孩子吸引:一群穿着足球服、拿着足球的小男孩围着一个皮肤黝黑、也穿着足球服的短发女孩笑闹着。

男孩们七嘴八舌地嘲笑女孩:"假小子!假小子!假小子……"

短发女孩抹掉眼泪,大喊:"我是女孩!你们输不起!"

男孩们不管不顾地继续嘲笑:"假小子、假小子……"

苏橙橙只觉得眼前的场景似曾相识,童年时的自己也曾被人这样肆意嘲笑。她顺手把外套放到长凳上,气呼呼地穿过马路。她跑过去,一把揪住了嘲笑声最大的那个小男孩。

小男孩觉得有人拽他,诧异地回头,却什么都没看到。

苏橙橙又在小男孩脑袋上轻敲了一下,说:"不能这么粗鲁,要友好!"

"啊——有妖怪!"小男孩发出尖叫。

其他小男孩们还在嘲笑,苏橙橙也一一敲打了一下。小男孩们面面相觑,惊恐地一哄而散。"啊——有妖怪啊!有妖怪——"所有男孩一同发出恐惧的叫声。

短发女孩依旧在抹眼泪,苏橙橙想了想,拿出手机播放音乐,然后把手机放到地上,自己缩手让开。当手机显形的时候,音乐声也骤然响起。

短发女孩听到歌声,停止了哭泣,左右看看却没看到人。"是仙女吗?"她问。

苏橙橙笑了笑。

短发女孩继续说:"谢谢仙女姐姐帮我打跑了他们。下次他们要再取笑我,我也会勇敢地打跑他们。"

伴随着手机里的歌声,苏橙橙即使知道她听不到,也认真地说:"美有多种多样,你很健康,很有力量,很美。"

短发女孩说:"仙女姐姐,我要回家了!再见!"说罢抱着足球跑走了。

苏橙橙欣慰地目送女孩离开,蹲下把手机捡起装好,刚走了两步,突然一个足球横空飞来,砸到苏橙橙的太阳穴。苏橙橙晕了过去,倒在路边。

一个高壮的男生纳闷地跑过来,捡起足球,一边颠球一边走了。

唐奇结完账走出药店,看到外套依旧在长凳上,微笑着快步走过去,坐到边上,说:"等久了吧?把手给我,我给你上药。"

没有人把手递给他,唐奇也察觉到外套是和长凳贴实的。他拿起外套,伸手摸,什么都没有摸到。

"橙橙？橙橙！"唐奇慌了。他站起来，一边给苏橙橙打电话，一边四处找："橙橙，橙橙……"

苏橙橙躺在路边，手机在包里响，唐奇就从她身边的人行道跑过，可是看不到她。一辆辆车从苏橙橙身边擦着驶过，随时会有车真的从她身上碾过去。

唐奇四处寻找，一边打电话，一边大叫，却都没有回应，来往路人注目。距离昏倒的苏橙橙越来越远时，唐奇猛然停下脚步，理性分析：橙橙知道我在药店，绝不可能一声不吭地离开，她一定还在附近。唐奇再次拨打苏橙橙的电话，听到听筒里手机铃声响——苏橙橙的手机没有关机，手机有电。

唐奇继续观察四周，心想，什么情况下，她人在附近，却不回应，也不接电话？唐奇的目光扫向僻静角落、人行道路和车来车往的马路，他继续分析：她失去意识听不见了，即使听见了也失去行动力，不能接听……

唐奇看到一辆车驶过，一个圆滚滚的易拉罐被压得扁平，不禁心惊肉跳。唐奇冷静地提醒自己："只是视觉欺骗，橙橙就在这里！"

唐奇摘下保护他眼睛的眼镜。当他再次睁开眼睛，眼前霓虹闪烁、高楼林立、车水马龙，光与影织成一个光怪陆离、色彩斑斓的世界，向视觉过度敏感的他压迫而来。

唐奇忍受着眼睛的不舒服，一点点观察、寻找。一辆辆车都开着灯行驶过路面，唐奇却要迎着刺眼的车灯仔细看，他的眼睛十分痛苦。

远处一辆车开着远光灯行驶过来，灯光十分刺眼，眼看着就要从昏迷的苏橙橙身上碾过去，唐奇隐约看到了什么，猛然扑过去。车紧急刹车停下，司机打开车窗破口大骂："你疯了吗?! 想死也别祸害别人！神经病，疯子……"

唐奇听而不闻，只是紧紧地抱着苏橙橙，双眼发红，泪水止不住地往下流："橙橙，橙橙……"

苏橙橙晕乎乎地醒来，立即意识到是怎么回事，回抱住唐奇，安慰他："我没事了，没事了。"

"神经病……"司机骂骂咧咧地发动车子，绕开唐奇离开了。

一辆又一辆车从他们身边经过，伴随车灯，光线时明时暗。唐奇眼前

的苏橙橙没有具体容貌，只有模糊的光影，却是他心之所向、情之所系。

爱，无关容颜。

苏爸爸和苏妈妈坐在餐桌边，一边剥河虾仁，一边看电视。

苏妈妈说："等橙橙出差回来，让媛媛带男朋友到家里吃顿饭。"

"不用等了，让媛媛这个周末就来。"

苏妈妈看着苏爸爸："媛媛脸皮薄，让橙橙陪着一起。青梨不是说她男朋友是橙橙的上司嘛！大家凑一起，热闹。"

"行，你做决定。"

门铃声响，苏爸爸擦擦手，去开了门。王怡、李宇昊和赵运杰提着水果篮站在门口。

王怡笑着说："叔叔，您好，我们是苏橙橙的同事。"

苏爸爸立即热情地招呼他们进门："橙橙的同事啊！快进来，进来说话。"

三人并排坐在沙发上，桌上放着水果篮。苏妈妈给他们上茶。

王怡说："顾总说苏橙橙生病了，我们来看看她。"

赵运杰问："苏橙橙不在家，是住院了吗？"

苏爸爸和苏妈妈迷惑地对视。苏爸爸问："你们是来探病的？"

王怡说："是。"

苏妈妈问："你们没有出差吗？"

赵运杰说："最近市场部没有同事出差。"

苏爸爸和苏妈妈知道自己被女儿涮了，对视的目光变得犀利。

院子里，阳光明媚，绿植环绕，还有饮料、零食，完全是一副度假场景。

苏橙橙拿起一片薯片塞进嘴里，但外人只能看到一片薯片诡异地飘浮到半空，然后可怕地消失了。

苏橙橙透过门缝可以看到正常人的生活，路过的人中有情侣，有祖孙。她想：以前看电视剧，以为隐身了就可以为所欲为，现在才知道，原来连门都不敢出，要不然……吃个薯片都能吓死人。

唐奇抱着一个快递箱从院门外进来:"橙橙,我给你订购了一个外出的小礼物。"

"外出的小礼物?"

唐奇拆开箱子,苏橙橙一边好奇地走近看,一边拿起手机,准备给唐奇发信息交流。

突然,苏橙橙的手机响了,是苏妈妈打来的。苏橙橙没办法接电话,只能摁掉,再发微信回去:我正在见客户,什么事?

苏妈妈几乎秒回:橙橙,你快点回来,你爸在浴室摔倒了!

苏橙橙面色大变。

苏青梨慌慌张张地赶回来,恰好看到唐奇从车里下来。

苏青梨往车里扫了一眼:"苏橙橙人呢?"

唐奇看向车内:"橙橙在车里。"副驾驶位的车门自动打开,又自动关上,明明什么都没看到,可的确感觉是有个人下车了。苏青梨看得眼睛发直。

唐奇解释:"橙橙的滤镜突然失常,把她隐身了。"

苏青梨感觉到有人牵起了自己的手。

"橙橙!"

楼上,苏爸爸躺在沙发上,苏妈妈坐在旁边,不停向门口的方向张望。门响,两人赶紧一个装作哼哼唧唧,一个装作伤心焦虑,林媛和顾屿一前一后冲了进来。

林媛说:"叔叔,我们先去医院检查一下。"

苏妈妈说:"你叔叔说他块头大,咱们搬不动,坚持要等橙橙回来。"

林媛着急:"我把男朋友叫来帮忙了。"

顾屿也劝她:"叔叔,我们先去医院。"

苏妈妈第一次看到林媛的男朋友,忍不住惊喜地想要攀谈:"你是顾屿吧……"苏爸爸哼哼唧唧的声音加大,苏妈妈回过神来,忙做出焦虑担忧的样子。

苏爸爸说:"我要等橙橙!橙橙呢?我摔成这样,她都不回来看我吗?"

林媛解释:"橙橙她……橙橙她正在赶回来的路上。"

苏爸爸看顾屿:"你是苏橙橙的领导,你告诉我橙橙她到底在哪里!"

顾屿已经察觉到异样，一时没办法回答。

幸好，开门声再次响起，苏爸爸、苏妈妈都期待地回头，却看到苏青梨冲进客厅："爸爸摔到哪里了？都傻站着干吗，怎么还不去医院？"

苏妈妈问："怎么就你一个？橙橙没联系你吗？"

苏青梨狐疑地看苏爸爸，苏爸爸赶紧接着哼唧。苏青梨看林媛和顾屿，林媛说："叔叔坚持要等橙橙回来。"

苏青梨拿起手机，作势要打电话："我叫救护车吧！"

苏妈妈赶紧阻拦："不用，不用，你爸说了要等橙橙回来。"

苏青梨不予理会，拨了1、2……眼看着要按0。

"别打了、别打了！你爸没事，他就是气不过橙橙撒谎，要见橙橙。"

苏爸爸气鼓鼓地翻身坐起："苏橙橙、唐奇，还有你林媛、顾屿！都说橙橙去出差了，可两个小时前，橙橙的同事来了，说橙橙请了病假。你们这帮人合着伙糊弄我！苏橙橙她不回家，也不上班，到底去了哪里？"

苏青梨对着门口的方向："出来吧！"

唐奇紧紧地牵着一个玩偶的手，走了出来。苏爸爸和苏妈妈瞪大了眼睛。

唐奇说："叔叔、阿姨，橙橙接到你们消息，就让我立即赶回来。"

苏妈妈看唐奇目光温柔地看着玩偶，不禁笑骂："你这孩子搞什么鬼？穿成这样！"

苏爸爸说："行了，你赶紧把衣服给脱了吧，我不骂你了！"

玩偶不动。苏爸爸按捺不住，起身要过去。

苏青梨拦住他们："爸、妈，你们先坐下，有个事，要告诉你们。"

第五十二章
温暖的家

苏爸爸和苏妈妈听完来龙去脉，盯着玩偶看。苏爸爸问："橙橙得到了一个能变来变去的滤镜，现在滤镜把她隐身了，橙橙人在这个玩偶里面，但摘掉外面的套子，我们什么都看不到？"

苏妈妈声音温柔："不管橙橙变成什么样，都是我女儿！橙橙，没事的，你让妈妈看看你……"

在苏爸爸、苏妈妈的目光注视下，唐奇帮忙，玩偶脱掉了头套，确实什么都没有。接着，玩偶的衣服已经都堆在地上，内里空空如也。苏橙橙站在震惊的两人对面，走了过去，各握住他们的一只手。

苏妈妈眼眶一下就红了，眼泪滚滚地双手抓住苏橙橙的手："橙橙！"

苏爸爸也眼眶发红，双手牢牢地握住苏橙橙的手："橙橙，你别怕啊！咱们想办法，一定有办法！"

苏橙橙也几乎落下泪来。

苏青梨解释道："滤镜把橙橙的声音屏蔽了，只能通过发微信或者写字传递消息。你们这样抓着她，橙橙想说什么也说不了。"闻言，苏妈妈和苏爸爸都不舍地放开苏橙橙。

唐奇把笔递给苏橙橙，把提前准备好的画板打开。所有人都看见，笔飘浮在半空。

苏爸爸安慰："橙橙，你别急，有什么话慢慢说……慢慢写。"

爸、妈，对不起，让你们担惊受怕了。

"我们没事，你别害怕……"苏妈妈看向林媛和苏青梨，问，"怎么会发生这样的事呢？"

苏橙橙把自己想说的话一股脑写在画板上：

这几天，我一直在反思，滤镜一直都不稳定，可为什么直到今天，大家都看不到我了，我才真正想要摘下滤镜？为什么之前，在大家还能看到我时，我没有下定决心摘掉它？为什么我明明知道不对，却一次又一次使用滤镜，让它一次又一次升级？

我表面上装作满不在乎，可实际上我对自己的外貌一直不满意。我想变得和其他漂亮女孩一样，不会被人随意无视，能得到同龄人的好感和尊重。正因为我内心对外貌的焦虑，我才一直舍不得放弃滤镜，才导致今天的结果：滤镜一次次升级，逐渐吞噬了真实的自己，大家都看不到我了。

看到苏橙橙写的字，所有人都十分难受。

苏妈妈说："是爸爸妈妈对不起你，我们嘴里说着不在乎你的容貌，可实际上我们一直觉得你长得不如你姐姐，在婚姻上不利。爸爸妈妈没有丝毫恶意，都是为了你好，可这种好也给你施加了不少压力。"

看到父母十分愧疚，苏橙橙写道：我知道你们是爱我才会为我担忧，我从没有怪过你们。

苏妈妈和苏爸爸却越发愧疚。

林嫒想起了自己的所作所为，说："橙橙，我一直宽慰你别在意外貌，甚至有时候会故意扮丑，表示和你同甘共苦，可我如果不是心里认定外貌重要，怎么会做这些事？我也是给你制造外貌焦虑的一员，对不起！"

顾屿为表示与林嫒共同进退，也跟着道歉："在面试时，我也曾以貌取人，对不起！"

苏青梨面色淡然，但眼睛里藏着难过："作为我的妹妹，从小到大，你承受了很多来自外貌的压力，长得美并不是我的错，所以我不想说对不起，但……对不起！"

苏橙橙难过又感动。她在画板上接着写：你们别自责了，是我不够自信、不够勇敢，现在我已经明白，我能改变别人的看法，我很喜欢现在的自己！

大家簇拥着苏橙橙。苏橙橙知道他们看不到她，可是她并不孤单，爱人、朋友、亲人，都在她的身边。

晚上，苏橙橙房间里，一套睡衣在拍打着使用护肤品。突然，门开了，穿着睡衣、抱着枕头和被子的林媛和苏青梨进来了。

林媛说:"橙橙,今晚咱们一起睡。"

桌上的一个画着"√"符号的牌子举起,一旁还放着一个"×"符号的牌子,一看就是林媛的手笔。

房门被敲了敲,苏爸爸端着一盆小龙虾进来,苏妈妈端着啤酒、筷子、一次性手套……

苏爸爸说:"给你们准备的夜宵。"

苏妈妈拿起彩色的一次性手套:"这双手套是给橙橙的。"

苏橙橙将手套拿过去:"谢谢我亲爱的妈妈。"

苏青梨说:"谢谢。帮橙橙说的。"

林媛纠正:"不对,橙橙肯定会说'谢谢我亲爱的妈妈'。"

苏橙橙已经戴好手套,一手拿起一个牌子,林媛是"√",苏青梨是"×"。林媛冲苏青梨得意地做鬼脸。

苏青梨嫌弃:"幼稚!"

苏爸爸已经帮忙把小龙虾摆好,连纸巾、垃圾桶都贴心地放置好。

苏妈妈笑着说:"你们慢慢吃。"

苏爸爸乐呵呵地笑:"不够我再做……"

苏妈妈打断他:"就这么多了!晚上吃太多对肠胃不好。"说罢拽着苏爸爸离开了。

姐妹三个围着小龙虾,坐在地上,因为有了彩色手套,不存在看不到或者撞到一起的问题,大家热热闹闹地吃小龙虾。

林媛举起啤酒:"正式庆祝苏橙橙脱单!"

三人碰杯。

苏橙橙拿着啤酒,看看姐姐,又看看林媛,再看看爸妈准备的小龙虾,说:"谢谢!有你们在,就算永远隐身,我都不怕了!"

苏青梨看啤酒罐一直悬在半空没动,担忧道:"不能喝酒吗?"

苏橙橙回神,赶忙喝酒表示自己能喝,与此同时,苏橙橙的"嘴替"也说话了:"橙橙肯定在感动,有我这么好的朋友,还有这么……"林媛看着苏青梨,卡壳,"美的姐姐!"林媛说完,还和苏橙橙默契地碰了个杯。

第四篇 穿越人海拥抱你 441

苏青梨看看二次元风格的林媛，再看看如今真变成"二次元"的苏橙橙。在她的视野中，苏橙橙像是睡衣、手套勾勒出的人物抽象画。苏青梨边喝酒边嘀咕："我今晚还是回自己房间睡吧！"

可是，三个人都有些喝醉了，最后还是睡在了同一个房间。

晚上，苏橙橙做了个梦。梦里，小学生唐育文站在讲台上，正声情并茂地朗读作文《我的妈妈》。

"我的妈妈是隐形人，所有人都看不到她，也听不到她说话。每次全家出游的时候，大家只能看到我和爸爸，但我知道，妈妈一直陪伴在我们身边，她很爱我和爸爸，还经常给我变魔术……"

"唐育文，你撒谎！你没有妈妈！"同学们哄堂大笑。

"你没有妈妈，你想象出一个隐身妈妈！"

唐育文着急辩驳："我有妈妈！我有妈妈……"

苏橙橙从梦里醒来，已经是早上。她发现自己睡在地铺上，旁边是林媛，她的床上睡着苏青梨。

苏橙橙边回忆梦境，边嘀咕："一帮小屁孩！唐语文……我儿子姓唐？我和唐奇结婚了？"

苏橙橙拿起放在枕畔的手机，给唐奇发消息：如果我一直被滤镜困住，一直隐身，你真能接受一个看不见的女朋友吗？

唐奇问：你又对外在焦虑了？

苏橙橙发信息：我说的是看不见！这和觉得自己长得不好看是两回事！

手机铃声骤然响起，唐奇来电。苏橙橙紧张起来，却发现林媛和苏青梨都没反应，显然都听不到手机的声音。苏橙橙拿着手机，刻意凑近苏青梨耳边，苏青梨也没反应。

苏橙橙嘀咕："这也算隐身的好处吧！"苏橙橙直接打开了免提。

唐奇问："苏小姐，请问你今天有空吗？"

苏橙橙微信回复：有空。

唐奇说："半个小时后，我到你家楼下接你。"

苏橙橙发信息：？

"约会。"

苏橙橙笑着回复：好。

唐奇带着苏橙橙来到一处山坡上。苏橙橙问："干什么？"

唐奇捂着苏橙橙的眼睛走。苏橙橙一边继续往前走，一边仗着唐奇听不到，什么都敢说："我昨晚做了个梦，梦到咱们的儿子都上小学了，你知道咱们儿子叫什么吗？居然叫唐语文！还不如叫唐体育呢……"

"到了。"

唐奇松开手，苏橙橙喜悦而期待地睁开眼睛，然后……惊是够惊，但喜实在有点喜不起来。眼前是唐奇和苏渺约会的地方，也是苏渺被雷劈死的地方。

"对我来说，这是一个很特殊的地方。第一次满怀喜悦，等待着喜欢的人；第一次悲痛欲绝，失去了喜欢的人……"

苏橙橙尴尬地想起唐奇站在路边等待的样子，想起她被雷劈"死"，唐奇悲痛欲绝的样子。

苏橙橙拉住唐奇的手，说："对不起！"

唐奇说："我以为自己视力很好，却一次又一次看不到你。"

唐奇脱下双肩包，拿出一个匣子打开，里面放着一个个像是泪滴一样的玻璃制品，绝大部分都是无色透明的，但也有个别是红色的、蓝色的、绿色的。

"这是我自己做的。"

苏橙橙好奇地拿起一颗红色的玻璃泪滴，问："这是什么？"

唐奇解释："把熔化的玻璃滴入冰水中，在重力的作用下会形成这些玻璃泪滴，用发现人的名字鲁珀特命名，叫作鲁珀特之泪。"

唐奇从苏橙橙手里拿过泪滴，放到地上，用力踩了一脚。苏橙橙惋惜地叫了一声，可当唐奇移开脚时，玻璃泪滴丝毫没有碎裂。

"鲁珀特之泪看似外形简单，实际构造特殊，非常坚硬，即使承受八吨的压力，或者被子弹击打，都不会破碎。"

苏橙橙好奇地踩脚，发现玻璃泪滴的确不碎。苏橙橙把它捡起来："这是世界上最坚硬的玻璃吧！"

唐奇再次从苏橙橙手里拿过鲁珀特之泪，捏着泪滴的尾巴，轻轻一用力,整颗泪滴碎裂,绯红色的碎末洒落在地上。苏橙橙看得目瞪口呆。

唐奇拿起一颗透明的鲁珀特之泪:"它能承受八吨的压力,子弹都击不碎,但如果捏住它的命门——这个小尾巴,一点点力量之下,整颗玻璃泪滴就会瞬间爆裂,彻底粉碎。因为它至坚至脆,西方人常把鲁珀特之泪看作爱情的象征。"

苏橙橙仗着对方听不到,笑着调侃:"你送我一盒亲手做的爱情?我接受了!"说罢,大大方方接过了鲁珀特之泪。

唐奇手里还捏着一颗透明的泪滴:"外出时,你把这个带在身上,没人能看到。如果遇到紧急的事,你就捏碎它的尾巴,不管你在哪里,我都会找到你,你的爸爸、妈妈、姐姐,还有林嫒,也都能找到你。"

唐奇轻轻一捏透明泪滴的尾端,泪滴变成碎末,洒落在地,看似透明无踪,但当唐奇拿出一个特制的小电筒扫过地上时,玻璃碎末折射出光点,甚至因为碎末的不规则形状,还产生了晃动的彩色光斑。

苏橙橙捧着一盒鲁珀特之泪,站在晃动的彩色光斑中,眼里泪光闪烁。

唐奇单膝跪下:"苏橙橙,你愿意嫁给我吗?即使我看不到你,亲你的时候会吻错地方;即使我听不到你,你大声求助时,我不能及时回应……"

苏橙橙也跪下,一把抱住唐奇:"我愿意!"

唐奇回抱住她:"即使你说愿意的时候,我也听不到。"

苏橙橙含着泪笑:"对不起!你第一次求婚,却不能让你亲耳听到'我愿意',只能……让你感受了。"

苏橙橙捧着唐奇的脸,吻了他。他们身边,盛放着鲁珀特之泪的匣子在阳光下闪耀。

客厅的桌子上摆着各种水果,顾屿和林嫒坐在一边,苏爸爸和苏妈妈坐在另一边。

顾屿笑着说:"一直听嫒嫒说起叔叔阿姨,本来应该早点来,但拖到今天才正式拜访,是我的不对。"

苏妈妈为他们上热茶:"本来想等橙橙一起请你过来的,但没想到橙橙突然……这样,我们就没顾上。"

顾屿说:"阿姨、叔叔,你们不用担心,小唐已经在联系北京的实验室,用上专业切割工具,肯定能摘掉滤镜。只是情况特殊,小唐说需要一点时间沟通。"

林媛附和:"那帮高精尖人才都能把那么大的东西送去火星了,还解不开一个镯子吗?"

苏爸爸和苏妈妈都松了口气,笑得开心:"太好了。"

苏爸爸说:"小唐这小伙子办事靠谱。"

顾屿忙打开一直放在脚边的大袋子,从里面拿出一个小袋子:"我有个朋友老家在秦岭,我托他从老乡手里收购了一些山货。这是……"

"蕨菜!"苏爸爸拿起一点查看,"这蕨菜好啊,你看看,多嫩!外面就算能买到,也买不到这么嫩的。"

林媛看着灰扑扑的干蕨菜,实在不知道哪里能看出来嫩。

苏爸爸放下蕨菜,顾屿又拿出一个小袋子:"这是……"

"核桃花,又叫长寿菜。哎哟!这可是个好东西,我都多少年没吃过了!"苏爸爸对苏妈妈说,"赶紧泡上,晚上就能吃了。"

苏妈妈没客气地提起核桃花和蕨菜:"你们继续聊,我先去把菜泡上。"

顾屿看到自己带的礼物这么受欢迎,开心地继续拿袋子:"这是山里的野菌子,采到什么就晒什么,各种菌子混在一起。"

苏爸爸拿起菌子凑到鼻端闻:"好!正好早上买了只鸡,晚上咱们吃菌子炖鸡。"

顾屿又解开一个袋子:"这是白果。"

林媛终于碰到一个认识的:"啊,银杏果!我最近追的一部剧的主角有一集就在吃这个。"

苏爸爸说:"待会儿给你做,保准比你看的剧里的好吃。"

林媛甜甜地笑:"好。"

顾屿笑着解开最后一个袋子:"这是我朋友自家种的核桃。"

苏爸爸吩咐林媛:"把东西都拿去厨房,帮你阿姨装起来,这些东西不能受潮。"

"知道了。"

"核桃留下。"

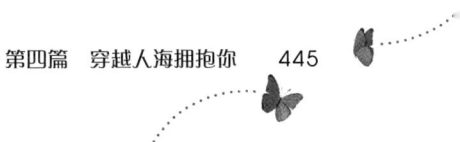

"好。"林媛提着菌子和银杏果走了。

苏爸爸递茶:"小顾,喝茶。"

"谢谢叔叔。"

苏爸爸拿起两个核桃,轻轻松松一握,核桃被捏得粉碎。

"哎哟,没控制好力道。"苏爸爸貌似无意,当着顾屿的面把核桃渣撒进垃圾盒,"媛媛虽然姓林,和我不一个姓,但我和你阿姨是看着她长大的,在我们心里,她和橙橙是一样的。媛媛小时候吃了不少苦,我还是那句老话,你们要谈恋爱就认认真真谈恋爱,就算将来走不下去了,也打开天窗说亮话。要是搞花花肠子,弄那些有的没的,叔叔我可不答应!"

顾屿郑重地说:"叔叔放心,我记住了。"

苏爸爸心虚地看向厨房的方向:"咱们男人说的话,没必要让女人知道。"

顾屿笑了:"媛媛不会知道的。"

苏爸爸笑着又拿起两个核桃:"我重新给你捏两个核桃。"

餐桌上,凉拌核桃花、野山菌炖鸡、盐烧银杏果……各种菜肴琳琅满目。一家人团聚在一起,热热闹闹地吃着晚饭,只有一个位置看似没有坐人,却有一双筷子起起落落。

苏爸爸拿起酒杯:"这杯酒,我敬小唐、小顾,欢迎你们来家里吃饭。"

大家一起举杯、碰杯。顾屿说:"感谢叔叔阿姨做了这么多好吃的招待我们,难怪媛媛每次去外面吃饭,都说不如叔叔阿姨做的好吃。"

唐奇也说:"谢谢叔叔阿姨。"

苏爸爸、苏妈妈开心地笑。苏妈妈招呼唐奇和顾屿:"多吃一点。"

苏青梨笑着说:"以后不管顾屿说什么,唐奇你只管跟在后面'复制''粘贴'就行,绝不吃亏。"

大家都笑了。

唐奇在给苏橙橙盛鸡汤,顾屿在帮林媛剥银杏果,苏青梨正专心把油汤撇掉,苏爸爸想倒白酒,被苏妈妈暗暗拉住……苏橙橙看着亲人、朋友、爱人,忍不住笑意盈盈。

突然,铃声响起。苏橙橙一侧的唐奇拿起手机——不是他的。苏橙橙另一侧的林嫒拿起手机——也不是她的。顾屿和苏青梨都疑惑地拿起手机看了看，都不是。

大家的目光都锁定了铃声的方向，看似没有坐人的位置——苏橙橙。

苏橙橙拿起手机查看，没有来电，她不禁看向自己的滤镜镯子。苏橙橙碰了下滤镜，虚拟控制面板出现，上面竟然有一个电话形状的绿色图标。苏橙橙按了接听。

"喂？"

老奶奶的声音从滤镜里传出："你喜欢滤镜吗？"

苏橙橙说："不喜欢。"

老奶奶问："你不喜欢随心所欲地变得更漂亮、更有魅力吗？"

苏橙橙说："我喜欢……但我更喜欢我自己。我的朋友、男朋友、爸妈和姐姐，他们喜欢的是我，不是苏渺，不是方谨，不是全胜唐……我，只想做我自己！"

"明晚，老地方见。"

通话终止，苏橙橙呆呆地坐着，恍若梦中。大家都期待又紧张地看着苏橙橙的方向。

第五十三章
回归正轨

唐奇牵着苏橙橙往老奶奶卖花的地方走。

"别紧张,她既然主动联系你,肯定是来解决问题的。"唐奇在安慰苏橙橙,但实际上他自己比苏橙橙还紧张。

唐奇没注意到,本来只是他一个人牵着空气在走,走着走着,变成了两个人并肩。

唐奇看到前面有一个老奶奶在摆地摊卖花,旁边停着一辆自行车,和苏橙橙形容的人一模一样。他的目光不禁完全被老奶奶吸引。

两个女初中生说着话经过,一个女生突然笑着推搡了一下另一个,导致她不小心蹭到了苏橙橙。撞到人的女生连忙道歉:"对不起,姐姐!"

两个女生已经走远,苏橙橙却愣住了,恍惚地看着唐奇:"她……她能看到我!"

唐奇眼含泪光盯着苏橙橙:"我也能看到你!"

"你能看到我?"

唐奇点头,突然激动地一把抱住苏橙橙,把她举了起来,近乎失态地欢呼:"你们看见了吗?这是我女朋友!我女朋友!你们看见了吗?看见了吗……"

苏橙橙又羞又喜,想捂脸,又没真捂。

路人经过,看到这对年轻男女的样子,以为他们是热恋中情难自禁,都会心一笑,继续走自己的路。

卖花的老奶奶说:"看见了,我们都看见了,你女朋友!"

苏橙橙循声望去,这才看到"聋哑老奶奶"推着一辆自行车站在他们身旁,自行车的前筐、后座都插满了鲜花。

唐奇放下了苏橙橙，老奶奶推着鲜花自行车走到他们身边，看着苏橙橙："看来你的确很喜欢现在的自己。"

苏橙橙看看唐奇，用力点点头。

"感谢你参与我们的滤镜实验，这个滤镜可以送给你。"

苏橙橙忙摇头："我不要，我只想脚踏实地做自己。"

老奶奶问："这个滤镜的功能很强大，经过这一次考验，以后也会很稳定，你真舍得放弃？"

苏橙橙肯定地说："我只想未来的每一天都属于真实的自己。"

"那还给我吧！"

苏橙橙迟疑地去摘镯子，往常摘不下来的镯子，竟然轻松地脱掉了。苏橙橙惊喜地把镯子还给老奶奶。老奶奶骑上自行车，载着一车鲜花离去，骑自行车的动作完全不像是一个老人。

"喂……你是谁？"

老奶奶没有回头，只是抬起一只手，潇洒地挥挥，手上戴着一个颜色不同，但样式和滤镜镯子一样的镯子。

"再见。"

老奶奶的身影汇入人海中。

苏橙橙笑看着唐奇，伸出没有了滤镜的手："你的女友再没有神力，变得平凡普通了！"

唐奇握住她的手："我可以安心了。"

两人牵着手，一步一步往前走。

唐奇带着苏橙橙回家，苏爸爸和苏妈妈几乎瞬间从厨房里冲了出来，顾屿、林媛和苏青梨也都站了起来，几个人屏息静气地盯着大门。看见唐奇和穿着玩偶服的苏橙橙走了进来，众人见状，心里十分失落，却依然强颜欢笑。

苏妈妈眼神充满怜爱，语气十分温柔："饿了吧，先吃饭。"

苏爸爸努力露出爽朗笑容："我就差最后一个炒青菜了，你们先吃，我马上就好。"

二人说着话就走向厨房，突然，苏橙橙响亮的声音传了过来："爸、妈！"苏橙橙摘下了玩偶头套，露出大笑脸，笨拙地蹦到他们面前，"我恢复正常了！"

苏爸爸和苏妈妈都喜笑颜开，苏妈妈隔着玩偶艰难地抱住女儿，开心得眼泪都冒了出来，又悄悄擦去。

苏橙橙也紧紧抱住妈妈："都是我不好，让你们担心了。"

苏青梨和林媛也都松了口气。苏青梨大声骂："死丫头！竟然故意吓我们，下次再这样，看我不好好收拾你！"

苏橙橙躲在苏妈妈身后告状："妈，姐威胁我！"

苏妈妈飞来眼刀："青梨，赶紧去端菜！这么大个人了，眼里一点活都没有！"

苏青梨去了厨房，林媛忙乖巧地跟随："我去拿碗筷！"

苏橙橙正得意，苏妈妈的眼刀扫向她："还有你，赶紧把这碍眼的笨重玩意脱下来！跟个狗熊一样，成什么样子。"

苏妈妈提溜着苏橙橙去了房间，苏爸爸本来一脸憨笑地看着老婆和女儿，一回眼，看到唐奇和顾屿这两个"女婿"，脸掉了下来。

顾屿说："叔叔，最后一道菜我来炒，您也尝尝我的手艺。"

唐奇一时间想不到自己能做什么，郁闷地看"死道友不死贫道"的狗腿子已经殷勤地去拿苏爸爸手里的锅铲了。可苏爸爸力气大，锅铲在苏爸爸手里，纹丝不动。

"你们都是客人，老实坐着吧！"苏爸爸一手一个，把两人轻松地摁到沙发上。

苏爸爸回了厨房，唐奇和顾屿坐着。

"顾总，您可真能干！"

"哪里，哪里，全靠同行衬托。"

餐桌上，各种菜肴琳琅满目。一家人团聚，跟上次不同，这次每个位置都坐着人，苏橙橙举起饮料杯："干杯！"

"干杯！"大家碰杯，气氛热烈。

苏爸爸兴致高昂："今天这么高兴，给小唐、小顾喝点好的！"苏爸爸笑嘻嘻地从酒柜里拿出一瓶八珍酒。

苏妈妈笑话他:"什么给客人喝,我看就是你自己嘴馋了。"

苏爸爸不服气:"我这八珍酒用的都是上好的药材,今天让你们也尝尝鲜。"

苏爸爸要为唐奇和顾屿倒酒,顾屿连忙端起杯子恭敬地站起来:"谢谢叔叔。"唐奇也有样学样地双手举杯站起。

苏青梨看着两人:"要不要这么卷啊?"

众人都笑。

苏爸爸给顾屿倒完酒,轮到唐奇时,停了下来:"听橙橙说,你酒量不行。"

唐奇说:"没有顾屿好,但今天高兴,喝上一杯没问题。"

"好。"苏爸爸端起酒杯和唐奇、顾屿干杯,"来,碰一个。"

苏爸爸和顾屿都是一口闷,唐奇看了看,也一口闷掉了。

苏橙橙主动倒酒,端起杯:"我隐身的这段日子,你们都十分担心我,却还要照顾我的情绪假装开心。对不起,让大家操心了!"

苏橙橙一口喝完酒,众人都表情奇怪地看着她不说话。

苏橙橙奇怪:"怎么了?不会感动得话都不会说了吧?"

顾屿看林媛,担忧地说:"苏橙橙呢?她怎么突然就不见了?"

林媛看苏橙橙的位置,仿佛看着空气:"对啊,橙橙呢?会不会去卫生间了?"

苏青梨紧张地说:"我去卫生间看看,橙橙,橙橙……"

苏青梨站起去卫生间找,苏爸爸、苏妈妈四处张望,也在找苏橙橙。

苏橙橙脸色骤变,以为自己又隐身了,急忙查看自己的两个手腕,疑惑地说:"我没戴滤镜镯子啊!你们又看不见我也听不见我了吗?"

苏橙橙正着急,却见唐奇对她打眼色。苏橙橙反应过来,气恼地说:"爸!妈!你们怎么也跟着他们吓唬我?"

苏妈妈爽朗地大笑,苏爸爸忙甩锅安抚女儿:"这可不是我的主意,是你姐和媛媛的主意。"

"苏青梨、林媛,你们多大了,幼稚不幼稚啊?"

苏青梨和林媛都笑。林媛说:"没你幼稚!"

苏青梨哼了一声:"谁让你假装玩偶吓我们,这叫一报还一报。"

第四篇 穿越人海拥抱你

大家嘻嘻哈哈着。欢声笑语中，顾屿已经拿出手机拍照，一张张照片定格，其中一张是唐奇和苏橙橙靠在一起，温馨甜蜜。

唐奇将这张照片发到朋友圈，照片上方还有他发的文字："宜言饮酒，与子偕老，琴瑟在御，莫不静好。"

照片下方是大家的点赞和留言，数量还在急速地增加。

林媛：官宣了！恭喜恭喜！

顾屿：感谢苏橙橙，小唐终于脱单了。

周锦礼：单身狗的眼睛已经闪瞎。

苏橙橙给唐奇的官宣朋友圈点赞后，翻找到相册里同样的照片，下意识地打开美图软件要一键美颜，迟疑了下，最终放弃，直接用了原片，编辑了和唐奇一样的文字发了朋友圈："宜言饮酒，与子偕老，琴瑟在御，莫不静好。"

出租房内，女校友甲无意中刷到苏橙橙的朋友圈，震惊地迅速截图转发到"实验中学校友群"里。

办公室里，加班的校友乙满脸疲惫，可翻看到群消息后，精神立即振作，一脸不可思议地将截图转发到其他校友群。

截图通过一条条微信消息，一传十，十传百，如同爆炸般迅速传播开。

林媛家的卫生间里，水汽氤氲，顾屿正在冲澡。卧室内，林媛穿着睡衣，正在点香氛蜡烛。

点好蜡烛，关了大灯，林媛上了床，顺手拿起手机，看到微信群里的信息轰炸——大部分人都在吃惊中表示了祝福，也有小部分人出言不逊：

66666，苏麻雀啄牛屁股——雀实牛啊。

偶像剧照进现实，苏橙橙，我偶像！

要世界末日了吗？苏橙橙都能拿下男神，那我拿下女神指日可待！

我不相信，一定是苏橙橙倒追男神不成，自己P的图。

你们看清楚，根据截图时间，是唐学长先发的朋友圈。

消息下面，有人单独截图了苏橙橙没有经过美颜的照片，刻意嘲讽。

林媛越看越生气，顾不上什么良夜春宵，迅速进入战斗状态，与群里出言不逊的同学激情对骂：

橙橙的脸确实不如你，你脸那么大，容得下千山万水。

咋的？人家苏橙橙是麻雀，你是王八追西瓜——滚来滚去？

说是P图的那位同学，我记得老师说过你心思没用在学习上，都用在八卦上了。你这么会阴阳，八卦学肯定十级。

嫉妒让人丑陋！

顾屿洗完澡，春心荡漾地走出浴室，却看见林媛满脸杀气腾腾，一边双手不停敲着屏幕，一边念叨："天天活在美颜相机里，自己真实的嘴脸都忘记了！还敢嘲笑橙橙！今天不撑死你们，我就不姓林了！"

顾屿知道今晚的浪漫计划算是泡汤了，包容地笑笑，把灯调亮，把一个垫子塞到林媛背后，林媛下意识地靠坐好。顾屿又拿起桌上的发箍，帮林媛把额前的头发卡到后面，让她避免碎发干扰，专心"打仗"。然后他找了个舒服的姿势，坐在旁边，专心地看林媛手指翻飞，舌战群儒。

林媛显然是骂战胜利的一方。

比P图，你们谁能P过我？我林恰恰可是专业的！拿过全国大奖的……简直是癞蛤蟆放屁……

林媛得意极了，开始唱歌："是谁在发疯？是你在发疯。是谁退群了？是你退群了……"

顾屿被逗笑了。林媛终于放下了手机。顾屿问："赢了？"

"赢了！为了表示对橙橙的支持，我宣布，从今天开始，我再也不使用美颜相机，以后发照片只用原片。"

顾屿愣了愣，沉默着没有表态。

林媛很敏锐，看着他："怎么？你不支持？"

顾屿措辞谨慎："朋友圈倒罢了，你的地盘你做主。但你也算半个公众人物，面对媒体和公众的时候也完全不修图吗？会不会有点矫枉过正了？"

"这怎么能叫矫枉过正？我不通过修图欺骗大众，有错吗？"

顾屿委婉地说："如果适度地使用滤镜和修图是一种欺骗，那化妆是不是也是一种欺骗？"

林媛被问得愣住了。

顾屿继续问："让自己变得更美丽，有错吗？"

林媛说不过他，猛地从床上跳下地，拿起顾屿的外套丢到他身上："今

晚我需要独处空间，想一个人待着！"

顾屿好脾气地拿起外套，走了两步，又站定。

"你干吗？"林媛怒目而视。

"我把蜡烛熄了就走，消防安全，人人有责。"

林媛又不好意思又倔强，默默地看着顾屿熄灭一个个蜡烛。

顾屿换好衣服，身影萧瑟地走出了门，但显然没有生林媛的气，而是不解地嘀咕："脾气怎么突然这么大？难道上火了？明天买点菊花给她泡茶喝。"

顾屿上了车，却没有立即离开，而是一直看着楼上卧室的灯，直到灯熄了，才放心发动车子。

第二天，唐奇来到苏家楼下，来接苏橙橙去上班。

苏橙橙素颜走出单元门，看到唐奇迎了上来。唐奇观察她的神色，问："昨晚睡得怎么样？"

"如果你是担心我看了校友群里的那些话有什么不良反应，那我可以告诉你，没有！我昨晚睡得很好。"

唐奇笑了："那就好！"

"我有一个这么优秀的男朋友，又有一个那么优秀的闺密，我开心都来不及，怎么会因为别人几句不好听的话就妄自菲薄？我相信，我也很优秀，才会让你们对我死心塌地！"

"逻辑缜密，完全正确。"

唐奇笑着拿出车钥匙打开车，苏橙橙将钥匙拿了过去："我来开车！"她把手里拎着的豆浆和肉饼递给唐奇，"我爸说你这么早来接我，肯定没吃早饭，这是他亲手做的，叮嘱我务必带给你。"

唐奇接过早餐："谢谢叔叔。"

到了公司楼下停车场，停好车后，苏橙橙和唐奇手牵手并肩站在电梯内。从地下车库到一楼时，赵运杰匆匆进来，苏橙橙下意识地立即放开了唐奇。唐奇已经不像以前，只是包容，没有其他想法。

赵运杰说："唐总早！"

唐奇点头："早！"

苏橙橙意识到自己刚才的反应不对，主动抓住了唐奇的手，唐奇微笑着回握。赵运杰偷偷打量苏橙橙。

苏橙橙问："怎么？没见过人谈恋爱？"

"见过、见过！"赵运杰收回了目光，目不斜视地站好，可还是没忍住，"那个，昨晚的朋友圈我已经留言了，不过还是想当面再说一声，恭喜啊！"

"谢谢！"唐奇和苏橙橙异口同声，说罢相视一笑。

电梯到了，赵运杰机灵地按住电梯门，示意唐奇先行。唐奇和苏橙橙不约而同地放开对方的手，进入了预备工作的状态。唐奇在前，苏橙橙和赵运杰一块儿走着。

赵运杰嘀咕："我刚才悄悄打量你不是因为你谈恋爱了，早知道的事有啥好打量的。我是纳闷，这么大的喜事，你怎么没化妆？连个口红都没涂……"

"我素颜不行吗？"

"不是不行……"

说着话，苏橙橙和赵运杰进了市场部。听不到他们的对话了，唐奇若有所思地停下脚步，回头看向苏橙橙的背影。顾屿经过，拍了下唐奇的肩膀："不至于吧？上个班都难舍难分的？"

唐奇没理会顾屿的打趣，向自己办公室走去。顾屿没有去自己的办公室，反而跟着唐奇，一路进了唐奇的办公室。唐奇一边换外套一边坐到办公桌前："不至于吧？上个班都要一路跟随？"

"至于，至于，今晚下班后我做东，请你和苏橙橙吃饭。"

"说吧，究竟什么事？"

"昨晚媛媛和我闹情绪，我发信息她一直不回，麻烦苏橙橙帮个忙，约她出来一起吃个饭，说说笑笑的情绪也就过去了。"

唐奇抬头，目光敏锐地盯着顾屿："林媛为什么和你闹情绪？"

顾屿一时没吭声。

唐奇问："为了橙橙？"

"不完全是，这几天媛媛的情绪本来就大，想到一出是一出。"

同一时间，林媛家里。

蓬头垢面的林媛正往楼下走，手机响起，她拿出来看，是顾屿的微信

消息：早餐在冰箱里，面包热一下再吃。对话框里还有其他好几条："早上好""起床了没有""中午要不要一起吃饭"等。

林媛面无表情地把手机塞回家居服口袋，走进厨房翻看冰箱，里面塞满苏爸爸和苏妈妈提前准备好的各种中式餐点，还有顾屿买的面包等西式早餐。但林媛拿起一个就又没胃口地放了回去，最后居然选了一个冰激凌，把冰激凌当作早餐吃了起来。

林媛吃着冰激凌走到客厅，打开电视开始看《中国惊奇先生》。手机响，是编辑来电。林媛开了扬声器接听，自己继续"葛优瘫"着边吃冰激凌边看动漫。

"你姐妹的事情忙完了没？忙完了，可以认真画稿子了吧？"

"我姐妹的事情忙完了，可我最近没啥创作激情。"

"你不是在谈恋爱吗？多好的创作素材，怎么会没有激情？"

"也许，我就是因为谈恋爱了，才没有工作的热情。要不你努力努力，劝我分手？"

编辑担忧道："发生什么事了？"

"没，一切平安，就是懒洋洋的，只想躺平做咸鱼。"

"等忙完公司的事，我来看你。"

"不用……"

"就这么定了。"编辑挂了电话，林媛无所谓的样子，继续看着电视，渐渐睡了过去。

编辑站在门口按门铃，过了好一会儿，林媛才来开门："不好意思，刚睡着了，没听到门铃响。"

编辑跟着林媛进门，递来一袋甜品："来的时候顺便给你打包了一份你爱吃的半熟芝士。"

"谢谢。"林媛带着编辑走进客厅，两人落座。

"说说吧，怎么回事？认识你这么多年，第一次听到你说没有创作激情了……"编辑目光扫过桌上融化的冰激凌，拿了起来，问，"这是你早上吃的？"

"我的早饭。"

"你到现在还没吃早饭？"

林媛认真地看着冰激凌："吃了，没吃完。"

"竟然还没有吃早饭，难怪你没力气画稿子！"编辑拿出手机，对林媛说，"你先吃点蛋糕垫垫肚子，我给你点个外卖。"

林媛慢条斯理地撕开甜品袋："以后我接受采访的视频和照片，不允许使用滤镜，不允许修图，应该没问题吧？"

编辑抬头盯了不修边幅的林媛一瞬，不客气地回答："你干脆以后接受采访连妆都不要化了，索性素颜出镜！"

林媛瞪着编辑，表情有些犹豫，但嘴没有服软："不化妆就不化妆，让读者看看真实的我，有什么大不了的？我是靠本事吃饭，又不是靠脸！"说完话，狠狠咬了一大口手中的半熟芝士蛋糕。

"行啊，你的老对手晓雅肯定特高兴……"

林媛突然趴下，对着垃圾桶吐了。

"要不要这么浮夸？我的话都没说完就让你恶心吐了……"

编辑发觉林媛不是做戏，而是真的反胃，忙抽了纸巾递给她："没事吧？"

"你的蛋糕不会过期了吧？我吃着怎么味道怪怪的。"

编辑从盒子里拿了一块咬了一口，确定没有问题："我今早买的时候看着它出炉的，我看是你的味觉怪怪的……"说着蓦然停住，盯着林媛打量，"不想工作、没有胃口、嗜睡、口味突变……"

林媛突然意识到什么，捂住耳朵："你不是医生，不要瞎诊断。"

编辑迅速地从自己包里拿出一盒验孕棒，竖立在林媛眼前："这半年来我一直在备孕，这一盒送给你，去测一下吧！"

林媛满面震惊地盯着眼前的盒子。

千鸟集会议室里，王怡正站在屏幕前做市场调研分析报告："从2021年到2023年，受大环境影响，多个外资品牌的线下店铺，都面临关店甚至退出国内市场的现状，不少新老美妆零售连锁也在削减门店、断尾求生。"

周锦礼、唐奇、顾屿等各部门领导和苏橙橙等各部门的重要员工都在会议上，认真听王怡讲话。

"与外资美妆品牌相反的是,国产美妆品牌正积极拓展市场,不再是单一的线上销售,2022年一年,蕊雅、桑妍等七个美妆品牌在北京、上海、深圳、杭州、成都就开了十四家线下实体店……以上是我今天的报告,各位可以查看邮件中更详细的数据资料。"

王怡坐下,周锦礼发言:"中国的电商发达程度是世界第一,线上渠道有着轻资产、低成本的优势,但在实体店,产品看得见摸得着,还有带温度的服务。如果想要真正被消费者了解,我们千鸟集必须完善渠道布局,提升顾客对实体产品的感受。所以,经过我和唐总、顾总的商量,千鸟集决定开设第一家线下实体店。"

众人低声议论,明显各有想法。

唐奇说:"千鸟集从成立之初,就重视产品的研发。相较其他品牌,千鸟集对研发的投入一直在业内领先,这三年间顾客的反馈和口碑也认可了千鸟集产品的质量。未来,我会和研发部门的同事继续努力,为顾客提供价格实惠的优质产品。"

顾屿接着发表自己的见解:"经过这几年的发展,千鸟集在电商的销售数据频创佳绩,但我认为千鸟集还差一个引爆点来彻底打响品牌。公司选择这个时机建立实体店是出于长期、系统的布局,不仅是为了沉淀千鸟集品牌的长期价值,也是一个营销行为。与以前的单产品、分时间段的营销不同,这是一次整合产品,形成品牌效应的长期营销,我希望市场部的同事们能全身心投入,做好这次公司成立以来投入最大的营销活动。"

同事们听完唐奇和顾屿的发言,都觉得振奋鼓舞。

周锦礼接着鼓励大家:"希望各部门齐心合力,把千鸟集第一家线下实体店打造成功,打破千鸟集线上销售的边界,触达更多的消费者,让千鸟集品牌继续健康成长。"

"好!"众人齐声回答。

散会后,大家回到市场部。苏橙橙、王怡、李宇昊、赵运杰等人既觉得这是挑战,又觉得兴奋。

李宇昊看向众人:"你们说,如果这次的实体店是公司成立以来投入最大的营销案,咱们的奖金会不会也是公司成立以来最多的啊?"

赵运杰理所当然地说:"肯定啊!咱们三个老总可都不是小气人,今年春节我就能存够钱，给自己买辆车了。"

王怡冷静提醒："先别惦记奖金了，赶紧想想怎么做吧！只要做成功了，我们自然什么都会有，要是不成功……我可听说梵黛在裁员。"

李宇昊、赵运杰都打起精神，不约而同地看向已经在电脑上查资料的苏橙橙。

赵运杰说："橙橙，我现在一点头绪都没有，全靠你了！"

李宇昊也开始打趣："橙橙，你结婚的时候，我随礼多少就看你自己的表现了！"

苏橙橙一脸尴尬，王怡开口解围，态度温和却严肃："现在是工作时间，别拿个人私事开玩笑。"

李宇昊赔着笑脸："下次不会了！"

苏橙橙看他知错就改，也给了面子，说："怡姐会上说2022年一年七家品牌就成立了十四家线下实体店，我们可以先做一下调研，看看消费者对这十四家实体店的消费反馈。"

"好嘞，这事我擅长。"李宇昊说完，打开文档，记下品牌和对应的店名地址，开始工作。

赵运杰说："我以前做过地面铺货，对全市的商贸地段都熟。怡姐，你和我一起去看看别家的实体店，先学习学习，再研究一下哪些地段适合我们。"

苏橙橙主动请缨："怡姐，我和赵运杰一起吧！"

王怡已经在收拾东西准备出发，回答道："不用。既然要开实体店，肯定要有配合实体店开张的新产品。你留下和研发部门沟通，确定我们线下实体店主打的新产品。从源头介入营销，肯定事半功倍。"

苏橙橙点头："好。"

第五十四章
大事不妙

林媛手里拿着根验孕棒，惊慌地左看右看，上看下看，怎么看都是两条杠。她郁闷地将验孕棒扔进垃圾桶："怎么会这样？我们明明每次都有安全措施！怎么办？怎么办……"她既崩溃，又后悔，又懊恼。

林媛挣扎了一瞬，决定还是找个人来商量。她拿起手机，打开微信，最上面的是顾屿，可她点开了和苏橙橙的对话框：橙橙，我碰到大事了。

苏橙橙正在顾屿办公室，把她整理的产品目录递给顾屿，顾屿接过翻看。手机响起，她打开查看，是林媛的消息，除了文字消息，还有一张照片：一根垃圾桶里的验孕棒，有两条杠。

苏橙橙傻眼地看着林媛发来的文字信息：怎么办？我可是坚定的不婚不育者啊！

"天哪！"苏橙橙发出一声惊呼。

顾屿抬头看向苏橙橙："什么？"

苏橙橙看看照片，再看看顾屿，恍惚了一瞬，急忙摇头："没……没事！"说着话，下意识地把拿着手机的手背到背后。

机敏的顾屿立即察觉到："是媛媛的消息？"

苏橙橙点点头。

顾屿问："你这么紧张，她不会是在骂我，数落我的缺点吧？"

苏橙橙摇摇头。

"那是在夸我？"

苏橙橙摇摇头。

"不是在骂我，也不是在夸我？那到底在说我什么？"

苏橙橙讪笑："说你……你能力真强！"

顾屿迷惑地看着苏橙橙，苏橙橙急忙撤退："文件您慢慢看，我先出去了。"

"苏橙橙！"顾屿叫住她。苏橙橙胆战心惊地站住。

"你的微信……"

苏橙橙以为自己瞒不住了，可顾屿却说："你应该屏蔽了校友群，收不到新消息，看看吧！唐奇发了一份文件。"

"好，我这就看。"

苏橙橙迅速离开办公室后才松了口气。她又想到什么似的，看了看市场部办公区，发现王怡和赵运杰都不在，只有李宇昊和其他几个同事在忙。苏橙橙咬了咬牙，又走回顾屿办公室。

"顾总。"

"什么事？"

苏橙橙似乎有点难以启齿，顾屿就耐心地等，还顺手拿起龟食，喂了下小乌龟。

苏橙橙说："我想请假。"

"什么假？事假、病假？"

苏橙橙犹豫着说："事……病假，我身体突然有点不舒服，想请病假。"

顾屿看看气色挺好的苏橙橙，放下龟食："行，你回去好好休息一下吧！"

"谢谢顾总。"苏橙橙如蒙大赦，急忙离开。

顾屿收回目光，看向乌龟，隔着玻璃缸逗弄："你是不是觉得人类很有趣？看似没有壳，其实都背着厚厚的壳。人类发明了地球上最复杂精妙的语言，却是这个地球上误会与不解最多的生物……"

顾屿的手机响起，来电显示"顾夫人"。他忙接听："喂……好，我现在就过来接你……"

林媛表情凝重地坐在沙发上，苏橙橙蹲在她身旁，左看看她的肚子，右看看她的肚子，又摸了摸。

"和以前没啥区别，会不会搞错了？有时候验孕棒也不准的……"

林媛一言不发地抄起桌下的垃圾桶，一个个往外拿，一个验孕棒、两

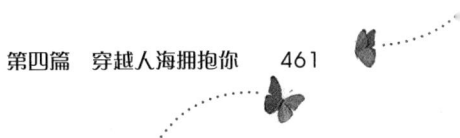

第四篇　穿越人海拥抱你　461

个验孕棒、三个验孕棒……验孕棒在桌子上排了一排,不同品牌、不同款式的验孕棒,却都明确地指向同一个结果。

苏橙橙看得目瞪口呆:"看来……不会错了,你真的怀孕了。"

林嫒明显心情不好,又把验孕棒一个个往垃圾桶里扔。

苏橙橙小心地建议:"要不要告诉顾屿,商量一下怎么办?毕竟……"

林嫒重重放下垃圾桶。苏橙橙忙识趣地改口:"不商量也行。"

林嫒沮丧地说:"这辈子我没有期待过孩子,也从没有想过做妈妈。"

"我知道。"

"如果我不想要这个孩子,你会觉得我残忍吗?"

苏橙橙立即摇头。

"我能把自己这一生活明白就不容易了,我……我没信心再养一个孩子。"林嫒下意识地捂着肚子,"小时候我曾无数次想质问我爸、我妈,既然没想清楚,为什么要把我带到这个世界?为什么带我来到这个世界了,又不能努力做个好爸爸、好妈妈,要抛弃我……"

苏橙橙温柔地把手搭在林嫒的手上:"我明白,这是你的身体、你的人生,要不要生这个孩子由你自己做主。不管你做什么决定,我都会像以前一样,一直在你身边。"

林嫒表情轻松了一点,反握住苏橙橙的手。苏橙橙肯定地说:"你的身体永远是第一位,不管要做什么决定,我们都先去医院做一下体检。我陪你一起。"

检查室内,林嫒已经坐在产检床上,一位年纪略大的女医生正在为她产检,B超屏幕上有胎儿的动态图。

女医生非常温和,特意把胎儿的心跳声音放大给林嫒听:"心跳很有力,看B超图很健康。"

苏橙橙脸上忍不住露出惊喜的笑容,林嫒突然听到宝宝的心跳声,也十分意外,专注地听着。女医生脱掉手套,收起B超仪器,到帘子外查看护士已经提前录入的信息。

"所有检查数据都正常,根据你末次的月经,你已经怀孕六周了,孕初期会有不同程度的身体反应,等过了三个月,大部分人都会恢复正常……"

女医生把孕妇手册和一张表格递给苏橙橙,苏橙橙忙接过:"谢谢。"

林媛已经整理好衣服,拉开帘子走了出来:"如果我不想要孩子……可以预约流产手术吗?"

女医生愣了一下,表情依旧温和:"在母子都健康的情况下,我们不建议终止妊娠。但如果你个人有强烈意愿,为了你身体的健康,越早进行手术越好,最好在十四周之前。"

"谢谢医生。"

"不用客气。"

苏橙橙和林媛离开检查室,沉默地往外走。检查室外,不同孕期的孕妇们或独自,或由老公、妈妈陪同,正在等候检查。林媛从她们中间走过,心情越发复杂。

"你饿不饿?要不要去吃饭?"

林媛还没回答,迎面竟然看到了熟悉的人——顾屿陪着一个女子走过来。双方看到彼此,都很意外。

苏橙橙有点紧张,结结巴巴地说:"顾……顾总!"

林媛慌张地解释:"我……我陪橙橙来看病。"

"我知道,苏橙橙请假了,我陪我妈来看病。"顾屿看林媛和苏橙橙都表情不自然,心下纳闷,但外表如常。他留意到苏橙橙下意识地把包往身后藏。

顾屿介绍道:"媛媛,这是我妈。妈,这是我女朋友林媛。"

林媛完全没准备好见家长,本来就心虚,此刻越发紧张:"阿……阿姨……好。"

顾妈妈态度和蔼,笑眯眯地打招呼:"你好。"

顾屿又给顾妈妈介绍苏橙橙:"这是媛媛的好朋友苏橙橙,小唐的女朋友。"

苏橙橙乖巧问好:"阿姨好。"

顾妈妈眉开眼笑:"你好,我难得使唤小屿一次,没想到运气这么好,竟然能遇到你们。欢迎你们来家里玩,叫上小唐一起。"

"好。"林媛、苏橙橙异口同声回答。

顾屿关心地问："苏橙橙，你身体怎么样？"

苏橙橙说："肠胃炎，医生开了点药，说没啥大事。"

气氛莫名有点尴尬，还是顾屿打破了沉默："媛媛，我先带我妈去看医生了，晚一点来找你。我和小唐说好了，晚上咱们四个一起吃饭。"

林媛松了口气："阿姨再见。"

苏橙橙挥手："阿姨再见。"

顾屿带着顾妈妈走了，林媛才小声问苏橙橙："你说顾屿看出来了吗？"

苏橙橙安慰她："医院这么大，他再神，也猜不到我们看什么病吧！别胡思乱想了。"

林媛心慌，皱着眉："我现在心里很乱，不想让顾屿知道。"

苏橙橙保证："放心，绝不会让他知道。"

顾屿陪着妈妈往前走，看到一个怀孕的女子背着包，包里装着一些资料，露出的部分和刚才苏橙橙包里资料的边角十分相似。

顾妈妈留意到儿子神情不对："怎么了？"

顾屿说："我遇到个熟人，和她打个招呼就过来。"

"你去吧，我先自己过去。"

顾妈妈继续朝着自己要做检查的科室走去，顾屿转身回去追上孕妇："小姐，不好意思打扰了。这个资料在哪里领？"

"你说这个孕妇手册？在妇产科，你直接问护士要就行。"

"谢谢！"

孕妇离开，顾屿眯着眼思量："孕妇手册？"

离开医院后，林媛开车，苏橙橙坐在副驾驶。林媛说："我先送你回公司，再回家。"

苏橙橙不放心："我还是陪你一起吧！"

林媛平静地说："苏橙橙，我只是怀孕了，不是得了绝症。别说这个孩子我还没想好要不要，就算我决定要了，难道我怀孕期间你要什么都不做，一直守着我？你不烦，我还烦呢！你该干吗干吗，我也该干吗干吗！"

苏橙橙哄着她："好好好！我回去好好上班，你也回去好好画稿子。"

林媛把车开到千鸟集公司大楼外，苏橙橙依然不放心，交代道："有事随时给我电话，万一找不到我，还有我姐、我妈、我爸，你知道的，在他们心里，你也是家人。"

林嫒感动不已，眼里忽然有一点泪光，却掩饰着说："情绪波动……孕期反应。"

苏橙橙体贴地说："我知道。"

苏橙橙下了车，隔着车窗给林嫒飞吻，林嫒笑着发动车子离开。车行驶在车流中，犹如穿行在人生的长河中。

林嫒想起刚才听到了宝宝的心跳声，忍不住露出微笑，可她又想起自己的不幸福的童年。那时，爸爸妈妈总是在激烈地吵架，无助的林嫒只能躲在角落里拼命地画画。爸爸妈妈已经争吵得在摔东西了，林嫒幼稚的画笔下却是爸爸和妈妈手牵着手，把宝宝围在中间的场景。爸爸妈妈吵得越厉害，她的画笔越快。最终，爸爸摔门离去，妈妈拿起包和外套也愤愤地离开了，房间里的林嫒拿着画，站在一片狼藉的房间里，孤独、惶恐、不知所措。

千鸟集的会议室被布置过了，其他无关产品都被收了起来，展示架上只留下了各种各样的腮红，助理小林和女实习生还在继续调整。

苏橙橙好奇地看着："这就是你想在第一家实体店做主题推广的产品，色彩丰富的腮红？"

唐奇没有正面回答，而是解释他选择"色彩"的原因："色彩就是电磁波，不同波长的光作用于人类的视觉器官产生色感时，会导致相应的情感心理活动，进而影响情绪。我希望，顾客在清晨打开我们的产品时，能看到让她们心情愉悦的色彩，虽然只是一块腮红，但当她们使用这个产品时，就好像给新的一天赋予色彩。"

小林和实习生布置得差不多了，二人退后两步，满意地说着："这些腮红太漂亮了，要是放在实体店，配合上灯光，一定很引人注目。"

"是很漂亮。"苏橙橙语带欣赏地拿起一个个产品：用玻璃盒装着各种颜色的胭脂粉，每一个旁边都有卡片，画着不同的植物……

她每拿起一个产品，一旁的唐奇就给出对应的解释："梅染，用红梅花做出来的颜色，所以叫梅染；荼在古书中是一种苦菜，荼蘼花开为白色，所以叫荼白；这像是秋天落在地上的栗子的颜色，所以叫落栗；苏芳色源自苏木，它的木材是重要的红色染料，所以叫苏芳。"

苏橙橙指着一个画着柿子的玻璃胭脂盒，问："这叫什么，柿柿如意？"

唐奇回答："薄柿，来自古语。"

苏橙橙拿起一个画着杜鹃花的玻璃胭脂盒，问："这种呢，杜鹃？"

唐奇解释："踯躅，杜鹃花的别名叫踯躅。"

女实习生忍不住陶醉地惊叹："我们的语言文字太优美了。我都能想象到，不同的腮红……也就是不同的胭脂装在不同设计的包装盒里，配上古色古香的名字，每打开一盒胭脂，既是打开过去，也是打开现在，涂染到脸上，开启新的一天，就是开启未来。"

苏橙橙忍不住打开一盒，挑了一点在手上试用："粉质一点不干，使用感肯定很好。"

唐奇问："要不你上脸试用一下？"

苏橙橙有点犹豫。唐奇劝道："你自己用过了才能真正理解顾客的感受。"

苏橙橙终于同意："好，我上脸用一下。"

唐奇提起一旁早就准备好的小篮子，里面是之前展示过的各种化妆品。苏橙橙迟疑地看着。唐奇说："腮红上脸，有底妆和没底妆的效果差别很大。要是想更了解产品，最好还是上完全妆后再看效果。不了解产品可做不好市场。"

苏橙橙接过了篮子，大声说："化妆就化妆，一切都是为了工作！"

苏橙橙提着篮子要去化妆，而不知何时站在会议室门口旁听的顾屿突然展臂拦住了她。顾屿满脸不赞同地瞅了眼唐奇，温和地吩咐小林和实习生："你们先出去一下，我和唐总、苏橙橙有事商量。"

二人离开后，顾屿严肃地问："苏橙橙，我让你打开同学群，看一下唐奇发的视频文件，你看了吗？"

苏橙橙心里慌乱，因为林媛的事，她把顾屿的话忘得一干二净："视频文件啊……我……我看了！"

顾屿接着问："你觉得唐奇对你怎么样？"

苏橙橙磕磕巴巴地说："对我挺好……吧！"

"刚才唐奇建议你化妆时，你为什么很犹豫？"

"我就是不想化妆而已。"

"为什么不想化妆?"

苏橙橙终于反应过来,自己并不需要不停回答他的质疑:"我……不是,你觉得我是为什么?"

顾屿恨铁不成钢地看唐奇:"唐奇啊!你不是智商很高吗?女朋友的异样却一点没察觉!你知道不知道我今天在医院碰到苏橙橙了?"

唐奇担心地问:"你去医院干什么?你生病了?"

顾屿看着唐奇,很恼火:"没见过这么迟钝的人,苏橙橙去看妇产科医生,她怀孕了!"

苏橙橙和唐奇都震惊地看向彼此。

"你怀孕了?"

"我……我怀孕了?!"

"你怎么怀孕的?"

"对啊,我怎么怀孕的?"

唐奇更蒙:"是我的?"

顾屿眼神很嫌弃:"唐奇,你这就过分了!不是你的,还能是谁的?"

苏橙橙已经反应过来,趁顾屿没看她,对唐奇悄悄做哀求的动作:"对啊,不是你,还能是谁?"

第五十五章
坦诚相待

　　唐奇看向顾屿，面无表情地说："你出去，我和橙橙的问题我们自己解决。"顾屿忙识趣地离开，唐奇立即猜到真相，说："林媛怀孕了？你陪林媛去做产检？"
　　苏橙橙忙捂住唐奇的嘴巴："林媛还不想让任何人知道，尤其是顾屿。"
　　"为什么？"
　　苏橙橙叹气："林媛还没想好要不要孩子。"
　　唐奇沉默了。
　　苏橙橙和唐奇面色沉重地走出会议室，看到顾屿还不放心地等在外面。
　　"顾总，我回去工作了。"苏橙橙拎着化妆品篮子回了自己的工位。
　　唐奇板着脸，沉默地走向自己的办公室。顾屿跟着他，一路走进办公室，反手关上门后才开口："小唐，这就是你不对了！你现在给谁板着脸呢？苏橙橙怀孕了，没有告诉你，你有什么可生气的？你应该检讨，为什么女朋友怀孕了都不肯告诉你！"
　　唐奇沉默地看着顾屿。
　　"明明是两个人的事，可女朋友宁愿一个人承担，都不肯告诉你，说明什么？说明女朋友根本不信任你！你要好好反思一下自己平日的所作所为，是不是不够关心，不够尊重。唉，我看苏橙橙的样子，做事没什么顾忌，明显不太想要这个孩子，你……唉！兄弟只能帮你到这个份上了，接下来，你自己好好努力吧！"顾屿说完，转身要拉门出去。
　　"顾屿。"唐奇叫住他。
　　顾屿回身："什么？"
　　唐奇欲言又止："我不知道该怎么办。"

顾屿看着他呆呆的样子，简直快要抓狂："怎么办？当然是结婚生孩子了！"

"今天晚上，你自己去找林媛，和她单独地、好好地、耐心地交流。"唐奇话里有话，眼神意味深长。

顾屿自以为完全听懂了："明白，你和苏橙橙需要好好沟通，我和林媛就不打扰你们了。"说罢拉开门走了。

唐奇同情地目送他离开。

其他同事纷纷下班离开，苏橙橙最后一个拿起包，也打算下班，刚走出市场部，就看到唐奇拎着包在外面等她。

苏橙橙愧疚地说："不好意思，今晚不能陪你了。我要去陪媛媛，她现在很需要我。"

唐奇说："你别去了，让顾屿去陪她。"

苏橙橙反对："不行，顾屿那么聪明，肯定会猜到的，媛媛要生气了。"

唐奇看着她，澄澈的眸光中带着愧疚和同情："站在我的立场，我不告诉顾屿，是我不对……"

苏橙橙着急地反驳："不行，你……"

唐奇话音一转："但我又答应了你不说……"

"当然要说话算话了！"

唐奇语带恳求："今天晚上，我什么都不做，你也什么都不做，让顾屿和林媛自己去处理，可以吗？"

唐奇伸出小拇指等待。犹豫一番，苏橙橙终于伸出手，和他拉钩约定。

顾屿提着个塑料袋按响了门铃，林媛来开门，一副打扮好准备出门的样子。

顾屿举起袋子："我买了上好的食材，今天晚上在家里吃。"

林媛看向外面："橙橙和唐奇呢？"

顾屿笑着说："他们要处理自己的事，不和我们一起了。"

林媛思量着关上门。顾屿换了鞋子，脱下外套挂好，提起袋子。林媛跟在顾屿身后进了厨房。顾屿娴熟地穿上围裙，开始收拾食材。

第四篇 穿越人海拥抱你 469

林媛好奇地问:"橙橙和唐奇要处理什么事?"

顾屿开心地跟林媛分享自己猜到的好消息:"唐奇知道苏橙橙怀孕了。"

"橙橙怀孕了?"林媛走到顾屿身后,语气充满惊讶。

顾屿回头在她额头上亲了一下,笑着说:"这是他们之间的事,你就不要操心了,让他们自己处理。"

接着,顾屿处理完牛排,取出平底锅,打火,然后提醒林媛:"我要煎牛排了,油烟大,你去外面等着。"林媛离开厨房,顾屿体贴地拉上玻璃门。

香煎牛排、牛油果沙拉都是快手菜,半个小时就好。顾屿把两道菜装好盘端到餐桌上,对着沙发的方向说:"媛媛,吃饭了。"

林媛从沙发上起身,走过来坐下。顾屿说:"我晚上还要开车回去,就没准备酒。"

"好。"

林媛本来还担心自己会反胃,没想到恰恰相反,胃口十分好,竟然把一块牛排吃得干干净净。

顾屿高兴地看着林媛:"今晚胃口很好。"

林媛掩饰道:"没吃中饭,有点饿。"

顾屿敏锐地察觉到林媛情绪不对劲,关心地问:"你有点不开心,是因为你们想保密,我却擅自把苏橙橙怀孕的事告诉了唐奇?"

林媛静静地看着他,面无表情:"你为什么要这么做?"

顾屿说:"孩子是两个人的事,我认为唐奇有权利知道。"

林媛的语气有些咄咄逼人:"怀孕的是女人,生孩子的也是女人,在生孩子这件事上,女人付出比男人多,男人为什么会介意知情权?"

顾屿见林媛情绪有点激动,主动安抚求和:"这是苏橙橙和唐奇的事,我们没必要为他们的事生气或者吵架,反正我们又不会遇到这种事。"

林媛一方面明白自己是受激素控制才会情绪不对,一方面又觉得很委屈。她再次向顾屿求证:"我是不婚不育者,你真的能接受吗?"

顾屿盯着林媛,郑重许诺:"我只要你。"

林媛还是不肯相信,继续问:"你妈妈也能接受你一辈子不结婚、不生孩子吗?"

顾屿严肃地说:"这是我的人生,不是我妈妈的人生。"

林媛沉默了。顾屿起身,走到她椅子背后抱住她:"苏橙橙怀孕、结婚、生子,那是苏橙橙的人生,你是你,没必要因为她质疑自己、怀疑我。我们俩会有我们俩的人生。"他俯下身,亲了林媛的侧脸一下,"也许和大部分人的人生不太一样,但我们也会过得很充实、很快乐。"

吃过饭,顾屿在洗碗收拾厨房,林媛在一旁帮忙。因为心神恍惚,林媛摆放洗干净的碗碟时手一滑,把一个碟子摔到了地上。

顾屿满心担忧:"你别动,站着别动,伤到了吗?"

"没有。"林媛说完,看着顾屿蹲下检查,确认她的确没受伤。

"你先别动,我收拾一下你再挪位置,要不然踩着了碎片。"顾屿麻利地把大块碎片捡起扔到垃圾桶。

"等我一下。"顾屿拿了吸尘器过来,先把周围吸干净,再把她脚下吸干净,顺便检查了下她的拖鞋底下。

顾屿把吸尘器放回去,很快就把最后剩下的一点活干完了,厨房恢复干净整洁。林媛一直心情复杂地看着他忙碌。

当顾屿解围裙时,林媛突然叫了一声:"顾屿。"

"嗯?"

"我怀孕了。"

顾屿愣住了。

林媛说:"不是橙橙怀孕,是我怀孕了,她是陪我去医院做产检,医生说一切正常。"

顾屿慢慢挂好围裙,回头看着林媛。

林媛说完这些话,心里放下一颗沉重的大石。放松后,她反倒有些语无伦次:"对不起,我……我不知道怎么告诉你,我不知道……你要生气,我完全理解。"

顾屿想起下午开导唐奇的话,自嘲地苦笑,大步走过来,紧紧抱住了林媛:"没有关系,你现在不是告诉我了吗?"

林媛忽然间觉得一天的忐忑焦虑似乎都有了出口。她声音哽咽:"我没有信心做妈妈,我不知道怎么养孩子,我很害怕……"

顾屿安慰她:"我也害怕,害怕我做得不好,不能让你有信心,害怕

第四篇 穿越人海拥抱你 471

我让你失望，害怕时间长了你会厌倦我……但到今天为止，我们是不是都相处得挺好？"

"嗯。"

顾屿问："今晚，你喜欢我煎的牛排吗？"

"嗯。"

他又问："明天你还想继续做我女朋友吗？"

林媛抬头，不解地看顾屿。

"想吗？"

林媛点头。

顾屿笑着问："后天你还想继续做我女朋友吗？"

林媛点头。

顾屿捧着她的脸，亲吻她的额头，然后说："既然对将来没有信心，那我们就不要考虑将来了，只考虑眼下。明天我们就像今天一样过，后天我们就像明天一样过……先把眼前的一天天过好，将来就交给将来去决定吧！"

林媛如释重负，再次把头埋在了顾屿怀里，带了点任性和撒娇："我不想和你妈吃饭。"

顾屿说："那就不吃。我妈养育我长大，照顾她是我的责任，不是你的责任。"

"我不想结婚。"

顾屿同意："那就不结婚。"

"如果……我不想要孩子呢？"

顾屿表情微动，但又很快恢复正常："孩子虽然是两个人的，但就如你所说的，要怀孕十个月的是你，要忍受疼痛生孩子的也是你，所以，最终做决定的人应该是你。"

林媛终于安心了，紧紧搂住了顾屿的腰。

今晚苏橙橙去唐奇家住。唐奇开车，苏橙橙坐在副驾驶。苏橙橙想起顾屿说的话，把屏蔽了消息的同学群打开，点开了唐奇发的视频。

视频里，唐奇在和顾屿解释为什么要修图："如果把人眼视作标准，最标准的拍摄焦段是50mm，但手机前置摄像头的普遍焦段是24mm和28mm，比人眼的焦距短，所以畸变严重。而后置镜头，非专业人士很难精准控制构图和距离，也会因为偏离50mm焦段，产生不同程度的畸变。从光学原理来看，适度的修图只是还原人眼真实看到的，并非造假。"

看见视频，苏橙橙终于明白："原来这就是我不上相的原因，难怪我总觉得照片比我在镜子里看到的自己丑，看来这不是错觉，是有科学依据的。"

唐奇说："你以后发照片时想修图就修，不想修就不修，既然人类发明了这个技术，那就是给人使用的。"

苏橙橙关掉视频，没有说话。

"我知道你经历过滤镜手镯的事，现在对滤镜很回避，甚至不愿意化妆。但科学技术并没有错，有错的是滥用的人，只要掌握好分寸，妥善使用，科学技术的进步肯定是造福于人类的。"

苏橙橙依旧沉默着。

"待会儿到家了，我给你看一段我做的视频。"

唐奇家里，苏橙橙看着大屏幕上播放的海洋动物视频，画面上是不同类型的乌贼和章鱼。

唐奇介绍道："乌贼和章鱼最神奇的地方是它们拥有变色变形的能力。这只章鱼原本是黑色的，却可以瞬间变色，天衣无缝地和背后的珊瑚礁融为一体……"唐奇按了暂停键，屏幕上出现四张拼在一起的图片，"这四张图片里都藏着一只章鱼，你能找到它在哪里吗？"

苏橙橙盯着屏幕，说："看不出来，在哪里？"

唐奇继续播放，四张图片上勾勒出了隐藏的章鱼。

苏橙橙惊呼："和它们相比，变色龙都太弱了！"

"乌贼和章鱼不仅会根据环境变形，把自己藏起来，还能通过变色和同类交流、吓唬敌人，甚至能变成别的动物的样子。这只拟态章鱼并拢所有腿，装作自己是一只比目鱼；这只张牙舞爪地冒充有剧毒的狮子鱼；这只把自己的身体藏在洞里，只伸出两只'手'，装作是一条海蛇……"

苏橙橙叹为观止："拟态章鱼才是地球上最厉害的影帝啊。"

"如果一切的伪装都被识破，它们还有最后一招能逃生。"

"什么?"

"乌贼会吐墨逃掉,吐出的墨团和自己的大小差不多,与此同时,它自己会瞬间变得透明,朝相反的方向逃跑,让你看不到它。"

"乌贼也会隐形消失?"苏橙橙有点明白唐奇为什么会给她这么详细地讲解乌贼、墨鱼的变形了。

唐奇看着苏橙橙,双眸中是浓得化不开的温柔:"我一直不认为滤镜手镯让你隐形是为了惩罚你。乌贼吐出墨水后变得透明,你觉得它进化出这项技能算是惩罚还是奖励?"

苏橙橙被他看着,心跳加速,脱口而出:"只是为了生存吧!"

唐奇说:"对,滤镜手镯的开发者开发出隐形这项功能也许只是为了让佩戴者能生存下去,隐形本身既不是惩罚,也不是奖励。"

苏橙橙充满疑惑:"你的意思是我自己过度解读了?"

"非风动,非幡动,仁者心动。"

苏橙橙摇头:"听不懂。"

"科学技术的进步并没有错,只要别滥用滤镜,不要做违法的事、伤害他人的事,利用滤镜合理地修饰自己并没有错。就如同化妆,也许是为了取悦自己,也许是为了吸引喜欢的人,也许是为了让自己更自信,也许是为了震慑敌人……不管怎样,化妆本身并没有错。"

苏橙橙若有所思地看着色彩斑斓的海底世界中依旧在华丽地变色变形的乌贼和章鱼。

一轮红日从天际冉冉升起,新的一天,新的开始。苏橙橙坐在镜子前,看着台面上的娃娃,多年来,她经常为它们化妆打扮。她颇有仪式感地把化妆品一样样拿出来,开始仔细而熟练给自己化妆。来到公司后,苏橙橙一路和遇到的同事们打招呼。大家纷纷觉得今天的苏橙橙不太一样了,都格外多看了两眼。

苏橙橙走进市场部。王怡看着苏橙橙,目光透着惊艳:"早,橙橙,你今天好美。"

苏橙橙礼貌地说:"你今天也很美。"说罢走到工位坐下。

王怡说:"看到我的黑眼圈了吗?昨晚孩子肚子不舒服,我和老公陪着熬了半宿。"

苏橙橙及时安抚："辛苦的妈妈是最美的！"

王怡笑了笑："嘴甜的女人也是最美的！"

赵运杰夸她们："你们俩都美，自信的女人最美。"

李宇昊走进来，机灵地接了一句："能提供情绪价值的男人第二美！"然后看着赵运杰，一副沾沾自喜的"快来商业互夸"的样子。

赵运杰故作为难地打量李宇昊，垮下脸。

大家都笑，办公室里的氛围愉悦轻松。顾屿笑着走了过来，说："认真干活、努力赚钱的人都美！准备一下，去大会议室开会。"

"好嘞！"众人齐声回应，嘻嘻哈哈地笑着，收拾东西去开会。

周锦礼、唐奇、顾屿三位领导和各部门的主干都在会议室参会。

唐奇示意，小林把提前打印好的文件分发给各人。

唐奇请大家看展示架上的各色胭脂，同时介绍："千鸟集第一家实体体验店开业时，我想把我们的腮红——也就是胭脂——和中国传统的花钿图案相结合，除了脸颊，还可以修饰眉毛、眼睛、鼻子、嘴唇等各个部位，让大家用现代的化妆品体验到悠久独特的中式美。"

屏幕上出现电脑合成的用各色胭脂描绘的妆容示意图。大家交头接耳，明显都很喜欢。

唐奇坐下，周锦礼看向王怡："实体店店址已经确定了。"他又看着唐奇："开业的主推产品确定了。"最后才看顾屿："现在就差市场营销方案了。"

顾屿从容地开口："苏橙橙。"

苏橙橙站起来，拿起展示架上的一盒腮红，介绍道："假想一名顾客走进了我们的实体店，看到展示架上琳琅满目的胭脂，她有可能想尝试一下落栗，也有可能想尝试一下梅染，我可以建议她左边脸颊、右边脸颊一边一个颜色，正好对比试用。但如果她还想继续尝试一下茶白、薄柿呢？或者她既想试一下《捣练图》中的蓝色花钿，又想试一下取自《桃花仕女图》的红色花钿呢？"

苏橙橙指着展示架上的腮红，又指着屏幕上之前唐奇做报告时展示的各种花钿图案，继续分析："这么多颜色、这么多图案，顾客也许都想试一下，虽然我们会有最专业的店员帮助顾客甄选，可毕竟耳听为虚，眼见

为实嘛！"大家都笑了。

赵运杰问："这怎么可能？太贪心了吧！"

小林也说："频繁地上妆、卸妆不但耗费时间，而且会伤害皮肤，就算我们愿意提供服务，顾客的时间和皮肤也耗不起。"

苏橙橙按下遥控器，屏幕上出现模特的图像，模特脸上正在一一变换妆容。苏橙橙说："秀秀科技公司新研发的这个程序，能现场三维扫描顾客的脸部数据，结合预设程序，通过语音识别交互，最终按照顾客的要求变换妆容，让顾客在短时间内体验到各种妆容。我希望，当顾客走出千鸟集的实体体验店时，不仅买走了最适合自己的色彩，还会发现——美丽，不设界限。"随着她的话，大屏幕上呈现着不同形式的美丽妆容。

会议室里沉默了一瞬，周锦礼首先喝彩："这个体验方案太棒了，把中国的传统文化和现代科技结合，让美丽变得既时尚又古典。很好，太好了！"大家也纷纷表示赞同。

苏橙橙忍不住看唐奇，目光中满是感谢。唐奇微笑着表示赞许，为她高兴、为她骄傲。

会议结束后的午休时间，顾屿和唐奇在露台喝咖啡。

顾屿神色慎重："我想拜托你和苏橙橙一件事。"

唐奇看着他："你说。"

"你们帮我挡一下叔叔和阿姨，让他们先不要和媛媛提孩子的事，就当什么都不知道，不要给媛媛施加压力。"

"我以为你想让叔叔阿姨帮你说服林媛把孩子生下来。"

顾屿叹气："我是想，但我昨晚仔细考虑了一下，媛媛的压力已经很大了，我不想她因为承受不住，仓促做决定，结果很可能适得其反。"

唐奇说："我们会尽力，应该能帮你挡一段时间。"

"谢谢！"

"你想要这个孩子？"

"当然！"

唐奇疑惑地看着他："橙橙说你答应了林媛，会尊重她的决定。"

顾屿急忙表态："我当然会尊重媛媛的决定。"

唐奇意会，向他举杯："祝你保胎成功！"

"这话听着怪，又没啥错。得，我走了。"顾屿把咖啡杯扔进垃圾桶，离开了。

顾屿来到林媛家时，林媛正蓬头垢面地画稿子，可明显不在工作状态，停停删删，最终沮丧地放弃了工作，踱步到乌龟缸前看着乌龟发呆。

门铃响了，林媛如释重负地去开门，看到顾屿站在门外。林媛板着脸往里走，沮丧地说："我希望你不是因为知道我怀孕了，就连班都不上来给我送温暖。"

顾屿跟着林媛进了客厅，却是公事公办的语气："公司有个急活，想找你帮忙，所以特地跑一趟。"

顾屿坐了下来，林媛却依旧站着，淡淡地看着顾屿，一副"我等着你编"的表情。

顾屿说："我们公司要开第一家实体体验店。"

"嗯，听橙橙说了。"

"小唐打算开业时为腮红，也就是胭脂，做主题推广。这是资料。"顾屿从包里抽出一份资料给林媛。林媛将信将疑地接过来看，发现里面的确是各色腮红的样品照片和说明。

林媛终于坐了下来，一页页翻看：梅染、茶白、落栗……林媛生了兴趣："名字都很美，你想让我做什么？"

"可以看到，每款胭脂旁边配的植物图片都是他们从网上找来的，风格不统一，格式也不统一。我想你为我们绘制每款胭脂的植物图鉴，既要符合真实的植物的外形，又要有国风美感，最好还能在艺术加工后，体现出它们名字的意境，就是……"

林媛眼睛闪亮，有了兴趣："明白，就是梅染不能只是梅花，而是'梅染'。"

顾屿目光赞许："对，就这意思。我们时间有限，要求又高，去市场上随便找个画手，大家都不放心，我就想到了你，想找你帮个忙。"

林媛说："这活说难不难，说简单也不简单，只要有创意，画起来其实很快。我最近自己的稿子正陷入瓶颈……"

顾屿打断她："你的创作我可以帮忙，我可以提供各种创作素材。"

林媛笑了笑："我又没说不帮你，你着急什么？我是想说，我正好陷入了创作瓶颈，可以干点散活，换个心情。"

　　顾屿如释重负："你能接，太好了。我去厨房随便弄点吃的，你先构思一下，看看有没有灵感。"顾屿看似平静地走向厨房，准备做饭，实际却是计划得逞的表情。

　　林媛收回目光，继续翻阅胭脂资料。她停留在落栗上，似乎想到什么，匆匆走进工作室，拿起画笔在画纸上描绘："温暖秋意中，掉落的栗子……"

第五十六章 平凡人生

顾屿已经做好了简单的午饭,去敲林媛工作室的门:"媛媛,吃饭了。"

"来了。"林媛走了出来,坐到餐桌前,看到桌上就两个碗,一人一碗蛋炒饭,里面的配菜也很随意。

顾屿说:"冰箱里有什么我就放什么了。"

"你这倒真是随便弄点。"林媛舀起一勺饭,发现里面有紫菜,感叹,"连紫菜也能做蛋炒饭……还挺好吃的。"

"这叫什锦蛋炒饭,是我会做的第一道菜,七岁就会了。"

林媛意外:"你爸妈怎么舍得让你那么早自己做饭?"

顾屿神色平静,语气释然:"六岁时我爸肝癌去世了,我妈在水电厂工作,三班倒,又当妈又当爹。为了让我不饿肚子,她很早就教会我做炒饭了。"

林媛因为坚持不婚不育,一直不愿意面对顾屿的家庭,所以从没有问过,这是第一次知道,张口结舌,想安慰却不知如何开口:"我……我不知道……"

"你没问过,我就没提过。"顾屿反过来宽慰她,"我妈很宠我,我没吃什么苦。刚开始,我妈会提前把蔬菜切好,用小碗装好,我回家只需要把鸡蛋、米饭、切好的蔬菜放到锅里一起翻炒一下就好了。后来我妈确定我能自己切菜了,才什么都不准备了,让我自己看着办,想吃什么就放什么……"

"你妈妈后来……再婚了吗?"

"没,我妈说太忙了,照顾我们一堆都忙不过来,不想再结婚去照顾另一个男人。"

林嫒神情疑惑:"你们一堆?"

顾屿笑了笑:"我妈特别喜欢宠物,那时候我们家就她一个人挣钱,也养了一只猫、一只狗、两只鹦鹉、一缸鱼……哦,我们还养过一只鸡,乡下亲戚送的鸡蛋里突然钻出一只小鸡,我们就养着了。"

林嫒懂了:"难怪你喜欢小动物……原来是像阿姨。"

顾屿接着说:"我妈说我像我爸。她说她第一次注意到我爸就是看到我爸救一只脚受伤的小鸟,厂里的人都说野东西救不活,可我爸硬是救活了。"

林嫒沉默地吃着什锦蛋炒饭,听顾屿分享他的生活。

"我妈退休后和朋友合伙开了个宠物店,之前怕你紧张,没带你去过,带你去的店都是托我妈找的朋友的店。下次你要愿意,带你去我妈的店里坐坐。"

林嫒吃着饭,头都没有抬,看似很冷静:"我知道你为什么和我说这些,你想让我留下孩子。"

顾屿十分紧张,又必须面对:"是……我……我想!"

林嫒继续吃饭,顾屿想要平静下来,可又无法控制地紧张,平日里的能言善道都没有了,只能笨嘴拙舌地努力:"我这辈子连一只小动物都没有遗弃过,何况自己的孩子呢?我有信心,你会是好妈妈,我也会努力做一个好爸爸,还有我妈……她也会是一个好奶奶……孩子会有很多人爱她,一定会有一个幸福的童年……"

顾屿突然不敢说了,因为他看到林嫒一边在吃饭,一边在掉眼泪。顾屿抽了纸巾,坐到林嫒身边,想替她擦眼泪,又不敢,只能紧张地叫她:"嫒嫒。"

林嫒大口扒拉完炒饭,把空碗重重放到桌上,泪眼蒙眬地瞪着顾屿。

顾屿预感到这是最后的宣判,十分紧张。

林嫒勇敢地说:"我决定了,要生下这个孩子。我想要一个亲人,我会很爱很爱她,她也会很爱很爱我。"

顾屿激动又开心地抱住了林嫒:"我也会很爱很爱你,很爱很爱她。"

林嫒说:"但我不和你结婚。"

顾屿同意:"不结婚,不结婚。"

林嫒又说:"我想见你妈妈,去她的店里看看……"

顾屿眼中含泪:"好……好!"

唐奇坐在长椅上,喝着咖啡,目光却一直看向远处,显然在等待。

苏橙橙提溜着一个便利店的袋子躲躲闪闪地走过来,显然并不想让唐奇看到她。可是唐奇还是一下子就在人群中看到了她,立即站了起来,笑靥如花。苏橙橙看唐奇发现了她,无奈中更多的是开心,索性朝着唐奇挥挥手,蹦跶着过去了。

唐奇问:"买了什么,为什么不肯让我去买,一定要我在这里等?"

苏橙橙藏起袋子不肯给他看,神秘地说:"请坐。"唐奇看她表情古怪,知道她要"唱戏",配合地坐下。苏橙橙又说:"请认真地、专心地喝咖啡。"

唐奇端起咖啡喝了口,可苏橙橙往旁边一走,他的目光就下意识地追了过去。苏橙橙故意瞪他,却不像生气像撒娇:"你不是好学生吗?知不知道什么叫专心?"

唐奇还是看着,苏橙橙说:"盯着自己的脚尖,不许东张西望。"

唐奇只能盯着自己的脚尖。

苏橙橙灵活地跳过并排的长凳,坐在了唐奇背面。唐奇刚想回头,苏橙橙说:"不许回头!"

唐奇再次坐好。

苏橙橙从便利袋里拿出两罐啤酒,打开一罐,自己先喝了一口,然后把另一罐像那一次一样递给身后的人。可这一次身后的人没等她说话就迅速开口,显然心思一直在她身上,留意着她的一举一动:"原来是去买啤酒了!我又不会不让你喝,没必要神神秘秘、鬼鬼祟祟的。"

苏橙橙提醒:"让你坐好,不要乱看。"

唐奇完全配合:"我坐好了,不乱看。"

苏橙橙问他:"哥们儿,来一罐吗?"

唐奇回答:"下午还要上班,来一口可以,一罐不行。"

"错了,你应该像是完全没听到,压根没回头,冷淡地拿起无糖的黑咖啡喝。"唐奇愣愣地看着苏橙橙,苏橙橙接着说,"然后我就说:'看你包里和我一样,一沓子简历,同是天涯沦落人啊!'"

唐奇想起来了那一天,恍然大悟:"那天,是你?"

第四篇 穿越人海拥抱你

苏橙橙说:"是我!那天我刚面试失败,来这里喝啤酒。"

天空开始下起小雪,唐奇百感交集地拿过啤酒,说:"冷风里喝啤酒,肯定很难受吧?"

"刚开始有点,可后来你给我留了一本书和一套化妆品,我就没那么难受了。我一直没有对你说谢谢,现在……"苏橙橙举起啤酒,笑着说,"谢谢!"

"早知道是你,我就……"

苏橙橙问:"早知道是我,你就痛快地接过啤酒了?"

唐奇放下手中的啤酒,说:"不是。"

"不是?那你想干什么?"

唐奇用行动回答了苏橙橙。他一手把苏橙橙手里的啤酒也拿过去放下,一手把苏橙橙的头勾过去,吻了她。雪纷纷扬扬地下着,长凳上的啤酒也成双成对地紧挨着。

气氛正亲密缱绻,突然有声音传来:"我的手机……手机!"一个年轻小伙从他们旁边风一般跑过,后面有个阿姨在力不从心地追。

苏橙橙以迅雷不及掩耳之势推开唐奇,一跃而起,跑着去追小偷,一路跨过挡路的清洁车,还随手从车上拿起一把笤帚,准确地投掷,把小偷绊倒在地。

唐奇目瞪口呆了一瞬,认命地拿出手机,打电话报警:"我报警,抓到一个偷手机的小偷……"

那边已经有保安接手了被逮住的小偷,苏橙橙把手机交给阿姨,欢快地蹦跶着回来了。苏橙橙眉梢眼角都沾上了雪花,身上的衣服也无可避免地有了脏污,她自己大大咧咧,显然没有注意,不安地走到唐奇面前,抱歉地说:"我……我……对不起啊……要不我们继续?"

"怎么继续?"

苏橙橙凑过来,想亲又觉得没氛围了,不禁红了脸。唐奇忍着笑,帮苏橙橙拂去她头发上的雪花:"谢谢你。"

苏橙橙惊讶:"谢谢我?为什么?"

唐奇说:"我一直觉得实体店的产品还缺了点什么。"

"原来你也有这种感觉?我也一直觉得缺了个……嗯……"

"画龙点睛。"

苏橙橙赞同地点头:"对,画龙点睛的产品。你想到了?"

唐奇目光温柔:"看到你,豁然开朗,就想到了。"

苏橙橙欣喜:"和我有关?是什么?"

"暂时保密。"

苏橙橙哼了一声,问:"你刚刚说要谢谢我,怎么谢谢啊?"

唐奇抱住了她。雪花纷纷扬扬,两人亲密相拥,长凳上的两罐啤酒也亲密相拥。

时间一天天过去,林媛的肚子一天比一天大。

此时的林媛终于有了灵感,不仅交出让编辑叹为观止、拍案叫绝的漫画新稿,还画出了一张又一张美丽的植物图片,此刻正传给办公室里的顾屿。顾屿接到图片,又一张一张传给实验室的唐奇。唐奇接收图片,又一张又一张传给正在布置实体店的苏橙橙。

时间一天天过去,千鸟集的实体店已经装修好,配合独属于自己的植物图鉴,各种色彩的胭脂在灯光下闪耀,像是一条色彩汇聚的璀璨银河,散发着炫目迷离的美。

实体店开业这天,苏橙橙妆容精美,盛装出席了开业典礼。同样盛装打扮的唐奇走了过来,把一个礼物盒递给苏橙橙。

苏橙橙问:"这就是我们画龙点睛的产品?是什么?"唐奇示意她自己查看。苏橙橙打开包装盒,很意外:"卸妆膏?"

唐奇说:"我喜欢你精心打扮化好妆的样子,但更喜欢你卸完妆后的真实样子。"

苏橙橙看看店里琳琅满目的化妆品,再看向手里捧着的卸妆膏,明白了为什么一个满是化妆品的店铺居然把卸妆膏作为最重要的产品推出。她看着唐奇:"不管我们白天把自己打扮成什么样子,都要接受、喜欢真实的自己。能面对真实的自己,才能真正享受生命,拥抱美丽。"

唐奇回应:"我希望这款卸妆膏能让顾客在一天结束后有一次放松、干净的卸妆体验,回归自己,回归真实,放下一切,好好休息。"

苏橙橙把卸妆膏郑重地放到预留给它的展示架上。

周锦礼、顾屿等同事出现,大家都打扮好,等待着新店开业。

"大家都准备好了吗?"

"好了!"

随着指针指向十点,店门打开。早就等候在店外的顾客和自媒体博主一拥而入。每个顾客都在尝试自己心仪的产品,换上不同颜色的妆容。大家看到屏幕上滤镜打造的各种上妆效果,十分惊喜。顾客盈门,苏橙橙和市场部的同事穿梭其间,笑意盈盈地帮忙。

实体店销量可观,千鸟集再次赢得口碑,公司上下喜气洋洋。顾屿给大家分发奖金,每个收到奖金红包的人在看到奖金券上的金额时都笑得开怀,办公室里一片欢乐气氛。

顾屿郑重地说:"最后,我还有一个重要消息要宣布。"四周安静下来,他接着说,"随着公司产品线的完善、销售业绩的提升,市场部需要扩招,我们需要一个市场部副总监。王怡,从明天开始你就是市场部副总监了。"

王怡十分惊喜。

"王怡的工作由苏橙橙接替,以后新招的员工就交给苏橙橙指导。"

苏橙橙也惊喜不已。

"恭喜王怡和苏橙橙!"

二人齐声说:"谢谢顾总!"

众人鼓掌喝彩:"升职加薪了,要请客!"

王怡、苏橙橙再次齐声说:"请!"

大家欢笑。

林嫒在苏妈妈的陪伴下逛着母婴用品店。购物篮里已经有不少婴儿的衣服,林嫒看苏妈妈又拿起两件,连忙拦住:"网上说孩子的衣服不用买太多,小孩子长得快,一天一个样,买太多也穿不过来。"

苏妈妈劝她:"没事,还有橙橙呢!"

林嫒一时没反应过来:"橙橙?"

苏妈妈说:"你的孩子穿不了,留给橙橙的孩子。"林嫒干笑,苏妈妈把衣服放进了购物篮。

二人边走边看,看到顾屿的妈妈正在挑选婴儿用品。林嫒停下脚步,表情纠结。

苏妈妈问:"怎么了?你认识那个人?"

林嫒小声说:"顾屿的妈妈。"

苏妈妈放下购物篮,挽住林嫒的胳膊,问:"要悄悄溜走吗?我们明天再来买。"

林嫒纠结着做了决定:"不用了。我们……去打个招呼。"苏妈妈欣慰地笑了,放下林嫒的胳膊,拎起购物篮,二人朝着顾妈妈走去。

"阿姨。"

顾妈妈抬头看到大肚子的林嫒,难掩惊喜却尽力克制:"好巧啊!你们也来买东西?"

"来买一些婴儿用品。"林嫒介绍苏妈妈,"这位是……"

苏妈妈说:"干妈!你好,虽然叫阿姨,但其实是嫒嫒的干妈。嫒嫒和我亲女儿是一样的。"

顾妈妈笑着说:"你好,你好。"

大家打完招呼都不知道说什么,顾妈妈看气氛有点尴尬,主动解围:"你们……接着逛,我……我去别处……"

"阿姨,你要不忙的话,我们一起逛吧!反正大家都是……"林嫒手抚在肚子上,笑着说:"给孩子买东西。"

顾妈妈大喜:"好……好!"

顾妈妈和苏妈妈一边一个地陪林嫒逛着,三人边走边聊,每个人脸上都带着愉悦的憧憬的笑。顾屿、苏橙橙躲在店外,看到里面的情形,都露出笑容。

苏橙橙问:"你怎么谢我?"

顾屿故意打趣:"以后你孩子的婴儿用品我都包了?"

苏橙橙抬起手,做了个捏核桃的姿势,顾屿忙求饶:"你想要什么?"

苏橙橙说:"我要嫒嫒幸福。"

顾屿神色变得正经:"我会努力,我也想要自己幸福。你发现了吗?幸福的幸字左右完全对称,就像两个人并肩在一起,才能拥有福。"

"你说的话,我记住了!"说完这句,苏橙橙转身离去。

顾屿依旧留在原地,看着店内的三个人,不知道苏妈妈说了什么,顾

妈妈和林媛都在欢快地笑。顾屿凝视着他们，也在笑。

晚上，苏橙橙走进唐奇家的院子，惊讶地看着灯光闪烁的四周、熊熊燃烧的篝火和一顶双人帐篷。苏橙橙问："你要出去露营？这个周末不是要加班吗？"

"先试试，等将来出去玩就熟悉了。"

苏橙橙左右看看，赞许地说："看上去挺不错的。"

"要不要试试帐篷？"

"好。"

二人钻进帐篷，苏橙橙这才发现帐篷里面也精心布置过。唐奇打开了灯，帐篷里灯光闪烁，更是美丽。

唐奇紧张地摸索着拿出一个首饰盒，还没开口，苏橙橙先说："我有个礼物送你。"唐奇忙捏紧了手中的盒子，看到苏橙橙拿着个类似的首饰盒献宝似的递到他眼前，他紧张地把自己的首饰盒收回。

"这是……"

苏橙橙打开小盒子，里面居然是三张 SIM 卡："这个是苏渺的，这个是方谨的，这个是全胜唐的。"

唐奇松了口气，又更紧张了："你看过里面的消息了？"

"没有……你该不会在他们死后，还给他们发消息了吧？"

"他们？他们不都是你吗？就算我给他们发消息，不也就是发给你吗？"

轮到苏橙橙紧张了，她干笑着赶紧关上盒子，强塞给唐奇："送给你。等你想让我看的时候，咱们一起看。"

唐奇把盒子放进外套兜里，趁势悄悄拿出自己的首饰盒："我想送你一个礼物。"

"什么？"

唐奇刚紧张地把戒指拿出来，苏橙橙还没看清，帐篷就塌了，两个人都被盖在了帐篷里。

唐奇懊恼地说："你刚才是说了看上去挺不错吧？"

苏橙橙解释："我的意思是这个帐篷看上去挺不错，应该花了不少钱。"

"你知道帐篷没搭好,为什么还要和我进来?"

"我以为至少能坚持个把小时,我们及时出来就行,没想到……"

两人挣扎着从帐篷里钻出来,相对文弱的唐奇还需要苏橙橙帮忙。

苏橙橙问:"你刚才要送我什么?"

唐奇四处找都没看到戒指,额头已经冒汗,但又装作没事的样子:"没……没什么,等收拾好再说。"说着着急地整理帐篷,却越理越乱。

"我来吧!"苏橙橙手法娴熟,很快就把帐篷搭好了,还把所有的灯都复归原位,帐篷又变得很美了。可唐奇自始至终都没有找到要送给苏橙橙的戒指,不禁黯然。

苏橙橙关心地问:"怎么了?"

唐奇勉强地笑了笑:"没事,我们先吃东西。"

二人坐到篝火旁,当苏橙橙抬手倒酒时,唐奇突然看到了苏橙橙手上的戒指,一把抓住她的手。

苏橙橙窃笑:"你要找的东西找到了吗?"

唐奇知道被苏橙橙捉弄了:"找到了,在它最应该在的地方。"

苏橙橙说:"帐篷塌下来时,它们掉到了我身上,我悄悄戴了一下,发现很合适。你为什么要准备戒指?"

唐奇一本正经地解释:"上次求婚时,你被滤镜隐身了,我看不到你,我想面对面再求一次。"

苏橙橙笑着拿出了对戒中的另一个,反客为主:"唐奇,你愿意和我共度余生吗?"

"我愿意。"唐奇感动地回答,眼中有泪光闪烁。

"我也愿意。"苏橙橙把对戒中的另一个戴到唐奇手上,两只戴着戒指的手相握。

二人在篝火边拥吻。

草坪婚礼现场,蓝天白云,绿草如茵,美酒佳肴,衣香鬓影。唐奇和苏橙橙在拥吻,一吻结束,两人甜蜜地相视而笑。

在来宾的围观中,穿着白色婚纱的苏橙橙和穿着黑色西装的唐奇开始扔捧花。大家笑着挤来挤去,准备着抢捧花。

"这边,这边!"

周锦礼趁机挤到苏青梨身边,还迅速整理了一下头发衣服才开口打招呼,略显紧张:"苏律师,又见面了,好巧。"

苏青梨以为对方故意开玩笑,也语气幽默:"来参加同一个婚礼,竟然也能见面,实在太巧了。"

周锦礼还想说话,苏青梨却被苏文新抓了过去,推着往前,之后也被其他想接捧花的女孩挤开了。苏橙橙笑着回头,看清楚苏青梨和挺着大肚子的林嫒的位置,将捧花准确地朝她们扔去。

江喜珍在鼓动林嫒去接:"林嫒,接住,接住……"

苏文新在推苏青梨去接:"姐、姐,快点,快点……"

看上去不是林嫒就是苏青梨会接到捧花,可两人都在躲,眼看着捧花要掉了,突然,一只手稳稳地接住了捧花——竟然是顾屿。

苏橙橙和唐奇目瞪口呆一瞬,和大家一起哄堂大笑。苏青梨嘲笑道:"你这恨'嫁'之心,路人皆知啊!"

顾屿泰然自若地一手拿着捧花,一手揽住林嫒:"你个大律师,用词一点都不准确。我是爱嫒嫒才会想结婚,应该说'你这爱嫒之心,路人皆知啊'!"

林嫒羞得笑捶顾屿,苏青梨无语地拱手,表示甘拜下风。顾妈妈看着他们开心地笑。

"姐,你也有打嘴仗打输的一天啊!"苏橙橙和唐奇挽着手,甜甜蜜蜜地走过来。

苏青梨问:"唐奇,现在你该叫我什么?"

唐奇老实改口:"姐姐。"

苏青梨瞥了眼面露不满的苏橙橙,还故意在她脸上捏了一把:"乖!我欺负不了你,还不能欺负你的软肋吗?"大家哄笑。

周锦礼拿着麦克风,暂时当了主持:"根据大家的要求,现在是游戏环节,第一个游戏,新郎新娘掰手腕,赢的一方有奖励,输的一方有惩罚。"

唐奇无奈,自我调侃道:"这不是明摆着让我当绅士嘛!"

"加油,加油!"大家大笑。

掰手腕开始,大家分成两派,呐喊助威。苏橙橙毫无悬念地赢了,得意不已。唐奇看她开心，自己也开心。

周锦礼宣布奖惩："赢的一方可以去亲输的一方。"

苏橙橙不服气："这算什么奖励？"

周锦礼拱火："新郎满意的奖励。新郎，你满不满意？"

"满意。"

众人笑了，众目睽睽下，唐奇紧张地等待着，苏橙橙却亲了唐奇的额头，大家笑着用嘘声表示不满。

赵运杰笑了笑："这算什么亲吻？纯洁的晚安吻吗？"

苏橙橙做了个鬼脸。

周锦礼笑着说："第二个游戏，新郎新娘抢答数学题。"

大家均是一愣，苏橙橙也说："哪有人在婚礼上做数学题？"

周锦礼故意说："反对无效，今天就让大家见识一下，学霸在婚礼上就是会做数学题。同样，赢的有奖励，输的有惩罚。"

苏橙橙吐槽："不会又让赢的去亲吻输的吧？"

周锦礼认真地看看手里的提词卡："我以信誉保证，绝对不是。"

大家凑热闹起哄："出题，出题，出题……"

"现在开始抢答，73乘18……"

唐奇抢答成功："1314。"

周锦礼点头："一生一世，正确！现在宣布奖励和惩罚，赢者新郎可以指定新娘亲吻他任意部位一下。"

苏橙橙傻眼："这样也行？"

唐奇调侃："老周的信誉就是这样。"

众人哄笑："嘴，嘴，嘴……"

唐奇指了指自己的脸颊，在嘘声和笑声中，苏橙橙亲了一下唐奇的脸颊。

周锦礼："下一道题，521乘521……"

苏橙橙看到唐奇要举手张口，立即不管不顾地拽下他的胳膊，自己大声喊："双倍我爱你！"

所有人都笑了，周锦礼故作为难："这到底是对……还是错啊？"

林媛支持："对！对！对！"顾屿在一旁附和，二人带着大家一起起

第四篇　穿越人海拥抱你　489

哄嚷嚷。

周锦礼笑着说:"我们让新郎决定吧!"

唐奇深情凝视着苏橙橙,说:"521乘521等于——双倍的我爱你,对!"众人纷纷哄笑着喝彩。

"这次的奖励和惩罚是……"周锦礼故意停顿,"新娘可以指定任意部位让新郎亲一下。"

苏橙橙疑惑:"还亲?你除了亲吻,还有别的吗?"

周锦礼佯装羞涩,实则一脸蔫坏地笑着:"主要天还没有黑,我实在不好意思说其他的,当然,你要求,我也可以……"

苏橙橙大喊:"不用了!"大家的笑声中,苏橙橙立即指指自己的额头,唐奇亲了额头。

音乐声中,大家一起笑着说着闹着。一个又一个美丽瞬间被摄影师拍摄下来,被定格、被记录、被珍藏、被记忆。有孩子的,有年轻人的,有苏爸爸、苏妈妈、唐爸爸、唐妈妈、顾妈妈这些中年人的,有苏奶奶等老年人的……

时光流逝,当我们翻开过去,回顾生命中一个又一个瞬间,最动人的不是那时的我们有多么美、有多么年轻,而是那时的我们是真实的,我们在真实地活着,有高光时刻,也有至暗时刻,有美丽时刻,也有狼狈时刻……各种各样的时刻汇聚成光阴,成就了独属于我们的人生。

谨以此故事献给平凡的你我!

(全书完)

图书在版编目（CIP）数据

滤镜：全二册 / 罗小茡著. -- 北京：中信出版社，
2025.3. -- ISBN 978-7-5217-7190-9

I. I247.5

中国国家版本馆 CIP 数据核字第 20240GP646 号

滤镜（全二册）
著者： 罗小茡
出版发行：中信出版集团股份有限公司
（北京市朝阳区东三环北路 27 号嘉铭中心　邮编　100020）
承印者： 嘉业印刷（天津）有限公司

开本：880mm×1230mm 1/32　　印张：15.75　　字数：483 千字
版次：2025 年 3 月第 1 版　　　　印次：2025 年 3 月第 1 次印刷
书号：ISBN 978-7-5217-7190-9
定价：79.80 元（全二册）

版权所有·侵权必究
如有印刷、装订问题，本公司负责调换。
服务热线：400-600-8099
投稿邮箱：author@citicpub.com